普通高等教育"十五"国家级规划教材
面向21世纪课程教材

iCourse·教材

国家精品资源共享课配套教材

中国现代文学作品选
1915—2018

第四版

四卷本　第二卷

主编　朱栋霖

高等教育出版社·北京

内容提要

本书是《中国现代文学史 1915—2018》（第四版）的配套四卷本作品选，为本专业最具全国性影响力的国家级教材之一。本作品选分为四卷，第一卷、第二卷为现代文学（1915—1949），第三卷、第四卷为当代文学（1949—2018），旨在以新的文学史观和文学观重新遴选中国现当代文学经典，以精练的选目呈现中国现当代文学发展的缩影，同时为高校现当代文学的教学提供一个有新意的、实用性强的作品选读本。

本书为"互联网＋"新形态教材，内附二维码链接作品拓展研读资料。本书适合高等学校中国语言文学、新闻传播学等专业本、专科教学选用，也可供文学爱好者赏阅。

图书在版编目（ＣＩＰ）数据

中国现代文学作品选. 1915—2018：四卷本. 第二卷 / 朱栋霖主编. --4版. --北京：高等教育出版社，2020.2

ISBN 978-7-04-052692-9

Ⅰ. ①中… Ⅱ. ①朱… Ⅲ. ①中国文学－现代文学－作品综合集－高等学校－教材 Ⅳ. ① I216.1

中国版本图书馆 CIP 数据核字（2019）第 187579 号

Zhongguo Xiandai Wenxue Zuopinxuan 1915—2018

策划编辑	胡蔓妮 梅 咏	责任编辑	胡蔓妮	封面设计	杨立新	版式设计	张 杰
责任校对	王 雨	责任印制	朱 琦				

出版发行	高等教育出版社	网　址	http://www.hep.edu.cn	
社　址	北京市西城区德外大街4号		http://www.hep.com.cn	
邮政编码	100120	网上订购	http://www.hepmall.com.cn	
印　刷	河北新华第一印刷有限责任公司		http://www.hepmall.com	
开　本	787mm×1092mm　1/16		http://www.hepmall.cn	
印　张	19.5	版　次	2002 年 7 月 第 1 版	
字　数	480 千字		2020 年 2 月 第 4 版	
购书热线	010-58581118	印　次	2020 年 11 月 第 3 次印刷	
咨询电话	400-810-0598	定　价	41.00 元	

本书如有缺页、倒页、脱页等质量问题，请到所购图书销售部门联系调换

版权所有　侵权必究

物 料 号　52692-00

出版与使用说明

《中国现代文学作品选 1915—2018》(第四版)四卷本,与《中国现代文学史 1915—2018》(第四版)两卷本相配套,系普通高等教育"十五"国家级规划教材、面向 21 世纪课程教材、国家精品资源共享课配套教材,适用于高等学校中国语言文学、新闻传播学等专业的"中国现代文学"(含"中国当代文学")课程。

本作品选第一卷、第二卷为现代文学(1915—1949),第三卷、第四卷为当代文学(1949—2018)。选目旨在以新的文学史观、新的文学观重新遴选中国现当代文学经典,呈现出中国现当代文学发展的一个缩影,为高校中国现当代文学的教学提供一个有新意的、实用性强的作品选读本。

本作品选强调教学实用性,选录了几篇重要的中篇小说与多幕剧,以供教学之需。长篇小说是现当代文学教学的重点之一,限于篇幅,对长篇小说作了节选,希望引导学生直接阅读原著。

本作品选系"互联网+"新形态教材,内附二维码,链接作品拓展研读资料,系关于作品的导读或论争资料。入选作品尽量采用初版本;若初版本与重版本的文字无变化的,则采用通行的重要版本。所有入选作品的版本出处,均在该作品后以括号注明。

《中国现代文学作品选 1917—2013》(第三版)两卷本,同时供各校选用。另有简编版《中国现代文学史精编 1917—2012》(一卷本,高等教育出版社 2014 年版)和《中国现代文学作品精编 1917—2012》(一卷本,高等教育出版社 2014 年版),供非中文专业选用。

本作品选一到四卷拓展研读资料的辑编工作分别由刘祥安、王彩萍、吴秀明、陈力君完成。另外,本作品选的编选工作获得了海内外专家的支持和指导,他们都提供了不少宝贵意见与建议;教育部高教司文科处领导一贯高度重视与支持;高等教育出版社各位编辑投入了大量劳动,及时编发稿件,使本书能保证高质量的出版水平。在此,向大家表示衷心的感谢!

我们热诚地希望海内外同行教师、大学生对本书提出宝贵意见。

朱栋霖

2019 年 8 月 30 日

目　录

诗　歌

散　文

诗　歌

梁启超

二十世纪太平洋歌

　　亚洲大陆有一士，自名任公其姓梁，尽瘁国事不得志，断发胡服走扶桑。扶桑之居读书尚友既一载，耳目神气颇发皇，少年悬弧四方志，未敢久恋蓬莱乡。誓将适彼世界共和政体之祖国，问政求学观其光。乃于西历一千八百九十九年腊月晦日之夜半，扁舟横渡太平洋。其时人静月黑夜悄悄，怒波碎打寒星芒。海底蛟龙睡初起，欲嘘未嘘欲舞未舞深潜藏。其时彼士兀然坐，澄心摄虑游窅茫，正住华严法界第三观，帝网深处无数镜影涵其旁。蓦然忽想今夕何夕地何地？乃是新旧二世纪之界线，东西两半球之中央。不自我先不我后，置身世界第一关键之津梁。胸中万千块垒突兀起，斗酒倾尽荡气回中肠，独饮独语苦无赖，曼声浩歌，歌我二十世纪太平洋。巨灵擘地镵鸿荒，飞鼍碎影神螺僵，上有抟土顽苍苍，下有积水横泱泱。抟土为六积水五，位置落错如参商。尔来千劫千纪又千岁，倮虫缘虱为其乡。此虫他虫相阋天演界中复几劫？优胜劣败吾莫强。主宰造物役物物，庄严地土无尽藏。初为据乱次小康，四土先达爱滥觞。支那、印度邈以隔，埃及、安息＜侯官严氏考定小亚细亚即汉之安息，今从之。＞邻相望。＜地球上古文明祖国有四：中国及印度、埃及、小亚细亚是也。＞厥名河流文明时代第一纪，始脱行国成建邦。衣食衎衎郑白沃，贸迁仆仆浮茶梁。恒河郁壮殑伽长，扬子水碧黄河黄，尼罗埃及河名一岁一泛溉，姚台姚弗里士河、台格里士河，皆安息大河名。蜿蜿双龙翔，水哉水哉厥利乃尔溥，浸濯暗黑扬晶光。此后四千数百载，群族内力逾扩张。乘风每驾一苇渡，搏浪乃持三岁粮。＜《汉书·西域传》言，渡西海不得风，或三岁乃达。西海即地中海也。＞就中北辰星拱地中海，葱葱郁郁腾光铓。岸环大小都会数百计，积气森森盘中央。自余各土亦尔尔，海若凯奏河伯降，波罗的与亚剌伯二海名，西域两极遥相望。亚东黄、渤谓黄海、渤海壮以阔，亚西尾闾身毒洋谓印度洋。斯名内海文明时代第二纪，五洲寥邈殊未央。蛰雷一声百灵忙，翼轮降空神鸟翔，哥仑布初到美洲，土人以为天神，见其船之帆，谓为翼也。咄哉世界之外复有新世界，造化乃尔神秘藏。阁龙＜日本译哥仑布以此字归去举国狂，帝者挟帜民赢粮。谈瀛海客多于鲫，莽土倏变华严场。揭来大洋文明时代始萌蘖，亘五世纪堂哉皇。其时西洋谓大西洋权力渐夺西海谓地中海，用汉名也席，两岸新市星罗棋布，气焰长虹长。世界风潮至此忽大变，天地异色神鬼瞠；轮船、铁路、电线瞬千里，缩地疑有鸿秘方。四大自由谓思想自由、言论自由、行为自由、出版自由塞宙合，奴性销为日月光。悬崖转石欲止不得止，愈竞愈剧愈接愈厉，卒使五洲同一堂。流血我敬仅顿曲，觅得檀香山澳大利亚洲者,后为檀岛土民所杀。冲锋我爱麦寨郎。以千五百十九年始绕地球一周者。鼎鼎数子只手挈大地,电光一挈剑气磅礴太平洋。太平洋,太平洋,大风泱泱,大潮滂滂。张肺歙地地出没,喷沫冲天天低昂,气吞欧墨者八九,况乃区区列国谁界疆。异哉!似此大物隐匿万千载,禹经亥步无能详,毋乃吾曹躯壳太小君太大,弃我不屑齐较量。君兮今落我族手,游刃当尽君所长。吁嗟乎!今日民族帝国主义正跋扈,俎肉者弱食者强。英狮俄鹫东西帝,两虎不斗群兽殃。后起人种日耳曼,国有余口无余粮。欲求尾闾今未得,拼命大索殊皇皇。亦有门罗主义北美合众国,潜龙起蛰神采扬。西县古巴东菲岛,中有夏威八点烟微茫。太平洋变里湖水,遂取武库廉奚伤。蕞尔日本亦出定,座容卿否费商量。我寻风潮所自起,有主之者吾弗详。物竞天择势必至,不优则劣兮,不兴则亡。水银钻地孔乃入,物不自腐虫焉藏?尔来环球九万里上一砂一草皆有主,旗鼓相匹强权强。惟余东亚老大帝国一块肉,可取不取毋乃殃。五更肃肃天雨霜,鼾声如雷卧榻傍,诗灵罢歌鬼罢哭,问天不语徒苍苍。噫嘘吁!太平洋,太平洋,君之面兮锦绣壤,君之背兮修罗场,海电兮既没,舰队兮愈张。西伯利亚兮,铁路卒业;巴拿马峡兮,运河通航。尔时太平洋中二十世纪之天地,悲剧喜剧壮剧惨剧齐鞹鞑。吾曹生此岂非福?饱看世界一度两度兮沧桑。沧桑兮沧桑,转绿兮回黄。我有同胞兮四万五千万,岂其束手兮待僵?招国魂兮何方?大风泱泱兮,大潮滂滂。吾闻海国民族思想高尚以活泼,吾欲我同胞兮御风以翔,吾欲我同胞兮破浪以飏。海云极目何茫茫?涛声彻耳逾激昂。鼍腥龙血玄以黄,天黑水黑长夜长。满船沉睡我彷徨,浊酒一斗神飞扬,渔阳三叠魂慴伤,欲语不语怀故乡。玮度东指天尽处,一线微红出扶桑。酒罢诗罢,但见寥天一鸟鸣朝阳。

(选自《饮冰室合集·文集》第二册,中华书局1989年版)

刘半农

教我如何不想她

天上飘着些微云,
地上吹着些微风,
啊!
微风吹动了我的头发,
教我如何不想她?

月光恋爱着海洋,
海洋恋爱着月光。

啊!
这般蜜也似的银夜,
教我如何不想她?

水面落花慢慢流,
水底鱼儿慢慢游,
啊!
燕子你说些什么话?

教我如何不想她？

枯树在冷风里摇，
野火在暮色中烧，

啊！
西天还有些儿残霞
教我如何不想她？

一九二〇年八月六日　伦敦

（选自《扬鞭集》，北新书局 1926 年版）

胡　适

一 颗 星 儿

我喜欢你这颗顶大的星儿，
可惜我叫不出你的名字。
平日月明时，月光遮尽了满天星，总不能
　　遮住你。

今天风雨后，闷沉沉的天气，
我望遍天边，寻不见一点半点光明，
回转头来，
只有你在那杨柳高头依旧亮晶晶地。

一九一九年四月二十五日夜

（选自《尝试集》，上海亚东图书馆 1922 年版）

郭沫若

立在地球边上放号

无数的白云正在空中怒涌，
啊啊！好幅壮丽的北冰洋的情景哟！
无限的太平洋提起他全身的力量来要把
　　地球推倒。
啊啊！我眼前来了的滚滚的洪涛哟！

啊啊！不断的毁坏，不断的创造，不断的
　　努力哟！
啊啊！力哟！力哟！
力的绘画，力的舞蹈，力的音乐，力的诗
　　歌，力的 Rhythm 哟！

1919 年 9、10 月间作

（选自上海《时事新报·学灯》1920 年 1 月 5 日）

凤　凰　涅　槃①

天方国②古有神鸟名"菲尼克司"（Phoenix），满五百岁后，集香木自焚，复从死灰中更生，鲜美异常，不再死。

按此鸟殆即中国所谓凤凰：雄为凤，雌为凰。《孔演图》云："凤凰火精，生丹穴。"③《广雅》云："凤凰……雄鸣曰即即，雌鸣曰足足。"④

序　　曲

除夕将近的空中，
飞来飞去的一对凤凰，
唱着哀哀的歌声飞去，
衔着枝枝的香木飞来，
飞来在丹穴山上。

山右有枯槁了的梧桐，
山左有消歇了的醴泉，
山前有浩茫茫的大海，
山后有阴莽莽的平原，
山上是寒风凛冽的冰天。

天色昏黄了，
香木集高了，
凤已飞倦了，
凰已飞倦了，
他们的死期将近了。

凤啄香木，
一星星的火点迸飞。
凰扇火星，

一缕缕的香烟上腾。

凤又啄，
凰又扇，
山上的香烟弥散，
山上的火光弥满。

夜色已深了，
香木已燃了，
凤已啄倦了，
凰已扇倦了，
他们的死期已近了！

啊啊！
哀哀的凤凰！
凤起舞，低昂！
凰唱歌，悲壮！
凤又舞，
凰又唱，
一群的凡鸟，
自天外飞来观葬。

---

① 本篇最初发表于1920年1月30日和31日上海《时事新报·学灯》。1921年《女神》初版本有副题："一名'菲尼克司的科美体'。"科美体，英语喜剧Comedy的音译。

涅槃，梵语Nirvana的音译，意即圆寂，指佛教徒长期修炼达到功德圆满的境界。后用以称僧人之死，有返本归真之义。这里比喻凤凰的死而再生。

② 我国古代称阿拉伯半岛一带伊斯兰教发源地为天方或天房。

③ 《孔演图》应作《演孔图》，汉代纬书名。原书已佚，后来有辑本。据清代马国翰《玉函山房辑佚书》所辑《春秋纬·演孔图》："凤，火之精也，生丹穴。"《山海经·南次三经》："丹穴之山，其上多金玉。……有鸟焉，其状如鸡，五采而文，名曰凤凰。"

④ 《广雅》，三国时魏人张揖著。这里所引见《广雅·释鸟》。

凤 歌

即即！即即！即即！
即即！即即！即即！
茫茫的宇宙,冷酷如铁！
茫茫的宇宙,黑暗如漆！
茫茫的宇宙,腥秽如血！

宇宙呀,宇宙,
你为什么存在？
你自从哪儿来？
你坐在哪儿在？
你是个有限大的空球？
你是个无限大的整块？
你若是有限大的空球,
那拥抱着你的空间
他从哪儿来？
你的外边还有些什么存在？
你若是无限大的整块,
这被你拥抱着的空间
他从哪儿来？
你的当中为什么又有生命存在？
你到底还是个有生命的交流？
你到底还是个无生命的机械？

昂头我问天,
天徒矜高,莫有点儿知识。
低头我问地,

地已死了,莫有点儿呼吸。
伸头我问海,
海正扬声而鸣唈。

啊啊！
生在这样个阴秽的世界当中,
便是把金刚石的宝刀也会生锈！
宇宙呀,宇宙,
我要努力地把你诅咒：
你脓血污秽着的屠场呀！
你悲哀充塞着的囚牢呀！
你群鬼叫号着的坟墓呀！
你群魔跳梁着的地狱呀！
你到底为什么存在？

我们飞向西方,
西方同是一座屠场。
我们飞向东方,
东方同是一座囚牢。
我们飞向南方,
南方同是一座坟墓。
我们飞向北方,
北方同是一座地狱。
我们生在这样个世界当中,
只好学着海洋哀哭。

凰 歌

足足！足足！足足！
足足！足足！足足！
五百年来的眼泪倾泻如瀑。
五百年来的眼泪淋漓如烛。
流不尽的眼泪,
洗不净的污浊,
浇不熄的情炎,
荡不去的羞辱,

我们这缥缈的浮生
到底要向哪儿安宿？

啊啊！
我们这缥缈的浮生
好象那大海里的孤舟。
左也是漂漫,
右也是漂漫,

前不见灯台，
后不见海岸，
帆已破，
樯已断，
楫已飘流，
柁已腐烂，
倦了的舟子只是在舟中呻唤，
怒了的海涛还是在海中泛滥。

啊啊！
我们这缥缈的浮生
好象这黑夜里的酣梦。
前也是睡眠，
后也是睡眠，
来得如飘风，
去得如轻烟，
来如风，
去如烟，
眠在后，
睡在前，
我们只是这睡眠当中的

一刹那的风烟。

啊啊！
有什么意思？
有什么意思？
痴！痴！痴！
只剩些悲哀，烦恼，寂寥，衰败，
环绕着我们活动着的死尸，
贯串着我们活动着的死尸。

啊啊！
我们年青时候的新鲜哪儿去了？
我们年青时候的甘美哪儿去了？
我们年青时候的光华哪儿去了？
我们年青时候的欢爱哪儿去了？
去了！去了！去了！
一切都已去了，
一切都要去了。
我们也要去了，
你们也要去了，
悲哀呀！烦恼呀！寂寥呀！衰败呀！

凤 凰 同 歌

啊啊！
火光熊熊了。
香气蓬蓬了。
时期已到了。
死期已到了。

身外的一切！
身内的一切！
一切的一切！
请了！请了！

群 鸟 歌

岩　鹰
　　哈哈，凤凰！凤凰！
　　你们枉为这禽中的灵长！
　　你们死了吗？你们死了吗？
　　从今后该我为空界的霸王！
孔　雀
　　哈哈，凤凰！凤凰！

　　你们枉为这禽中的灵长！
　　你们死了吗？你们死了吗？
　　从今后请看我花翎上的威光！
鸱　枭
　　哈哈，凤凰！凤凰！
　　你们枉为这禽中的灵长！
　　你们死了吗？你们死了吗？

哦！是哪儿来的鼠肉的馨香？①

家 鸽

哈哈，凤凰！凤凰！

你们枉为这禽中的灵长！

你们死了吗？你们死了吗？

从今后请看我们驯良百姓的安康！

鹦 鹉

哈哈，凤凰！凤凰！

你们枉为这禽中的灵长！

你们死了吗？你们死了吗？

从今后请听我们雄辩家的主张！

白 鹤

哈哈，凤凰！凤凰！

你们枉为这禽中的灵长！

你们死了吗？你们死了吗？

从今后请看我们高蹈派②的徜徉！

凤凰更生歌

鸡 鸣

昕潮涨了，

昕潮涨了，

死了的光明更生了。

春潮涨了，

春潮涨了，

死了的宇宙更生了。

生潮涨了，

生潮涨了，

死了的凤凰更生了。

凤凰和鸣

我们更生了。

我们更生了。

一切的一，更生了。

一的一切，更生了。

我们便是他，他们便是我。

我中也有你，你中也有我。

我便是你。

你便是我。

火便是凰。

凤便是火。

翱翔！翱翔！

欢唱！欢唱！

我们新鲜，我们净朗，

我们华美，我们芬芳，

一切的一，芬芳。

一的一切，芬芳。

芬芳便是你，芬芳便是我。

芬芳便是他，芬芳便是火。

火便是你。

火便是我。

火便是他。

火便是火。

翱翔！翱翔！

欢唱！欢唱！

我们热诚，我们挚爱。

我们欢乐，我们和谐。

一切的一，和谐。

一的一切，和谐。

和谐便是你，和谐便是我。

和谐便是他，和谐便是火。

火便是你。

火便是我。

火便是他。

---

① 《庄子·秋水》记载：有一种叫鹓鶵的鸟，"非梧桐不止，非练实不食，非醴泉不饮"。有鸱鸟得一腐鼠。看到鹓鶵飞过，以为要来抢它的腐鼠，就仰头对鹓鶵"吓"了一声。这里引用《庄子》中的这则寓言，以喻鸱鸟看到凤凰死时的得意神情。

② 高蹈派，19世纪中期法国资产阶级诗歌的一个流派，宣扬"为艺术而艺术"。

火便是火。

翱翔！翱翔！

欢唱！欢唱！

我们生动，我们自由，

我们雄浑，我们悠久。

一切的一，悠久。

一的一切，悠久。

悠久便是你，悠久便是我。

悠久便是他，悠久便是火。

火便是你。

火便是我。

火便是他。

火便是火。

翱翔！翱翔！

欢唱！欢唱！

我们欢唱，我们翱翔。

我们翱翔，我们欢唱。

一切的一，常在欢唱。

一的一切，常在欢唱。

是你在欢唱？是我在欢唱？

是他在欢唱？是火在欢唱？

欢唱在欢唱！

欢唱在欢唱！

只有欢唱！

只有欢唱！

欢唱！

欢唱！

欢唱！

1920 年 1 月 20 日初稿

1928 年 1 月 3 日改削

（选自《郭沫若全集·文学编》第一卷，人民文学出版社 1982 年版）

天　狗

我是一条天狗呀！

我把月来吞了，

我把日来吞了，

我把一切的星球来吞了，

我把全宇宙来吞了。

我便是我了！

我是月底光，

我是日底光，

我是一切星球底光，

我是 X 光线底光，

我是全宇宙底 Energy 底总量！

我飞奔，

我狂叫，

我燃烧。

我如烈火一样地燃烧！

我如大海一样地狂叫！

我如电气一样地飞跑！

我飞跑，

我飞跑，

我飞跑，

我剥我的皮，

我食我的肉，

我吸我的血，

我啮我的心肝，

我在我神经上飞跑，

我在我脊髓上飞跑，

我在我脑筋上飞跑。

我便是我呀！

我的我要爆了!

1920 年 2 月初作

（选自《女神》，上海泰东书局 1921 年版）

太阳礼赞

青沈沈的大海，波涛汹涌着，潮向东方。
光芒万丈地，将要出现了哟——新生的太阳!

天海中的云岛都已笑得来火一样地
　　鲜明!
我恨不得，把我眼前的障碍一概划平!

出现了哟! 出现了哟! 耿晶晶地白灼的
　　圆光!
从我两眸中有无限道的金丝向着太阳
　　飞放。

太阳哟! 我背立在大海边头紧觑着你。
太阳哟! 你不把我照得个通明，我不回去!

太阳哟! 你请永远照在我的面前，不使
　　退转!
太阳哟! 我眼光背开了你时，四面都是
　　黑暗!

太阳哟! 你请把我全部的生命照成道鲜
　　红的血流!
太阳哟! 你请把我全部的诗歌照成些金
　　色的浮沤!

太阳哟! 我心海中的云岛也已笑得来火
　　一样地鲜明了!
太阳哟! 你请永远倾听着，倾听着，我心
　　海中的怒涛!

1921 年作

（选自上海《时事新报·学灯》1921 年 2 月 1 日）

郭沫若诗歌
拓展研读资料

冰 心

繁 星

七

醒着的，
　　只有孤愤的人罢!

听声声算命的锣儿，
　　敲破世人的命运。

一〇

嫩绿的芽儿，
　和青年说：
"发展你自己！"

淡白的花儿，
　和青年说：

"贡献你自己！"

深红的果儿，
　和青年说：
"牺牲你自己！"

一三一

大海呵，
　那一颗星没有光？
　那一朵花没有香？

那一次我的思潮里
　没有你波涛的清响？

一九二一年九月

（选自《繁星》，商务印书馆 1923 年版）

春　水

五

一道小河
　平平荡荡的流将下去，
只经过平沙万里——
　自由的，
　　沉寂的，
它没有快乐的声音。

一道小河
　曲曲折折的流将下去，
只经过高山深谷——

　险阻的，
　　挫折的，
它也没有快乐的声音。

我的朋友！
感谢你解答了
　我久闷的问题，
平荡而曲折的水流里，
　青年的快乐
在其中荡漾着了！

（选自《春水》，新潮社 1923 年版）

我　曾

我曾梦摘星辰，
　醒来一颗颗从我指间坠落；

觉悟后的虚空呵，
　叫我如何不惆怅？

我曾梦撷飞花，
　　醒来一瓣瓣从我指间飘散；
觉悟后的虚空呵，
　　叫我如何不凄怆？

我曾梦调琴弦，
　　醒来一丝丝从我指间折断；

觉悟后的虚空呵，
　　叫我如何不感伤？

我曾梦游天国，
　　醒来一片片河山破碎；
觉悟后的虚空呵，
　　叫我如何不怨望？

1929 年 4 月 22 日

（选自《冰心文集》第二卷《集外》，上海文艺出版社 1983 年版）

冰心诗歌
拓展研读资料

汪静之

过伊家门外

我冒犯了人们的指谪，
一步一回头地瞟我意中人；

我怎样欣慰而胆寒呵。

一九二二，一，八。

伊 底 眼

伊底眼是温暖的太阳；
不然，何以伊一望着我，
我受了冻的心就热了呢？

伊底眼是解结的剪刀；
不然，何以伊一瞧着我，
我被镣铐的灵魂就自由了呢？

伊底眼是快乐的钥匙；
不然，何以伊一瞅着我，
我就住在乐园里了呢？

伊底眼变成忧愁的引火线了；
不然，何以伊一盯着我，
我就沉溺在愁海里了呢？

一九二二，六，四。

（以上选自《蕙的风》，上海亚东图书馆 1922 年版）

宗白华

夜

一时间　　　　　　　　　　一会儿
觉得我的微躯　　　　　　　又觉着我的心
是一颗小星，　　　　　　　是一张明镜，
莹然万星里　　　　　　　　宇宙的万星
随着星流。　　　　　　　　在里面灿着。

东 海 滨

今夜明月的流光
映在我的心花上。　　　　　　啊，梦呀！梦呀！
我悄立海边　　　　　　　　　明月的梦呀！
仰听星天的清响。　　　　　　她在寻梦里的情人，
一朵孤花在我身旁睡了，　　　我在念月下的故乡！
我把着她梦里的芬芳。

（以上选自《流云小诗》，上海亚东图书馆 1923 年版）

梁宗岱

晚祷（二）
——呈敏慧

二

我独自地站在篱边。　　　　　　痴妄地采撷世界底花朵。
主呵，在这暮霭底茫昧中，　　　我只含泪地期待着——
温软的影儿恬静地来去，　　　　祈望有幽微的片红
牧羊儿正开始他野蔷薇底幽梦。　给春暮阑珊的东风
我独自地站在这里，　　　　　　不经意地吹到我底面前：
悔恨而沉思着我狂热的从前，　　虔诚地，轻谧地

在黄昏星忏悔底温光中　　　　　　　　完成我感恩底晚祷。

——二四，六，一。

（选自《晚祷》，商务印书馆 1924 年版）

冯 至

我是一条小河

我是一条小河，
我无心由你的身边绕过——
你无心把你彩霞般的影儿
投入了我软软的柔波。

我流过一座森林，
柔波便荡荡地
把那些碧翠的叶影儿
裁剪成你的裙裳。

我流过一座花丛，
柔波便粼粼地

把那些凄艳的花影儿
编织成你的花冠。

无奈呀，我终于流入了，
流入那无情的大海——
海上的风又厉，浪又狂，
吹折了花冠，击碎了裙裳！

我也随着海潮漂漾，
漂漾到无边的地方——
你那彩霞般的影儿
也和幻散了的彩霞一样！

——1925

蛇

我的寂寞是一条蛇，
静静地没有言语。
你万一梦到它时，
千万啊，不要悚惧！

它是我忠诚的侣伴，
心里害着热烈的乡思：

它想那茂密的草原——
你头上的、浓郁的乌丝。

它月影一般轻轻地
从你那儿轻轻走过；
它把你的梦境衔了来，
像一只绯红的花朵。

——1926

（以上选自《昨日之歌》，北新书局 1927 年版）

我们准备着

我们准备着深深地领受
那些意想不到的奇迹，
在漫长的岁月里忽然有
彗星的出现，狂风乍起：

我们的生命在这一瞬间，
仿佛在第一次的拥抱里
过去的悲欢忽然在眼前
凝结成屹然不动的形体。

我们赞颂那些小昆虫：
它们经过了一次交媾
或是抵御了一次危险，

便结束它们美妙的一生。
我们整个的生命在承受
狂风乍起，彗星的出现。

（选自《十四行集》，文化生活出版社 1949 年版）

冯至诗歌
拓展研读资料

李金发

弃　妇

长发披遍我两眼之前，
遂隔断了一切羞恶之疾视，
与鲜血之急流，枯骨之沉睡。
黑夜与蚊虫联步徐来，
越此短墙之角，
狂呼在我清白之耳后，
如荒野狂风怒号：
战栗了无数游牧。

靠一根草儿，与上帝之灵往返在空谷里。
我的哀戚惟游蜂之脑能深印着；
或与山泉长泻在悬崖，
然后随红叶而俱去。

弃妇之隐忧堆积在动作上，
夕阳之火不能把时间之烦闷
化成灰烬，从烟突里飞去，
长染在游鸦之羽，
将同栖止于海啸之石上，
静听舟子之歌。

衰老的裙裾发出哀吟，
徜徉在丘墓之侧，
永无热泪，
点滴在草地
为世界之装饰。

（选自《微雨》，北新书局 1925 年版）

在淡死的灰里……

在淡死的灰里，
可寻出当年的火焰，
惟过去之萧条，
不能给人温暖之摸索。

如海浪把我躯体载去，
仅留存我的名字在你心里，
切勿懊悔这丧失，
我终将搁止于你住的海岸上。

若忘却我的呼唤，
你将无痛哭的种子，
若忧闷堆满了四壁，
可到我心里的隙地来。

我欲稳睡在裸体的新月之旁，
偏怕星儿如晨鸡般呼唤；
我欲细语对你说爱，
奈那 R 的喉音又使我舌儿生强。

（选自《食客与凶年》，北新书局 1927 年版）

有　感

如残叶溅
　　血在我们
　　　脚上，

生命便是
　　死神唇边
　　　的笑。

半死的月下，
　　载饮载歌，
　　　裂喉的音
随北风飘散。
　　　吁！
　　　　抚慰你所爱的去。

开你户牖
　　使其羞怯，
　　　征尘蒙其
　　　　可爱之眼了。

此是生命
　　之羞怯
　　　与愤怒么？
如残叶溅
　　血在我们
　　　脚上。

生命便是
　　死神唇边
　　　的笑。

（选自《为幸福而歌》，商务印书馆 1926 年版）

李金发诗歌
拓展研读资料

朱 湘

葬 我

葬我在荷花池内，
耳边有水蚓拖声，
在绿荷叶的灯上
萤火虫时暗时明——

葬我在马缨花下，
永作着芬芳的梦——

葬我在泰山之巅，
风声呜咽过孤松——

不然，就烧我成灰，
投入泛滥的春江，
与落花一同漂去
无人知道的地方。

十四，二，二。

有一座坟墓

有一座坟墓，
坟墓前野草丛生，
有一座坟墓，
风过草像蛇爬行。

有一点萤火，
黑暗从四面包围，
有一点萤火，
映着如豆的光辉。

有一只怪鸟，
藏在巨灵的树阴，
有一只怪鸟，
作非人间的哭声。

有一钩黄月，
在黑云之后偷窥，
有一钩黄月，
忽然落下了山隈。

十四，八，十七。

（以上选自《草莽集》，上海开明书店 1927 年版）

穆木天

泪 滴

我听见你的真珠的泪滴

滴滴在你的蔷薇色的颊上

在萧萧的白杨的银色荫里
周围罩着薄薄的朦胧的月光

我听见你的水晶的泪滴
滴滴在你的鹅白的绢上
滤在徐徐的吹过的夜风
对着射出湖面的光芒

我听你的白露的泪滴
滴滴在绿绒般的草茵
你的象牙雕成的两只素足
在灰绿上映着黑沉沉的阴晕

我听见有深谷的杜鹃细哢

我听见湖中的芦苇低语
我听见有草虫鸣唧唧
但他们都是为你这几点泪滴

啊　妹妹　你的泪滴苦如黄芹
啊　妹妹　你的泪滴甜如甘蜜
你的泪滴是最美的新酒
啊　妹妹　我最爱吃

湖水旁边
朦胧月里
白杨荫下
我听见了世上最美的伊的泪滴

二四,一〇,一一,飞鸟山寓
（选自《旅心》,创造社出版部 1927 年版）

闻一多

死　水

这是一沟绝望的死水,
清风吹不起半点漪沦。
不如多扔些破铜烂铁,
爽性泼你的剩菜残羹。

也许铜的要绿成翡翠,
铁罐上锈出几瓣桃花;
再让油腻织一层罗绮,
霉菌给他蒸出些云霞。

让死水酵成一沟绿酒,
飘满了珍珠似的白沫;

小珠笑一声变成大珠,
又被偷酒的花蚊咬破。

那么一沟绝望的死水,
也就夸得上几分鲜明。
如果青蛙耐不住寂寞,
又算死水叫出了歌声。

这是一沟绝望的死水,
这里断不是美的所在,
不如让给丑恶来开垦,
看他造出个什么世界。

发　现

我来了，我喊一声，迸着血泪，
"这不是我的中华，不对，不对！"
我来了，因为我听见你叫我；
鞭着时间的罡风，擎一把火，
我来了，那知道是一场空喜。
我会见的是噩梦，那里是你？

那是恐怖，是噩梦挂着悬崖，
那不是你，那不是我的心爱！
我追问青天，逼迫八面的风，
我问，拳头擂着大地的赤胸，
总问不出消息；我哭着叫你，
呕出一颗心来，你在我心里！

一　句　话

有一句话说出就是祸，
有一句话能点得着火。
别看五千年没有说破，
你猜得透火山的缄默？
说不定是突然着了魔，
突然青天里一个霹雳
　　爆一声：
　　"咱们的中国！"

这话教我今天怎么说？
你不信铁树开花也可，
那么有一句话你听着：
等火山忍不住了缄默，
不要发抖，伸舌头，顿脚，
等到青天里一个霹雳
　　爆一声：
　　"咱们的中国！"

（以上选自《死水》，新月书店 1928 年版）

奇　迹

我要的本不是火齐的红，或半夜里
桃花潭水的黑，也不是琵琶的幽怨，
蔷薇的香，我不曾真心爱过文豹的矜严，
我要的婉娈也不是任何白鸽所有的。
我要的本不是这些，而是这些的结晶，
比这一切更神奇得万倍的一个奇迹！
可是，这灵魂是真饿得慌，我又不能
让他缺着供养，那么，即便是糟糠，
你也得募化不是？天知道，我不是
甘心如此，我并非倔强，亦不是愚蠢，
我是等你不及，等不及奇迹的来临！

我不敢让灵魂缺着供养，谁不知道
一树蝉鸣，一壶浊酒，算得了什么，
纵提到烟峦，曙壑，或更璀璨的星空，
也只是平凡，最无所谓的平凡，犯得着
惊喜得没主意，喊着最动人的名儿，
恨不得黄金铸字，给装在一支歌里？
我也说但为一阕莺歌便噙不住眼泪
那未免太支离，太玄了，简直不值当。
谁晓得，我可不能不那样：这心是真
饿得慌，我不能不节省点，把藜藿
权当作膏粱。

可也不妨明说　只要你——
只要奇迹露一面，我马上就抛弃平凡
我再不眈着一张霜叶梦想春花的艳
再不浪费这灵魂的脊力，剥开顽石
来诛求白玉的温润，给我一个奇迹，
我也不再去鞭挞着"丑"，逼他要
那分背面的意义；实在我早厌恶了
这些勾当，这附会也委实是太费解了。
我只要一个明白的字，舍利子似的闪着
宝光，我要的是整个的，正面的美。
我并非倔强，亦不是愚蠢，我不会看见
团扇，悟不起扇后那天仙似的人面。
那么
　　我便等着，不管等到多少轮回以后——

既然当初许下心愿，也不知道是在多少
轮回以前——我等，我不抱怨，只静候着
一个奇迹的来临。总不能没有那一天
让雷来劈我，火山来烧，全地狱翻起来
扑我，……害怕吗？你放心，反正罡风
吹不熄灵魂的灯，愿这蜕壳化成灰烬，
不碍事，因为那，那便是我的一刹那
一刹那的永恒——一阵异香，最神秘的
肃静，（日，月，一切星球的旋动早被
喝住，时间也止步了）最浑圆的和平……
我听见闻阖的户枢훠然一响，
传来一片衣裙的綷缞——那便是奇迹——
半启的金扉中，一个戴着圆光的你！

（选自《闻一多全集》，生活·读书·新知三联书店 1982 年版）

闻一多诗歌
拓展研读资料

徐志摩

雪花的快乐

假如我是一朵雪花，
翩翩的在半空里潇洒，
　我一定认清我的方向——
　飞扬，飞扬，飞扬，——
这地面上有我的方向。

不去那冷寞的幽谷，
不去那凄清的山麓，
　也不上荒街去惆怅——
　飞扬，飞扬，飞扬，——

你看，我有我的方向！

在半空里娟娟的飞舞，
认明了那清幽的住处，
　等着她来花园里探望——
　飞扬，飞扬，飞扬，——
啊，她身上有朱砂梅的清香！

那时我凭藉我的身轻，
盈盈的，沾住了她的衣襟，

贴近她柔波似的心胸——
　消溶,消溶,消溶——

溶入了她柔波似的心胸!

(选自《志摩的诗》,新月书店 1928 年版)

再　别　康　桥

轻轻的我走了,
　正如我轻轻的来;
我轻轻的招手,
　作别西天的云彩。

那河畔的金柳,
　是夕阳中的新娘;
波光里的艳影,
　在我的心头荡漾。

软泥上的青荇,
　油油的在水底招摇;
在康河的柔波里,
　我甘心做一条水草!

那榆荫下的一潭,
　不是清泉,是天上虹

揉碎在浮藻间,
　沉淀着彩虹似的梦。

寻梦?撑一支长篙,
　向青草更青处漫溯,
满载一船星辉,
　在星辉斑斓里放歌。

但我不能放歌,
　悄悄是别离的笙箫;
夏虫也为我沉默,
　沉默是今晚的康桥!

悄悄的我走了,
　正如我悄悄的来;
我挥一挥衣袖,
　不带走一片云彩。

十一月六日　中国海上

我不知道风是在哪一个方向吹

我不知道风
是在哪一个方向吹——
我是在梦中,
在梦的轻波里依洄。

我不知道风
是在哪一个方向吹——
我是在梦中,
她的温存,我的迷醉。

我不知道风
是在哪一个方向吹——
我是在梦中,
甜美是梦里的光辉。

我不知道风
是在哪一个方向吹——
我是在梦中,

她的负心，我的伤悲。

我不知道风
是在哪一个方向吹——
我是在梦中，
在梦的悲哀里心碎！

我不知道风
是在哪一个方向吹——
我是在梦中，
黯淡是梦里的光辉。

山　中

庭院是一片静，
　听市谣围抱；
织成一地松影——
　看当头月好！

不知今夜山中
　是何等光景：
想也有月，有松，
　有更深的静。

我想攀附月色，
　化一阵清风，
吹醒群松春醉，
　去山中浮动；

吹下一针新碧，
　掉在你窗前；
轻柔如同叹息——
　不惊你安眠！

四月一日
（以上选自《猛虎集》，新月书店 1932 年版）

徐志摩诗歌
拓展研读资料

冯乃超

红　纱　灯

森严的黑暗的深奥的深奥的殿堂之中央
红纱的古灯微明地玲珑地点在午夜之心

苦恼的沉默呻吟在夜影的睡眠之中
我听得鬼魅魍魉的跫声舞蹈在半空

乌云丛簇地丛簇地盖着蛋白色的月亮
白练满河流若伏在野边的裸体的尸僵
红纱的古灯缓慢地渐渐地放大了光晕
森严的黑暗的殿堂撒满了庄重的黄金

愁寂地静悄地黑衣的尼姑渡过了长廊　　　　　我看见在森严的黑暗的殿堂的神龛
一步一声怎的悠久又怎的消灭无踪　　　　　　明灭地惝晃地一盏红纱的灯光颤动

（选自《红纱灯》，创造社出版部 1928 年版）

陈梦家

一 朵 野 花

一朵野花在荒原里开了又落了，　　　　　　一朵野花在荒原里开了又落了，
不想到这小生命，向着太阳发笑，　　　　　他看见青天，看不见自己的渺小，
上帝给他的聪明他自己知道，　　　　　　　听惯风的温柔，听惯风的怒号，
他的欢喜，他的诗，在风前轻摇。　　　　　就连他自己的梦也容易忘掉。

一九二九年一月

三 月

最温柔那三月的风，　　　　　　　　　　最温柔那三月的梦，
扯响了催眠的金钟，　　　　　　　　　　挂住了懒人的天弓，
一杯浓郁的酒，你喝——　　　　　　　　一天神怪的箭，你瞧——
这睡不醒三月的梦。　　　　　　　　　　飞满小星点的碧空。

（以上选自《梦家诗集》，新月书店 1931 年版）

殷 夫

别了，哥哥

别了，我最亲爱的哥哥，　　　　　　　　你的来函促成了我的决心，

恨的是不能握一握最后的手，
再独立地向前途踏进。

二十年来手足的爱和怜，
二十年来的保护和抚养，
请在这最后的一滴泪水里，
收回吧，作为恶梦一场。

你诚意的教导使我感激，
你牺牲的培植使我钦佩，
但这不能留住我不向你告别，
我不能不向别方转变。

在你的一方，哟，哥哥，
有的是，安逸，功业和名号，
是治者们荣赏的爵禄，
或是薄纸糊成的高帽。

只要我，答应一声说，
"我进去听指示的圈套"
我很容易能够获得一切，
从名号直至纸帽。

但你的弟弟现在饥渴，
饥渴着的是永久的真理，
不要荣誉，不要功建，

只望向真理的王国进礼。

因此机械的悲鸣扰了他的美梦，
因此劳苦群众的呼号震动心灵，
因此他尽日尽夜地忧愁，
想做个 Prothemea 偷给人间以光明。

真理和愤怒使他强硬，
他再不怕天帝的咆哮，
他要牺牲去他的生命，
更不要那纸糊的高帽。

这，就是你弟弟的前途，
这前途满站着危崖荆棘，
又有的是黑的死，和白的骨，
又有的是砭人肌筋的冰雹风雪。

但他决心要踏上前去，
真理的伟光在地平线下闪照，
死的恐怖都辟易远退，
热的心火会把冰雪溶消。

别了，哥哥，别了，
此后各走前途，
再见的机会是在，
当我们和你隶属着的阶级交了战火。

1929，4，12

血　字

血液写成的大字，
斜斜地躺在南京路，
这个难忘的日子——
润饰着一年一度……

血液写成的大字，
刻划着千万声的高呼，

这个难忘的日子——
几万个心灵暴怒……

血液写成的大字，
记录着冲突的经过，
这个难忘的日子——
狞笑着几多叛徒……

五卅哟！
立起来，在南京路走！
把你血的光芒射到天的尽头，
把你刚强的姿态投映到黄浦江口，
把你的洪钟般的预言震动宇宙！

今日他们的天堂，
他日他们的地狱，
今日我们的血液写成字，
异日他们的泪水可入浴。

我是一个叛乱的开始，

我也是历史的长子，
我是海燕，
我是时代的尖刺。

"五"要成为报复的枷子，
"卅"要成为囚禁仇敌的铁栅，
"五"要分成镰刀和铁锤，
"卅"要成为断铐和炮弹！……

四年的血液润饰够了，
两个血字不该再放光辉，
千万的心音够坚决了，
这个日子应该即刻消毁！

（以上选自《拓荒者》1930 年第 1 卷第 4、5 期合刊）

戴望舒

雨　巷

撑着油纸伞，独自
彷徨在悠长，悠长
又寂寥的雨巷，
我希望逢着
一个丁香一样地
结着愁怨的姑娘。

她是有
丁香一样的颜色，
丁香一样的芬芳，
丁香一样的忧愁，
在雨中哀怨，
哀怨又彷徨；

她彷徨在这寂寥的雨巷，
撑着油纸伞
像我一样，
像我一样地
默默彳亍着，
冷漠，凄清，又惆怅。

她静默地走近
走近，又投出
太息一般的眼光，
她飘过
像梦一般地，
像梦一般地凄婉迷茫。

像梦中飘过
一枝丁香地，
我身旁飘过这女郎；
她静默地远了，远了，
到了颓圮的篱墙，
走尽这雨巷。

在雨的哀曲里，
消了她的颜色，
散了她的芬芳，

消散了，甚至她的
太息般的眼光，
她丁香般的惆怅。

撑着油纸伞，独自
彷徨在悠长，悠长
又寂寥的雨巷，
我希望飘过
一个丁香一样地
结着愁怨的姑娘。

我 的 记 忆

我的记忆是忠实于我的，
忠实得甚于我最好的友人。

它存在在燃着的烟卷上，
它存在在绘着百合花的笔杆上，
它存在在破旧的粉盒上，
它存在在颓垣的木莓上，
它存在在喝了一半的酒瓶上，
在撕碎的往日的诗稿上，在压干的花
　片上，
在凄暗的灯上，在平静的水上，
在一切有灵魂没有灵魂的东西上，
它在到处生存着，像我在这世界一样。

它是胆小的，它怕着人们的喧嚣，
但在寂寥时，它便对我来作密切的拜访。
它的声音是低微的，
但是它的话是很长，很长，

很多，很琐碎，而且永远不肯休：
它的话是古旧的，老是讲着同样的故事，
它的音调是和谐的，老是唱着同样的
　曲子，
有时它还模仿着爱娇的少女的声音，
它的声音是没有气力的
而且还夹着眼泪，夹着太息。

它的拜访是没有一定的，
在任何时间，在任何地点，
甚至当我已上床，朦胧地想睡了；
人们会说它没有礼貌，
但是我们是老朋友。

它是琐琐地永远不肯休止的，
除非我凄凄地哭了，或是沉沉地睡了；
但是我是永远不讨厌它，
因为它是忠实于我的。

（以上选自《我的记忆》，上海水沫书店 1929 年版）

寻 梦 者

梦会开出花来的，
梦会开出娇妍的花来的：

去求无价的珍宝吧。

在青色的大海里，
在青色的大海的底里，
深藏着金色的贝一枚。

你去攀九年的冰山吧，
你去航九年的旱海吧，
然后你逢到那金色的贝。

它有天上的云雨声，
它有海上的风涛声，
它会使你的心沉醉。

把它在海水里养九年，
把它在天水里养九年，

然后，它在一个暗夜里开绽了。

当你鬓发斑斑了的时候，
当你眼睛朦胧了的时候，
金色的贝吐出桃色的珠。

把桃色的珠放在你怀里，
把桃色的珠放在你枕边，
于是一个梦静静地升上来了。

你的梦开出花来了。
你的梦开出娇妍的花来了，
在你已衰老了的时候。

我用残损的手掌

我用残损的手掌
摸索这广大的土地：
这一角已变成灰烬，
那一角只是血和泥；
这一片湖该是我的家乡，
（春天，堤上繁花如锦障，
嫩柳枝折断有奇异的芬芳，）
我触到荇藻和水的微凉；
这长白山的雪峰冷到彻骨，
这黄河的水夹泥沙在指间滑出；
江南的水田，你当年新生的禾草
是那么细，那么软……现在只有蓬蒿；
岭南的荔枝花寂寞地憔悴，
尽那边，我蘸着南海没有渔船的苦水……
无形的手掌掠过无限的江山，
手指沾了血和灰，手掌粘了阴暗，
只有那辽远的一角依然完整，
温暖，明朗，坚固而蓬勃生春。
在那上面，我用残损的手掌轻抚，
像恋人的柔发，婴孩手中乳。
我把全部的力量运在手掌
贴在上面，寄与爱和一切希望，
因为只有那里是太阳，是春，
将驱逐阴暗，带来苏生，
因为只有那里我们不像牲口一样活，
蝼蚁一样死……那里，永恒的中国！

一九四二年七月三日

（以上选自《戴望舒诗全编》，浙江文艺出版社1989年版）

戴望舒诗歌
拓展研读资料

何其芳

预　言

这一个心跳的日子终于来临！
呵，你夜的叹息似的渐近的足音，
我听得清不是林叶和夜风私语，
麋鹿驰过苔径的细碎的蹄声！
告诉我，用你银铃的歌声告诉我，
你是不是预言中的年青的神？

你一定来自那温郁的南方！
告诉我那里的月色，那里的日光！
告诉我春风是怎样吹开百花，
燕子是怎样痴恋着绿杨！
我将合眼睡在你如梦的歌声里，
那温暖我似乎记得，又似乎遗忘。

请停下你疲劳的奔波，
进来，这里有虎皮的褥你坐！
让我烧起每一个秋天拾来的落叶，
听我低低地唱起我自己的歌！
那歌声将火光一样沉郁又高扬，
火光一样将我的一生诉说。

不要前行！前面是无边的森林：
古老的树现着野兽身上的斑纹，
半生半死的藤蟒一样交缠着，
密叶里漏不下一颗星星。
你将怯怯地不敢放下第二步，
当你听见了第一步空寥的回声。

一定要走吗？请等我和你同行！
我的脚步知道每一条熟悉的路径，
我可以不停地唱着忘倦的歌，
再给你，再给你手的温存！
当夜的浓黑遮断了我们，
你可以不转眼地望着我的眼睛！

我激动的歌声你竟不听，
你的脚竟不为我的颤抖暂停！
像静穆的微风飘过这黄昏里，
消失了，消失了你骄傲的足音！
呵，你终于如预言中所说的无语而来，
无语而去了吗，年青的神？

一九三一年秋天，北平

云

"我爱那云，那飘忽的云……"
我自以为是波德莱尔散文诗中
那个忧郁地偏起颈子
望着天空的远方人。

我走到乡下。

农民们因为诚实而失掉了土地。
他们的家缩小为一束农具。
白天他们到田野间去寻找零活，
夜间以干燥的石桥为床榻。

我走到海边的都市。

在冬天的柏油街上
一排一排的别墅站立着
像站立在街头的现代妓女，
等待着夏天的欢笑
和大腹贾的荒淫，无耻。

从此我要叽叽喳喳发议论：
我情愿有一个茅草的屋顶，
不爱云，不爱月，
也不爱星星。

（以上选自《预言》，文化生活出版社 1945 年版）

臧克家

老　马

总得叫大车装个够，
他横竖不说一句话，
背上的压力往肉里扣，
他把头沉重的垂下！

这刻不知道下刻的命，
他有泪只往心里咽，
眼里飘来一道鞭影，
他抬起头望望前面。

1932 年 4 月

（选自《烙印》，开明书店 1934 年版）

春　鸟

当我带着梦里的心跳，
睁大发狂的眼睛，
把黎明叫到了我的窗纸上——
你真理一样的歌声。
我吐一口长气，
拊一下心胸，
从床上的恶梦
走进了地上的恶梦。
歌声，
像煞黑天上的星星，
越听越灿烂，
像若干只女神的手

一齐按着生命的键。
美妙的音流
从绿树的云间，
从蓝天的海上，
汇成了活泼自由的一潭。
是应该放开嗓子
歌唱自己的季节，
歌声的警钟
把宇宙
从冬眠的床上叫醒，
寒冷被踏死了，
到处是东风的脚踪。

你的口
歌向青山，
青山添了眉眼；
你的口
歌向流水，
流水野孩子一般；
你的口
歌向草木，
草木开出了青春的花朵；
你的口
歌向大地，
大地的身子应声酥软；

蛰虫听到了你的歌声，
揭开土被
到太阳底下去爬行；
人类听到了你的歌声
活力冲涌得仿佛新生……
而我，有着同样早醒的一颗诗心，
也是同样的不惯寒冷，
我也有一串生命的歌，
我想唱，像你一样，
但是，我的喉头上锁着链子，
我的嗓子在痛苦的发痒。

五月廿日晨万鸟声中

（选自《泥土的歌》，桂林今日文艺社 1943 年版）

发热的只有枪筒子

不要看百货公司
那份神气，
心血枯竭了，
它会一头倒下来碰死！

不要看工厂的大烟囱
摩着天，
突然一下子
它会全不冒烟！

揭开每一口灶门，
摸摸那一堆冷灰，

把手打在心口窝，
去试试每一颗心。

一夜西北风
冻死那么多的人，
整个的中国，
已经是人鬼不分！

这年头，那儿去找繁荣？
繁荣全个儿集中在战地；
这年头，什么都冰冷，
发热的只有枪筒子！

卅五，冬于沪

（选自《生命的零度》，上海新群出版社 1947 年版）

臧克家诗歌
拓展研读资料

艾 青

大堰河——我的褓姆

大堰河,是我的褓姆。
她的名字就是生她的村庄的名字,
她是童养媳,
大堰河,是我的褓姆。

我是地主的儿子;
也是吃了大堰河的奶而长大了的
大堰河的儿子。

大堰河以养育我而养育她的家,
而我,是吃了你的奶而被养育了的,
大堰河啊,我的褓姆。

大堰河,今天我看到雪使我想起了你:
你的被雪压着的草盖的坟墓,
你的关闭了的故居檐头的枯死的瓦菲,
你的被典押了的一丈平方的园地,
你的门前的长了青苔的石椅,
大堰河,今天我看到雪使我想起了你。

你用你厚大的手掌把我抱在怀里,抚摸我;
在你搭好了灶火之后,
在你拍去了围裙上的炭灰之后,
在你尝到饭已煮熟了之后
在你把乌黑的酱碗放到乌黑的桌子上之后,
在你补好了儿子们的,为山腰的荆棘扯破
　　的衣服之后,
在你把小儿被柴刀砍伤了的手包好之后,
在你把夫儿们的衬衣上的虱子一颗颗的
　　掐死之后,
在你拿起了今天的第一颗鸡蛋之后,
你用你厚大的手掌把我抱在怀里,抚摸我。

我是地主的儿子,
在我吃光了你大堰河的奶之后,
我被生我的父母领回到自己的家里。
啊,大堰河,你为什么要哭?

我做了生我的父母家里的新客了!
我摸着红漆雕花的家具,
我摸着父母的睡床上金色的花纹,
我呆呆地看着檐头的写着我不认得的"天伦
　　叙乐"的匾,
我摸着新换上的衣服的丝的和贝壳的钮扣,
我看着母亲怀里的不熟识的妹妹,
我坐着油漆过的安了火钵的炕凳,
我吃着研了三番的白米的饭,
但,我是这般忸怩不安!因为我
我做了生我的父母家里的新客了。

大堰河,为了生活,
在她流尽了她的乳液之后,
她就开始用抱过我的两臂劳动了;
她含着笑,洗着我们的衣服,
她含着笑,提着菜篮到村边的结冰的池塘去,
她含着笑,切着冰屑悉索的萝卜,
她含着笑,用手掏着猪吃的麦糟,
她含着笑,扇着炖肉的炉子的火,
她含着笑,背了团箕到广场上去
晒好那些大豆和小麦,
大堰河,为了生活,
在她流尽了她的乳液之后,
她就用抱过我的两臂,劳动了。

大堰河,深爱着她的乳儿;
在年节里,为了他,忙着切那冬米的糖,
为了他,常悄悄地走到村边的她的家里去,
为了他,走到她的身边叫一声"妈",
大堰河,把他画的大红大绿的关云长
贴在灶边的墙上,
大堰河,会对她的邻居夸口赞美她的乳儿;
大堰河曾做了一个不能对人说的梦:
在梦里,她吃着她的乳儿的婚酒,
坐在辉煌的结彩的堂上,
而她的娇美的媳妇亲切的叫她"婆婆"
…………
大堰河,深爱她的乳儿!

大堰河,在她的梦没有做醒的时候已死了。
她死时,乳儿不在她的旁侧,
她死时,平时打骂她的丈夫也为她流泪,
五个儿子,个个哭得很悲,
她死时,轻轻地呼着她的乳儿的名字,
大堰河,已死了,
她死时,乳儿不在她的旁侧。

大堰河,含泪的去了!
同着四十几年的人世生活的凌侮,
同着数不尽的奴隶的凄苦,
同着四块钱的棺材和几束稻草,
同着几尺长方的埋棺材的土地,
同着一手把的纸钱的灰,
大堰河,她含泪的去了。

这是大堰河所不知道的:

她的醉酒的丈夫已死去,
大儿做了土匪,
第二个死在炮火的烟里,
第三,第四,第五
在师傅和地主的叱骂声里过着日子。
而我,我是在写着给予这不公道的世界的
  咒语。
当我经了长长的飘泊回到故土时,
在山腰里,田野上,
兄弟们碰见时,是比六七年前更要亲密!
这,这是为你,静静的睡着的大堰河
所不知道的啊!

大堰河,今天,你的乳儿是在狱里,
写着一首呈给你的赞美诗,
呈给你黄土下紫色的灵魂,
呈给你拥抱过我的直伸着的手,
呈给你吻过我的唇,
呈给你泥黑的温柔的脸颜,
呈给你养育了我的乳房,
呈给你的儿子们,我的兄弟们,
呈给大地上一切的,
我的大堰河般的褓姆和她们的儿子,
呈给爱我如爱她自己的儿子般的大堰河。

大堰河,
我是吃了你的奶而长大了的
你的儿子,
我敬你
爱你!

一九三三,一,一四,雪朝。

(选自《大堰河》,文化生活出版社1939年版)

太　阳

从远古的墓茔

从黑暗的年代

从人类死亡之流的那边
震惊沉睡的山脉
若火轮飞旋于沙丘之上
太阳向我滚来……

它以难遮掩的光芒
使生命呼吸
使高树繁枝向它舞蹈
使河流带着狂歌奔向它去

当它来时,我听见

冬蛰的虫蛹转动于地下
群众在旷场上高声说话
城市从远方
用电力与钢铁召唤它

于是我的心胸
被火焰之手撕开
陈腐的灵魂
搁弃在河畔
我乃有对于人类再生之确信

1937 年春

（选自《旷野》,重庆生活书店 1942 年版）

雪落在中国的土地上

雪落在中国的土地上,
寒冷在封锁着中国呀……

风,
像一个太悲哀了的老妇,
紧紧地跟随着
伸出寒冷的指爪
拉扯着行人的衣襟,
用着像土地一样古老的话
一刻也不停地絮聒着……

那从林间出现的,
赶着马车的
你中国的农夫
戴着皮帽
冒着大雪
你要到哪儿去呢?

告诉你
我也是农人的后裔——
由于你们的

刻满了痛苦的皱纹的脸
我能如此深深地
知道了
生活在草原上的人们的
岁月的艰辛。

而我
也并不比你们快乐啊
——躺在时间的河流上
苦难的浪涛
曾经几次把我吞没而又卷起——
流浪与监禁
已失去了我的青春的
最可贵的日子,
我的生命
也像你们的生命
一样的憔悴呀

雪落在中国的土地上,
寒冷在封锁着中国呀……

沿着雪夜的河流，
一盏小油灯在徐缓地移行，
那破烂的乌篷船里
映着灯光，垂着头
坐着的是谁呀？

——啊，你
蓬发垢面的少妇，
是不是
你的家
——那幸福与温暖的巢穴——
已被暴戾的敌人
烧毁了么？
是不是
也像这样的夜间，
失去了男人的保护，
在死亡的恐怖里
你已经受尽敌人刺刀的戏弄？

咳，就在如此寒冷的今夜，
无数的
我们的年老的母亲，
都蜷伏在不是自己的家里，
就像异邦人
不知明天的车轮
要滚上怎样的路程……
——而且
中国的路

是如此的崎岖
是如此的泥泞呀。

雪落在中国的土地上，
寒冷在封锁着中国呀……

透过雪夜的草原
那些被烽火所啮啃着的地域，
无数的，土地的垦植者
失去了他们所饲养的家畜
失去了他们肥沃的田地
拥挤在
生活的绝望的污巷里：
饥馑的大地
朝向阴暗的天
伸出乞援的
颤抖着的两臂。
中国的苦痛与灾难
像这雪夜一样广阔而又漫长呀！

雪落在中国的土地上，
寒冷在封锁着中国呀……

中国，
我的在没有灯光的晚上
所写的无力的诗句
能给你些许的温暖么？

1937 年 12 月 28 日，夜间。

（选自《七月》1938 年第 2 集第 1 期）

手　推　车

在黄河流过的地域
在无数的枯干了的河底
手推车
以唯一的轮子

发出使阴暗的天穹痉挛的尖音
穿过寒冷与静寂
从这一个山脚
到那一个山脚

彻响着
北国人民的悲哀

在冰雪凝冻的日子
在贫穷的小村与小村之间
手推车
以单独的轮子

刻画在灰黄土层上的深深的辙迹
穿过广阔与荒漠
从这一条路
到那一条路
交织着
北国人民的悲哀

1938 年初

（选自《北方》，文化生活出版社 1942 年版）

艾青诗歌
拓展研读资料

孙毓棠

北　极

我要的是北极圈，弥空的白雪压盖着冰山；
我要的是千里野云的愁，把墨灰涂满了天。
我愿驮着冷雾飞翔，我已经是一只绝望的鸟，
再忍受不住这生命的火，这一团亘古的燃烧。

我已经是一只绝望的鸟，我要向北极飞翔，
去找死海里的一勺冷水，作我灵魂的食粮；
是我灵魂永久的住家，在冰山顶上筑我的巢，
再忍受不住这生命的火，这一团丑恶的煎熬。

（选自《海盗船》，立达书局 1934 年版）

林　庚

春 天 的 心

春天的心如草的荒芜
随便的踏出门去
美丽的东西随处可以拣起来
少女的心情是不能说的

天上的雨点常是落下
而且不定落在谁的身上
路上的行人都打着雨伞
车上的邂逅多是不相识的

含情的眼睛未必为着谁　　　　　　　　水珠斜落在玻璃车窗上
潮湿的桃花乃有胭脂的颜色　　　　　　江南的雨天是爱人的

（选自《春野与窗》，文学评论社 1934 年版）

卞之琳

距离的组织

想独上高楼读一遍《罗马衰亡史》，　　　　灰色的天。灰色的海。灰色的路。
忽有罗马灭亡星出现在报上。　　　　　　　哪儿了？我又不会向灯下验一把土。
报纸落。地图开，因想起远人的嘱咐。　　　忽听得一千重门外有自己的名字。
寄来的风景也暮色苍茫了。　　　　　　　　好累呵！我的盆舟没有人戏弄吗？
（醒来天欲暮，无聊，一访友人吧。）　　　　友人带来了雪意和五点钟。

一月九日
（选自《雕虫纪历》，人民文学出版社 1979 年版）

圆 宝 盒

我幻想在哪儿（天河里？）　　　　　　　买你家祖父的旧摆设。
捞到了一只圆宝盒，　　　　　　　　　　你看我的圆宝盒
装的是几颗珍珠：　　　　　　　　　　　跟了我的船顺流
一颗晶莹的水银　　　　　　　　　　　　而行了，虽然舱里人
掩有全世界的色相，　　　　　　　　　　永远在蓝天的怀里，
一颗金黄的灯火　　　　　　　　　　　　虽然你们的握手
笼罩有一场华宴，　　　　　　　　　　　是桥！是桥！可是桥
一颗新鲜的雨点　　　　　　　　　　　　也搭在我的圆宝盒里；
含有你昨夜的叹气……　　　　　　　　　而我的圆宝盒在你们
别上什么钟表店　　　　　　　　　　　　或他们也许也就是
听你的青春被蚕食，　　　　　　　　　　好挂在耳边的一颗
别上什么骨董铺　　　　　　　　　　　　珍珠——宝石？——星？

七月八日
（选自《十年诗草》，桂林明日社 1942 年版）

断　章

你站在桥上看风景，　　　　　　　明月装饰了你的窗子，
看风景人在楼上看你。　　　　　　你装饰了别人的梦。

十月？日

（选自《鱼目集》，文化生活出版社 1935 年版）

卞之琳诗歌
拓展研读资料

王独清

我从 Café 中出来……

我从 Café 中出来，　　　　　　　我从 Café 中出来，
身上添了　　　　　　　　　　　　在带着醉
中酒的　　　　　　　　　　　　　无言地
疲乏，　　　　　　　　　　　　　独走，
我不知道　　　　　　　　　　　　我底心内
向那一处走去，才是我底　　　　　感着一种，要失了故国的
暂时的住家……　　　　　　　　　浪人底哀愁……
啊，冷静的街衢，　　　　　　　　啊，冷静的街衢，
黄昏，细雨！　　　　　　　　　　黄昏，细雨！

（选自《王独清诗歌代表作》，上海亚东图书馆 1935 年版）

林徽因

别 丢 掉

别丢掉，
这一把过往的热情，
现在流水似的，
轻轻
在幽冷的山泉底，
在黑夜,在松林，
叹息似的渺茫，
你仍要保存着那真！
一样是月明，

一样是隔山灯火，
满天的星，
只有人不见
梦似的挂起，
你向黑夜要回
那一句话——
你仍得相信
山谷中留着
有那回音

（选自天津《大公报》副刊《文艺》1936 年 3 月 15 日第 110 期）

田 间

给 战 斗 者

在没有灯光
没有热气的晚上，
我们的敌人
来了，
从我们的
手里，
从我们的
怀抱里，
把无罪的伙伴，
关进强暴的栅栏。
他们身上
裸露着

伤疤，
他们永远
呼吸着
仇恨，
他们颤抖，
在大连,在满洲的
野营里，
让喝了酒的
吃了肉的
残忍的总管，
用它的刀，
嬉戏着——

荒芜的
生命，

饥饿的
血……

一

亲爱的
人民！
人民，
在卢沟桥
…………
在丰台

…………
在这悲剧的种族生活着的南方与北方的
　地带里，
被日本帝国主义者的枪杀
斥醒了……
…………

二

是开始了伟大战斗的
七月呵！

经过冰雪,经过烟雾,
遥远地
遥远地
我们
呼唤着
爱与幸福
自由和解放……

七月，
我们
起来了。

我们
起来了
抚摩悲愤的
眼睛呀；

七月，
我们
起来了,
呼啸的河流呵,叛变的土地呵,暴烈的火
　焰呵,
和应该激动在这凄惨的殖民地上的
复活的
歌呵！
因为
我们
是生长在中国。

我们
起来了,
揉擦红色的脚跟,
与黑色的
手指呀；

我们
起来了
在血的农场上,在血的沙漠上,在血的水
　流上,
守望着
中部
边疆。

在中国，
人民的
幼儿，
需要饲养呀，
人民的
牲群，

需要畜牧呀，
人民的
树木，
需要砍伐呀，
人民的
禾麦，
需要收获呀！

在中国，
我们怀爱着——
五月的
麦酒，
九月的
米粉，
十月的
燃料，
十二月的
烟草，
从村落的家里，
从四万万五千万灵魂的幻想的领域里，
漂散着
祖国的

热情，
祖国的
芬芳。

每天，
每天，
我们
要收藏——
在自己的大地上纺织着的
祖国的
白麻，
祖国的
蓝布。

…………
…………

因为
我们，
要活着，永远地活着，欢喜地活着。
在中国。

三

我们
是伟大的中国的伟大的养子呵！
我们
曾经
在扬子江和黄河的
热燥的
水流上，
摇起
捕鱼的木船；

我们，
曾经
在乌兰哈达沙土与南部草地的
周围，

负起着
狩猎的器具；

强壮的
少女，
曾经在亚细亚夜间燃烧的篝火的
野性的
烈焰的
左右，
靠近纺车，
辛勤地
纺织着……

…………

…………

我们，
曾经
用筋骨,用脊背,
开扩着——
粗鲁的
中国。

我们，
懒惰吗?

犯罪吗?

我们，
没有生活的权利,
与自由的
法律吗?

为什么——
亲爱的
人民,
不能宽敞地活下去,平安地活下去呢!

四

伟大的
祖国，
悲剧的日子来了,暴风雨来了,敌人
　　来了……

敌人，
突破着
海岸和关卡,
从天津,
从上海。

敌人，
散布着
炸药和瓦斯,
到田园,
到沼池。

敌人来了，

恶笑着，
走向
我们。

恶笑着，
扫射,
绞杀。

它要走过我们四万万五千万被害死了的
无声息的尸具上,
播着武士道的
胜利的放荡的呼喊……

今天
你将告诉我们以斗争或者以死呢?
伟大的
祖国!

五

我们
必需
战争了,
昨天是懦弱的,是惨呼的,是挣扎的
四万万五千万呵!

斗争，
或者死……

我们

必需
拔出敌人的刀刃，
从自己的
血管。

我们
人性的
呼吸，
不能停止；
血肉的
行列，
不能拆散；
复仇的
枪，
不能扭断，
因为
我们
——不能屈辱地活着，也不能屈辱地死
　　去呀⋯⋯

六

⋯⋯⋯⋯⋯
⋯⋯⋯⋯⋯

我们，
往哪里去？

在世界，
没有大地，
没有海河，
没有意志，
匍匐地
活着
也是死呀！

今天呀，
让我们
死吧，

⋯⋯⋯⋯⋯
⋯⋯⋯⋯⋯

太阳被掩覆了，
疆土的
烽火，
在生长着；

堡垒被破坏了，
兄弟的
尸骸，
在堆积着；

亲爱的
人民，
让我们战争，
更顽强，
更坚韧。

但必须付出我们
最后的灵魂，
到保护祖国的
神圣的
歌声去⋯⋯
亲爱的
人民！

亲爱的
人民！
抓出
木厂里，
墙角里，
泥沟里，
我们的
武器，
挺起

我们
被火烤的,被暴风雨淋的,被鞭子抽打的
　胸脯
斗争吧!

在战争里,
胜利
或者死……

七

在诗篇上,
战士的坟场
会比奴隶的国家

要温暖,
要明亮。

1937.12.24.武昌

(选自《七月》1938年第1集第6期)

假使我们不去打仗

假使我们不去打仗,
敌人用刺刀
杀死了我们,

还要用手指着我们骨头说:
"看,
这是奴隶!"

(选自《抗战诗抄》,新华书店1950年版

阿　垅

纤　夫

　　嘉陵江
风,顽固地逆吹着
江水,狂荡地逆流着,
而那大木船
衰弱而又懒惰
沉湎而又笨重,
而那纤夫们
正面着逆吹的风
正面着逆流的江水
在三百尺远的一条纤绳之前

又大大地——跨出了一寸的脚步!……

　　风,是一个绝望于街头的老人
伸出枯僵成生铁的老手随便拉住行人(不
　让再走了)
要你听完那永不会完的破落的独白,
江水,是一支生吃活人的卐字旗麾下的钢
　甲军队
集中攻袭一个据点
要给它尽兴的毁灭

而不让它有一步的移动！
但是纤夫们既逆着那
逆吹的风
更逆着那逆流的江水。

　　　大木船
活过了两百岁了的样子,活够了的样子
污黑而又猥琐的,
灰黑的木头处处蛀蚀着
木板坼裂成黑而又黑的巨缝(里面像有阴
　　谋和臭虫在做窠的)
用石灰、竹丝、桐油捣制的膏深深地填嵌
　　起来(填嵌不好的),
在风和江水里
像那生根在江岸的大黄桷树,动也——真
　　懒得动呢
自己不动影子也不动(映着这影子的水波
　　也几乎不流动起来)
这个走天下的老江湖
快要在这宽阔的江面上躺下来睡觉了(毫
　　不在乎呢),
中国的船啊！
古老而又破漏的船啊！
而船舱里有
五百担米和谷
五百担粮食和种子
五百担,人底生活的资料
和大地底第二次的春底胚胎,酵母,
纤夫们底这长长的纤绳
和那更长更长的
道路
不过为的这个！

　　　一绳之微
紧张地拽引着
作为人和那五百担粮食和种子之间的力
　　的有机联系,
紧张地——拽引着

前进啊；
一绳之微
用正确而坚强的脚步
给大木船以应有的方向(像走回家的路一
　　样有一个确信而又满意的方向)
向那炊烟直立的人类聚居的、繁殖之处
是有那么一个方向的
向那和天相接的迷茫一线的远方
是有那么一个方向的
向那
一轮赤赤地炽火飞爆的清晨的太阳！——
是有那么一个方向的。

　　　偻伛着腰
匍匐着屁股
坚持而又强进！
四十五度倾斜的
铜赤的身体和鹅卵石滩所成的角度
动力和阻力之间的角度,
互相平行地向前的
天空和地面,和天空和地面之间的人底昂
　　奋的脊椎骨
昂奋的方向
向历史走的深远的方向,
动力一定要胜利
而阻力一定要消灭！
这动力是
创造的劳动力
和那一团风暴的大意志力。

　　　脚步是艰辛的啊
有角的石子往往猛锐地楔入厚茧皮的脚底
多纹的沙滩是松陷的,走不到末梢的
鹅卵石底堆积总是不稳固地滑动着(滑头
　　滑脑地滑动着),
大大的岸岩权威地当路耸立(上面的小树
　　和草是它底一脸威严的大胡子)
——禁止通行！

走完一条路又是一条路
越过一个村落又是一个村落，
而到了水急滩险之处
哗噪的水浪强迫地夺住大木船
人半腰浸入洪怒的水沫飞溅的江水
去小山一样扛抬着
去鲸鱼一样拖拉着
用了
那最大的力和那最后的力
动也不动——几个纤夫徒然振奋地大张着
　　两臂（像斜插在地上的十字架了）
他们决不绝望而用背退着向前硬走，
而风又是这样逆向的
而江水又是这样逆向的啊！
而纤夫们，他们自己
骨头到处格格发响像会片片迸碎的他们
　　自己
小腿胀重像木柱无法挪动
自己底辛劳和体重
和自己底偶然的一放手的松懈
那无聊的从愤怒来的绝望和可耻的从畏
　　惧来的冷淡
居然——也成为最严重的一个问题
但是他们——那人和群
那人底意志力
那坚凝而浑然一体的群
那群底坚凝成钢铁的集中力
——于是大木船又行动于绿波如笑的江
　　面了。

　　一条纤绳
整齐了脚步（像一队向召集令集合去的
　　老兵），
脚步是严肃的（严肃得有沙滩上的晨霜底
　　那种调子）
脚步是坚定的（坚定得几乎失去人性了的
　　样子）

脚步是沉默的（一个一个都沉默得像铁铸
　　的男子）
一条纤绳维系了一切
大木船和纤夫们
粮食和种子和纤夫们
力和方向和纤夫们
纤夫们自己——一个人，和一个集团，
一条纤绳组织了
脚步
组织了力
组织了群
组织了方向和道路，——
就是这一条细细的、长长的似乎很单薄的
　　苎麻的纤绳。

　　前进——
强进！
这前进的路
同志们！
并不是一里一里的
也不是一步一步的
而只是——一寸一寸那么的，
一寸一寸的一百里
一寸一寸的一千里啊！
一只乌龟底竟走的一寸
一只蜗牛底最高速度的一寸啊！
而且一寸有一寸的障碍的
或者一块以不成形状为形状的岩石
或者一块小讽刺一样的自己已经破碎的
　　石子
或者一枚从三百年的古墓中偶然给兔子
　　掘出的锈烂钉子，……
但是一寸的强进终于是一寸的前进啊
一寸的前进是一寸的胜利啊，
以一寸的力
人底力和群底力
直迫近了一寸

那一轮赤赤地炽火飞爆的清晨的太阳！

一九四一，十一，五

（选自《无弦琴》，上海希望社 1947 年版）

力 扬

我 底 竖 琴

尊敬的缪斯！
你说：你等待着我
再给你唱一只你爱听的歌。

请不要对我有太多的抱怨；
我仍然珍惜着
你赐给我的竖琴。

我既然以最大的勇敢
接受你的宠爱，
我就会忠贞地守住我底竖琴。

在那些晴朗的日子，
你知道的——
我曾经弹起我底竖琴
嘹亮地歌唱人类的黎明。

在这风雪的日子里
我默默地前行，我要唱出
对于寒冷的仇恨，
弹着你赐给我底竖琴。

一九四二，一月，古夜郎，鄂西。

（选自《我底竖琴》，重庆诗文学社 1944 年版）

穆 旦

春

绿色的火焰在草上摇曳，
他渴求着拥抱你，花朵。
反抗着土地，花朵伸出来，

当暖风吹来烦恼，或者快乐。
如果你是醒了，推开窗子，
看这满园的欲望多么美丽。

蓝天下，为永远的谜迷惑着的
是我们二十岁的紧闭的肉体，
一如那泥土做成的鸟的歌，

你们被点燃，却无处归依。
呵，光，影，声，色，都已经赤裸，
痛苦着，等待伸入新的组合。

1942 年 2 月

诗 八 首

一

你底眼睛看见这一场火灾，
你看不见我，虽然我为你点燃；
唉，那燃烧着的不过是成熟的年代，
你底，我底。我们相隔如重山！

从这自然底蜕变底程序里，
我却爱了一个暂时的你。
即使我哭泣，变灰，变灰又新生，
姑娘，那只是上帝玩弄他自己。

二

水流山石间沉淀下你我，
而我们成长，在死底子宫里。
在无数的可能里一个变形的生命
永远不能完成他自己。

我和你谈话，相信你，爱你，
这时候就听见我底主暗笑，
不断地他添来另外的你我
使我们丰富而且危险。

三

你底年龄里的小小野兽，
它和春草一样地呼吸，
它带来你底颜色，芳香，丰满，
它要你疯狂在温暖的黑暗里。

我越过你大理石的理智殿堂，
而为它埋藏的生命珍惜；
你我底手底接触是一片草场，
那里有它底固执，我底惊喜。

四

静静地，我们拥抱在
用言语所能照明的世界里，
而那未成形的黑暗是可怕的，
那可能和不可能的使我们沉迷。

那窒息着我们的
是甜蜜的未生即死的言语，
它底幽灵笼罩，使我们游离，
游进混乱的爱底自由和美丽。

五

夕阳西下，一阵微风吹拂着田野，
是多么久的原因在这里积累。
那移动了景物的移动我底心

从最古老的开端流向你，安睡。
那形成了树木和屹立的岩石的，
将使我此时的渴望永存，

一切在它底过程中流露的美

教我爱你的方法,教我变更。

六

相同和相同溶为怠倦,
在差别间又凝固着陌生;
是一条多么危险的窄路里,
我制造自己在那上面旅行。

他存在,听从我底指使,
他保护,而把我留在孤独里,
他底痛苦是不断的寻求
你底秩序,求得了又必须背离。

七

风暴,远路,寂寞的夜晚,
丢失,记忆,永续的时间,
所有科学不能祛除的恐惧
让我在你底怀里得到安憩——

呵,在你底不能自主的心上,
你底随有随无的美丽的形象,
那里,我看见你孤独的爱情
笔立着,和我底平行着生长!

八

再没有更近的接近,
所有的偶然在我们间定型;
只有阳光透过缤纷的枝叶
分在两片情愿的心上,相同。

等季候一到就要各自飘落,
而赐生我们的巨树永青,
它对我们的不仁的嘲弄
(和哭泣)在合一的老根里化为平静。

1942 年 2 月

(以上选自《穆旦诗全集》,中国文学出版社 1996 年版)

穆旦诗歌
拓展研读资料

高 兰

哭亡女苏菲

你哪里去了呢?我的苏菲!
去年今日
你还在台上唱"打走日本出口气"!
今年今日啊!

你的坟头已是绿草凄迷!

孩子啊! 你使我在贫穷的日子里,
快乐了七年,我感谢你。

但你给我的悲痛
是绵绵无绝期呀!
我又该向你说什么呢?

一年了!
春草黄了秋风起,
雪花落了燕子又飞去;
我却没有勇气
走向你的墓地!
我怕你听见我悲哀的哭声,
使你的小灵魂得不到安息!

一年了!
任黎明与白昼悄然消逝,
任黄昏去后又来到夜里;
但我竟提不起我的笔,
为你,写下我忧伤的情绪,
那撕裂人心的哀痛啊!
一想到你,
泪,湿透了我的纸!
泪,湿透了我的笔!
泪,湿透了我的记忆!
泪,湿透了我凄苦的日子!

孩子啊!
我曾一度翻看箱箧,
你的遗物还都好好的放起;
蓝色的书包,
深红的裙子,
一叠香烟里的画片,还有……
孩子! 你所珍藏的一块小绿玻璃!
我低唤着苏菲! 苏菲!
我就伏在箱子上放声大哭了!
醒来夜已三更,月在天西,
寒风里阵阵传来
孤苦的老更人遥远的叹息!

我误了你呀! 孩子!
你不过是患的疟疾,
空被医生挖去我最后的一文钱币。
我是个无用的人啊!
当卖了我最值钱的衣物,
不过是为你买一口白色的棺木,
把你深深地埋葬在黄土里!

可诅咒的固执啊!
使我不曾为你烧化纸钱设过祭,
唉! 你七年的人间岁月,
一直是穷苦与褴褛,
死后你还是两手空空的。

告诉我! 孩子!
在那个世界里,
你是否还是把手指头放在口里,
呆望着别人的孩子吃着花生米?
望着别人的花衣服,
你忧郁的低下头去?

我知道你的魂灵漂泊无依,
漫漫的长夜呀! 你都在哪里?
回来吧! 苏菲! 我的孩子!
我每夜都在梦中等你,
唉! 纵山路崎岖你不堪跋涉,
但我的胸怀终会温暖
你那冰冷的小身躯!

当深山的野鸟一声哀啼,
惊醒了我悲哀的记忆,
夜来的风雨正洒洒凄凄!
我悄然地披衣而起,
提起那惨绿的灯笼,走向风雨,
向暗夜,
向山峰,
向那墨黑的层云下,

呼唤着你的乳名,小鱼!小鱼!
来呀!孩子!这里是你的家呀!
你向这绿色的灯光走吧!
不要怕!
你的亲人正守候在风雨里!

但蜡泪成灰,灯儿灭了!
我的喉咙也再发不出声息。
我听见寒霜落地,
我听见蚯蚓翻泥,
孩子!你却没有回答哟!
唉!飘飘的天风吹过了山峦,
歌乐山巅一颗星儿闪闪,
孩子!那是不是你悲哀的泪眼?

唉!歌乐山的青峰高入云际!
歌乐山的幽谷埋葬着我的亡女!

孩子啊!
你随着我七载流离,
你随着我跨越了千山万水,
我却不曾有一日饱食暖衣!
记得那古城之冬吧!
寒冷的风雪交加之夜,
一床薄被,我们三口之家,
吃完了白薯我们抱头痛哭的事吧!

但贫穷我们不怕,
因为你的美丽像一朵花,
点缀着我们苦难的家,
可是,如今叶落花飞,
我还有什么呀!

因为你爱写也爱画,
在盛殓你的时候,
你痴心的妈妈呀!
在你右手放了一支铅笔,

在你左手放下一卷白纸,
一年了啊!
我没接到你一封信来自天涯,
我没看见你一个字写给妈妈!

我写给你什么呢?
唉!一年来,我像过了十载,
写作的生活呀,
使我快要成为一个乞丐!
我的脊背有些伛偻了,
我的头发已经有几茎斑白,
这个世界里,依旧是
富贵的更为富贵,
贫穷的更为贫穷!
我最后的一点青春与温情,
又为你带进了黄土堆中!

我写给你什么呢?
我一字一流泪!
一句一呜咽!
放下了笔,哭啊!
哭够了!再拿起笔来。

姗姗而来的是别人的春天,
鸟啼花发是别人的今年!
对东风我洒尽了哭女的泪,
向着云天,
我烧化了哭你的诗篇!

小鱼!我的孩子,
你静静地安息吧!
夜更深,
露更寒,
旷野将卷起狂飙!
雷雨闪电将摇撼着千万重山!
我要走向风暴,
我已无所系恋,

孩子！

假如你听见有声音叩着你的墓穴，

那就是我最后的泪滴入了黄泉！

——九四二年三月青木关的山中

（选自《高兰朗诵诗选》，山东文艺出版社 1987 年版）

李　季

王贵与李香香

第　一　部

（三）李　香　香

百灵子雀雀百灵子蛋，
崔二爷家住死羊湾。

大河里涨水清混不分，
死羊湾有财主也有穷人。

死羊湾前沟里有一条水，
有一个穷老汉李德瑞。

白胡子李德瑞五十八，
家里只有一枝花。

女儿名叫李香香，
没有兄弟死了娘。

脱毛雀雀过冬天，
没有吃来没有穿。

十六岁的香香顶上牛一条，
累死挣活吃不饱。

羊肚子手巾包冰糖，
虽然人穷好心肠。

玉米结子颗颗鲜黄，
李老汉年老心肠软。

时常拉着王贵的手，
两眼流泪说："娃命苦！

年岁小来苦头重，
没娘没大孤零零。"

"讨吃子住在关爷庙，
我这里就算你的家。"

刮风下雨人闲下，
王贵就来把柴打。

一个妹子一个大，
没家的人儿找到了家。

（四）掏　苦　菜

山丹丹开花红姣姣，
香香人材长得好！

一对大眼水汪汪，
就像那露水珠在草上淌。

二道糜子碾三次，
香香自小就爱庄稼汉。

地头上沙柳绿蓁蓁，
王贵是个好后生！

身高五尺浑身都是劲，
庄稼地里顶两人。

玉米开花半中腰，
王贵早把香香看中了。

小曲好唱口难开，
樱桃好吃树难栽；

交好的心思两人都有，
谁也害臊难开口。

王贵赶羊上山来，
香香在洼里掏苦菜。

赶着羊群打口哨，
一句曲儿出口了：

"受苦一天不瞌睡，
合不着眼睛我想妹妹。"

停下脚步定一定神，

洼洼里声小像弹琴：

"山丹丹花来背洼洼开，
有那些心思慢慢来。"

"大路畔上的灵芝草，
谁也没有妹妹好！"

"马里头挑马不一般高，
人里头挑人就数哥哥好！"

"樱桃小口糯米牙，
巧口口说些哄人话。"

"交上个有钱的花钱常不断，
为啥要跟我这个揽工的受可怜?!"

"烟锅锅点灯半炕炕明，
酒盅盅量米不嫌哥哥穷。"

"妹妹生来就爱庄稼汉，
实心实意赛过银钱。"

"红瓤子西瓜绿皮包，
妹妹的话儿我忘不了。"

"肚里的话儿乱如麻，
定下个时候，说说知心话。"

天黑夜静人睡下，
妹妹房里把话拉。

"满天的星星没有月亮，
小心踏在狗身上！"

1945 年 12 月于陕北三边

（选自《解放日报》1946 年 9 月 22—24 日）

吴兴华

绝句四首（选二）

一

仍然等待着东风吹送下暮潮　　　　　江南一夜的春雨，乌柏千万树
陌生的门前几次停驻过兰桡　　　　　你家是对着秦淮第几座长桥

二

一轮满月滑移下无垢的楼台　　　　　仿佛庭心初舒展孔雀的丽尾
微步起落下东风使桃李重开　　　　　万人惊叹的眼目都被绣上来

（选自《新语》1945 年第 5 期）

西珈（选二）

一

像一个美好的梦景开放在白日中间，　　　不能是真实，如此的幻象不能是真实！
　向四周舒展它芳香鲜艳欲滴的花瓣，　　　永恒的品质怎能寓于这纤弱的身体，
　同样我初次看见她在人群当中出现，　　战抖于每一阵轻风，像是向晚的杨枝？
不稳的步履就仿佛时时要灭入高天。

她的脸如一面镜子反映诸相的悲欢，　　　或许在瞬息即逝里存在她深的意义，
　自己却永远是空虚，永远是清澄一片。　　　如火链想从石头内击出飞迸的歌诗，
　偶尔有一点苍白的哀感轻浮在表面，　　与往古遥遥的应答，穿过沉默的世纪……
像冬日呵出的暖气，使一切润湿黯然。

十六

最后这首十四行我写下，当多少年代　　　当她已不存在，或在群众涌动里消失
　流过了，自从你初次浅笑的走下楼时，　　　凋残在她的鬓发里蔷薇与月桂的青枝，
　片刻间摇动我身心从未陷落的城池　　这种存在是临近且更可悲于不存在。
以你无意的一顾。奈这种理想的情爱，

　　　　　　　　　　　　　　　　　如今往回看，难道我能禁止心不跳动？
穿过无量数阶层，终止于哲学的膜拜，　　　眼泪，热切的等候与得到之后的荒芜，

平凡无奇的真相与上面绣成的锦梦，

　一切溶合在距离内，不改应赴的定途——

像帆船，时时回首于过去激狂的生命，
　虽然已滑行入港里，不闻巨浪的惊呼。

（选自《文艺时代》1949 年第 1 卷第 4 期）

绿　原

给天真的乐观主义者们

一

群众们，可爱的读者们，我站在你们面前
　冷淡地朗读这篇诗。
可是叫我从哪儿读起，读到哪儿为止呢，
　不幸引用了这些燐光四射的文字？
而且我将惭愧，如果我真的下流到惹你们
　大噪：听哪，
魔鬼在阳光下面对人类大摇大摆地背诵
　讽刺小品了……
且慢申斥我的奇谈吧，可爱的读者，你可
　能回答么——

呼吸在战争下面的中国人民，有多少个愉
　快，有多少个凄惶？
多少人在白昼的思维里，在夜晚的梦幻
　里，进行组织"罪恶"和解散"真理"？
向你们吹牛撒谎的，在非沦陷区匆忙地、
　缓慢地跳着野兽派的舞……
而沉思的人们都有点儿悲哀……

请不要生气，哎，我们的身份不过是——尚
　未亡国的"四强之一"。

二

大街上，警察推销着一个国家的命运；然
　而严禁那些
龌龊的落难者在人行道上用粉笔诉写平
　凡的自传。
这是一片宝岛：货币集中者们象一堆响尾
　蛇似的互相呼应，
共同象征着一种意志的实践：光荣的城永
　远坚强地屹立在地球上。

水门汀，钢筋混凝土……永远支撑着——
　象陀螺般向半空飞旋上去——
银行，信托部，办事处，胜利大厦，百货
　商场……

然而，告诉你，灰烬熄灭了，那怕形状团结
　在一起，也是不能持久的！
破裂的棺材怎样也掩不住死体的臭气和
　丑样子！
请看，知名的律师充任常年法律顾问，发
　行了巨批杰作：

扑克，假面会，赛璐珞，玻璃玩具……
坤伶，明星，交际花，肉感的猥亵作家，美
　食主义者，拆白党，财政敲榨者，肉体
　偶像……
茶会，午餐，鸡尾酒晚宴，接风，饯行，烹调
　术座谈，金融讨论……

勋章，奖状，制服，符号，万能的 Pass，鸡毛
　　文书……
赌窟，秘密会社，娼妓馆，热闹的监狱，疯
　　人院……
鸦片批发，灵魂收买，自行失踪，失足落
　　水，签字、画押，走私，诱拐，祈祷和

三

例如，每次空袭解除了，庆祝常常比哀悼
　　更热烈……

只有这样一回，一位绅士抱着他的夫人忧
　　愁地从私人防空洞出来，有些人大喊：
——可恶的鬼子，可恶的鬼子，一位中国贵
　　妇被炸弹吓昏了……
仆欧跟着："老爷，公馆平安，叭儿狗活
　　着呢。"
（请恕我这个没有身份证的公民吧，他没
　　有福气接近贵人；
因此，他的这两行诗或许象幻想一样错误。）

可是，那些小市民们（一群替罪的羔羊）
　　呢，可爱的读者，我很知道
他们是怎样触霉头的。看吧，街道扭歪了，
　　房屋飞去了，
一颗男人的头颅象烂柿似的悬挂着……
一只女人的裸腿不害羞地摆在电线
　　一起……
一个孩子坐在土堆上，凝望天空的灰尘，
　　没有流泪……
啊，可爱的读者，你还想打听"大隧道惨
　　案"的内幕吗？
…………

不过，大体说来，这光荣的城不容易屈服！
几分钟后又美丽地抬起了头：
男人照样同女人吊膀子……
电影院照样放映香艳巨片……

忏悔……

我不知道，可爱的读者，是否你以为我的
　　见解十分荒谬；
或者是否你见到悲惨的严肃的一面，与我
　　的所见完全相反呢。

理发厅照样替顾客挖耳粪……
花柳专科医师照样附设土耳其浴室，奉送
　　按摩……
绅粮们照样欢迎民众们大量献金……
保甲长们照样用左脚跪在县长面前，用右
　　脚踢打百姓：如此类推，而成衙门……
译员们照样用洋泾浜英语对驻华白侨解
　　释国情……
公务员照样缮写呈文和布告……
报纸照样发表胜利消息，缉拿和悬赏，更
　　正和驳斥……
可怜的学生照样练习他们的体操：立正，
　　敬礼，鞠躬，下跪……
大人们照样指着流泪的、流血的、死了的、
　　毁灭的和倒坍的
象放屁一样念着"阿弥陀佛"和 alleuia，
发挥着十字架的光荣，金字塔的严肃以及
　　东方文艺复兴的意义……
…………
何况这两三年连空袭都没有了，哦，可爱
　　的读者，
谁敢仔细研究这一堆酩酊到蠕滑地呕吐
　　着黏质的肉虫呢？

在中国，谁能快乐而自由？就是这些天国
　　的选民。信不信由你。
然而，今天，地狱的牧者率领一群哀军来
　　了：不要怜悯！
要用可怖的悲惨惊吓这些选民！要将唾
　　沫吐在他们的粉脸上！

日历撕完了，时钟停摆了，可爱的读者，向

四

我是一个都会的流氓，没有受过良好教育。
我的见闻和我的感想自然非常卑微。

在喧哗的马路上，我朦胧地看见许多刺客
　　不说话，走着又停留着……
呀，有人被杀死了，警察还十分客气地向
　　凶手送去一根纸烟呢。

有一次，我走到一片广场上去了，
那儿围着一群人，在赞叹刽子手的勇敢：

尸首俯卧着，仿佛在吮吸从自己肺腑流出
　　的紫血，
或者用点词藻描写，他正用自己的血沐洗
　　自己的罪恶呢……

没有遗嘱。没有钱纸。没有谁给他一顿"最
　　后的晚餐"。
没有赦免。因此，没有忏悔。一个普通犯
　　人的葬礼。

啊，他是比痛苦的生存要快乐十二倍的死
　　亡的宾客之一，
可爱的读者，我们宽恕他生前的一切过

他们挑战！

失吧。

据说他是一个从前线退下来的可耻的
　　逃兵，
曾经保卫过南京——那时汪精卫正向重
　　庆飞……

据说他的母亲哭瞎了，自从他出征以后。
她的眼睛永远不再睁开，就是听到他的儿
　　子做了官……

据说他悄悄回到了故乡，象一匹狗忍受爱
　　国分子的辱骂……
在阳光下面行乞，在灯光下面偷盗，在并
　　没有敌人冲过来的战场上阵亡了。

可爱的读者，我不过是一个不相干的旁观者，
注视着一颗子弹旋转过去的胸脯，我不得不

祝福死者：来世不可在黑巷内咬伤一位贵
　　妇的带钻石的手指；
也祝福活着的人：永远踏着蔷薇色的旅
　　途，切莫逢见窃贼和土匪！

五

几年前，我还是一家纱厂的人事股办事员，
经理命我调查工人的健康状况，"以便向
　　劳动局呈报备案"。
我这样报告：工人们全体拥护"生产建国"
　　的号召！
他们的身体非常强壮！土布较"罗斯福
　　布"更坚韧！

天啦，我撒谎了。他们的体格检查表千篇

一律：
"……女性，十七岁，九岁入厂……
…… 月 经 停 闭，脸 黄，晕 眩，下 午
发烧……"
"……男性，十岁，童工……
……肺结核，痰臭，盗汗，指甲透明……"

可爱的读者，你质问我什么——
啊，少女，她的美丽在哪儿？讨厌青

春吗?

啊,儿童,他的幸福在哪儿?讨厌游戏吗?

他们为什么在纤维里蜷缩着,不言不语?

……几年以后,死了,把饭碗赠给旁人,不
　　是吗?

你觉得,可爱的读者,命运容易统治他们么?

他们不要幸福——只要没有痛苦,你觉得,
　　可爱的读者?

不,你错了。除非人不是人……

他们的、以及这一类人们的怨恨,象自己的
　　骨头一样永远不会同皮肉一样消瘦的!

在晚上,这些人零散地走进一间房……

这些人在一起开会,讨论,决议,进行……

这些人用睡眠的时间干自己的事……

这些人犯了罪,勇敢地用生命赔偿这社会
　　的损失……

这些人的口号不再是:"打倒机器!"……

六

可爱的读者,我还谈谈可怜的知识分
　　子吧。

在骄傲与颓废的轮替里,他们不敢大声
　　说话。

你看,一些精神蔓长着胡须的丑角儿嘤嘤
　　哭泣起来了……

在泥泞的时间的走廊上,他们用虚无主义
　　的酒灌醉自己,避免窗外的噪音。

在象海一样汹涌着波涛的大陆上,他们迷
　　信地怀疑一切——甚至专门寻找

哀伤的街,丧气的屋子,流泪的书……做
　　他的一朵离世的岛屿,

潜伏着他们的做手势的灵魂,恐惧地聆听
　　着斗争的阵亡者的作怪的呼喊……

他们非常苦闷,常常用手按住自己脉搏检
　　查自己的病症,

有时不觉将自己的思想孵化出变节的
　　幻虫!

于是,阅读着错误的哲学;巧妙地注解着
　　慈善家杀戮婴儿的原因;

模仿蟋蟀用尾巴歌吹——庆祝圣者以神的
　　名义统治他们的同胞。

他们逃避着巨大的爱情和仇恨,他们自
　　嘲:鲁滨逊不需要钱币!

然而,可爱的读者,这群幼稚的犬儒们将
　　永远回复到

神权时代的恐怖与羞耻里去:恐怖自己的
　　影子,羞耻于接近阳光:

他们渐渐昏迷了,可怜这些夭折在母胎里
　　的婴儿。我附带举一个例证——

常常有人说我的邻居犯了罪,

因为在那洁白的粉墙上的

庄严的肖像和滑稽的刺刀面前,

他竟无缘无故地微微喟叹。

谁晓得他想到什么了?

他为什么喟叹,他为什么喟叹呢?

狱卒们常常在夜半听见这样浓重的喟
　　叹的——

这蓝天下面的轻轻雷声证明了他的罪状:
　　"你说,他叫什么名字?"

哎,我的邻居从这个世界失踪了,

我仿佛还听到沉睡的森林里

有一只受难的小兔低低泣着……

他正是一个胆小怕事的知识分子呢,

愿你保佑他,上帝!

我们离开他们吧,让他们象从梦中醒来一

样死去吧,可爱的读者。
让他们在时代的石块上撞破脑袋,

让他们的脑袋象鸡蛋一样碎裂:让他们的
　　勇敢同懦怯象蛋黄同蛋白一样分开!

七

不过,可爱的读者,我也是一个低级知识
　　分子,皮肤奇痒,肌肉溃烂。
太阳使我的身体发热,小河给我以清洁
　　的水,
燕子,它唱得多好,从自己胸脯撕落
一片片棕色的羽毛,在我的屋梁上筑它
　　的窠……
可是,我却常常无端哆嗦,嘴唇发白……
我的朋友曾刻薄地骂我是:从忧郁里享乐!

可爱的读者,这批评是对的。从前我真是
　　一个神经衰弱的无神论者,
曾经荒谬地信奉悲哀的宗教,用弥撒来咒
　　骂耶和华……
但是,今天,那样可笑的我已经完全
　　变了——
我的急剧的心脏渐渐坚硬,象一块泡浸在
　　酒精里的印地安橡皮。
我的心脏究竟泡浸在什么里面呢,是演现
　　在世界各处的悲惨的历史吧?
是的,是那悲惨的历史象洪水一样冲击
　　着,而人不能是一块水成岩……

我知道我还有泪水,但是我再没有哭泣
　　过,甚至叹气,自从我结交了一群浓重
　　的冤魂……

八

请温暖地批判吧,可爱的读者!
这几行不完整的诗句再不能删减,可是也
　　不好增加了。

当然,我还不能大声欢笑,因为一切痛苦
　　的过去远没有完全否决!
因此,我厌弃轻浮的颂歌。叫我赞美那些
　　腐朽的上流社会吗?
不如叫一个犯人去赞美断头台的堂皇:要
　　他的命吧!

可爱的读者,在严肃的光阴里,我的诗是
　　一文不值的——那又算什么呢。
我并不信仰西欧的德谟克拉西,亚细亚也
　　不需要人道主义的惠特曼;
这无光的大陆正在从事反抗和斗争!
在中国,伟大的诗人们正向你,可爱的读
　　者,写着革命史;
我不过是一个渺小的猎人,发现一两滴兔
　　子或者松鼠的血迹后,
再告诉力士们去追寻那些猛兽和凶禽!

你以为,可爱的读者,我还没有见到一些
　　光明的体积吧? 看见的。
虽然圣经不敢发表他们的史迹,博物馆不
　　敢陈设他们的塑像,
甚至百科全书不敢记载他们的姓名,然而
　　我正走向他们……
不过,不必赞美他们——这些战斗者,
正如我不必赞美我自己的诗。

就算这是一个新从中国这古老的胎盘里
　　出世的同志的报告:
愿他的希望比他的回忆愉快些!

一九四四年十二月

(选自绿原、牛汉编《白色花》,人民文学出版社 1981 年版)

唐　祈

女 犯 监 狱

我关心那座灰色的监狱，
死亡，鼓着盆大的腹，
在暗屋里孕育。

进来，一个女犯牵着自己的
小孩：走过黑暗的甬道里跌入
铁的栏栅，许多乌合前来的
女犯们，突出阴暗的眼球，
向你漠然险恶地注看——
她们的脸，是怎样饥饿、狂暴，
对着亡人突然嚎哭过，
　　而现在连寂寞都没有。

墙角里你听见撕裂的呼喊：
黑暗监狱的看守人也不能

用鞭打制止的；可怜的女犯在流产，
血泊中，世界是一个乞丐
向你伸手，
婴胎三个黑夜没有下来。

啊！让罪恶像子宫一样
割裂吧：为了我们哭泣着的
这个世界！

阴暗监狱的女犯们，
没有一点别的声响，
铁窗漏下几缕冰凉的月光，
她们都在长久地注视
死亡——
还有比它更恐怖的地方。

一九四六年于重庆
（选自《中国新诗》1948 年第 3 期）

袁水拍

发票贴在印花上

票贴在印花上，
寇丹拓在脚趾上，
水兵出巡马路上，
吉普开到人身上。

黄埔氽到阶沿上，

房子造在金条上，
工厂死在接收上，
鸟窠做在烟囱上。

演得好戏我来看，
重税派在你头上，

学生募捐读书钱，
教师罢工课不上。

仓库皮子一把火，
仓库馅子没去向，
廉耻挂在高楼上，
是非扔进大毛坑。

民主涂在嘴巴上，
自由附在条件上，
议案协定归了档，
文章写在水面上。

游行学生坐卡车，
面包装在吉普上，
自由太多便束缚，
羊枣优待故身亡。

脑袋碰在枪弹上，
和平挑在刀尖上，
中国命运在哪里？

挂在高高鼻子上。

米粮落入黑市场，
面粉救济黄牛党，
财政躺在发行上，
发行发到天文上。

上海跳舞中国饿，
十九个省份都闹荒，
收购军米免征粮，
树皮草根啃个光。

百姓滚在钉板上，
汉奸坐牢带铜床，
曲线软性是救国，
地上地下往来忙。

南京复员拆篷户，
广州迎驾砖砌窗，
力气使在市容上，
四强之一叮叮当！

一九四六年四月十一日

（选自《袁水拍诗歌选》，人民文学出版社 1985 年版）

袁可嘉

沉　钟

让我沉默于时空，
如古寺锈绿的洪钟；
负驮三千载沉重，
听窗外风雨匆匆；

把波澜掷给高松，

把无垠还诸苍穹；

我是沉寂的洪钟，
沉寂如蓝色凝冻；

生命脱蒂于苦痛，

苦痛任死寂煎烘；
我是站定的旌旗，

收容八方的野风！

一九四六年
（选自《文艺复兴》1946年第3卷第4期）

杜运燮

滇缅公路

不要说这只是简单的现实；
试想没有血脉的躯体，没有油管的
机器；你们该起来歌颂：就是他们，
（营养不足，半裸体，挣扎在死亡的边沿）
就是他们，冒着饥寒与疟蚊的袭击，
每天不让太阳占先，从匆促搭盖的
土穴草窠里出来，挥动起原始的
锹铲，不惜仅有的血汗，一厘一分地
为民族争取平坦，争取自由的呼吸。

歌唱呵，你们，就要自由的人民，
路给我们希望与幸福，而就是他们
（还带着沉重的枷锁而任人播弄）
给我们明朗的信念，光明闪烁在眼前。
我们都记得无知而勇敢的牺牲，
永在阴谋剥削而支持享受的一群，
与一种新声音在响，一个新世界在到来，
如同不会忘记时代是怎样无情，
一个浪头，一个轮齿都是清楚的教训。

看，那就是，那就是他们不朽的化身：
穿过高寿的森林，经过万千年风霜
与期待的山岭，蛮横如野兽的激流，
以及神秘如地狱的疟蚊大本营，……
就用勇敢而善良的血汗与忍耐
踩过一切阻挡，走出来，走出来，
给战斗疲倦的中国送鲜美的海风，

送热烈的鼓励，送血，送一切，于是
这坚韧的民族更英勇，开始欢笑：
"我起来了，我起来了，我已经自由！"

路永远使我们兴奋，都来歌唱呵！
这是重要的日子，幸福就在手头。
看它，风一样有力，航过绿色的田野，
蛇一样轻灵，从茂密的草木间
盘上高山的背脊，飘行在云流中，
俨然在飞机的坐舱里，发现新的世界，
而又鹰一般敏捷，画几个优美的圆弧
降落下簸形的溪谷，倾听村落里
安息前欢愉的匆促，轻烟的朦胧中
溢着亲密的呼唤，人性的温暖，
于是更懒散，沿着水流缓缓走向城市。

而，就在粗糙的寒夜里；荒冷
而空洞，也一样负着全民族的
食粮：载重车的黄眼满山搜索，
搜索着跑向人民的渴望；
沉重的橡皮轮不绝滚动着，
人民兴奋的脉搏，每一块石子
一样觉得为胜利尽忠而骄傲：
微笑了，为满足而微笑着的星月下面，
微笑了，在豪华的凯旋日子的好梦里。

征服了黑暗就是光明，它晓得；

你看,黎明红色的消息已写在
每一片云上,攒涌着多少兴奋的头颅,
七色的光在忙碌调整布景的效果,
星子在奔走,鸟儿在转身睁眼,
远处沿着山顶闪着新弹的棉花,
滇缅公路得万物朝气的鼓励,
狂欢地引负远方来的货物,
山峰顶看雾,看山坡上的日出,
修路工人在草露上打欠伸,"好早啊!"

早啊! 好早啊! 路上的尘土还没有

大群的起来追逐,辛勤的农夫
因为太疲劳,肌肉还需要松弛,
牧羊的小孩正在纯洁的忘却中,
城里人还在重复他们枯燥的旧梦,
而它,就引着成群各种形状的影子
在荒废久年的森林草丛间飞奔:
一切在飞奔,不准许任何人停留,
远方的星球被转下地平线,
拥挤着房屋的城市已到面前,
可是它,不能停,还要走,还要走,
整个民族在等待,需要它的负载。

（选自《闻一多全集·现代诗钞》,上海开明书店 1948 年版）

陈敬容

逻辑病者的春天

一

流得太快的水
像不在流,
转得太快的轮子
像不在转,
笑得太厉害的脸孔
就像在哭,
太强烈的光耀眼,
让你像在黑暗中一样
看不见。

完整等于缺陷,
饱和等于空虚,
最大等于最小,
零等于无限。

终是古老又古老,这世界
却仿佛永远新鲜;
把老祖母的箱笼翻出来,
可以开一家漂亮的时装店。

二

多少形象、姿势、符号和声音,
我们早已厌倦;咦,
你倒是一直不老呵,这个蓝天!

温暖的春天的晨朝,
阳光里有轰炸机盘旋。

自然是一座大病院，
春天是医生，阳光是药，
叫疲敝的灵魂苏醒，
叫枯死的草木复活。

我们有一千个倦怠，一万个累，
日子无情地往背脊上堆；

可春天来了，也想
伸一伸懒腰，打两个呵欠。

尽管想象里有无边的绿，
可是水、水、水呵，
我们依旧怀抱着
不尽的渴。

三

生活在生活里，
工作、吃喝、睡眠，
有所谓而笑，有所谓而哭，
一点都不嫌突兀。

斑鸠在晴天悲鸣，
呼唤着风风雨雨——

可怜，可怜，最可怜是希望
有时就渴死在绝望里。

筑起意志的壁垒，
然后再徘徊，
你宽恕着
又痛恨着你自己。

四

睡梦里忽然刮大风，
夹带着一片犬吠，
风静后谁家的一扇
沉重的门，沉重地关上了，
仿佛就是我
被关在睡眠之外，
独听远远地
一列火车急驰的声音。

呵，西伯利亚的
寒流，早已过去——

那末现在是真正的

春天？ 是呵，你不见
阳光已开始软绵，
杨柳垂了丝，
大地生了绿头发，
连风也喝醉了酒？

我们只等待雷声。
雷，春天的第一阵雷，
将会惊醒虫豸们的瞌睡；
那将是真正的鸣雷，
而不仅仅是这个天空的
伤了风的咳嗽。

五

儿童节，有几个幸运儿童，
在庆祝会上装束辉煌，
行礼，背演讲辞，受奖；
而无数童工在工厂里，
被八小时十小时以上的

苦工，摧毁着健康。

欺骗和谎话本是一家，
春天呵，我们知道你有
够多的短暂的花！

追悼会,凄凉的喇叭在吹,
我们活着的,却没有工夫
一径流眼泪。

我们是现代都市里
渺小的沙丁鱼,
无论衣食住行,
全是个挤! 不挤容不下你。
鸟兽虫鱼全分不到
我们的关心,
就是悲欢离合,
也都很平常,

一切被"挤"放逐,
成了空白。

昨夜梦到今朝引不起惆怅,
山山水水,失去了梦中桥梁;
清明或是中秋,
总难管风雨和月亮。

永远有话要说,有事要做,
每一个终结后面又一个开始;
一旦你如果忽然停住,
不管愿不愿,那就是死。

写于一九四七年四月一日至五日,上海
（选自《九叶集》,江苏人民出版社 1981 年版）

辛　笛

风　景

列车轧在中国的肋骨上
一节接着一节社会问题
比邻而居的是茅屋和田野间的坟
生活距离终点这样近
夏天的土地绿得丰饶自然

兵士的新装黄得旧褪凄惨
惯爱想一路来行过的地方
说不出生疏却是一般的黯淡
瘦的耕牛和更瘦的人
都是病,不是风景!

一九四八年夏在沪杭道中
（选自《中国新诗》1948 年第 4 期）

郑 敏

金黄的稻束

金黄的稻束站在
割过的秋天的田里，
我想起无数个疲倦的母亲，
黄昏路上我看见那皱了的美丽的脸，
收获日的满月在
高耸的树巅上，
暮色里，远山
围着我们的心边，

没有一个雕像能比这更静默。
肩荷着那伟大的疲倦，你们
在这伸向远远的一片
秋天的田里低首沉思，
静默。静默。历史也不过是
脚下一条流去的小河，
而你们，站在那儿，
将成为人类的一个思想。

（选自《诗集 1942—1947》，文化生活出版社 1948 年版）

散　文

胡　适

易卜生主义

《易卜生主义》这个题目不是容易做的。我又不是专门研究易卜生的人，如何配做这篇文字？但是我们现在出一本《易卜生号》，大吹大播的把易卜生介绍到中国来，似乎又不能不有一篇《易卜生主义》的文字。没奈何，我只好把我心目中的《易卜生主义》写出来，做一个《易卜生号》的引子。

一

易卜生最后所作的《我们死人再生时》（When We Dead Awaken）一本戏里面有一段话，很可表出易卜生所作文学的根本方法。这本戏的主人翁，是一个美术家，费了全副精神，雕成一副像，名为《复活日》。这位美术家自己说他这副雕像的历史道：

> 我那时年纪还轻，不懂得世事。我以为这《复活日》应该是一个极精致、极美的少女像，不带着一毫人世的经验，平空地醒来，自然光明庄严，没有什么过恶可除。……但是我后来那几年，懂得些世事了，才知道这《复活日》不是这样简单的，原来是很复杂的。……我眼里所见的人情世故，都到我理想中来，我不能不把这些现状包括进去。我只好把这像的座子放大了，放宽了。

> 我在那座子上雕了一片曲折爆裂的地面。从那地的裂缝里，钻出来无数模糊不分明，人身兽面的男男女女。这都是我在世间亲自见过的男男女女。

这是"易卜生主义"的根本方法。那不带一毫人世罪恶的少女像，是指那盲目的理想派文学。那无数模糊不分明、人身兽面的男男女女，是指写实派的文学。易卜生早年和晚年的著作虽不能说全是写实主义，但我们看他极盛时期的著作，尽可以说，易卜生的文学，易卜生的人生观，只是一个写实主义。一八八二年，他有一封信给一个朋友，信中说道："我做书的目的，要使读者人人心中都觉得他所读的全是实事。"（《尺牍》第一五九号）

　　人生的大病根在于不肯睁开眼睛来看世间的真实现状。明明是男盗女娼的社会,我们偏说是圣贤礼义之邦;明明是赃官污吏的政治,我们偏要歌功颂德;明明是不可救药的大病,我们偏说一点病都没有! 却不知道:若要病好,须先认有病;若要政治好,须先认现今的政治实在不好;若要改良社会,须先知道现今的社会实在是男盗女娼的社会! 易卜生的长处,只在他肯说老实话,只在他能把社会种种腐败龌龊的实在情形,写出来叫大家仔细看。他并不是爱说社会的坏处,他只是不得不说。

　　一八八〇年,他对一个朋友说:"我无论作什么诗,编什么戏,我的目的只要我自己精神上的舒服清净。因为我们对于社会的罪恶,都脱不了干系的。"(《尺牍》一四八号)因为我们对于社会的罪恶都脱不了干系,故不得不说老实话。

<h2 style="text-align:center">二</h2>

　　我们且看易卜生写近世的社会,说的是一些什么样的老实话。第一,先说家庭。

　　易卜生所写的家庭,是极不堪的。家庭里面,有四种大恶德:一是自私自利;二是倚赖性,奴隶性;三是假道德,装腔做戏;四是懦怯没有胆子。做丈夫的便是自私自利的代表。他要快乐,要安逸,还要体面,所以他要娶一个妻子。正如《娜拉》戏中的郝尔茂,他觉得同他妻子有爱情是很好玩的。他叫他的妻子做"小宝贝"、"小鸟儿"、"小松鼠儿"、"我的最亲爱的"等等肉麻名字。他给他妻子一点钱去买糖吃,买粉搽,买好衣服穿。他要他妻子穿得好看,打扮的标致。做妻子的完全是一个奴隶。她丈夫喜欢什么,她也该喜欢什么:她自己是不许有什么选择的。她的责任在于使丈夫欢喜。她自己不用有思想,她丈夫会替她思想。她自己不过是她丈夫的玩意儿,很像叫化子的猴子专替他变把戏引人开心的。(所以《娜拉》又名《玩物之家》。)丈夫要妻子守节,妻子却不能要丈夫守节。正如《群鬼》(Ghosts)戏里的阿尔文夫人受不过丈夫的气,跑到一个朋友家去;那位朋友是个牧师,很教训了她一顿,说她不守妇道。但是阿尔文夫人的丈夫专在外面偷妇人,甚至淫乱他妻子的婢女;人家都毫不介意,那位牧师朋友也觉得这是男人常有的事,不足为奇! 妻子对丈夫,什么都可以牺牲;丈夫对妻子,是不犯着牺牲什么的。《娜拉》戏内的娜拉因为要救她丈夫的生命,所以冒她父亲的名字,签了借据去借钱。后来事体闹穿了,她丈夫不但不肯替娜拉分担冒名的干系,还要痛骂她带累他自己的名誉。后来和平了结了,没有危险了,她丈夫又装出大度的样子,说不追究她的错处了。他得意扬扬的说道:"一个男人赦了他妻子的过犯是很畅快的事!"

　　这种极不堪的情形,何以居然忍耐得住呢? 第一,因为人都要顾面子,不得不装腔做戏,做假道德遮着面孔。第二,因为大多数的人都是没有胆子的懦夫。因为要顾面子,故不肯闹翻;因为没有胆子,故不敢闹翻。那《娜拉》戏里的娜拉忽然看破家庭是一座做猴子戏的戏台,她自己是台上的猴子。她有胆子,又不肯再装假面子,所以告别了掌班的,跳下了戏台,去干她自己的生活。

　　那《群鬼》戏里的阿尔文夫人没有娜拉的胆子,又要顾面子,所以被她的牧师朋友一劝,就劝回头了,还是回家去尽她的"天职",守她的"妇道"。她丈夫仍旧做那种淫荡的行为,阿尔文夫人只好牺牲自己的人格,尽力把他羁縻在家。后来生下一个儿子,他母亲恐怕他在家学了他父亲的坏榜样,所以到了七岁便把他送到巴黎去。她一面要哄她丈夫在家,一面要在外边替她丈夫修名誉,一面要骗她儿子说他父亲是怎样一个正人君子。这种情形,过了十九个足年,她丈夫才死。死后,他妻子还要替他装面子,花了许多钱,造了一所孤儿院,作她亡夫的遗爱。孤儿院造成了,她把儿子唤回来参预孤儿院落成的庆典。谁知她儿子从胎里就得了他父亲的花柳病的遗毒,变成一种脑腐症,到家没几天,那孤儿院也被火烧了,她儿子的遗传病发作,脑子坏了,就成了疯人了 。这是没有胆子,又要顾面子的结局。这就是腐败家庭的下场!

三

其次,且看易卜生论社会的三种大势力。那三种大势力:一是法律,二是宗教,三是道德。

第一,法律　法律的效能在于除暴去恶,禁民为非。但是法律有好处,也有坏处。好处在于法律是无有偏私的;犯了什么法,就该得什么罪。坏处也在于此。法律是死板板的条文,不通人情世故;不知道一样的罪名却有几等几样的居心,有几等几样的境遇情形;同犯一罪的人却有几等几样的知识程度。法律只说某人犯了某法的某某篇、某某章、某某节,该得某某罪,全不管犯罪的人的知识不同,境遇不同,居心不同。《娜拉》戏里有两件冒名签字的事。一件是一个律师做的,一件是一个不懂法律的妇人做的;那律师犯这罪全由于自私自利,那妇人犯这罪全因为她要救她丈夫的性命。但是法律全不问这些区别。请看这两个"罪人"讨论这个问题:

(律师)郝夫人,你好像不知道你犯了什么罪。我老实对你说,我犯的那桩使我一生声名扫地的事,和你所做的事恰恰相同,一毫也不多,一毫也不少。

(娜拉)你! 难道你居然也敢冒险去救你妻子的命吗?

(律师)法律不管人的居心如何。

(娜拉)如此说来,这种法律是笨极了。

(律师)不问它笨不笨,你总要受它的裁判。

(娜拉)我不相信。难道法律不许做女儿的想个法子免得她临死的父亲烦恼吗? 难道法律不许做妻子的救她丈夫的命吗? 我不大懂得法律,但是我想总该有这种法律承认这些事的。你是一个律师,你难道不知道有这样的法律吗? 柯先生,你真是一个不中用的律师了。

最可怜的是世上真少这种入情入理的法律!

第二,宗教　易卜生眼里的宗教久已失了那种可以感化人的能力! 久已变成毫无生气的仪节信条,只配口头念得烂熟,却不配使人奋发鼓舞了。《娜拉》戏里说:

(郝尔茂)你难道没有宗教吗?

(娜拉)我不很懂得究竟宗教是什么东西。我只知道我进教时那位牧师告诉我的一些话。他对我说宗教是这个,是那个,是这样,是那样。

如今人的宗教,都是如此,你问他信什么教,他就把他的牧师或是他的先生告诉他的话背给你听,他会背耶稣的《祈祷》文,他会念阿弥陀佛,他会背一部《圣谕广训》。这就是宗教了!

宗教的本意,是为人而作的。正如耶稣说的,"礼拜是为人造的,不是人为礼拜造的。"不料后世的宗教处处与人类的天性相反,处处反乎人情。如《群鬼》戏中的牧师,逼着阿尔文夫人回家去受那荡子丈夫的待遇,去受那十九年极不堪的惨痛。那牧师说,宗教不许人求快乐;求快乐便是受了恶魔的魔力了。他说宗教不许做妻子的批评她丈夫的行为。他说宗教教人无论如何总要守妇道,总须尽责任。那牧师口口声声所说是"是"的,阿尔文夫人心中总觉得都是"不是"的。后来阿尔文夫人仔细去研究那牧师的宗教，忽然大悟原来那些教条都是假的，都是"机器造的"！

　　但是这种机器造的宗教何以居然能这样兴旺呢？原来现在的宗教虽没有精神上的价值，却极有物质上的用场。宗教是可以利用的，是可以使人发财得意的。那《群鬼》戏里的木匠，本是一个极下流的酒鬼，卖妻卖女都肯干的。但是他见了那位道学的牧师，立刻就装出宗教家的样子，说宗教家的话，做宗教家的唱歌祈祷，把这位蠢牧师哄得滴溜溜的转。那《罗斯马庄》（Rosmersholm）戏里面的主人翁罗斯马本是一个牧师，后来他的思想改变了，遂不信教了。他那时想加入本地的自由党。不料党中的领袖却不许罗斯马宣告他脱离教会的事。为什么呢？因为他们党里很少信教的人，故想借罗斯马的名誉来号召那些信教的人家。可见宗教的兴旺，并不是因为宗教真有兴旺的价值，不过是因为宗教有可以利用的好处罢了。如今的基督教青年会竟开明的用种种物质上的便利来做招揽会员的钓饵，所以有些人住青年会的洋房，洗青年会的雨浴，到了晚上仍旧去"白相堂子"，仍旧去"逛胡同"，仍旧去打麻雀扑克。这也是宗教兴旺的一种原因了！

　　第三，道德　法律宗教既没有裁制社会的本领，我们且看"道德"可有这种本事。据易卜生看来，社会上所谓"道德"不过是许多陈腐的旧习惯。合于社会习惯的，便是道德；不合于社会习惯的，便是不道德。我且举中国风俗为例。我们中国的老辈人看见少年男女实行自由结婚，便说是"不道德"。为什么呢？因为这事不合于"父母之命，媒妁之言"的社会习惯。但是这班老辈人自己讨许多小老婆，却以为是很平常的事，没有什么不道德。为什么呢？因为习惯如此。又如中国人死了父母，发出讣书，人人都说"泣血稽颡"，"苫块昏迷"。其实他们何尝泣血？又何尝"寝苦枕块"？这种自欺欺人的事，人人都以为是"道德"，人人都不以为羞耻。为什么呢？因为社会的习惯如此，所以不道德的也觉得道德了。

　　这种不道德的道德，在社会上，造出一种诈伪不自然的伪君子。面子上都是仁义道德，骨子里都是男盗女娼。易卜生最恨这种人，他有一本戏，叫做《社会的栋梁》（Pillars of Society）。戏中的主人翁名叫褒匿，是一个极坏的伪君子；他犯了一桩奸情，却让他兄弟受这恶名，还要诬赖他兄弟偷了钱跑脱了。不但如此，他还雇了一只烂脱底的船送他兄弟出海，指望把他兄弟和一船的人都沉死在海底，可以灭口。这样一个大奸，面子上却做得十分道德，社会上都尊敬他，称他做"全市第一个公民"、"公民的模范"、"社会的栋梁"！他谋害他兄弟的那一天，本城的公民，聚了几千人，排起队来，打着旗，奏着军乐，上他的门来表示社会的敬意，高声喊道："褒匿万岁！社会的栋梁褒匿万岁！"

　　这就是道德！

四

　　其次，我们且看易卜生写个人与社会的关系。

　　易卜生的戏剧中，有一条极显而易见的学说，是说社会与个人互相损害；社会最爱专制，往往用强力摧折个人的个性（Individuality），压制个人自由独立的精神；等到个人的个性都消灭了，等到自由独立的精神都完了，社会自身也没有生气了，也不会进步了。社会里有许多陈腐的习惯，老朽的思想，极不堪的迷信。个人生在社会中，不能不受这些势力的影响。有时有一两个独立的少年，不甘心受这种陈腐规矩的束缚，于是东冲西突，想与社会作对。上文所说的褒匿，当少年时，也曾想和社会反抗。但是社会的权力很大，网罗很密；个人的能力有限，如何是社会的敌手？社会对个人道："你们顺我者生，逆我者死；顺我者有赏，逆我者有罚。"那些和社会反对的少年，一个一个的都受家庭的责备，遭朋友的怨恨，受社会的侮辱驱逐。再看那些奉承社会意旨的人，一个个的都升官发财、安富尊荣了。当此境地,不是顶天立地的好汉,决不能坚持到底。所以像褒匡那班人,做了几时的维新志士,不久也渐渐的受社会同化,仍旧回到旧社会去做"社会的栋梁"了。社会如同一个大火炉,什么金银铜铁锡进了炉子,都要熔化。易卜生有一本戏叫做《雁》(The Wild Duck),写一个人捉到一只雁,把它养在楼上半阁里,每天给它一桶水,让它在水里打滚游戏。那雁本是一个海阔天空逍遥自得的飞鸟,如今在半阁里关久了,也会生活,也会长得胖胖的,后来竟完全忘记了它从前那种海阔天空来去自由的乐处了!个人在社会里,就同这雁在人家半阁上一般,起初未必满意,久而久之,也就惯了,也渐渐的把黑暗世界当作安乐窝了。

社会对于那班服从社会命令,维持陈旧迷信,传播腐败思想的人,一个一个的都有重赏。有的发财了,有的升官了,有的享大名誉了。这些人有了钱,有了势,有了名誉,就像老虎长了翅膀,更可横行无忌了,更可借着"公益"的名义去骗人钱财,害人生命,做种种无法无天的行为。易卜生的《社会栋梁》和《博克曼》(John Gabriel Borkman)两本戏的主人翁都是这种人物。他们钱赚得够了,然后掏出几个小钱来,开一个学堂,造一所孤儿院,立一个公共游戏场,"捐二十磅金去买面包给贫人吃"。于是社会格外恭维他们,打着旗子,奏着军乐,上他们家来,大喊"社会的栋梁万岁!"

那些不懂事又不安本分的理想家,处处和社会的风俗习惯反对,是该受重罚的。执行这种重罚的机关,便是"舆论",便是大多数的"公论"。世间有一种最通行的迷信,叫做"服从多数的迷信"。人都以为多数人的公论总是不错的。易卜生绝对的不承认这种迷信。他说"多数党总在错的一边,少数党总在不错的一边"。一切维新革命,都是少数人发起的,都是大多数人所极力反对的。大多数人总是守旧麻木不仁的;只有极少数人,——有时只有一个人,——不满意于社会的现状,要想维新,要想革命。这种理想家是社会所最忌的。大多数人都骂他是"捣乱分子",都恨他"扰乱治安",都说他"大逆不道";所以他们用大多数的专制威权去压制那"捣乱"的理想志士,不许他开口,不许他行动自由;把他关在监牢里,把他赶出境去,把他杀了,把他钉在十字架上活活的钉死,把他捆在柴草上活活的烧死。过了几十年几百年,那少数人的主张渐渐的变成多数人的主张了,于是社会的多数人又把他们从前杀死、钉死、烧死的那些"捣乱分子",一个一个的重新推崇起来,替他们修墓,替他们作传,替他们立庙,替他们铸铜像。却不知道从前那种"新"思想,到了这时候,又早已成了"陈腐的"迷信!当他们替从前那些特立独行的人修墓铸铜像的时候,社会里早已发生了几个新派少数人,又要受他们杀死、钉死、烧死的刑罚了!所以说"多数党总是错的,少数党总是不错的"。

易卜生有一本戏叫做《国民公敌》,里面写的就是这个道理。这本戏的主人翁斯铎曼医生从前发现本地的水可以造成几处卫生浴池。本地的人听了他的话,觉得有利可图,便集了资本,造了几处卫生浴池。后来四方的人闻了浴池之名,纷纷来这里避暑养病。来的人多了,本地的商业市面便渐渐发达兴旺。斯铎曼医生便做了浴池的官医。后来洗浴的人之中忽然发生一种流行病症;经这位医生仔细考察,知道这病症是从浴池的水里来的。他便装了一瓶水寄与大学的化学师请他化验。化验出来,才知道浴池的水管安的太低了,上流的污秽,停积在浴池里,发生一种传染病的微生物,极有害于公众卫生。斯铎曼医生得了这种科学证据,便做了一篇切切实实的报告书,请浴池的董事会把浴池的水管重行改造,以免妨碍卫生。不料改造浴池需要花费许多钱,又要把浴池闭歇一两年;浴池一闭歇,本地的商务便要受许多损失。所以本地的人全体用死力反对斯铎曼医生的提议。他们宁可听那些来避暑养病的人受毒病死,却不情愿受这种金钱的损失。所以他们用大多数的专制威权,压制这位说老实话的医生,不许他开口,他做了报告,本地的报馆都不肯登载。他要自己印刷，印刷局也不肯替他印。他要开会演说，全城的人都不把空屋借他做会场。后来好容易找到了一所会场，开了一个公民会议，会场上的人不但不听他的老实话，还把他赶下台去，由全体一致表决，宣告斯铎曼医生从此是国民的公敌。他逃出会场，把裤子都撕破了，还被众人赶到他家，用石头掷他，把窗户都打碎了。到了明天，本地政府革了他的官医；本地商民发了传单不许人请他看病；他的房东请他赶快搬出屋去；他的女儿在学堂教书，也被校长辞退了。这就是"特立独行"的好结果！这就是大多数惩罚少数"捣乱分子"的辣手段！

五

其次，我们且说易卜生的政治主义。易卜生的戏剧不大讨论政治问题，所以我们需要用他的《尺牍》（Letters, ed. by his son, Sigurd Ibsen English Trans. 1905）做参考的材料。

易卜生起初完全是一个主张无政府主义的人。当普法之战（一八七〇至一八七一年）时，他的无政府主义最为激烈。一八七一年，他有信与一个朋友道：

> ……个人绝无做国民的需要。不但如此，国家简直是个人的大害。请看普鲁士的国力，不是牺牲了个人的个性去买来的吗？国民都成了酒馆里跑堂的了，自然个个都是好兵了。再看犹太民族：岂不是最高贵的人类吗？无论受了何种野蛮的待遇，那犹太民族还能保存本来的面目。这都因为他们没有国家的缘故。国家总得毁去。这种毁除国家的革命，我也情愿加入。毁去国家观念，单靠个人的情愿和精神上的团结做人类社会的基本，——若能做到这步田地，这可算得有价值的自由起点。那些国体的变迁，换来换去，都不过是弄把戏，——都不过是全无道理的胡闹。

易卜生的纯粹无政府主义，后来渐渐的改变了。他亲自看见巴黎"市民政府"（Commune）的完全失败（一八七一年），便把他主张无政府主义的热心减了许多（《尺牍》第八一）。到了一八八四年，他写信给他的朋友说，他在本国若有机会，定要把国中无权的人民联合成一个大政党，主张极力推广选举权，提高妇女的地位，改良国家教育，要使脱除一切中古陋习（《尺牍》第一七八）。这就不是无政府的口气了。但是他自己到底不曾加入政党。他以为加入政党是最下流的事（《尺牍》第一五八）。他最恨那班政客，他以为"那班政客所力争的，全是表面上的权利，全是胡闹。最要紧的是人心的大革命"（《尺牍》第七七）。

易卜生从来不主张狭义的国家主义，从来不是狭义的爱国者。一八八八年，他写信给一个朋友说道：

> 知识思想略为发达的人，对于旧式的国家观念，总不满意。我们不能以为有了我们所属的政治团体便足够了。据我看来，国家观念不久就要消灭了，将来定有人种观念起来代它。即以我个人而论，我已经过这种变化。我起初觉得我是挪威国人，后来变成斯堪丁纳维亚人，我现在已成了条顿人了。（《尺牍》第二〇六）

这是一八八八年的话，我想易卜生晚年临死的时候（一九〇六年），一定已进到世界主义的地步了。

六

我开篇便说过易卜生的人生观只是一个写实主义。易卜生把家庭社会的实在情形都写了出来，叫人看了动心，叫人看了觉得我们的家庭社会原来是如此黑暗腐败，叫人看了觉得家庭社会真正不得不维新革命：——这就是易卜生主义。表面上看去，像是破坏的，其实完全是建设的。譬如医生诊了病，开了一个脉案，把病状详细写出，这难道是消极的破坏的手续吗？但是易卜生虽开了许多脉案，却不肯轻易开药方。他知道人类社会是极复杂的组织，有种种绝不相同的境地，有种种绝不相同的情形。社会的病，种类纷繁，决不是什么"包医百病"的药方所能治得好的。因此他只好开了脉案，说出病情，让病人各人自己去寻医病的药方。

虽然如此，但是易卜生生平却也有一种完全积极的主张。他主张个人需要充分发达自己的才性，需要充分发展自己的个性。他有一封信给他的朋友白兰戴说道：

> 我所最期望于你的是一种真正纯粹的为我主义。要使你有时觉得天下只有关于我的事最要紧，其余的都算不得什么。……你要想有益于社会，最好的法子莫如把你自己这块材料铸造成器。……有的时候我真觉得全世界都像海上撞沉了船，最要紧的还是救出自己。（《尺牍》第八四）

最可笑的是有些人明知世界"陆沉"，却要跟着"陆沉"，跟着堕落，不肯"救出自己"！却不知道社会是个人组成的，多救出一个人，便是多备下一个再造新社会的分子。所以孟轲说"穷则独善其身"，这便是易卜生所说"救出自己"的意思。这种"为我主义"，其实是最有价值的利人主义。所以易卜生说，"你要想有益于社会，最好的法子莫如把你自己这块材料铸造成器"。《娜拉》戏里，写娜拉抛了丈夫、儿女飘然而去，也只为要"救出自己"。那戏中说：

> （郝尔茂）……你就是这样抛弃你的最神圣的责任吗？
> （娜拉）你以为我的最神圣的责任是什么？
> （郝）还等我说吗？可不是你对于你的丈夫和你的儿女的责任吗？
> （娜）我还有别的责任同这些一样的神圣。
> （郝）没有的。你且说，那些责任是什么？
> （娜）是我对于我自己的责任。
> （郝）最要紧的，你是一个妻子，又是一个母亲。
> （娜）这种话我现在不相信了。我相信第一我是一个人，正同你一样。——无论如何，我务必努力做一个人。

一八八二年，易卜生有信给朋友道：

> 这样生活，须使各人自己充分发展：——这是人类功业顶高的一层；这是我们大家都应该做的事。（《尺牍》第一四六）

社会最大的罪恶，莫过于摧折个人的个性，不使它自由发展。那本《雁》戏所写的只是一件摧残个人才性的惨剧。那戏写一个人少年时，本极有高尚的志气，后来被一个恶人害得破家荡产，不能度日；那恶人又把他自己通奸有孕的下等女子配给他做妻子，从此家累日重一日，他的志气便日低一日。到了后来，他堕落深了，竟变成了一个懒人懦夫，天天受那下贱妇人和两个无赖的恭维，他洋洋得意的觉得这种生活很可以终身。所以那本戏借一个雁做比喻：那雁在半阁上关得久了，他从前那种高飞远举的志气全都消灭了，居然把人家的半阁做他的极乐国了！

发展个人的个性，需要有两个条件。第一，须使个人有自由意志。第二，须使个人担干系，负责任。《娜拉》戏中写郝尔茂的最大错处只在他把娜拉当作"玩意儿"看待，既不许她有自由意志，又不许她担负家庭的责任，所以娜拉竟没有发展她自己个性的机会。所以娜拉一旦觉悟时，恨极她的丈夫，决意弃家远去，也正为这个缘故。易卜生又有一本戏叫做《海上夫人》(The Lady from the Sea)，里面写一个女子哀梨姐少年时嫁给人家做后母，她丈夫和前妻的两个女儿看她年纪轻，不让她管家务，只叫她过安闲日子。哀梨姐在家觉得做这种不自由的妻子，不负责任的后母，是极没趣的事。因此她天天想跟人到海外去过那海阔天空的生活。她丈夫越不许她自由，她偏越想自由。后来她丈夫知道留她不住，只得许她自由出去。她丈夫说道：

（丈夫）……我现在立刻和你毁约，现在你可以有完全自由拣定你自己的路子。……现在你可以自己决定，你有完全的自由，你自己担干系。

（哀梨姐）完全自由！还要自己担干系！还担干系咧！有这么一来，样样事都不同了。

哀梨姐有了自由，又自己负责任了，忽然大变了，也不想那海上的生活了，决意不跟人走了。这是为什么呢？因为世间只有奴隶的生活是不能自由选择的，是不用担干系的。个人若没有自由权，又不负责任，便和做奴隶一样，所以无论怎样好玩，无论怎样高兴，到底没有真正乐趣，到底不能发展个人的人格。所以哀梨姐说：有了完全自由，还要自己担干系，有这么一来，样样事都不同了。家庭是如此，社会国家也是如此。自治的社会，共和的国家，只是要个人有自由选择之权，还要个人对于自己所行所为都负责任。若不如此，决不能造出自己独立的人格。社会国家没有自由独立的人格，如同酒里少了酒曲，面包里少了酵，人身上少了脑筋：那种社会国家决没有改良进步的希望。所以易卜生的一生目的只是要社会极力容忍，极力鼓励斯铎曼医生一流的人物；要想社会上生出无数永不知足，永不满意，敢说老实话攻击社会腐败情形的"国民公敌"；要想社会上有许多人都能像斯铎曼医生那样宣言道："世上最强有力的人就是那个最孤立的人！"

社会国家是时刻变迁的，所以不能指定那一种方法是救世的良药：十年前用补药，十年后或者须用泄药了；十年前用凉药，十年后或者须用热药了。况且各地的社会国家都不相同，适用于日本的药，未必完全适用于中国；适用于德国的药，未必适用于美国。只有康有为那种"圣人"，还想用他们的"戊戌政策"来救戊午的中国，只有辜鸿铭那班怪物，还想用二千年前的"尊王大义"来施行于二十世纪的中国。易卜生是聪明人，他知道世上没有"包医百病"的仙方，也没有"施诸四海而皆准，推之百世而不悖"的真理。因此他对于社会的种种罪恶污秽，只开脉案，只说病状，却不肯下药。但他虽不肯下药，却到处告诉我们一个保卫社会健康的卫生良法。他仿佛说道："人的身体全靠血里面有无量数的白血轮时时刻刻与人身的病菌开战，把一切病菌扑灭干净，方才可使身体健全，精神充足。社会国家的健康也全靠社会中有许多永不知足，永不满意，时刻与罪恶分子龌龊分子宣战的白血轮，方才有改良进步的希望。我们若要保卫社会的健康，需要使社会里时时刻刻有斯铎曼医生一般的白血轮分子。但使社会常有这种白血轮精神，社会决没有不改良进步的道理。"一八八三年，易卜生写信给朋友道：

> 十年之后，社会的多数人大概也会到了斯铎曼医生开公民大会时的见地了。但是这十年之中，斯铎曼自己也刻刻向前进；所以到了十年之后，他的见地仍旧比社会的多数人还高十年。即以我个人而论，我觉得时时刻刻总有进境。我从前每作一本戏时的主张，如今都已渐渐变成了很多数人的主张。但是等到他们赶到那里时，我久已不在那里了。我又到别处去了。我希望我总是向前去了。（《尺牍》第一七二）

（原载《新青年》1918 年第 4 卷第 6 号）

差不多先生传

你知道中国最有名的人是谁？

提起此人，人人皆晓，处处闻名。

他姓差，名不多，是各省各县各村人氏。你一定见过他，一定听过别人谈起他。差不多先生的名字天天挂在大家的口头，因为他是中国全国人的代表。

差不多先生的相貌和你和我都差不多。他有一双眼睛，但看的不很清楚；有两只耳朵，但听的不很分明；有鼻子和嘴，但他对于气味和口味都不很讲究。他的脑子也不小，但他的记性却不很精明，他的思想也不很细密。

他常常说："凡事只要差不多，就好了。何必太精明呢？"

他小的时候，他妈叫他去买红糖，他买了白糖回来。他妈骂他，他摇摇头道："红糖白糖不是差不多吗？"

他在学堂的时候，先生问他："直隶省的西边是那一省？"他说是陕西。先生说："错了。是山西，不是陕西。"他说："陕西同山西不是差不多吗？"

后来他在一个钱铺里做伙计；他也会写，也会算，只是总不会精细。十字常常写成千字，千字常常写成十字。掌柜的生气了，常常骂他。他只笑嘻嘻地赔小心道："千字比十字只多一小撇，不是差不多吗？"

有一天，他为了一件要紧的事，要搭火车到上海去。他从从容容地走到火车站，迟了两分钟，火车已开走了。他白瞪着眼，望着远远的火车上的煤烟，摇摇头道："只好明天再走了。今天走同明天走，也还差不多。可是火车公司未免太认真了。八点三十分开，同八点三十二分开，不是差不多吗？"他一面说，一面慢慢地走回家，心里总不很明白为什么火车不肯等他两分钟。

有一天，他忽然得了急病，赶快叫家人去请东街的汪医生。那家人急急忙忙地跑去，一时寻不着东街汪大夫，却把西街的牛医王大夫请来了。差不多先生病在床上，知道寻错了人；但病急了，身上痛苦，心里焦急，等不得了，心里想道："好在王大夫同汪大夫也差不多，让他试试看罢。"于是这位牛医王大夫走近床前，用医牛的法子给差不多先生治病。不上一点钟，差不多先生就一命呜呼了。

差不多先生差不多要死的时候，一口气断断续续地说道：“活人同死人也差……差……差不多……凡事只要……差……差……不多……就……好了……何……何……必……太……太……认真呢？”他说完了这句格言，方才绝气了。

他死后，大家都很称赞差不多先生样样事情看得破，想得通；大家都说他一生不肯认真，不肯算账，不肯计较，真是一位有德行的人；于是大家给他取个死后的法号，叫他做圆通大师。

他的名誉越传越远，越久越大。无数无数的人都学他的榜样。于是人人都成了一个差不多先生。——然而中国从此就成了一个懒人国了。

（选自《申报》1924 年 6 月 28 日）

周作人

故乡的野菜

我的故乡不止一个，凡我住过的地方都是故乡。故乡对于我并没有什么特别的情分，只因钓于斯游于斯的关系，朝夕会面，遂成相识，正如乡村里的邻舍一样，虽然不是亲属，别后有时也要想念到他。我在浙东住过十几年，南京东京都住过六年，这都是我的故乡；现在住在北京，于是北京就成了我的家乡了。

日前我的妻往西单市场买菜回来，说起有荠菜在那里卖着，我便想起浙东的事来。荠菜是浙东人春天常吃的野菜，乡间不必说，就是城里只要有后园的人家都可以随时采食，妇女小儿各拿一把剪刀一只“苗篮”，蹲在地上搜寻，是一种有趣味的游戏的工作。那时小孩们唱道，“荠菜马兰头，姊姊嫁在后门头。”后来马兰头有乡人拿来进城售卖了，但荠菜还是一种野菜，须得自家去采。关于荠菜向来颇有风雅的传说，不过这似乎以吴地为主。《西湖游览志》云，“三月三日男女皆戴荠菜花。谚云，三春戴荠花，桃李羞繁华。”顾禄的《清嘉录》上亦说，“荠菜花俗呼野菜花，因谚有三月三蚂蚁上灶山之语，三日人家皆以野菜花置灶陉上，以厌虫蚁。侵晨村童叫卖不绝。或妇女簪髻上以祈清目，俗号眼亮花。”但浙东却不很理会这些事情，只是挑来做菜或炒年糕吃罢了。

黄花麦果通称鼠曲草，系菊科植物，叶小微圆互生，表面有白毛，花黄色，簇生梢头。春天采嫩叶，捣烂去汁，和粉作糕，称黄花麦果糕。小孩们有歌赞美之云，

> 黄花麦果韧结结，
> 关得大门自要吃：
> 半块拿弗出，一块自要吃。

清明前后扫墓时，有些人家——大约是保存古风的人家——用黄花麦果做供，但不作饼状，做成小颗如指顶大，或细条如小指，以五六个作一攒，名曰茧果，不知是什么意思，或因蚕上山时设

祭，也用这种食品，故有是称，亦未可知。自从十二三岁时外出不参与外祖家扫墓以后，不复见过茧果，近来住在北京，也不再见黄花麦果的影子了。日本称为"御形"，与荠菜同为春天的七草之一，也采来做点心用，状如艾饺，名曰"草饼"，春分前后多食之，在北京也有，但是吃去总是日本风味，不复是儿时的黄花麦果糕了。

　　扫墓时候所常吃的还有一种野菜，俗名草紫，通称紫云英。农人在收获后，播种田内，用作肥料，是一种很被贱视的植物，但采取嫩茎瀹食，味颇鲜美，似豌豆苗。花紫红色，数十亩接连不断，一片锦绣，如铺着华美的地毯，非常好看，而且花朵状若蝴蝶，又如鸡雏，尤为小孩所喜。间有白色的花，相传可以治痢，很是珍重，但不易得。日本《俳句大辞典》云，"此草与蒲公英同是习见的东西，从幼年时代便已熟识，在女人里边，不曾采过紫云英的人，恐未必有罢。"中国古来没有花环，但紫云英的花球却是小孩常玩的东西，这一层我还替那些小人们欣幸。浙东扫墓用鼓吹，所以少年们常随了乐音去看"上坟船里的姣姣"；没有钱的人家虽没有鼓吹，但是船头上篷窗下总露出些紫云英和杜鹃的花束，这也就是上坟船的确实的证据了。

十三年二月

（选自《雨天的书》，北新书局1925年版）

谈　酒

　　这个年头儿，喝酒倒是很有意思的。我虽是京兆人，却生长在东南的海边，是出产酒的有名地方。我的舅父和姑父家里时常做几缸自用的酒，但我终于不知道酒是怎么做法，只觉得所用的大约是糯米，因为儿歌里说，"老酒糯米做，吃得变nionio"——末一字是本地叫猪的俗语。做酒的方法与器具似乎都很简单，只有煮的时候的手法极不容易，非有经验的工人不办，平常做酒的人家大抵聘请一个人来，俗称"酒头工"，以自己不能喝酒者为最上，叫他专管鉴定煮酒的时节。有一个远房亲戚，我们叫他"七斤公公"，——他是我舅父的族叔，但是在他家里做短工，所以舅母只叫他作"七斤老"，有时也听见她叫"老七斤"，是这样的酒头工，每年去帮人家做酒，他喜吸旱烟，说玩话，打马将，但是不大喝酒（海边的人喝一两碗是不算能喝，照市价计算也不值十文钱的酒），所以生意很好，时常跑一二百里路被招到诸暨嵊县去。据他说这实在并不难，只须走到缸边屈着身听，听见里边起泡的声音切切察察的，好像是螃蟹吐沫（儿童称为蟹煮饭）的样子，便拿来煮就得了；早一点酒还未成，迟一点就变酸了。但是怎么是恰好的时期，别人仍不能知道，只有听熟的耳朵才能够断定，正如骨董家的眼睛辨别古物一样。

　　大人家饮酒多用酒钟，以表示其斯文，实在是不对的。正当的喝法是用一种酒碗，浅而大，底有高足，可以说是古已有之的香宾杯。平常起码总是两碗，合一"串筒"，价值似是六文一碗。串筒略如倒写的凸字，上下部如一与三之比，以洋铁为之，无盖无嘴，可倒而不可筛，据好酒家说酒以倒为正宗，筛出来的不大好吃。唯酒保好于量酒之前先"荡"（置于水器内，摇荡而洗涤之谓）串筒，荡后往往将清水之一部分留在筒内，客嫌酒淡，常起争执，故喝酒老手必先戒堂倌以勿荡串筒，并监视其量好放在温酒架上。能饮者多索竹叶青，通称曰"本色"，"元红"系状元红之略，则着色者，唯外行人喜饮之。在外省有所谓花雕者，唯本地酒店中却没有这样东西。相传昔时人家生女，则酿酒贮花雕（一种有花纹的酒坛）中，至女儿出嫁时用以饷客，但此风今已不存，嫁女时偶用花雕，也只临时买元红充数，饮者不以为珍品。有些喝酒的人预备家酿，却有极好的，每年做醇酒若干坛，按次第埋园中，二十年后掘取，即每岁皆得饮二十年陈的老酒了。此种陈酒例不发售，故无处可买，我只有一回在旧日业师家里喝过这样好酒，至今还不曾忘记。

我既是酒乡的一个土著，又这样的喜欢谈酒，好像一定是个与"三酉"结不解缘的酒徒了。其实却大不然。我的父亲是很能喝酒的，我不知道他可以喝多少，只记得他每晚用花生米水果等下酒，且喝且谈天，至少要花费两点钟，恐怕所喝的酒一定很不少了。但我却是不肖，不，或者可以说有志未逮，因为我很喜欢喝酒而不会喝，所以每逢酒宴我总是第一个醉与脸红的。自从辛酉患病后，医生叫我喝酒以代药饵，定量是勃阑地每回二十格阑姆，蒲陶酒与老酒等倍之，六年以后酒量一点没有进步，到现在只要喝下一百格阑姆的花雕，便立刻变成关夫子了（以前大家笑谈称作"赤化"，此刻自然应当谨慎，虽然是说笑话）。有些有不醉之量的，愈饮愈是脸白的朋友，我觉得非常可以欣羡，只可惜他们愈能喝酒便愈不肯喝酒，好像是美人之不肯显示她的颜色，这实在是太不应该了。

黄酒比较的便宜一点，所以觉得时常可以买喝，其实别的酒也未尝不好。白干于我未免过凶一点，我喝了常怕口腔内要起泡，山西的汾酒与北京的莲花白虽然可喝少许，也总觉得不很和善。日本的清酒我颇喜欢，只是仿佛新酒模样，味道不很静定。蒲桃酒与橙皮酒都很可口，但我以为最好的还是勃阑地。我觉得西洋人不很能够了解茶的趣味，至于酒则很有工夫，决不下于中国。天天喝洋酒当然是一个大的漏卮，正如吸烟卷一般，但不必一定进国货党，咬定牙根要抽净丝，随便喝一点什么酒其实都是无所不可的，至少是我个人这样的想。

喝酒的趣味在什么地方？这个我恐怕有点说不明白。有人说，酒的乐趣是在醉后的陶然的境界。但我不很了解这个境界是怎样的，因为我自饮酒以来似乎不大陶然过，不知怎的我的醉大抵都只是生理的，而不是精神的陶醉。所以照我说来，酒的趣味只是在饮的时候，我想悦乐大抵在做的这一刹那，倘若说是陶然那也当是杯在口的一刻罢。醉了，困倦了，或者应当休息一会儿，也是很安舒的，却未必能说酒的真趣是在此间。昏迷，梦魇，呓语，或是忘却现世忧患之一法门；其实这也是有限的，倒还不如把宇宙性命都投在一口美酒里的耽溺之力还要强大。我喝着酒，一面也怀着"杞天之虑"，生恐强硬的礼教反动之后将引起颓废的风气，结果是借醇酒妇人以避礼教的迫害，沙宁（Sanin）时代的出现不是不可能的。但是，或者在中国什么运动都未必彻底成功，青年的反拨力也未必怎么强盛，那么杞天终于只是杞天，仍旧能够让我们喝一口非耽溺的酒也未可知。倘若如此，那时喝酒又一定另外觉得很有意思了罢？

民国十五年六月二十日，于北京

（选自《泽泻集》，北新书局 1927 年版）

周作人散文
拓展研读资料

俞平伯

重刊《浮生六记》序

重印《浮生六记》的因缘，容我略说。幼年在苏州，曾读过此书，当时只觉得可爱而已。自移家北去后，不但诵读时的残趣久荡为云烟，即书的名字也难省忆。去秋在上海，与颉刚、伯祥两君结邻，偶然谈起此书，我始茫茫然若有所领会。颉刚的《雁来红丛报》本，伯祥的《独悟庵丛钞》本，都被我借来了。既有这么一段前因，自然重读时更有滋味。且这书确也有眩人的力，我们想把这喜悦遍及于读者诸君，于是便把它校点重印。

书共六篇，故名"六记"，今只存《闺房记乐》以下四篇，其五、六两篇已佚。此书虽不全，而今所存者似即其精英。《中山记历》当是记漫游琉球之事，或系日记体。《养生记道》，恐亦多道家修持妄说。就其存者言之，固不失为简洁生动的自传文字。

作者沈复，字三白，苏州人，生于清乾隆二十八年，卒年无考，当在嘉庆十二年以后。可注意的，他是个习幕经商的人，不是什么斯文举子。偶然写几句诗文，也无所存心，上不为名山之业，下不为富贵的敲门砖，意兴所到，便濡毫伸纸，不必妆点，不知避忌。统观全书，无酸语，赘语，道学语，殆以此乎？

文章事业的圆成，本有一个通例，就是"求之不必得，不求可自得。"这个通例，于小品文字的创作尤为显明。我们莫妙于学行云流水，莫妙于学春鸟秋虫，固不是有所为，却也未必就是无所为。这两种说法同伤于武断。古人论文每每标一"机"字，概念的诠表虽病含混，我却赏其谈言微中。陆机《文赋》说，"故徒抚空怀而自惋，吾未识夫开塞之所由。"这是绝妙的文思描写。我们与一切外物相遇，不可著意，著意则滞；不可绝缘，绝缘则离。记得宋周美成的《玉楼春》里，有两句最好，"人如风后入江云，情似雨余粘地絮"，这种况味正在不离不著之间，文心之妙亦复如是。

即如这书，说它是信笔写出的，固然不像；说它是精心结撰的，又何以见得。这总是一半儿做着，一半儿写着的；虽有雕琢一样的完美，却不见一点斧凿痕。犹之佳山佳水，明明是天开的图画，然仿佛处处吻合人工的意匠。当此种境界，我们的分析推寻的技巧，原不免有穷时。此《记》所录所载，妙肖不足奇，奇在全不着力而得妙肖；韶秀不足异，异在韶秀以外竟似无物。俨如一块纯美的水晶，只见明莹，不见衬露明莹的颜色；只见精微，不见制作精微的痕迹。这所以不和寻常的日记相同，而有重行付印，令其传播得更久更远的价值。

我岂不知这是小玩意儿，不值当作溢美的说法；然而我自信这种说法不至于是溢美。想读这书的，必有能辨别的罢。

一九二三，二，二七，杭州城头巷。

（选自《浮生六记》，北京霜枫社 1924 年版）

叶圣陶

藕　与　莼　菜

同朋友喝酒，嚼着薄片的雪藕，忽然怀念起故乡来了。若在故乡，每当新秋的早晨，门前经过许多乡人：男的紫赤的胳膊和小腿肌肉突起，躯干高大且挺直，使人起健康的感觉；女的往往裹着白地青花的头巾，虽然赤脚，却穿短短的夏布裙，躯干固然不及男的那样高，但是别有一种健康的美的风致；他们各挑着一副担子，盛着鲜嫩的玉色的长节的藕。在产藕的池塘里，在城外曲曲弯弯的小河边，他们把这些藕一再洗濯，所以这样洁白。仿佛他们以为这是供人品味的珍品，这是清晨的画境里的重要题材，倘若涂满污泥，就把人家欣赏的浑凝之感打破了；这是一件罪过的事，他们不愿意担在身上，故而先把它们洗濯得这样洁白，才挑进城里来。他们要稍稍休息的时候，就把竹扁担横在地上，自己坐在上面，随便拣择担里过嫩的"藕枪"或是较老的"藕朴"，大口地嚼着解渴。过路的人就站住了，红衣衫的小姑娘拣一节，白头发的老公公买两支。清淡的甘美的滋味于是普遍于家家户户了。这样情形差不多是平常的日课，直到叶落秋深的时候。

在这里上海，藕这东西几乎是珍品了。大概也是从我们故乡运来的。但是数量不多，自有那些伺候豪华公子硕腹巨贾的帮闲茶房们把大部分抢去了；其余的就要供在较大的水果铺里，位置在金山苹果吕宋香芒之间，专待善价而沽。至于挑着担子在街上叫卖的，也并不是没有，但不是瘦得象乞丐的臂和腿，就是涩得象未熟的柿子，实在无从欣羡。因此，除了仅有的一回，我们今年竟不曾吃过藕。

这仅有的一回不是买来吃的，是邻舍送给我们吃的。他们也不是自己买的，是从故乡来的亲戚带来的。这藕离开它的家乡大约有好些时候了，所以不复呈玉样的颜色，却满被着许多锈斑。削去皮的时候，刀锋过处，很不爽利。切成片送进嘴里嚼着，有些儿甘味，但是没有那种鲜嫩的感觉，而且似乎含了满口的渣，第二片就不想吃了。只有孩子很高兴，他把这许多片嚼完，居然有半点钟工夫不再作别的要求。

想起了藕就联想到莼菜。在故乡的春天，几乎天天吃莼菜。莼菜本身没有味道，味道全在于好的汤。但是嫩绿的颜色与丰富的诗意，无味之味真足令人心醉。在每条街旁的小河里，石埠头总歇着一两条没篷的船，满舱盛着莼菜，是从太湖里捞来的。取得这样方便，当然能日餐一碗了。

而在这里上海又不然；非上馆子就难以吃到这东西。我们当然不上馆子，偶然有一两回去叨扰朋友的酒席，恰又不是莼菜上市的时候，所以今年竟不曾吃过。直到最近，伯祥的杭州亲戚来了，送他瓶装的西湖莼菜，他送给我一瓶，我才算也尝了新。

向来不恋故乡的我，想到这里，觉得故乡可爱极了。我自己也不明白，为什么会起这么深浓的情绪？再一思索，实在很浅显：因为在故乡有所恋，而所恋又只在故乡有，就萦系着不能割舍了。譬如亲密的家人在那里，知心的朋友在那里，怎得不恋恋？怎得不怀念？但是仅仅为了爱故乡么？不是的，不过在故乡的几个人把我们牵系着罢了。若无所牵系，更何所恋念？象我现在，偶然被藕与莼菜所牵系，所以就怀念起故乡来了。

所恋在哪里,哪里就是我们的故乡了。

一九二三年九月七日作

（选自《叶圣陶散文》（甲集），四川人民出版社 1983 年版）

朱自清

桨声灯影里的秦淮河

一九二三年八月的一晚,我和平伯同游秦淮河;平伯是初泛,我是重来了。我们雇了一只"七板子",在夕阳已去,皎月方来的时候,便下了船。于是桨声汩——汩,我们开始领略那晃荡着蔷薇色的历史的秦淮河的滋味了。

秦淮河里的船,比北京万生园,颐和园的船好,比西湖的船好,比扬州瘦西湖的船也好。这几处的船不是觉着笨,就是觉着简陋,局促;都不能引起乘客们的情韵,如秦淮河的船一样。秦淮河的船约略可分为两种:一是大船;一是小船,就是所谓"七板子"。大船舱口阔大,可容二三十人。里面陈设着字画和光洁的红木家具,桌上一律嵌着冰凉的大理石面。窗格雕镂颇细,使人起柔腻之感。窗格里映着红色蓝色的玻璃;玻璃上有精致的花纹,也颇悦人目。"七板子"规模虽不及大船,但那淡蓝色的栏杆,空敞的舱,也足系人情思。而最出色处却在它的舱前。舱前是甲板上的一部,上面有弧形的顶,两边用疏疏的栏杆支着。里面通常放着两张藤的躺椅。躺下,可以谈天,可以望远,可以顾盼两岸的河房。大船上也有这个,但在小船上更觉清隽罢了。舱前的顶下,一律悬着灯彩;灯的多少,明暗,彩苏的精粗,艳晦,是不一的,但好歹总还你一个灯彩。这灯彩实在是最能钩人的东西。夜幕垂垂地下来时,大小船上都点起灯火。从两重玻璃里映出那辐射着的黄黄的散光,反晕出一片朦胧的烟霭;透过这烟霭,在黯黯的水波里,又逗起缕缕的明漪。在这薄霭和微漪里,听着那悠然的间歇的桨声,谁能不被引入他的美梦去呢?只愁梦太多了,这些大小船儿如何载得起呀?我们这时模模糊糊的谈着明末的秦淮河的艳迹,如《桃花扇》及《板桥杂记》里所载的。我们真神往了。我们仿佛亲见那时华灯映水,画舫凌波的光景了。于是我们的船便成了历史的重载了。我们终于恍然秦淮河的船所以雅丽过于他处,而又有奇异的吸引力的,实在是许多历史的影象使然了。

秦淮河的水是碧阴阴的;看起来厚而不腻,或者是六朝金粉所凝么?我们初上船的时候,天色还未断黑,那漾漾的柔波是这样的恬静,委婉,使我们一面有水阔天空之想,一面又憧憬着纸醉金迷之境了。等到灯火明时,阴阴的变为沈沈了:黯淡的水光,像梦一般;那偶然闪烁着的光芒,就是梦的眼睛了。我们坐在舱前,因了那隆起的顶棚,仿佛总是昂着首向前走着似的;于是飘飘然如御风而行的我们,看着那些自在的湾泊着的船,船里走马灯般的人物,便像是下界一般,迢迢的远了,又像在雾里看花,尽朦朦胧胧的。这时我们已过了利涉桥,望见东关头了。沿路听见断续的歌声:有从沿河的妓楼飘来的,有从河上船里度来的。我们明知那些歌声,只是些因袭的言词,从生涩的歌喉里机械的发出来的;但它们经了夏夜的微风的吹漾和水波的摇拂,袅娜着到我们耳边的时候,已经不单是她们的歌声,而混着微风和河水的密语了。于是我们不得不被牵惹着,震撼着,相与浮沈于这歌声里了。从东关头转湾,不久就到大中桥。大中桥共有三个桥拱,都很阔大,俨然是三座门儿;使我们觉得我们的船和船里的我们,在桥下过去时,真是太无颜色了。桥砖是深褐色,表明它的历史的长久;但都完好无缺,令人太息于古昔工程的坚美。桥上两旁都是木壁的房子,中间应该有街路?这些房子都破旧了,多年烟熏的迹,遮没了当年的美丽。我想象秦淮河的极盛时,在这样宏阔的桥上,特地盖了房子,必然是髹漆得富富丽丽的;晚间必然是灯火通明的,现在却只剩下一片黑沈沈!但是桥上造着房子,毕竟使我们多少可以想见往日的繁华;这也慰情聊胜无了。过了大中桥,便到灯月交辉,笙歌彻夜的秦淮河;这才是秦淮河的真面目哩。

　　大中桥外,顿然空阔,和桥内两岸排着密密的人家的景象大异了。一眼望去,疏疏的林,淡淡的月,衬着蓝蔚的天,颇像荒江野渡光景;那边呢,郁丛丛的,阴森森的,又似乎藏着无边的黑暗:令人几乎不信那是繁华的秦淮河了。但是河中眩晕着的灯光,纵横着的画舫,悠扬着的笛韵,夹着那吱吱的胡琴声,终于使我们认识绿如茵陈酒的秦淮水了。此地天裸露着的多些,故觉夜来的独迟些;从清清的水影里,我们感到的只是薄薄的夜——这正是秦淮河的夜。大中桥外,本来还有一座复成桥,是船夫口中的我们的游迹尽处,或也是秦淮河繁华的尽处了。我的脚曾踏过复成桥的脊,在十三四岁的时候。但是两次游秦淮河,却都不曾见着复成桥的面;明知总在前途的,却常觉得有些虚无缥缈似的。我想,不见倒也好。这时正是盛夏。我们下船后,藉着新生的晚凉和河上的微风,暑气已渐渐消散;到了此地,豁然开朗,身子顿然轻了——习习的清风荏苒在面上,手上,衣上,这便又感到了一缕新凉了。南京的日光,大概没有杭州猛烈;西湖的夏夜老是热蓬蓬的,水像沸着一般,秦淮河的水却尽是这样冷冷地绿着。任你人影的憧憧,歌声的扰扰,总像隔着一层薄薄的绿纱面幕似的;它尽是这样静静的,冷冷的绿着。我们出了大中桥,走不上半里路,船夫便将船划到一旁,停了桨由它宕着。他以为那里正是繁华的极点,再过去就是荒凉了;所以让我们多多赏鉴一会儿。他自己却静静的蹲着。他是看惯这光景的了,大约只是一个无可无不可。这无可无不可,无论是升的沈的,总之,都比我们高了。

　　那时河里闹热极了;船大半泊着,小半在水上穿梭似的来往。停泊着的都在近市的那一边,我们的船自然也夹在其中。因为这边略略的挤,便觉得那边十分的疏。在每一只船从那边过去时,我们能画出它的轻轻的影和曲曲的波,在我们的心上;这显着是空,且显着是静了。那时处处都是歌声和凄厉的胡琴声,圆润的喉咙,确乎是很少的。但那生涩的,尖脆的调子能使人有少年的,粗率不拘的感觉,也正可快我们的意。况且多少隔开些儿听着,因为想象与渴慕的做美,总觉更有滋味;而竞发的喧嚣,抑扬的不齐,远近的杂沓,和乐器的嘈嘈切切,合成另一意味的谐音,也使我们无所适从,如随着大风而走。这实在因为我们的心枯涩久了,变为脆弱;故偶然润泽一下,便疯狂似的不能自主了。但秦淮河确也腻人。即如船里的人面,无论是和我们一堆儿泊着的,无论是从我们眼前过去的,总是模模糊糊的,甚至渺渺茫茫的;任你张圆了眼睛,揩净了眦垢,也是枉然。这真够人想呢。在我们停泊的地方,灯光原是纷然的;不过这些灯光都是黄而有晕的。黄已经不能明了,再加上了晕,便更不成了。灯愈多,晕就愈甚;在繁星般的黄的交错里,秦淮河仿佛笼上了一团光雾。光芒与雾气腾腾的晕着,什么都只剩了轮廓;所以人面的详细的曲线,便消失于我们的眼底了。但灯光究竟夺不了那边的月色；灯光是浑的，月色是清的。在浑沌的灯光里，渗入一派清辉，却真是奇迹！那晚月儿已瘦削了两三分。她晚妆才罢，盈盈的上了柳梢头。天是蓝得可爱，仿佛一汪水似的；月儿便更出落得精神了。岸上原有三株两株的垂杨树，淡淡的影子，在水里摇曳着。它们那柔细的枝条浴着月光，就像一支支美人的臂膊，交互的缠着，挽着；又像是月儿披着的发。而月儿偶尔也从它们的交叉处偷偷窥看我们，大有小姑娘怕羞的样子。岸上另有几株不知名的老树，光光的立着；在月光里照起来，却又俨然是精神矍铄的老人。远处——快到天际线了，才有一两片白云，亮得现出异彩，像是美丽的贝壳一般。白云下便是黑黑的一带轮廓；是一条随意画的不规则的曲线。这一段光景，和河中的风味大异了。但灯与月竟能并存着，交融着，使月成了缠绵的月，灯射着渺渺的灵辉，这正是天之所以厚秦淮河，也正是天之所以厚我们了。

这时却遇着了难解的纠纷。秦淮河上原有一种歌妓，是以歌为业的。从前都在茶舫上，唱些大曲之类。每日午后一时起；什么时候止，却忘记了。晚上照样也有一回，也在黄晕的灯光里。我从前过南京时，曾随着朋友去听过两次。因为茶舫里的人脸太多了，觉得不大适意，终于听不出所以然。前年听说歌妓被取缔了，不知怎的，颇涉想了几次——却想不出什么。这次到南京，先到茶舫上去看看，觉得颇是寂寥，令我无端的怅怅了。不料她们却仍在秦淮河里挣扎着，不料她们竟会纠缠到我们，我于是很张皇了，她们也乘着"七板子"，她们总是坐在舱前的。舱前点着石油汽灯，光亮眩人眼目：坐在下面的，自然是纤毫毕见了——引诱客人们的力量，也便在此了。舱里躲着乐工等人，映着汽灯的余辉蠕动着；他们是永远不被注意的。每船的歌妓大约都是二人；天色一黑，她们的船就在大中桥外往来不息的兜生意。无论行着的船，泊着的船，都要来兜揽的。这都是我后来推想出来的。那晚不知怎样，忽然轮着我们的船了。我们的船好好的停着，一只歌舫划向我们来了；渐渐和我们的船并着了。烁烁的灯光逼得我们皱起了眉头；我们的风尘色全给它托出来了，这使我踧踖不安了。那时一个伙计跨过船来，拿着摊开的歌折，就近塞向我的手里，说："点几出吧！"他跨过来的时候，我们船上似乎有许多眼光跟着。同时相近的别的船上也似乎有许多眼睛炯炯的向我们船上看着。我真窘了！我也装出大方的样子，向歌妓们瞥了一眼，但究竟是不成的！我勉强将那歌折翻了一翻，却不曾看清了几个字；便赶紧递还那伙计，一面不好意思地说："不要。我们……不要。"他便塞给平伯，平伯掉转头去，摇手说："不要！"那人还腻着不走。平伯又回过脸来，摇着头道："不要！"于是那人重到我处，我窘着再拒绝了他。他这才有所不屑似的走了。我的心立刻放下，如释了重负一般。我们就开始自白了。

我说我受了道德律的压迫，拒绝了她们；心里似乎很抱歉的。这所谓抱歉，一面对于她们，一面对于我自己。她们于我们虽然没有很奢的希望；但总有些希望的。我们拒绝了她们，无论理由如何充足，却使她们的希望受了伤；这总有几分不做美了。这是我觉得很怅怅的。至于我自己，更有一种不足之感。我这时被四面的歌声诱惑了，降伏了；但是远远的，远远的歌声总仿佛隔着重衣搔痒似的，越搔越搔不着痒处。我于是憧憬着贴耳的妙音了。在歌舫划来时，我的憧憬，变为盼望；我固执的盼望着，有如饥渴。虽然从浅薄的经验里，也能够推知，那贴耳的歌声，将剥去了一切的美妙；但一个平常的人像我的，谁愿凭了理性之力去丑化未来呢？我宁愿自己骗着了。不过我的社会感性是很敏锐的；我的思力能拆穿道德律的西洋镜，而我的感情却始终被它压服着。我于是有所顾忌了，尤其是在众目昭彰的时候。道德律的力，本来是民众赋予的；在民众的面前，自然更显出它的威严了。我这时一面盼望，一面却感到了两重的禁制：一，在通俗的意义上，接近妓者总算一种不正当的行为;二,妓是一种不健全的职业,我们对于她们,应有哀矜勿喜之心,不应赏玩的去听她们的歌。在众目睽睽之下,这两种思想在我心里最为旺盛。她们暂时压倒了我的听歌的盼望,这便成就了我的灰色的拒绝。那时的心实在异常状态中,觉得颇是昏乱。歌舫去了,暂时宁静之后,我的思绪又如潮涌了。两个相反的意思在我心头往复:卖歌和卖淫不同,听歌和狎妓不同,又干道德甚事? ——但是,但是,她们既被逼的以歌为业,她们的歌必无艺术味的;况她们的身世,我们究竟该同情的。所以拒绝倒也是正办。但这些意思终于不曾撇开我的听歌的盼望。它力量异常坚强;它总想将别的思绪踏在脚下。从这重重的争斗里,我感到了浓厚的不足之感。这不足之感使我的心盘旋不安,起坐都不安宁了。唉! 我承认我是一个自私的人! 平伯呢,却与我不同。他引周启明先生的诗,"因为我有妻子,所以我爱一切的女人;因为我有子女,所以我爱一切的孩子。"[1]他的意思可以见了。他因为推及的同情,爱着那些歌妓,并且尊重着她们,所以拒绝了她们。在这种情形下,他自然以为听是对于她们的一种侮辱。但他也是想听歌的,虽然不和我一样。所以在他的心中,当然也有一番小小的争斗;争斗的结果,是同情胜了。至于道德律,在他是没有什么的;因为他很有蔑视一切的倾向,民众的力量在他是不大觉着的。这时他的心意的活动比较简单,又比较松弱,故事后还怡然自若;我却不能了。这里平伯又比我高了。

在我们谈话中间,又来了两只歌舫。伙计照前一样的请我们点戏,我们照前一样的拒绝了。我受了三次窘,心里的不安更甚了。清艳的夜景也为之减色。船夫大约因为要赶第二趟生意,催着我们回去;我们无可无不可的答应了。我们渐渐和那些晕黄的灯光远了,只有些月色冷清清的随着我们的归舟。我们的船竟没个伴儿,秦淮河的夜正长哩! 到大中桥近处,才遇着一只来船。这是一只载妓的板船,黑漆漆的没有一点光。船头上坐着一个妓女;暗里看出,白地小花的衫子,黑的下衣。她手里拉着胡琴,口里唱着青衫的调子。她唱得响亮而圆转;当她的船箭一般驶过去时,余音还袅袅的在我们耳际,使我们倾听而向往。想不到在弩末的游踪里,还能领略到这样的清歌! 这时船过大中桥了,森森的水影,如黑暗张着巨口,要将我们的船吞了下去。我们回顾那渺渺的黄光,不胜依恋之情;我们感到了寂寞了! 这一段地方夜色甚浓,又有两头的灯火招邀着;桥外的灯火不用说了,过了桥另有东关头疏疏的灯火。我们忽然仰头看见依人的素月,不觉深悔归来之早了! 走过东关头,有一两只大船湾泊着,又有几只船向我们来着。嚣嚣的一阵歌声人语,仿佛笑我们无伴的孤舟哩! 东关头转湾,河上的夜色更浓了;临水的妓楼上,时时从帘缝里射出一线一线的灯光;仿佛黑暗从酣睡里眨了一眨眼。我们默然的对着,静听那汩——汩的桨声,几乎要入睡了;朦胧里却温寻着适才的繁华的余味。我那不安的心在静里愈显活跃了! 这时我们都有了不足之感,而我的更其浓厚。我们却又不愿回去,于是只能由懊悔而怅惘了。船里便满载着怅惘了。直到利涉桥下,微微嘈杂的人声,才使我豁然一惊;那光景却又不同。右岸的河房里,都大开了窗户,里面亮着晃晃的电灯,电灯的光射到水上,蜿蜒曲折,闪闪不息,正如跳舞着的仙女的臂膊。我们的船已在她的臂膊里了;如睡在摇篮里一样,倦了的我们便又入梦了。那电灯下的人物,只觉像蚂蚁一般,更不去萦念。这是最后的梦;可惜的是最短的梦! 黑暗重复落在我们面前,我们看见傍岸的空船上一星两星的,枯燥无力又摇摇不定的灯光。我们的梦醒了,我们知道就要上岸了;我们

---

① 　原诗是"我为了自己的儿女才爱小孩子,为了自己的妻才爱女人"。(见《雪朝》四八页)

心里充满了幻灭的情思。

一九二三年十月十一日作完，于温州。

（选自《踪迹》，上海亚东图书馆1924年版）

荷 塘 月 色

　　这几天心里颇不宁静。今晚在院子里坐着乘凉，忽然想起日日走过的荷塘，在这满月的光里，总该另有一番样子吧。月亮渐渐地升高了，墙外马路上孩子们的欢笑，已经听不见了；妻在屋里拍着闰儿，迷迷糊糊地哼着眠歌。我悄悄地披了大衫，带上门出去。

　　沿着荷塘，是一条曲折的小煤屑路。这是一条幽僻的路；白天也少人走，夜晚更加寂寞。荷塘四面，长着许多树，蓊蓊郁郁的。路的一旁，是些杨柳，和一些不知道名字的树。没有月光的晚上，这路上阴森森的，有些怕人。今晚却很好，虽然月光也还是淡淡的。

　　路上只我一个人，背着手踱着。这一片天地好像是我的；我也像超出了平常的自己，到了另一世界里。我爱热闹，也爱冷静；爱群居，也爱独处。像今晚上，一个人在这苍茫的月下，什么都可以想，什么都可以不想，便觉是个自由的人。白天里一定要做的事，一定要说的话，现在都可不理。这是独处的妙处；我且受用这无边的荷香月色好了。

　　曲曲折折的荷塘上面，弥望的是田田的叶子。叶子出水很高，像亭亭的舞女的裙。层层的叶子中间，零星地点缀着些白花，有袅娜地开着的，有羞涩地打着朵儿的；正如一粒粒的明珠，又如碧天里的星星，又如刚出浴的美人。微风过处，送来缕缕清香，仿佛远处高楼上渺茫的歌声似的。这时候叶子与花也有一丝的颤动，像闪电般，霎时传过荷塘的那边去了。叶子本是肩并肩密密地挨着，这便宛然有了一道凝碧的波痕。叶子底下是脉脉的流水，遮住了，不能见一些颜色；而叶子却更见风致了。

　　月光如流水一般，静静地泻在这一片叶子和花上。薄薄的青雾浮起在荷塘里。叶子和花仿佛在牛乳中洗过一样；又像笼着轻纱的梦。虽然是满月，天上却有一层淡淡的云，所以不能朗照；但我以为这恰是到了好处——酣眠固不可少，小睡也别有风味的。月光是隔了树照过来的，高处丛生的灌木，落下参差的斑驳的黑影，峭楞楞如鬼一般；弯弯的杨柳的稀疏的倩影，却又像是画在荷叶上。塘中的月色并不均匀；但光与影有着和谐的旋律，如梵婀玲上奏着的名曲。

　　荷塘的四面，远远近近，高高低低都是树，而杨柳最多。这些树将一片荷塘重重围住；只在小路一旁，漏着几段空隙，像是特为月光留下的。树色一例是阴阴的，乍看像一团烟雾；但杨柳的丰姿，便在烟雾里也辨得出。树梢上隐隐约约的是一带远山，只有些大意罢了。树缝里也漏着一两点路灯光，没精打采的，是渴睡人的眼。这时候最热闹的，要数树上的蝉声与水里的蛙声；但热闹是它们的，我什么也没有。

　　忽然想起采莲的事情来了。采莲是江南的旧俗，似乎很早就有，而六朝时为盛；从诗歌里可以约略知道。采莲的是少年的女子，她们是荡着小船，唱着艳歌去的。采莲人不用说很多，还有看采莲的人。那是一个热闹的季节，也是一个风流的季节。梁元帝《采莲赋》里说得好：

　　　　于是妖童媛女，荡舟心许；鹢首徐回，兼传羽杯；棹将移而藻挂，船欲动而萍开。尔其纤腰束素,迁延顾步;夏始春余,叶嫩花初,恐沾裳而浅笑,畏倾船而敛裾。

可见当时嬉游的光景了。这真是有趣的事,可惜我们现在早已无福消受了。

于是又记起《西洲曲》里的句子:

采莲南塘秋,莲花过人头;低头弄莲子,莲子清如水。

今晚若有采莲人,这儿的莲花也算得"过人头"了;只不见一些流水的影子,是不行的。这令我到底惦着江南了。——这样想着,猛一抬头,不觉已是自己的门前;轻轻地推门进去,什么声息也没有,妻已睡熟好久了。

一九二七年,七月,北京清华园。

（选自《背影》,开明书店 1928 年版）

给 亡 妇

谦,日子真快,一眨眼你已经死了三个年头了。这三年里世事不知变化了多少回,但你未必注意这些个,我知道。你第一惦记的是你几个孩子,第二便轮着我。孩子和我平分你的世界,你在日如此;你死后若还有知,想来还如此的。告诉你,我夏天回家来着:迈儿长得结实极了,比我高一个头。闰儿父亲说是最乖,可是没有先前胖了。采芷和转子都好。五儿全家夸她长得好看;却在腿上生了湿疮,整天坐在竹床上不能下来,看了怪可怜的。六儿,我怎么说好,你明白,你临终时也和母亲谈过,这孩子是只可以养着玩儿的,他左捱右捱去年春天,到底没有捱过去。这孩子生了几个月,你的肺病就重起来了。我劝你少亲近他,只监督着老妈子照管就行。你总是忍不住,一会儿提,一会儿抱。可是你病中为他操的那一份儿心也够瞧的。那一个夏天他病的时候多,你成天儿忙着,汤呀,药呀,冷呀,暖呀,连觉也没有好好儿睡过。那里有一分一毫想着你自己。瞧着他硬朗点儿你就乐,干枯的笑容在黄蜡般的脸上,我只有暗中叹气而已。

从来想不到做母亲的要像你这样。从迈儿起,你总是自己喂乳,一连四个都这样。你起初不知道按钟点儿喂,后来知道了,却又弄不惯;孩子们每夜里几次将你哭醒了,特别是闷热的夏季。我瞧你的觉老没睡足。白天里还得做菜,照料孩子,很少得空儿。你的身子本来坏,四个孩子就累你七八年。到了第五个,你自己实在不成了,又没乳,只好自己喂奶粉,另雇老妈子专管她。但孩子跟老妈子睡,你就没有放过心;夜里一听见哭,就竖起耳朵听,工夫一大就得过去看。十六年初,和你到北京来,将迈儿转子留在家里;三年多还不能去接他们,可真把你惦记苦了。你并不常提,我却明白。你后来说你的病就是惦记出来的;那个自然也有份儿,不过大半还是养育孩子累的。你的短短的十二年结婚生活,有十一年耗费在孩子们身上;而你一点不厌倦,有多少力量用多少,一直到自己毁灭为止。你对孩子一般儿爱,不问男的女的,大的小的。也不想到什么"养儿防老,积谷防饥",只拼命的爱去。你对于教育老实说有些外行,孩子们只要吃得好玩得好就成了。这也难怪你,你自己便是这样长大的。况且孩子们原都还小,吃和玩本来也要紧的。你病重的时候最放不下的还是孩子。病的只剩皮包着骨头了,总信自己不会好;老说:"我死了,这一大群孩子可苦了。"后来说送你回家，你想着可以看见迈儿和转子，也愿意；你万不想到会一去不返的。我送车的时候，你忍不住哭了，说"还不知能不能再见？"可怜，你的心我知道，你满想着好好儿带着六个孩子回来见我的。谦，你那时一定这样想，一定的。

除了孩子，你心里只有我。不错，那时你父亲还在。可是你母亲死了，他另有个女人，你老早就觉得隔了一层似的。出嫁后第一年你虽还一心一意依恋着他老人家，到第二年上我和孩子可就将你的心占住，你再没有多少工夫惦记他了。你还记得第一年我在北京，你在家里。家里来信说你呆不住，常回娘家去。我动气了，马上写信责备你。你教人写了一封复信，说家里有事，不能不回去。这是你第一次也可以说第末次的抗议，我从此就没给你写信。暑假时带了一肚子主意回去，但见了面，看你一脸笑，也就拉倒了。打这时候起，你渐渐从你父亲的怀里跑到我这儿。你换了金镯子帮助我的学费，叫我以后还你；但直到你死，我没有还你。你在我家受了许多气，又因为我家的缘故受你家里的气，你都忍着。这全为的是我，我知道。那回我从家乡一个中学半途辞职出走。家里人讽你也走。那里走！只得硬着头皮往你家去。那时你家像个冰窖子，你们在窖里足足住了三个月。好容易我才将你们领出来了，一同上外省去。小家庭这样组织起来了。你虽不是什么阔小姐，可也是自小娇生惯养的。做起主妇来，什么都得干一两手；你居然做下去了，而且高高兴兴地做下去了。菜照例满是你做，可是吃的都是我们；你至多夹上两三筷子就算了。你的菜做得不坏，有一位老在行大大地夸奖过。你洗衣服也不错，夏天我的绸大褂大概总是你亲自动手。你在家老不乐意闲着；坐前几个"月子"，老是四五天就起床，说是躺着家里事没条没理的。其实你起来也还不是没条理；咱家那么多孩子，哪儿来条理？在浙江住的时候，逃过两回兵难，我都在北平。真亏你领着母亲和一群孩子东藏西躲的；末一回还要走多少里路，翻一道大岭。这两回差不多只靠你一个人。你不但带了母亲和孩子们，还带了我一箱箱的书；你知道我是最爱书的。在短短的十二年里，你操的心比人家一辈子还多；谦，你那样身子怎么经得住！你将我的责任一股脑儿担负了去，压死了你；我如何对得起你！

你为我的捞什子书也费了不少神；第一回让你父亲的男佣人从家乡捎到上海去。他说了几句闲话，你气得在你父亲面前哭了。第二回是带着逃难，别人都说你傻子。你有你的想头："没有书怎么教书？况且他又爱这个玩意儿。"其实你没有晓得，那些书丢了也并不可惜；不过教你怎么晓得，我平常从来没和你谈过这些个！总而言之，你的心是可感谢的。这十二年里你为我吃的苦真不少，可是没有过几天好日子。我们在一起住，算来也还不到五个年头。无论日子怎么坏，无论是离是合，你从来没对我发过脾气，连一句怨言也没有。——别说怨我，就是怨命也没有过。老实说，我的脾气可不大好，迁怒的事儿有的是。那些时候你往往抽噎着流眼泪，从不回嘴，也不号啕。不过我也只信得过你一个人，有些话我只和你一个人说，因为世界上只你一个人真关心我，真同情我。你不但为我吃苦，更为我分苦；我之有我现在的精神，大半是你给我培养着的。这些年来我很少生病。但我最不耐烦生病，生了病就呻吟不绝，闹那伺候病的人。你是领教过一回的，那回只一两点钟，可是也够麻烦了。你常生病，却总不开口，挣扎着起来；一来怕搅我，二来怕没人做你那份儿事。我有一个坏脾气，怕听人生病，也是真的。后来你天天发烧，自己还以为南方带来的疟疾，一直瞒着我。明明躺着，听见我的脚步，一骨碌就坐起来。我渐渐有些奇怪，让大夫一瞧，这可糟了，你的一个肺已烂了一个大窟窿了！大夫劝你到西山去静养，你丢不下孩子，又舍不得钱；劝你在家里躺着，你也丢不下那份儿家务。越看越不行了，这才送你回去。明知凶多吉少，想不到只一个月工夫你就完了！本来盼望还见得着你，这一来可拉倒了。你也何尝想到这个？父亲告诉我，你回家独住着一所小住宅,还嫌没有客厅,怕我回去不便哪。

前年夏天回家,上你坟上去了。你睡在祖父母的下首,想来还不孤单的。只是当年祖父母的圹太小了,你正睡在圹底下。这叫做"抗圹",在生人看来是不安心的;等着想办法罢。那时圹上圹下密密地长着青草,朝露浸湿了我的布鞋。你刚埋了半年多,只有圹下多出一块土,别的全然看不出新坟的样子。我和隐今夏回去,本想到你的坟上来;因为她病了,没来成。我们想告诉你,五个孩子都好,我们一定尽心教养他们,让他们对得起死了的母亲——你! 谦,好好儿放心安睡罢,你。

一九三二,十。

(选自《朱自清全集》第 1 卷,江苏教育出版社 1988 年版)

朱自清散文
拓展研读资料

鲁　迅

影 的 告 别

　　人睡到不知道时候的时候,就会有影来告别,说出那些话——

　　有我所不乐意的在天堂里,我不愿去;有我所不乐意的在地狱里,我不愿去;有我所不乐意的在你们将来的黄金世界里,我不愿去。

　　然而你就是我所不乐意的。

　　朋友,我不想跟随你了,我不愿住。

　　我不愿意!

　　呜乎呜乎,我不愿意,我不如彷徨于无地。

　　我不过一个影,要别你而沉没在黑暗里了。然而黑暗又会吞并我,然而光明又会使我消失。

　　然而我不愿彷徨于明暗之间,我不如在黑暗里沉没。

　　然而我终于彷徨于明暗之间,我不知道是黄昏还是黎明。我姑且举灰黑的手装作喝干一杯酒,我将在不知道时候的时候独自远行。

　　呜乎呜乎,倘若黄昏,黑夜自然会来沉没我,否则我要被白天消失,如果现是黎明。

　　朋友,时候近了。

我将向黑暗里彷徨于无地。

你还想我的赠品。我能献你甚么呢？无已，则仍是黑暗和虚空而已。但是，我愿意只是黑暗，或者会消失于你的白天；我愿意只是虚空，决不占你的心地。

我愿意这样，朋友——

我独自远行，不但没有你，并且再没有别的影在黑暗里。只有我被黑暗沉没，那世界全属于我自己。

一九二四年九月二十四日。

（选自《语丝》1924 年第 4 期）

春 末 闲 谈

北京正是春末，也许我过于性急之故罢，觉着夏意了，于是突然记起故乡的细腰蜂。那时候大约是盛夏，青蝇密集在凉棚索子上，铁黑色的细腰蜂就在桑树间或墙角的蛛网左近往来飞行，有时衔一支小青虫去了，有时拉一个蜘蛛。青虫或蜘蛛先是抵抗着不肯去，但终于乏力，被衔着腾空而去了，坐了飞机似的。

老前辈们开导我，那细腰蜂就是书上所说的果蠃，纯雌无雄，必须捉螟蛉去做继子的。她将小青虫封在窠里，自己在外面日日夜夜敲打着，祝道“像我像我”，经过若干日，——我记不清了，大约七七四十九日罢，——那青虫也就成了细腰蜂了，所以《诗经》里说：“螟蛉有子，果蠃负之。”螟蛉就是桑上小青虫。蜘蛛呢？他们没有提。我记得有几个考据家曾经立过异说，以为她其实自能生卵；其捉青虫，乃是填在窠里，给孵化出来的幼蜂做食料的。但我所遇见的前辈们都不采用此说，还道是拉去做女儿。我们为存留天地间的美谈起见，倒不如这样好。当长夏无事，遣暑林阴，瞥见二虫一拉一拒的时候，便如睹慈母教女，满怀好意，而青虫的宛转抗拒，则活像一个不识好歹的毛鸦头。

但究竟是夷人可恶，偏要讲什么科学。科学虽然给我们许多惊奇，但也搅坏了我们许多好梦。自从法国的昆虫学大家发勃耳（Fabre）仔细观察之后，给幼蜂做食料的事可就证实了。而且，这细腰蜂不但是普通的凶手，还是一种很残忍的凶手，又是一个学识技术都极高明的解剖学家。她知道青虫的神经构造和作用，用了神奇的毒针，向那运动神经球上只一螫，它便麻痹为不死不活状态，这才在它身上生下蜂卵，封入窠中。青虫因为不死不活，所以不动，但也因为不活不死，所以不烂，直到她的子女孵化出来的时候，这食料还和被捕当日一样的新鲜。

三年前，我遇见神经过敏的俄国 E 君，有一天他忽然发愁道，不知道将来的科学家，是否不至于发明一种奇妙的药品，将这注射在谁的身上，则这人即甘心永远去做服役和战争的机器了？那时我也就皱眉叹息，装作一齐发愁的模样，以示“所见略同”之至意，殊不知我国的圣君，贤臣，圣贤，圣贤之徒，却早已有过这一种黄金世界的理想了。不是“唯辟作福，唯辟作威，唯辟玉食”么？不是“君子劳心，小人劳力”么？不是“治于人者食（去声）人，治人者食于人”么？可惜理论虽已卓然，而终于没有发明十全的好方法。要服从作威就须不活，要贡献玉食就须不死；要被治就须不活，要供养治人者又须不死。人类升为万物之灵，自然是可贺的，但没有了细腰蜂的毒针，却很使圣君,贤臣,圣贤,圣贤之徒,以至现在的阔人,学者,教育家觉得棘手。将来未可知,若已往,则治人者虽然尽力施行过各种麻痹术,也还不能十分奏效,与果嬴并驱争先。即以皇帝一伦而言,便难免时常改姓易代,终没有"万年有道之长";"二十四史"而多至二十四,就是可悲的铁证。现在又似乎有些别开生面了,世上挺生了一种所谓"特殊智识阶级"的留学生,在研究室中研究之结果,说医学不发达是有益于人种改良的,中国妇女的境遇是极其平等的,一切道理都已不错,一切状态都已够好。E君的发愁,或者也不为无因罢,然而俄国是不要紧的,因为他们不像我们中国,有所谓"特别国情",还有所谓"特殊智识阶级"。

但这种工作,也怕终于像古人那样,能十分奏效的罢,因为这实在比细腰蜂所做的要难得多。她于青虫,只须不动,所以仅在运动神经球上一螫,即告成功。而我们的工作,却求其能运动,无知觉,该在知觉神经中枢,加以完全的麻醉的。但知觉一失,运动也就随之失却主宰,不能贡献玉食,恭请上自"极峰"下至"特殊智识阶级"的赏收享用了。就现在而言,窃以为除了遗老的圣经贤传法,学者的进研究室主义,文学家和茶摊老板的莫谈国事律,教育家的勿视勿听勿言勿动论之外,委实还没有更好,更完,更无流弊的方法。便是留学生的特别发见,其实也并未轶出了前贤的范围。

那么,又要"礼失而求诸野"了。夷人,现在因为想去取法,姑且称之为外国,他那里,可有较好的法子么? 可惜,也没有。所有者,仍不外乎不准集会,不许开口之类,和我们中华并没有什么很不同。然亦可见至道嘉猷,人同此心,心同此理,固无华夷之限也。猛兽是单独的,牛羊则结队;野牛的大队,就会排角成城以御强敌了,但拉开一匹,定只能牟牟地叫。人民与牛马同流,——此就中国而言,夷人别有分类法云,——治之之道,自然应该禁止集合:这方法是对的。其次要防说话。人能说话,已经是祸胎了,而况有时还要做文章。所以苍颉造字,夜有鬼哭。鬼且反对,而况于官? 猴子不会说话,猴界即向无风潮,——可是猴界中也没有官,但这又作别论,——确应该虚心取法,反朴归真,则口且不开,文章自灭:这方法也是对的。然而上文也不过就理论而言,至于实效,却依然是难说。最显著的例,是连那么专制的俄国,而尼古拉二世"龙御上宾"之后,罗马诺夫氏竟已"覆宗绝祀"了。要而言之,那大缺点就在虽有二大良法,而还缺其一,便是:无法禁止人们的思想。

于是我们的造物主——假如天空真有这样的一位"主子"——就可恨了:一恨其没有永远分清"治者"与"被治者";二恨其不给治者生一枝细腰蜂那样的毒针;三恨其不将被治者造得即使砍去了藏着的思想中枢的脑袋而还能动作——服役。三者得一,阔人的地位即永久稳固,统御也永久省了气力,而天下于是乎太平。今也不然,所以即使单想高高在上,暂时维持阔气,也还得日施手段,夜费心机,实在不胜其委屈劳神之至……。

假使没有了头颅,却还能做服役和战争的机械,世上的情形就何等地醒目呵! 这时再不必用什么制帽勋章来表明阔人和窄人了,只要一看头之有无,便知道主奴,官民,上下,贵贱的区别。并且也不至于再闹什么革命,共和,会议等等的乱子了,单是电报,就要省下许多许多来。古人毕竟聪明,仿佛早想到过这样的东西,《山海经》上就记载着一种名叫"刑天"的怪物。他没有了能想的头,却还活着,"以乳为目,以脐为口",——这一点想得很周到,否则他怎么看,怎么吃呢,——实在是很值得奉为师法的。假使我们的国民都能这样,阔人又何等安全快乐? 但他又"执干戚而舞",则似乎还是死也不肯安分,和我那专为阔人图便利而设的理想底好国民又不同。陶潜先生又有诗道:"刑天舞干戚,猛志固常在。"连这位貌似旷达的老隐士也这么说,可见无头也会仍有猛志,阔人的天下一时总怕难得太平的了。但有了太多的"特殊智识阶级"的国民,也许有特在例外的希望;况且精神文明太高了之后,精神的头就会提前飞去,区区物质的头的有无也算不得什么难问题。

一九二五年四月二十二日。

（选自《莽原》1925 年第 1 期，署名冥昭）

小品文的危机

仿佛记得一两月之前，曾在一种日报上见到记载着一个人的死去的文章，说他是收集"小摆设"的名人，临末还有依稀的感喟，以为此人一死，"小摆设"的收集者在中国怕要绝迹了。

但可惜我那时不很留心，竟忘记了那日报和那收集家的名字。

现在的新的青年恐怕也大抵不知道什么是"小摆设"了。但如果他出身旧家，先前曾有玩弄翰墨的人，则只要不很破落，未将觉得没用的东西卖给旧货担，就也许还能在尘封的废物之中，寻出一个小小的镜屏，玲珑剔透的石块，竹根刻成的人像，古玉雕出的动物，锈得发绿的铜铸的三脚癞虾蟆：这就是所谓"小摆设"。先前，它们陈列在书房里的时候，是各有其雅号的，譬如那三脚癞虾蟆，应该称为"蟾蜍砚滴"之类，最末的收集家一定都知道，现在呢，可要和它的光荣一同消失了。

那些物品，自然决不是穷人的东西，但也不是达官富翁家的陈设，他们所要的，是珠玉扎成的盆景，五彩绘画的磁瓶。那只是所谓士大夫的"清玩"。在外，至少必须有几十亩膏腴的田地，在家，必须有几间幽雅的书斋；就是流寓上海，也一定得生活较为安闲，在客栈里有一间长包的房子，书桌一顶，烟榻一张，瘾足心闲，摩挲赏鉴。然而这境地，现在却已经被世界的险恶的潮流冲得七颠八倒，像狂涛中的小船似的了。

然而就是在所谓"太平盛世"罢，这"小摆设"原也不是什么重要的物品。在方寸的象牙版上刻一篇《兰亭序》，至今还有"艺术品"之称，但倘将这挂在万里长城的墙头，或供在云冈的丈八佛像的足下，它就渺小得看不见了，即使热心者竭力指点，也不过令观者生一种滑稽之感。何况在风沙扑面，狼虎成群的时候，谁还有这许多闲工夫，来赏玩琥珀扇坠，翡翠戒指呢。他们即使要悦目，所要的也是耸立于风沙中的大建筑，要坚固而伟大，不必怎样精；即使要满意，所要的也是匕首和投枪，要锋利而切实，用不着什么雅。

美术上的"小摆设"的要求，这幻梦是已经破掉了，那日报上的文章的作者，就直觉的知道。然而对于文学上的"小摆设"——"小品文"的要求，却正在越加旺盛起来，要求者以为可以靠着低诉或微吟，将粗犷的人心，磨得渐渐的平滑。这就是想别人一心看着《六朝文絜》，而忘记了自己是抱在黄河决口之后，淹得仅仅露出水面的树梢头。

但这时却只用得着挣扎和战斗。

而小品文的生存，也只仗着挣扎和战斗的。晋朝的清言，早和它的朝代一同消歇了。唐末诗风衰落，而小品放了光辉。但罗隐的《谗书》，几乎全部是抗争和愤激之谈；皮日休和陆龟蒙自以为隐士，别人也称之为隐士，而看他们在《皮子文薮》和《笠泽丛书》中的小品文，并没有忘记天下，正是一榻胡涂的泥塘里的光彩和锋铓。明末的小品虽然比较的颓放，却并非全是吟风弄月，其中有不平，有讽刺，有攻击，有破坏。这种作风，也触着了满洲君臣的心病，费去许多助虐的武将的刀锋，帮闲的文臣的笔锋，直到乾隆年间，这才压制下去了。以后呢，就来了"小摆设"。

"小摆设"当然不会有大发展。到五四运动的时候，才又来了一个展开，散文小品的成功，几乎在小说戏曲和诗歌之上。这之中，自然含着挣扎和战斗，但因为常常取法于英国的随笔（Essay），所以也带一点幽默和雍容；写法也有漂亮和缜密的，这是为了对于旧文学的示威，在表示旧文学之自以为特长者，白话文学也并非做不到。以后的路，本来明明是更分明的挣扎和战斗，因为这原是萌芽于"文学革命"以至"思想革命"的。但现在的趋势，却在特别提倡那和旧文章相合之点，雍容，漂亮，缜密，就是要它成为"小摆设"，供雅人的摩挲，并且想青年摩挲了这"小摆设"，由粗暴而变为风雅了。

然而现在已经更没有书桌；雅片虽然已经公卖，烟具是禁止的，吸起来还是十分不容易。想在战地或灾区里的人们来鉴赏罢——谁都知道是更奇怪的幻梦。这种小品，上海虽正在盛行，茶话酒谈，遍满小报的摊子上，但其实是正如烟花女子，已经不能在弄堂里拉扯她的生意，只好涂脂抹粉，在夜里蹩到马路上来了。

小品文就这样的走到了危机。但我所谓危机，也如医学上的所谓"极期"（Krisis）一般，是生死的分歧，能一直得到死亡，也能由此至于恢复。麻醉性的作品，是将与麻醉者和被麻醉者同归于尽的。生存的小品文，必须是匕首，是投枪，能和读者一同杀出一条生存的血路的东西；但自然，它也能给人愉快和休息，然而这并不是"小摆设"，更不是抚慰和麻痹，它给人的愉快和休息是休养，是劳作和战斗之前的准备。

八月二十七日。

（选自《现代》1933 年第 3 卷第 6 期）

推 背 图

我这里所用的"推背"的意思，是说：从反面来推测未来的情形。

上月的《自由谈》里，就有一篇《正面文章反看法》，这是令人毛骨悚然的文字。因为得到这一个结论的时候，先前一定经过许多苦楚的经验，见过许多可怜的牺牲。本草家提起笔来，写道：砒霜，大毒。字不过四个，但他却确切知道了这东西曾经毒死过若干性命的了。

里巷间有一个笑话：某甲将银子三十两埋在地里面，怕人知道，就在上面竖一块木板，写道"此地无银三十两"。隔壁的阿二因此却将这掘去了，也怕人发觉，就在木板的那一面添上一句道，"隔壁阿二勿曾偷。"这就是在教人"正面文章反看法"。

但我们日日所见的文章，却不能这么简单。有明说要做，其实不做的；有明说不做，其实要做的；有明说做这样，其实做那样的；有其实自己要这么做，倒说别人要这么做的；有一声不响，而其实倒做了的。然而也有说这样，竟这样的。难就在这地方。

例如近几天报章上记载着的要闻罢：

一，××军在××血战，杀敌××××人。

二，××谈话：决不与日本直接交涉，仍然不改初衷，抵抗到底。

三，芳泽来华，据云系私人事件。

四，共党联日，该伪中央已派干部××赴日接洽。

五，××××……

倘使都当反面文章看，可就太骇人了。但报上也有"莫干山路草棚船百余只大火"，"××××廉价只有四天了"等大概无须"推背"的记载，于是乎我们就又胡涂起来。

听说，《推背图》本是灵验的，某朝某帝怕他淆惑人心，就添了些假造的在里面，因此弄得不能预知了，必待事实证明之后，人们这才恍然大悟。

我们也只好等着看事实，幸而大概是不很久的，总出不了今年。

四月二日。

（原载《申报·自由谈》1933 年 4 月 6 日，署名何家干）

"题未定"草（六至九）（节选）

六

记得 T 君曾经对我谈起过：我的《集外集》出版之后，施蛰存先生曾在什么刊物上有过批评，以为这本书不值得付印，最好是选一下。我至今没有看到那刊物；但从施先生的推崇《文选》和手定《晚明二十家小品》的功业，以及自标"言行一致"的美德推测起来，这也正像他的话。好在我现在并不要研究他的言行，用不着多管这些事。

《集外集》的不值得付印，无论谁说，都是对的。其实岂只这一本书，将来重开四库馆时，恐怕我的一切译作，全在排除之列；虽是现在，天津图书馆的目录上，在《呐喊》和《彷徨》之下，就注着一个"销"字，"销"者，销毁之谓也；梁实秋教授充当什么图书馆主任时，听说也曾将我的许多译作驱逐出境。但从一般的情形而论，目前的出版界，却实在并不十分谨严，所以印了我的一本《集外集》，似乎也算不得怎么特别糟蹋了纸墨。至于选本，我倒以为是弊多利少的，记得前年就写过一篇《选本》，说明着自己的意见，后来就收在《集外集》中。

自然，如果随便玩玩，那是什么选本都可以的，《文选》好，《古文观止》也可以。不过倘要研究文学或某一作家，所谓"知人论世"，那么，足以应用的选本就很难得。选本所显示的，往往并非作者的特色，倒是选者的眼光。眼光愈锐利，见识愈深广，选本固然愈准确，但可惜的是大抵眼光如豆，抹杀了作者真相的居多，这才是一个"文人浩劫"。例如蔡邕，选家大抵只取他的碑文，使读者仅觉得他是典重文章的作手，必须看见《蔡中郎集》里的《述行赋》（也见于《续古文苑》），那些"穷工巧于台榭兮，民露处而寝湿，委嘉谷于禽兽兮，下糠秕而无粒"（手头无书，也许记错，容后订正）的句子，才明白他并非单单的老学究，也是一个有血性的人，明白那时的情形，明白他确有取死之道。又如被选家录取了《归去来辞》和《桃花源记》，被论客赞赏着"采菊东篱下，悠然见南山"的陶潜先生，在后人的心目中，实在飘逸得太久了，但在全集里，他却有时很摩登，"愿在丝而为履，附素足以周旋，悲行止之有节，空委弃于床前"，竟想摇身一变，化为"阿呀呀，我的爱人呀"的鞋子，虽然后来自说因为"止于礼义"，未能进攻到底，但那些胡思乱想的自白，究竟是大胆的。就是诗，除论客所佩服的"悠然见南山"之外，也还有"精卫衔微木，将以填沧海，刑天舞干戚，猛志固常在"之类的"金刚怒目"式，在证明着他并非整天整夜的飘飘然。这"猛志固常在"和"悠然见南山"的是一个人，倘有取舍，即非全人，再加抑扬，更离真实。譬如勇士，也战斗，也休息，也饮食，自然也性交，如果只取他末一点，画起像来，挂在妓院里，尊为性交大师，那当然也不能说是毫无根据的，然而，岂不冤哉！我每见近人的称引陶渊明，往往不禁为古人惋惜。

这也是关于取用文学遗产的问题，潦倒而至于昏聩的人，凡是好的，他总归得不到。前几天，看见《时事新报》的《青光》上，引过林语堂先生的话，原文抛掉了，大意是说：老庄是上流，泼妇骂街之类是下流，他都要看，只有中流，剿上窃下，最无足观。如果我所记忆的并不错，那么，这真不但宣告了宋人语录，明人小品，下至《论语》，《人间世》，《宇宙风》这些"中流"作品的死刑，也透彻的表白了其人的毫无自信。不过这还是空腹高心之谈，因为虽是"中流"，也并不一概，即使同是剿窃，有取了好处的，有取了无用之处的，有取了坏处的，到得"中流"的下流，他就连剿窃也不会，"老庄"不必说了，虽是明清的文章，又何尝真的看得懂。

标点古文，不但使应试的学生为难，也往往害得有名的学者出丑，乱点词曲，拆散骈文的美谈，已经成为陈迹，也不必回顾了；今年出了许多廉价的所谓珍本书，都有名家标点，关心世道者恧然忧之，以为足煽复古之焰。我却没有这么悲观，化国币一元数角，买了几本，既读古之中流的文章，又看今之中流的标点；今之中流，未必能懂古之中流的文章的结论，就从这里得来的。

例如罢，——这种举例，是很危险的，从古到今，文人的送命，往往并非他的什么"意德沃罗基"的悖谬，倒是为了个人的私仇居多。然而这里仍得举，因为写到这里，必须有例，所谓"箭在弦上，不得不发"者是也。但经再三忖度，决定"姑隐其名"，或者得免于难欤，这是我在利用中国人只顾空面子的缺点。

例如罢，我买的"珍本"之中，有一本是张岱的《琅嬛文集》，"特印本实价四角"；据"乙亥十月，卢前冀野父"跋，是"化峭僻之途为康庄"的，但照标点看下去，却并不十分"康庄"。标点，对于五言或七言诗最容易，不必文学家，只要数学家就行，乐府就不大"康庄"了，所以卷三的《景清刺》里，有了难懂的句子：

"……佩铅刀。藏膝髁。太史奏。机谋破。不称王何前。坐对御衣含血唾。……"

琅琅可诵，韵也押的，不过"不称王向前"这一句总有些费解。看看原序，有云："清知事不成。跃而訽上。大怒曰。毋谓我王。即王敢尔耶。清曰。今日之号。尚称王哉。命抉其齿。立且訽。则含血前。渍御衣。上益怒。剥其肤。……"（标点悉遵原本）那么，诗该是"不称王，向前坐"了，"不称王"者，"尚称王哉"也；"向前坐"者，"则含血前"也。而序文的"跃而訽上。大怒曰"，恐怕也该是"跃而訽。上大怒曰"才合式，据作文之初阶，观下文之"上益怒"，可知也矣。

纵使明人小品如何"本色"，如何"性灵"，拿它乱玩究竟还是不行的，自误事小，误人可似乎不大好。例如卷六的《琴操》《脊令操》序里，有这样的句子：

"秦府僚属。劝秦王世民。行周公之事。伏兵玄武门。射杀建成元吉魏征。伤亡作。"

文章也很通，不过一翻《唐书》，就不免觉得魏征实在射杀得冤枉，他其实是秦王世民做了皇帝十七年之后，这才病死的。所以我们没有法，这里只好点作"射杀建成元吉，魏征伤亡作"。明明是张岱作的《琴操》，怎么会是魏征作呢，索性也将他射杀干净，固然不能说没有道理，不过"中流"文人，是常有拟作的，例如韩愈先生，就替周文王说过"臣罪当诛兮天王圣明"，所以在这里，也还是以"魏征伤亡作"为稳当。

我在这里也犯了"文人相轻"罪，其罪状曰"吹毛求疵"。但我想"将功折罪"的，是证明了有些名人，连文章也看不懂，点不断，如果选起文章来，说这篇好，那篇坏，实在不免令人有些毛骨悚然，所以认真读书的人，一不可倚仗选本，二不可凭信标点。

七

还有一样最能引读者入于迷途的，是"摘句"。它往往是衣裳上撕下来的一块绣花，经摘取者一吹嘘或附会，说是怎样超然物外，与尘浊无干，读者没有见过全体，便也被他弄得迷离惝恍。最显著的便是上文说过的"悠然见南山"的例子，忘记了陶潜的《述酒》和《读山海经》等诗，捏成他单是一个飘飘然，就是这摘句作怪。新近在《中学生》的十二月号上，看见了朱光潜先生的《说'曲终人不见，江上数峰青'》的文章，推这两句为诗美的极致，我觉得也未免有以割裂为美的小疵。他说的好处是：

"我爱这两句诗，多少是因为它对于我启示了一种哲学的意蕴。'曲终人不见'所表现的是消逝，'江上数峰青'所表现的是永恒。可爱的乐声和奏乐者虽然消逝了，而青山却巍然如旧，永远可以让我们把心情寄托在它上面。人到底是怕凄凉的，要求伴侣的。曲终了，人去了，我们一霎时以前所游目骋怀的世界猛然间好像从脚底倒塌去了。这是人生最难堪的一件事，但是一转眼间我们看到江上青峰，好像又找到另一个可亲的伴侣，另一个可托足的世界，而且它永远是在那里的。'山穷水尽疑无路，柳暗花明又一村'，此种风味似之。不仅如此，人和曲果真消逝了么；这一曲缠绵悱恻的音乐没有惊动山灵？它没有传出江上青峰的妩媚和严肃？它没有深深地印在这妩媚和严肃里面？反正青山和湘灵的瑟声已发生这么一回的因缘，青山永在，瑟声和鼓瑟的人也就永在了。"

这确已说明了他的所以激赏的原因。但也没有尽。读者是种种不同的，有的爱读《江赋》和《海赋》，有的欣赏《小园》或《枯树》。后者是徘徊于有无生灭之间的文人，对于人生，既惮扰攘，又怕离去，懒于求生，又不乐死，实有太板，寂绝又太空，疲倦得要休息，而休息又太凄凉，所以又必须有一种抚慰。于是"曲终人不见"之外，如"只在此山中，云深不知处"或"笙歌归院落，灯火下楼台"之类，就往往为人所称道。因为眼前不见，而远处却在，如果不在，便悲哀了，这就是道士之所以说"至心归命礼，玉皇大天尊！"也。

抚慰劳人的圣药，在诗，用朱先生的话来说，是"静穆"：

"艺术的最高境界都不在热烈。就诗人之所以为人而论，他所感到的欢喜和愁苦也许比常人所感到的更加热烈。就诗人之所以为诗人而论，热烈的欢喜或热烈的愁苦经过诗表现出来以后，都好比黄酒经过长久年代的储藏，失去它的辣性，只剩一味醇朴。我在别的文章里曾经说过这一段话：'懂得这个道理，我们可以明白古希腊人何以把和平静穆看作诗的极境，把诗神亚波罗摆在蔚蓝的山巅，俯瞰众生扰攘，而眉宇间却常如作甜蜜梦，不露一丝被扰动的神色？'这里所谓'静穆'（Serenity）自然只是一种最高理想，不是在一般诗里所能找得到的。古希腊——尤其是古希腊的造形艺术——常使我们觉到这种'静穆'的风味。'静穆'是一种豁然大悟，得到归依的心情。它好比低眉默想的观音大士，超一切忧喜，同时你也可说它泯化一切忧喜。这种境界在中国诗里不多见。屈原阮籍李白杜甫都不免有些像金刚怒目，愤愤不平的样子。陶潜浑身是'静穆'，所以他伟大。"

古希腊人，也许把和平静穆看作诗的极境的罢，这一点我毫无知识。但以现存的希腊诗歌而论，荷马的史诗，是雄大而活泼的，沙孚的恋歌，是明白而热烈的，都不静穆。我想，立"静穆"为诗的极境，而此境不见于诗，也许和立蛋形为人体的最高形式，而此形终不见于人一样。至于亚波罗之在山巅，那可因为他是"神"的缘故，无论古今，凡神像，总是放在较高之处的。这像，我曾见过照相，睁着眼睛，神清气爽，并不像"常如作甜蜜梦"。不过看见实物，是否"使我们觉到这种'静穆'的风味"，在我可就很难断定了，但是，倘使真的觉得，我以为也许有些因为他"古"的缘故。

我也是常常徘徊于雅俗之间的人,此刻的话,很近于大煞风景,但有时却自以为颇"雅"的:间或喜欢看看古董。记得十多年前,在北京认识了一个土财主,不知怎么一来,他也忽然"雅"起来了,买了一个鼎,据说是周鼎,真是土花斑驳,古色古香。而不料过不几天,他竟叫铜匠把它的土花和铜绿擦得一干二净,这才摆在客厅里,闪闪的发着铜光。这样的擦得精光的古铜器,我一生中还没有见过第二个。一切"雅士",听到的无不大笑,我在当时,也不禁由吃惊而失笑了,但接着就变成肃然,好像得了一种启示。这启示并非"哲学的意蕴",是觉得这才看见了近于真相的周鼎。鼎在周朝,恰如碗之在现代,我们的碗,无整年不洗之理,所以鼎在当时,一定是干干净净,金光灿烂的,换了术语来说,就是它并不"静穆",倒有些"热烈"。这一种俗气至今未脱,变化了我衡量古美术的眼光,例如希腊雕刻罢,我总以为它现在之见得"只剩一味醇朴"者,原因之一,是在曾埋土中,或久经风雨,失去了锋棱和光泽的缘故,雕造的当时,一定是崭新,雪白,而且发闪的,所以我们现在所见的希腊之美,其实并不准是当时希腊人之所谓美,我们应该悬想它是一件新东西。

凡论文艺,虚悬了一个"极境",是要陷入"绝境"的,在艺术,会迷惘于土花,在文学,则被拘迫而"摘句"。但"摘句"又大足以困人,所以朱先生就只能取钱起的两句,而踢开他的全篇,又用这两句来概括作者的全人,又用这两句来打杀了屈原,阮籍,李白,杜甫等辈,以为"都不免有些像金刚怒目,愤愤不平的样子"。其实是他们四位,都因为垫高朱先生的美学说,做了冤屈的牺牲的。

我们现在先来看一看钱起的全篇罢:

"省试湘灵鼓瑟

善鼓云和瑟,常闻帝子灵。冯夷空自舞,楚客不堪听。苦调凄金石,清音入杳冥。苍梧来怨慕,白芷动芳馨。流水传湘浦,悲风过洞庭。曲终人不见,江上数峰青。"

要证成"醇朴"或"静穆",这全篇实在是不宜称引的,因为中间的四联,颇近于所谓"衰飒"。但没有上文,末两句便显得含胡,不过这含胡,却也许又是称引者之所谓超妙。现在一看题目,便明白"曲终"者结"鼓瑟","人不见"者点"灵"字,"江上数峰青"者做"湘"字,全篇虽不失为唐人的好试帖,但末两句也并不怎么神奇。况且题上明说是"省试",当然不会有"愤愤不平的样子",假使屈原不和椒兰吵架,却上京求取功名,我想,他大约也不至于在考卷上大发牢骚的,他首先要防落第。

我们于是应该再来看看这《湘灵鼓瑟》的作者的另外的诗了。但我手头也没有他的诗集,只有一部《大历诗略》,也是迂夫子的选本,不过篇数却不少,其中有一首是:

"下第题长安客舍

不遂青云望,愁看黄鸟飞。梨花寒食夜,客子未春衣。世事随时变,交情与我违。空余主人柳,相见却依依。"

一落第,在客栈的墙壁上题起诗来,他就不免有些愤愤了,可见那一首《湘灵鼓瑟》,实在是因为题目,又因为省试,所以只好如此圆转活脱。他和屈原,阮籍,李白,杜甫四位,有时都不免是怒目金刚,但就全体而论,他长不到丈六。

世间有所谓"就事论事"的办法,现在就诗论诗,或者也可以说是无碍的罢。不过我总以为倘要论文,最好是顾及全篇,并且顾及作者的全人,以及他所处的社会状态,这才较为确凿。要不然,是很容易近乎说梦的。但我也并非反对说梦,我只主张听者心里明白所听的是说梦,这和我劝那些认真的读者不要专凭选本和标点本为法宝来研究文学的意思,大致并无不同。自己放出眼光看过较多的作品,就知道历来的伟大的作者,是没有一个"浑身是'静穆'"的。陶潜正因为并非"浑身是'静穆'，所以他伟大"。现在之所以往往被尊为"静穆"，是因为他被选文家和摘句家所缩小，凌迟了。

（选自《且介亭杂文二集》，《鲁迅全集》第六卷，人民文学出版社 2005 年版）

鲁迅散文
拓展研读资料

冰　心

寄小读者（节选）

通　讯　十

亲爱的小朋友：

　　我常喜欢挨坐在母亲的旁边，挽住她的衣袖，央求她述说我幼年的事。

　　母亲凝想地，含笑地，低低地说：

　　"不过有三个月罢了，偏已是这般多病。听见端药杯的人的脚步声，已知道惊怕啼哭。许多人围在床前，乞怜的眼光，不望着别人，只向着我，似乎已经从人群里认识了你的母亲！"

　　这时眼泪已湿了我们两个人的眼角！

　　"你的弥月到了，穿着舅母送的水红绸子的衣服，戴着青缎沿边的大红帽子，抱出到厅堂前。因看你丰满红润的面庞，使我在姊妹妯娌群中，起了骄傲。"

　　"只有七个月，我们都在海舟上，我抱你站在栏旁。海波声中，你已会呼唤'妈妈'和'姊姊'。"

　　对于这件事，父亲和母亲还不时的起争论。父亲说世上没有七个月会说话的孩子。母亲坚执说是的。在我们家庭历史中，这事至今是件疑案。

　　"浓睡之中猛然听得丐妇求乞的声音，以为母亲已被她们带去了。冷汗被面的惊坐起来，脸和唇都青了，呜咽不能成声。我从后屋连忙进来，珍重的揽住，经过了无数的解释和安慰。自此后，便是睡着，我也不敢轻易的离开你的床前。"

　　这一节，我仿佛记得，我听时写时都重新起了呜咽！

　　"有一次你病得重极了。地上铺着席子，我抱着你在上面膝行。正是暑月，你父亲又不在家。你断断续续说的几句话，都不是三岁的孩子所能够说的。因着你奇异的智慧，增加了我无名的恐怖。我打电报给你父亲，说我身体和灵魂上都已不能再支持。忽然一阵大风雨，深忧的我，重病的你，和你疲乏的乳母，都沉沉的睡了一大觉。这一番风雨，把你又从死神的怀抱里，接了过来。"

　　我不信我智慧，我又信我智慧！母亲以智慧的眼光，看万物都是智慧的，何况她的唯一挚爱的女儿？

　　"头发又短，又没有一刻肯安静。早晨这左右两条小辫子，总是梳不起来。没有法子，父亲就来帮忙，'站好了，站好了，要照相了！'父亲拿着照相匣子，假作照着。又短又粗的两条小辫子，好容易天天这样的将就的编好了。"

我奇怪我竟不懂得向父亲索要我每天照的相片！

"陈妈的女儿宝姐，是你的好朋友。她来了，我就关你们两个人在屋里，我自己睡午觉。等我醒来，一切的玩具，小人小马，都当做船，飘浮在脸盆的水里，地上已是水汪汪的。"

宝姐是我一个神秘的朋友，我自始至终不记得，不认识她。然而从母亲口里，我深深的爱了她。

"已经三岁了，或者快四岁了。父亲带你到他的兵舰上去，大家匆匆的替你换上衣服。你自己不知什么时候，把一支小木鹿，放在小靴子里。到船上只要父亲抱着，自己一步也不肯走。放到地上走时，只是一跛一跛的。大家奇怪了，脱下靴子，发现了小木鹿。父亲和他的许多朋友都笑了。——傻孩子！你怎么不会说？"

母亲笑了，我也伏在她的膝上羞愧的笑了。——回想起来，她的质问，和我的羞愧，都是一点理由没有的。十几年前事，提起当面前事说，真是无谓。然而那时我们中间弥漫了痴和爱！

"你最怕我凝神，我至今不知是什么缘故。每逢我凝望窗外，或是稍微的呆了一呆，你就过来呼唤我，摇撼我，说'妈妈，你的眼睛怎么不动了？'我有时喜欢你来抱住我，便故意的凝神不动。"

我自己也不知道是什么缘故。也许母亲凝神，多是忧愁的时候，我要扰乱她的思路，也未可知。无论如何，这是个隐谜！

"然而你自己却也喜凝神，天天吃着饭，呆呆的望着壁上的字画，桌上的钟和花瓶。一碗饭数米粒似的，吃了好几点钟。我急了，便把一切都挪移开。"

这件事我记得，而且很清楚，因为独坐沉思的脾气至今不改。

当她说这些事的时候，我总是脸上堆着笑，眼里满了泪。听完了用她的衣襟来印我的眼角，静静的伏在她的膝上。这时宇宙已经没有了，只母亲和我。最后我也没有了，只有母亲，因为我本是她的一部分！

这是如何可惊喜的事，从母亲口中，逐渐的发现了，完成了我自己！她从最初已知道我，认识我，喜爱我。在我不知道不承认世界上有个我的时候，她已爱了我了。我从三岁上，才慢慢的在宇宙中寻到了自己，爱了自己，认识了自己；然而我所知道的自己，不过是母亲意念中的我的百分之一，千万分之一。

小朋友！当你寻见了世界上有一个人，认识你，知道你，爱你，都千百倍的胜过你自己的时候，你怎能不感激，不流泪，不死心塌地的爱她，而且死心塌地的容她爱你？

有一次幼小的我，忽然走到母亲面前，仰着脸问："妈妈，你到底为什么爱我？"母亲放下针线，用她的面颊，抵住我的前额，温柔地，不迟疑地说："不为什么，——只因你是我的女儿！"

小朋友！我不信世界上还有人能说这句话！"不为什么"这四个字，从她口里说出来，何等刚决，何等无回旋！她爱我，不是因为我是"冰心"，或是其他人世间的一切虚伪的称呼和名字！她的爱是不附带任何条件的。唯一的理由，就是我是她的女儿。总之，她的爱，是摒除一切，拂拭一切，层层的麾开我前后左右所蒙罩的，使我成为"今我"的原素，而直接的来爱我的自身！

假使我走至幕后，将我二十年的历史和一切都更变了，再走出到她面前，世界上从没有一个人认识我，只要我仍是她的女儿，她就仍用她坚强无尽的爱来包围我。她爱我的肉体，她爱我的灵魂，她爱我前后左右，过去，将来，现在的一切！

天上的星辰，骤雨般落在大海上，嗤嗤繁响。海波如山一般的汹涌，一切楼屋都在地上旋转，天如同一张蓝纸卷了起来。树叶子满空飞舞，鸟儿归巢，走兽躲到它的洞穴。万象纷乱中，只要我能寻到她，投到她的怀里……天地一切都信她！她对于我的爱，不因着万物毁灭而变更！

她的爱不但包围我，而且普遍的包围着一切爱我的人；而且因着爱我，她也爱了天下的儿女，她更爱了天下的母亲。小朋友！告诉你一句小孩子以为是极浅显，而大人们以为是极高深的话，"世界便是这样的建造起来的！"

世界上没有两件事物，是完全相同的。同在你头上的两根丝发，也不能一般长短，然而——请小朋友们和我同声赞美！——只有普天下的母亲的爱，或隐或显，或出或没；不论你用斗量，用尺量，或是用心灵的度量衡来推测；我的母亲对于我，你的母亲对于你，她的和他的母亲对于她和他；她们的爱是一般的长阔高深，分毫都不差减。小朋友！我敢说，也敢信古往今来，没有一个敢来驳我这句话。当我发觉了这神圣的秘密的时候，我竟欢喜感动得伏案痛哭！

我的心潮，沸涌到最高度，我知道于我的病体是不相宜的，而且我更知道我所写的都不出乎你们的智慧范围之外。——窗外正是下着紧一阵慢一阵的秋雨。玫瑰花的香气，也正无声的赞美她们的"自然母亲"的爱！

我现在不在母亲的身畔，——但我知道她的爱没有一刻离开我，她自己也如此说！——暂时无从再打听关于我的幼年的消息。然而我会写信给我的母亲，我说："亲爱的母亲，请你将我所不知道的关于我的事，随时记下寄来给我。我现在正是考古家一般的，要从深知我的你口中，研究我神秘的自己。"

被上帝祝福的小朋友！你们正在母亲的怀里。——小朋友！我教给你，你看完了这一封信，放下报纸，就快快跑去找你的母亲——若是她出去了，就去坐在门槛上，静静的等她回来——不论在屋里或是院中，把她寻见了，你便上去攀住她，左右亲她的脸，你说："母亲！若是你有工夫，请你将我小时候的事情，说给我听！"等她坐下了，你便坐在她的膝上，倚在她的胸前。你听得见她心脉和缓的跳动，你仰着脸，会有无数关于你的，你所不知道的美妙的故事，从她口里天乐一般的唱将出来！

然后，——小朋友！我愿你告诉我，她对你所说的都是什么事。

我现在正病着。没有母亲坐在旁边，小朋友一定怜念我，然而我有说不尽的感谢！造物者将我交付给我母亲的时候，竟赋予了我以记忆的心才；现在又从忙碌的课程中替我匀出七日夜来，回想母亲的爱。我病中光阴，因着这回想，寸寸都是甜蜜的。

小朋友，再谈吧，致我的爱与你们的母亲！

你的朋友冰心

1923 年 12 月 5 日晨，圣卜生疗养院，威尔斯利

（选自《寄小读者》，上海开明书店 1933 年版）

往事（节选）

三

今夜林中月下的青山，无可比拟！仿佛万一，只能说是似娟娟的静女，虽是照人的明艳，却不

飞扬妖冶;是低眉垂袖,璎珞矜严。

　　流动的光辉之中,一切都失了正色:松林是一片浓黑的,天空是莹白的,天边的雪地,竟是浅蓝色的了。这三色衬成的宇宙,充满了凝静,超逸,与庄严;中间流溢着满空幽哀的神意,一切言词文字都丧失了,几乎不容凝视,不容把握!

　　今夜的林中,决不宜于将军夜猎——那从骑杂沓,传叫风生,会踏毁了这平整匀纤的雪地;朵朵的火燎,和生寒的铁甲,会缭乱了静冷的月光。

　　今夜的林中,也不宜于燃枝野餐——火光中的喧哗欢笑,杯盘狼藉,会惊起树上稳栖的禽鸟;踏月归去,数里相和的歌声,会叫破了这如怨如慕的诗的世界。

　　今夜的林中,也不宜于爱友话别,叮咛细语——凄意已足,语音已微;而抑郁缠绵,作茧自缚的情绪,总是太"人间的"了,对不上这晶莹的雪月,空阔的山林。

　　今夜的林中,也不宜于高士徘徊,美人掩映——纵使林中月下,有佳句可寻,有佳音可赏,而一片光雾凄迷之中,只容意念回旋,不容人物点缀。

　　我倚枕百般回肠凝想,忽然一念回转,黯然神伤……

　　今夜的青山只宜于这些女孩子,这些病中倚枕看月的女孩子!

　　假如我能飞身月中下视:依山上下曲折的长廊,雪色侵围阑外,月光浸着雪净的衾绸,逼着玲珑的眉宇。这一带长廊之中:万籁俱绝,万缘俱断,有如水的客愁,有如丝的乡梦,有幽感,有澈悟,有祈祷,有忏悔,有万千种话……

　　山中的千百日,山光松影重迭到千百回,世事从头减去,感悟逐渐侵来,已滤就了水晶般清澈的襟怀。这时纵是顽石钝根,也要思量万事,何况这些思深善怀的女子?

　　往者如观流水——月下的乡魂旅思:或在罗马故宫,颓垣废柱之旁;或在万里长城,缺堞断阶之上;或在约旦河边,或在麦加城里;或超渡莱因河,或飞越落矶山;有多少魂销目断,是耶非耶?只她知道!

　　来者如仰高山,——久久的徘徊在困弱道途之上,也许明日,也许今年,就揭卸病的细网,轻轻的试叩死的铁门!

　　天国泥犁,任她幻拟:是泛入七宝莲池?是参谒白玉帝座?是欢悦?是惊怯?有天上的重逢,有人间的留恋,有未成而可成的事功,有将实而仍虚的愿望;岂但为我?牵及众生,大哉生命!

　　这一切,融合着无限之生一刹那顷,此时此地的,宇宙中流动的光辉:是幽忧,是澈悟,都已宛宛氤氲,超凡入圣——

　　万能的上帝,我诚何福?我又何辜?……

二,三〇夜,一九二四,沙穰。

（选自《冰心散文集》,北新书局 1932 年版）

冰心散文
拓展研读资料

徐志摩

我所知道的康桥

（一）

我这一生的周折，大都寻得出感情的线索。不论别的，单说求学。我到英国是为要从罗素。罗素来中国时，我已经在美国。他那不确的死耗传到的时候，我真的出眼泪不够，还做悼诗来了。他没有死，我自然高兴。我摆脱了哥伦比亚大学博士衔的引诱，买船票过大西洋，想跟这位二十世纪的福禄泰尔认真念一点书去。谁知一到英国才知道事情变样了：一为他在战时主张和平，二为他离婚，罗素叫康桥给除名了，他原来是 Trinity College 的 Fellow，这一来他的 Fellowship 也给取销了。他回英国后就在伦敦住下，夫妻两人卖文章过日子。因此我也不曾遂我从学的始愿。我在伦敦政治经济学院里混了半年，正感着闷想换路走的时候，我认识了狄更生先生。狄更生——Galsworthy Lowes Dickinson——是一个有名的作者，他的《一个中国人通信》(*Letters From John Chinaman*)与《一个现代聚餐谈话》(*A Modern Symposium*)两本小册子早得了我的景仰。我第一次会着他是在伦敦国际联盟协会席上，那天林宗孟先生演说，他做主席；第二次是宗孟寓里吃茶，有他。以后我常到他家里去。他看出我的烦闷，劝我到康桥去，他自己是王家学院（King's College）的 Fellow。我就写信去问两个学院，回信都说学额早满了，随后还是狄更生先生替我去在他的学院里说好了，给我一个特别生的资格，随意选科听讲。从此黑方巾黑披袍的风光也被我占着了。初起我在离康桥六英里的乡下叫沙士顿地方租了几间小屋住下，同居的有我从前的夫人张幼仪女士与郭虞裳君。每天一早我坐街车（有时自行车）上学，到晚回家。这样的生活过了一个春，但我在康桥还只是个陌生人，谁都不认识，康桥的生活，可以说完全不曾尝着，我知道的只是一个图书馆，几个课室，和三两个吃便宜饭的茶食铺子。狄更生常在伦敦或是大陆上，所以也不常见他。那年的秋季我一个人回到康桥，整整有一学年，那时我才有机会接近真正的康桥生活，同时我也慢慢的"发见"了康桥。我不曾知道过更大的愉快。

（二）

"单独"是一个耐寻味的现象。我有时想它是任何发见的第一个条件。你要发见你的朋友的"真"，你得有与他单独的机会。你要发见你自己的真，你得给你自己一个单独的机会。你要发见一个地方（地方一样有灵性），你也得有单独玩的机会。我们这一辈子，认真说，能认识几个人？能认识几个地方？我们都是太匆忙，太没有单独的机会。说实话，我连我的本乡都没有什么了解。康桥我要算有相当交情的，再次许只有新认识的翡冷翠了。啊，那些清晨，那些黄昏，我一个人发痴似的在康桥！绝对的单独。

但一个人要写他最心爱的对象，不论是人是地，是多么使他为难的一个工作？你怕，你怕描坏了它，你怕说过分了恼了它，你怕说太谨慎了辜负了它。我现在想写康桥，也正是这样的心理，我不曾写，我就知道这回是写不好的——况且又是临时逼出来的事情。但我却不能不写，上期预告已经出去了。我想勉强分两节写,一是我所知道的康桥的天然景色,一是我所知道的康桥的学生生活。我今晚只能极简的写些,等以后有兴会时再补。

（三）

康桥的灵性全在一条河上:康河,我敢说,是全世界最秀丽的一条水。河的名是葛兰大(Granta),也有叫康河(River Cam)的,许有上下流的区别,我不甚清楚。河身多的是曲折,上游是有名的拜伦潭——"Byron's Pool"——当年拜伦常在那里玩的;有一个老村子叫格兰骞斯德,有一个果子园,你可以躺在累累的桃李树荫下吃茶,花果会掉入你的茶杯,小雀子会到你桌上来啄食,那真是别有一番天地。这是上游;下游是从骞斯德顿下去,河面展开,那是春夏间竞舟的场所。上下河分界处有一个坝筑,水流急得很,在星光下听水声,听近村晚钟声,听河畔倦牛刍草声,是我康桥经验中最神秘的一种:大自然的优美,宁静,调谐在这星光与波光的默契中不期然的淹入了你的性灵。

但康河的精华是在它的中权,著名的"Backs",这两岸是几个最蜚声的学院的建筑。从上面下来是 Pembroke,St.Katharine's,King's,Clare,Trinity,St.John's。最令人留连的一节是克莱亚与王家学院的毗连处,克莱亚的秀丽紧邻着王家教堂(King's Chapel)的宏伟。别的地方尽有更美更庄严的建筑,例如巴黎赛因河的罗浮宫一带,威尼斯的利阿尔多大桥的两岸,翡冷翠维基乌大桥的周遭;但康桥的"Backs"自有它的特长,这不容易用一二个状词来概括,它那脱离尽尘埃气的一种清澈秀逸的意境可说是超出了画图而化生了音乐的神味。再没有比这一群建筑更调谐更匀称的了!论画,可比的许只有柯罗(Corot)的田野;论音乐,可比的许只有萧班(Chopin)的夜曲。就这也不能给你依稀的印象,它给你的美感简直是神灵性的一种。

假如你站在王家学院桥边的那棵大椈树荫下眺望,右侧面,隔着一大方浅草坪,是我们的校友居(Fellows Building),那年代并不早,但它的妩媚也是不可掩的,它那苍白的石壁上春夏间满缀着艳色的蔷薇在和风中摇颤,更移左是那教堂,森林似的尖阁不可浼的永远直指着天空;更左是克莱亚,啊!那不可信的玲珑的方庭,谁说这不是圣克莱亚(St.Clare)的化身,那一块石上不闪耀着她当年圣洁的精神?在克莱亚后背隐约可辨的是康桥最潇贵最骄纵的三清学院(Trinity),它那临河的图书楼上坐镇着拜伦神采惊人的雕像。

但这时你的注意早已叫克莱亚的三环洞桥魔术似的摄住。你见过西湖白堤上的西泠断桥不是?(可怜它们早已叫代表近代丑恶精神的汽车公司给踩平了,现在它们跟着苍凉的雷峰永远辞别了人间。)你忘不了那桥上斑驳的苍苔,木栅的古色,与那桥拱下泄露的湖光与山色不是?克莱亚并没有那样体面的衬托,它也不比庐山栖贤寺旁的观音桥,上瞰五老的奇峰,下临深潭与飞瀑;它只是怯怜怜的一座三环洞的小桥,它那桥洞间也只掩映着细纹的波鳞与婆娑的树影,它那桥上棚比的小穿阑与阑甹顶上双双的白石球,也只是村姑子头上不夸张的香草与野花一类的装饰;但你凝神的看着,更凝神的看着,你再反省你的心境,看还有一丝屑的俗念沾滞不?只要你审美的本能不曾汨灭时,这是你的机会实现纯粹美感的神奇!

但你还得选你赏鉴的时辰。英国的天时与气候是走极端的。冬天是荒谬的坏,逢着连绵的雾盲天你一定不迟疑的甘愿进地狱本身去试试;春天(英国是几乎没有夏天的)是更荒谬的可爱,尤其是它那四五月间最渐缓最艳丽的黄昏,那才真是寸寸黄金。在康河边上过一个黄昏是一服灵魂的补剂。啊!我那时蜜甜的单独,那时甜蜜的闲暇,一晚又一晚的,只见我出神似的倚在桥阑上向西天凝望：——

> 看一回凝静的桥影，
>
> 数一数螺钿的波纹：
>
> 我倚暖了石阑的青苔，
>
> 青苔凉透了我的心坎；……
>
> 还有几句更笨重的怎能仿佛那游丝似轻妙的情景：
>
> 难忘七月的黄昏，远树凝寂，
>
> 像墨泼的山形，衬出轻柔暝色，
>
> 密稠稠，七分鹅黄，三分橘绿，
>
> 那妙意只可去秋梦边缘捕捉；……

（四）

这河身的两岸都是四季常青最葱翠的草坪。从校友居的楼上望去，对岸草场上，不论早晚，永远有十数匹黄牛与白马，胫蹄没在恣蔓的草丛中，从容的在咬嚼，星星的黄花在风中动荡，应和着它们尾鬃的扫拂。桥的两端有斜倚的垂柳与槐荫护住。水是澈底的清澄，深不足四尺，匀匀的长着长条的水草。这岸边的草坪又是我的爱宠，在清朝，在傍晚，我常去这天然的织锦上坐地，有时读书，有时看水；有时仰卧着看天空的行云，有时反扑着搂抱大地的温软。

但河上的风流还不止两岸的秀丽。你得买船去玩。船不止一种：有普通的双桨划船，有轻快的薄皮舟（Canoe），有最别致的长形撑篙船（Punt）。最末的一种是别处不常有的：约莫有二丈长，三尺宽，你站直在船梢上用长竿撑着走的。这撑是一种技术。我手脚太蠢，始终不曾学会。你初起手尝试时，容易把船身横住在河中，东颠西撞的狼狈。英国人是不轻易开口笑人的，但是小心他们不出声的皱眉！也不知有多少次河中本来优闲的秩序叫我这莽撞的外行给搅乱了。我真的始终不曾学会：每回我不服输去租船再试的时候，有一个白胡子的船家往往带讥讽的对我说："先生，这撑船费劲，天热累人，还是拿个薄皮舟溜溜吧！"我那里肯听话，长篙子一点就把船撑了开去，结果还是把河身一段段的腰斩了去！

你站在桥上去看人家撑，那多不费劲，多美！尤其在礼拜天有几个专家的女郎，穿一身缟素衣服，裙裾在风前悠悠的飘着，戴一顶宽边的薄纱帽，帽影在水草间颤动，你看她们出桥洞时的姿态，捻起一根竟像没分量的长竿，只轻轻的，不经心的往波心里一点，身子微微的一蹲，这船身便波的转出了桥影，翠条鱼似的向前滑了去。她们那敏捷，那闲暇，那轻盈，真是值得歌咏的。

在初夏阳光渐暖时你去买一支小船，划去桥边荫下躺着念你的书或是做你的梦，槐花香在水面上飘浮，鱼群的唼喋声在你的耳边挑逗。或是在初秋的黄昏，近着新月的寒光，望上流僻静处远去。爱热闹的少年们携着他们的女友，在船沿上支着双双的东洋彩纸灯，带着话匣子，船心里用软垫铺着，也开向无人迹处去享他们的野福——谁不爱听那水底翻的音乐在静定的河上描写梦意与春光！

住惯城市的人不易知道季候的变迁。看见叶子掉知道是秋，看见叶子绿知道是春；天冷了装炉子，天热了拆炉子；脱下棉袍，换上夹袍，脱下夹袍，穿上单袍；不过如此罢了。天上星斗的消息，地下泥土里的消息，空中风吹的消息，都不关我们的事。忙着哪，这样那样事情多着，谁耐烦管星星的移转，花草的消长，风云的变幻？同时我们抱怨我们的生活，苦痛，烦闷，拘束，枯燥，谁肯承认做人是快乐？谁不多少回咒诅人生？

但不满意的生活大都是由于自取的。我是一个生命的信仰者，我信生活决不是我们大多数人仅仅从自身经验推得的那样暗惨。我们的病根是在"忘本"。人是自然的产儿，就比枝头的花与鸟是自然的产儿；但我们不幸是文明人，人世深似一天，离自然远似一天。离开了泥土的花草，离开了水的鱼，能快活吗？能生存吗？从大自然，我们取得我们的生命；从大自然，我们应分取得我们继续的资养。那一株婆娑的大木没有盘错的根柢深入在无尽藏的地里？我们是永远不能独立的。有幸福是永远不离母亲抚育的孩子，有健康是永远接近自然的人们。不必一定与鹿豕游，不必一定回"洞府"去：为医治我们当前生活枯窘，只要"不完全遗忘自然"一张轻淡的药方，我们的病象就有缓和的希望。在青草里打几个滚，到海水里洗几次浴，到高处去看几次朝霞与晚照——你肩背上的负担就会轻松了去的。

这是极肤浅的道理，当然。但我要没有过康桥的日子，我就不会有这样的自信。我这一辈子就只那一春，说也可怜，算是不曾虚度。就只那一春，我的生活是自然的，是真愉快的！（虽则碰巧那也是我最感受人生痛苦的时期。）我那时有的是闲暇，有的是自由，有的是绝对单独的机会。说也奇怪，竟像是第一次，我辨认了星月的光明，草的青，花的香，流水的殷勤。我能忘记那初春的睥睨吗？曾经有多少个清晨我独自冒着冷去薄霜铺地的林子里闲步——为听鸟语，为盼朝阳，为寻泥土里渐次苏醒的花草，为体会最微细最神妙的春信。啊，那是新来的画眉在那边凋不尽的青枝上试它的新声！啊，这是第一朵小雪球花挣出了半冻的地面！啊，这不是新来的潮润沾上了寂寞的柳条？

静极了，这朝来水溶溶的大道，只远处牛奶车的铃声，点缀这周遭的沉默。顺着这大道走去，走到尽头，再转入林子里的小径，往烟雾浓密处走去，头顶是交枝的榆荫，透露着漠楞楞的曙色；再往前走去，走尽这林子，当前是平坦的原野，望见了村舍，初青的麦田，更远三两个馒头形的小山掩住了一条通道。天边是雾茫茫的，尖尖的黑影是近村的教寺。听，那晓钟和缓的清音。这一带是此邦中部的平原，地形像是海里的轻波，默沉沉的起伏；山岭是望不见的，有的是常青的草原与沃腴的田壤。登那土阜上望去，康桥只是一带茂林，拥戴着几处娉婷的尖阁。妩媚的康河也望不见踪迹，你只能循着那锦带似的林木想象那一流清浅。村舍与树林是这地盘上的棋子，有村舍处有佳荫，有佳荫处有村舍。这早起是看炊烟的时辰：朝雾渐渐的升起，揭开了这灰苍苍的天幕（最好是微霰后的光景），远近的炊烟，成丝的，成缕的，成卷的，轻快的，迟重的，浓灰的，淡青的，惨白的，在静定的朝气里渐渐的上腾，渐渐的不见，仿佛是朝来人们的祈祷，参差的翳入了天听。朝阳是难得见的，这初春的天气。但它来时是起早人莫大的愉快。顷刻间这田野添深了颜色，一层轻纱似的金粉糁上了这草，这树，这通道，这庄舍。顷刻间这周遭弥漫了清晨富丽的温柔。顷刻间你的心怀也分润了白天诞生的光荣。"春"！这胜利的晴空仿佛在你的耳边私语。"春"！你那快活的灵魂也仿佛在那里回响。

……

伺候着河上的风光，这春来一天有一天的消息。关心石上的苔痕，关心败草里的花鲜。关心这水流的缓急，关心水草的滋长，关心天上的云霞，关心新来的鸟语。怯怜怜的小雪球是探春信的小使。铃兰与香草是欢喜的初声。窈窕的莲馨，玲珑的石水仙，爱热闹的克罗克斯，耐辛苦的蒲公英与雏菊——这时候春光已是缦烂在人间，更不须殷勤问讯。

瑰丽的春放。这是你野游的时期。可爱的路政，这里不比中国，那一处不是坦荡荡的大道？

徒步是一个愉快,但骑自转车是一个更大的愉快。在康桥骑车是普遍的技术;妇人,稚子,老翁,一致享受这双轮舞的快乐。(在康桥听说自转车是不怕人偷的,就为人人都自己有车,没人要偷。)任你选一个方向,任你上一条通道,顺着这带草味的和风,放轮远去,保管你这半天的逍遥是你性灵的补剂。——这道上有的是清荫与美草,随地都可以供你休憩。你如爱花,这里多的是锦绣似的草原。你如爱鸟,这里多的是巧啭的鸣禽。你如爱儿童,这乡间到处是可亲的稚子。你如爱人情,这里多的是不嫌远客的乡人,你到处可以"挂单"借宿,有酪浆与嫩薯供你饱餐,有夺目的果鲜恣你尝新。你如爱酒,这乡间每"望"都为你储有上好的新酿,黑啤如太浓,苹果酒姜酒都是供你解渴润肺的。……带一卷书,走十里路,选一块清静地,看天,听鸟,读书,倦了时,和身在草绵绵处寻梦去——你能想象更适情更适性的消遣吗?

陆放翁有一联诗句:"传呼快马迎新月,却上轻舆趁晚凉。"这是做地方官的风流。我在康桥时虽没马骑,没轿子坐,却也有我的风流:我常常在夕阳西晒时骑了车迎着天边扁大的日头直追。日头是追不到的,我没有夸父的荒诞,但晚景的温存却被我这样偷尝了不少。有三两幅画图似的经验至今还栩栩的留着。只说看夕阳,我们平常只知道登山或是临海,但实际只须辽阔的天际,平地上的晚霞有时也是一样的神奇。有一次我赶到一个地方,手把着一家村庄的篱笆隔着一大田的麦浪,看西天的变幻。有一次是正冲着一条宽广的大道,过来一大群羊,放草归来的,偌大的太阳在它们后背放射着万缕的金辉,天上却是乌青青的,只剩这不可逼视的威光中的一条大路,一群生物!我心头顿时感着神异性的压迫,我真的跪下了,对着这冉冉渐翳的金光。再有一次是更不可忘的奇景,那是临着一大片望不到头的草原,满开着艳红的罂粟,在青草里亭亭的像是万盏的金灯,阳光从褐色云里斜着过来,幻成一种异样的紫色,透明似的不可逼视,霎那间在我迷眩了视觉中,这草田变成了……不说也罢,说来你们也是不信的!

一别二年多了,康桥,谁知我这思乡的隐忧?也不想别的,我只要那晚钟撼动的黄昏,没遮拦的田野,独自斜俯在软草里,看第一个大星在天边出现!

十五年一月十五日

(选自《巴黎的鳞爪》,新月书店 1931 年版)

丰子恺

给我的孩子们

我的孩子们!我憧憬于你们的生活,每天不止一次!我想委曲地说出来,使你们自己晓得。可惜到你们懂得我的话的意思的时候,你们将不复是可以使我憧憬的人了。这是何等可悲哀的事啊!

瞻瞻!你尤其可佩服。你是身心全部公开的真人。你什么事体都像拼命地用全副精力去对付。小小的失意,像花生米翻落地了,自己嚼了舌头了,小猫不肯吃糕了,你都要哭得嘴唇翻白,昏去一两分钟。外婆普陀去烧香买回来给你的泥人,你何等鞠躬尽瘁地抱他,喂他;有一天你自己失手把他打破了,你的号哭的悲哀,比大人们的破产,失恋,broken heart,丧考妣,全军覆没的悲哀都要真切。两把芭蕉扇做的脚踏车,麻雀牌堆成的火车,汽车,你何等认真地看待,挺直了嗓子叫"汪——","咕咕咕……",来代替汽笛。宝姐姐讲故事给你听,说到"月亮姐姐挂下一只篮来,宝姐姐坐在篮里吊了上去,瞻瞻在下面看"的时候,你何等激昂地同她争,说"瞻瞻要上去,宝姐姐在下面看!"甚至哭到漫姑面前去求审判。我每次剃了头,你真心地疑我变了和尚,好几时不要我抱。最是今年夏天,你坐在我膝上发见了我腋下的长毛,当作黄鼠狼的时候,你何等伤心,你立刻从我身上爬下去,起初眼瞪瞪地对我端相,继而大失所望地号哭,看看,哭哭,如同对被判定了死罪的亲友一样。你要我抱你到车站里去,多多益善地要买香蕉,满满地擒了两手回来,回到门口时你已经熟睡在我的肩上,手里的香蕉不知落在那里去了。这是何等可佩服的真率,自然,与热情!大人间的所谓"沉默","含蓄","深刻"的美德,比起你来,全是不自然的,病的,伪的!

你们每天做火车,做汽车,办酒,请菩萨,堆六面画,唱歌,全是自动的,创造创作的生活。大人们的呼号"归自然!""生活的艺术化!""劳动的艺术化!"在你们面前真是出丑得很了!依样画几笔画,写几篇文的人称为艺术家,创作家,对你们更要愧死!

你们的创作力,比大人真是强盛得多哩:瞻瞻!你的身体不及椅子的一半,却常常要搬动它,与它一同翻倒在地上;你又要把一杯茶横转来藏在抽斗里,要皮球停在壁上,要拉住火车的尾巴,要月亮出来,要天停止下雨。在这等小小的事件中,明明表示着你们的小弱的体力与智力不足以应付强盛的创作欲,表现欲的驱使,因而遭逢失败。然而你们是不受大自然的支配,不受人类社会的束缚的创造者,所以你的遭逢失败,例如火车尾巴拉不住,月亮呼不出来的时候,你们决不承认是事实的不可能,总以为是爹爹妈妈不肯帮你们办到,同不许你们弄自鸣钟同例,所以愤愤地哭了,你们的世界何等广大!

你们一定想:终天无聊地伏在案上弄笔的爸爸,终天闷闷地坐在窗下弄引线的妈妈,是何等无气性的奇怪的动物!你们所视为奇怪动物的我与你们的母亲,有时确实难为了你们,摧残了你们,回想起来,真是不安心得很!

阿宝!有一晚你拿软软的新鞋子,和自己脚上脱下来的鞋子,给凳子的脚穿了,光袜立在地上,得意地叫"阿宝两只脚,凳子四只脚"的时候,你母亲喊着"龌龊了袜子!"立刻擒你到藤榻上,动手毁坏你的创作。当你蹲在榻上注视你母亲动手毁坏的时候,你的小心里一定感到"母亲这种人,何等杀风景而野蛮"吧!

瞻瞻!有一天开明书店送了几册新出版的毛边的《音乐入门》来。我用小刀把书页一张一张地裁开来,你侧着头,站在桌边默默地看。后来我从学校回来,你已经在我的书架上拿了一本连史纸印的中国装的《楚辞》,把它裁破了十几页,得意地对我说:"爸爸!瞻瞻也会裁了!"瞻瞻!这在你原是何等成功的欢喜,何等得意的作品!却被我一个惊骇的"哼!"字喊得你哭了。那时候你也一定抱怨"爸爸何等不明"吧!

软软!你常常要弄我的长锋羊毫,我看见了总是无情地夺脱你。现在你一定轻视我,想道:"你终于要我画你的画集的封面!"

最不安心的,是有时我还要拉一个你们所最怕的陆露沙医生来,教他用他的大手来摸你们的肚子,甚至用刀来在你们臂上割几下,还要教妈妈和漫姑擒住了你们的手脚,捏住了你们的鼻子,把很苦的水灌到你们的嘴里去。这在你们一定认为太无人道的野蛮举动吧！

孩子们！你们真果抱怨我，我倒欢喜；到你们的抱怨变为感谢的时候，我的悲哀来了！

我在世间，永没有逢到像你们样出肺肝相示的人。世间的人群结合，永没有像你们样的彻底地真实而纯洁。最是我到上海去干了无聊的所谓"事"回来，或者去同不相干的人们做了叫做"上课"的一种把戏回来，你们在门口或车站旁等我的时候，我心中何等惭愧又欢喜！惭愧我为什么去做这等无聊的事，欢喜我又得暂时放怀一切地加入你们的真生活的团体。

但是，你们的黄金时代有限，现实终于要暴露的。这是我经验过来的情形，也是大人们谁也经验过的情形。我眼看见儿时的伴侣中的英雄，好汉，一个个退缩，顺从，妥协，屈服起来，到像绵羊的地步。我自己也是如此。"后之视今，亦犹今之视昔"，你们不久也要走这条路呢！

我的孩子们！憧憬于你们的生活的我，痴心要为你们永远挽留这黄金时代在这册子里。然这真不过像"蜘蛛网落花"略微保留一点春的痕迹而已。且到你们懂得我这片心情的时候，你们早已不是这样的人，我的画在世间已无可印证了！这是何等可悲哀的事啊！

《子恺画集》代序，1926 年耶诞节作。

（选自《缘缘堂随笔集》，浙江文艺出版社 1990 年版）

> 丰子恺散文
> 拓展研读资料

陈寅恪

清华大学王观堂先生纪念碑铭

海宁王先生自沈后二年，清华研究院同人咸怀思不能自已。其弟子受先生之陶冶煦育者有年，尤思有以永其念。佥曰，宜铭之贞珉，以昭示于无竟。因以刻石之词命寅恪，数辞不获已，谨举先生之志事，以普告天下后世。其词曰：士之读书治学，盖将以脱心志于俗谛之桎梏，真理因得以发扬。思想而不自由，毋宁死耳。斯古今仁圣所同殉之精义，夫岂庸鄙之敢望。先生以一死见其独立自由之意志，非所论于一人之恩怨，一姓之兴亡。呜呼！树兹石于讲舍，系哀思而不忘。表哲人之奇节，诉真宰之茫茫。来世不可知者也。先生之著述，或有时而不章。先生之学说，或有时而可商。惟此独立之精神，自由之思想，历千万祀，与天壤而同久，共三光而永光。

（选自《陈寅恪文集之三·金明馆丛稿二编》，

上海古籍出版社 1980 年版）

王静安先生遗书序

　　王静安先生既殁，罗雪堂先生刊其遗书四集。后五年，先生之门人赵斐云教授，复采辑编校其前后已刊未刊之作，共为若干卷，刊行于世。先生之弟哲安教授，命寅恪为之序。寅恪虽不足以知先生之学，亦尝读先生之书，故受命不辞。谨以所见质正于天下后世之同读先生之书者。自昔大师巨子，其关系于民族盛衰学术兴废者，不仅在能承续先哲将坠之业，为其托命之人，而尤在能开拓学术之区宇，补前修所未逮。故其著作可以转移一时之风气，而示来者以轨则也。先生之学博矣，精矣，几若无涯岸之可望，辙迹之可寻。然详绎遗书，其学术内容及治学方法，殆可举三目以概括之者。一曰取地下之实物与纸上之遗文互相释证。凡属于考古学及上古史之作，如《殷卜辞中所见先公先王考》及《鬼方昆夷狁考》等是也。二曰取异族之故书与吾国之旧籍互相补正。凡属于辽金元史事及边疆地理之作，如《萌古考》及《元朝秘史之主因亦儿坚考》等是也。三曰取外来之观念，与固有之材料互相参证。凡属于文艺批评及小说戏曲之作，如《红楼梦评论》及《宋元戏曲考》《唐宋大曲考》等是也。此三类之著作，其学术性质固有异同，所用方法亦不尽符会，要皆足以转移一时之风气，而示来者以轨则。吾国他日文史考据之学，范围纵广，途径纵多，恐亦无以远出三类之外。此先生之书所以为吾国近代学术界最重要之产物也。今先生之书，流布于世，世之人大抵能称道其学，独于其平生之志事，颇多不能解，因而有是非之论。寅恪以谓古今中外志士仁人，往往憔悴忧伤，继之以死。其所伤之事，所死之故，不止局于一时间一地域而已。盖别有超越时间地域之理性存焉。而此超越时间地域之理性，必非其同时间地域之众人所能共喻。然则先生之志事，多为世人所不解，因而有是非之论者，又何足怪耶？尝综揽吾国三十年来，人世之剧变至异，等量而齐观之，诚庄生所谓彼亦一是非，此亦一是非者。若就彼此所是非者言之，则彼此终古末由共喻，以其互局于一时间一地域故也。呜呼！神州之外，更有九州。今世之后，更有来世。其间倘亦有能读先生之书者乎？如果有之，则其人于先生之书，钻味既深，神理相接，不但能想见先生之人，想见先生之世，或者更能心喻先生之奇哀遗恨于一时一地，彼此是非之表欤？一千九百三十四年岁次甲戌六月三日陈寅恪谨序。

（选自《陈寅恪集·金明馆丛稿二编》，
生活·读书·新知三联书店 2001 年版）

陈寅恪散文
拓展研读资料

陈西滢

多数与少数

我向来就不信多数人的意思总是对的。我可以说多数人的意思是常常错的。可是,少数人的意思并不因此就没有错的了。我们主张什么人都应当有言论的自由,不论多数少数都应当有发表意见的机会。可是,我们固然反对多数因为是多数就压制少数,我们也不承认少数因为少数就有鄙夷多数的权利。

中国人向来是不容异己的论调的,所以在全国鼎沸的时候,有人居然肯冒众怒出来说几句冷话,只要他是有诚意的,我个人十分佩服他的勇气,不管他说的对不对。可是他的勇气不一定就使他对了。把这次的国民运动与拳匪来打比,实在未免过于不偏不类,在中国的外国人,因为他们始终"什么都学不到,什么都忘不了",自然这样的想。中国人自己如若不看见这二十余年的进步和分别来,只可以证明他们自己的不进步。至于人家已经打了头阵,自己跟在后面说便宜话,还要以"袁许"自负,——希望我做文章,所以用激将法——我们听了着实有些替他肉麻。

我是不赞成高唱宣战的。中国的大兵,叫他们残杀同胞虽然力量有余,叫他们打外国人就非但没有充分的训练,并且没有至少限度的设备。如果许多热心的军民人等自己投效去作战,那么,以血肉之躯去和机关枪,毒气炮相搏,就完全牺牲完了也得不到什么。

可是,我们不能因为力量不及他人就什么都逆来顺受。我们虽然打不过人家,我们不妨据理力争,不妨用他种方法与他们奋斗。我们固然不宜宣战,但是要求英国撤回公使,派兵到租界去保护人民并不就是宣战。英国的政府也一定不会因此就与中国宣战,因为他们是以民意为向背的,中国政府这样的态度正可以告诉英国民众这次的运动不是暴动,而是全国的义愤。英国握政权的固然是帝国主义者,普通民众,尤其是劳工阶级可不全是帝国主义者。

总之,中国许多人自从庚子以来,一听见外国人就头痛,一看见外国人就胆战。这与拳匪的一味强蛮都是一样的不得当。如果一个孔武有力的大汉打你一个耳光,你虽然不能与他决斗,你尽可理直气壮的与他评一评理,不能因为恐怕他再打你一顿便缩缩颈跑了,你如缩缩颈的跑了,或是对他作一个揖,说他打得不大得当,他非但不见得看得起你,还许要尊你一声"死猪"呢。

有人说,中国人永远看不见自己的尊容。自己的军阀每年杀人遍野,大家一声也不响,一旦外国人杀了几十个中国人,便全国一致的愤慨起来。这话是很对的。可是,我们不能因为一向没有纠正军阀,现在就不抵抗外人。我们希望大家竭力的抵抗外人,因为如果杀了你几十个人不抵抗,将来也许杀你几百几千几万人。我们同时希望以后国民对于内乱也要有同样觉悟,也要有同种的愤慨,也要有同样的抵抗才好。

(原载《现代评论》第 2 卷第 29 期,1925 年 6 月 27 日)

共　产

现在有许多人提倡共产，也有许多人反对共产。反共产的人的最大的理由是中国与共产制度不相宜，共产主义不能实行于中国。我也偏向反共产，可是我的理由是与他们相反的，我却正是为了共产制度已经在中国实行了。

别的也许说不上，在实行共产制度方面中国是很有成绩的。苏俄以外，中国可以算第一共产的大国了。自然，中国有中国的民族性，中国的共产制度也与苏俄或世界其余各国的不一样。世界各国所说的共产，现在无非是劳动者去共资本家的产，平民去共贵族的产，穷人去共富人的产。中国的共产就不大相同了。中国是富人去共穷人的产，官僚去共平民的产。

我们拿一件最容易看见的事来做例。中央公园进门是要门票的。这门票的收入就是维持中央公园的经费，至少是一部分的经费。我们平民，除了穷到出不起十六个铜子而不敢去的人，都负这维持的义务。可是，要是你是一个什么部的官，什么会的委员，胸口挂上一块牌，你就可以摇摇摆摆的进门，不用买门票。一个人要装一个电话，写了信去也许个把月不得复。装了之后，平日叫号数常常叫不来，两三个月不出钱就得出乱子。可是要是你是总长、议员，尤其是什么军办公处的人，一句话去即刻就来同你装电话，以后非但一点都没毛病，并且不用你出半个钱。

同样，只要你是个阔人，你点的电灯不用你花钱，你打的电报不用你花钱，你坐的轮船火车不用你花钱。你愈阔，你花钱的地方也愈少。你做了顶阔的人，你就不用花一个钱。

还有那国家征收的税。你愈穷，你出税的机会也愈多，除非你是不名一文的叫花子。要是你是个阔人，那么什么税也不用你出了。

在这一点，共产制度的中国实在与资本制度的英美恰恰的相反。他们收税的原则，非但收入多的人同收入少的人一样的抽几分之几的税，还要收入愈多的人出税也愈多。例如一月只有十元的人可以不出税，一月百元的人抽百分之二，一月十万元的人，得出百分之三十。好像欧战的时候，美国的几个富豪还抽了收入的百分之五十。

所以中国是共产的国家，官僚共平民的产的国家。既然中国的官僚没有一个不有钱——他怎样能不富？——富人没有一个不做官，所以也是富人共穷人的产的国家。

至于共产制度的积极方面，怎样的刮地皮，怎样的取回扣，怎样的收贿赂，怎样的侵吞公款，总而言之，怎样的剥削平民去饱自己的私囊，那虽然是大家看惯说惯的事实，也许不见得所有的官全那样，所以不拿来做例。

在这种共产制度底下少不得发生那当然的结果。做事的拿不到钱，拿钱的不做事。拿钱愈少的做事愈多，拿钱愈多的也做事愈少。你看各衙门里的几十块钱一月的录事，一天都不得空，大一些的官就一月不用到几次。可是把衙门的录事先生来同铺子里的掌柜打一个比，还是谁做的事多，谁拿的钱少？

很少人觉得不做事过不得。就是欢喜做事的人也只喜欢做那自己情愿干的事，至于为了吃饭养家才做的事，做久了也就生厌了。有了那样不做事可以拿钱的榜样在眼前，一个人孜孜矻矻的一天工作了十二点钟还衣不蔽体，食不饱腹，妻子蓬头垢面，儿女呼号啜泣，自然不免"有动于中"了。这样的制度不扫除，怎样能叫中国人不想做官？

（选自《西滢闲话》，新月书店 1928 年版）

梁遇春

"春朝"一刻值千金
——懒惰汉的懒惰想头之一

十年来,求师访友,足迹走遍天涯,回想起来给我最大益处的却是"迟起",因为我现在脑子里所有些聪明的想头,灵活的意思多半是早上懒洋洋地赖在床上想出来的。我真应该写几句话赞美它一番,同时还可以告诉有志的人们一点迟起艺术的门径。谈起艺术,我虽然是门外汉,不过对于迟起这门艺术倒可说是一位行家,因为我既具有明察秋毫的批评能力,又带了甘苦备尝的实践精神。我天天总是在可能范围之内,尽量地滞在床上——那是我们的神庙——看着射在被上的日光,暗笑四围人们无谓的匆忙,回味前夜的痴梦——那是比做梦还有意思的事,——细想迟起的好处,唯我独尊地躺着,东倒西倾的小房立刻变做一座快乐的皇宫。

诗人画家为着要追求自己的幻梦,实现自己的痴愿,宁可牺牲一切物质的快乐,受尽亲朋的诟骂,他们从艺术里能够得到无穷的安慰,那是他们真实的世界,外面的世界对于他们反变成一个空虚。迟起艺术家也具有同等的精神。区区虽然不是一个迟起大师,但是对于本行艺术的确有无限的热忱——艺术家的狂热。所以让我拿自己做个例子罢。当我是个小孩时候,我的生活由家庭替我安排,毫无艺术的自觉,早上六点就起来了。后来到北方念书去,北方的天气是培养迟起最好的沃土,许多同学又都是程度很高的迟起艺术专家,于是绝好的环境同朋辈的切磋使我领略到迟起的深味,我的忠于艺术的热度也一天一天地增高。暑假年假回家时期,总在全家人吃完了早饭之后,我才敢动起床的念头。老父常常对我说清晨新鲜空气的好处,母亲有时提到重温稀饭的麻烦,慈爱的祖母也屡次向我姑母说"早起三日当一工"(我的姑母老是起得很早的),我虽然万分不愿意失丢大人们的欢心,但是为着忠于艺术的缘故,居然甘心得罪老人家。后来老人家知道我是无可救药的,反动了怜惜的心肠,他们早上九点钟时候走过我的房门前还是用着足尖;人们温情地放纵我们的弱点是最容易刺动我们麻木的良心,但是我总舍不得违弃了心爱的艺术,所以还是懊悔地照样地高卧。在大学里,有几位道貌岸然的教授对于迟到学生总是白眼相待,我不幸得很,老做他们白眼的鹄的,也曾好几次下个决心早起,免得一进教室的门,就受两句冷讽,可是一年一年地过去,我足足受了四年的白眼待遇,里头的苦处是别人想不出来的。有一年寒假住在亲戚家里,他们晚饭的时间是很早的,所以一醒来,腹里就咕隆地响着,我却按下饥肠,故意想出许多有趣事情,使自己忘却了肚饿,有时饿出汗来,还是坚持着非到十时是不起来的,对于艺术我是多么忠实,情愿牺牲。枵腹做诗的爱仑波,真可说是我的同志。后来入世谋生,自然会忽略了艺术的追求;不过我还是尽量地保留一向的热诚,虽然已经是够堕落了。想起我个人因为迟起所受的许多说不出的苦痛,我深深相信迟起是一门艺术,因为只有艺术才会这样带累人,也只有艺术家才肯这样不变初衷地往前牺牲一切。

但是从迟起我也得到不少的安慰,总够补偿我种种的苦痛。迟起给我最大的好处是我没有一天不是很快乐地开头的。我天天起来总是心满意足的,觉得我们住的世界无日不是春天,无处不是乐园。当我神怡气舒地躺着时候,我常常记起勃浪宁的诗:"上帝在上,万物各得其所。"(鱼游水里,鸟栖树枝,我卧床上。)人生是短促的,可是若使我们有过光荣的青春,我们的一生就不能算是虚度,我们的残年很可以傍着火炉,晒着太阳在回忆里过日子。同样地一天的光阴是很短促的,可是若使我们有过光荣的早上(一半时间花在床上的早晨!)我们这一天就不能说是白丢了,我们其余时间可以用在追忆清早的幸福,我们青年时期若使是欢欣的结晶,我们的余生一定不会很凄凉的,青春的快乐是有影子留下的,那影子好似带了魔力,惨淡的老年给它一照,也呈出和蔼慈祥的光辉。我们一天里也是一样的,人们不是常说:一件事情好好地开头,就是已经成功一半了;那么赏心悦意的早晨是一天快乐的先导。迟起不单是使我天天快活地开头,还叫我们每夜高兴地结束这个日子;我们夜夜去睡时候,心里就预料到明早迟起的快乐——预料中的快乐是比当时的享受,味还长得多——这样子我们一天的始终都是给生机活泼的快乐空气围住,这个可爱的升平景象却是迟起一手做成的。

迟起不仅是能够给我们这甜蜜的空气,它还能够打破我们结结实实的苦闷。人生最大的愁忧是生活的单调。悲剧是很热闹的,怪有趣的,只有那不生不死的机械式生活才是最无聊赖的。迟起真是唯一的救济方法。你若是感到生活的沉闷,那么请你多睡半点钟(最好是一点钟),你起来一定觉得许多要干的事情没有时间做了,那么是非忙不可——“忙”是进到快乐宫的金钥,尤其那自己找来的忙碌。忙是人们体力发泄最好的法子。亚里士多德不是说过人的快乐是生于能力变成效率的畅适。我常常在办公时间五分钟以前起床,那时候洗脸拭牙进早餐,都要用最快的速度完成,全变做最浪漫的举动,当牙膏四溅,脸水横飞,一手拿着梳,对着镜子,一面吃面包时节,谁会说人生是没有趣味呢?而且当时只怕过了时间,心中充满了冒险的情绪。这些暗地晓得不碍事的冒险兴奋是顶可爱的东西,尤其是对于我们这班不敢真正履险的懦夫。我喜欢北方的狂风,因为当我们冲着黄沙望前进的时候,我们仿佛是斩将先登,冲锋陷阵的健儿,跟自然的大力肉搏,这是多么可歌可泣的壮举,同时除开耳孔鼻孔塞点沙土外,丝毫危险也没有,不管那时是怎地像煞有介事样子。冒险的嗜好那个人没有,不过我们胆小,不愿白丢了生命,仁爱的上帝,因此给我们卷地蔽天的刮风,做我们安稳冒险的材料。住在江南的可怜虫,找不到这一天赐的机会,只得英雄做时势,迟些起来,自己创造机会。就是放假期间,十时半起床,早餐后抽完了烟,已经十一时过了,一想到今天打算做的事情一件也没有动手,赶紧忙着起来——天下里还有比无事忙更有趣味的事吗?若使你因为迟起挨到人家的闲话,那最少也可以打破你日常一波不兴无声无臭的生活。我想凡是尝过生活的深味的人一定会说痛苦比单调灰色生活强得多,因为痛苦是活的,灰色的生活却是死的象征。迟起本身好似是很懒惰的,但是它能够给我们最大的活气,使我们的生活跳动生姿;世上最懒惰不过的人们是那般黎明即起,老早把事做好,坐着呆呆地打呵欠的人们。迟起所有的这许多安慰,除开艺术,我们那里还找得出来呢?许多人现在还不明白迟起的好处,这也可以证明迟起是一种艺术,因为只有艺术人们才会这样地不去睬它。

现在春天到了,“春宵苦短日高起”,五六点钟醒来,就可以看见太阳,我们可以醉也似地躺着,一直躺了好几个钟头,静听流莺的巧啭,细看花影的慢移,这真是迟起的绝好时光。能让我们天天多躺一会儿罢,别辜负了这一刻千金的“春朝”。

《懒惰汉的懒惰想头》是当代英国小品文家 Jerome K. Jerome 的文集名字(*Idle Thoughts of an Idle Fellow*),集里所说的都是拉闲扯淡,瞎三道四的废话,可是自带有幽默的深味,好似对于人生有比一般人更微妙的认识同玩味——这或者只是因为我自己也是懒惰汉,官官相卫,惺惺惜惺惺,那么也好,就随它去罢。“春宵一刻值千金”这句老话,是谁也知道的,我觉得换一个字,就可以做我的题目。连小小二句题目，都要东抄西袭凑合成的，不肯费心机自己去做一个，这也可以见我的懒惰了。

在副题目底下加了"之一"两字，自然是指明我还要继续写些这类无聊的小品文字，但是什么时候会写第二篇，那是连上帝都不敢预言的。我是那么懒惰，有时晚上想好了意思，第二天起得太早，心中一懊悔，什么好意思都忘却了。

（选自《春醪集》，北新书局1930年版）

梁遇春散文
拓展研读资料

郁达夫

钓台的春昼

因为近在咫尺，以为什么时候要去就可以去，我们对于本乡本土的名区胜景，反而往往没有机会去玩，或不容易下一个决心去玩的。正唯其是如此，我对于富春江上的严陵，二十年来，心里虽每在记着，但脚却从没有向这一方面走过。一九三一，岁在辛未，暮春三月，春服未成，而中央党帝，似乎又想玩一个秦始皇所玩过的把戏了，我接到了警告，就仓皇离去了寓居。先在江浙附近的穷乡里，游息了几天，偶而看见了一家扫墓的行舟，乡愁一动，就定下了归计。绕了一个大弯，赶到故乡，却正好还在清明寒食的节前。和家人等去上了几处坟，与许久不曾见过面的亲戚朋友，来往热闹了几天，一种乡居的倦怠，忽而袭上心来了，于是乎我就决心上钓台去访一访严子陵的幽居。

钓台去桐庐县城二十余里，桐庐去富阳县治九十里不足，自富阳溯江而上，坐小火轮三小时可达桐庐，再上则须坐帆船了。

我去的那一天，记得是阴晴欲雨的养花天，并且系坐晚班轮去的，船到桐庐，已经是灯火微明的黄昏时候了，不得已就只得在码头近边的一家旅馆的高楼上借了一宵宿。

桐庐县城，大约有三里路长，三千多烟灶，一二万居民，地在富春江西北岸，从前是皖浙交通的要道，现在杭江铁路一开，似乎没有一二十年前的繁华热闹了。尤其是使旅客感到萧条的，却是桐君山脚下的那一队花船的失去了踪影。说起桐君山，却是桐庐县的一个接近城市的灵山胜地，山虽不高，但因有仙，自然是灵了。以形势来论，这桐君山，也的确是可以产生出许多口音生硬，别具风韵的桐严嫂来的生龙活脉。地处在桐溪东岸，正当桐溪和富春江合流之所，依依一水，西岸便瞰视着桐庐县市的人家烟树。南面对江，便是十里长洲；唐诗人方干的故居，就在这十里桐洲九里花的花田深处。向西越过桐庐县城，更遥遥对着一排高低不定的青峦，这就是富春山的山子山孙了。东北面山下，是一片桑麻沃地，有一条长蛇似的官道，隐而复现，出没盘曲在桃花杨柳洋槐榆树的中间，绕过一支小岭，便是富阳县的境界，大约去程明道的墓地程坟，总也不过一二十里地的间隔。我的去拜谒桐君,瞻仰道观,就在那一天到桐庐的晚上,是淡云微月,正在作雨的时候。

鱼梁渡头,因为夜渡无人,渡船停在东岸的桐君山下。我从旅馆踱了出来,先在离轮埠不远的渡口停立了几分钟,后来向一位来渡口洗夜饭米的年轻少妇,弓身请问了一回,才得到了渡江的秘诀。她说:"你只须高喊两三声,船自会来的。"先谢了她教我的好意,然后以两手围成了播音的喇叭,"喂,喂,渡船请摇过来!"地纵声一喊,果然在半江的黑影当中,船身摇动了。渐摇渐近,五分钟后,我在渡口,却终于听出了咿呀柔橹的声音。时间似乎已经入了酉时的下刻,小市里的群动,这时候都已经静息,自从渡口的那位少妇,在微茫的夜色里,藏去了她那张白团团的面影之后,我独立在江边,不知不觉心里头却兀自感到了一种他乡日暮的悲哀。渡船到岸,船头上起了几声微微的水浪清音,又铜东的一响,我早已跳上了船,渡船也已经掉过头来了。坐在黑影沉沉的舱里,我起先只在静听着柔橹划水的声音,然后却在黑影里看出了一星船家在吸着的长烟管头上的烟头,最后因为被沉默压迫不过,我只好开口说话了:"船家! 你这样的渡我过去,该给你几个船钱?"我问。"随你先生把几个就是。"船家说话冗慢幽长,似乎已经带着些睡意了,我就向袋里摸出了两角钱来。"这两角钱,就算是我的渡船钱,请你候我一会,上去烧一次夜香,我是依旧要渡过江来的。"船家的回答,只是恩恩乌乌,幽幽同牛叫似的一种鼻音,然而从继这鼻音而起的两三声轻快的喀声听来,他却已经在感到满足了,因为我也知道,乡间的义渡,船钱最多也不过是两三枚铜子而已。

到了桐君山下,在山影和树影交掩着的崎岖道上,我上岸走不上几步,就被一块乱石绊倒,滑跌了一次。船家似乎也动了恻隐之心了,一句话也不发,跑将上来,他却突然交给了我一盒火柴。我于感谢了一番他的盛意之后,重整步武,再摸上山去,先是必须点一枝火柴走三五步路的,但到得半山,路既就了规律,而微云堆里的半规月色,也朦胧地现出一痕银线来了,所以手里还存着的半盒火柴,就被我藏入了袋里。路是从山的西北,盘曲而上,渐走渐高,半山一到,天也开朗了一点,桐庐县市上的灯光,也星星可数了。更纵目向江心望去,富春江两岸的船上和桐溪合流口停泊着的船尾船头,也看得出一点一点的火来。走过半山,桐君观里的晚祷钟鼓,似乎还没有息尽,耳朵里仿佛听见了几丝木鱼钲钹的残声。走上山顶,先在半途遇着了一道道观外围的女墙,这女墙的栅门,却已经掩上了。在栅门外徘徊了一刻,觉得已经到了此门而不进去,终于是不能满足我这一次暗夜冒险的好奇怪癖的。所以细想了几次,还是决心进去,非进去不可,轻轻用手往里面一推,栅门却呀的一声,早已退向了后方开开了,这门原来是虚掩在那里的。进了栅门,踏着为淡月所映照的石砌平路,向东向南的前走五六十步,居然走到了道观的大门之外,这两扇朱红漆的大门,不消说是紧闭在那里的。到了此地,我却不想再破门进去了,因为这大门是朝南向着大江开的,门外头是一条一丈来宽的石砌步道,步道的一旁是道观的墙,一旁便是山坡,靠山坡的一面,并且还有一道二尺来高的石墙筑在那里,大约是代替栏杆,防人倾跌下山去的用意,石墙之上,铺的是二三尺宽的青石,在这似石栏又似石凳的墙上,尽可以坐卧游息,饱看桐江和对岸的风景,就是在这里坐它一晚,也很可以,我又何必去打开门来,惊起那些老道的恶梦呢?

空旷的天空里,流涨着的只是些灰白的云,云层缺处,原也看得出半角的天,和一点两点的星,但看起来最饶风趣的,却仍是欲藏还露,将见仍无的那半规月影。这时候江面上似乎起了风,云脚的迁移,更来得迅速了,而低头向江心一看,几多散乱着的船里的灯光,也忽明忽灭地变换了一变换位置。

　　这道观大门外的景色,真神奇极了。我当十几年前,在放浪的游程里,曾向瓜州京口一带,消磨过不少的时日,那时觉得果然名不虚传的,确是甘露寺外的江山,而现在到了桐庐,昏夜上这桐君山来一看,又觉得这江山的秀而且静,风景的整而不散,却非那天下第一江山的北固山所可与比拟的了。真也难怪得严子陵,难怪得戴征士,倘使我若能在这样的地方结屋读书,以养天年,那还要什么的高官厚禄,还要什么的浮名虚誉哩?一个人在这桐君观前的石凳上,看看山,看看水,看看城中的灯火和天上的星云,更做做浩无边际的无聊的幻梦,我竟忘记了时刻,忘记了自身,直等到隔江的击柝声传来,向西一看,忽而觉得城中的灯影微茫地减了,才跑也似地走下了山来,渡江奔回了客舍。

　　第二日侵晨,觉得昨天在桐君观前做过的残梦正还没有续完的时候,窗外面忽而传来了一阵吹角的声音。好梦虽被打破,但因这同吹筚篥似的商音哀咽,却很含着些荒凉的古意,并且晓风残月,杨柳岸边,也正好候船待发,上严陵去;所以心里虽怀着了些儿怨恨,但脸上却只现出了一痕微笑,起来梳洗更衣,叫茶房去雇船去。雇好了一只双桨的渔舟,买就了些酒菜鱼米,就在旅馆前面的码头上上了船。轻轻向江心摇出去的时候,东方的云幕中间,已现出了几丝红韵,有八点多钟了,舟师急得厉害,只在埋怨旅馆的茶房,为什么昨晚不预先告诉,好早一点出发。因为此去就是七里滩头,无风七里,有风七十里,上钓台去玩一趟回来,路程虽则有限,但这几日风雨无常,说不定要走夜路,才回来得了的。

　　过了桐庐,江心狭窄,浅滩果然多起来了。路上遇着的来往的行舟,数目也是很少,因为早晨吹的角,就是往建德去的快班船的信号,快班船一开,来往于两埠之间的船就不十分多了。两岸全是青青的山,中间是一条清浅的水,有时候过一个沙洲,洲上的桃花菜花,还有许多不晓得名字的白色的花,正在喧闹着春暮,吸引着蜂蝶。我在船头上一口一口的喝着严东关的药酒,指东话西地问着船家,这是什么山?那是什么港?惊叹了半天,称颂了半天,人也觉得倦了,不晓得什么时候,身子却走上了一家水边的酒楼,在和数年不见的几位已经做了党官的朋友高谈阔论。谈论之余,还背诵了一首两三年前曾在同一的情形之下做成的歪诗:

　　　　不是尊前爱惜身,伴狂难免假成真,
　　　　曾因酒醉鞭名马,生怕情多累美人。
　　　　劫数东南天作孽,鸡鸣风雨海扬尘,
　　　　悲歌痛哭终何补,义士纷纷说帝秦。

　　直到盛筵将散,我酒也不想再喝了,和几位朋友闹得心里各自难堪,连对旁边坐着的两位陪酒的名花都不愿意开口。正在这上下不得的苦闷关头,船家却大声的叫了起来说:

　　"先生,罗芷过了,钓台就在前面,你醒醒罢,好上山去烧饭吃去。"

　　擦擦眼睛,整了一整衣服,抬起头来一看,四面的水光山色又忽而变了样子了。清清的一条浅水,比前又窄了几分,四围的山包得格外的紧,仿佛是前无去路的样子。并且山容峻削,看去觉得格外的瘦格外的高。向天上地下四围看去,只寂寂的看不见一个人类。双桨的摇响,到此似乎也不敢放肆了,钩的一声过后,要好半天才来一个幽幽的回响,静,静,静,身边水上,山下岩头,只沉浸着太古的静,死灭的静,山峡里连飞鸟的影子也看不见半只。前面的所谓钓台山上,只看得见两个大石垒,一间歪斜的亭子,许多纵横芜杂的草木。山腰里的那座祠堂,也只露着些废垣残瓦,屋上面连炊烟都没有一丝半缕，像是好久好久没有人住了的样子。并且天气又来得阴森，早晨曾经露一露脸过的太阳，这时候早已深藏在云堆里了，余下来的只是时有时无从侧面吹来的阴飕飕的半箭儿山风。船靠了山脚，跟着前面背着酒菜鱼米的船夫走上严先生祠堂去的时候，我心里真有点害怕，怕在这荒山里要遇见一个干枯苍老得同丝瓜筋似的严先生的鬼魂。

在祠堂西院的客厅里坐定，和严先生的不知第几代的裔孙谈了几句关于年岁水旱的话后，我的心跳也渐渐儿的镇静下去了，嘱托了他以煮饭烧菜的杂务，我和船家就从断碑乱石中间爬上了钓台。

东西两石垒，高各有二三百尺，离江面约两里来远，东西台相去，只有一二百步，但其间却夹着一条深谷。立在东台，可以看得出罗芷的人家，回头展望来路，风景似乎散漫一点，而一上谢氏的西台，向西望去，则幽谷里的清景，却绝对的不像是在人间了。我虽则没有到过瑞士，但到了西台，朝西一看，立刻就想起了曾在照片上看见过的威廉退儿的祠堂。这四山的幽静，这江水的青蓝，简直同在画片上的珂罗版色彩，一色也没有两样，所不同的，就是在这儿的变化更多一点，周围的环境更芜杂不整齐一点而已，但这却是好处，这正是足以代表东方民族性的颓废荒凉的美。

从钓台下来，回到严先生的祠堂——记得这是洪杨以后严州知府戴槃重建的祠堂——西院里饱啖了一顿酒肉，我觉得有点酩酊微醉了。手拿着以火柴柄制成的牙签，走到东面供着严先生神像的龛前，向四面破壁上一看，翠墨淋漓，题在那里的，竟多是些俗而不雅的过路高官的手笔。最后到了南面的一块白墙头上，在离屋檐不远的一角高处，却看到了我们的一位新近去世的同乡夏灵峰先生的四句似邵尧夫而又略带感慨的诗句。夏灵峰先生虽则只知崇古，不善处今，但是五十年来，像他那样的顽固自尊的亡清遗老，也的确是没有第二个人。比较起现在的那些官迷财迷的南满尚书和东洋宦婢来，他的经术言行，姑且不必去论它，就是以骨头来称称，我想也要比什么罗三郎郑太郎辈，重到好几百倍。慕贤的心一动，醺人的臭技自然是难熬了，堆起了几张桌椅，借得了一支破笔，我也在高墙上在夏灵峰先生的脚后放上了一个陈屁，就是在船舱的梦里，也曾微吟过的那一首歪诗。

从墙头上跳将下来，又向龛前天井去走了一圈，觉得酒后的喉咙，有点渴痒了，所以就又走回到了西院，静坐着喝了两碗清茶。在这四大无声，只听见我自己的啾啾喝水的舌音冲击到那座破院的败壁上去的寂静中间，同惊雷似地一响，院后的竹园里却忽而飞出了一声闲长而又有节奏似的鸡啼的声来。同时在门外面歇着的船家，也走进了院门，高声的对我说：

"先生，我们回去罢，已经是吃点心的时候了，你不听见那只公鸡在后山啼么？我们回去罢！"

一九三二年八月在上海写

（选自《论语》1932 年第 1 期）

丽 尼

鹰 之 歌

黄昏是美丽的。我忆念着那南方的黄昏。

晚霞如同一片赤红的落叶坠到铺着黄尘的地上，斜阳之下的山冈变成了暗紫，好像是云海之中的礁石。

南方是遥远的；南方的黄昏是美丽的。

有一轮红日沐浴着在大海之彼岸；有欢笑着的海水送着夕归的渔船。

南方，遥远而美丽的！

南方是有着榕树的地方，榕树永远是垂着长须，如同一个老人安静地站立，在夕暮之中作着冗长的低语，而将千百年的过去都埋在幻想里了。

晚天是赤红的。公园如同一个废墟。鹰在赤红的天空之中盘旋，作出短促而悠远的歌唱，嘹唳地，清脆地。

鹰是我所爱的。它有着两个强健的翅膀。

鹰的歌声是嘹唳而清脆的，如同一个巨人的口在远天吹出了口哨。而当这口哨一响着的时候，我就忘却我的忧愁而感觉奋兴了。

我有过一个忧愁的故事。每一个年青的人都会有一个忧愁的故事。

南方是有着太阳和热和火焰的地方。而且，那时，我比现在年青。

那些年头！啊，那是热情的年头！我们之中，像我们这样大的年纪的人，在那样的年代，谁不曾有过热情的如同火焰一般的生活？谁不曾愿意把生命当作一把柴薪，来加强这正在燃烧的火焰？有一团火焰给人们点燃了，那么美丽地发着光辉，吸引着我们，使我们抛弃了一切其他的希望与幻想，而专一地投身到这火焰中来。

然而，希望，它有时比火星还容易熄灭。对于一个年青人，只须一个刹那，一整个世界就会从光明变成了黑暗。

我们曾经说过："在火焰之中煅炼着自己"；我们曾经感觉过一切旧的渣滓都会被铲除，而由废墟之中会生长出新的生命，而且相信这一切都是不久就会成就的。

然而，当火焰苦闷地窒息于潮湿的柴草，只有浓烟可以见到的时候，一刹那间，一整个世界就变成黑暗了。

我坐在已经成了废墟的公园看着赤红的晚霞，听着嘹唳而清脆的鹰歌，然而我却如同一个没有路走的孩子，凄然地流下眼泪来了。

"一整个世界变成了黑暗；新的希望是一个艰难的生产。"

鹰在天空之中飞翔着了，伸展着两个翅膀，倾侧着，回旋着，作出了短促而悠远的歌声，如同一个信号。我凝望着鹰，想从它的歌声里听出一个珍贵的消息。

"你凝望着鹰么？"她问。

"是的,我望着鹰。"我回答。

她是我的同伴,是我三年来的一个伴侣。

"鹰真好,"她沉思地说了;"你可爱鹰?"

"我爱鹰的。"

"鹰是可爱的。鹰有两个强健的翅膀,会飞,飞得高,飞得远,能在黎明里飞,也能在黑夜里飞。你知道鹰是怎样在黑夜里飞的么? 是像这样飞的,你瞧,"说着,她展开了两只修长的手臂,旋舞一般地飞着了,是飞得那么天真,飞得那么热情,使她的脸面也现出了夕阳一般的霞彩。

我欢乐的笑了,而感觉了奋兴。

然而,有一次夜晚,这年青的鹰飞了出去,就没有再看见她飞了回来。一个月以后,在一个黎明,我在那已经成了废墟的公园之中发现了她的被六个枪弹贯穿了的身体,如同一只被猎人从赤红的天空击落了下来的鹰雏,披散了毛发在那里躺着了。那正是她为我展开了手臂而热情地飞过的一块地方。

我忘却了忧愁,而变得在黑暗里感觉奋兴了。

南方是遥远的,但我忆念着那南方的黄昏。

南方是有着鹰歌唱的地方,那嘹喨而清脆的歌声是会使我忘却忧愁而感觉奋兴的。

一九三四年,十二月。

(选自《文学季刊》1935 年第 2 卷第 1 期)

林语堂

《人间世》发刊词

十四年来中国现代文学唯一之成功,小品文之成功也。创作小说,即有佳作,亦由小品散文训练而来。盖小品文,可以发挥议论,可以畅泄衷情,可以摹绘人情,可以形容世故,可以札记琐屑,可以谈天说地,本无范围,特以自我为中心,以闲适为格调,与各体别,西方文学所谓个人笔调是也。故善冶情感与议论于一炉,而成现代散文之技巧。《人间世》之创刊,专为登载小品文而设,盖欲就其已有之成功,推波助澜,使其愈臻畅盛。小品已成功之人,或可益加兴趣,多所写作,即未知名之人,亦可因此发见。盖文人作文,每等还债,不催不还,不邀不作。或因未得相当发表之便利,虽心头偶有佳意,亦听其埋没,何等可惜。或且因循成习,绝笔不复作,天下苍生翘首如望云霓,而终不见涓滴之赐,何以为情。且现代刊物,纯文艺性质者,多刊创作,以小品作点缀耳。若不特创一刊,提倡发表,新进作家即不复接踵而至。吾知天下有许多清新可喜文章,亦正藏在各人抽屉,供鱼蠹之侵蚀,不亦大可哀乎。内容如上所述,包括一切,宇宙之大,苍蝇之微,皆可取材,故名之为《人间世》。除游记诗歌题跋赠序尺牍日记之外,尤注重清俊议论文及读书随笔,以期开卷有益,掩卷有味,不仅吟风弄月,而流为玩物丧志之文学也。半月一册,字数四万,逢初五、二十出版,纸张印刷编排校对,力求完善,用仿宋字排印,以符小品精雅之意。尚祈海内文士,共襄其成。

(原载《人间世》1934 年 4 月创刊号)

二十二年之幽默

编者命令我做文章,以廿二年之幽默为题。据我看来,这并不是讲廿二年幽默有什么好文章好成绩,因为子路岳母忌辰初过,墓木未拱,幽默文章也只在萌芽时代。大概待其墓木已拱时,幽默自然也跟着发辉光大蔚然可观了。这里只讲在廿二年间幽默所取得之地位及其发育而已。

第一是关于幽默普通之认识,即幽默感之普遍化。幽默之事实时时排在我们面前,自道学家见之非常严重,而自具幽默感者见之,自是天衣无缝的现成幽默文章。即如道学家之严重对待幽默事,事实已是一副绝好的幽默景象。试随翻《论语》古香斋及半月要闻所载,皆无需文人笔下之点缀,自然为幽默上乘材料。此种幽默材料,廿二年极其富丰,其实中国年年月月有此事,未经点破而已。其见于半月要闻者,如陈绍宽作五年海军计划;如莲花并蒂,国府否认;如楚有舰在吴淞试炮,炮弹向后出;如青岛舰队,三天不见;如黄郛言:"不妥协,不求和,只在互相谅解之下谋和平";如汪精卫长期及一面忍耐抵抗之演变;如蒋介石劝刘珍年"养浩然之气";如蒯叔平质问袁良启事。其见于古香斋者,如四川某县禁男人穿长衫,广西禁女子服短袖,如金山女子脱裤穿裙之"鸡笼罩驱疫";如"仁王护国般若法会纪念"碑文;如陈总司令招考记室之四六布告等。这恰似美国孟肯所办 American Mercury 中之《亚美利坚杂拌》Americana 奇理异态,层出不穷,真有令人不可思议之慨。

其次关于国人对于提倡幽默之《论语》的态度。听说《论语》销路很好,已达二万(不折不扣),而且二万本之《论语》,大约有六万读者。这由以下事实可以证明,济南东门某夫妇因争读《论语》而半夜吵架,几至离婚涉讼,这可证明一本《论语》有二人阅读之可能;南京某校学生为《论语》定户,每值邮使将《论语》投入信箱时,如不立刻取出,即自不见;河南某君与情人共读《论语》,为妻撞见,因而发见《论语》是否离间夫妇之媒介的伦理学问题,此亦可证明一本《论语》有二人共读之可能;苏州政治犯监狱(反省院?)有狱吏犯私贿狱购阅《论语》卒被发觉,以致罚关黑屋,此本大约有十余人共读之可能;华盛顿公使馆图书馆员来函,因《论语》被偷,请补缺本;北平书店伙计,因读《论语》,怠慢主顾被斥,这也可以证明买《论语》的人,并不一定是先读该本《论语》之人。诸如此类,或由来函相告,或由道路传闻,虽间有失实,而每期二万本《论语》有六万读者,似可充分证明了。这可以推知苦闷之中国人是不甘自弃,能于苦闷中求超脱,取不管他妈瓦上霜之态度了。

然而《论语》颇有不满者。此又可分为二派,一是赞成幽默而鄙夷《论语》,其意思是要《论语》愈办愈好,可以不论。又一派是愤《论语》为亡国之音,对于亡国责任,向来武人推与文人,文人推与武人,谁都是爱国志士,不愿自己受过。即如我个人,忝居文人之后,亦不能免俗,认为中国弄到这个田地,是武人弄坏的。然而武人必不承认,吾亦不期望其承认,这账是算不清的。西人有言曰,半夜里的乌鸦一般黑。中国畏葸之国民,又何尝是健全的国民? 所以在阴历三十夜子时非洲林中,认出哪一个是捉乌鸦之黑人,哪一个是被黑人捉到之乌鸦,本是不可能之事。大家归罪于月亮之晦暗,你也不必怪我,我也不必怪你,此"天祸中华"说也。所以文武都是好人,只有上天不是,其过在天。然责任问题而外,亡国之音之说,仍含有道学气味。此等庸人,与我道不同不相为谋,虽祖裼裸裎于我侧,焉能浼我?故可以不理。舒梦兰描写庸人一副形容极好:"若李太白避结交叛藩之难,正当潜踪思过,乃反高居五老,纵酒赋诗,卒不免夜郎之流,庸人必讥其昧于明哲。白香山谪居江州,礼宜避嫌勤职,以图开复,乃敢贪夜送客,要茶商之妻弹琵琶,侑觞谈情,相对流涕。庸人曰,挟妓饮酒,律有明条,知法犯法,白某之罪之决不贷。乃香山悍然不顾,复敢作琵琶辞,越礼惊众,有玷官箴,今时士大夫绝不为也。即偶一为之,亦必深讳,盖未曾宣之于口,又何敢笔之于书。人之庸者,且义形于色,诟詈香山犯教而败俗,其琵琶之辞必当毁板,琵琶之亭及庐山草堂胥拆毁灭其迹,庶乎风流绝种,比户可庸矣。……彼诸庸人必且不屑行此之乐,不暇行此之乐,不肯行此之乐,不敢行此之乐,独必轻笑鄙薄古之人行此乐者。彼其中庸之貌,木讷之形,虽孔子割鸡之戏言,孟子齐人之讽谕,皆犹以为有伤盛德……"据庸人看来安禄山之乱,亦应挟妓饮酒之李白尸其咎,不应由安禄山负之。天下庸人如此之多,则《论语》之受一部分鄙夷亦"应有之义"。中国道统之积习甚深,所以如黎锦晖之《毛毛雨》,其乐美于党歌,其辞雅于桑中,亦被士君子骂得狗血淋头,被三房六妾而同时提倡读卫风郑风之《诗经》的武人所禁止。吾知卫风郑风幸系至圣大成之孔子所手定,不然亦将被三房六妾之卫道武人所禁止矣。其实西人歌曲之曲辞,不知比《毛毛雨》淫放几百倍,而西方道德似不比中国沦丧。试以《毛毛雨》译成西文,恐未必有一洋人予以淫放之讥也。《论语》读者有鄙夷《笑林广记》者,亦系道学派。吾未尝鄙夷《笑林广记》也。尝思试将美国之《纽约客》,法国之《巴黎生活》,《笑》,法国之 Simpliccismus 中之图画文字和盘翻印译出,使中庸之貌木讷之形伪君子见之瞠目结舌而降心相从,认《论语》为惟一关心世道之幽默文章也。且吾岂为中庸之貌木讷之形者办《论语》哉?彼读《东方杂志》,可矣。

(选自《披荆集》,上海时代图书公司 1936 年版)

鲁迅之死

　　民廿五年十月十九日鲁迅死于上海。时我在纽约,第二天见 Herald-Tribune 电信,惊愕之下,相与告友,友亦惊愕。若说悲悼,恐又不必,盖非所以悼鲁迅也。鲁迅不怕死,何为以死悼之?夫人生在世,所为何事?碌碌终日,而一旦瞑目,所可传者极渺。若投石击水,皱起一池春水,及其波静浪过,复平如镜,了无痕迹。惟圣贤传言,豪杰传事,然究其可传之事之言,亦不过圣贤豪杰所言所为之万一。孔子喋喋千万言,所传亦不过《论语》二三万言而已。始皇并六国,统天下,焚书坑儒,筑长城,造阿房,登泰山,游会稽,问仙求神,立碑刻石,固亦欲创万世之业,流传千古。然帝王之业中堕,长生之乐不到,阿房焚于楚汉,金人毁于董卓,碑石亦已一字不存,所存一长城旧规而已。鲁迅投鞭击长流,而长流之波复兴,其影响所及,翕然有当于人心,鲁迅见而喜,斯亦足矣。宇宙之大,沧海之宽,起伏之机甚微,影响所及,何可较量,复何必较量?鲁迅来,忽然而言,既毕其所言而去,斯亦足矣。鲁迅常谓文人写作,固不在藏诸名山,此语甚当。处今日之世,说今世之言,目所见,耳所闻,心所思,情所动,纵笔书之而罄其胸中,是以使鲁迅复生于后世,目所见后世之人,耳所闻后世之事,亦必不为今日之言。鲁迅既生于今世,既说今世之言,所言有为而发,斯足矣。后世之人好其言,听之;不好其言,亦听之。或今人所好在此,后人所好在彼,鲁迅不能知,吾亦不能知。后世或好其言而实厚诬鲁迅,或不好其言而实深为所动,继鲁迅而来,激成大波,是文海之波涛起伏,其机甚微,非鲁迅所能知,亦非吾所能知。但波使涛之前仆后起,循环起伏,不归沉寂,便是生命,便是长生,复奚较此波长彼波短耶?

鲁迅与我相得者二次,疏离者二次,其即其离,皆出自然,非吾于鲁迅有轻轩于其间也。吾始终敬鲁迅;鲁迅顾我,我喜其相知,鲁迅弃我,我亦无悔。大凡以所见相左相同,而为离合之迹,绝无私人意气存焉。我请鲁迅至厦门大学,遭同事摆布迫逐,至三易其厨,吾尝见鲁迅开罐头在火酒炉上以火腿煮水度日,是吾失地主之谊,而鲁迅对我绝无怨言,是鲁迅之知我。《人间世》出,左派不谅吾之文学见解,吾亦不肯牺牲吾之见解以阿附,初闻鸦叫自为得道之左派,鲁迅不乐,我亦无可如何。鲁迅诚老而愈辣,而吾则响慕儒家之明性达理,鲁迅党见愈深,我愈不知党见为何物,宜其刺刺不相入也。然吾私心终以长辈事之,至于硁硁小人之捕风捉影挑拨离间,早已置之度外矣。

鲁迅与其称为文人,无如号为战士。战士者何?顶盔披甲,持矛把盾交锋以为乐。不交锋则不乐,不披甲则不乐,即使无锋可交,无矛可持,拾一石子投狗,偶中,亦快然于胸中,此鲁迅之一副活形也。德国诗人海涅语人曰,我死时,棺中放一剑,勿放笔。是足以语鲁迅。

鲁迅所持非丈二长矛,亦非青龙大刀,乃炼钢宝剑,名宇宙锋。是剑也,斩石如棉,其锋不挫,刺人杀狗,骨骼尽解。于是鲁迅把玩不释,以为嬉乐,东砍西刨,情不自已,与绍兴学童得一把洋刀戏刻书案情形,正复相同,故鲁迅有时或类鲁智深。故鲁迅所杀,猛士劲敌有之,僧丐无赖,鸡狗牛蛇亦有之。鲁迅终不以天下英雄死尽,宝剑无用武之地而悲。路见疯犬、癞犬,及守家犬,挥剑一砍,提狗头归,而饮绍兴,名为下酒。此又鲁迅之一副活形也。

然鲁迅亦有一副大心肠。狗头煮熟,饮酒烂醉,鲁迅乃独坐灯下而兴叹。此一叹也,无以名之。无名火发,无名叹兴,乃叹天地,叹圣贤,叹豪杰,叹司阍,叹佣妇,叹书贾,叹果商,叹黯者、狡者、愚者、拙者、直谅者、乡愚者;叹生人、熟人、雅人、俗人、尴尬人、盘缠人、累赘人、无生趣人、死不开交人;叹穷鬼、饿鬼、色鬼、馋鬼、牵钻鬼、串熟鬼、邋遢鬼、白蒙鬼、摸索鬼、豆腐羹饭鬼、青胖大头鬼。于是鲁迅复饮,俄而额筋浮胀,眶眦欲裂,须发尽竖;灵感至,筋更浮,眦更裂,须更竖,乃磨砚濡毫,呵的一声狂笑,复持室剑,以刺世人。火发不已,叹兴不已,于是鲁迅肠伤,胃伤,肝伤,肺伤,血管伤,而鲁迅不起,呜呼,鲁迅以是不起。

(选自《林语堂文集·散文选》,群言出版社 2011 年版)

林语堂散文
拓展研读资料

夏丏尊

中年人的寂寞

　　我已是一个中年的人。一到中年，就有许多不愉快的现象，眼睛昏花了，记忆力减退了，头发开始秃脱而且变白了，意兴、体力，什么都不如年青的时候，常不禁会感觉到难以名言的寂寞的情味。尤其觉得难堪的是知友的逐渐减少和疏远，缺乏交际上的温暖的慰藉。

　　不消说，相识的人数是随了年龄增加的，一个人年龄越大，走过的地方当过的职务越多，相识的人理该越增加了。可是相识的人并不就是朋友。我们和许多人相识，或是因了事务关系，或是因了偶然的机缘——如在别人请客的时候同席吃过饭之类。见面时点头或握手，有事时走访或通信，口头上彼此也称"朋友"，笔头上有时或称"仁兄"，诸如此类，其实只是一种社交上的客套，和"顿首""百拜"同是仪式的虚伪。这种交际可以说是社交，和真正的友谊相差似乎很远。

　　真正的朋友，恐怕要算"总角之交"或"竹马之交"了。在小学和中学的时代容易结成真实的友谊，那时彼此尚不感到生活的压迫，入世未深，打算计较的念头也少，朋友的结成全由于志趣相近或性情适合，差不多可以说是"无所为"的，性质比较地纯粹。二十岁以后结成的友谊，大概已不免搀有各种各样的颜色分子在内；至于三十岁四十岁以后的朋友中间，颜色分子愈多，友谊的真实成分也就不免因而愈少了。这并不一定是"人心不古"，实可以说是人生的悲剧。人到了成年以后，彼此都有生活的重担须负，入世既深，顾忌的方面也自然加多起来，在交际上不许你不计较，不许你不打算，结果彼此都"钩心斗角"，像七巧板似地只选定了某一方面和对方去接合。这样的接合当然是很不坚固的，尤其是现代这样什么都到了尖锐化的时代。

　　在我自己的交游中，最值得系念的老是一些少年时代以来的朋友。这些朋友本来数目就不多，有些住在远地，连相会的机会也不可多得。他们有的年龄大过了我，有的小我几岁，都是中年以上的人了，平日各人所走的方向不同，思想趣味境遇也都不免互异，大家晤谈起来，也常会遇到说不出的隔膜的情形。如大家话旧，旧事是彼此共喻的，而且大半都是少年时代的事，"旧游如梦"，把梦也似的过去的少年时代重提，因谈话的进行，同时会联想起许多当时的事情，许多当时的人的面影，这时好像自己仍回归到少年时代去了。我常在这种时候感到一种快乐，同时也感到一种伤感，那情形好比老妇人突然在抽屉里或箱子里发见了她盛年时的影片。

　　逢到和旧友谈话，就不知不觉地把话题转到旧事上去，这是我的习惯。我在这上面无意识地会感到一种温暖的慰藉。可是这些旧友一年比一年减少了，本来只是屈指可数的几个，少去一个是无法弥补的。我每当听到一个旧友死去的消息，总要惆怅多时。

　　学校教育给我们的好处不但只是灌输知识，最大的好处恐怕还在给与我们求友的机会上。这好处我到了离学校以后才知道，这几年来更确切地体会到，深悔当时毫不自觉，马马虎虎地过去了。近来每日早晚在路上见到两两三三的携着书包、携了手或挽了肩膀走着的青年学生，我总艳羡他们有朋友之乐，暗暗地要在心中替他们祝福。

（选自《中学生》1934 年第 49 号）

李健吾

《边城》
——沈从文先生作

我不大相信批评是一种判断。一个批评家，与其说是法庭的审判，不如说是一个科学的分析者。科学的，我是说公正的。分析者，我是说要独具只眼，一直剔爬到作者和作品的灵魂的深处。一个作者不是一个罪人，而他的作品更不是一片罪状。把对手看做罪人，即使无辜，尊严的审判也必须收回他的同情，因为同情和法律是不相容的。欧阳修以为王法不外乎人情，实际属于一个常人的看法，不是一个真正法家的态度。但是，在文学上，在性灵的开花结实上，谁给我们一种绝对的权威，掌握无上的生死？因为，一个批评家，第一先得承认一切人性的存在，接受一切灵性活动的可能，所有人类最可贵的自由，然后才有完成一个批评家的使命的机会。

他永久在收集材料，永久在证明或者修正自己的解释。他要公正，同时一种富有人性的同情，时时润泽他的智慧，不致公正陷于过分的干枯。他不仅仅是印象的，因为他解释的根据，是用自我的存在印证别人一个更深更大的存在，所谓灵魂的冒险者是：他不仅仅在经验，而且要综合自己所有的观察和体会，来鉴定一部作品和作者隐秘的关系。他不应当尽用他自己来解释，因为自己不是最可靠的尺度；最可靠的尺度，在比照人类已往所有的杰作，用作者来解释他的出产。

所以，在我们没有了解一个作者以前，我们往往流于偏见——一种自命正统然而顽固的议论。这些高谈阔论和作者作品完全不生关联，因为作者创造他的作品，倾全灵魂以赴之，往往不是为了证明一种抽象的假定。一个批评家应当有理论（他合起学问与人生而思维的结果）。但是理论，是一种强有力的佐证，而不是唯一无二的标准；一个批评家应当从中衡的人性追求高深，却不应当凭空架高，把一个不相干的同类硬扯上去。普通却是最坏而且相反的例子，把一个作者由较高的地方揪下来，揪到批评者自己的淤泥坑里。他不奢求，也不妄许。在批评上，尤其甚于在财务上，他要明白人我之分。

这就是为什么，稍不加意，一个批评者反而批评的是自己，指摘的是自己，暴露的是自己，一切不过绊了自己的脚，丢了自己的丑，返本还原而已。有人问他朋友，"我最大的奸细是谁？"朋友答道："最大的奸细是你自己。"

我不得不在正文以前唱两句加官，唯其眼前论列的不仅仅是一个小说家，而且是一个艺术家。在今日小说独尊的时代，小说家其多如鲫的现代，我们不得不稍示区别，表示各个作家的造诣。这不是好坏的问题，而是性质的不同，例如巴尔扎克（Balzac）是个小说家，伟大的小说家，然而严格而论，不是一个艺术家，更遑论乎伟大的艺术家。为方便起见，我们甚至于可以说巴尔扎克是人的小说家，然而福楼拜，却是艺术家的小说家。前者是天真的，后者是自觉的。同是小说家，然而不属于同一的来源。他们的性格全然不同，而一切完成这性格的也各各不同。

沈从文先生便是这样一个渐渐走向自觉的艺术的小说家。有些人的作品叫我们看，想，了解；然而沈从文先生一类的小说，是叫我们感觉，想，回味；想是不可避免的步骤。废名先生的小说似乎可以归入后者，然而他根本上就和沈从文先生不一样。废名先生仿佛一个修士，一切是内向的；

他追求一种超脱的意境,意境的本身,一种交织在文字上的思维者的美化的境界,而不是美丽自身。沈从文先生不是一个修士。他热情地崇拜美。在他艺术的制作里,他表现一段具体的生命,而这生命是美化了的,经过他的热情再现的。大多数人可以欣赏他的作品,因为他所涵有的理想,是人人可以接受,融化在各自的生命里的。但是废名先生的作品,一种具体化的抽象的意境,仅仅限于少数的读者。他永久是孤独的,简直是孤洁的。他那少数的读者,虽然少数,却是有了福的(耶稣对他的门徒这样说)。

沈从文先生从来不分析。一个认真的热情人,有了过多的同情给他所要创造的人物,是难以冷眼观世的。他晓得怎样揶揄,犹如在《边城》里,他揶揄那赤子之心的老船夫,或者在《八骏图》里,他揶揄他的主人公达士先生:在这里,揶揄不是一种智慧的游戏,而是一种造化小儿的不意的转变(命运)。司汤达(Stendhal)是一个热情人,然而他的智慧(狡猾)知道撒谎,甚至于取笑自己。桑乔治是一个热情人,然而博爱为怀,不唯抒情而且说教。沈从文先生是热情的,然而他不说教;是抒情的,然而更是诗的。(沈从文先生文章的情趣和细致不管写到怎样粗野的生活,能够有力量叫你信服他那玲珑无比的灵魂!)《边城》是一首诗,是二佬唱给翠翠的情歌。《八骏图》是一首绝句,犹如那女教员留在沙滩上神秘的绝句。然而与其说是诗人,作者才更是艺术家,因为说实话,在他制作之中,艺术家的自觉心是那真正的统治者。诗意来自材料或者作者的本质,而调理材料的,不是诗人,却是艺术家。

他知道怎样调理他需要的分量。他能把丑恶的材料提炼成功一篇无暇的玉石。他有美的感觉,可以从乱石堆发见可能的美丽。这也就是为什么,他的小说具有一种特殊的空气,现今中国任何作家所缺乏的一种舒适的呼吸。

在《边城》的开端,他把湘西一个叫做茶峒的地方写给我们,自然轻盈,那样富有中世纪而现代化,那样富有清中叶的传奇小说而又风物化的开展。他不分析,他画画,这里是山水,是小县,是商业,是种种人,是风俗,是历史又是背景。在这真纯的地方,请问,能有一个坏人吗?在这光明的性格,请问,能留一丝阴影吗?"由于边地的风俗淳朴,便是作妓女,也永远那么浑厚……"我必须邀请读者自己看下去,没有再比那样的生活和描写可爱了。

可爱!这是沈从文先生小说的另一个特征。他所有的人物全可爱。仿佛有意,其实无意,他要读者抛下各自的烦恼,走进他理想的世界,一个肝胆相见的真情实意的世界。人世坏吗?不!还有好的,未曾被近代文明沾染了的,看,这角落不是!——这些可爱的人物,各自有一个厚道然而简单的灵魂,生息在田野晨阳的空气。他们心口相应,行为思想一致。他们是壮实的,冲动的,然而有的是向上的情感,挣扎而且克服了私欲的情感。对于生活没有过分的奢望,他们的心力全用在别人身上:成人之美。老船夫为他的孙女,大佬为他的兄弟,然后倒过来看,孙女为她的祖父,兄弟为他的哥哥,无不先有人而后——无己。这些人都有一颗伟大的心。父亲听见儿子死了,居然定下心,捺住自己的痛苦,体贴到别人的不安:"船总顺顺像知道他的心中不安处,说,'伯伯,一切是天,算了罢。我这里有大兴场送来的好烧酒,你拿一点喝去罢。'一个伙计用竹筒上一筒酒,用新桐木叶蒙着筒口,交给了老船夫。"是的,这些人都认命,安于命。翠翠还痴心等着二佬回来要她哪,可怜的好孩子!

沈从文先生描写少女思春,最是天真烂漫。我们不妨参看他往年一篇《三三》的短篇小说。他好像生来具有一个少女的灵魂,观察的不是别人,而是自己。这种内心现象的描写是沈从文先生的另一个特征。

　　我们现在可以看出，这些人物属于一个共同类型，不是个个分明，各自具有一个深刻的独立的存在。沈从文先生在画画，不在雕刻；他对于美的感觉叫他不忍心分析，因为他怕揭露人性的丑恶。

　　《边城》便是这样一部 idyllic 杰作。这里一切是谐和，光与影的适度配置，什么样人生活在什么样空气里，一件艺术作品，正要叫人看不出是艺术的。一切准乎自然，而我们明白，在这种自然的气势之下，藏着一个艺术家的心力。细致，然而绝不琐碎；真实，然而绝不教训；风韵，然而绝不弄姿；美丽，然而绝不做作。这不是一个大东西，然而这是一颗千古不磨的珠玉。在现代大都市病了的男女，我保险这是一付可口的良药。

　　作者的人物虽说全部良善，本身却含有悲剧的成分。唯其良善，我们才更易于感到悲哀的分量。这种悲哀，不仅仅由于情节的演进，而是自来带在人物的气质里的。自然越是平静，"自然人"越显得悲哀：一个更大的命运影罩住他们的生存。这几乎是自然一个永久的原则：悲哀。

　　这一切，作者全叫读者自己去感觉。他不破口道出，却无微不入地写出。他连读者也放在作品所需要的一种空气里，在这里读者不仅用眼睛，而且五官一齐用——灵魂微微一颤，好像水面粼粼一动，于是读者打进作品，成为一团无间隔的谐和，或者，随便你，一种吸引作用。

　　《八骏图》具有同样效果。没有一篇海滨小说写海写得像这篇少了，也没有像这篇写得多了。海是青岛唯一的特色，也是《八骏图》汪洋的背景。作者的职志并不在海，却在藉海增浓悲哀的分量。他在写一个文人学者内心的情态，犹如在《边城》之中，不是分析出来的，而是四面八方烘染出来的。他的巧妙全在利用过去反衬现时，而现时只为推陈出新，仿佛剥笋，直到最后，裸露一个无常的人性。"这世界没有新"，新却不速而至。真是新的吗？达士先生勿需往这里想，因为他已经不是主子，而是自己的奴隶。利用外在烘染内在，是作者一种本领，《边城》和《八骏图》同样得到完美的使用。

　　环境和命运在嘲笑达士先生，而作者也在捉弄他这位知识阶级人物。"这自以为医治人类灵魂的医生（他是一个小说家），以为自己心身健康，写过了一种病（传奇式的性的追求），就永远不至于再传染了！"就在他讥诮命运的时光，命运揭开了他的瘢疤，让他重新发见他的伤口——一个永久治愈不了的伤口，灵魂的伤口。这种藏在暗地嘲弄的心情，主宰《八骏图》整个的进行，却不是《边城》的主调。作者爱他《边城》的人物，至于达士先生，不过同情而已。

　　如若有人问我，"你欢喜《边城》，还是《八骏图》，如若不得不选择的时候？"我会脱口而出，同时把"欢喜"改做"爱"："我爱《边城》！"或许因为我是一个城市人，一个知识分子，然而实际是，《八骏图》不如《边城》丰盈，完美，更能透示作者怎样用他艺术的心灵来体味一个更其真淳的生活。

廿四年八月七夕。

（选自《咀华集》，文化生活出版社 1936 年版）

李广田

画　廊

"买画去吗?"

"买画去。"

"看画去,去么?"

"去。看画去。"

在这样简单的对话里,是交换着多少欢喜的。谁个能不欢喜呢,除非那些终天忙着招待债主的人?年梢岁末,再过几天就是除日了,大小户人家,都按了当地的习惯把家里扫除一过,屋里的蜘蛛网,烂草芥,门后边积了一年的扫地土,都运到各自门口的街道上去了。——如果这几天内你走过这个村子,你一定可以看见家家门口都有一堆黑垃圾。有些懂事人家,便把这堆脏东西倾到肥料坑里去,免得叫行路人踢一脚灰,但大多数人家都不这么办,说是用那样肥料长起来的谷子不结粒,容易出稗。——这样一扫,各屋里都显得空落落的了,尤其是那些老人的卧房里,他们便趁着市集的一天去买些年画,说是要补补墙,闲着时看画也很好玩。

那画廊就位在市集的中间。说是"画廊",只是这样说着好玩罢了,其实,哪里是什么画廊,也不过村里的一座老庙宇。因为庙里面神位太多的缘故,也不知谁个是宾,谁个是主,这大概也是乡下人省事的一种办法,把应该供奉的诸神都聚在一处了。然而这儿有"当庄土地"的一个位子该是无疑的,因为每逢人家有新死人时,便必须到这里来烧些纸钱,照例作那些"接引""送路"等仪式,于是这座庙里就常有些闹鬼的传闻。多少年前,这座庙也许非常富丽,从庙里那口钟上也可知道,——直到现在,它还于每年正腊月时被一个讨饭的瞎子敲着,平素也常被人敲作紧急的警号,有时,发生了什么聚众斗殴或说理道白的事情,也把这钟敲着当作号召。——这口钟算是这一带地方顶大的钟了。据老年人谈,说是多少年前的多少年前,这庙里住过一条大蛇,雷雨天出现,为行路人所见,尾巴在最后一层殿里藏着,中间把身子搭在第二殿,又第三殿,一直伸出大门来,把头探在庙前一个深潭里取饮——那个深潭现在变成一个浅浅的饮马池了。——而每两院之间,都有三方丈的院子,每个院子里还有十几棵三五抱的松柏树,现在呢,当然那样的大蛇已无处藏身,殿宇也只变成围了一周短垣的三间土屋了。近些年来,人们对于神的事情似乎不大关心,这地方也就更变得荒废,连仅存的三间土屋也日渐颓败,说不定,在连绵淫雨天里就会倾倒了下来,颇有神鬼不得安身之虞,院里的草,还时有牛羊去牧放,敬神的人去践踏,屋顶上则荒草三尺,一任其冬枯夏长。门虽设而常关,低垣断处,便是方便之门,不论人畜,要进去亦不过举足之劳耳。平常有市集的日子,这庙前便非常热闹,庙里却依然冷静。只有到将近新年的时候,这座古庙才被惊动一下。自然,门是开着的了,里边外边,都由官中人打扫一过,不知从哪一天起,每天夜里,庙里也点起豆粒般大的长明灯火来。庙门上,照例有人来贴几条黄纸对联,如"一天新雨露,万古老禅林"之类,却似乎每年都借用了来作为这里的写照。然而这个也就最合适不过了,又破烂,又新鲜,多少人整年地不到这里来,这时候也都来瞻仰瞻仰了。每到市集的日子,里边就挂满了年画,买画的人固然来,看画的人也来,既不买,也不看,随便蹭了进来的也很多,庙里很热闹,真好像一个图画展览会的画廊了。

画呢，自然都很合乡下人的脾味，他们在那里拣着，挑着，在那里讲图画中故事，又在那里细琢细磨地讲价钱。小孩子，穿了红红绿绿的衣服，仰着脸看得出神，从这一张看到那一张，他们对于"有余图"或"莲生九子"之类的特别喜欢。老年人呢，都衔了长烟管，天气很冷了，他们像每人擎了一个小小手炉似的，吸着，暖着，烟斗里冒着缕缕的青烟。他们总爱买些"老寿星"，"全家福"，"五谷丰登"，或"仙人对棋"之类。一面看着，也许有一个老者在那里讲起来了，说古时候有一个上山打柴的青年人，因贪看两个老人在石凳上下棋，竟把打柴回家的事完全忘了，一局棋罢，他乃如一梦醒来，从山上回来时，无论如何再也寻不见来路，人世间已几易春秋，树叶子已经黄过几十次又绿过几十次了。讲完了，指着壁上的画，叹息着。也有人在那里讲论戏文，因有大多数画是画了剧中情节，那讲着的人自然是一个爱剧又懂剧的，不知不觉间你会听到他哼哼起来了，哼哼着唱起剧文来，再没有比这个更能给人以和平之感的了。是的，和平之感，你会听到好些人在那里低低地哼着，低低地，像一群蜜蜂，像使人做梦的魔术咒语。人们在那里不相拥挤，不吵闹，一切都从容，闲静，叫人想到些舒服事情。就这样，从太阳高升时起，一直到日头打斜时止，不断地有赶集人到这座破庙来，从这里带着微笑，拿了年画去。

"老伯伯，买了年画来？"

"是啊，你没买？——补补空墙，闲时候看画也很好玩呢。"

"'五谷丰登'几文钱？"

"要价四百四，还价二百就卖了。"

在归途中，常听到负了两肩年货的赶集人这样回答。

（选自《画廊集》，商务印书馆1936年版）

老舍

想　北　平

设若让我写一本小说，以北平作背景，我不至于害怕，因为我可以捡着我知道的写，而躲开我所不知道的。让我单摆浮搁的讲一套北平，我没办法。北平的地方那么大，事情那么多，我知道的真觉太少了，虽然我生在那里，一直到廿七岁才离开。以名胜说，我没到过陶然亭，这多可笑！以此类推，我所知道的那点只是"我的北平"，而我的北平大概等于牛的一毛。

可是，我真爱北平。这个爱几乎是要说而说不出的。我爱我的母亲。怎样爱？我说不出。在我想作一件讨她老人家喜欢的时候，我独自微微的笑着；在我想到她的健康而不放心的时候，我欲落泪。言语是不够表现我的心情的，只有独自微笑或落泪才足以把内心揭露在外面一些来。我之爱北平也近乎这个。夸奖这个古城的某一点是容易的，可是那就把北平看得太小了。我所爱的北平不是枝枝节节的一些什么，而是整个儿与我的心灵相粘合的一段历史，一大块地方，多少风景名胜，从雨后什刹海的蜻蜓一直到我梦里的玉泉山的塔影，都积凑到一块，每一小的事件中有个我，我的每一思念中有个北平，这只有说不出而已。

　　真愿成为诗人，把一切好听好看的字都浸在自己的心血里，像杜鹃似的啼出北平的俊伟。啊！我不是诗人！我将永远道不出我的爱，一种像由音乐与图画所引起的爱。这不但是辜负了北平，也对不住我自己，因为我的最初的知识与印象都得自北平，它是在我的血里，我的性格与脾气里有许多地方是这古城所赐给的。我不能爱上海与天津，因为我心中有个北平。可是我说不出来！

　　伦敦，巴黎，罗马与堪司坦丁堡，曾被称为欧洲的四大"历史的都城"。我知道一些伦敦的情形；巴黎与罗马只是到过而已；堪司坦丁堡根本没有去过。就伦敦，巴黎，罗马来说，巴黎更近似北平——虽然"近似"两字要拉扯得很远——不过，假使让我"家住巴黎"，我一定会和没有家一样的感到寂苦。巴黎，据我看，还太热闹。自然，那里也有空旷静寂的地方，可是又未免太旷；不像北平那样既复杂而又有个边际，使我能摸着——那长着红酸枣的老城墙！面向着积水潭，背后是城墙，坐在石上看水中的小蝌蚪或苇叶上的嫩蜻蜓，我可以快乐的坐一天，心中完全安适，无所求也无可怕，像小儿安睡在摇篮里。是的，北平也有热闹的地方，但它和太极拳相似，动中有静。巴黎有许多地方使人疲乏，所以咖啡与酒是必要的，以便刺激；在北平，有温和的香片茶就够了。

　　论说巴黎的布置已比伦敦罗马匀调的多了，可是比上北平还差点事儿。北平在人为之中显出自然，几乎是什么地方既不挤得慌，又不太僻静：最小的胡同里的房子也有院子与树；最空旷的地方也离买卖街与住宅区不远。这种分配法可以算——在我的经验中——天下第一了。北平的好处不在处处设备得完全，而在它处处有空儿，可以使人自由的喘气；不在有好些美丽的建筑，而在建筑的四围都有空闲的地方，使它们成为美景。每一个城楼，每一个牌楼，都可以从老远就看见。况且在街上还可以看见北山与西山呢！

　　好学的，爱古物的，人们自然喜欢北平，因为这里书多古物多。我不好学，也没钱买古物。对于物质上，我却喜爱北平的花多菜多果子多。花草是种费钱的玩艺，可是此地的"草花儿"很便宜，而且家家有院子，可以花不多的钱而种一院子花，即使算不了什么，可是到底可爱呀！墙上的牵牛，墙根的靠山竹与草茉莉，是多么省钱省事而也足以招来蝴蝶呀！至于青菜，白菜，扁豆，毛豆角，黄瓜，菠菜等等，大多数是直接由城外担来而送到家门口的。雨后，韭菜叶上还往往带着雨时溅起的泥点。青菜摊子上的红红绿绿几乎有诗似的美丽。果子有不少是由西山与北山来的，西山的沙果，海棠，北山的黑枣，柿子，进了城还带着一层白霜儿呀！哼，美国的橘子包着纸；遇到北平的带霜儿的玉李，还不愧杀！

　　是的，北平是个都城，而能有好多自己产生的花，菜，水果，这就使人更接近了自然。从它里面说，它没有像伦敦的那些成天冒烟的工厂；从外面说，它紧连着园林，菜圃与农村。采菊东篱下，在这里，确是可以悠然见南山的；大概把"南"字变个"西"或"北"，也没有多少了不得的吧。像我这样的一个贫寒的人，或者只有在北平能享受一点清福了。

　　好，不再说了吧；要落泪了，真想念北平呀！

（选自《宇宙风》1936年第 19 期）

何其芳

墓

初秋的薄暮。翠岩的横屏环拥出旷大的草地,有常绿的柏树作天幕,曲曲的清溪流泻着幽冷。以外是碎瓷上的图案似的田亩,阡陌高下的毗连着,黄金的稻穗起伏着丰实的波浪,微风传送出成熟的香味。黄昏如晚汐一样淹没了草虫的鸣声,野蜂的翅。快下山的夕阳如柔和的目光,如爱抚的手指从平畴伸过来,从林叶探进来,落在溪边一个小墓碑上,摩着那白色的碑石,仿佛读出上面镌着的朱字:柳氏小女铃铃之墓。

这儿睡着的是一个美丽的灵魂。

这儿睡着的是一个农家的女孩,和她十六载静静的光阴,从那茅檐下过逝的,从那有泥蜂做窠的木窗里过逝的,从俯嚼着地草的羊儿的角尖,和那濯过她的手,回应过她寂寞的捣衣声的池塘里过逝的。

她有黑的眼睛,黑的头发,和浅油黑的肤色。但她的脸颊,她的双手有时是微红的,在走了一段急路的时候,回忆起一个羞涩的梦的时候,或者三月的阳光满满的晒着她的时候。照过她的影子的溪水会告诉你。

她是一个有好心肠的姑娘,她会说极和气的话,常常小心的把自己放在谦卑的地位。亲过她的足的山草会告诉你,被她用死了的蜻蜓宴请过的小蚁会告诉你,她一切小小的侣伴都会告诉你。

是的,她有许多小小的侣伴,她长成一个高高的女郎了,不与它们生疏。

她对一朵刚开的花说,"给我讲一个故事,一个快乐的。"对照进她的小窗的星星说,"给我讲一个故事,一个悲哀的。"

当她清早起来到柳树旁的井里去提水,准备帮助她的母亲作晨餐,径间遇着她的侣伴都向她说,"晨安。"她也说,"晨安。""告诉我们你昨夜做的梦。"她却笑着说,"不告诉你。"

当农事忙的时候,她会给她的父亲把饭送到田间去。

当蚕子初出卵的时候,她会采摘最嫩的桑叶放在篮儿里带回来,用布巾揩干那上面的露水,而且用刀切成细细的条儿去喂它们。四眠过后,她会用指头捉起一个个肥大的蚕,在光线里透视,"它腹里完全亮了。"然后放到成束的菜子杆上去。

她会同母亲一块儿去把屋后的麻茎割下,放在水里浸着,然后用刀打出白色的麻来。她会把麻分成极纤微的丝,然后用指头绩成细纱,一圈圈的放满竹筐。

她有一个小手纺车,还是她祖母留传下来的。她常常纺着棉,听那轮子唱着单调的歌,说着永远雷同的故事。她不厌烦,只在心里偷笑着,"真是一个老婆子。"

她是快乐的。她是在寂寞的快乐里长大的。

她是期待甚么的。她有一个秘密的希冀,那希冀于她自己也是秘密。她有做梦似的眼睛,常常迷漠的望着高高的天空,或是辽远的,辽远的山以外。

十六岁的春天的风吹着她的衣衫,她的发,她想悄悄的流一会儿泪。银色的月光照着,她想伸出手臂去拥抱它,向它说"我是太快乐,太快乐",但又无理由的流下泪。她有一点忧愁在眉尖,有一点伤感在心里。

她用手紧握着每一个新鲜的早晨,而又放开手,叹一口气让每一个黄昏过去。

她小小的侣伴们都说她病了,只有它们稍稍关心她,知道她的。"你瞧,她常默默的。""你说,甚么能使她欢喜?"它们互相耳语着,担心她的健康,担心她郁郁的眸子。

菜圃里的红豆藤还是高高的缘上竹竿,南瓜还是肥硕的压在篱脚下,古老的桂树还是飘着金黄色的香气,这秋天完全如以前的秋天。

铃铃却瘦损了。

她期待的毕竟来了,那伟大的力,那黑暗的手遮到她眼前,冷的呼息透过她的心,那无声的灵语吩咐她睡下安息。"不是你,我期待的不是你。"她心里知道,但不说出。

快下山的夕阳如温暖的红色的唇,刚才吻过那小墓碑上"铃铃"二字的,又落到溪边的柳树下,树下有白藓的石上,石上坐着的年青人雪麟的衣衫上。他有和铃铃一样郁郁的眼睛,迷漠的望着。在那眼睛里展开了满山黄叶的秋天,展开了金风拂着的一泓秋水,展开了随着羊铃声转入深邃的牧女的梦。毕竟来了,铃铃期待的。

在花香与绿阴织成的春夜里,谁曾在梦里摘取过红熟的葡萄似的第一次蜜吻?谁曾梦过燕子化作年青的女郎来入梦,穿着燕翅色的衣衫?谁曾梦过一不相识的情侣来晤别,在她远嫁的前夕?

一个个春三月的梦呵,都如一片片你偶尔摘下的花瓣,夹在你手携的一册诗集里,你又偶尔在风雨之夕翻见,仍是盛开时的红艳,仍带着春天的香气。

雪麟从外面的世界带回来的就只一些梦,如一些饮空了的酒瓶,与他久别的乡土是应该给他一瓶未开封的新酿了。

雪麟见了铃铃的小墓碑,读了碑上的名字,如第一次相见就相悦的男女们,说了温柔的"再会"才分别。

以后他的影子就踯躅在这儿的每一个黄昏里。

他渐渐猜想着这女郎的身世,和她的性情,她的喜好,如我们初认识一个美丽的少女似的。他想到她是在寂寞的屋子里过着晨夕,她最爱着甚么颜色的衣衫,而且当她微笑时脸间就现出酒涡,羞涩的低下头去。他想到她在窗外种着一片地的指甲花,花开时就摘取几朵来用那红汁染她的小指甲,而这仅仅由于她小孩似的欢喜。

铃铃的侣伴们更会告诉他,当他猜想错了或是遗漏了的时候。

"她会不会喜欢我?"他在溪边散步时偷问那多嘴的流水。

"喜欢你。"他听见轻声的回语。

"她似乎没有朋友?"他又偷问溪边的野菊。

"是的,除了我们。"

于是有一个黄昏里他就遇见了这女郎。

"我有没有这样的荣幸,和你说几句话?"

他知道她羞涩的低垂的眼光是说着允许。

他们就并肩沿着小溪散步下去。他向她说他是多大的年龄就离开这儿,这儿是她的乡土也是他的乡土。向她说他到过许多地方,听过许多地方的风雨。向她说江南与河水一样平的堤岸,北国四季都是风吹着沙土。向她说骆驼的铃声,槐花的清芬,红墙黄瓦的宫阙,最后说:

"我们的乡土却这样美丽。"

"是的,这样美丽。"他听见轻声的回语。

"完全是崭新的发见。我不曾梦过这小小的地方有这多的宝藏,不尽的惊异,不尽的欢喜。我真有点儿骄傲这是我的乡土。——但要请求你很大的谅恕,我从前竟没有认识你。"

他看见她羞涩的头低下去。

他们散步到黄昏的深处,散步到夜的阴影里。夜是怎样一个荒唐的絮语的梦呵,但对这一双初认识的男女还是谨慎的劝告他们别去。

他们伸出告别的手来,他们温情的手约了明天的会晤。

有时,他们散步倦了,坐在石上休憩。

"给我讲一个故事,要比黄昏讲得更好。"

他就讲着"小女人鱼"的故事。讲着那最年轻,最美丽的人鱼公主怎样爱上那王子,怎样忍受着痛苦,变成一个哑女到人世去。当他讲到王子和别的女子结婚的那夜,她竟如巫妇所预言的变成了浮沫,铃铃感动得伏到他怀里。

有时,她望着他的眼睛问:

"你在外面爱没有爱过谁?"

"爱过……"他俯下吻她,怕她因为这两字生气。

"说。"

"但没有谁爱过我。我都只在心里偷偷的爱着。"

"谁呢?"

"一个穿白衫的玉立亭亭的;一个秋天里穿浅绿色的夹外衣的;一个在夏天的绿杨下穿红杏色的单衫的。"

"是怎样的女郎?"

"穿白衫的有你的身材;穿绿衫的有你的头发;穿红杏衫的有你的眼睛。"说完了,又俯下吻她。

晚秋的薄暮。田亩里的稻禾早已割下,枯黄的割茎在青天下说着荒凉。草虫的鸣声,野蜂的翅声都已无闻,原野被寂寥笼罩着,夕阳如一枝残忍的笔在溪边描出雪麟的影子,孤独的,瘦长的。他独语着,微笑着。他憔悴了。但他做梦似的眼睛却发出异样的光,幸福的光,满足的光,如从 Paradise[①] 发出的。

一九三三年

(选自《画梦录》,人民文学出版社 2000 年版)

---

① 英语,意为天堂,乐园。

扇上的烟云（代序）

设若少女妆台间没有镜子，

成天凝望悬在壁上的宫扇，

扇上的楼阁如水中倒影，

染着剩粉残泪如烟云……

"你说我们的听觉视觉都有很可怜的限制吗？"

"是的。一夏天，我和一患色盲的人散步在农场上，顺手摘一朵红色的花给他，他说是蓝的。"

"那么你替他悲哀？"

"我倒是替我自己。"

"那么你相信着一些神秘的东西了。"

"我倒是喜欢想象着一些辽远的东西，一些不存在的人物，和许多在人类的地图上找不
出名字的国土。我说不清有多少日夜，像故事里所说的一样，对着壁上的画出神遂走入画
里去了。但我的墙壁是白色的。不过那金色的门，那不知是乐园还是地狱的门，确曾为我开启过
而已。"

"那么你对于人生？"

"对于人生我动心的不过是它的表现。唉，自从我乘桴浮于海，一片风涛把我送到这荒岛上，
我是很久很久没有和人攀谈了。今天我却有一点说话的兴致。"

"那么你就说吧。"

"我说，我说我这些日子来喜欢一半句古人之言。于我如浮云。我喜欢它是我一句文章的好
注脚：不知何时起世上的事都使我厌倦。那时我刚倾听了一位丹麦王子的独语，一个真疯，一个佯
狂，古今来如此冷落的宇宙都显得十分热闹，一滴之饮遂使我大有醉意，不禁出语惊人了。但我
现在要称赞的是这个比喻的纯粹的表现，与它的含义无关。有时我真慨叹着取譬之难。以此长久
不能忘记一位匈牙利作者，他的一篇文章里有了两个优美的比喻：在黄昏里，在酒店的窗子下，他
说，许多劳苦人低垂着头像一些折了帆折了桅杆的船停泊在静寂的港口；后来他描写一位少女，就
只轻轻一句，说她的眼睛亮着像金钥匙。"

"是说它们可以开启乐园或者地狱的门吗？"

"而我有一次低垂着头坐在车窗边，在黄昏里，随手翻完了一册忧郁的传记，于是我抬起头，
望着天边的白烟，又思索着那写过一个故事叫作《烟》的人的一生。暮色与暮年。我到哪儿去？
旅途的尽头等着我的是什么？我在车厢内各种不同的乘客的脸上得着一个回答了：那些刻满了厌
倦与不幸的皱纹的脸，谁要静静的多望一会儿都将哭了起来或者发狂的。但是，在那边，有一幅美
丽的少女的侧面剪影。暮色作了柔和的背景了。于是我对自己说，假若没有美丽的少女，世界上
是多么寂寞呵。因为从她们，我们有时可以窥见那未被诅咒之前的夏娃的面目。于是我望着天边
的云彩，正如那个自言见过天使和精灵的十八世纪的神秘歌人所说，在刹那间捉住了永恒。"

"你那时到哪儿去？你这些话又胡为而来？我一点也不能追踪你思想的道路。"

"于是我很珍惜着我的梦。并且想把它们细细的描画出来。"

"是一些什么梦？"

"首先我想描画在一个圆窗上。每当清晨良夜，我常打那下面经过，虽没有窥见人影却听见过白色的花一样的叹息从那里面飘坠下来。但正在我踌躇之间那个窗子消隐了。我再寻不着了。后来大概是一枝梦中彩笔，写出一行字给我看：分明一夜文君梦，只有青团扇子知。醒来不胜悲哀，仿佛真有过一段什么故事似的，我从此喜欢在荒凉的地方徘徊了。一夏天，当柔和的夜在街上移动时我走入了一座墓园。猛抬头，原来是一个明月夜，《齐谐》志怪之书里最常出现的境界。我坐在白石上，我的影子像一个黑色的猫。我忍不住伸手去摸它一摸，唉，我还以为是一个苦吟的女鬼遗下的一圈腰带呢，谁知拾起来乃是一把团扇。于是我带回去珍藏着，当我有工作的兴致时就取出来描画我的梦在那上面。"

"现在那扇子呢？"

"当我厌倦了我的乡土到这海上来遨游时，哪还记得把它带在我的身边呢？"

"那么一定遗留在你所从来的那个国土里了。"

"也不一定。"

"那么我将尽我一生之力，飘流到许多大陆上去找它。"

"只怕你找着那扇上的影子早已十分朦胧了。"

一九三六年，二月，二十二日，夜半。

（选自《画梦录》，人民文学出版社 2000 年版。

原载天津《大公报·文艺》1936 年 4 月 24 日）

何其芳散文
拓展研读资料

夏　衍

包　身　工

已经是旧历四月中旬了，上午四点多一刻，晓星才从慢慢地推移着的淡云里面消去，蜂房般的格子铺里的生物已经在蠕动了。

——拆铺啦！起来。

穿着一身和时节不相称的拷皮衫裤的男子，像生气似的呼喊。

——芦柴棒！去烧火。妈的，还躺着，猪猡！

七尺阔，十二尺深的工房楼下，横七竖八的躺满了十六七个"猪猡"。跟着这种有威势的喊声，充满了汗臭粪臭和湿气的空气里面，很快的就像被搅动了的蜂窝一般地骚动起来。打伸欠，叹气，寻衣服，穿错了别人的鞋子，胡乱的踏在别人身上，叫喊，在离开别人头部不到一尺的马桶上很响地小便。成人期女孩所共有的害羞的感觉，在这些被叫做"猪猡"的生物中间已经很钝感了。半裸体的起来开门，拎着裤子争夺马桶，将身体稍稍背转一下就会公然的在男人面前换替衣服。

那男人虎虎的将起身得慢一点的"猪猡"身上踢了几脚，回转身来站在不满二尺阔的楼梯上面，向着楼上的另一群生物呼喊。

——揍你的！再不起来？懒虫！等太阳上山吗？

蓬头，赤脚，一边扣着钮扣，几个睡眼惺忪的"懒虫"从楼上冲下来了。自来水龙头边挤满了人，用手捧些水来浇在脸上；芦柴棒着急地要将大锅子里的稀饭烧滚，但是倒冒出来的青烟引起了她一阵猛烈的咳嗽。十五六岁，除出老板之外大概很少有人知道她的姓名，手脚瘦得像芦棒梗一样，于是大家就拿芦柴棒当作了她的名字。

这是杨树浦福×路东洋纱厂的工房。长方形的，用红砖墙严密地封锁着的工房区域，被一条水门汀的衖堂马路划成狭长的两块。像鸽子笼一般的分得均匀，每边八排，每排五户，一共是八十户一楼一底的房屋。每间工房的楼上楼下，平均住宿着三十二三个"懒虫"和"猪猡"，所以，除出"带工"老板，老板娘，他们的家族亲戚，和穿拷皮衣服的同一职务的打杂，请愿警，……之外，这工房区域的墙圈里面住着二千左右穿着褴褛而专替别人制造纱布的"猪猡"。

但是，她们正式的集合名称却是"包身工"。她们的身体，已经以一种奇妙的方式，包给了叫做"带工"的老板。每年——特别是水荒旱荒的时候，这些在东洋厂里有"脚路"的带工，就亲身或者派人到他们家乡或者灾荒区域，用他们多年熟练了的可以将一根稻草讲成金条的嘴巴，去游说那些无力"饲养"可又不忍让他们的儿女饿死的同乡。

——还用说，住的是洋式的公司房子，吃的是鱼肉荤腥，一个月休息两天，咱们带着到马路上去玩耍，嘿，几十层楼的高房子，两层楼的汽车，各种各样，好看好玩的外国东西，老乡！人生一世，你也得去见识一下啊。

——做满三年，以后赚的钱就归你啦，块把钱一天的工钱，嘿，别人跟我叩了头也不替她写进去！咱们是同乡，有交情。

——交给我带去，有什么三差二错，我还能回家乡吗？

这样说着，咬着草根树皮的女孩子可不必说，就是她们的父母，也会怨悔自己没有跟去享福的福分了。于是，在预备好了的"包身契"上画上一个十字，包身费大洋"廿"元，期限三年，三年之内，由带工的供给住食，介绍工作，赚钱归带工者收用，生死疾病，一听天命，先付包洋十元，人银两交，"恐后无凭，立此包身契据是实！"

福×路工房的二千左右的包身工人，隶属在五十个以上的"带工"头手下。她们是顺从地替带工赚钱的"机器"，所以，每个"带工"所带包工的人数也就表示了他们的手面和财产。少一点的三十五十，多一点的带到百五十个以上。手面宽一点的"带工"不仅可以放债，买田，起屋，还能兼营茶楼、浴室、理发铺一类的买卖。

东洋厂家将这红砖墙封锁着的工房以每月五元的代价租给"带工"，"带工"就在这鸽子笼一般的"洋式"楼房里面装进没有固定车脚的三十几部活动的机器，这种工房没有普通衖堂房子一般的"前门"，它们的前门恰和普通房子的后门一样。每扇前门槛上，一律的钉着一块三寸长的木牌，上面用东洋笔法的汉字写着："陈永田（泰州）"、"许富达（维扬）"等等带工头的籍贯和名字。门上，大大小小的贴着褪了色的红纸的春联，中间，大都是红纸剪的元宝、如意、八卦，或者木版印的"姜太公在此，百无禁忌"的图像。春联的文字，大都是"积德前程远"，"存仁后步宽"之类。这些春联贴在这种地方,好像是在对别人骄傲,又像是在对自己讽刺。

四点半之后,没有影子和线条的晨光胆怯地显现出来的时候,水门汀路上和衖堂里面,已被这些赤脚的乡下姑娘所挤满了。凉爽而带有一点湿气的潮风,大约就是这些生活在死水一般的空气里面的人们的仅有的天惠。她们嘈杂起来,有的在公共自来水龙头边舀水,有的用断了齿的木梳梳掉拗执地粘在头发里的棉絮。陆续地,两个一组两个一组地用扁担抬着平满的马桶,吆喝地望着人们身边擦过。带工的"老板"或者打杂的拿着一叠叠的"打印子簿子",懒散地站在正门出口——好像火车站轧票处一般的木栅子的前面。楼下的那些席子、破被之类收拾掉之后,晚上倒挂在墙壁上的两张板桌放下来了。十几只碗,一把竹筷,胡乱地放在桌上,轮值烧稀饭的就将一洋铅桶浆糊一般的薄粥放在板桌的中央。她们的定食是两粥一饭,早晚吃粥,中午的干饭,由老板差人给她们送进工厂里去。粥!它的成分可并不和一般通用的意义一样。里面是较少的籼米、锅焦、碎米,和较多的乡下人用来喂猪的豆腐的渣粕!粥菜?这是不可能的事了,有几个慈祥的老板到小菜场去收集一些莴苣菜的叶瓣,用盐卤渍一浸,这就是她们难得的佳肴。

只有两条板凳,——其实,即使有更多的板凳,这屋子里面也没有同时容纳三十个吃粥的地位,她们一窝蜂的抢一般的盛了一碗,歪着头用舌头舔着淋漓在碗边外的粥汁,就四散地蹲伏或者站立在路上和门口。添粥的机会,除出特殊的日子——譬如老板、老板娘的生日,或者发工钱的日子之外,通常是很难有的,轮着揩地板、倒马桶的日子,也有连一碗也轮不到的时候。洋铅桶空了,轮不到盛第一碗的人们还捧着一只空碗,于是老板娘拿起铅桶,到锅子里去刮下一些锅焦、残粥,再到自来水龙头边去冲上一些清水,用她那双方才梳头的油手搅拌一下,气烘烘地放在这些廉价的,不需要更多维持费(Maintain Cost)的"机器"们的前面。

——死懒!躺着死不起来,活该!

十一年前内外棉的顾正红事件,尤其是五年前的一·二八战争之后,东洋厂家对于这种特殊的廉价"机器"的需要突然的增加起来。据说,这是一种极合经营原则和经济原理的方法。有括弧的机器,终究还是血和肉构成起来的人类。所以当他们忍耐的最大限度超过了的时候,他们往往会很自然的想起一种久已遗忘了的人类所该有的力量。有时候愚蠢的奴隶会理会到一束箭折不断的理论,再消极一点他们也还可以拼着饿死不干。产业工人的"流动性",这是近代工业经营最嫌恶的条件,但是,他们是决不肯追寻造成"流动性"的根源的。一个有殖民地人事经验的"温情主义者"在一本著作的序文上说:"在这次争议(五卅)里面,警察力没有任何的威权。在民众的结合力前面,什么权力都是不中用了!"可是,结论呢?用温情主义吗?不,不!他们所采用的,只是用廉价而没有"结合力"的"包身工"来替代"外头工人"(普通的自由劳动者)的方法。

第一,包身工的身体是属于带工的老板的,所以她们根本就没有"做"或者"不做"的自由,她们每天的工资就是老板的利润,所以即使在生病的时候,老板也会很可靠地替厂家服务,用拳头、棍棒,或者冷水来强制她们去做工作。就拿上面讲到过的芦柴棒来做个例吧,——其实,这样的事倒是每个包身工都有遭遇的机会:有一次在一个很冷的清晨,芦柴棒是害了急性的重伤风而躺在床(?)上了,她躺的地方,到了一定的时间是非让出来做吃粥的地方不可的,可是在那一天,芦柴棒可真的不能挣起来了,她很见机地将身体慢慢的移到屋子的角上,缩做一团,尽可能的不占屋子的地位,可是,在这种工房里面,生病躺着休养的例子,是不能任你开的。很快的一个打杂的走过来了。干这种职务的人,大半是带工头的亲戚,或者在"地方上"有一点势力的"白相人",所以在这种法律的触手及不到的地方,他们差不多有生杀自由的权利。芦柴棒的喉咙早已哑了,用手做着手势,表示身体没力,请求他的怜悯。

　　——假病! 老子给你医!

　　一手抓住了头发,狠命的往上一举,芦柴棒手脚着地,很像一只在肢体上附有吸盘的乌贼。一脚踢在她的腿上,照例,第二第三脚是不会少的,可是打杂的很快的就停止了,后来据说,那是因为芦柴棒"露骨"地突出的腿骨,碰痛了他的足趾! 打杂的恼了,顺手的夺过一盆另一个包身工正在揩桌子的冷水,迎头的泼在芦柴棒的头上。这是冬天,外面在刮寒风。芦柴棒遭了这意外的一泼,反射地跳起身来,于是在门口擦牙齿的老板娘笑了:

　　——瞧! 还不是假病! 好好的会爬起来,一盆冷水就医好了。

　　这只是常有的例子的一个。

　　第二,包身工都是新从乡下出来,而且她们大半都是老板的乡邻,这一点,在"管理"上是极有利的条件。厂家除出在工房周围造一条围墙,门房里置一个请愿警,和门外钉一块"工房重地,闲人莫入"的木牌,使这些"乡下小姑娘"和别的世界隔绝之外,完全的将管理权交给了带工的老板。这样,早晨五点钟由打杂的或者老板自己送进工厂,晚上六点钟接领回来,她们就永没有和"外头人"接触的机会。所以,包身工是一种"罐装了的劳动力",可以"安全地"保藏,自由地取用,绝没有因为和空气接触而起变化的危险。

　　第三,那当然是工价的低廉;包身工由"带工"带进厂里,于是她们的集合名词又变了,在厂方,她们叫做"试验工"和"养成工"两种,试验工的期间表示了厂家在试验你有没有工作的能力,养成工的期间那就表示了准备将一个"生手"养成为一个"熟手"。最初的工钱是每天十二小时,大洋一角乃至一角五分,最初的工作范围是不需要任何技术的扫地、开花衣、扛原棉、松花衣之类,一两个礼拜之后就调到钢丝车间、条子间、粗纱间去工作。在这种工厂所有者的本国,拆包间、弹花间、钢丝车间的工作,通例是男工做的,可是在殖民地,不必顾虑到社会的纠弹和官厅的监督,就将这种不是女性所能担任的工作加到工资不及男工三分之一的包身工们身上去了。

　　五点钟,第一回声很有劲地叫了。红砖罐头的盖子——那扇铁门一推开,就像放鸡鸭一般的无秩序地冲出一大群没锁链的奴隶。每人手里都拿一本打印子的簿子,不很讲话,即使讲话也没有什么活气。一出门,这人的河流就分开了,第一厂的朝东,二三五六厂的朝西。走不到一百步,她们就和另一种河流——同在东洋厂家工作的"外头工人"们汇在一起。但是,住在这地域附近的人,这河流里面的不同的成分,是很容易看得出的。外头工人的衣服多少的整洁一点,很多穿着旗袍,黄色或者淡蓝的橡皮鞋子,十七八岁的小姑娘们有时爱搽些白粉。甚至也有人烫过头发。包身工,就没有这种福气了,她们没有例外的穿着短衣,上面是褪色和油脏了的湖绿乃至青莲的短衫,下面是元色或者柳条的裤子,长头发,很多还梳着辫子。破脏的粗布鞋,缠过而未放大的脚,走路也就有点蹒跚的样子。在路上走,这两种人类很少有谈话的机会。脏,乡下气,土头土脑,言语不通,这都是她们不亲近的原因。过分的看高自己和不必要的看不起别人,这种心理是在"外头工人"的心里下意识的存在着的。她们想我们比你们多一种自由,多一种权利——这就是宁愿饿肚子的自由,随时可以调厂和不做的权利。

　　红砖头的怪物,已经张着嘴巴在等待着他的滋养物了。经过红头鬼(她们叫印度人的通称)把守着的铁门,在门房间交出准许她们贡献劳力的凭证,包身工只交一本打印子的簿子,外头工人在这簿子之外还有一张粘着照片的入厂凭证。这凭证,已经有十一年的历史了。顾正红事件以后,内外棉摇班(罢工)了,可是其他的东洋厂还有一部分在工作,于是,在沪西的丰田厂,有许多内外棉的工人冒混进去,做了一次里引外合的英勇的工作。从这时候起,由丰田的提议,工人入厂之前就需要这种有照片的凭证。——这种制度,是东洋厂所特有的,中国厂当然没有,英国厂,譬如怡和,工人进厂的时候还可以随便的带个把亲戚或者自己的儿女去学习(当然不给工资),怡和厂里随处可以看见七八岁甚至五六岁的童工,大都是这种不取工钱的"赠品"。

织成衣服的一缕缕的纱,编成袜子的一根根的线,穿在身上都是光滑舒适而愉快的,可是在从原棉制成这种纱线的过程,就不像穿衣服那样的愉快了。纱厂工人的三大威胁,——就是音响、尘埃和湿气!

到杨树浦去的电车经过齐齐哈尔路的时候,你就可以听到一种"沙沙的急雨"和"隆隆的雷响"混合在一起的声音。一进厂,猛烈的骚音,就会消灭——不,麻痹了你的听觉,马达的吼叫,皮带的拍击,锭子的转动,齿轮的轧轹,……一切使人难受的声音,好像被压缩了的空气一般的紧装在这红砖墙的厂房里面,分辨不出这是什么声音,也决没有使你听觉有分别这些音响的余裕。纺纱间里的"落纱"(专管落纱的熟练工)和"落管"(巡回管理的上级女工)命令工人的时候,不用言语,不用手势,而用经常衔在嘴里的口哨,因为只有口哨的锐厉的高音,才能突破这种紧张了的空气。——尘埃,那种使人难受的程度,更在意料之外了,精纺粗纺间的空间,肉眼也可看得出一般的飞扬着无数的"棉絮",扫地的女工经常的将扫帚的一端按在地上像揩地板一样的推着,一个人在一条"衖堂"(两部纺机的中间)中间反覆的走着,细雪一般的棉絮依旧眼睛可以看出般的积在地上! 弹花间、拆包间和钢丝车间更可不必讲了。拆包间的工作,是将打成包捆的原棉拆开,用手扯松,拣去里面的夹杂成分;这种工作,现在的东洋厂差不多已经完全派给包身工去做了,因为她们"听话",肯做别的工人不愿做的工作。在那种工场里面,不论你穿什么衣服,一刻儿就会变成一律的灰白,爱作弄人的小恶魔一般的在室中飞舞着的花絮,"无孔不入"地向着她们的五官钻进,头发、鼻孔、睫毛和每一个毛孔,都是这些纱花寄托的场所;要知道这些花絮粘在身上的感觉,那你可以假想一下——正像当你工作到出汗的时候,有人在你面前拆散和翻松一个木棉絮的枕芯,而使这些枕芯的灰絮遍粘在你的身上! 纱厂女工没有一个有健康的颜色,做十二小时的工,据调查每人平均要吸入〇、一五 gr[①] 的花絮!

湿气的压迫,也是纱厂工人——尤其是织布间工人最大的威胁,他们每天过着黄霉,每天接触着一种饱和着水蒸气的热气。依棉纱的特性,张力和湿度是成正比例的,说得平直一点,棉纱在潮湿状态,比较的不容易扯断,所以车间里面必须有喷雾器的装置,在织布间,每部织机的头上就有一个不断地放射蒸气的喷口,伸手不见五指,对面不见他人! 身上有一点被蚊虱咬开或者机器碰伤而破皮的时候,很快的就会引起溃烂,盛夏一百十五六度的温度下面工作的情景,那就决不是"外面人"所能想象的了。

这大概是自然现象吧,一种生物在这三种威胁下面工作,加速度的容易疲劳,尤其是在做夜班的时候,打瞌睡是不会有的,因为野兽一般的铁的暴君监视着你,只要断了线不接,锭壳轧坏,皮棍摆错方向,乃至车板上有什么堆积,就会有遭"拿莫温"(工头)和"小荡管"毒骂和殴打的危险。这几年来,一般的讲,殴打的事实已经渐渐的少了,可是这种"幸福"只局限在"外头工人"的身上。拿莫温和小荡管打人,很容易引起同车间工人的反对,即使当场不致发作,散工之后往往会有"喊朋友""品理"和"打相打"的危险。但是,包身工是没有"朋友"和帮手的! 什么人都可以欺侮,

---

① 原文如此。指0.15克。

什么人都看她们不起，她们是最下层的"起码人"，她们是拿莫温和小荡管们发脾气和使威风的对象。在纱厂，做了"烂污生活"的罚规，大约是殴打、罚工钱和"停生意"的三种，那么，在包身工所有者——带工老板的立场，后面的两种当然是很不利了。罚工钱就是减少他们的利润，停生意非特不能赚钱，还要贴她二粥一饭，于是带工头不加思索地就爱上了殴打这办法了。每逢端节重阳年头年尾，带工头总要对拿莫温们送礼，那时候他们总得卑屈地讲：

总得请你帮忙，照应照应，咱的小姑娘有什么事情，尽管打！打死不干事，只是不要罚工钱，停生意！

打死不干事！在这种情形之下，"包身工"当然是"人人得而欺之"了。有一次，一个叫做小福子的包身工整好了的烂纱没有装起，就遭了拿莫温的殴打，恰恰运气坏，一个"东洋婆"走过来了，拿莫温为着要在别人面前显出她的威风，和对"东洋婆"表示她管督的严厉，打得比寻常格外着力。东洋婆望了一会，也许是她不欢喜这种不"文明"的殴打，也许是她要介绍一种更合理的惩戒方法，走近身来，揪住小福子的耳朵，将她扯到太平龙头的前面，叫她向着墙壁立着，拿莫温跟着过来，很懂得东洋婆的意思似的拿起一个丢在地上的皮带盘心子（Driving Shaft），不怀好意的叫她顶在头上，东洋婆会心地笑了。

——这个小姑娘坏东西，懒惰！

拿莫温学着同样生硬的调子说：

——皮带盘心子顶拉头浪，就勿会打瞌睡！

这种文明的惩罚，有时候会叫你继续到两小时以上。两个时不做工作，赶不出一天该做的"生活"，那么工资减少而招致带工老板的殴打，也就是分内的事了。殴打之外，还有饿饭、吊、关黑房间等等方法。

实际上，拿莫温对待外头工人，也并不怎样客气，因为除出打骂之外，还有更巧妙的方法，譬如派给你难做的"生活"，或者调你去做不愿意的工作，所以外头工人里面的狡猾分子，就常常用送节礼巴结拿莫温的手段，来保障自己的安全。拿出血汗换的钱来孝敬工头，在她们当然是一种难堪的负担，但是在包身工，那是连这种送礼的权利也没有的！外头工人在抱怨这种额外的负担，而包身工人却在羡慕这种可以自主的拿出钱来贿赂工头的权利！

在一种特殊优惠的保护之下，摄收着廉价劳动力的滋养，在中国的东洋厂飞跃地膨大了。单就这福×路的东洋厂讲，光绪二十八年三井系的资本收买大纯纱厂而创立第一厂的时候，锭子还不到两万，可是三十年之后，他们已经有了六个纱厂，五个织厂，二十五万个锭子，三千张布机，八千工人，和一千二百万元的资本。美国哲人爱玛生的朋友，达维特·索洛（David Thoreau）曾在一本书上说过，美国铁路的每一根枕木下面，都横卧着一个爱尔兰劳动者的尸首。那么我也这样联想，东洋厂的每一个锭子上面，都附托着一个支那奴隶的冤魂！

一·二八战争之后，他们的政策又改变了，这特征是资本攻势的劳动强化。统计的数字表示着这四年来锭子和布机数的增加，和工人人数的减少，在这渐减的工人里面，包身工的成分却在激剧地增加。举一个例，杨树浦某厂的条子车间，三十二个女工里面，就有二十四个包身工人，全般的比例，大致相仿，即使用最少的约数百分之五十计算，全上海三十家东洋厂的四万八千工人里面，替厂家和带工头二重服务的包身工人总在二万四千人以上！

科学管理和改良机器，粗纱间过去每人管一部车的，现在改管一"衖堂"了。细纱间从前每人管三十木管的（每木管八个锭子），现在改管一百木管了，布机间从前每人管五部布机，现在改管二十乃至三十部了。表面上看,好像论货计工,产量增多就表示了工价的增大,但是事实并不这样简单。工钱的单价,几年来差不多减了一倍。譬如做粗纱,以前每"享司"(八百四十码)单价八分,现在已经不到四分了,所以每人管一部车子,工作十二小时,从前做八"享司"可以得到六角四分,现在管两部车做十六"享司"而工钱还不过四角八分左右。在包身工,工钱的多少和她"本身"无涉,那么当然这剥削就上在带工头的账上了。

两粥一饭,十二小时工作,劳动强化。工房和老板家庭的义务服役,猪猡一般的生活,泥土一般的作践,——血肉造成的"机器",终于和钢铁造成的机器不一样的;包身契上写明的三年期间,能够做满的不到三分之二;工作,工作,衰弱到不能走路还是工作,手脚像芦柴棒一般的瘦,身体像弓一般的弯,面色像死人一般的惨,咳着,喘着,淌着冷汗,还是被逼着在做工作。譬如讲芦柴棒吧,她的身体实在瘦得太可怕了,放工的时候,厂门口的"抄身婆"(检查女工身体的女佣人)也不愿意用手去接触她的身体:

——让她扎一两根油线绳吧! 骷髅一样,摸着她的骨头会做怕梦!

但是带工老板是不怕做怕梦的! 有人觉得太难看了,对她的老板说:

——譬如做好事吧,放了她!

——放她? 行! 还我二十块钱,两年间的伙食,房钱。——他随便地说,回转头来对她一瞪:

——不还钱,可别做梦! 宁愿赔棺材,要她做到死!

芦柴棒现在的工钱是每天三角八,拿去年的工钱三角二做平均,两年来在她身上已经收入了二百三十块了!

还有一个,什么名字记不起了,她熬不住这种生活,用了许多工夫,在上午的十五分钟休息时间里面,偷偷地托一个在补习学校念书的外头工人写了一封给她父母的家信,邮票,大概是那同情她的女工捐助的了。一个月,没有回信,她在焦灼,她在希望,也许,她的父亲会到上海来接她回去,可是,回信是捏在老板的手里了。散工回来的时候,老板和两个当杂的站在门口,横肉的面上在发火了,一把头发扭住,踢,打,掷,和爆发一般的听不清的轰骂!

——死娼妓! 你倒有本领,打断我的家乡路!

——猪猡,一天三餐将你喂昏了!

——揍死你,给大家做个榜样!

——信谁给你写的? 讲,讲!

血和惨叫使整个工房都怔住了,大家都在发抖,这好像真是一个榜样。打倦了之后,再在老板娘的亭子楼里吊了一晚。这一晚上,整屋子除出快要断气的呻吟一般的呼唤之外,绝没有别的声息,屏着气,睁着眼,十百千个奴隶在黑夜中叹息她们的命运。

人类的身体构造,有时候觉得确实有一点神奇。长得结实肥胖的往往会像折断一根麻梗一般的很快的死亡,而像芦柴棒一般的偏能一天天的磨难下去! 每一分钟都有死的可能,可是她还有韧性地在那儿支撑。两粥一饭,十二小时骚音尘埃和湿气中的工作,默默地,可是规则地反复着,直到榨完了残留在她皮骨里的最后的一滴血汗为止。

看着这种饲养小姑娘营利的制度,我禁不住想起孩子时候看到过的船户养墨鸭捕鱼的事了。和乌鸦很相像的那种怪样子的墨鸭,整排的停在舷上,它们的脚,是用绳子吊住了的,下水捕鱼,起水的时候船户就在它的颈子上轻轻的一挤! 吐了再捕,捕了再吐,墨鸭整天的捕鱼,卖鱼得钱的却是养墨鸭的船户。但是,从我们孩子的眼里看来,船户对墨鸭并没有怎样的虐待,而现在,将这种关系转移到人和人的中间,便连这一点施与的温情也已经不存在了!

在这千万的被饲养的中间,没有光,没有热,没有温情,没有希望,……没有法律,没有人道。这儿有的是二十世纪的烂熟了的技术、机械、体制,和对这种体制忠实地服役着的十六世纪封建制下的奴隶!

黑夜,静寂的死一般的长夜,没有自觉,没有团结,没有反抗,——她们住在一个伟大的锻冶场里面,闪烁的火花常常在她们身边擦过,可是,在这些强压强榨着的生物,好像连那可以引火,可以燃烧的火种也已经消散掉了。

不过,黎明的到来还是没法可推拒的;索洛警告美国人当心枕木下的尸骸,我也想警告某一些人,当心呻吟着的那些锭子上的冤鬼!

一九三六,六,三,清晨。

（选自《光明》1936 年第 1 卷第 1 期）

闻一多

说　舞

一场原始的罗曼司

假想我们是在参加着澳洲风行的一种科罗泼利(Corro-Borry)舞。

灌木林中一块清理过的地面上,中间烧着野火,在满月的清辉下吐着熊熊的赤焰。现在舞人们还隐身在黑暗的丛林中从事化装。野火的那边,聚集着一群充当乐队的妇女。忽然林中发出一种坼裂声。紧跟着一阵沙沙的摩擦声——舞人们上场了。闯入火光圈里来的是三十个男子,一个个脸上涂着白垩,两眼描着圈环,身上和四肢画着些长的条纹。此外,脚踝上还系着成束的树叶,腰间围着兽皮裙。这时那些妇女已经面对面排成一个马蹄形。她们完全是裸着的。每人在两膝间绷着一块整齐的觗鼠皮。舞师呢,他站在女人们和野火之间,穿的是通常的觗皮围裙,两手各执一棒。观众或立或坐的围成一个圆圈。

舞师把舞人们巡视过一遭之后,就回身走向那些妇女们。突然他的棒子一拍,舞人们就闪电般的排成一行,走上前来。他再视察一番,停了停等行列完全就绪了,就发出信号来,跟着他的木棒的拍子,舞人们的脚步移动了,妇女们也敲着觗鼠皮唱起歌来。这样,一场科罗泼利便开始了。

拍子愈打愈紧,舞人的动作也愈敏捷,愈活泼,时时扭动全身,纵得很高,最后一齐发出一种尖锐的叫声,突然隐入灌木林中去了。场上空了一会儿。等舞师重新发出信号,舞人们又再度出现了。这次除舞队排成弧形外,一切和从前一样。妇女们出来时,一面打着拍子,一面更大声的唱,唱到几乎嗓子都要裂了,于是声音又低下来,低到几乎听不见声音。歌舞的尾声和第一折相仿佛。第三、四、五折又大同小异的表演过了。但有一次舞队是分成四行的,第一行退到一边,让后面几行向前迈进,到达妇人们面前,变作一个由身体四肢交锁成的不可解的结,可是各人手中的棒子依然在飞舞着。你直害怕他们会打破彼此的头,但是你放心,他们的动作无一不遵守着严格的规律,决不会出什么岔子的。这时情绪真紧张到极点,舞人们在自己的噪呼声中,不要命的顿着脚跳跃,妇女们也发狂似的打着拍引吭高歌。响应着他们的热狂的,是那高烛云空的火光,急雨点似的劈拍的喷射着火光。最后舞师两臂高举,一阵震耳的掌声,舞人们退场了,妇女和观众也都一哄而散,抛下一片清冷的月光,照着野火的余烬渐渐熄灭了。

　　这就是一场澳洲的科罗泼利舞,但也可以代表各地域各时代任何性质的原始舞,因为它们的目的总不外乎下列这四点:(一)以综合性的形态动员生命,(二)以律动性的本质表现生命,(三)以实用性的意义强调生命,和(四)以社会性的功能保障生命。

综合性的形态

　　舞是生命情调最直接,最实质,最强烈,最尖锐,最单纯而又最充足的表现。生命的机能是动,而舞便是节奏的动,或更准确点,有节奏的移易地点的动,所以它直是生命机能的表演。但只有在原始舞里才看得出舞的真面目,因为它是真正全体生命机能的总动员,它是一切艺术中最大综合性的艺术。它包有乐与诗歌,那是不用说的。它还有造型艺术,舞人的身体是活动的雕刻,身上的文饰是图案,这也都显而易见。所当注意的是,画家所想尽方法而不能圆满解决的光的效果,这里借野火的照明,却轻轻的抓住了。而野火不但给了舞光,还给了它热,这触觉的刺激更超出了任何其它艺术部门的性能。最后,原始人在舞的艺术中最奇特的创造,是那月夜丛林的背景对于舞场的一种镜框作用。由于框外的静与暗,和框内的动与明,发生着对照作用,使框内一团声音光色的活动情绪更为集中,效果更为强烈,藉以刺激他们自己对于时间(动静)和空间(明暗)的警觉性,也便加强了自己生命的实在性。原始舞看来简单,唯其简单,所以能包含无限的复杂。

律动性的本质

　　上文说舞是节奏的动,实则节奏与动,并非二事。世间决没有动而不成节奏的,如果没有节奏,我们便无从判明那是动。通常所谓"节奏"是一种节度整齐的动,节度不整齐的,我们只称之为"动",或乱动,因此动与节奏的差别,实际只是动时节奏性强弱的程度上的差别。而并非两种性质根本不同的东西。上文已说过,生命的机能是动,而舞是有节奏的移易地点的动,所以也就是生命机能的表演。现在我们更可以明白,所谓表演与非表演,其间也只有程度的差别而已。一方面生命情绪的过度紧张,过度兴奋,以至成为一种压迫,我们需要一种更强烈,更集中的动,来宣泄它,和缓它,一方面紧张与兴奋的情绪,是一种压迫,也是一种愉快,所以我们也需要在更强烈,更集中的动中来享受它。常常有人讲,节奏的作用是在减少动的疲乏。诚然。但须知那减少疲乏的动机,是积极而非消极的,而节奏的作用是调整而非限制。因为由紧张的情绪发出的动是快乐,是可珍惜的,所以要用节奏来调整它,使它延长,而不致在乱动中轻轻浪费掉。甚至这看法还是文明人的主观,态度还不够积极。节奏是为减轻疲乏的吗?如果疲乏是讨厌的,要不得的,不如干脆放弃它。放弃疲乏并不是难事,在那月夜,如果怕疲乏,躺在草地上对月亮发愣,不就完了吗?如果原始人真怕疲乏,就干脆没有舞那一套,因为无论怎样加以调整,最后疲乏总归是要来到的,不,他们的目的是在追求疲乏,而舞(节奏的动)是达到那目的最好的通路。一位著者形容新南威尔斯土人的舞说："……鼓声渐渐紧了,动作也渐渐快了。直至达到一种如闪电的速度。有时全体一跳跳到半空,当他们脚尖再触到地面时,那分开着的两腿上的肉腓,颤动得直使那白垩的条纹,看去好象蠕动的长蛇,同时一阵强烈的嘶 ~~~~~声充满空中(那是他们的喘息声)。"非洲布须曼人的摩科马舞(Mokoma)更是我们不能想象的。"舞者跳到十分疲劳,浑身淌着大汗,口里还发出千万种叫声,身体做着各种困难的动作,以至一个一个的,跌倒在地上,浴在源源而出的鼻血泊中。因此他们便叫这种舞作摩科马,意即血的舞。"总之,原始舞是一种剧烈的,紧张的,疲劳性的动,因为只有这样他们才体会到最高限度的生命情调。

实用性的意义

西方学者每分舞为模拟式的与操练式的二种,这又是文明人的主观看法。二者在形式上既无明确的界线,在意义上尤其相同。所谓模拟舞者,其目的,并不如一般人猜想的,在模拟的技巧本身,而是在模拟中所得的那逼真的情绪。他们甚至不是在不得已的心情下以假代真,或在客观的真不可能时,乃以主观的真权当客观的真。他们所求的只是那能加强他们的生命感的一种提炼的集中的生活经验——一杯能使他们陶醉的醇醴而酷烈的酒。只要能陶醉,那酒是真是假,倒不必计较,何况真与假,或主观与客观,对他们本没有多大区别呢!他们不因舞中的"假"而从事于舞,正如他们不以巫术中的"假"而从事巫术。反之,正因他们相信那是真,才肯那样做,那样认真的做。(儿童的游戏亦复如此。)既然因日常生活经验不够提炼与不集中,才要借艺术中的生活经验——舞来获得一醉。那么模拟日常生活经验,就模拟了它的不提炼与不集中,模拟得愈像,便愈不提炼,愈不集中,所以最彻底的方法,是连模拟也放弃了,而仅剩下一种抽象的节奏的动,这种舞与其称为操练舞,不如称为"纯舞",也许还比较接近原始心理的真相。一方面,在高度的律动中,舞者自身得到一种生命的真实感(一种觉得自己是活着的感觉),那是一种满足。另一方面,观者从感染作用,也得到同样的生命的真实感,那也是一种满足,舞的实用意义便在这里。

社会性的功能

或由本身的直接经验(舞者),或者感染式的间接经验(观者),因而得到一种觉着自己是活着的感觉,这虽是一种满足,但还不算满足的极致,最高的满足,是感到自己和大家一同活着,各人以彼此的"活"互相印证,互相支持,使各人自己的"活"更加真实,更加稳固,这样的满足才是完整的,绝对的。这群体生活的大和谐的意识,便是舞的社会功能的最高意义,由和谐的意识而发生一种团结与秩序的作用,便是舞的社会功能的次一等的意义。关于这点,高罗斯(Ernest Groose)讲得最好:"在跳舞的白热中,许多参与者都混成一体,好象是被一种感情所激动而动作的单一体。在跳舞期间,他们是在完全统一的社会态度之下,舞群的感觉和动作正象一个单一的有机体。原始跳舞的社会意义全在乎统一社会的感应力。他们领导并训练一群人,使他们在一种动机,一种感情之下,为一种目的而活动。(在他们组织散漫和不安定的生活状态中,他们的行为常被各个不同的需要和欲望所驱使。)它至少乘机介绍了秩序和团结给这狩猎民族的散漫无定的生活中。除战争外,恐怕跳舞对于原始部落的人,是唯一的使他们觉着休戚相关的时机。它也是对于战争最好的准备之一,因为操练式的跳舞有许多地方相当于我们的军事训练。在人类文化发展上,过分估计原始跳舞的重要性,是一件困难的事。一切高级文化,是以各个社会成分的一致有秩序的合作为基础的,而原始人类却以跳舞训练这种合作。"舞的第三种社会功能更为实际。上文说过,主观的真与客观的真,在原始人类意识中没有明确的分野。在感情极度紧张时,二者尤易混淆,所以原始舞往往弄假成真,因而发生不少的暴行。正因假的能发生真的后果,所以他们常常因假的作为钩引真的媒介。许多关于原始人类战争的记载,都说是以跳舞开场的,而在我国古代,武王伐纣前夕的歌舞,即所谓"武宿夜"者,也是一个例证。

（选自《闻一多全集》第 2 卷,湖北人民出版社 1994 年版）

梁实秋

雅　舍

到四川来,觉得此地人建造房屋最是经济。火烧过的砖,常常用来做柱子,孤零零的砌起四根砖柱,上面盖上一个木头架子,看上去瘦骨嶙嶙,单薄得可怜;但是顶上铺了瓦,四面编了竹篦墙,墙上敷了泥灰,远远的看过去,没有人能说不像是座房子。我现在住的"雅舍"正是这样一座典型的房子。不消说,这房子有砖柱,有竹篦墙,一切特点都应有尽有。讲到住房,我的经验不算少,什么"上支下摘","前廊后厦","一楼一底","三上三下","亭子间","茅草棚","琼楼玉宇"和"摩天大厦",各式各样,我都尝试过。我不论住在那里,只要住得稍久,对那房子便发生感情,非不得已我还舍不得搬。这"雅舍",我初来时仅求其能蔽风雨,并不敢存奢望,现在住了两个多月,我的好感油然而生。虽然我已渐渐感觉它并不能蔽风雨,因为有窗而无玻璃,风来则洞若凉亭,有瓦而空隙不少,雨来则渗如滴漏。纵然不能蔽风雨,"雅舍"还是自有它的个性。有个性就可爱。

"雅舍"的位置在半山腰,下距马路约有七八十层的土阶。前面是阡陌螺旋的稻田。再远望过去是几抹葱翠的远山,旁边有高粱地,有竹林,有水池,有粪坑,后面是荒僻的榛莽未除的土山坡。若说地点荒凉,则月明之夕,或风雨之日,亦常有客到,大抵好友不嫌路远,路远乃见情谊。客来则先爬几十级的土阶,进得屋来仍须上坡,因为屋内地板乃依山势而铺,一面高,一面低,坡度甚大,客来无不惊叹,我则久而安之,每日由书房走到饭厅是上坡,饭后鼓腹而出是下坡,亦不觉有大不便处。

"雅舍"共是六间,我居其二。篦墙不固,门窗不严,故我与邻人彼此均可互通声息。邻人轰饮作乐,咿唔诗章,喁喁细语,以及鼾声,喷嚏声,吮汤声,撕纸声,脱皮鞋声,均随时由门窗户壁的隙处荡漾而来,破我岑寂。入夜则鼠子瞰灯,才一合眼,鼠子便自由行动,或搬核桃在地板上顺坡而下,或吸灯油而推翻烛台,或攀援而上帐顶,或在门框桌脚上磨牙,使得人不得安枕。但是对于鼠子,我很惭愧的承认,我"没有法子"。"没有法子"一语是被外国人常常引用着的,以为这话最足代表中国人的懒惰隐忍的态度。其实我的对付鼠子并不懒惰。窗上糊纸,纸一戳就破;门户关紧,而相鼠有牙,一阵咬便是一个洞洞。试问还有什么法子?洋鬼子住到"雅舍"里,不也是"没有法子"?比鼠子更骚扰的是蚊子。"雅舍"的蚊风之盛,是我前所未见的。"聚蚊成雷"真有其事!

每当黄昏时候，满屋里磕头碰脑的全是蚊子，又黑又大，骨骼都像是硬的。在别处蚊子早已肃清的时候，在"雅舍"则格外猖獗，来客偶不留心，则两腿伤处累累隆起如玉蜀黍，但是我仍安之。冬天一到，蚊子自然绝迹，明年夏天——谁知道我还是否住在"雅舍"！

"雅舍"最宜月夜——地势较高，得月较先。看山头吐月，红盘乍涌，一霎间，清光四射，天空皎洁，四野无声，微闻犬吠，坐客无不悄然！舍前有两株梨树，等到月升中天，清光从树间筛洒而下，地上阴影斑斓，此时尤为幽绝。直到兴阑人散，归房就寝，月光仍然逼进窗来，助我凄凉。细雨蒙蒙之际，"雅舍"亦复有趣。推窗展望，俨然米氏章法，若云若雾，一片弥漫。但若大雨滂沱，我就又惶悚不安了，屋顶湿印到处都有，起初如碗大，俄而扩大如盆，继则滴水乃不绝，终乃屋顶灰泥突然崩裂，如奇葩初绽，砉然一声而泥水下注，此刻满室狼藉，抢救无及。此种经验，已数见不鲜。

"雅舍"之陈设，只当得简朴二字，但洒扫拂拭，不使有纤尘。我非显要，故名公巨卿之照片不得入我室；我非牙医，故无博士文凭张持壁间；我不业理发，故丝织西湖十景以及电影明星之照片亦均不能张我四壁。我有一几一椅一榻，酣睡写读，均已有着，我亦不复他求。但是陈设虽简，我却喜欢翻新布置。西人常常讥笑妇人喜欢变更桌椅位置，以为这是妇人天性喜变之一征。诬否且不论，我是喜欢改变的。中国旧式家庭，陈设千篇一律，正厅上是一条案，前面一张八仙桌，一边一把靠椅，两旁是两把靠椅夹一只茶几。我以为陈设宜求疏落参差之致，最忌排偶。"雅舍"所有，毫无新奇，但一物一事之安排布置俱不从俗。人入我室，即知此是我室。笠翁《闲情偶寄》之所论，正合我意。

"雅舍"非我所有，我仅是房客之一。但思"天地者万物之逆旅"，人生本来如寄，我住"雅舍"一日，"雅舍"即一日为我所有，即使此一日亦不能算是我有，至少此一日"雅舍"所能给予之苦辣酸甜，我实躬受亲尝。刘克庄词："客里似家家似寄。"我此时此刻卜居"雅舍"，"雅舍"即似我家。其实似家似寄，我亦分辨不清。

长日无俚，写作自遣，随想随写，不拘篇章，冠以"雅舍小品"四字，以示写作所在，且志因缘。

（选自《梁实秋散文》，中国广播电视出版社 1989 年版）

梁实秋散文
拓展研读资料

靳以

窗

在记忆中，窗应该是灵魂上辉耀的点缀。可是当我幼年的时节，却有些不同，我们当然不是生活在无窗的暗室里，那窗口也大着呢，但是隔着铁栏，在铁栏之外还是木条钉起扇样的护窗板，不但挡住大野的景物，连太阳也遮住了。那时我们是正在一个学校里读书，真是像监牢一般地把我们关在里边，顽皮的孩子只有蹲在地上仰起头来才看到外边——那不过是一线青天而已！那时我们那么高兴地听着窗外的市声，甚至还回答窗外人的语言；可是那无情的木板挡住了一切，我们既看不出去，别人也看不进来。

就是在这情形之下，我们长着长着，……

当我们走出来的时候，五光十色使我们的眼睛晕眩了，一时张不开来，胆小的便又逃避般地逃回那间木屋里，情愿把自己关在那一无所见的陋室中，可是我们这些野生野长的孩子们，就做了一名勇敢的闯入者，终于冲到纷杂的人世中去了，凭着那股勇气，不顾一己的伤痛，毕竟能看了，能听了，也能说了。于是当我们再踱入那无窗的，遮住了窗的屋子里，我们就感觉到死一般的窒闷了。

最使我喜悦的当然是能耸立在高高的山顶，极目四望，那山呵河呵的无非是小丘和细流，一切都收入眼底，整个的心胸全都敞开了也还不能收容那广阔的天地。一声高啸，树叶的海都为那声音轻轻推动，刹时间，云涌雾滚，自己整个消失在白茫茫之中了，可是我并不慌张，还清楚地知道，仍是挺拔地站在峭峰之上。

可是现实生活却把我们安排在蠢蠢的人世里，我们不能超俗拔尘地活在云端，我们也只好是那些蠕蠕动着的人类之一，即使不想去触犯别人，别人也要来挤你的。用眼睛相瞪，用鼻子相哼，用嘴相斥——几乎都要到了用嘴相咬的地步了。

于是当我过了烦恼的一日，便走回我的房子，这时，一切该安静下来，为着那从窗口泻进来的一片月光，我不忍开灯，便静静地坐到窗前，看着远近的山树，还有那日夜湍流的白花花的江水，若是一个无月夜呢，星星像智慧的种子，每一颗都向我闪着，好像都要跃入我灵魂的深处，我很忙碌地把它们迎入我的心胸。

每一个早晨，当我被梦烦苦够了，才一醒来，就伸手推开当头的窗，一股清新的气流随即淌进来了，于是我用手臂支着头，看出去，看到那被露水洗过的翠绿的叶子，还有那垂在叶尖的滚圆的水珠，鸣啭的鸟雀不但穿碎了那片阳光，还把水珠撞击下来，纷纷如雨似地落下去呢！也许有一只莽撞的鸟，从那不曾关闭的窗口飞了进来，于是带来那份自然的生气，它在我那屋顶上环飞，终于有点慌张了，几次碰到壁角或是粉顶上，我虽然很为它担一份心，可是我也不能指引它一条路再回到那大自然的天地中。我的眼和心也为它匆忙着，它还有那份智巧，朝着流泻光亮的所在飞去，于是它又穿行在蓝天绿树的中间了。我再听不到那急促的鸣叫，有的是那高啭低鸣的万千种的鸟底声音，我那么欢喜听，可是我看不见，我只知道少数的几种名字。还有那糅合了多少种的花草的香气，也尽自从窗口涌流进来，是的，我不能再那么懒睡在床上了，我霍地跳起来，也投身到窗外自由的世界中！

我知道人类是怎样爱好自然，爱好自由的天地。我还记得，当着病痛使我不得不把自己交给医生的时候，我像一只羊似地半躺在手术台上，更大的疼痛使我忘记我的病痛了，额间的汗珠不断地涨起来，左手抓着右手，我闭紧嘴，我听见刀剪在我的皮肉上剪割的声音，我那半呆的眼，却定定地望着迎面的大窗。花开了，叶子也绿了，白云无羁绊地飘着，"唉唉，"我心里叫着："我为什么不是那只在枝上跳跃的小鸟呢？那我就不必受这些苦痛了！"

我渐渐也懂得那些被囚禁的信徒们的心，看到从那高高的窗口透进的一柱阳光，便合掌跪在地上，虔诚地以为那就是救主的灵应，大神的光辉，好像那受难的灵魂，便由此而得救似的。是的，他们已经被残暴的罗马君主拘捕了，把一些不该得的罪名全都堆在他们的身上。他们中的一些，早被丢给那凶猛的狮虎,他们只是生活在黑暗潮湿之中,忍住啜泣,泪淌到自己的心里。忽然那光降临了,也许突然间使他们睁不开眼,可是那只是刹那间的事,那是光呵,那是不死的希望呵,那是万能的上帝呵,于是他们自然而然地划着十字跪下去了,求神来接受他们那些纯洁的灵魂吧。他们深知,那被照亮了的灵魂,该永远也不会走上歧途,纵然他们明天也要追随他们同伴的路,丢给那些野兽,或是再加以更残酷的刑罚,可是他们已经没有畏惧了,他们已经得到整个的拯救。他们把幸福交付给未来的天国,人间的痛苦早不附丽在他们的身上了,他们的眼睛一直望着遥远的所在,追随着光明向远飞去。

可是我并不曾得到拯救,我只有一颗不安定的心。我为每日的工作把背坐弯了,眼看花了,可是我还是在不安宁之中。当我抬起头来,我却得着解放。迎着我的那个窗口仿佛是一个自然的镜框,于是我长长的喘了一口气,我的心又舒展开了。我的眼又明亮起来。我把窗外的景物装在我自然的镜框中。我摇动我的头部,因为我具有一份匠心,想把最好的景物装在那中间。我知道蓝天不可太多,也不能都被山撑满,绿色固然象征青春,可是一派树木也显得非常单调,终于我不得不站起来,于是蜿蜒的公路和日夜湍流的江也收在眼底了。我好好安排,在那暗黑的屋顶的上面有轻盈的炊烟,在那一片绿树之中,虽然没有花朵的点缀,却有经霜的乌桕;呆板的大山,却被一抹梦幻般的云雾拦腰围住,江水碧了,正好这时候没有汽车飞驰,公路只是沉静地躺在那里,夕阳又把这些景物罩上一层金光,使它更柔和、更幽美,……我更看到了,在那木桥的边上,还有一株早开的桃花,这还是冬天呢,想不到温暖的风却吹绽了一树红桃。

跟着我像有所触悟似地打了一个寒战,我就急遽地摇去了那株桃花,因为我分明记得,在一个寒冷的早晨,我看到一些人埋葬他们冻死的同伴,就是在那株树下,他们挖了一个坑,那三个死去的人,竟完全和他们来到这个世界的时候一样,精光光的,被丢到那个坟里去了。没有一滴眼泪,没有一声听得见的叹息,那正是一个极冷的天,严霜把屋顶盖白了,树木变成淡绿的颜色,江水好像油一般地凝住了,芭蕉已经转成枯黑,死沉沉地垂萎下来!……

如今,水绿了,活泼地流着,枯死的芭蕉又冒出尖细的长叶,那些被埋在地下的人,却使那棵树早着了无数朵红花!想象着它也该早结成累累的果实,饱孕着血一般的汁液的果实,我不忍吃,我也不忍看,我已经急遽地把它抛在我那自然的镜框之外了。

可是现在,我那自然的镜框只有一片黑暗,因为这正是夜晚,我已经伏案许久了,跳动的灯火使我的眼睛酸痛,我就放下笔,推开了窗,正是月半。该有一幅清明的夜景,不料乌云障住了整个的天,凡是发光的全都隐晦了,我万分失望,不愉快地摇着头,当我的头偏过去,我突然看到在那不注意的高角上,有一点红红的野火,那是烧在山顶上,却也映在水面。红茸茸的一团,高高地顶在峰尖。它好像不是摧毁万物的火,也不是博得美人一笑而使诸侯愤怒的火,也不是使罗马城变成灰烬,而引起暴君尼罗王的诗兴的火;它是那个普洛米修士从大神宙斯那里偷来送给人间的,它是那把光明撒给大地的火。

我尽顾书写,当我再抬起头来,那火已经好像点在岭巅的一排明灯,使黑暗的天地顿时辉耀起来了。

一九四二年二月二日

(选自《现代文艺》1942 年第 4 卷第 5 期)

丁 玲

三八节有感

"妇女"这两个字,将在什么时代才不被重视,不需要特别的被提出呢?

年年都有这一天。每年在这一天的时候,几乎是全世界的地方都开着会,检阅着她们的队伍。延安虽说这两年不如前年热闹,但似乎总有几个人在那里忙着。而且一定有大会,有演说的,有通电,有文章发表。

延安的妇女是比中国其他地方的妇女幸福的。甚至有很多人都在嫉羡地说:"为什么小米把女同志吃得那么红胖?"女同志在医院,在休养所,在门诊部都占着很大的比例,却似乎并没有使人惊奇,然而延安的女同志却仍不能免除那种幸运:不管在什么场合都最能作为有兴趣的问题被谈起。而且各种各样的女同志都可以得到她应得的诽议。这些责难似乎都是严重而确当的。

女同志的结婚永远使人注意,而不会使人满意的。她们不能同一个男同志比较接近,更不能同几个都接近。她们被画家们讽刺:"一个科长也嫁了么?"诗人们也说:"延安只有骑马的首长,没有艺术家的首长,艺术家在延安是找不到漂亮的情人的。"然而她们也在某种场合聆听着这样的训词:"他妈的,瞧不起我们老干部,说是土包子,要不是我们土包子,你想来延安吃小米!"但女人总是要结婚的。(不结婚更有罪恶,她将更多的被作为制造谣言的对象,永远被污蔑。)不是骑马的就是穿草鞋的,不是艺术家就是总务科长。她们都得生小孩。小孩也有各自的命运:有的被细羊毛线和花绒布包着,抱在保姆的怀里,有的被没有洗净的布片包着,扔在床头啼哭,而妈妈和爸爸都在大嚼着孩子的津贴,(每月 25 元,价值二斤半猪肉)要是没有这笔津贴,也许他们根本就尝不到肉味。然而女同志究竟应该嫁谁呢,事实是这样,被逼着带孩子的一定可以得到公开的讥讽:"回到家庭了的娜拉。"而有着保姆的女同志,每一个星期可以有一天最卫生的交际舞。虽说在背地里也会有难比的诽语悄声的传播着,然而只要她走到那里,那里就会热闹,不管骑马的,穿草鞋的,总务科长,艺术家们的眼睛都会望着她。这同一切的理论都无关,同一切主义思想也无关,同一切开会演说也无关。然而这都是人人知道,人人不说,而且在做着的现实。

离婚的问题也是一样。大抵在结婚的时候,有三个条件是必须注意到的。一、政治上纯洁不纯洁,二、年龄相貌差不多,三、彼此有无帮助。虽说这三个条件几乎是人人具备(公开的汉奸这里是没有的。而所谓帮助也可以说到鞋袜的缝补,甚至女性的安慰),但却一定堂皇的考虑到。而离婚的口实,一定是女同志的落后。我是最以为一个女人自己不进步而还要拖住她的丈夫为可耻的,可是让我们看一看她们是如何落后的。她们在没有结婚前都抱着有凌云的志向,和刻苦的斗争生活,她们在生理的要求和"彼此帮助"的蜜语之下结婚了,于是她们被逼着做了操劳的回到家庭的娜拉。她们也唯恐有"落后"的危险,她们四方奔走,厚颜的要求托儿所收留她们的孩子,要求刮子宫,宁肯受一切处分而不得不冒着生命的危险悄悄的去吃着坠胎的药。而她们听着这样的回答:"带孩子不是工作吗?你们只贪图舒服,好高骛远,你们到底做过一些什么了不起的政治工作?既然这样怕生孩子,生了又不肯负责,谁叫你们结婚呢?"于是她们不能免除"落后"的命运。一个有了工作能力的女人,而还能牺牲自己的事业去作为一个贤妻良母的时候,未始不被人所歌颂,但在十多年之后,她必然也逃不出"落后"的悲剧。即使在今天以我一个女人去看,这些"落后"分子,也实在不是一个可爱的女人。她们的皮肤在开始有折绉,头发在稀少,生活的疲惫夺取她们最后的一点爱娇。她们处于这样的悲运,似乎是很自然的,但在旧的社会里,她们或许会被称为可怜,薄命,然而在今天,却是自作孽、活该。不是听说法律上还在争论着离婚只须一方提出,或者必须双方同意的问题么? 离婚大约多半都是男子提出的,假如是女人,那一定有更不道德的事,那完全该女人受诅咒。

我自己是女人,我会比别人更懂得女人的缺点,但我却更懂得女人的痛苦。她们不会是超时代的,不会是理想的,她们不是铁打的。她们抵抗不了社会一切的诱惑,和无声的压迫,她们每人都有一部血泪史,都有过崇高的感情,(不管是升起的或沉落的,不管有幸与不幸,不管仍在孤苦奋斗或卷入庸俗,)这在对于来到延安的女同志说来更不冤枉,所以我是拿着很大的宽容来看一切被沦为女犯的人的。而且我更希望男子们尤其是有地位的男子,和女人本身都把这些女人的过错看得与社会有联系些。少发空议论,多谈实际的问题,使理论与实际不脱节,在每个共产党员的修身上都对自己负责些就好了。

然而我们也不能不对女同志们,尤其是在延安的女同志有些小小的企望。而且勉励着自己。勉励着友好。

世界上从没有无能的人,有资格去获取一切的。所以女人要取得平等,得首先强己。我不必说大家都懂的。而且,一定在今天会有人演说的:"首先取得我们的政权"的大话,我只说作为一个阵线中的一员(无产阶级也好,抗战也好,妇女也好),每天所必须注意的事项。

第一、不要让自己生病。无节制的生活,有时会觉得浪漫,有诗意,可爱,然而对今天环境不适宜。没有一个人能比你自己还会爱你的生命些。没有什么东西比今天失去健康更不幸些。只有它同你最亲近,好好注意它,爱护它。

第二、使自己愉快。只有愉快里面才有青春,才有活力,才觉得生命饱满,才觉得能担受一切磨难,才有前途,才有享受。这种愉快不是生活的满足,而是生活的战斗和进取。所以必须每天都做点有意义的工作,都必须读点书,都能有东西给别人,游惰只使人感到生命的空白,疲软,枯萎。

第三、用脑子。最好养好成一种习惯。改正不作思索,随波逐流的毛病。每说一句话,每做一件事,最好想想这话是否正确? 这事是否处理的得当,不违背自己作人的原则,是否自己可以负责。只有这样才不会有后悔。这就是叫通过理性,这,才不会上当,被一切甜蜜所蒙蔽,被小利所诱,才不会浪费热情,浪费生命,而免除烦恼。

第四、下吃苦的决心,坚持到底。生为现代的有觉悟的女人,就要有认定牺牲一切蔷薇色的温柔的梦幻。幸福是暴风雨中的搏斗,而不是在月下弹琴,花前吟诗。假如没有最大的决心,一定会在中途停歇下来。不悲苦,即堕落。而这种支持下去的力量却必须在"有恒"中来养成。没有大的抱负的人是难于有这种不贪便宜,不图舒服的坚忍的。而这种抱负只有真正为人类,而非为己的人才会有。

三八节清晨

附及:文章已经写完了,自己再重看一次,觉得关于企望的地方,还有很多意见,但为发稿时间有限,也不能整理了。不过又有这样的感觉,觉得有些话假如是一个首长在大会中说来,或许有人认为痛快。然而却写在一个女人的笔底下，是很可以取消的。但既然写了就仍旧给那些有同感的人看看吧。

（原载《解放日报》1942 年 3 月 9 日）

丁玲散文
拓展研读资料

王实味

野 百 合 花

前 记

在河边独步时，一位同志脚上的旧式棉鞋，使我又想起了曾穿过这种棉鞋的李芬同志——我所最敬爱的生平第一个朋友。

想起她，心脏照例震动一下。照例我觉到血液循环得更有力。

李芬同志是北大一九二六年级文预科学生，同年入党，一九二八年春牺牲于她底故乡——湖南宝庆。她底死不是由于被捕，而是被她底亲舅父缚送给当地驻军的。这说明旧中国底代表者是如何残忍。同时，在赴死之前，她曾把所有的三套衬衣裤都穿在身上，用针线上下密密缝在一起，因为，当时宝庆青年女共产党员被捕枪决后，常由军队纵使流氓去奸尸！这又说明着旧中国是怎样一个血腥，丑恶，肮脏，黑暗的社会！从听到她底噩耗时起，我底血管里便一直燃烧着最猛烈的热爱与毒恨。每一想到她，我眼前便浮出她那圣洁的女殉道者底影子，穿着三套密密缝在一起的衬衣裤，由自己的亲舅父缚送去从容就义！每一想到她，我便心脏震动，血液循环得更有力！（在这歌啭玉堂春、舞回金莲步的升平气象中，提到这样的故事，似乎不太和谐，但当前的现实——请闭上眼睛想一想罢，每一分钟都有我们亲爱的同志在血泊中倒下——似乎与这气象也不太和谐！）

为了民族的利益，我们并不愿再算阶级仇恨的旧账。我们是真正大公无私的。我们甚至尽一切力量拖曳着旧中国底代表者同我们一路走向光明。可是，在拖曳的过程中，旧中国底肮脏污秽也就沾染了我们自己，散布细菌，传染疾病。

我曾不止十次二十次地从李芬同志底影子汲取力量，生活的力量和战斗的力量。这次偶然想到她，使我决心要写一些杂文。野百合花就是它们底总标题。这有两方面的含义：第一，这种花是延安山野间最美丽的野花，用以献给那圣洁的影子；其次，据说这花与一般百合花同样有着鳞状球茎，吃起来味虽略带苦涩，不似一般百合花那样香甜可口，但却有更大的药用价值——未知确否。

一九四二年二月廿六日

一、我们生活里缺少什么？

延安青年近来似乎生活得有些不起劲，而且似乎肚子里装得有不舒服。

为什么呢？我们生活里缺少什么呢？有人会回答说：我们营养不良，我们缺少维他命，所以……。另有人会回答说：延安男女的比例是"十八比一"，许多青年找不到爱人，所以……。还有人会回答说：延安生活太单调，太枯燥，缺少娱乐，所以……。

这些回答都不是没有道理的。要吃得好一点，要有异性配偶，要生活得有趣，这些都是天经地义。但谁也不能不承认：延安的青年，都是抱定牺牲精神来从事革命，并不是来追求食色的满足和生活的快乐。说他们不起劲，甚至肚子里装着不舒服，就是为了这些问题不能圆满解决，我不敢轻于同意。

那么，我们生活里到底缺些什么呢？下面一段谈话可能透露一些消息。

新年假期中，一天晚上从友人处归来，昏黑里，前面有两个青年女同志在低声而兴奋地谈着话。我们相距丈多远，我放轻脚步凝神谛听着：

"……动不动，就说人家小资产阶级平均主义；其实，他自己倒真有点特殊主义。事事都只顾自己特殊化，对下面同志，身体好也罢，坏也罢，病也罢，死也罢，差不多漠不关心！"

"哼，到处乌鸦一般黑，我们底 ×× 同志还不也是这样！"

"说得好听！阶级友爱呀，什么呀——屁！好像连人对人的同情心都没有！平常见人装得笑嘻嘻，其实是皮笑肉不笑，肉笑心不笑。稍不如意，就瞪起眼睛，搭出首长架子来训人。"

"大头子是这样，小头子也是这样。我们底科长，×××，对上是毕恭毕敬的，对我们，却是神气活现，好几次同志病了，他连看都不伸头看一下。可是，一次老鹰抓了他一只小鸡，你看他多么关心这件大事呀！以后每次看见老鹰飞来，他都嚓嚓的叫，扔土块去打它——自私自利的家伙！"

沉默了一下。我一方面佩服这位女同志口齿尖利，一方面惘然如有所失。

"害病的同志真太多了，想起来叫人难过。其实，害病，倒并不希望那类人来看你。他只能给你添难受。他底声音、表情、态度，都不使你感觉他对你有什么关怀、爱护。"

"我两年来换了三四个工作机关，那些首长以及科长、主任之类，真正关心干部爱护干部的，实在太少了。"

"是呀，一点也不错！他对别人没有一点爱，别人自然也一点不爱他。要是做群众工作，非垮台不可……。"

她们还继续低声兴奋地谈着。因为要分路，我就只听到这里为止，这段谈话也许有偏颇，有夸张，其中的"形象"也许没有太大的普遍性；但我们决不能否认它有镜子底作用。

我们生活里到底缺少什么呢？镜子里看罢。

二、碰《碰壁》

在本报《青年之页》第十二期上，读到一位同志底标题为《碰壁》的文章，不禁有感。

先抄两段原文：

"新从大后方来的一位中年朋友，看到延安青年忍不住些微拂意的事，牢骚满腹，到处发泄的情形，深以为不然地说：'这算得什么！我们在外面不知碰了多少壁，受人多少气，……'"

"他的话是对的。延安虽也有着令人生气的'脸色'，和一些不能尽如人意的事物；可是在一个碰壁多少次，尝够人生冷暖的人看来，却是微乎其微，算不得什么的。至于在入世未深的青年，尤其是学生出身的，那就迥乎不同了。家庭和学校哺乳他们成人，爱和热向他们细语着人生，教他们描摹单纯和美丽的憧憬；现实的丑恶和冷淡于他们是陌生的，无怪乎他们一遇到小小的风浪就要叫嚷，感到从来未有过的不安。"

我不知道作者这位"中年朋友"是怎样的一个人，但我认为他底这种知足者长乐的人生哲学，不但不是"对的"，而是有害的。青年是可贵，在于他们纯洁，敏感，热情，勇敢，他们充满着生命底新锐的力。别人没有感觉的黑暗，他们先感觉；别人没有看到的肮脏，他们先看到；别人不愿说不敢说的话，他们大胆地说。因此，他们意见多一些，但不见得就是"牢骚"；他们的话或许说得不够四平八稳，但也不见得就是"叫嚷"。我们应该从这些所谓"牢骚""叫嚷"和"不安"的现象里，去探求那产生这些现象的问题底本质，合理地（注意：合理地！青年不见得总是"盲目的叫嚣"）消除这些现象底根源。说延安比"外面"好得多，教导青年不发"牢骚"，说延安的黑暗方面只是"些微拂意的事"，"算不得什么"，这丝毫不能解决问题。是的，延安比"外面"好得多，但延安可能而且必须更好一点。

当然，青年常表现不冷静，不沉着。这似乎是《碰壁》作者底主题。但青年如果真个个都是"少年老成"起来，那世界该有多么寂寞呀！其实，延安青年已经够老成了，前文所引那两位女同志底"牢骚"，便是在昏黑中用低沉的声音发出的。我们不但不应该讨厌这种"牢骚"，而且应该把它当作镜子照一照自己。

说延安"学生出身"的青年是"家庭和学校哺乳他们成人，爱和热向他们细语着人生……"我认为这多少有些主观主义。延安青年虽然绝大多数是"学生出身"，"入世未深"，没有"尝够人生冷暖"，但他们也绝大多数是从各种不同的痛苦斗争道路走到延安来的，过去的生活不见得有那样多的"爱和热"；相反他们倒是懂得了"恨和冷"，才到革命阵营里来追求"爱和热"的。依《碰壁》作者底看法，仿佛延安青年都是娇生惯养，或许因为没有糖果吃就发起"牢骚"来。至于"丑恶和冷淡"，对于他们也并不是"陌生"；正因为认识了"丑恶和冷淡"，他们才到延安来追求"美丽和温暖"，他们才看到延安的"丑恶和冷淡"而"忍不住"要发"牢骚"，以期引起大家注意，把这"丑恶和冷淡"减至最小限度。

一九三八年冬天，我们党曾大规模的检查工作，当时党中央号召同志们要"议论纷纷"，"意见不管正确不正确都尽管提"，我希望这样的大检查再来一次，听听一般下层青年底"牢骚"。这对我们底工作一定有很大的好处。

三、"必然性""天塌不下来"与"小事情"

"我们底阵营存在于黑暗的旧社会，因此其中也有黑暗，这是有必然性的。"对呀，这是"马克思主义"。然而，这只是半截马克思主义，还有更重要的后半截，却被"主观主义宗派主义的大师"们忘记了。这后半截应该是：在认识这必然性以后，我们就须要以战斗的布尔塞维克能动性，去防止黑暗底产生，削减黑暗底滋长，最大限度地发挥意识对存在的反作用。要想在今天，把我们阵营里一切黑暗消灭净尽，这是不可能的；但把黑暗削减至最小限度，却不但可能，而且必要。可是，

"大师"们不惟不曾强调这一点,而且很少提到这一点。他们只指出"必然性"就睡觉去了。

其实,不仅睡觉而已。在"必然性"底借口之下,"大师"们对自己也就很宽容了。他们在睡梦中对自己温情地说:同志,你也是从旧社会里出来的呀。你灵魂中有一点小小黑暗,那是必然的事,别脸红罢。

于是,我们在那儿间接助长黑暗,甚至直接制造黑暗!

在"必然性"底"理论"之后,有一种"民族形式"的"理论"叫做"天塌不下来"。是的,天是不会塌下来的。可是,我们底工作和事业,是否因为"天塌不下来"就不受损失呢?这一层,"大师"们底脑子绝少想到甚至从未想到。如果让这"必然性""必然"地发展下去,则天——革命事业的天——是"必然"要塌下来的。别那么安心罢。

与此相关的还有一种叫做"小事情"的"理论"。你批评他,他说你不应该注意"小事情"。有的"大师"甚至说,"妈底个 ×,女同志好注意小事情,现在男同志也好注意小事情!"是呀,在延安,大概不会出什么叛党叛国的大事情的,但每个人做人行事的小事情,却有的在那儿帮助光明,有的在那儿帮助黑暗。而"大人物"生活中的"小事情",更足以在人们心里或是唤起温暖,或是引起寂寞。

四、平均主义与等级制度

听说,曾有某同志用与这同样的题目,在他本机关底墙报上写文章,结果被该机关"首长"批评打击,致陷于半狂状态。我希望这是传闻失实。但连稚弱的小鬼都确凿曾有疯狂的,则大人之疯狂,恐怕也不是不会有的事。虽然我也自觉神经不像有些人那么"健康",但自信还有着足够的生命力,在任何情形下都不至陷于疯狂,所以,敢继某同志之后,也来谈平均主义与等级制度。

共产主义不是平均主义(而且我们今天也不是在进行共产主义革命),这不需要我来做八股,因为,我敢保证,没有半个伙伕(我不敢写"炊事员",因为我觉得这有些讽刺画意味;但与他们谈话时,我底理性和良心却叫我永远以最温和的语调称呼他们"炊事员同志"——多么可怜的一点温暖呵!)会妄想与"首长"过同样的生活。谈到等级制度,问题就稍微麻烦一点。

一种人说:我们延安并没有等级制度;这不合事实,因为它实际存在着。另一种人说:是的,我们有等级制度,但它是合理的。这就需要大家用脑子想一想。

说等级制度是合理的人,大约有以下几种道理:(一)根据"各尽所能,各取所值"的原则,负责任更大的人应该多享受一点;(二)三三制政府不久就要实行薪给制,待遇自然有等差;(三)苏联也有等级制。

这些理由,我认为都有商量余地。关于一,我们今天还在艰难困苦的革命过程中,大家都是拖着困惫的躯体支撑着煎熬,许许多多人都失去了最可宝贵的健康,因此无论谁,似乎都还谈不到"取值"和"享受";相反,负责任更大的人,倒更应该表现与下层同甘苦(这倒是真正应该发扬的民族美德)的精神,使下层对他有衷心的爱,这才能产生真正的铁一般的团结。当然,对于那些健康上需要特殊优待的重要负责者,予以特殊的优待是合理的而且是必要的,一般负轻重要责任者,也可略予优待。关于二,三三制政府的薪给制,也不应有太大的等差;对非党人员可稍优待,党员还是应该保持艰苦奋斗的优良传统,以感动更多的党外人士来与我们合作。关于三,恕我冒昧,我请这种"言必称希腊"的"大师"闭嘴。

我并非平均主义者,但衣分三色,食分五等,却实在不见得必要与合理——尤其是在衣服问题上(笔者自己是有所谓"干部服小厨房"阶层,葡萄并不酸),一切应该依合理与必要的原则来解决。如果一方面害病的同志喝不到一口面汤,青年学生一天只得到两餐稀粥(在问到是否吃得饱的时候,党员还得起模范作用回答:吃得饱!);另一方面有些颇为健康的"大人物",作非常不必要不合理的"享受",以致下对上感觉他们是异类,对他们不惟没有爱,而且——这是叫人想来不能不有些"不安"的。

老是讲"爱",讲"温暖",也许是"小资产阶级感情作用"吧?听候批判。

三月十七日

(选自《解放日报》1942 年 3 月 13 日、23 日,署名"实味")

周瘦鹃

爱 的 供 状

年华似水,不知不觉地流去了四十九年,一年年的玩岁愒日,居然也活到五十岁了。要是把我这本人生账簿一页页地翻开来,查一查账;那么这四十九年间没有存项,只有负债,负了父母的债,负了儿女的债,负了国家社会的债,负了亲戚师友和爱我者的债,简直没有清偿的一天。人家于学问或有专长,于事业或有成就,其上也者,有所谓立德,立功,立言;说也惭愧,我却是一无所长,一无所就,也一无所立。倘依照着"五十而知四十九年之非"这句话说起来,那么我这本人生账簿上,真可写上四十九"非"字的。不过有一件事,是我所绝对的不以为非,而绝对的自以为是的,那就是我从十八岁起,在这账簿的"备要"一项下,注上了一页可歌可泣的恋史,三十二年来刻骨铭心,牵肠挂肚,再也不能把它抹去,把它忘却;任是我到了乘化归尽之日,撒手长眠,一切都归寂灭,而这一页恋史,却是历劫长存,不会寂灭的。我平生固然是一无所长,一无所就,也一无所立;只有这一回事,却足以自傲,也足以自慰。我虽已勘破了人生,却单单勘不破这一回事;也就是这一回事,维系着我的一丝生趣,使我常常沉浸于甜蜜温馨的回忆之中,龚定公《写神思铭》中所谓较温于兰蕙的心灵之香,绝媚乎裙裾的神明之媚,都让我恣情的享受,直享受了三十二年。

如此说来,我倒像是情天中一位无忧无虑的快乐神仙了。不!不!我可还没有那么大的福分;恋爱之不能无苦痛,正如玫瑰之不能无刺。最初的六年,因为局势已定,无力回天,自幼儿订定的婚约,把她一生的命运支配了,我那一颗空洞洞的心,老是被苦痛煎熬着,是一种搔爬不着而又没法疗治的苦痛。彼此因为在旧礼教压迫之下心虚胆怯的缘故,只是借微波以通辞,假尺素以达意,从没有敢会一次面,说一句话,若有情,若无情,老是在这样虚悬的苦痛中煎熬下去。于是病魔乘隙而进,接连的侵袭着我,贫血病啊,肝胃病啊,神经衰弱啊……不一而足;工愁必善病,竟成了一个固定的方式,我对于恋爱,总算付出了不小的代价。到得六年以后,一个已罗敷有夫,一个也使君有妇,那分明应当忏除绮障,摆脱这一年年煎熬着的苦痛了。谁知道苦痛竟如附骨之疽,没法儿把它拔去,并且双方都是一样;同病相怜之余,就不得不求个互相安慰的方法,尤其是她,为了遇人不淑,非得到安慰不可,于是竟邀相约的偷偷地会晤起来,借着物质上耳目口腹之娱,稍稍忘却了精神上的苦痛。可是情感因接触愈多而愈加进展,又为了这不可弥补的缺憾而愈加苦痛。尤其是这情痴的我,直痴得像古时抱柱守信的尾生,痛哭璠璠的王生一样,更陷到了苦痛的深渊中去,不可自拔。有时虽也跟朋友们踏进歌台舞榭,在人前有说有笑,像个没事人儿一般,其实内心所感受到的恋爱之苦,恰似毒弹入骨,常在隐隐作痛呢。到了无可告语,无可申诉之时,便诉之于笔墨,一篇篇的小说啊,散文啊,一首首的诗啊,词啊,都成了我用以申诉的工具,三十二年来,也不知呕过了多少心血。平日间独个儿坐想行思,总觉得有一个婷婷情影,兀自往来于心头眼底;而我那些作品的字里行间,也就嵌着这一个亭亭情影,呼之欲出。又为的西方紫罗兰花是伊人的象征,于是我那苏州的故居定名为"紫兰小筑";我的书室定名为"紫罗兰庵";我的杂志定名为《紫罗兰》、《紫兰花片》;我的小品集定名为《紫兰芽》、《紫兰小谱》,我的丛书定名为《紫罗兰庵小丛书》,更在故园的一角,叠石为"紫兰台",种满了一丛丛的紫罗兰,每当阳春三月花开如锦的时节,我就天天痴坐在那里,尽着领略它的色香,而心头眼底的那个亭亭情影,又仿佛在花丛中冉冉涌现出来,给我以安慰。

　　有几位知道我底细的老友,都在笑我太痴了,善意地劝慰我道:"你有一个慈母贤妻和孝顺儿女所构成的美满家庭,难道还不能满足么?以前种种,也可以看开些了。"是的,我不能否认,我有一个很美满的家庭,母慈,妻贤,儿女孝顺,我就在他们的温情之下,过了二十多年安定的生活,我很感激他们给予我无限的温情,才得延长了我的生命,不然,这烦恼的世界上早就没有我了。尤其是我的妻!凤君,真是一位标准的贤妻良母,委曲求全的体贴备至;我最初就没有瞒过她,在她过门后的第三天上,很坦白地把我的恋史和盘托出,她虽不免因爱生妒,可是对于我也渐渐地表示同情;而我对于她呢,早年在亲戚家遇见她时本已有了深刻的印象,并不是单凭媒妁之言的结合,所以我是始终爱重她的。可是我那另一个爱的根荄,实在在我的心坎中种得太深了,总也不能拔去,这真是无可奈何的事!记得民国二十六年秋间避兵皖南屏山村时,曾有过这么一首《慰闺人》的诗:"情丝著体年方少,慧剑难挥万绪纷,我有双心分两室,渠侬占———归君。"这就足见我的一片苦心了。

　　有人说:"几百年的老树,也有被大风连根拔起的,你那另一个爱的根荄,岂有不能拔去之理?"是啊!几百年的老树确有被大风连根拔起的事,只因它的本干和根部已被蛀虫蛀空了的缘故;而我那爱的根荄,却是一年年把我的心血眼泪做肥料,随时随刻的浇灌着;把她的深情蜜意做土壤,随时随刻的培养着;因此早就根牢固实了,那里还有拔去的可能?要是我真的是失恋的话,那么一了百了,倒也死了这条心了,叵耐偏偏不是"失"而是"得",所得的是一颗热烈的心,一颗百折不回的心。身子虽被别人占有了,却还抵死挣扎着替我苦守了一年,直守到我结了婚。今生是牺牲定了,却愿意死心塌地,做我一辈子的未婚妻。这是民国十六年七月十一日一封沥血剖心的千言长信中所吐露的两点,也是她十多年来破题儿第一遭赤裸裸的陈诉;我只索捧着那一叠信笺流泪,感动得四肢百体都震颤起来。十六年来,我把这封信熏香什袭的珍藏着,瞧作一件无价之宝,任是这几年在颠沛流离之中,从没有离开过它,将与其他的几件信物,作为我将来的殉葬品。唉!"春蚕到死丝方尽,蜡炬成灰泪始干",这是唐代诗人李义山的名句,也就是我对于一般劝慰我的朋友们提出一个综合的答案。

　　从此以后,我的精神上得到了莫大的安慰,我那郁塞的心顿时开朗了,我好似得到了新生,一天天地从悲观中转变到乐观中来了。自己常在这样暗暗地想:我即使不齿于社会,见弃于世人,被剥夺了一切的一切;然而我已稳稳获得了一位天人的热烈的心,真挚的爱,人世间还有甚么比这个更可宝贵的呢?于是我不想忏情,不想忘情,也不想逃情了;只是在相思无奈时,要筹维一个寄情之法,寄情于花木鱼鸟,寄情于书画古董,借此安顿身心,得少佳趣。这些年来,身遭玄黄之劫,不得已而背井离乡,连那握手言欢的伊人,也已远隔云山,欲觅不得,只索向梦里寻去,有时梦里也寻不到,那就又沉浸于甜蜜温馨的回忆中去了。风和日丽之辰,月明星稀之夜,我往往独坐在一角小楼中,对着炉香,一瓶花,一盆树,沉沉地想着,仅是想那过去的陈陈影事,一件件在笔尖上抒写出来,仿佛有人亭亭、依依于襟袖之间,不由得荡气回肠,如痴如醉;积渐地写成了一百首《记得词》,如今就把它作为我一生的爱的供状,也作为我五十自寿的纪念。

有人说:"这是非常时期的非常时期,你却偏有闲情,发表这些靡靡之音的篇什,难道不怕清议么?"我却毅然决然的答道:"是啊,我只知恋爱至上,不知道什么叫做清议!"嘲笑谩骂,一切唯命。当年朱竹垞氏编定诗集,有人劝他删除风怀百韵;朱氏却回绝他说:我宁不食两庑肉,不愿删去风怀诗。小子无状,正同此心,何况这不是科举时代,何况我又没有这"食两庑肉"的资格呢?不过我敲诗拈韵,只有短短六七年的历史,说不到什么工力,无非借它抒写性灵罢了。

附:紫罗兰信件之一(残)

……顷由黄妈来此传言种种,具见盛情,无任感佩。萍自顾无一异人之处,足招天忌者,何苍苍者亦不吾察耶?清夜扪心,觉予自有生以来,未尝作何昧心事,是或前生宿孽耳。今予亦不复他怨,惟自恨不幸而已耳。闻吾友已悟透一切,慰何如之。来岁欣逢吉席,予或能忝与其盛乎?闻胡女士才貌俱佳,萍深为吾友贺也。令堂得此佳儿妇,相依膝下,自当笑口常开,不被他人羡煞耶!吾侪二年友谊,予已告诸家兄矣,此后当谨遵前约,时复予吾友以书,未识足下其愿乎?前拟以薄物数件相赠,聊作酬答之意,乃以乏便中止。今拟倩黄妈奉上。惟是物轻意重,尚祈哂而纳之,是为至幸耳。萍拟于下月初返舍小住数天,如蒙赐函,乞于初四五日邮寄下亦可。苟吾友谨守前约,不复予以书者,萍亦不敢相责也。而足下并予书亦不愿复见者,则不妨作最后之函以告吾,萍亦当乐从之也,不胜企盼之至。即请

文安　　并祈

阖潭安好

友萍敬上

薄物数件拟于下星期日奉上,又及。

(原载《紫罗兰》1944 年第 13 期)

孙 犁

织 席 记

真是一方水养一方人。我从南几县走过来,在蠡县、高阳,到处是纺线、织布。每逢集日,寒冷的早晨,大街上还冷冷清清的时候,那线子市里已经挤满了妇女。她们怀抱着一集纺好的线子,从家里赶来,霜雪黏在她们的头发上。她们挤在那里,急急卖出自己的线子,买回棉花;赚下的钱,

再买些吃食零用，就又匆匆忙忙回家去了。回家路上的太阳才融化了她们头上的霜雪。

到端村，集日那天，我先到了席市上。这和高、蠡一带的线子市，真是异曲同工。妇女们从家里把席一捆捆背来，并排放下，她们对于卖出成品，也是那么急迫，甚至有很多老太太，在乞求似的招唤着席贩子："看我这个来呀，你过来呀！"

她们是急于卖出席，再到苇市去买苇。这样，今天她就可解好苇，甚至轧出眉子，好赶制下集的席，时间就是衣食，劳动是紧张的，她们的热情的希望永远在劳动里旋转着。

在集市里充满热情的叫喊、争论。而解苇、轧眉子，则多在清晨和月夜进行。在这里，几乎每个妇女都参加了劳动。那些女孩子们，相貌端庄地坐在门前，从事劳作。

这里的房子这样低、挤、残破。但从里面走出来的妇女、孩子们却生得那么俊，穿得也很干净。普遍的终日的劳作，是这里妇女可亲爱的特点。她们穿得那么讲究，在门前推送着沉重的石砘子。她们的花鞋残破，因为她们要经常在苇子上来回践踏，要在泥水里走路。

她们，本质上是贫苦的人。也许她们劳动是希望着一件花布褂，但她们是这样辛勤的劳动人民的后代。

在一片烧毁了的典当铺的广场上，围坐着十几个女孩子，她们坐在席上，垫着一小块棉褥。她们晒着太阳，编着歌儿唱着。她们只十二三岁，每人每天可以织一领丈席。劳动原来就是集体的，集体劳动才有乐趣，才有效率，女孩子们纺线愿意在一起，织席也愿意在一起。问到她们的生活，她们说现在是享福的日子。

生活史上的大创伤是敌人在炮楼"戳"着的时候，提起来，她们就黯然失色，连说也不能提了，不能提了。那个时候，是"掘地梨"的时候，是端村街上一天就要饿死十几条人命的时候。

敌人决堤放了水，两年没收成，抓夫杀人，男人也求生不得。敌人统制了苇席，低价强收，站在家里等着，织成就抢去，不管你死活。

一个女孩子说："织成一个席，还不能点火做饭！"还要在冰凌里，用两只手去挖地梨。

她们说："敌人如果再呆一年，端村街上就没有人了！"那天，一个放鸭子的也对我说："敌人如果再呆一年，白洋淀就没有鸭子了！"

她们是绝处逢生，对敌人的仇恨长在。对民主政府扶植苇席业，也分外感激。公家商店高价收买席子，并代她们开辟销路，她们的收获很大。

生活上的最大变化，还是去年分得苇田。过去，端村街上，只有几家地主有苇。他们可以高价卖苇，贱价收席，践踏着人民的劳动。每逢春天，穷人流血流汗帮地主去上泥，因此他家的苇才长得那么高。可是到了年关，穷人过不去，二百户穷人，到地主家哀告，过了好半天，才看见在钱板上端出短短的两截铜子来。她们常常提说这件事！她们对地主的剥削的仇恨长在。这样，对于今天的光景，就特别珍重。

一九四六年

（选自《冀中导报》1947 年 3 月 10 日）

戏 剧

田 汉

获 虎 之 夜

人 物　魏福生——富裕的猎户。

　　　　魏黄氏——魏福生妻。

　　　　莲　姑——魏福生独生女。

　　　　祖　母——莲姑的祖母。

　　　　李东阳——邻人,甲长。

　　　　何维贵——李的亲戚,农夫。

　　　　黄大傻——莲姑表兄。

　　　　屠大、周三、李二——魏家所雇的长工。

时　间　辛亥革命后某年的一个冬夜。

地　点　长沙东乡仙姑岭边一山村。

布　景　魏福生家的"火房"(即乡下人饭后的休息室,客人来时的应接室,冬夜一家人围炉向火处)。

〔开幕时魏福生坐炉旁吸水烟。其母老态龙钟坐在草围椅上吸旱烟。福生之妻正泡茶。莲姑,十八九岁,山家装束而不掩其美,将泡好的茶用盘子托着先奉其祖母,次奉其父,然后走出"火房"送给她家的佣工们。魏福生目送其女出去,对其妻低语。

魏福生　莲儿嫁到陈家里去不取第一也要取第二,他家那样多的媳妇,我都看见过,就人物讲,很少及得我们孩子的。

魏黄氏　(感着一种母亲的夸耀)前几天罗大先生也这样说呢。费去了好多心血总算替她挣了这点点陪奁。要不然,单只模样儿好,陪奁太少也还是要遭妯娌们看不起的。

魏福生　也当感谢仙姑娘娘,难得这几年运道还好,新近又一连打了两只虎。不然,事情哪有这样顺手?

魏黄氏　(因而想起)铳装好了没有?

魏福生　装好了,还没有上线。等再晚一点,把线上好,今晚准不会落空的。

魏黄氏　只要再打到一只,莲儿又可以多添一样嫁妆了。我还想替她到城里去买一幅锦缎被面和一个绣花帐檐子。没有多少日子就要过门了,不赶快办,怕来不及。

魏福生　若是再打到了一只大点儿的,也不必抬到城里去请赏了,就把皮剥下来替莲儿做一床褥子,倒也显得我们猎户人家的本色。我打第一只虎的时候,就有这个意思。莲儿,你……莲儿怎么不进来?

魏黄氏　(微笑)八成是听得说她的事,不好意思,回到自己房里去了吧。

魏福生　她这一向还好,从前她真是不听话,几乎把我气死了。

魏黄氏　我也何尝不气,只是听得她晚上那样哭,我又是恨,又是可怜她……到底是我身上的肉啊。(想了想)那颠子还在庙里吗?

魏福生　唔。还在庙里,还住在戏台下面。本想把他驱逐出境,可是地方上见他年纪轻,少爹没娘的,也并不为非作歹,都不肯赶他,我也不好把我的意思说出来。

魏黄氏　真是这些时候也没有见他打我们门口走过了。

魏福生　大约是挨了我那一次打,就不敢再来了。那种颠子单骂他一两句,他是不怕的。

祖　母　那孩子也真可怜啊。你骂他一两句,要他以后别来了,不就够了,打他做什么呢?

魏福生　你老人家哪里晓得,那孩子看去好像颠颠傻傻的,对莲儿可一点也不傻。起初我让他跟莲儿一块儿玩,不大管他,后来长大了,还天天来找莲儿,莲儿仿佛也离不开他,我才晓得坏了。那时颠子的娘刚死不久,我荐他到田家墩王家看牛。他说他不愿到那么远的地方去,又说他虽是无家可归了,但不愿离开仙姑岭。打那时候起,他就在庙里的戏台底下过日子。可怜也实在可怜,可一想到他害得莲儿不肯出嫁,怎么叫我不恼火!

魏黄氏　好了。现在也不必恨他了,反而叫我们给莲儿选了家好人家。

魏福生　(忽然想起)喂,前天莲儿到哪里去来?

魏黄氏　同下屋张二姑娘到拗背李大机匠家里去来。我要她送几斤虎肉给他,顺便问他那匹布织完了没有。

魏福生　以后要屠大爷送去好哪,姑娘家不要到外面跑。我仿佛看见她打那一边岭上下来的呢。

魏黄氏　你为什么问起这事?

魏福生　莲儿有好久没有出门,我怕她又跑到庙里去。

祖　母　到庙里去敬敬菩萨也不要紧啊。

魏福生　敬敬菩萨自然没有什么,就怕她又去会那颠子。

魏黄氏　有张二姑娘跟着她呢。再说,莲儿自从定了人家,早已把那颠子忘了。

魏福生　但愿那样就好。

　　　　〔此时外面有人声对语。李东阳带何维贵来访魏福生,屠大迎接他们。

屠　大　(在内)哦!李大公来了。请进。

李东阳　(在内)哦,大司务,福生在家吗?

屠　大　(在内)在火房里坐。请进。

　　　　〔屠大登场。

屠　大　客来了。(退场)

　　　　〔李东阳、何维贵登场,魏福生等起迎。

李东阳　魏老板!

魏福生　哦,甲长先生来了。请坐,请坐。这位是谁?

李东阳　这是舍亲,姓何,住在塅里。

魏福生　哦,何大哥。几时进坤来的?

何维贵　下午来的。

李东阳　他是今天下午进坤的。他们家几代住在塅里,难得到坤里来。他是我侄郎的哥哥。前回
　　　　我到塅里去"散事",在他家住了一晚。谈起坤里柴火怎么多,坡土怎么好,怎样晚上可以
　　　　听得老虎豹子叫,又谈起你们家新近打了两只老虎,于今一只抬到城里请赏去了,还有一
　　　　只关在笼子里,他们家里人没有见过老虎,都想来看看。这位老哥,尤其动了意马心猿,
　　　　非同我来不可。我只好带他来。

何维贵　(忽听得什么叫,忙着扯住李东阳手)嗳呀,这这是不是虎叫?

　　　　〔魏福生同家人皆笑。

魏福生　这不是虎叫,这是后面猪圈里猪叫。

李东阳　……第二次打的老虎也抬到城里去了吗?

魏福生　抬去四五天了。

李东阳　怎么你没有去?

魏福生　我没去,要老二去了,顺便办一些货回来。我在家里还有些事情。

李东阳　那么,维贵,你来得不凑巧。你那样要看老虎,好容易到坤里来,老虎又抬走了。

魏黄氏　(一面献茶与客)真是,何大哥,你早五六天来就好了。嗳哟,没有抬走的时候看的人真多
　　　　啊!抬走之后两三天还有好些人赶来看,都扑个空回去了。周家新屋的三太太从城里回,
　　　　也来看虎,她靠近笼子站着,听得虎一吼,身子往后一仰,两手这样往前一拍,手上一对玉
　　　　钏子,啪!全砸碎了。

何维贵　嗳呀,好凶!

李东阳　(笑了)你家捉了老虎的事,真传得远,连春华市那一边都知道了。那地方的都总太太都
　　　　想来看一看呢,可惜你们急着把老虎送到城里去了。

魏福生　不要紧。今晚若是运气好,还可以打一只,就怕捉不到活的。

李东阳　为什么?又装了陷笼啦?

魏福生　不是陷笼,是抬枪,只等人静一点,就要上线呢。

李东阳　装在什么地方?

魏福生　装在后面岭上。

李东阳　那里没有人走吗?

魏福生　这么晚谁还跑那边岭上去,再说,谁都知道昨天已经发了山。

李东阳　那么恭喜你今晚上又打一只大老虎,该请我喝一杯喜酒吧。

魏福生　那自然哪。莲儿就是这几天要过门了。今晚上再打一只老虎,我一定把喜酒办得热热闹
　　　　闹的,请甲长先生多喝几杯。

李东阳　哦,不错,听说莲姑娘就是这几天要出门子了。我还没有预备一点添箱的礼物哩。

魏黄氏　嗳呀,大公不要费心了。前天承大娓驰送来了一个布,两个被面,我们已经不敢当得很哩。

李东阳　哪里的话,正应,正应。陈家几时过礼?

魏黄氏　初一过礼。

李东阳　你们这头亲事真是门当户对,不要说在我们这门前上下,就是在全乡里也是少有的。

〔屠大登场。

屠　大　大老板,我们可以上线去了吧。

　　　　〔此时房里久已点灯。炉中柴火熊熊。

魏福生　(起视窗外)可以去了。你们得小心点啊。

屠　大　晓得。

李东阳　你们家这位屠司务真是个好人。

魏福生　哼。他做事靠得住。

魏黄氏　有一句讲一句,屠司务真是个老实人。他在我们家做了五六年长工,从来没和我们闹过半句嘴。哦……我记起来了,你们二姑娘不也要出阁了吗?

李东阳　嗯。明年三月安排把她嫁到金鸡坡侯家去。

魏黄氏　侯家!那真是好人家呀。三十几人吃茶饭,长工都请了七八个。二姑娘嫁到那样的人家真是享福啊。

李东阳　嗨,分得她有什么福享?不过可以不挨饿就是了。他家的儿媳妇是有名的不好当的:要起得早,睡得晚,纺纱绩麻,烹茶煮饭,浆衣洗裳不在讲,还得到坡里栽红薯,田里收稻子,一年到头忙得个要死,若是生了个一男半女就更麻烦了。

魏黄氏　不过这样的人家才是真正的好人家啊。越是一家人勤快,省俭,越是兴旺。

李东阳　是。我也正是取他们家这一点,才把二姑娘看到他家去的。她的娘疼爱女儿,听说侯家里是那样的人家,起初还不肯回红庚呢。

祖　母　福生,你叫胡二爷到柴屋里去弄些硬柴来。今晚若是打了老虎还有好一会耽搁呢。

魏福生　我自己去吧。(起身出门)

李东阳　娭毑,你老人家真健旺得很。

祖　母　咳,讲给大公听,到底上年纪了,不像从前那样结实了啊。

何维贵　你老人家今年高寿是?

李东阳　你猜猜看。

何维贵　我看……跟我的娭毑上下年纪吧?

魏黄氏　你的娭毑有多大年纪了?

何维贵　今年七十五岁。

魏黄氏　那么比她老人家还小一岁。

李东阳　他的娭毑也健旺得很。我早几天在他家里,还见她老人家替孙子绣兜肚呢。

魏黄氏　我的娭毑眼睛不如从前了,可就是脚力好。仙姑殿那样陡的山坡,她老人家还爬得上去。

李东阳　我们后班子[①]真不及老班子啊。

魏黄氏　是啊。

祖　母　我们算什么,没有见你的公公呢。他老人家八十岁那年,还跟后班子赌狠,推起两石谷子上山呢。

何维贵　嗳呀,好健旺!我怕都做不到。

祖　母　你们十八九岁的人,"出山虎子",正是出劲的时候,有什么做不到。

---

①　班子即辈之意。

〔魏福生抱柴来，放在火炉弯里。

魏福生　你们讲什么？

李东阳　我们正谈起现在这班年轻人还不及老班子有气力。

魏福生　这是实在的话。就拿我们猎户讲，现在的人哪里及得老一辈，不过器械方法比从前精巧
　　　　些罢了。

何维贵　魏老板，你府上从前那两只老虎是怎样打的呢？

魏福生　说起来，也有趣得很。我们去年也打过几只，可没有今年这两只来得容易。第一只尤其
　　　　是意外之财，那时我家刚做好一只陷笼，还没有抬到山上去，就把它放在猪圈后面，把门
　　　　子打开，只望万一关只把小野物。不料睡到半晚，忽然听得猪圈里乱动起来，接着是几声
　　　　扯锯子似的吼叫。我们赶忙爬起来，拿了猎枪，虎叉，掌起灯，往猪圈后面一看时：原来笼
　　　　子里关了一只大老虎。这老虎打我们屋边经过，听得猪叫，想来吃猪，没有别的路，就打
　　　　笼子里钻进来，使劲爬猪圈，机关一动，拍嗒！后面的门就关下来了。有了这次的好处，
　　　　后来我们又做了一个笼子，比前一个还要巧，装在那边岭上的树乱里，四周都用树枝子盖
　　　　好，只留一条进路。笼子后面放些猪羊鸡鸭之类，都捆了腿子，让它们在里面乱踢乱叫。
　　　　冬天里的饿老虎，打岭上经过，听得树乱里有生物叫，还有个不钻进去的？果然第三天晚
　　　　上，我们又装了一只，这就是五天前抬到城里请赏的那一只。

何维贵　打虎这样容易吗？

魏福生　哪里会都这样容易！这不过是我走运罢了。你们走过的仙姑岭左边不是有一个长坡吗？
　　　　那里原先不是像现在这样的光坡，是一带深山老林。近处的人知道那里边有老虎窝，谁
　　　　也不敢去砍柴，因为长远没有人砍伐，那一带林子就越长越密，深得不见天日。后来里面
　　　　虎多了，常常出来侵害附近人家的牲口，到了晚上常听得有老虎吼叫，近边人家都不敢安
　　　　心睡觉。后来把长坡易四聋子的儿子也咬去了。易四聋子是我们乡里有名的猎户，他们
　　　　夫妇就单生这个儿子，宠得跟性命一样，一旦给虎咬去了，那还受得了？他发誓要杀尽这
　　　　一坡的老虎。他有个朋友姓袁，也是个有名的猎户，人家叫他袁打铳，也愿意帮他给地方
　　　　除害。易四聋子每天背着猎枪，提着刀，到坡里找，有一天果然被他找出了一条路，照那
　　　　条路走进去，就到了老虎窝。一看，母虎不在，只剩下了四个小虎在窝里跳。虎窝旁边还
　　　　有一堆小孩子的头腿，肉都啃没了。易四聋子不看犹可，一看见这堆骨头他又是伤心，又
　　　　是冒火，一阵乱刀就将那几只小老虎都砍死在窝里。易四聋子知道母老虎一定要报复的。
　　　　第二天就邀袁打铳跟许多猎户来围山。那天那母虎回来见小老虎都死了，整整吼了一夜。
　　　　第二天他们围山的时候，它坐在窝里等着。……

〔忽闻许多猎犬声，屠大和二三伙友从山上回来。

〔屠大、周三登场。

魏福生　装好了吗，屠大？

屠　大　全都装好了。

魏福生　山上有人走吗？

屠　大　这个时候什么人会走到那样的岭上去？

魏黄氏　屠大爷，周三爷，快来烘一烘，今晚冷得很哩。

周　三　也不怎么冷。

〔魏黄氏折些带叶的干柴,烧起熊熊的火来。屠大、周三二人烘着。

李东阳　屠大爷你的衣袖子烂得不成样子了。

魏黄氏　昨天我要他交给莲儿缝补缝补,他又不肯。

屠　大　我的衣哪里敢烦莲姑娘补呢?反正在山里干活的人别想穿一件好衣,就有件把好衣,到深山里跑个三两趟,也完了。

李东阳　我老早劝屠大爷讨一个老婆,他总不听,不然,不早有人替你缝补了?

屠　大　甲长老爷,你也得体恤民情呀。像我们这样连自己也养不活的人还能养得活老婆吗?

李东阳　话虽是这样说,老婆总是要讨的。也没有见单身汉子个个有了钱,也没有见讨了老婆的个个都饿死了。我还是替你做个媒吧。

周　三　我也替你做个媒吧。

屠　大　(笑向周三)你替我做个什么媒呀,你有什么姑子要嫁给我呢?

周　三　这姑娘你也见过的,就是后屋朱太太的大小姐。

屠　大　后屋有什么朱太太?

〔魏福生和魏黄氏早笑了。

屠　大　哦,(打周三)你这坏蛋。

魏福生　喂,屠大爷,你快去把器械安排好。等一会就要用呢。

屠　大　好。周三爷你赶快替我磨刀去。

〔屠大、周三下场。

李东阳　今晚上一定又该你发财呢。

魏福生　哈哈,这些事也要靠运气。法子总得想,能不能到手可说不定。这回叫"谋事在人,成事在天"哩。

何维贵　第二天又怎么样呢,魏老板?

魏福生　(突如其来,摸不着头脑)第二天?

何维贵　第二天他们去围山,捉到那只老虎没有呢?

魏福生　啊,你是说易四聋子打虎啊。对,第二天易四聋子就邀了袁打铳跟本地好几位有名的猎户去围山。易四聋子跟袁打铳奋勇当先,照着他昨天找到的那条路,一步步逼近老虎窝,等到相隔不远的时候,见那只母老虎正按着爪子等他,这真叫"仇人见面",他举起枪,瞄准老虎头上就是一枪。老虎听得枪一响,照着枪烟,一个蹿步扑过来。易四聋子本想趁势刺它的肚子,但是来不及了,老虎扑到他的头上来了。他丢了手里的东西一把抱住母老虎的腰,把头紧紧地顶住它的咽喉,把两只脚紧紧地撑住它的后腿,任凭它怎样的摆布,他只是死命地抱着它不放。易四聋子的好朋友袁打铳,跟其他猎户们,救也不好,不救也不好。袁打铳隔得近,爬到树上,对准那老虎打了两枪,老虎打急了。等到第三枪,它就地一滚,那枪子打在易四聋子的腿上,虽然没有打中要害,但痛得他把腿一缩,头上也不由得松下来。那老虎趁这工夫大吼了一声,把易四聋子的脑袋咬了半边,几跳几蹿地就跑出去了。因为势子太凶了,猎户们谁也不敢挡它的路。袁打铳一面收拾他朋友的遗体,一面发誓除掉那只老虎,替他朋友报仇。从此以后,他就时常一个人背着枪,去找那只老虎。后来也打了好几只虎,可始终不是咬他朋友的那一只。他有一个儿子,叫友和,十四五岁了。袁打铳怕他死了之后他朋友的仇不能报,常常把母老虎的样子对友和说,要他长大了也做一个猎户,务必找到这只老虎,把它打死,祭他朋友的灵,才算孝子,因此友和心目中也常常有这么一只虎。

何维贵　他的儿子后来打到这只虎没有呢?

魏福生　你听哪。第二年春二月间,友和跟几个小朋友到枫树坡去寻惊蛰菌,这个坡里也因为林子深,没有人敢去砍柴,地下树叶子落得厚,每年结的菌子也最多。这些小孩越取越多,越多越高兴,就不顾危险往林子深处钻。正拣得高兴的时候,忽然一个小孩吓得叫也不敢叫出来,拼命地扯起他们跑。他们问:"看见什么啦?"他说:"有虎!"听得有虎,大家都往外跑,把取下来的菌子撒满了一地。可是跑了好一阵,却没见什么东西追出来,瞧有虎的那边林子,一点响动也没有。他们都奇怪。内中有大胆的就再跑到林子里去偷看,袁友和也是一个。一看林子里有一块小小空地,空地上坐着一只刚才吓得他们乱跑的大老虎,嘴里还咬着一块什么东西,两只眼珠鼓得有茶杯那样大,可是它不动,连哼也不哼一声,听听,好像连气息也没有。袁友和胆子最大,拣起一块小石头照那老虎头上一扔,打个正着,可它还是不动。袁友和知道世界上没有这样好脾气的老虎,一看它的头上还有一两处伤哩,心里早想起他爹爹时常对他说起的那只母老虎。他告诉那些小朋友,可是谁也不敢走近那老虎,还是友和跑过去把它一推,哗啦一声就倒了。原来那只母老虎自从咬了易四聋子,带了重伤逃出来,就藏在这林子里死了,如今只剩得皮包骨头,嘴里还衔着易四聋子的半边脑壳哩。

何维贵　那么为什么它还坐着呢?

魏福生　这就叫"虎死不倒威"嘛。后来友和回去把他老子喊来一看,果然是那只老虎。袁打铳把易四聋子那半边脑壳交给他家里跟遗体一起葬了;把老虎的皮骨祭了他的灵,才算完了他一桩心事。……

〔正说到这里忽听得山上抬枪一响。

魏福生　嚇!

屠　大　(在内)枪响了。大老板!我们快去吧。

李东阳　福生,你的财运真好。这次包你又打了一只大虎了。

祖　母　若真是只老虎,那么莲儿又多添一样陪奁了。

魏福生　但愿又是只老虎,不要打了一只什么小的野物,那就不值得了。

〔屠大携猎枪、虎叉之类登场。

屠　大　不会,一定是只大虎。小野物不走那条路的。

魏福生　我也这样想。

何维贵　我们也去看看吧。

魏福生　何大哥要去看看也好。

李东阳　我也同去看看。

魏福生　(对魏黄氏)你赶快去烧好一锅水,等一下有好一阵子忙呢。

魏黄氏　我早已预备好了。

周　三　(在内)喂!去呀。

魏福生
屠　大　(同声)去呀。(各携器械退场)

魏黄氏	娭毑，你老人家睡去吧。
祖　母	还坐一会也好。等他们把虎抬回来再睡。又有好一阵子忙，我在这里烧烧火也是好的。
魏黄氏	啊呀，炊壶里没有水了。莲儿！
莲　姑	（在内）来了。

〔莲姑登场。

莲　姑	妈妈，什么事？
魏黄氏	你去添一壶水来。等一会儿他们回来了，要茶喝呢。
莲　姑	是。

〔莲姑携壶下场，旋即携一满壶水登场，依然把壶挂在火炉里的通火钩上。

莲　姑	妈，又打了一只老虎吗？
魏黄氏	屠大爷说一定是只老虎。别的野物，不走那条路的。再说，昨天不是发了山了吗？
祖　母	若是只虎，你爹爹不知该多喜欢。他说这次就不抬到城里去请赏了，要把皮剥了给你做一铺褥子。
魏黄氏	日子近了，你那双鞋还不赶快做好！
莲　姑	我不做。
魏黄氏	蠢孩子。你为什么不做？
莲　姑	我不要穿鞋了。
魏黄氏	蠢话！为什么不要穿鞋了？
莲　姑	我不要活了。（哭）
魏黄氏	胡说！为什么不要活了？
莲　姑	爹妈若是一定要我出嫁……
魏黄氏	你还嫌陈家里不好吗？
莲　姑	不是。
魏黄氏	嫌三少爷配不上你？

〔莲姑摇头不语。

魏黄氏	那么为什么又不愿意去了呢？
莲　姑	……不愿意去就是不愿意去嘛。
魏黄氏	好孩子，你先前说得好好的，怎么这会子又变卦了呢？这样的终身大事岂是儿戏得的！人家已经下了定了，你又不愿意去了。就是我肯，你爹爹肯吗？就是你爹爹肯，陈家里能答应吗？你总得懂事一点，你现在也不是七八岁的小姑娘了。放着陈家这样的人家不去，你还想到什么人家去？
祖　母	是呀。像陈家那样的人家在我们乡里是选一选二的。他家里肯要你，真是你的八字好呢。你不到他家去，还想到什么更好的人家去？就是有更好的人家，他不要你也是枉然哪。
莲　姑	我什么人家也不愿意去。我在家里伺候娭毑、妈妈不好吗？
魏黄氏	你这话更蠢了。哪里有在娘边做一辈子女儿不出门子的呢？我劝你不要三心两意的了。你只赶快把鞋子做好，别的陪奁我也替你预备得有个八成了。只候你爹爹打了这只虎，替你做床虎皮褥子，还托二叔到城里买一幅绣花帐檐，锦缎被面子，就要过礼了。你刚才这些话我原晓得你是故意跟我淘气的，你要出嫁了，你妈还能把你怎样吗？只回

头不要对你爹爹这样说，你爹爹若听见了这些话，你是晓得他的脾气的。

祖　　母　　是呀。你爹爹他若听说你不愿意，你看他会怎么样气吧。

莲　　姑　　我不管爹爹气不气，我只是不去就是了。

魏黄氏　　好，你有本事等一下对你爹说去。我懒得跟你麻烦。我要到灶屋里去了。（下）

莲　　姑　　（走到祖母前）娭毑，我……

祖　　母　　（抚之）傻孩子，你哭什么？你的命不是比你妈、你娭毑都好吗？

莲　　姑　　不。娭毑，我是一条苦命。

　　　　　　〔隐约闻外面人声嘈杂，猎犬吠声。

祖　　母　　你听，你爹爹跟屠大爷他们抬虎来了。你出阁的时候又要添一样好陪奁了。你也可以早
　　　　　　些到陈家里去享福去了。你还不到大门口去看看去。

莲　　姑　　不，我不要去看。我怕这个老虎。

祖　　母　　你又不是才看见过老虎的。怕它做什么？以前捉了活的还不怕，此刻是打死了抬回来的，
　　　　　　更不必怕了。

莲　　姑　　我怎么不怕它？它是催我的命的。

祖　　母　　瞧你，你又跟黄大傻一样地发起颠来了。

莲　　姑　　娭毑，是的，我是跟他一样颠的，我怕我会变成他那一样的颠子呢。

祖　　母　　你越说越傻了。好好的人怎么会颠？

　　　　　　〔人声、狗声愈近。

祖　　母　　好。（站起来）

　　　　　　〔众声嘈杂中闻甲长之声：“抬进去，抬进去。”

祖　　母　　你听，虎已经抬到门口来了。快去看看去。

莲　　姑　　不，我不要看。老虎进来，我就要出门子了。

　　　　　　〔人声，脚步声，猎犬吠声，已闹成一片了。

屠　　大　　（在内）顾三爷，你把大门推开些，推开些。

魏福生　　（在内）堂屋里快安排一扇门板。

李东阳　　（在内）你把脚好生抱着，抬进去。

祖　　母　　莲儿，虎抬进来了。快去看看。

莲　　姑　　不。我不要看。

　　　　　　〔人声、足步声愈近。

魏福生　　（在内）抬到堂屋里去。

李东阳　　（在内）不，抬到火房里去。

祖　　母　　你快去开门，虎要抬到火房里来了。

魏福生　　（在内）何必抬到火房里去？

李东阳　　（在内）天气冷，抬到火房里去吧。快去安置一下。

　　　　　　〔火房门开了，李二进来把左壁大竹床上的东西挪开，铺上一床棉褥，把衣服卷成一个枕
　　　　　　头，放好。李东阳进来，把椅凳移开。在莲姑和她祖母的错愕中间，魏福生和屠大早半抬
　　　　　　半抱的抬进一只“大虎”——一个十七八岁的褴褛少年。腿上打得鲜血淋漓，此时昏过
　　　　　　去了。让他们把他尸骸般的抬起放在那大竹床上。

祖　母　　怎么哪,打了人?

魏福生　　有什么说的,倒楣嘛!

李东阳　　你老人家快把火烧大一点。福生,你得赶快去请一个医生来。

魏福生　　这时候到哪里去请医生呢? 槐树屋梁六先生又上城去了。

李东阳　　不,得立刻去请一个来,他伤得很重,弄出人命来不是玩的。

魏福生　　屠大爷,那么你到文家坪文九先生那里去一趟,请他老人家务必今晚来一趟。李二爷,你
　　　　　也同去,好抬他的轿子。

　　　　　〔屠大、李二匆匆退场。

　　　　　〔魏黄氏急登场。

魏黄氏　　打了人? 打了谁呀?

魏福生　　还有谁! 还不是那个晦气。

　　　　　〔魏黄氏与莲姑的眼光都转到那褴褛少年脸上。

魏福生　　他晕过去了。快烧碗开水灌他一下。(忽注意到莲姑)莲儿快进去,不要呆在这里。

莲　姑　　(目不转睛地望着那面色灰败的少年,似没有听得她父亲的话,旋疑其视觉有误,拭目,挨
　　　　　近一看)嗳呀,这不是黄大哥? 黄大哥呀! (哭)

魏黄氏　　当真是那孩子,怎么瘦到这样了。咳,真是想不到。(起身,烧水去)

魏福生　　不识羞的东西,他是你什么黄大哥? 还不给我滚进去!

祖　母　　(起视)当真是那孩子吗?

魏福生　　不是那个颠子,这个时候谁还跑到岭上去送死? 背时人就碰上这样的背时东西。

祖　母　　伤在哪里?

魏福生　　伤了大腿。只要再打上一点,这家伙就没有命了。

李东阳　　现在还是危险得很,血出的太多。我们走近他的时候还以为是只虎,仔细一看才知道是
　　　　　他在那里乱滚。

魏福生　　他伤的那样重,见了我还跟我道恭喜呢。这个混账东西!

祖　母　　快替他收血。把他喊转来。可怜这孩子已经是个颠子了,不要又弄成个残疾。

魏福生　　(伏在少年腿边作法收血)功程太大了,不容易收。我去叫下屋李待诏来。甲长先生,请
　　　　　你替我招呼一下,我去一下就来。

李东阳　　可以。你去。这里我招呼。

魏福生　　谢谢你,甲长先生。(下去了)

莲　姑　　(等他父亲走后,挨近少年身边,寻着伤处)哦呀,伤的这么重! (摸一手的血)出这样多
　　　　　的血! 嗳呀,怎么得了! (哭。忽悟哭也无益,急起身进房)

　　　　　〔闻撕布声。

李东阳　　(对何维贵)今晚领你来看老虎,想不到看了这样一只虎。你先回去吧。我要等一下才能
　　　　　走。(送何维贵到门口)你出大门一直走,走到那株大樟树那里拐弯,进那个长坡,就看见
　　　　　我的家了。你看得见吗? 拿个火把去吧。

何维贵　　不消得,我看得见。

周　三　　我带何大哥去好哪。我还要顺便到一下李家新屋,问他们家要些药来。他们有云南白药。

李东阳　　那更好了。你对大嫂驰说,我等一下就回来。

〔何维贵、周三退场。

〔莲姑携白布和棉花一卷登场,就黄大傻侧坐。替他洗去血迹,绷裹伤处。少年略转侧,
微带呻吟之声。

莲　姑　（细声呼少年）黄大哥,黄大哥!

黄大傻　（从呻吟声中隐约吐出一种痛苦的答声）唔。

李东阳　壶里的水开了。快灌点开水。

〔黄氏冲一碗开水,俟略冷,端到黄大傻身边。祖母拿支筷子挑开他的口,徐徐灌下。

李东阳　好了,肚子里有点转动了。

祖　母　咳,这也是一种星数。

莲　姑　（微呼之）黄大哥,黄大哥。

黄大傻　（声音略大）唔。嗳哟。

祖　母　可怜的孩子,这一阵子他痛晕了呢。

黄大傻　（呻吟中杂着梦呓）嗳哟,莲姑娘,痛啊。

魏黄氏　这孩子这样痛,还没有忘记莲儿呢!

莲　姑　（抚之）黄大哥。

黄大傻　（睁开眼四望）哦呀。我怎么在这里?我怎么睡在这里?

李东阳　你刚才在山上被抬枪打了,我们把你抬到这来的。这会子清醒了一点没有?

黄大傻　好了一点。哦呀,李大公。哦呀,姑母,姑娵驰,莲姑娘。莲姑娘,我怎么刚才在山上看见
你?我当我还倒在山上呢,嗳哟。（拭目）莲姑娘,我们不是在做梦吗?

莲　姑　黄大哥,不是做梦啊,是真的。你睡在我们家火房里的竹床上。

黄大傻　是真的?……我没想到今晚能再见你啊,莲姐!听说你要出嫁了。听说就是这几天要过
门了。我想来跟你道喜,又没有胆子进这张门。我只想,只想到你出阁那天,陈家一定要
招些叫化子来打旗子的。那时候我就去讨一面旗子打了,算是我跟你道喜。是,是哪一
天?日子已经定了没有?

莲　姑　黄大哥……（哭不可抑）

〔魏福生急上。

魏福生　李待诏不在家,找了一个空,血止了一点没有?

李东阳　止了一点。莲姑娘替他裹好了。

魏福生　（见莲姑）莲儿还不进去。进去!

〔莲姑踌躇。

魏福生　还不进去,你这不识羞的东西!

莲　姑　爹爹,我今晚要看护他一晚。女儿这一辈子只求爹爹这一件事。

魏福生　他是你什么人?为什么要你看护他?他受了伤,我自然要想法子替他诊好的,不要你过
问。你还不替我滚进去!

李东阳　福生,让她招呼一下何妨呢?病人总得姑娘们招呼好些。

魏福生　甲长先生,你不大晓得这个情形。……我是决不让我女儿看护他的。第一,我就不知道
他这样晚为什么要跑到那样的岭上去送死?

李东阳　心里不大明白的人,总是这样的。

魏福生　不。你说他傻吗,他有时候说出话来一点也不傻。我真不懂他为什么老寻着我们家吵。

黄大傻　姑爹,以后我再也不要你老人家操心了。再也不到你老人家府上来了。今晚上是最末一次。真没想到今晚上又能到你老人家府上来的,更没有想到会真像受了重伤的野兽一样,倒在我小时候睡过的这张竹床上。我只想能在后山上隐隐约约地看得见这屋子里的灯光就够了。

魏福生　你为什么今晚要来看我们家的灯光?

黄大傻　不止今晚啊,姑爹,除了上两晚之外,我差不多每晚都来的。自从在庙里戏台下面安身以来,我每晚都是这样的。哪怕是刮风下雨的晚上都没有间断过。我只要一望见这家里的灯光,我就像见了亲人一样,把苦楚都忘记了。

祖　母　咳! 没有爹娘的孩子真是可怜啊。

魏福生　你既然这样想到我家来,何不好好对我说呢?

黄大傻　姑爹,我晓得我就是好好地求你老人家,你老人家也不会要我到你家里来的。我是挨过你老人家的打骂的呀!

魏福生　我打你骂你,都是愿你学好。谁叫你那样不听话呢? 我要你学木匠,你不去;要你学裁缝,你也不去;你偏要在这近边讨饭,我怎么不恨呢?

黄大傻　是的。我宁愿在这近边讨饭,我宁愿一个人睡在戏台底下,我不愿离开这个地方。哪怕你老人家通知团上要把我这个无家可归的孩子驱逐出境,我也不愿离开这个地方。

魏福生　我是怕你不务正业,才要驱逐你的呀。假如你是学好的,我何至如此?

黄大傻　嗨! 穷孩子总是要被人家驱逐的。我讲好了替上屋张家看牛,你老人家硬叫张大公辞退了我。哪里是怕我不务正业,无非害怕我接近莲姑娘罢了。

魏福生　你们听! 我早知道他是装疯卖傻的。

黄大傻　姑爹,我实在是个傻子,我明晓得没有爱莲姑娘的份儿,我偏舍不得她,我怎么不是个傻子呢? 我跟莲姑娘从小就在一块儿。那时我家里还好,你老人家还带玩带笑地说过,将来这两个孩子倒是好一对。那时我们小孩子心里也早已模模糊糊地有这个意思了。后来我爹不幸去世,家里亏空不少,你老人家已经冷了一大半。及至我妈妈也死了,家里又遭了火烛,几亩地卖光,还不够还债的,我读书的机会自然没有了。学手艺吗,也全由别人作主;今天要我学裁缝,我不愿意,逃出来,挨了一顿打骂,又拉我去学木匠。……我那时候早已晓得莲姑娘不是我的了。我去学木匠那天早晨,想找莲姑娘说几句话,都被你老人家禁止了。我只怨自己的命苦,几次想打断这个念头,可是怎么样也打不断。上屋里陈八先生可怜我,叫我同他到城里去学生意。我想这或者可以帮助我忘记莲姑娘,可是我同他走到离城不远的湖迹渡,我还是一个人折回来了。我不能忘记莲姑娘,我不能离开莲姑娘所住的地方。多亏仙姑庙的王道人可怜我,许我在庙里的戏台下面安身,我时常帮他做些杂事,碰上我讨不到饭的时候,他也把些吃剩的斋饭给我吃,我就是这样过了一年多的日子。

莲　姑　(哭)啊,大哥!

黄大傻　一个没有爹娘、没有兄弟、没有亲戚朋友的孩子,白天里还不怎样,到了晚上独自一个人睡在庙前的戏台底下,真是凄凉得可怕呀! 烧起火来,只照着自己一个人的影子;唱歌,哭,只听得自己一个人的声音。我才晓得世界上顶可怕的不是豺狼虎豹,也不是鬼,是

　　　　　寂寞！

莲　姑　（泣更哀）大哥！

黄大傻　我寂寞得没有法子。到了太阳落山，鸟儿都回到窠里去了的时候，就独自一个人挨到这
　　　　　后山上，望这个屋子里的灯光，尤其是莲姑娘窗上的灯光，看见了她的窗子上的灯光，就
　　　　　好像我还是五六年前在爹妈身边做幸福的孩子，每天到这边山上喊莲妹出来同玩的时候
　　　　　一样。尤其是下细雨的晚上，那窗子上的灯光打远处望起来是那样朦朦胧胧的，就像秋
　　　　　天里我捉了许多萤火虫，莲妹把它装在蛋壳里。我一面呆看，一面痴想，身上给雨点打的
　　　　　透湿也不觉得，直等灯光熄了，莲妹睡了，我才回到戏台底下。

莲　姑　（啜泣）啊，大哥！

祖　母　可怜的孩子，那不会着凉吗？

黄大傻　没爹少娘的孩子谁管他着不着凉呢！寂寞比病还要可怕，我只要减少我心里的寂寞，什
　　　　　么也顾不得了。一年多的风霜饥饿，身体早已不成了；这几天又得上了一点寒热，所以有
　　　　　两个晚上没有看这边窗上的灯光了。我怕到我爹妈膝下去的时候不远了，又听说莲姑娘
　　　　　就是这几天要出嫁，所以我今晚又走到这边山上来，想再望望我两晚没有望见的，或许以
　　　　　后永远望不见的灯光，不想刚到山上便绊着药绳，挨了这一枪。……我只望那一枪把我
　　　　　打死了倒好，免得再受苦了，没想到还能活着见莲姑娘一面，我挨这一枪也值得，死也死
　　　　　得过了。

莲　姑　啊，大哥！

祖　母　可怜的孩子，不想他这样爱着莲儿。

魏黄氏　可怜病得这样子又受了这样重的伤。他的娘若在世，不知怎样的伤心呢！

莲　姑　（抚着黄大傻的手）大哥，你好好睡。我今晚招呼你。

黄大傻　（欣慰极了）啊，谢谢。

魏福生　（暴怒地）不能！莲儿，快进去，这里有我招呼，不要你管。你已经是陈家里的人，你怎么
　　　　　好看护他？陈家听见了成什么话！

莲　姑　我怎么是陈家里的人了？

魏福生　我把你许给陈家了，你就是陈家的人了。

莲　姑　我把自己许给了黄大哥，我就是黄家的人了！

魏福生　什么话！你敢顶嘴？你这不懂事的东西！（见莲姑还握着黄大傻的手）你还不放手，替我
　　　　　滚起进去！你想要招打？

莲　姑　你老人家打死我，我也不放手。

魏福生　（改用慈父的口吻）莲儿，仔细想想吧，爹不是因为爱你才把你许给陈家的吗？爹辛苦半
　　　　　辈子，只有你这一个女儿，不想把你随便给人家。好容易千挑万选地才攀上了陈家这门
　　　　　亲。陈家起先嫌我们猎户出身，后来看得你人物还不错，才应允了。只望你心满意足地
　　　　　到陈家去，生下一男半女，回门来喊我一声外公，也算我没有儿子的人的福分。不想你这
　　　　　不懂事的东西存心跟我为难，可是后来你妈再三劝你，你不是已经回心转意，亲口答应
　　　　　了吗？……

魏黄氏　是呀，莲儿你自己答应了的呀。

莲　姑　爹逼得我没有法子，只好权时答应了。原想找个机会跟黄大哥商量，在过门以前逃跑的。

魏福生　唔,你居然想逃跑!

莲　姑　想逃跑。我老早就想逃跑,只是没有机会。第一次打了老虎,到我家看的人很多,我就想趁那时候逃。刚走到半山碰了屠大爷,我只好回来。后来过门的日子越近,你老人家,越不肯叫我出去。前几天借着送虎肉才同张二姑娘到仙姑殿去了一回。因为有二姑娘跟着我,不好问人,没有找着黄大哥。

魏福生　找着他呢?

莲　姑　找着他,我就约个日子同他跑。

魏黄氏　你们安排跑到哪里去?

莲　姑　跑到城里去。

魏福生　找谁?

莲　姑　找张大姐介绍我到纱厂做工去。

魏福生　唔。

莲　姑　没有想到我没有找着他,他倒先到我家来了。像受了重伤的老虎似的抬到我们家来了。身体瘦成这个样子,腿上还打一个大洞。……流了这许多血。黄大哥,可怜的黄大哥,我是再也不离开你的了。死,活,我都不离开你!

魏福生　我偏要你离开他。偏不许你们在一块……你这不孝的东西!(猛力想扯开他们的手,但他们抓死不放)

莲　姑　爹!

祖　母　(同时)福生!

李东阳　(同时)福生! 你——

魏黄氏　(同时)嗳呀,莲儿,你放手吧。

莲　姑　不。我死也不放。世界上没有人能拆开我们的手!

魏福生　我能够!(暴怒如雷,猛力扯开他们的手,拖着莲姑往房里走)你这畜生,不要脸的畜生,不打你如何晓得厉害!(拖进房里)

　　〔台上闻扑打声,抗争声。"哼! 你还强嘴不? 你还发疯不? 你还喊黄大哥不? 你还要气死我不?"每问一句,打一下。

大　家　(同时)福生,福生,嗳呀,不要打!(皆拥到后房去)

　　〔台上只剩黄大傻一人,尸骸似的倒在竹床上,闻里面打莲姑声,旧病新创一齐爆发。

黄大傻　嗳呀,我再不能受了。(忍痛回顾,强起,取床边猎刀)莲姑娘,我先你一步吧。(自刺其胸而死)

　　〔里面魏福生"你还不听说不? 你还要喊黄大哥不? 你做陈家里的人不?"之声与竹鞭响声,哀呼"黄大哥"之声益烈,劝解者、号哭者的声音伴奏之。

——幕徐闭

写于1921年

(《南国半月刊》1924 年第 2 期起连载,未完;1924 年 12 月全剧收入《咖啡店之一夜》)

陈楚淮

骷髅的迷恋者

人　物　　诗　人
　　　　　　　仆　人
　　　　　　　歌　女
　　　　　　　死　神

　　冬夜——一个很幽静的冬夜。

　　诗人的休息室,很幽静,幽静得同坟堆一样。在坟堆的隅角里,有一座铜架,架上挂着一具骷髅。骷髅很洁白,尤其是头部,白得发亮。上面有黑纱的罩子,罩下来可以给骷髅当帐子用。骷髅是非有帐子不可的,这一点,诗人很知道。在帐子外面看,骷髅在里面,隐隐约约地,谁也懂得是一件有诗意的事;不过这时候,帐子是吊起的,因为这时候,房子里只有两个人——诗人同仆人。仆人当然不懂诗,那蠢才若是懂诗,诗人也不会觉得太寂寞,也不会用钱去买女人的安慰!所谓女人的安慰,是要女人唱唱歌,谈谈天,除了唱歌同谈天以外若使想到诗人还需要别种安慰的艺术,那是侮辱我们的诗人。诗人年纪很老了,难道还想少年们所喜欢想的故事吗?

　　老诗人需要女人的安慰,是老诗人自己也不能否定的事。老诗人等那个女人,——那个女人听说姓金,就叫她做金小姐罢。可是那个女人,金小姐,总是不来。等了好几点钟了,这使老诗人不得不有一点儿焦急;焦急没用,所以老诗人又耐心地等着。

　　你看:房子里都布置好了。骷髅站在窗边,露着牙齿微微地笑。骷髅的旁边,是一张软椅,一张沙发。软椅是诗人自己坐的。——诗人现在就坐在软椅上。沙发是预备给那个女人坐的。这是很明显的:诗人坐在骷髅和女人的中间,这样一来,说话就便当得多了,看看骷髅,看看女人,两边都可以得诗人的盛意。说得高兴的时候,诗人还可以用一只手拉着骷髅的手,一只手拉着女人的手。诗人不是有两只手吗?这样分配是很恰当的。现在,诗人的右手已经和骷髅的手连在一起了,左手平放在沙发上,期待着,期待着一只比骷髅的手更可爱的手。

　　桌子,当然有。这里是一张圆桌子,在房子中央,不是给诗人写诗用的。哪个诗人会在圆桌子上写诗,谁也知道是不会的,除非那个蠢才——仆人。诗人为什么叫他蠢才,因为诗人的诗兴,时常给他赶走。话说回来,再说桌子。桌子,据诗人说,是给女人用的。给女人用的桌子,当然要漂亮些。这张桌子,当然,当然,是很漂亮的。单单那条黑地印红花的桌布就可以证明。看一看桌子上面,也很漂亮,有点心,有茶具,茶具很精致,点心也放在精致的器皿里。

　　桌子后面是一架穿衣镜,镜子也是给女人用的。看女人梳头擦粉是一件有趣的事,可是这有趣的事,诗人好久没有看见了。诗人埋怨自己没有福气,诗人把那架镜子放在这里,就是试一试他究竟还有这种福气没有?

　　诗人的眼睛从骷髅移到桌子,移到镜子,最后移到一件最漂亮的东西——钢琴,一座发亮的钢琴。钢琴旁边有两盏红罩的电灯。坟堆里似乎不应该有红罩的电灯,知道那两盏电灯给什么人用的,这样无聊的问题,就不会有了。钢琴前面,小凳子也放好了。诗人想:凳子上面有了波动的色彩,那么房子就不会这样冷清了。往上看诗人发现出钢琴上面那个花瓶。花瓶还是空的,这使诗人很烦恼。花瓶里花都没有,怪不得那个女人不来。花同女人是很有关系的,这一点,诗人似乎在一本古代的哲学书上面看到,不过什么书,诗人记不起了。叫那个蠢才去采花,那个蠢才不知到什么地方玩去了。诗人正要开口,蠢才进来了,好,蠢才进来,我们的戏也开幕。

诗　人　花采来了没有?

仆　人　采来了。

诗　人　什么花?

仆　人　腊梅。

诗　人　看。(从仆人手里,接着腊梅,随手放在鼻子上闻一闻)好的。把它插在花瓶里。

仆　人　呀。(把腊梅插在花瓶里)

诗　人　我记得金小姐前天来的时候,也带着几朵腊梅。

仆　人　(不高兴)谁知道!……还有什么事没有?

诗　人　把花瓶移过来一点,移在电灯旁边。……这样灯光就可照到了。(走到钢琴边,再闻一闻腊梅)好香!弹弹琴,看看花,指尖上染着花的香,弹出来的声音,一定很好听。我好久没有听过琴的声音了,今天晚上,很想听一听,怎么还不来?……什么时候?

仆　人　十一点多钟了。

诗　人　唉,十一点多钟了!……时间过得真快!

仆　人　算了罢,……大概不来了。

诗　人　(又坐在软椅上)不会的,……我想,不会。

仆　人　吃晚饭的时候,我看见她同一个男人出去,恐怕到跳舞场去了。

诗　人　难道她忘了吗?……约好每天晚上都得来的,今天是第一天,怎么就不来?

仆　人　喝喝酒,跳跳舞,谁还记得到这里来?这里冷清得同坟堆一样,谁高兴?不要说别的,单说那骷髅就吓死人。

诗　人　太冷清了,所以我叫她来。今天晚上可特别冷清,随便什么东西都很阴森。那对红灯好像荒山上的鬼火,不是红的光,简直是绿的光。

仆　人　(恐怕诗人再说下去)你给她钱没有?

诗　人　给她一个月的钱了。

仆　人　(笑)哈哈!

诗　人　你笑什么?

仆　人　她把你老人家的钱骗去了。现在,她也许在跳舞场里用你老人家的钱,陪男人喝酒,喝下甜甜的酒,脸红红的,做梦也不会梦到你老人家。你老人家倒在这里等她,女人,天杀的!总喜欢骗老人家的钱!这真冤枉!……算了罢,时候不早了。(打呵欠)眼睛盖下去,只想睡,……

诗　人　也许会来的,也许……

仆　人　(搓一搓眼睛,再打呵欠)还有什么事没有?没有事我……

诗　人　(不等他说完)你把窗帘拉开去,看一看月亮出来了没有?

仆　人　（遵命）没有。（低声）那个女人不来，月亮也不出来了。

诗　人　我好几天没有看见月亮了。前天生病的时候，梦见月亮照着我的骷髅，骷髅的头上反射
　　　　出银色的光，在光里，有许多年轻的男女跪着，像珠子在水里一样。……喂，你把骷髅移
　　　　过去一点，靠近窗边，把窗帘完全掀开去，等一会月亮出来，我的骷髅就可以照到了。

仆　人　（无可奈何，唯命是听）你老人家把骷髅拿出去罢。小姐们最怕骷髅，有骷髅在这里，她们
　　　　就不高兴来了。

诗　人　把骷髅拿出去？做不到。这骷髅陪我几十年了。年轻的时候，为它不知牺牲了许多东
　　　　西，现在，为女人，把它拿出去，做不到，做不到。女人，什么东西？怎么可以同我的骷髅
　　　　相比！？

仆　人　那么好，你老人家去睡罢，反正骷髅比女人强。

诗　人　胡说！

仆　人　是，八道！

诗　人　（深思）有病吗？大概不会罢。……呀，太冷清了！喂，你打电话给大小姐，叫大小姐去请
　　　　她……叫大小姐也来。

仆　人　（睡态盎然）大小姐不会来的。她今天……呀，今天外面冷极了。

诗　人　你说我病了，她就会来。说我病很重，或者说，重得快要死了。

仆　人　什么病？

诗　人　随便说什么病？

仆　人　是。（低声）想女人的病。（开步欲走）

诗　人　（静听）慢点，听，听，那是什么声音？

仆　人　风。（不知所云）

诗　人　不是的。好像沙，沙，沙，……

仆　人　竹叶在窗上刮着的声音。

诗　人　有点像……可是，不对，好像脚步的声音。

仆　人　我听不见。

诗　人　有的，我听得很清楚，沙，沙，沙，……

仆　人　（挖耳）见鬼了！我怎么一点也听不见！

诗　人　（忽然站起惊叫）窗上有影子！影子！黑的影子！你看见吗？可怕极了！

仆　人　哪里？

诗　人　现在没有了。

仆　人　你眼睛看花了。

诗　人　不会的，可怕极了！

仆　人　我出去看一看去。

诗　人　打电话给大小姐，记得。……你出去打好了，马上回来，不要像刚才一样，一出去，好几
　　　　点钟不回来，我一个人在这里，太孤独，也太冷清了。……（自言自语）唉！金小姐来
　　　　就好了！

仆　人　（如得赦诏）是。（急下）

诗　人　（又走到钢琴边）想：（闭着眼睛）假定她来了，坐在这里，我呢，站在她的后面。她也许会

回过头来一笑罢,微微地一笑,这对于年老的诗人,简直是一种灵感。看:红色的光里浮着红色的脸,像什么,像苹果,苹果在风前轻轻地荡;头发是孔雀,那在苹果上面休息的孔雀,和这织着翠色的梦。……我错了,我错了,女人,女人,女人是同骷髅一样有诗意的。我活了几十年,总没有注意到,这是多么可惜的事。现在,(理一理头发)翠色的梦上铺着霜,太迟了! 太迟了!(听有打门的声音)谁? 谁?(开门向外面望一望)谁? 奇怪,怎么没有人?……喂,你不要同我开玩笑,进来吧。(笑)一定是金小姐,进来吧。我等你等得好久了。

〔死神手执黑纱暗上。

诗　人　奇怪,怎么没有人?(回过头来,看见死神,大惊,退后两步)你,你是谁?

死　神　我是你所期待的人。

诗　人　你是谁? 你是谁?

死　神　我是死神。

诗　人　唉!……(退后两步)

死　神　告诉你,今天晚上十二点钟,当月光照着骷髅的时候,你就死了。

诗　人　(惊听)唉!

死　神　听见没有? 今天晚上十二点钟,当月光照着骷髅的时候,你就死了,现在你看是十一点三十五分。

诗　人　难道说我只有二十五分钟的生命了?

死　神　对的,二十五分,不多也不少,死神决计不会欺骗你。

诗　人　我活了几十年,一点也没有享受过人间的乐趣,我好像抱着骷髅在荒山里跑了几十年一样;现在,我想放下骷髅,暂时放下我那宝贵的骷髅,去找人间的乐趣,谁知道未找到,你就来了。

死　神　把青春交给骷髅的人,永远找不到人间的乐趣,这是他们的运命。

诗　人　没有享受过人间的乐趣,我是不甘心死的。你再给我一年的生命,好吗?

死　神　不行。

诗　人　一月?

死　神　不行。

诗　人　一天?

死　神　不行,一小时也不能给你。注定十二点钟死的,十二点钟以后,无论如何,不准再有你的影子留在世界上。

诗　人　我那骷髅还没有听到人们的赞美,我听到一声赞美我就满足了。

死　神　你在死后等着罢,等几百年或者几千年你就可以在时代的浪花里看见你的骷髅已经给人们装饰得很美丽了,也许比你自己所想的还美丽,那时候你就可以听到赞美了。

诗　人　临死的时候,没有得过一滴女人的眼泪,那未免太可怜了。给我一个小时,有一个小时,我可以把我的侄女儿叫来,并且当面把骷髅交给她。

死　神　不行。

诗　人　我哀求你。

死　神　还是不行。

诗　人　我最后的希望,是:听一支歌。这一点希望也不许我实现吗?

死　神　在我的黑纱把你盖住以前,许你有的。

诗　人　那么我叫我的仆人来。(回头)蠢才! 蠢才! 这蠢才又玩去? 不得了!(闻女子哭声,自
　　　　远处传来)

诗　人　(昏乱)哭我吗? 我还没有死呢,死神,是吗?

死　神　是的,不过快了,你得准备。

诗　人　这是多么可以羡慕的事,临死的时候看见女人在他的身上哭。(回头)蠢才! 蠢才!
　　　　〔仆人上。

诗　人　你到什么地方去,我快要死了! 真的快要死了! 大小姐怎么说? 来吗?

仆　人　不来了。她说,请你老人家今天晚上不要死,要死等到明天早晨死。

诗　人　蠢才! 什么时候死,自己能做主的吗? 若使能做主,我就永远不死了。

死　神　一个老诗人受尽了世界的虐待,还留恋这个世界吗?

诗　人　这是生之留恋,什么人都有的。

死　神　死是把你从这个世界渡到别个世界,一个更和平更幽静的世界。

诗　人　我不愿意,这是冒险的行为。

仆　人　(摇他)你同什么人说话? 做梦吗?

死　神　等一会儿,你就相信我的话了。死不是可怕的,这一点,诗人总会知道。

诗　人　我知道,可是我不相信我知道的是对的。

死　神　一个人到死的世界,就像微风在海洋上飘过一样,不要看下面凶恶的波浪,只望前面飘
　　　　去,从幽静的路上,飘到更幽静的世界,懂吗?

诗　人　这些事,我早知道,我那骷髅的身上,就雕刻着这些。不过,现在,我觉得这是近于欺骗
　　　　的话。

仆　人　(再摇他,疑惑地望他)不得了! 不得了! 中邪了! 你老人家做梦吗? 醒一醒吧!

诗　人　我同死神说话。

仆　人　唉! 什么死神? 我没有看见。

死　神　记得,镇定些,记得你是一个诗人。

诗　人　你听:他又说话了。

仆　人　听不见。(自语)不得了! 一定是中邪了!(顿足)

死　神　只有十八分钟了。

诗　人　这怎么好?(对仆人)喂,我快要死了。你去叫一个女人来,叫她在我临死的时候哭,我死
　　　　了,她就可以不用哭,因为我听不见了。给她钱,随便多少钱。

仆　人　用钱去买女人的眼泪? ……好古怪!

诗　人　是的,(又听见哭声)听:这个女人就哭得很好。在死神面前,听到这样的哭声,那是很大
　　　　的安慰。

仆　人　这个女人,住在对面,很穷的女人,听说她在哭她的爸爸,她弹琴弹的很好。

诗　人　那好极了,你去请她。

仆　人　(看一看诗人)真古怪!(下)

诗　人　你还在这里吗?

死　神　我在等你,只十五分钟了。

诗　人　若使十五分钟以内那个女人不来?

死　神　那我不管。

诗　人　让一个诗人寂寞地死去?残酷的世界!

死　神　诗人是安慰人家的。

诗　人　也得人家安慰他。活的时候,没有得过甜蜜的微笑;死的时候,没有得过多情的眼泪,用钱去买,又买不得,可怜!(闻足步声)来了吗?快点!(仆人与歌女上。诗人坐到软椅上,死神站在他的后面)

诗　人　你坐,你坐,坐下来,我好同你说话。

　　　　〔歌女抱提琴坐下。

诗　人　你刚才在哭你的爸爸吗?

歌　女　是的。

诗　人　你的爸爸死了多久了?

歌　女　两年了。

诗　人　他是做什么事的?

歌　女　他没有做什么事,一生一世都花在这提琴上面,年纪愈大,他也愈穷了。这个提琴,就是他给我的遗产。他临死的时候对我说,儿呀!爸爸没有别的给你,只有这个,你爸爸天天抱着提琴,现在,给你罢,你得好好地用它,当月夜的时候,你若能在爸爸的坟头奏一曲,那么你爸爸就得到很大的安慰了。爸爸死后,我在世上就成孤独的人了。

诗　人　你没有亲戚吗?没有朋友吗?

歌　女　一个到处漂流的女子,哪里去找她的亲戚朋友。

诗　人　那么你怎么过活呢?

歌　女　靠爸爸留下给我的歌词和提琴。

诗　人　你不想做别的事吗?

歌　女　不,我永远走着爸爸走过的路。

诗　人　你不觉得穷苦吗?

歌　女　在提琴的声音里我忘记了穷苦。

诗　人　唉,可怜的音乐家!你有这样的女儿,你死后也可以微笑了,……你是不是住在这里?

歌　女　不,漂流的人,没有一定的住处,梦里就是她的家乡。我每年总到这里一次。因为我爸爸的坟,葬在这里。今天是他的死忌,所以我又来了。刚才在他的坟头拉一会儿琴,唱一会儿歌;山上太冷,只得下来,回到房子里,想起苦命的爸爸,就哭了。

诗　人　(忽然指窗外)那边怎么这样红?

仆　人　月亮快出来了。

诗　人　死神,时候快到了吗?

死　神　是的,只有八分钟了。

歌　女　(向仆人)你的主人同什么人说话?

仆　人　同鬼说话。

歌　女　(惊)唉,有鬼!

诗　人　你不要怕,孩子,我快要死了,在我未死以前,让我把宝贵的东西交给你,因为你,值得保有这些东西。不要怕,我现在也不怕了,死神允许我很和平地引我去。

歌　女　我不能拿你的东西。

诗　人　"同是天涯沦落人",我找得你这样的继承人,我很快乐。至少在临死的时候,不会觉到孤寂的悲哀。(向仆人)我把一切都交给她,以后她就是你的主人,你得好好地服侍她。(向歌女)这里一切都是你的了。那架钢琴,我为一个女人买的,她没有福气享受,现在也是你的了。诗人的遗产,只有你配享受,还有两件最贵重的东西(向仆人)你去把后面衣橱抽斗里一个银盒拿出来。

〔仆人下。

诗　人　在那个银盒里,有一个钻石戒指,那是我的太太的。

〔仆人拿银盒上。

诗　人　(打开银盒给歌女看)你看,一个钻石戒指。我那可怜的太太,为沉迷在骷髅的梦里,我没有爱过她。她死了以后,我看见这个戒指,总觉到自己对她不起了。在这个戒指上面,我不知洒了多少眼泪。现在拿来交给你,你也得时常洒些眼泪。女人的眼泪比男人的眼泪更宝贵。再有一件重要的东西要交给你的,就是这个骷髅,戒指下面有一册手写的稿子,(指盒中)就是这个,会替我说明这骷髅的宝贵。(看窗外)唉,月亮快要上来了!(向仆人)喂,我死的时候,就把骷髅上面的罩子放下来,记得。(向歌女)你爸爸的坟在哪里?

歌　女　在后边红花山上。

诗　人　好,你也把我葬在红花山上,葬在你爸爸的旁边。一世孤寂的诗人,在地下得到一个朋友,总算是快乐的事,并且还时常可以听到你的歌声哭声。

死　神　只有三分钟了。

诗　人　好,只有三分钟的生命了。(听见远地钟声)那是什么声音?

仆　人　慧法寺的钟声。

诗　人　呀,我听我的母亲说生我的时候,慧法寺打早钟,现在,我死的时候,巧打晚钟。原来在一度的钟声里,我已经在世界上留下一次的痕迹了。你听,那声音慢慢地低下去,低下去,低下去了。(向歌女)我现在觉得很和平。死,原来是这样温柔的,真是我想不到的事。你拉你的琴,唱你的歌罢。我要在你的歌声中间,慢慢地,慢慢地,慢慢地离……开……

〔歌女操琴,且歌且哭。

〔月亮出来,照着骷髅,仆人放下骷髅上的罩子。

〔死神撒开黑纱。

(幕下)

(选自《新月》1930年第3卷第1期特大号)

袁牧之

一个女人和一条狗

角　色　女　子

　　　　　巡　警

布　景　一间精致的公寓房间。

〔开幕时台上寂静,并且黑暗。因为这是一间三楼的房间,所以路灯要比窗子低,从窗子透进来的路灯的光照在屋顶上。就从屋顶反照下来的些微光亮,才能辨出屋内的大概。过一会儿,有了钥匙开门的声音,门随着就开了,有一个手开亮了电灯,一盏有美丽粉红灯罩的灯。

女　子　(先走了进来)请进来吧,没有关系的。(一个巡警在这时随了进来,女子关上了门)这儿除我以外就没有第二个"人"。(这是一句双关语,往后还有很多这样的剧词,请读者注意)

巡　警　(靠在门边观察屋子的四周)

女　子　(放下了手提篮,脱去了大衣)这很出于你的意料吧? 当我对你说,让我回家弯一弯的时候,你总以为我所谓的家不过是一间亭子间,而没有想到会是这样一间精致的屋子吧? 自然我也有亭子间的家,可是那是我换了另外一身衣服才到那儿去的。你若详细了解我的生活,你就会知道那是多么神秘呢!

巡　警　(没有回答,脸上扮得很庄重)

女　子　喔,为什么不请坐一会儿? 还是这张沙发上请坐吧,(把沙发上的一个腰枕拍拍松)你们局子里是不会有这样舒服的沙发的;也许有,可是那要你们长官才有得坐,怕你们是没有得份儿吧? (微笑)哦,我说的是实在,并非轻视你,你可别误会了。(像一个侍者样地候着他来坐)

巡　警　(并不过去坐,只看着左腕上的表,严正地说)仅五分钟呀,别噜苏了,回头晚了不能交差。

女　子　五分钟?! 那怎么行? 我不是跟你说至少得有一刻钟吗?

巡　警　可是我没有答应你啊。

女　子　可是我也没有答应你说五分钟就够了,我答应了你没有?

巡　警　好了,别说废话了,你说有要紧事干,那么快些趁五分钟干完就走。

女　子　但是,……

巡　警　你得要明白一点儿啦,我已经跟你很客气了,让你回来一次;可是你也别叫我为难哪?

女　子　是的,本来我犯了罪,给人发觉了,交给了你,是就应该直上局去的,多承你的美情答应我回来一次,那已经是你给了我优待了,多谢你,(微笑)我真是还没有谢你。可是,五分钟……哦,这样吧,为了免得使你为难,我们还是就走罢。(预备穿大衣的样子)

巡　警　怎么? 你拿我开心吗? 你不是说回家有件要紧事吗?

女　子　是呀,但是这事也可以说是一点儿都不要紧……啊,叫我怎样说好呢? 你知道,进了局子就得站在一边,要等长官有空才问到我,若是先我被抓进去的人多,也许一等会等上两三点钟……我不是怕脚酸,那还能怕吗? 不过——哦,我怎样说好呢? 就像你们男人,站了这许多时候,我想也得有一件自己想不到要做,而不能不做的事要做,自然啦,你们男人是方便得多,可是我们女人……

巡　警　(抢着)我懂了,我懂了,那末快点吧!

女　子　快些? (微笑着)朋友,我想你大概没有结过婚吧?

巡　警　废话,那有什么关系? 你问它干吗?

女　子　是的,那看去似乎毫没有关系,但是回头你们长官若知道了你曾陪我到这儿来过,而对你起了一种怀疑——你知道这怀疑是会很自然有的,因为你是个男人,我是个女人——他就会问起你结了婚没有? 到那时候你再和我商量怎样回答就来不及了。

巡　警　为什么要跟你商量? 是怎么,就怎么,名册上写着没结过婚,骗结过婚也没有用。

女　子　(微笑)那末你是没有结过婚。我因为不是你的长官,又没名册可查,所以才问的。这当然是难怪你了,因为你是没有结过婚,所以你不能了解我们女儿的种种麻烦和困难。可是,我说了你也不应该不了解这样普通的事,你纵然没有妻子,可是你总有个母亲啦。孩子,难道你也不了解你母亲有种种男人所没有的麻烦和困难吗?

巡　警　(辨出了她的话,严厉地)别占便宜! 快些。(说完在屋子的四角找什么的样子)

女　子　找什么? (微笑)你又把我这屋子当了亭子间了是不是? 多谢你,你这个人很识相,我知道;不过我不会把你赶出去的,那里还有一个小间,你可以不用让我。

巡　警　(不耐烦)那末快些吧,对不起。

女　子　好,可是你别那么客气。(微笑着走向那另外一个门)

巡　警　慢! 你别施鬼计! (走近她,从袋内取出一副手铐来)带上!

女　子　带上? 那么你有钥匙吗?

巡　警　钥匙在局里。

女　子　那怎么行? 要是你有钥匙的话,那不妨带一带,回头到里面那间房间你可以再为我开一下,但是没有钥匙那怎么好? (微笑)

巡　警　(想了一想,明白了过来)

女　子　这样吧,你若不放心的话,你可以看一看这屋子,这屋子仅两个门,那个门(指进来的门)你可以守着,不打瞌睡,我就逃不了。这个门吧,(开了小间的门给他看)这是一个洗澡间,仅一个窗子。这是三层楼,若跳下去那是定得死的;若不死,那面四叉路口也有守夜的狗,也是同样的要被它咬住。那浴缸里有一个放水的洞,可是那恐怕我的身体——(打量着自己身体大小)不大容易钻下去吧?

巡　警　好了,废话,进去吧。

女　子　(微笑)好。(一个脚跨进了门又回了出来)要是你真不放心的话,(走到进来的门边,用钥匙锁了门,把钥匙交给了他)这样比较安全多了,你也不如在沙发上稍微睡一会儿,就我的床也不妨。要是不睡的话,这儿有烟,这是会抽烟和不会抽烟的人全爱的茄力克。这儿还有酒,这是可以当药补身体的六十年陈的白兰地。你请坐,我真对不起得很,失陪了。(进那间屋子,把门反关上)

巡　警　(踱了一回,像是有些不放心似地到门边去听室内动静,听了,使他放心了)

（他到书架上看了一会儿，抽了一本出来，坐到了沙发上想翻来看看，但坐下，被沙发的舒适给忘了，把书丢在桌上，在沙发上躺了下来）

（他顺手从烟盒里取了一支烟，看一看烟上的牌子，咬在嘴上点了吸）

（他注意到了那白兰地瓶子，他倒了一杯，闻一闻，闻到了香，尝一尝，尝到了甜，他想喝，可是望一望门像是有一点怕她知道不好意思，想倒回瓶里去，但瓶口太小，杯口太大，不容易倒，结果是一口把它装入了肚里）

（他再走到门边去听，听了他呆住了，他现了奇怪的表情，他看看腕上的表，走开了）

（他又倒了一杯白兰地，喝了，看看瓶子，浅了许多，他抓抓头，把一把茶壶里的水冲进了酒瓶里，便成了刚才一般地满）

（突的，那个门的钥匙洞里射出了一只筷来，这使他很有点急，他便再到门边去听，听了比刚才更现了奇怪，他又看看表，走开了）

（他在她的床上坐坐，觉得很柔，他又把妆台上的洋因因拿来看看，一不留神，按着了机关，那东西叫了起来，他急得马上放回了它，望望门，好在门上还没有动静，他就再坐到了沙发上）

女　子　（开了门出来）真是对不起得很，劳你久候了。

巡　警　（丢了烟头，站了起来）

女　子　（一副主人的架子）哦，不要客气，何必这样讲礼节呢？请坐。

巡　警　（举目呆望，不解）

女　子　啊啊！（笑，以手拍着额）我的脑筋真坏，我以为你是来我这儿做客的。我忘了你是个长解崇老伯，而我是个犯罪玉堂春了。好，我们就预备走吧，你看怎么样？哦，这是午夜了，外面寒得很，请喝一杯白兰地暖暖身子罢。

　　　　　〔倒了一杯递给巡警。

巡　警　多谢，我可从来不喝酒的。

女　子　从来不喝酒的？那真是好，我可没有那么好，我不但爱喝酒，而且喝酒的脾气很坏，王宝和的酒我还喝，可是张崇新的我就不爱喝了，因为张崇新的水和得太多了。

巡　警　（听了她的话，立刻注意到了那只从钥匙洞射出来的筷子，同时听见了那小屋子里像有着声音，他凑到门边去听，听了他呆住了，看一看女的，女的脸上现着惊惶的样子，他便一个手把着腰间的手枪，一个手猛的把门开开了）

女　子　喔！（也奔到了门边，向内一望，露出了笑）哦，我以为是什么事使你这样大惊小怪地，倒把我吓了一跳，原来是我洗了脸忘了关住水管了。（她进去关）

巡　警　（看一看腕上的表，吐了一口气，明白了刚才两次听见的是什么声音。走到了书架边）

女　子　（重复出来）我说你们干这种行业的是不要喝酒的好，喝了就没有这般清醒了，也许还会把犯人放走的。

巡　警　喂，我问你，为什么你要……（想到了另有一个问题要先问，就把话换了）我问你，这书架上的书是不是你的？

女　子　当然是我的，在我的屋子里，不是我的，是哪一个的呢？喔，我明白了，你的问话是有别种用意的，是不是？

巡　警　（点头）唔。

女　　子　（微笑）你也许误会这些书是我的丈夫的，是不是？这是误会了，我没有丈夫，你不信，你可以看，（把床前的被单揭了起来）你看床下有没有男人的拖鞋？

巡　　警　（急）哦，不是，不是，你误会了，我管你男人不男人干吗？这跟我有什么关系？我是说，这书架既是你的，那可以证明你是受过教育的。你既是受过教育，家里的生活又很舒适，为什么还要干那种行业呢？

女　　子　那种行业？我不大明白你说的是那一种行业？

巡　　警　就是你干的行业！

女　　子　我干的行业？我还是不明白你指的是那一种行业，你知道我干的行业很多呢！

巡　　警　（举目望她像有点发呆）我说的是你刚才干的那种行业。

女　　子　喔，我懂了，你说的是"招待员"。

巡　　警　不是，不是。

女　　子　是的，我懂得，是"招待员"，这在我们中间是叫做"招待员"，要是说三只手，那多么不好听？

巡　　警　但是你为什么要干那种行业呢？

女　　子　这话说起来长，你要知道，我告诉你也不妨，不过怕十五分钟讲不了吧。
　　　　　（看表）喔，时候不早了，我看我们还是马上就到局里去一次吧，回头晚了使你不好交差的。

巡　　警　（倒被她提醒了，可是很有点疑她）我有点不大信任你，你这人太狡猾，把这东西带上再出去。

女　　子　带上吗？（微笑）现在我不再需要做什么事，现在可以带上了。（伸出两个手去预备他来锁，他果真预备来锁）啊，这手铐的圈子这么大？那怎么好？你不看见我的手太小了吗？（从臂上除下个手镯来，和手铐的圈子作比）这手镯我带着还觉得大，可是你这手铐的圈子比我的手镯还要大，那怎么好？

巡　　警　（有点为难）

女　　子　这事情使我代你为难了。（装腔作势地）喔，伙计，你再找一副小号的让我试一试，好不好？

巡　　警　我那里还有小的？

女　　子　喔，呵呵！（笑，以手拍拍额）我的脑筋真坏，你知道我的生活的复杂使我的脑筋很糊涂，我一会儿又忘了是怎么回事了，我好像是在一家铺子里买手镯，呵呵……可是朋友，这便是现在这社会布防的缺点，从今天的经验，你可以回去给局里两个提议：因为女人的手老比男人的小，你叫他们再造一种小号的手铐，是专为女人用的，那末女人犯了罪就不容易再逃走了；另外你再要提议叫他们雇用女巡警，这因为有许多没结过婚的巡警对于女人的了解太不够，也因为用男的巡警去抓一个女的犯人有时难免要用情……

巡　　警　（瞠目向之）

女　　子　（微笑）自然，像你这样正直无私的人是不会用情的，我说的是一般，你真不知道这世界是怎样黑暗呢！（想）咦，我刚才说到哪里啊？喔，女巡警。假如你这个提议他们不接受的话，那你就可以再进一步的提议，你可以提议用狗来当巡警，现在不是已有很多人在训练警狗吗？用了它们，你们就可以多一点儿休息了。你提议的时候有一个强有力的理由可以说,你说:"我能做的,狗能做,狗的能力并不下于我。"

巡　警　(严厉地)废话!

女　子　废话?你真不知道我是在为你打算呢,那与我有什么好处?你若提议了,他们就会看重你,而使你加级了。加级并不是为虚荣,虚荣是像你这样的人所不需要的,我知道,那正和外国的几只有功的警狗替它们胸前挂一块奖章一样,与它本身没有点好处。我说的是加级了可以多得一些经济上的帮助,像你现在这样,我知道你是不够开销的,我知道你不过四十块钱一月的薪工吧?

巡　警　(奇)你怎么知道?

女　子　(微笑)你觉得奇怪吧?我当然知道,因为我的巡警朋友很多,他们常告诉我局里的种种情形,所以我一见你身上的制服,就知道你是什么等级,你干了多少时候,由此可以知道你赚多少薪工一个月。

巡　警　(索性坐下,抓抓头)喂,你到底打算怎样?是不是预备和我在这儿谈到天亮?饿不饿?要不要买一点点心吃,乖乖!!

女　子　(微笑)噢,对不起,对不起,我们立刻就走吧。(穿大衣,拿手提筐)

巡　警　(先到门边等她)

女　子　(走到门边,预备关灯,在关灯之前向室内四周望了一望,像是在找什么东西掉了没有,突然被她看见了巡警拿过的那本书,她便过去拿了过来,很正经地对他说)是不是你拿过来的?

巡　警　是的。

女　子　凭什么你可以在我屋子里把东西随便搬动?

巡　警　(想说什么,但找不到话)

女　子　(装着发急的样子)你拿了我的什么秘密文件没有?

巡　警　(不解)秘密文件?

女　子　(很凶地)你让我搜!

巡　警　我让你搜?!(更凶,摆着一副巡警的架子)我倒要搜一搜你的!(过去到书架上搜)

女　子　(在他背后装着鬼脸)

巡　警　(在书架上找出了一个纸包,拿着到桌边来)

女　子　(装着发急的样子追过去)哦,你不能看。

巡　警　(以枪对着她)你动!

女　子　(装着很后悔的样子坐入在沙发里,闭上眼,以手托着额)

巡　警　(解开了包,取出一叠纸,念着)软化革命同盟会志愿书,刘芝兰女士,廿一岁,长歌唱……(念另一张)朱贞女士,十九岁,长跳舞……(又另一张)姜慧娟女士,二十四岁,酒量宏大……(望着她)你姓什么的?

女　子　我吗,我没有准儿,我的姓常常换,有的时候一天要换几次。

巡　警　正经的!

女　子　是正经的。

巡　警　名字呢?

女　子　名字吗?那更没有准儿,我常用外国名字,有时我叫玛利亚,有时候我叫沙菲亚,有时候

　　我叫浦西亚，有时候我叫苏维亚，也有时候我叫亚细亚……

巡　警　得了，得了，得了，管你姓什么，叫什么，你告诉我，这里面哪一张志愿书是你的？

女　子　喔，我懂了，你问我姓名，原想找出我的志愿书，拿来当证据的。那你也太傻了，你侦探的知识还不及外国的几个侦犬。你只要这么想，这东西既然在我的屋子里，我就一定是这同盟会的重要分子，你想对不对？那不比填一张志愿书的罪更重了吗？

巡　警　那末你是这同盟会的什么？

女　子　我吗？我是发起人，并且是现任的委员会主席。

巡　警　（用惊奇的眼望着她）

女　子　（微笑）你有一点儿怪吗？你是有眼不识泰山了。

巡　警　哼。有眼不识泰山，好！（严厉地）走！

女　子　走？！那里去？

巡　警　局里去！（把志愿书挟在腋下）

女　子　哦，这会儿你是破获了一个旁人并不知道的机关，那你是定得加级了，这是再好没有了，（微笑）刚才我不是就在为你打算，怎样可以使你的薪工加一点儿吗？那末，既是这样，我就跟你走一次好了。（向门走）

巡　警　（以枪对准她，跟在她后面）

女　子　（到门边，回过头来）但是……

巡　警　走！别施狡猾，我不让你再说半句话！

女　子　是，我只问一句话，那是与你有益的，问了这句，我就不再开口了，马上到局里去。

巡　警　快！

女　子　我问你，这个软化革命同盟会的名字在前你听见过没有？（巡警摇头）那么你是不会知道这是怎样个组织，要是你的长官问起你来，你怎样回答？

巡　警　用不到我回答，就叫你自己回答得了。

女　子　（点头）噢，叫我自己回答。我不肯回答怎样办呢？

巡　警　用枪对着你，怕你不回答！

女　子　（点头）噢，用枪对着我。但是我若天花乱坠说这个组织是一个很好的组织，那你怎样办？

巡　警　（拍拍腋下的包）有革命两个字，也就好不到哪儿去了！

女　子　（点头）噢，好不到哪儿去。那末，这样好不好？你暂时代一代你的长官，（微笑）当然你不久就要升做长官了。那末你也得先练习一下；而我呢，我也来练一下回头应当怎样回答。

巡　警　（像要说话的样子）

女　子　（抢说）这于你是有益的，是不是？因为你可以预先知道一点这是个怎样的组织。

巡　警　（又像要说话的样子）

女　子　（又抢着，装腔作势地）长官，这个组织也许你有一点误会了，我们这个组织是对于现社会有很大的帮助的。现社会对于一般革命者是用强迫的手段来压制他们，这在我们觉得是一种错误。我们的组织是完全女同志，没有一个男的，长官，你知道女人的心是怎么弱？所以我们觉得革命是太可怕了，我们因此有了这样个组织。我们中间会跳舞的用她们的跳舞，会唱歌的用她们的唱歌，善辞令的用她们的嘴，会喝酒的用她们的酒……我们是取种种麻醉的方法来使这些热血的激烈的革命者都软化下来,这便是我们软化革命同盟会的宗旨。

巡　警　……

女　子　现在我们本埠有一个总会,三个分会,外埠也已有四十几个分会,我们的计划预备在一年中成立二百个分会,散布在各村各乡,来暗视革命者的活动。我们相信这是可能的,因为女人的本性,爱好虚荣和繁华,因循习惯,使她们不同意于革命,会使她们很乐意做这件工作,你觉得对不对,长官?

巡　警　……

女　子　至于我刚才的做"招待员",那只是我们本会工作之一,我们不能把这组织宣布而从别方面得些经济的帮助,于是我们只能借此以充会内的开支,长官,你知道那四十几个分会的开支,完全要由上海供给,所以在上海的同志们就不能不加以努力。刚才我是犯了罪,那是应当处罪的,我也不希望因我发起了这样个有益于现社会的组织,以功来赎罪,我很愿意受罚,只是把我处罚了,对于我们的组织会有很大的阻碍,我们也无法再为现社会出一点什么力,这是得请长官留意的!

　　　　(她说完,脸上现了得意之色)对,就这样说好了。好,我们现在该走了,我再不开口说半句话。(走向门边要出去)

巡　警　(严厉地)慢!

女　子　(微笑)什么事?

巡　警　坐下!

女　子　在哪儿坐下?

巡　警　这儿!(那女子就在他指定的一张椅上坐下,他把灯拉低了一点,照着她的脸,目不转睛地望着她)

女　子　为什么这样地望着我?这使人多么不好意思?(微笑)哦,我知道了,你发现了一件事,是不是?可是那你也不应该在这时候才发现,当你站在四叉路口的时候,不是一天要开几百次的红灯吗?你发现了在红光底下的脸比平常美,是不是?

巡　警　呸!你把这组织的实在情形告诉我!

女　子　我不大愿意告诉你,因为你太凶了。

巡　警　(真的凶)不愿意告诉我也得告诉我!

女　子　(嬉皮)不告诉你怎样呢?

巡　警　(凶)向你开枪!

女　子　(微笑)这意思是你预备坐牢监?

巡　警　我不打死你,打坏你一个手,或是一条腿!

女　子　你的意思是留着我的嘴?(微笑)那你更吃亏了,你的罪会被我说得比杀死我更重!

巡　警　……

女　子　(微笑)朋友,你对我用强制的手段你是错了;不但对我,就对我们同盟会的任何一个同志你都错了。你知道枪弹怕的是什么?枪弹怕的不是钢,铁,而是棉花。你没有见过我们同盟会的徽章和标记吧,那上面是一株棉花树,意思就是要同志们以棉花来制服枪弹。我想你不会想象到其中的力量,什么暹罗的不流血革命,印度的不抵抗主义,那都没有我们的组织,我们的计划,我们的主意来得厉害!要是你不信,我们可以马上来试验。(把口里的留兰香橡皮糖取出来,粘在他的制服上)现在看你怎样除掉它?

巡　警　（用手想去除掉它,但只粘了一手,除不掉它,于是火了）混蛋!你怎么一点儿规矩没有?

女　子　这因为你刚才太凶了,要给你一点小小的惩罚,这便是我们的政策。关于我们的政策,我也不妨告诉你一点,我们第一个步骤便是向狗进攻,换一句话说,便是拿橡皮糖来粘在巡警们的制服上。

巡　警　别骂人!

女　子　不是骂你,朋友……

巡　警　谁是你的朋友?

女　子　现在也许不是,不是——（看表）快了,再一会儿,你就会是我的朋友了。你知道,我有很多你这样当巡警的朋友,他们对我都很好,对于我们的会务有着很大的帮助。我们第一个步骤便是要把所有的巡警都做我们的朋友,目的是要你们不再在大铁门之下为那些老爷太太们守家,而暗下给我们以帮助。我们实行第一个步骤的方法自然各个同志都不同,而我的方法呢,就是做"招待员"。我做"招待员"有时是为着会里的开支,那是怎样也不会被人发觉的;若是被发觉的,就是为和巡警有接触。你只要这么想,以我的脑力,以我的聪明,像今晚上样地做这一些小事也会被人发觉吗?那原是为了你而故意被人发觉的,而且你知道那把我发觉交给你的人是谁?（微笑）那就是你刚才志愿书上见过的,朱贞同志,她的钱袋还是我借给她的,里面塞着一叠申报纸,连一个大都没有在里面,那你没有想到吧?（微笑）

巡　警　（如梦初醒）

女　子　我预先就打听到你每晚八点钟的时候总在那条马路的转角上。你姓张,家里有一个母亲,一个寡妇的嫂子,一个侄子,两个侄女。你拿四十块钱一月的薪工不够开销,欠着一点债。我知道你爱看京戏,你也会哼几句,你对于京戏很有点迷。还知道你爱赌,老输钱,你天天想戒赌,可是老戒不掉,就因了这一点我确定了你是意志薄弱的,所以今晚上就来找到你。

巡　警　（呆立良久）喂,你到底是个人,还是个狐狸?

女　子　（微笑）就是狐狸,但是狗怕狐狸,还是狗要咬狐狸的?

巡　警　放屁!

女　子　哪,那就是你的不漂亮了,为什么你骂我可以,我骂你就要生气呢?我知道,你是奇怪我怎会知道得这般地详细。其实那也不是什么秘密,尽可以告诉你,（走到书架边,翻着一本簿子看）那是你的同事二百四十三号告诉我的,他还把你的个性和环境都写上,你是三百六十四号是不是?（过来看他颈间的号头）不错,是三百六十四号,可是你在我这儿的号头是三十二号,那你也得记住了,那很容易记,只要把你的六十四号除一除二就得了。

巡　警　呸!我的意志可不像你所想的那般薄弱,我凭什么要信服了你?我凭什么怕了你?哼,一个堂堂的男子汉,也怕了女人吗?

女　子　（点头）噢!男子汉!

巡　警　（暴躁地）住嘴!我不准你再说半句话!（以枪对之）走!要是你再说半个不字,我马上开

　　　　　枪打入你的腿！

女　子　（畏惧的表情）好，走，马上就走。（开门）啊，门怎么锁着了？钥匙？（在屋子四处找钥匙）

巡　警　别忙！！

女　子　（回头看见钥匙在他手里）啊，在你手里？喔，记起了，还是我交给你的。

巡　警　哼，这会儿你可也有点慌了吧？（怒目向之）

女　子　是的，有一点儿。（望着他的眼更畏惧）我真没想到你会是这样一个不肯屈服的英雄！你
　　　　　倒像《潞安州》里的陆登！

巡　警　哼——哼！（冷笑，瞪着英雄的眼，用钥匙开门）怎么的？这钥匙怎么开不开的？

女　子　钥匙在你手里的呀？你换错了没有？

巡　警　我就拿着放都没有放过，哪会换错？

女　子　那末给我看看。（他把钥匙交给了她）啊，这是那小间门上的钥匙，但怎会到你手里的？
　　　　　让我想，（以手拍拍额）我的脑筋真坏。刚才我是先开那间小间的门，后锁这儿的门，也
　　　　　许就在那时候给换错了，但是这儿门上的钥匙被我放到哪里去了？

巡　警　别装傻！你以为……

女　子　（阻止他）你不要响，你不要响！（以手拍拍额）让我静静地想，我的脑筋真坏，我简直想
　　　　　不起来了。（反身很恼地怪着他）这都得怪你的不是，拼命地催我五分钟，五分钟，要是早
　　　　　答应我一刻钟，我就不会这样慌乱了！现在这成什么样子，要是你全夜待在我屋子里不
　　　　　出去，明天不给人笑话吗？

巡　警　（倒呆了一下）哼，狡猾，你狡猾也没有用，我怎样也要想法把你带到局里去！

女　子　（微笑着点头）噢，想法。

巡　警　（摸着门）

女　子　门太厚。

巡　警　（仔细看那锁）

女　子　锁太好。

巡　警　（看那墙）

女　子　墙是一尺半厚的砖砌的。

巡　警　（抬头望）

女　子　天花板是水门汀的。

巡　警　（俯视地）

女　子　地板下有钢条。

巡　警　（走到窗边）

女　子　窗是很好，可惜是三楼。

巡　警　（怒）不要你多嘴！你以为我就没有办法了吗？（拿出一个警笛来）看见吗？我还有着它！

女　子　（微笑）对了。这才聪明呢；但为什么这时候才想到？好，吹吧。（他预备吹）但是，慢。（微笑）
　　　　　吹了就把附近的巡警都叫来了，他们合着力把门冲开了，但是我们一男一女处在屋子里
　　　　　那成什么样子呢？

巡　警　别花言巧语，这会儿再不信你，我只要把你抓去，什么都不管！（又预备吹）

女　子　但是他们若知道了我们在这儿已待上半点钟了，而在这半点钟内我们是这样安逸地坐着

谈笑，那——于你的职务上多少有点讲不过去吧？所以至少得表现我们是冲突了半点多钟了，在这些时间里，你曾竭尽你的力来拘捕我，而我曾竭尽我的力向你抵抗，结果，你因为一个人的力量不够抓我，所以吹警笛叫他们来帮助你，至少得表现这一点啦？不然，那于你的名誉，于我的名誉，都有关，是不是？我老实告诉你，凭我三寸不烂之舌，到局里去了不怕不出来，所以去一次倒不要紧，但是受到这样冤枉的诽谤我可有点不大愿。

巡　警　（脸上并不怎样表现，可是心中很以为然）

女　子　这样吧，你等一等吹，让我们先布一下局。（把一包志愿书和那本名册都交给他）这是两件凭据，你拿好了。（把一只椅子斜了倒来）这表现我逃的时候碰倒的。（拿两个腰枕丢在地上）这表现我拿它们当过盾牌。（把妆台上的几件不会碎的东西丢在地下）这表现你追的时候给带下的。（把一个枕头也丢在地下）这也是盾牌。（把床上弄一弄乱）这表现我曾在这儿跨过去。好了。喔，不，你这副模样儿哪像用力抓过人的？你应当松去两个衣扣。（替他松去两个衣扣）你的帽子不应该再戴在头上。（替他除下丢在地上）你的头发也太整齐。（为他弄了乱）我的模样儿也不像逃过的样子。（把自己的头发也弄一弄乱）哦，我还得拿一样东西来。（她奔进那间小屋去，关上了门）

巡　警　（疑她是计，走近门边，以枪对着门）

女　子　（出来，脚上脱去了丝袜和高跟鞋，套上一双拖鞋，身上披了一件睡衣，手里拿一个粉盒，故意在门槛上装着绊跌的样子，冲到他身边，把粉扑在他身上）喔，对不起，对不起。可是现在你可以吹了。（说着把睡衣的两个袋都撕去一半，走到桌边去）

巡　警　（并不吹，只望着她身上，好像对于她的服装感到不满意）

女　子　（斟了两杯酒，一杯满，一杯浅，拿四五支香烟，每支折成三四段，散几段在床边，散几段在桌边，又拿些火柴梗散在地下的四处）现在可以吹了，为什么不吹了？

巡　警　（望望屋子的四周，好像感到屋子的空气有些不大对）

女　子　（从妆台抽屉里也拿出一个警笛）要是你不吹，我就代你吹了。

巡　警　谁要你代我吹？

女　子　（微笑）你吹的是叫他们来抓我，我吹的是叫他们来抓你。

巡　警　抓我？

女　子　（微笑）是的。你看这屋子的样子，你看我的样子，（给一面镜子给他照）再看看你自己的样子，这是你犯了什么罪了？（微笑）

巡　警　（犹如当头一棒）好，好狡猾，好得很。但是上有天，下有地，中间有良心，我不怕你咬我一口，我今晚死不放过你，怎么样也要抓你去！你恐吓没有用，我还是要吹的！

女　子　（微笑）你真是个英雄，一个《战太平》里的花荣，那末好，你吹你的，我吹我的，看他们来了，抓你去还是抓我去？我们试一试看谁得胜好不好？吹呀，你先吹呀，为什么不吹？

巡　警　当然吹，为什么不吹？

女　子　（用嘴唇膏在左右嘴角上搭上些红印）

巡　警　没有用，你把满脸搭得关公一般都没有用！（预备吹）

女　子　（抢在他吹的前头，先是一声非常高的，尖锐的，动人心魄的直叫）啊！！！

巡　警　（怔住了，倒有些怕起来，不知她是何鬼计）

女　子　啊！！（又是一声，叫了见他的窘状微笑）

巡　警　　（更急）唅，你疯了吗？别真的闹上什么不好看的来！我跟你无冤无仇的，你真是！

女　子　　（不理他，微笑）啊！（又是一声，可轻了点儿）

巡　警　　喂！喂……（急得没法，正要说话，听见了敲门声，他睁大了眼呆住了）

女　子　　嘘！（用食指按住在嘴边，意思叫他不要响，自己轻轻地走得和门离远些）
　　　　　　〔敲门声更大，巡警就拿出枪来对住了门。

女　子　　（走近门，故意把拖鞋发出声音来）谁呀？喔，林太太吗？什么事？啊？我吗？喔，是的，
　　　　　　（望了巡警一眼，巡警急着向她摇头，叫她不要说）是的，林太太，我做了一个很怕的梦！
　　　　　　（说完又望了巡警一眼，他回过了呼吸，吐一口气，放心了）把你吓了一跳吗？也许还有别
　　　　　　人也被我吓了一跳呢！（说完笑着对他做一个鬼脸）呵呵！（笑）真对不起，把你惊醒了，
　　　　　　好，明天见。（听着，听脚步声远了）走了，没有事了。

巡　警　　（把手里的警笛往地下一丢）见鬼！你真是个狐狸！算我倒霉，今晚上碰到了你！老子也
　　　　　　不用再干这行业了。（坐下，取了一支烟）好吧，你说吧，你说你要把我怎么吧！

女　子　　（微笑地过去，抚着他的肩）今晚是白板对死了，可是会和还是会和的。别生气，我来替你
　　　　　　点个火吧。（点火，自己擦去嘴边的红，扑着粉）

巡　警　　（抽烟）但这算什么呢，把我锁在屋子里？是不是要代你母亲招个女婿？

女　子　　（笑着）行呀，要是你愿意的话，我就不妨来一个铁镜公主，而你来一个杨四郎。

巡　警　　（倒有点不好意思）……

女　子　　（笑着）朋友，你要跟我硬，我会拿软的来抵制你；你要跟我顽皮，那你更顽皮不过我。

巡　警　　是的，你和狐狸一般的聪明，不过太恶毒了一点。

女　子　　你是指刚才那回事，使你受惊了，是不是？但是我是好意。

巡　警　　唔，又是好意。

女　子　　（微笑）我是故意吓一吓你，使你不要吹，你知道你若吹了会多么与你不利吗？我告诉
　　　　　　你，这时候是（看表）九点钟，那东面角上是一百零七号，西面角上是二百八十号，南面是
　　　　　　三百九十九号，北面就是介绍你给我的二百四十三号。现在你再看，（翻看那本名册簿）
　　　　　　他们在我这里，一个是十五号，一个是七号，一个是十一号，一个是新换过来的，所以他是
　　　　　　二十九号。你只要这么想，你的岗位离这儿很远尚且也编了三十二号，他们的岗位都
　　　　　　在我屋子的四周，他们的号码怎么不要编在你的先？走路总打近路走，就像你打麻雀的
　　　　　　时候，总不会两交不听，听对倒。（微笑）所以你侦探的知识实在太不够，刚才我说你还不
　　　　　　如个侦犬，倒并非挖苦你，倒是实在的话。

巡　警　　（又不高兴的样子）

女　子　　别生气，我是给你个忠告。一个警犬只要主人喂饱了它牛肉，它就会代它主人拼命；但人
　　　　　　呢，人就是主人喂饱了他，他还得想一想值得不值得为了暂时的饱暖替人去拼命？况且
　　　　　　目前，还喂不饱你！（转一种口气）关于这些，我们此刻暂且不谈，到了你真是我的朋友
　　　　　　的时候，你可以常来我这儿作谈话，我也可以借些书你看，我们开会的时候你也可以来参
　　　　　　加，不消十几次，你就会很明白什么事值得，什么事不值得？

巡　警　　唅，你到底打算怎么样？你的嘴不会干是很可佩服的，可是也别忘了我还得回去交差呢！

女　子　　是的，我没有忘，可是你得明白，在你没有在我这簿上签字以前，我是不能让你回去交差
　　　　　　的。你签了字就承认了是我们的朋友，我就得代你想好你回去以后的种种托辞，要使你

毫无嫌疑和为难。现在就请你签上个字，好不好？

巡　警　（站起来）不行，你真想把我们男人的脸都丢光吗？他们能这样，我可不能！

女　子　（点头）噢，男人。你以为一个男子信服一个女人是丢脸吗？好，我真想不到许多话和你从那儿说起好，现在我们就谈谈男人和女人吧。你知道女人是多么好胜吗？一个女学生的功课老想超过一切人的头上，不但想超过同性的女学生，还想超过异性的男学生，这是常见的事实，这便是女人好胜的天性。我们的同盟会就根据女人好胜心理，要把全世界的女人都联合起来，以抵制男人……

巡　警　（笑）哼！

女　子　笑？不要笑，你以为这是可笑的话吗？我告诉你，有两点可以证明这是可能的。第一点，历来的女子老在男子的压迫之下，而现在的女子是明白得多了，现在哪一个女子不想抬一抬头？哪一个女子不想和男人争一争平等？

巡　警　（笑）呵呵！和男人争平等就是抵制男人了吗？

女　子　（微笑）也不能说不是抵制了，不过我了解你，我了解你的笑不是嘲笑我们女子，而是对我们女子很善意的，你是以为女子这样抵制男人还不够，女子应当制服男人，对不对？

巡　警　（笑）呵呵！制服男人，呵呵？（笑）

女　子　（微笑）不要笑，我告诉了你第二个证明你就会信了，你只要这么想，世界上的妻子，那一个不要步步监视她丈夫的行动自由的？所以朋友，我告诉你，假如我们的世界同盟会成立以后，而从总部发一个通告给全世界的女人说："某月某日某时到某时，各同志都监视自己的丈夫或情人，不准他们出大门一步。"那末到那时候，全世界的路上走的只是些小孩子了，你信不信？

巡　警　（笑）呵呵！异想天开！我对你说，要是我是个丈夫的话，那时候我就偏要出去！

女　子　（微笑）你妻子会偏不让出去！

巡　警　没有用呀，力气是我大，我把她一推在地上我就出去了。（得意地）

女　子　（微笑）力气没有用，我们软化革命同盟会有软禁的手段呀！

巡　警　（笑）呵呵！软禁？呵呵！（笑）

女　子　（微笑）不要笑，别那么好笑，世界上真有那么奇事，别说你丈夫的资格，就以巡警的资格对犯人，有时也会出不得门呢！

巡　警　（笑脸顿时变成了窘脸）

女　子　（微笑）这便是我们软化革命的力量！我对你说，你别以为我都是些空想，有些人再说，中国以五个人打一个就可以毁灭了日本，这倒是空想，要是日本的军器好，一枪能死十个人，中国的军器坏，一枪只死一个人，中国那能毁灭了日本？所以这尽是些无稽之谈的空想。但我们是很实际的，我们是用一个妻子来领导一个丈夫……

巡　警　（又笑）哼！那末和尚怎么办？

女　子　（微笑）你真想得到，可是我们已经比你先想到了，那志愿书里有十几个是尼姑，她们就是专门领导和尚的。此外，还有兵士也是没有妻子的，那你不会想到了，那我们已有看护去领导。除了兵士，还有水手也是没有妻子的，不过目前中国的海军不发达，所以还不是急需的，假如世界同盟成立以后，那么全世界的妓女，舞女，都是领导他们的人。我们还预备派几个《封神榜》里的妲己到执政者的周围去，你想那力量多么大？有人说，第二次的世界大战是阶级战争,但我们相信,那不但是如此,而且是男女战争!

巡　警　好了,你说了这么一大泡,是要声张你们的声势,使我害怕而签字了,是不是?你错了,那反会使我不肯再签了,因为我是个男人!(很以男人自傲)

女　子　(微笑)不签?现在你尽管不签,但是你早晚逃不了。就猛虎般倔强,也不消来这屋子七次,我就要他签下。你还没明白我们的力量,你要相信我是个《连环计》里的貂蝉,但你别做了董卓,做了,那三十一个(指名册)吕布,就至少有一个会来拿下你的头。

巡　警　(微笑着)那于你们软化的宗旨未免不大合。

女　子　(也微笑)对,不大合,所以我们也决不会这样做,我们会用其他的手段。

巡　警　也许是卑鄙的手段。

女　子　(微笑)也许是,不过那在我们中间不叫做卑鄙的手段,我们叫做最后的软化手段,不是不得已,就不那么做。卑鄙?那是男人故意造了来笼络女人的字眼儿,他们就怕女人有不顾一切的一天,便是男人的末日。试看古来革命女性的成功,不是很多因为打破了这一点?

巡　警　很好。(走到床边躺下)那么让我躺了听你的《山海经》吧。

女　子　喔,对不起,我真是讲得太远了,我知道你的心是多么焦急,现在我们该讨论你回去交差的事了。(看他并不坐起来)你还需要回去吗?

巡　警　(坐了起来)怎么能不回去?

女　子　那末你回去怎样说呢?

巡　警　我不知道,天晓得!

女　子　(也在床边坐下)我告诉你……(接着讲得很轻)

巡　警　(点头)但是那……(接着也讲得很轻,他们样子很像一对夫妇坐在床沿上谈家事)

女　子　在他们知道以前,你先自首,你一定便宜的,我对你说……(接下又轻了)

巡　警　(点头)但是我不大相信你,你别又给当我上,你知道……(又轻了)

女　子　你真是……《九更天》的滚钉板,《借东风》的苦肉计,要成功一件事,多少得先吃亏些自己……况且你这又毫无痛痒的,你听我讲,你听我讲……(又轻了)

巡　警　(摇头)我不信。

女　子　你这人真是,我害你,我有什么好处?若是出了什么毛病,我明天来替你想法,这你总有点相信我有这点子能力可以代你辩护吧?就我自己不来,我会叫这三十一个里的任何一个来帮你的忙,或者三十一个全体出马也行,你看怎么样?要是你再不信,(过去把那本名册拿来塞在他的袋里)这样可以给你一个保障,这里有他们三十一个人的签字,就是我不代你出力,他们还敢不代你出力吗?去,不要没有勇气,我老实说……(又轻了)

巡　警　(点头)好吧。

女　子　那末在不在?(从他袋内取出那个手铐,预备替他铐上)

巡　警　(犹豫)但是这成什么样子呢?

女　子　不这样怎能使他们信你?实在讲,放了一个扒儿手有什么大罪?不过你一定得小题大做一下先压倒他们,不然他们便会小题大做了,或是扣你薪工,或是记你一次过,那不犯不着了吗?我不会骗你的,戴上吧。

巡　警　(还是迟疑)这成个什么样子呢?

女　子　那有什么要紧?上次那十三号(指名册)也是这样回去的,结果是一点没有什么,长官还奖励他几句，说他并不把小事看轻了，办事很认真。所以你不用害怕，戴上吧。

巡　警　（总是踌躇）但这算什么一出呢？

女　子　（微笑）就算是一出《华容道》吧，你就是虎将关夫子，因为你放了曹操，所以你现在缚了
　　　　　自己去见诸葛亮。

巡　警　但是走在路上成什么样子？

女　子　那不更容易了吗？把两个圈缩在袖子内，手上遮一块手帕，这又是晚上，谁来注意你？
　　　　　快，时间不早了，戴上吧，好孩子。

巡　警　（很迟疑地伸出两个手，她就代他戴上，"得""得"两声手铐上了锁）这玩意儿戴了真不
　　　　　好看！

女　子　是的，可是一个女人戴上了不更不好看吗？并且一个扒儿手是还不够戴这玩意儿的资
　　　　　格，那你为什么要叫我戴呢？（微笑）刚才是我演《苏三起解》的玉堂春，现在是你演《白
　　　　　水滩》里的青面虎了。好，别说这些废话了。（看表）你快走吧，明天来我这儿吃午饭别忘
　　　　　了呀？（巡警点头）要是等你到十二点你还不来，我就知道这锁还没有开，我会到你那儿
　　　　　把你设法弄出来，其实那是不会的，你不用怕。（用他自己的手帕为他遮住手铐）好，明天
　　　　　见。但是，我们现在既是朋友了，你能不能在那名册上头签个字？

巡　警　别再傻我，那是你给我的保障，我也能签字的吗？

女　子　喔，保障，保障，我看你还是拿志愿书去好不好？

巡　警　不要！

女　子　这又是你发傻了，志愿书是印刷品，上面有什么革命同盟会的字样，而且每个人都有地
　　　　　址，有下落；那名册除了三十一个签字以外就没有什么了，也没有反动的证据，他们竟可
　　　　　以抵赖说这是他们的一个什么会，或者是什么俱乐部的名册，那你拿着有何用？

巡　警　……

女　子　我看你还是拿这些志愿书去的好，这是真话。（从他袋内取出那本名册，把志愿书分放在
　　　　　他两个袋内）现在你信我是好意了吧？

巡　警　（点头）

女　子　那末明天见。（巡警预备走）喔，此刻我又想起你戒赌而老戒不掉的事来了，你这人不能
　　　　　把握你自己的心，也许你回头把我们的事全讲了出来……

巡　警　那不会，你放心，咱们山东人不是那样的人。

女　子　但是我有点怕，能否你也给我一个保障呢？

巡　警　你要什么保障？

女　子　能否请你签个字？

巡　警　那不行。

女　子　为什么不行？一本俱乐部的名册签个字有什么要紧呢？你说对不对？你仔细想一想！

巡　警　（想了一想）好吧。（签字）

女　子　多谢你。现在我对你有一个警告，这本东西（指名册）在现在是一点没有关系的，可是等
　　　　　我一犯罪，这本东西就连着有关系了，你说对不对？所以……那你当然明白了？

巡　警　……

女　子　（向他一打量）喔，还有一件事，但是我说了，你一定要说我狡猾的，要不说，又会害你的，

好吧,(拿了一面镜子给他自己照)你看,你不觉得你的口袋太胖吗?那是对你很危险的,说不定你的手铐再没有机会开,要是你们长官注意了你的口袋。

巡 警 不错,对不起请你替我拿一拿出来吧,带一张做保障就行了。

女 子 那就带四五张也看不出来,只要不那么胖就行了。(替他把志愿书全拿出来,数了十张,放入他的袋里)我跟你放十张在里面好不好?可是你明天要还我十张的,别丢了一张,那不是玩的!

巡 警 当然,那你放心。(预备走)

女 子 且慢,我问你,你们的长官,多疑不多疑的?

巡 警 那当然了。

女 子 那末他会不会疑你是受了那个扒儿手的贿才使你放了的?

巡 警 我可说不定。

女 子 那末也许他会来查一查你口袋里有多少钱,会不会?

巡 警 你的意思是连这十张也不要带去,简直连一张也不要带去?

女 子 这话我不能说,说了你又会骂我是狡猾。

巡 警 好吧,好吧,你全拿去吧。(自己把志愿书从袋内抽了出来丢在桌上)我佩服你,但也算是我今晚倒了霉,不用说了,快把钥匙给我让我走吧。

女 子 (微笑)钥匙在你的口袋里。

巡 警 在我口袋里?

女 子 是的,那是在你想吹警笛以前就在你的袋里了。

巡 警 胡说!

女 子 一点都不胡说,我因为防你刚才会搜屋子的,要是搜的话,这小小的屋子不消十五分钟就会被你搜得了,所以我故意放进你自己的袋里,想利用心理学的作用,使你搜也搜不到,好像把你等的第四个白板放在柜底里。

巡 警 很好,今晚上我是完全被你做了一个试验品。

女 子 不,你已是三十二号了,那里还是试验品?今晚上不能算费事,但也不怎样省力。

巡 警 (举起手铐示她看)可是我今晚上就费事了。

女 子 (微笑)那你放心,(拍拍胸)全由我。

巡 警 我完全相信你呀!

女 子 对,这才像我们朋友的话。(跳过去,为他拍去身上的粉,替他扣好那两个衣扣,代他把手帕遮住手)你明天别忘来我这儿吃中饭,要是你有空,我陪你上我另外一个亭子间的家里去,那是在你岗位的附近,以后你找我就方便了。

巡 警 多谢,还烦劳你替我拿一拿钥匙,我不大便。

女 子 (微笑)为什么不在你铐住的以前就拿出来呢?

巡 警 好了,别挖苦了好不好?还不够吗?

女 子 好,从此不再挖苦你了,从此我们不再把你看作一条替人守家的狗,而把你当作我们的朋友了。(开了门)朋友,我们应当握一握手。(和他握手)也许这还是你第一次和女人握手吧?可怜的孩子。(放了手)

巡 警 (预备走)

女　子　慢。（过去用手挽着他的臂）我送你下楼好不好？
巡　警　多谢！
　　　〔她用头靠着他的肩，充满着像旧友重逢一般的热情，她带了钥匙，他们走出了门，门反碰上，灯亮着。

（幕）

一九三二，九，九

（选自《现代》1933 年第 2 卷第 3 期）

曹　禺

雷雨（选幕）

人　　物

姑奶奶甲（教堂尼姑）

姑奶奶乙

姊姊——十五岁。

弟弟——十二岁。

周朴园——某煤矿公司董事长，五十五岁。

周蘩漪——其妻，三十五岁。

周萍——其前妻生子，年二十八。

周冲——蘩漪生子，年十七。

鲁贵——周宅仆人，年四十八。

鲁侍萍——其妻，某校侍役，年四十七。

鲁大海——侍萍前夫之子，煤矿工人，年二十七。

鲁四凤——鲁贵与侍萍之女，年十八，周宅使女。

周宅仆人等：仆人甲，仆人乙……老仆。

景

序　幕　在教堂附属医院的一间特别客厅内。

　　　　——冬天的一个下午。

第一幕　十年前，一个夏天，郁热的早晨。

　　　　　　——周公馆的客厅内（即序幕的客厅,景与前大致相同。）

第二幕　　景同前。

　　　　　　——当天的下午。

第三幕　　在鲁家,一个小套间。

　　　　　　——当天夜晚十时许。

第四幕　　周家的客厅（与第一幕同）。

　　　　　　——当天半夜两点钟。

尾　声　　又回到十年后,一个冬天的下午。

　　　　　　——景同序幕。

　　　　（由第一幕至第四幕为时仅一天。）

　　　　　　　　　　　　　　　　　　　　　　　　　　　——幕落。

第 二 幕

〔午饭后,天气很阴沉,更郁热,湿潮的空气,低压着在屋内的人,使人成为烦躁的了。周萍一个人由饭厅走上来,望望花园,冷清清的,没有一个人。偷偷走到书房门口,书房里是空的,也没有人。忽然想起父亲在别的地方会客,他放下心,又走到窗户前开窗门,看着外面绿荫荫的树丛。低低地吹出一种奇怪的哨声,中间他低沉地叫了两三声"四凤!"不一时,好像听见远处有哨声在回应,渐移渐近,他又缓缓地叫一声"凤儿!"门外有一个女人的声音,"萍,是你么?"萍就把窗门关上。

〔四凤由外面轻轻地跑进来。

周　萍　（回头,望着中门,四凤正从中门进,低声,热烈地）凤儿!（走近,拉着她的手）

鲁四凤　不,（推开他）不,不。（谛听,四面望）看看,有人!

周　萍　没有,凤,你坐下。（推她到沙发坐下）

鲁四凤　（不安地）老爷呢?

周　萍　在大客厅会客呢。

鲁四凤　（坐下,叹一口长气。望着）总是这样偷偷摸摸的。

周　萍　嗯。

鲁四凤　你连叫我都不敢叫。

周　萍　所以我要离开这儿哪。

鲁四凤　（想一下）哦,太太怪可怜的。为什么老爷回来,头一次见太太就发这么大的脾气?

周　萍　父亲就是这个样,他的话,向来不能改的。他的意见就是法律。

鲁四凤　（怯懦地）我——我怕得很。

周　萍　怕什么?

鲁四凤　我怕万一老爷知道了,我怕。有一天,你说过,要把我们的事告诉老爷的。

周　萍　（摇头,深沉地）可怕的事不在这儿。

鲁四凤　还有什么?

周　萍　（忽然地）你没有听见什么话?

鲁四凤　什么?（停）没有。

周　萍　关于我，你没有听见什么？

鲁四凤　没有。

周　萍　从来没听见过什么？

鲁四凤　（不愿提）没有——你说什么？

周　萍　那——没什么！没什么！

鲁四凤　（真挚地）我信你，我相信你以后永远不会骗我。这我就够了。——刚才，我听你说，你明天就要到矿上去。

周　萍　我昨天晚上已经跟你说过了。

鲁四凤　（爽直地）你为什么不带我去？

周　萍　因为……（笑）因为我不想带你去。

鲁四凤　这边的事我早晚是要走的。——太太，说不定今天要辞掉我。

周　萍　（没想到）她要辞掉你，——为什么？

鲁四凤　你不要问。

周　萍　不，我要知道。

鲁四凤　自然因为我做错了事。我想，太太大概没有这个意思。也许是我瞎猜。（停）萍，你带我去好不好？

周　萍　不。

鲁四凤　（温柔地）萍，我好好地侍候你，你要这么一个人。我跟你缝衣服，烧饭做菜，我都做得好，只要你叫我跟你在一块儿。

周　萍　哦，我还要一个女人，跟着我，侍候我，叫我享福？难道，这些年，在家里，这种生活我还不够么？

鲁四凤　我知道你一个人在外头是不成的。

周　萍　凤，你看不出来，现在我怎么能带你出去？——你这不是孩子话吗？

鲁四凤　萍，你带我走！我不连累你，要是外面因为我，说你的坏话，我立刻就走。你——你不要怕。

周　萍　（急躁地）凤，你以为我这么自私自利么？你不应该这么想我。——哼，我怕，我怕什么？（管不住自己）这些年，我做出这许多的……哼，我的心都死了，我恨极了我自己。现在我的心刚刚有点生气了，我能放开胆子喜欢一个女人，我反而怕人家骂？哼，让大家说吧，周家大少爷看上他家里面的女下人，怕什么，我喜欢她。

鲁四凤　（安慰他）萍，不要难过。你做了什么，我也不怨你的。（想）

周　萍　（平静下来）你现在想什么？

鲁四凤　我想，你走了以后，我怎么样。

周　萍　你等着我。

鲁四凤　（苦笑）可是你忘了一个人。

周　萍　谁？

鲁四凤　他总不放松我。

周　萍　哦，他呀——他又怎么样？

鲁四凤　他又把前一月的话跟我提了。

周　萍　他说,他要你?

鲁四凤　不,他问我肯嫁他不肯。

周　萍　你呢?

鲁四凤　我先没有说什么,后来他逼着问我,我只好告诉他实话。

周　萍　实话?

鲁四凤　我没有说旁的。我只提我已经许了人家。

周　萍　他没有问旁的?

鲁四凤　没有,他倒说,他要供给我上学。

周　萍　上学?(笑)他真呆气!——可是,谁知道,你听了他的话,也许很喜欢的。

鲁四凤　你知道我不喜欢,我愿意老陪着你。

周　萍　可是我已经快三十了,你才十八,我也不比他的将来有希望,并且我做过许多见不得人
　　　　的事。

鲁四凤　萍,你不要同我瞎扯,我现在心里很难过。你得想出法子,他是个孩子,老是这样装着腔,
　　　　对付他,我实在不喜欢。你又不许我跟他说明白。

周　萍　我没有叫你不跟他说。

鲁四凤　可是你每次见我跟他在一块儿,你的神气,偏偏——

周　萍　我的神气那自然是不快活的。我看见我最喜欢的女人时常跟别人在一块儿。哪怕他是
　　　　我的弟弟,我也不情愿的。

鲁四凤　你看你又扯到别处。萍,你不要扯,你现在到底对我怎么样?你要跟我说明白。

周　萍　我对你怎么样?(他笑了。他不愿意说,他觉女人们都有些呆气,这一句话似乎有一个女
　　　　人也这样问过他,他心里隐隐有些痛)要我说出来?(笑)那么,你要我怎么说呢?

鲁四凤　(苦恼地)萍,你别这样待我好不好?你明明知道我现在什么都是你的,你还——你还这
　　　　样欺负人。

周　萍　(他不喜欢这样,同时又以为她究竟有些不明白)哦!(叹一口气)天哪!

鲁四凤　萍,我父亲只会跟人要钱,我哥哥瞧不起我,说我没有志气,我母亲如果知道了这件事,她
　　　　一定恨我。哦,萍,没有你就没有我。我父亲,我哥哥,我母亲,他们也许有一天会不理我,
　　　　你不能够的,你不能够的。(抽咽)

周　萍　四凤,不,不,别这样,你让我好好地想一想。

鲁四凤　我的妈最疼我,我的妈不愿意我在公馆里做事,我怕她万一看出我的谎话,知道我在这里
　　　　做了事,并且同你……如果你又不是真心的,……那我——那我就伤了我妈的心了。(哭)
　　　　还有,……

周　萍　不,凤,你不该这样疑心我。我告诉你,今天晚上我预备到你那里去。

鲁四凤　不,我妈今天回来。

周　萍　那么,我们在外面会一会好么?

鲁四凤　不成,我妈晚上一定会跟我谈话的。

周　萍　不过,我明天早车就要走了。

鲁四凤　你真不预备带我走么?

周　萍　孩子!那怎么成?

鲁四凤　那么,你——你叫我想想。

周　萍　我先要一个人离开家,过后,再想法子,跟父亲说明白,把你接出来。

鲁四凤　(看着他)也好,那么今天晚上你只好到我家里来。我想,那两间房子,爸爸跟妈一定在外房睡,哥哥总是不在家睡觉,我的房子在半夜里一定是空的。

周　萍　那么,我来还是先吹哨,(吹一声)你听得清楚吧?

鲁四凤　嗯,我要是叫你来,我的窗上一定有个红灯,要是没有灯,那你千万不要来。

周　萍　不要来?

鲁四凤　那就是我改了主意,家里一定有许多人。

周　萍　好,就这样。十一点钟。

鲁四凤　嗯,十一点。

　　　　〔鲁贵由中门上,见四凤和周萍在这里,突然停止,故意地做出懂事的假笑。

鲁　贵　哦!(向四凤)我正要找你。(向周萍)大少爷,您刚吃完饭?

鲁四凤　找我有什么事?

鲁　贵　你妈来了。

鲁四凤　(喜形于色)妈来了,在哪儿?

鲁　贵　在门房,跟你哥哥刚见面,说着话呢。

　　　　〔四凤跑向中门。

周　萍　四凤,见着你妈,给我问问好。

鲁四凤　谢谢您,回头见。(四凤下)

鲁　贵　大少爷,您是明天起身么?

周　萍　嗯。

鲁　贵　让我送送您。

周　萍　不用,谢谢你。

鲁　贵　平时总是您心好,照顾着我们。您这一走,我同我这丫头都得惦记着您了。

周　萍　(笑)你又没钱了吧?

鲁　贵　(奸笑)大少爷,您这可是开玩笑了。——我说的是实话,四凤知道,我总是背后说大少爷好的。

周　萍　好吧。——你没有事么?

鲁　贵　没事,没事,我只跟您商量点闲拌儿。您知道,四凤的妈来了,楼上的太太要见她,……

　　　　〔蘩漪由饭厅门上,鲁贵一眼看见,话说成一半,又吞进去。

鲁　贵　哦,太太下来了! 太太,您病完全好啦?(蘩漪点一点头)鲁贵直惦记着。

周蘩漪　好,你下去吧。

　　　　〔鲁贵鞠躬由中门下。

周蘩漪　(向周萍)他上哪儿去了?

周　萍　(莫名其妙)谁?

周蘩漪　你父亲。

周　萍　他有事情,见客,一会儿就回来。弟弟呢?

周蘩漪　他只会哭,他走了。

周　萍　（怕和她一同在这间屋里）哦。（停）我要走了，我现在要收拾东西去。（走向饭厅）

周繁漪　回来，（周萍停步）我请你略微坐一坐。

周　萍　什么事？

周繁漪　（阴沉地）有话说。

周　萍　（看出她的神色）你像是有很重要的话跟我谈似的。

周繁漪　嗯。

周　萍　说吧。

周繁漪　我希望你明白方才的情形。这不是一天的事情。

周　萍　（躲避地）父亲一向是那样，他说一句就是一句的。

周繁漪　可是人家说一句，我就要听一句，那是违背我的本性的。

周　萍　我明白你。（强笑）那么你顶好不听他的话就得了。

周繁漪　萍，我盼望你还是从前那样诚恳的人。顶好不要学着现在一般青年人玩世不恭的态度。你知道我没有你在我面前，这样，我已经很苦了。

周　萍　所以我就要走了。不要叫我们见着，互相提醒我们最后悔的事情。

周繁漪　我不后悔，我向来做事没有后悔过。

周　萍　（不得已地）我想，我很明白地对你表示过。这些日子我没有见你，我想你很明白。

周繁漪　很明白。

周　萍　那么，我是个最糊涂，最不明白的人。我后悔，我认为我生平做错一件大事。我对不起自己，对不起弟弟，更对不起父亲。

周繁漪　（低沉地）但是你最对不起的人有一个，你反而轻轻地忘了。

周　萍　我最对不起的人，自然也有，但是我不必同你说。

周繁漪　（冷笑）那不是她！你最对不起的是我，是你曾经引诱过的后母！

周　萍　（有些怕她）你疯了。

周繁漪　你欠了我一笔债，你对我负着责任；你不能看见了新的世界，就一个人跑。

周　萍　我认为你用的这些字眼，简直可怕。这种字句不是在父亲这样——这样体面的家庭里说的。

周繁漪　（气极）父亲，父亲，你撇开你的父亲吧！体面？你也说体面？（冷笑）我在这样的体面家庭已经十八年啦。周家家庭里所出的罪恶，我听过，我见过，我做过。我始终不是你们周家的人。我做的事，我自己负责任。不像你们的祖父，叔祖，同你们的好父亲，偷偷做出许多可怕的事情，祸移在人身上，外面还是一副道德面孔，慈善家，社会上的好人物。

周　萍　繁漪，大家庭自然免不了不良分子，不过我们这一支，除了我，……

周繁漪　都一样，你父亲是第一个伪君子，他从前就引诱过一个良家的姑娘。

周　萍　你不要乱说话。

周繁漪　萍，你再听清楚点，你就是你父亲的私生子！

周　萍　（惊异而无主地）你瞎说，你有什么证据？

周繁漪　请你问你的体面父亲，这是他十五年前喝醉了的时候告诉我的。（指桌上相片）你就是这年轻的姑娘生的小孩。她因为你父亲又不要她，就自己投河死了。

周　萍　你，你，你简直……——好，好，（强笑）我都承认。你预备怎么样？你要跟我说什么？

周繁漪　你父亲对不起我，他用同样手段把我骗到你们家来，我逃不开，生了冲儿。十几年来像刚才一样的凶横，把我渐渐地磨成了石头样的死人。你突然从家乡出来，是你，是你把我引到一条母亲不像母亲，情妇不像情妇的路上去。是你引诱的我！

周　萍　引诱！我请你不要用这两个字好不好？你知道当时的情形怎么样？

周繁漪　你忘记了在这屋子里，半夜，我哭的时候，你叹息着说的话么？你说你恨你的父亲，你说过，你愿他死，就是犯了灭伦的罪也干。

周　萍　你忘了。那是我年轻，我的热叫我说出来这样糊涂的话。

周繁漪　你忘了，我虽然比你只大几岁，那时，我总还是你的母亲，你知道你不该对我说这种话么？

周　萍　哦——（叹一口气）总之，你不该嫁到周家来，周家的空气满是罪恶。

周繁漪　对了，罪恶，罪恶。你的祖宗就不曾清白过，你们家里永远是不干净。

周　萍　年轻人一时糊涂，做错了的事，你就不肯原谅么？（苦恼地皱着眉）

周繁漪　这不是原谅不原谅的问题，我已经预备好棺材，安安静静地等死，一个人偏把我救活了又不理我，撇得我枯死，慢慢地渴死。让你说，我该怎么办？

周　萍　那，那我也不知道，你来说吧！

周繁漪　（一字一字地）我希望你不要走。

周　萍　怎么，你要我陪着你，在这样的家庭，每天想着过去的罪恶，这样活活地闷死么？

周繁漪　你既然知道这家庭可以闷死人，你怎么肯一个人走，把我放在家里？

周　萍　你没有权利说这种话，你是冲弟弟的母亲。

周繁漪　我不是！我不是！自从我把我的性命，名誉，交给你，我什么都不顾了。我不是他的母亲，不是，不是，我也不是周朴园的妻子。

周　萍　（冷冷地）如果你以为你不是父亲的妻子，我自己还承认我是我父亲的儿子。

周繁漪　（不曾想到他会说这一句话，呆了一下）哦，你是你的父亲的儿子。——这些月，你特别不来看我，是怕你的父亲？

周　萍　也可以说是怕他，才这样的吧。

周繁漪　你这一次到矿上去，也是学着你父亲的英雄榜样，把一个真正明白你，爱你的人丢开不管么？

周　萍　这么解释也未尝不可。

周繁漪　（冷冷地）怎么说，你到底是你父亲的儿子。（笑）父亲的儿子？（狂笑）父亲的儿子？（狂笑，忽然冷静严厉地）哼，都是些没有用，胆小怕事，不值得人为他牺牲的东西！我恨着我早没有知道你！

周　萍　那么你现在知道了！我对不起你，我已经同你详细解释过，我厌恶这种不自然的关系。我告诉你，我厌恶。我负起我的责任，我承认我那时的错，然而叫我犯了那样的错，你也不能完全没有责任。你是我认为最聪明，最能了解人的女子，所以我想，你最后会原谅我。我的态度，你现在骂我玩世不恭也好，不负责任也好，我告诉你，我盼望这一次的谈话是我们最末一次谈话了。（走向饭厅门）

周繁漪　（沉重的语气）站着。（周萍立住）我希望你明白我刚才说的话，我不是请求你。我盼望你用你的心，想一想，过去我们在这屋子说的，（停，难过）许多，许多的话。一个女子，你记着，不能受两代的欺侮，你可以想一想。

周　萍　我已经想得很透彻,我自己这些天的痛苦,我想你不是不知道,好,请你让我走吧。

〔周萍由饭厅下,蘩漪的眼泪一颗颗地流在腮上,她走到镜台前,照着自己苍白的有皱纹的脸,便嘤嘤地扑在镜台上哭起来。

〔鲁贵偷偷地由中门走进来,看见太太在哭。

鲁　贵　(低声)太太!

周蘩漪　(突然站起)你来干什么?

鲁　贵　鲁妈来了好半天啦。

周蘩漪　谁?谁来好半天啦?

鲁　贵　我家里的,太太不是说过要我叫她来见么?

周蘩漪　你为什么不早点来告诉我?

鲁　贵　(假笑)我倒是想着,可是我(低声)刚才瞧见太太跟大少爷说话,所以就没敢惊动您。

周蘩漪　啊,你,你刚才在——

鲁　贵　我?我在大客厅伺候老爷见客呢!(故意地不明白)太太有什么事么?

周蘩漪　没什么,那么你叫鲁妈进来吧。

鲁　贵　(谄笑)我们家里是个下等人,说话粗里粗气,您可别见怪。

周蘩漪　都是一样的人。我不过想见一见,跟她谈谈闲话。

鲁　贵　是,那是太太的恩典。对了,老爷刚才跟我说,怕明天要下大雨,请太太把老爷的那一件旧雨衣拿出来,说不定老爷就要出去。

周蘩漪　四凤给老爷检的衣裳,四凤不会拿么?

鲁　贵　我也是这么说啊,您不是不舒服么?可是老爷吩咐,不要四凤,还是要太太自己拿。

周蘩漪　那么,我一会儿拿来。

鲁　贵　不,是老爷吩咐,说现在就要拿出来。

周蘩漪　哦,好,我就去吧。——你现在叫鲁妈进来,叫她在这房里等一等。

鲁　贵　是,太太。

〔鲁贵下,蘩漪的脸更显得苍白,她在极力压制自己的烦郁。

周蘩漪　(把窗户打开,吸一口气,自语)热极了,闷极了,这里真是再也不能住的。我希望我今天变成火山的口,热烈烈地冒一次,什么我都烧个干净,那时我就再掉在冰川里,冻成死灰,一生只热热地烧一次,也就算够了。我过去的是完了,希望大概也是死了的。哼,什么我都预备好了,来吧,恨我的人,来吧,叫我失望的人,叫我忌妒的人,都来吧,我在等候着你们。(望着空空的前面,继而垂下头去。鲁贵上)

鲁　贵　刚才小当差来,说老爷催着要。

周蘩漪　(抬头)好,你先去吧。我叫陈妈送去。

〔蘩漪由饭厅下,贵由中门下。移时鲁妈——即鲁侍萍——与四凤上。鲁妈的年纪约有四十七岁的光景,鬓发已经有点斑白,面貌白净,看上去也只有三十八九岁的样子。她的眼有些呆滞,时而呆呆地望着前面,但是在那秀长的睫毛,和她圆大的眸子间,还寻得出她少年时静慧的神韵。她的衣服朴素而有身份,旧蓝布裤褂,很洁净地穿在身上。远远地看着,依然像大家户里落魄的妇人。她的高贵的气质和她的丈夫的鄙俗,奸小,恰成一个强烈的对比。

〔她的头还包着一条白布手巾，怕是坐火车围着避土的，她说话总爱微微地笑，尤其因为刚见着两年未见的亲女儿，神色还是快慰地闪着快乐的光彩。她的声音很低，很沉稳，语音像一个南方人曾经和北方人相处很久，夹杂着许多模糊，轻快的南方音，但是她的字句说得很清楚。她的牙齿非常齐整，笑的时候在嘴角旁露出一对深深的笑涡，叫我们想起来四凤笑时口旁一对浅浅的涡影。

〔鲁妈拉着女儿的手，四凤就像个小鸟偎在她身边走进来。后面跟着鲁贵，提着一个旧包袱。他骄傲地笑着，比起来，这母女的单纯的欢欣，他更是粗鄙了。

鲁四凤　太太呢？

鲁　贵　就下来。

鲁四凤　妈，您坐下。（鲁妈坐）您累么？

鲁侍萍　不累。

鲁四凤　（高兴地）妈，您坐一坐。我给您倒一杯冰镇的凉水。

鲁侍萍　不，不要走，我不热。

鲁　贵　凤儿，你跟你妈拿一瓶汽水来，（向鲁妈）这儿公馆什么没有？一到夏天，柠檬水，果子露，西瓜汤，橘子，香蕉，鲜荔枝，你要什么，就有什么。

鲁侍萍　不，不，你别听你爸爸的话。这是人家的东西。你在我身旁跟我多坐一会，回头跟我同——同这位周太太谈谈，比喝什么都强。

鲁　贵　太太就会下来，你看你，那块白包头，总舍不得拿下来。

鲁侍萍　（和蔼地笑着）真的，说了那么半天。（笑望着四凤）连我在火车上搭的白手巾都忘了解啦。（要解它）

鲁四凤　（笑着）妈，您让我替您解开吧。（走过去解。这里，鲁贵走到小茶几旁，又偷偷地把烟放在自己的烟盒里）

鲁侍萍　（解下白手巾）你看我的脸脏么？火车上尽是土，你看我的头发，不要叫人家笑。

鲁四凤　不，不，一点都不脏。两年没见您，您还是那个样。

鲁侍萍　哦，凤儿，你看我的记性。谈了这半天，我忘记把你顶喜欢的东西给你拿出来啦。

鲁四凤　什么？妈。

鲁侍萍　（由身上拿出一个小包来）你看，你一定喜欢的。

鲁四凤　不，您先别给我看，让我猜猜。

鲁侍萍　好，你猜吧。

鲁四凤　小石娃娃？

鲁侍萍　（摇头）不对，你太大了。

鲁四凤　小粉扑子。

鲁侍萍　〔摇头）给你那个有什么用？

鲁四凤　哦，那一定是小针线盒。

鲁侍萍　（笑）差不多。

鲁四凤　那您叫我打开吧。（忙打开纸包）哦，妈！顶针，银顶针！爸，您看，您看！（给鲁贵看）

鲁　贵　（随声说）好！好！

鲁四凤　这顶针太好看了，上面还镶着宝石。

鲁　贵　　什么?(走两步,拿来细看)给我看看。

鲁侍萍　　这是学校校长的太太送给我的。校长丢了个要紧的钱包,叫我拾着了,还给他。校长的
　　　　　太太就非要送给我东西,拿出一大堆小首饰,叫我挑,送给我的女儿。我就捡出这一件,
　　　　　拿来送给你,你看好不好?

鲁四凤　　好,妈,我正要这个呢。

鲁　贵　　咦,哼,(把顶针交给四凤)得了吧,这宝石是假的,你挑得真好。

鲁四凤　　(见着母亲特别欢喜说话,轻蔑地)哼,您呀,真宝石到了您的手里也是假的。

鲁侍萍　　凤儿,不许这样跟爸爸说话。

鲁四凤　　(撒娇)妈,您不知道,您不在这儿,爸爸就拿我一个人撒气,尽欺负我。

鲁　贵　　(看不惯他妻女这样"乡气",于是轻蔑地)你看你们这点穷相,走到大家公馆,不来看看
　　　　　人家的阔排场,尽在一边闲扯。四凤,你先把你这两年做的衣裳给你妈看看。

鲁四凤　　(白眼)妈不稀罕这个。

鲁　贵　　你不也有点首饰么?你拿出来给你妈开开眼。看看还是我对,还是把女儿关在家里对?

鲁侍萍　　(向鲁贵)我走的时候嘱咐过你,这两年写信的时候也总不断地提醒过你,我说过我不愿
　　　　　意把我的女儿送到一个阔公馆,叫人家使唤。你偏——(忽然觉得这不是谈家事的地方,
　　　　　回头向四凤)你哥哥呢?

鲁四凤　　不是在门房里等着我们么?

鲁　贵　　不是等着你们,人家等着见老爷呢。(向鲁妈)去年我叫人给你捎个信,告诉你大海也当
　　　　　了矿上的工头,那都是我在这儿嘀咕上的。

鲁四凤　　(厌恶她父亲又表白自己的本领)爸爸,您看哥哥去吧。他的脾气有点不好,怕他等急了,
　　　　　跟张爷刘爷们闹起来。

鲁　贵　　真他妈的。这孩子的狗脾气我倒忘了,(走向中门,回头)你们好好在这屋子坐一会,别
　　　　　乱动,太太一会儿就下来。

　　　　　〔鲁贵下。母女见鲁贵走后,如同犯人望见看守走了一样,舒展地吐出一口气来。母女二
　　　　　人相对凄然地笑了一笑,刹那间,她们脸上又浮出欢欣,这次是由衷心升起来愉快的笑。

鲁侍萍　　(伸出手来,向四凤)哦,孩子,让我看看你。

　　　　　〔四凤走到母亲面前。跪下。

鲁四凤　　妈,您不怪我吧?您不怪我这次没听您的话,跑到周公馆做事吧?

鲁侍萍　　不,不,做了就做了。——不过为什么这两年你一个字也不告诉我,我下车走到家里,才
　　　　　听见张大婶告诉我,说我的女儿在这儿。

鲁四凤　　妈,我怕您生气,我怕您难过,我不敢告诉您。——其实,妈,我们也不是什么富贵人家,
　　　　　就是像我这样帮人,我想也没有什么关系。

鲁侍萍　　不,你以为妈怕穷么?怕人家笑我们穷么?不,孩子,妈最知道认命,妈最看得开,不过,
　　　　　孩子,我怕你太年轻,容易一阵子犯糊涂,妈受过苦,妈知道的。你不懂,你不知道这世界
　　　　　太——人的心太——。(叹一口气)好,我们先不提这个。(站起来)这家的太太真怪!她
　　　　　要见我干什么?

鲁四凤　　嗯,嗯,是啊(她的恐惧来了,但是她愿意向好的一面想)不,妈,这边太太没有多少朋友,
　　　　　她听说妈也会写字,念书,也许觉着很相近,所以想请妈来谈谈。

鲁侍萍　（不信地）哦？（慢慢看这屋子的摆设,指着有镜台的柜）这屋子倒是很雅致的。就是家具太旧了点。这是——？

鲁四凤　这是老爷用的红木书桌,现在做摆饰用了。听说这是三十年前的老东西,老爷偏偏喜欢用,到哪儿带到哪儿。

鲁侍萍　那个（指着有镜台的柜）是什么？

鲁四凤　那也是件老东西,从前的第一个太太,就是大少爷的母亲,顶爱的东西。您看,从前的家具多笨哪。

鲁侍萍　咦,奇怪。——为什么窗户还关上呢？

鲁四凤　您也觉奇怪不是？ 这是我们老爷的怪脾气,夏天反而要关窗户。

鲁侍萍　（回想）凤儿,这屋子我像是在哪儿见过似的。

鲁四凤　（笑）真的？ 您大概是想我想的梦里到过这儿。

鲁侍萍　对了,梦似的。——奇怪,这地方怪得很,这地方忽然叫我想起了许多许多事情。（低下头坐下）

鲁四凤　（慌）妈,您怎么脸上发白？ 您别是受了暑,我给您拿一杯冷水吧？

鲁侍萍　不,不是,你别去,——我怕得很,这屋子有鬼怪！

鲁四凤　妈,您怎么啦？

鲁侍萍　我怕得很,忽然我把三十年前的事情一件一件地都想起来了,已经忘了许多年的人又在我心里转。四凤,你摸摸我的手。

鲁四凤　（摸鲁妈的手）冰凉,妈,您可别吓坏我。我胆子小,妈,妈,——这屋子从前可闹过鬼的！

鲁侍萍　孩子,你别怕,妈不怎么样。不过,四凤,我好像我的魂来过这儿似的。

鲁四凤　妈,您别瞎说啦,您怎么来过？ 他们二十年前才搬到这儿北方来,那时候,您不是还在南方么？

鲁侍萍　不,不,我来过。这些家具,我想不起来——我在哪儿见过。

鲁四凤　妈,您的眼不要直瞪瞪地望着,我怕。

鲁侍萍　别怕,孩子,别怕,孩子。（声音愈低,她用力地想,她整个的人,缩,缩到记忆的最下层深处）

鲁四凤　妈,您看那个柜干什么？ 那就是从前死了的第一个太太的东西。

鲁侍萍　（突然低声颤颤地向四凤）凤儿,你去看,你去看,那只柜子靠右第三个抽屉里,有没有一只小孩穿的绣花虎头鞋。

鲁四凤　妈,您怎么啦？ 不要这样疑神疑鬼的。

鲁侍萍　凤儿,你去,你去看一看。我心里有点怯,我有点走不动,你去！

鲁四凤　好,我去看。

　　〔她走到柜前,拉开抽斗,看。

鲁侍萍　（急问）有没有？

鲁四凤　没有,妈。

鲁侍萍　你看清楚了？

鲁四凤　没有,里面空空地就是些茶碗。

鲁侍萍　哦,那大概是我在做梦了。

鲁四凤　（怜惜她的母亲）别多说话了，妈，静一静吧，妈，您在外受了委屈了，（落泪）从前，您不是
　　　　　这样神魂颠倒的。可怜的妈呀（抱着她）好一点了么？

鲁侍萍　不要紧的。——刚才我在门房听见这家里还有两位少爷？

鲁四凤　嗯，妈，都很好，都很和气的。

鲁侍萍　（自言自语地）不，我的女儿说什么也不能在这儿多呆。不成。不成。

鲁四凤　妈，您说什么？这儿上上下下都待我很好。妈，这里老爷太太向来不骂底下人，两位少爷
　　　　　都很和气的。这周家不但是活着的人心好，就是死了的人样子也是挺厚道的。

鲁侍萍　周？这家里姓周？

鲁四凤　妈，您看您，您刚才不是问着周家的门进来的么？怎么会忘了？（笑）妈，我明白了，您还
　　　　　是路上受热了。我先给你拿着周家第一个太太的相片，给您看。我再给你拿点水来喝。

　　　　〔四凤在镜台上拿了相片过来，站在鲁妈背后，给她看。

鲁侍萍　（拿着相片，看）哦！（惊愕得说不出话来，手发颤）

鲁四凤　（站在鲁妈背后）您看她多好看，这就是大少爷的母亲，笑得多美，他们说还有点像我呢。
　　　　　可惜，她死了，要不然，——（觉得鲁妈头向前倒）哦，妈，您怎么啦？您怎么？

鲁侍萍　不，不，我头晕，我想喝水。

鲁四凤　（慌，掐着鲁妈的手指，搓她的头）妈，您到这边来！（扶鲁妈到一个大的沙发前，鲁妈手里
　　　　　还紧紧地拿着相片）妈，您在这儿躺一躺。我给您拿水去。

　　　　〔四凤由饭厅门忙跑下。

鲁侍萍　哦，天哪。我是死了的人！这是真的么？这张相片？这些家具？怎么会？——哦，天底
　　　　　下地方大得很，怎么？熬过这几十年偏偏又把我这个可怜的孩子，放回到他——他的家
　　　　　里？哦，好不公平的天哪！（哭泣）

　　　　〔四凤拿水上，鲁妈忙擦眼泪。

鲁四凤　（持水杯，向鲁妈）妈，您喝一口，不，再喝几口。（鲁妈饮）好一点了么？

鲁侍萍　嗯，好，好啦。孩子，你现在就跟我回家。

鲁四凤　（惊讶）妈，您怎么啦？

　　　　〔由饭厅传出蘩漪喊"四凤"的声音。

鲁侍萍　谁喊你？

鲁四凤　太太。

　　　　〔蘩漪声：四凤！

鲁四凤　嗳。

　　　　〔蘩漪声：四凤，你来，老爷的雨衣你给放在哪儿啦？

鲁四凤　（喊）我就来。（向鲁妈）妈等一等，我就回来。

鲁侍萍　好，你去吧。

　　　　〔四凤下。鲁妈周围望望，走到柜前，抚摩着她从前的家具，低头沉思。忽然听见屋外花
　　　　　园里走路的声音。她转过身来，等候着。

　　　　〔鲁贵由中门上。

鲁　贵　四凤呢？

鲁侍萍　这儿的太太叫了去啦。

鲁　贵　你回头告诉太太，说找着雨衣，老爷自己到这儿来穿，还要跟太太说几句话。

鲁侍萍　老爷要到这屋里来？

鲁　贵　嗯，你告诉清楚了，别回头老爷来到这儿，太太不在，老头儿又发脾气了。

鲁侍萍　你跟太太说吧。

鲁　贵　这上上下下许多底下人都得我支派，我忙不开，我可不能等。

鲁侍萍　我要回家去，我不见太太了。

鲁　贵　为什么？这次太太叫你来，我告诉你，就许有点什么很要紧的事跟你谈谈。

鲁侍萍　我预备带着凤儿回去，叫她辞了这儿的事。

鲁　贵　什么？你看你这点——

　　　　〔周蘩漪由饭厅上。

鲁　贵　太太。

周蘩漪　（向门内）四凤，你先把那两套也拿出来，问问老爷要哪一件。（里面答应）哦，（吐出一口气，向鲁妈）这就是四凤的妈吧？叫你久等了。

鲁　贵　等太太是应当的。太太准她来给您请安就是老大的面子。

　　　　〔四凤由饭厅出，拿雨衣进。

周蘩漪　请坐！你来了好半天啦。（鲁妈只在打量着，没有坐下）

鲁侍萍　不多一会，太太。

鲁四凤　太太。把这三件雨衣都送给老爷那边去么？

鲁　贵　老爷说就放在这儿，老爷自己来拿，还请太太等一会，老爷见您有话说呢。

周蘩漪　知道了。（向四凤）你先到厨房，把晚饭的菜看看，告诉厨房一下。

鲁四凤　是，太太。（望着鲁贵，又疑惧地望着蘩漪由中门下）

周蘩漪　鲁贵，告诉老爷，说我同四凤的母亲谈话，回头再请他到这儿来。

鲁　贵　是，太太。（但不走）

周蘩漪　（见鲁贵不走）你有什么事么？

鲁　贵　太太，今天早上老爷吩咐德国克大夫来。

周蘩漪　二少爷告诉过我了。

鲁　贵　老爷刚才吩咐，说来了就请太太去看。

周蘩漪　我知道了。好，你去吧。

　　　　〔鲁贵由中门下。

周蘩漪　（向鲁妈）坐下谈，不要客气。（自己坐在沙发上）

鲁侍萍　（坐在旁边一张椅子上）我刚下火车，就听见太太这边吩咐，要我来见见您。

周蘩漪　我常听四凤提到你，说你念过书，从前也是很好的门第。

鲁侍萍　（不愿提起从前的事）四凤这孩子很傻，不懂规矩，这两年叫您多生气啦。

周蘩漪　不，她非常聪明，我也很喜欢她。这孩子不应当叫她伺候人，应当替她找一个正当的出路。

鲁侍萍　太太多夸奖她了。我倒是不愿意这孩子帮人。

周蘩漪　这一点我很明白。我知道你是个知书达礼的人，一见面，彼此都觉得性情是直爽的，所以我就不妨把请你来的原因现在跟你说一说。

鲁侍萍　（忍不住）太太，是不是我这小孩平时的举动有点叫人说闲话？

周繁漪　（笑着，故为很肯定地说）不，不是。

　　　　〔鲁贵由中门上。

鲁　贵　太太。

周繁漪　什么事？

鲁　贵　克大夫已经来了，刚才汽车夫接来的，现时在小客厅等着呢。

周繁漪　我有客。

鲁　贵　客？——老爷说请太太就去。

周繁漪　我知道，你先去吧。

　　　　〔鲁贵下。

周繁漪　（向鲁妈）我先把我家里的情形说一说。第一我家里的女人很少。

鲁侍萍　是，太太。

周繁漪　我一个人是个女人，两个少爷，一位老爷，除了一两个老妈子以外，其余用的都是男下人。

鲁侍萍　是，太太，我明白。

周繁漪　四凤的年纪很轻，哦，她才十九岁，是不是？

鲁侍萍　不，十八。

周繁漪　那就对了，我记得好像她比我的孩子是大一岁的样子。这样年轻的孩子，在外边做事，又生得很秀气的。

鲁侍萍　太太，如果四凤有不检点的地方，请您千万不要瞒我。

周繁漪　不，不，（又笑了）她很好的。我只是说说这个情形。我自己有一个儿子，他才十七岁，——恐怕刚才你在花园见过—— 一个不十分懂事的孩子。

　　　　〔鲁贵自书房门上。

鲁　贵　老爷催着太太去看病。

周繁漪　没有人陪着克大夫么？

鲁　贵　王局长刚走，老爷自己在陪着呢。

鲁侍萍　太太，您先看去。我在这儿等着不要紧。

周繁漪　不，我话还没说完。（向鲁贵）你跟老爷说，说我没有病，我自己并没要请医生来。

鲁　贵　是，太太。（但不走）

周繁漪　（看鲁贵）你在干什么？

鲁　贵　我等太太还有什么旁的事要吩咐。

周繁漪　（忽然想起来）有，你跟老爷回完话之后，你出去叫一个电灯匠来，刚才我听说花园藤萝架上的旧电线落下来了，走电，叫他赶快收拾一下，不要电了人。

鲁　贵　是，太太。

　　　　〔鲁贵由中门下。

周繁漪　（见鲁妈立起）鲁奶奶，你还是坐呀。哦，这屋子又闷热起来啦。（走到窗户，把窗户打开，回来，坐）这些天我就看着我这孩子奇怪，谁知这两天，他忽然跟我说他很喜欢四凤。

鲁侍萍　什么？

周繁漪　也许预备要帮助她学费，叫她上学。

鲁侍萍　太太，这是笑话。

周繁漪　　我这孩子还想四凤嫁给他。

鲁侍萍　　太太，请您不必往下说，我都明白了。

周繁漪　　（追一步）四凤比我的孩子大，四凤又是很聪明的女孩子，这种情形——

鲁侍萍　　（不喜欢繁漪的暧昧的口气）我的女儿，我总相信是个懂事，明白大体的孩子。我向来不愿意她到大公馆帮人，可是我信得过，我的女儿就帮这儿两年，她总不会做出一点糊涂事的。

周繁漪　　鲁奶奶，我也知道四凤是个明白的孩子，不过有了这种不幸的情形，我的意思，是非常容易叫人发生误会的。

鲁侍萍　　（叹气）今天我到这儿来是万没想到的事，回头我就预备把她带走，现在我就请太太准了她的长假。

周繁漪　　哦，哦，——如果你以为这样办好，我也觉得很妥当的。不过有一层，我怕，我的孩子有点傻气，他还是会找到你家里见四凤的。

鲁侍萍　　您放心。我后悔得很，我不该把这个孩子一个人交给她父亲管的。明天，我准离开此地，我会远远地带她走，不会见着周家的人。太太，我想现在带着我的女儿走。

周繁漪　　那么，也好，回头我叫账房把工钱算出来。她自己的东西，我可以派人送去，我有一箱子旧衣服，也可以带着去，留着她以后在家里穿。

鲁侍萍　　（自语）凤儿，我的可怜的孩子！（坐在沙发上落泪）天哪。

周繁漪　　（走到鲁妈面前）不要伤心，鲁奶奶。如果钱上有什么问题，尽管到我这儿来，一定有办法。好好地带她回去，有你这样一个母亲教育她，自然比在这儿好的。

〔朴园由书房上。

周朴园　　繁漪！

〔繁漪抬头。鲁妈站起，忙躲在一旁，神色大变，观察他。

周朴园　　你怎么还不去？

周繁漪　　（故意地）上哪儿？

周朴园　　克大夫在等着你，你不知道么？

周繁漪　　克大夫，谁是克大夫？

周朴园　　给你从前看病的克大夫。

周繁漪　　我的药喝够了，我不预备再喝了。

周朴园　　那么你的病……

周繁漪　　我没有病。

周朴园　　（忍耐）克大夫是我在德国的好朋友，对于妇科很有研究。你的神经有点失常，他一定治得好。

周繁漪　　谁说我的神经失常？你们为什么这样咒我，我没有病，我没有病，我告诉你，我没有病！

周朴园　　（冷酷地）你当着人这样胡喊乱闹，你自己有病，偏偏要讳疾忌医，不肯叫医生治，这不就是神经上的病态么？

周繁漪　　哼，我假若是有病，也不是医生治得好的。（向饭厅门走）

周朴园　　（大声喊）站住！你上哪儿去？

周繁漪　　（不在意地）到楼上去。

周朴园　（命令地）你应当听话。

周繁漪　（好像不明白地）哦！（停，不经意地打量他）你看你！（尖声笑两声）你简直叫我想笑。（轻蔑地笑）你忘了你自己是怎么样一个人啦！（又大笑，由饭厅跑下，重重地关上门）

周朴园　来人！

〔仆人上。

仆　人　老爷！

周朴园　太太现在在楼上。你叫大少爷陪着克大夫到楼上去给太太看病。

仆　人　是，老爷。

周朴园　你告诉大少爷，太太现在神经病很重，叫他小心点，叫楼上老妈子好好地看着太太。

仆　人　是，老爷。

周朴园　还有，叫大少爷告诉克大夫，说我有点累，不陪他了。

仆　人　是，老爷。

〔仆人下。朴园点着一支吕宋烟，看见桌上的雨衣。

周朴园　（向鲁妈）这是太太找出来的雨衣吗？

鲁侍萍　（看着他）大概是的。

周朴园　（拿起看看）不对，不对，这都是新的。我要我的旧雨衣，你回头跟太太说。

鲁侍萍　嗯。

周朴园　（看她不走）你不知道这间房子底下人不准随便进来么？

鲁侍萍　（看着他）不知道，老爷。

周朴园　你是新来的下人？

鲁侍萍　不是的，我找我的女儿来的。

周朴园　你的女儿？

鲁侍萍　四凤是我的女儿。

周朴园　那你走错屋子了。

鲁侍萍　哦。——老爷没有事了？

周朴园　（指窗）窗户谁叫打开的？

鲁侍萍　哦。（很自然地走到窗前，关上窗户，慢慢地走向中门）

周朴园　（看她关好窗门，忽然觉得她很奇怪）你站一站，（鲁妈停）你——你贵姓？

鲁侍萍　我姓鲁。

周朴园　姓鲁。你的口音不像北方人。

鲁侍萍　对了，我不是，我是江苏的。

周朴园　你好像有点无锡口音。

鲁侍萍　我自小就在无锡长大的。

周朴园　（沉思）无锡？嗯，无锡（忽而）你在无锡是什么时候？

鲁侍萍　光绪二十年，离现在有三十多年了。

周朴园　哦，三十年前你在无锡？

鲁侍萍　是的，三十多年前呢，那时候我记得我们还没有用洋火呢。

周朴园　（沉思）三十多年前，是的，很远啦，我想想，我大概是二十多岁的时候。那时候我还在无

　　　　　　锡呢。

鲁侍萍　老爷是哪个地方的人？

周朴园　嗯,(沉吟)无锡是个好地方。

鲁侍萍　哦,好地方。

周朴园　你三十年前在无锡么？

鲁侍萍　是,老爷。

周朴园　三十年前,在无锡有一件很出名的事情——

鲁侍萍　哦。

周朴园　你知道么？

鲁侍萍　也许记得,不知道老爷说的是哪一件？

周朴园　哦,很远的,提起来大家都忘了。

鲁侍萍　说不定,也许记得的。

周朴园　我问过许多那个时候到过无锡的人,我想打听打听。可是那个时候在无锡的人,到现在
　　　　不是老了就是死了,活着的多半是不知道的,或者忘了。

鲁侍萍　如若老爷想打听的话,无论什么事,无锡那边我还有认识的人,虽然许久不通音信,托他
　　　　们打听点事情总还可以的。

周朴园　我派人到无锡打听过。——不过也许凑巧你会知道。三十年前在无锡有一家姓梅的。

鲁侍萍　姓梅的？

周朴园　梅家的一个年轻小姐,很贤慧,也很规矩,有一天夜里,忽然地投水死了,后来,后来,——
　　　　你知道么？

鲁侍萍　不敢说。

周朴园　哦。

鲁侍萍　我倒认识一个年轻的姑娘姓梅的。

周朴园　哦？你说说看。

鲁侍萍　可是她不是小姐,她也不贤慧,并且听说是不大规矩的。

周朴园　也许,也许你弄错了,不过你不妨说说看。

鲁侍萍　这个梅姑娘倒是有一天晚上跳的河,可是不是一个,她手里抱着一个刚生下三天的男孩。
　　　　听人说她生前是不规矩的。

周朴园　(苦痛)哦!

鲁侍萍　她是个下等人,不很守本分的。听说她跟那时周公馆的少爷有点不清白,生了两个儿子。
　　　　生了第二个,才过三天,忽然周少爷不要她了,大孩子就放在周公馆,刚生的孩子她抱在
　　　　怀里,在年三十夜里投河死的。

周朴园　(汗涔涔地)哦。

鲁侍萍　她不是小姐,她是无锡周公馆梅妈的女儿,她叫侍萍。

周朴园　(抬起头来)你姓什么？

鲁侍萍　我姓鲁,老爷。

周朴园　(喘出一口气,沉思地)侍萍,侍萍,对了。这个女孩子的尸首,说是有一个穷人见着埋了。
　　　　你可以打听得她的坟在哪儿么？

鲁侍萍　老爷问这些闲事干什么？

周朴园　这个人跟我们有点亲戚。

鲁侍萍　亲戚？

周朴园　嗯，——我们想把她的坟墓修一修。

鲁侍萍　哦——那用不着了。

周朴园　怎么？

鲁侍萍　这个人现在还活着。

周朴园　（惊愕）什么？

鲁侍萍　她没有死。

周朴园　她还在？不会吧？我看见她河边上的衣服，里面有她的绝命书。

鲁侍萍　不过她被一个慈善的人救活了。

周朴园　哦，救活啦？

鲁侍萍　以后无锡的人是没见着她，以为她那夜晚死了。

周朴园　那么，她呢？

鲁侍萍　一个人在外乡活着。

周朴园　那个小孩呢？

鲁侍萍　也活着。

周朴园　（忽然立起）你是谁？

鲁侍萍　我是这儿四凤的妈，老爷。

周朴园　哦。

鲁侍萍　她现在老了，嫁给一个下等人，又生了个女孩，境况很不好。

周朴园　你知道她现在在哪儿？

鲁侍萍　我前几天还见着她！

周朴园　什么？她就在这儿？此地？

鲁侍萍　嗯，就在此地。

周朴园　哦！

鲁侍萍　老爷，你想见一见她么？

周朴园　不，不。谢谢你。

鲁侍萍　她的命很苦。离开了周家，周家少爷就娶了一位有钱有门第的小姐。她一个单身人，无亲无故，带着一个孩子在外乡什么事都做。讨饭，缝衣服，当老妈，在学校里伺候人。

周朴园　她为什么不再找到周家？

鲁侍萍　大概她是不愿意吧？为着她自己的孩子她嫁过两次。

周朴园　嗯，以后她又嫁过两次？

鲁侍萍　嗯，都是很下等的人。她遇人都很不如意，老爷想帮一帮她么？

周朴园　好，你先下去。让我想一想。

鲁侍萍　老爷，没有事了？（望着朴园，眼泪要涌出）老爷，您那雨衣，我怎么说？

周朴园　你去告诉四凤，叫她把我樟木箱子里那件旧雨衣拿出来，顺便把那箱子里的几件旧衬衣也检出来。

鲁侍萍　旧衬衣？

周朴园　你告诉她在我那顶老的箱子里，纺绸的衬衣，没有领子的。

鲁侍萍　老爷那种绸衬衣不是一共有五件？您要哪一件？

周朴园　要哪一件？

鲁侍萍　不是有一件，在右袖襟上有个烧破的窟窿，后来用丝线绣成一朵梅花补上的？还有一件，——

周朴园　（惊愕）梅花？

鲁侍萍　还有一件绸衬衣，左袖襟也绣着一朵梅花，旁边还绣着一个萍字。还有一件，——

周朴园　（徐徐立起）哦，你，你，你是——

鲁侍萍　我是从前伺候过老爷的下人。

周朴园　哦，侍萍！（低声）怎么，是你？

鲁侍萍　你自然想不到，侍萍的相貌有一天也会老得连你都不认识了。

周朴园　你——侍萍？（不觉地望望柜上的相片，又望鲁妈）

鲁侍萍　朴园，你找侍萍么？侍萍在这儿。

周朴园　（忽然严厉地）你来干什么？

鲁侍萍　不是我要来的。

周朴园　谁指使你来的？

鲁侍萍　（悲愤）命！不公平的命指使我来的。

周朴园　（冷冷地）三十年的工夫你还是找到这儿来了。

鲁侍萍　（愤怨）我没有找你，我没有找你，我以为你早死了。我今天没想到到这儿来，这是天要我在这儿又碰见你。

周朴园　你可以冷静点。现在你我都是有子女的人，如果你觉得心里有委屈，这么大年纪，我们先可以不必哭哭啼啼的。

鲁侍萍　哭？哼，我的眼泪早哭干了，我没有委屈，我有的是恨，是悔，是三十年一天一天我自己受的苦。你大概已经忘了你做的事了！三十年前，过年三十的晚上我生下你的第二个儿子才三天，你为了要赶紧娶那位有钱有门第的小姐，你们逼着我冒着大雪出去，要我离开你们周家的门。

周朴园　从前的旧恩怨，过了几十年，又何必再提呢？

鲁侍萍　那是因为周大少爷一帆风顺，现在也是社会上的好人物。可是自从我被你们家赶出来以后，我没有死成，我把我的母亲可给气死了，我亲生的两个孩子你们家里逼着我留在你们家里。

周朴园　你的第二个孩子你不是已经抱走了么？

鲁侍萍　那是你们老太太看着孩子快死了，才叫我带走的。（自语）哦，天哪，我觉得我像在做梦。

周朴园　我看过去的事不必再提起来吧。

鲁侍萍　我要提，我要提，我闷了三十年了！你结了婚，就搬了家，我以为这一辈子也见不着你了；谁知道我自己的孩子偏偏命定要跑到周家来，又做我从前在你们家里做过的事。

周朴园　怪不得四凤这样像你。

鲁侍萍　我伺候你，我的孩子再伺候你生的少爷们。这是我的报应，我的报应。

周朴园	你静一静。把脑子放清醒点。你不要以为我的心是死了，你以为一个人做了一件于心不忍的事就会忘了么？你看这些家具都是你从前顶喜欢的东西，多少年我总是留着，为着纪念你。
鲁侍萍	（低头）哦。
周朴园	你的生日——四月十八——每年我总记得。一切都照着你是正式嫁过周家的人看，甚至于你因为生萍儿，受了病，总要关窗户，这些习惯我都保留着，为的是不忘你，弥补我的罪过。
鲁侍萍	（叹一口气）现在我们都是上了年纪的人，这些傻话请你也不必说了。
周朴园	那更好了。那么我们可以明明白白地谈一谈。
鲁侍萍	不过我觉得没有什么可谈的。
周朴园	话很多。我看你的性情好像没有大改，——鲁贵像是个很不老实的人。
鲁侍萍	你不要怕。他永远不会知道的。
周朴园	那双方面都好。再有，我要问你的，你自己带走的儿子在哪儿？
鲁侍萍	他在你的矿上做工。
周朴园	我问，他现在在哪儿？
鲁侍萍	就在门房等着见你呢。
周朴园	什么？鲁大海？他！我的儿子？
鲁侍萍	他的脚趾头因为你的不小心，现在还是少一个的。
周朴园	（冷笑）这么说，我自己的骨肉在矿上鼓动罢工，反对我！
鲁侍萍	他跟你现在完完全全是两样的人。
周朴园	（沉静）他还是我的儿子。
鲁侍萍	你不要以为他还会认你做父亲。
周朴园	（忽然）好！痛痛快快地！你现在要多少钱吧？
鲁侍萍	什么？
周朴园	留着你养老。
鲁侍萍	（苦笑）哼，你还以为我是故意来敲诈你，才来的么？
周朴园	也好，我们暂且不提这一层。那么，我先说我的意思。你听着，鲁贵我现在要辞退的，四凤也要回家。不过——
鲁侍萍	你不要怕，你以为我会用这种关系来敲诈你么？你放心，我不会的。大后天我就带着四凤回到我原来的地方。这是一场梦，这地方我绝对不会再住下去。
周朴园	好得很，那么一切路费，用费，都归我担负。
鲁侍萍	什么？
周朴园	这于我的心也安一点。
鲁侍萍	你？（笑）三十年我一个人都过了，现在我反而要你的钱？
周朴园	好，好，好，那么，你现在要什么？
鲁侍萍	（停一停）我，我要点东西。
周朴园	什么？说吧？
鲁侍萍	（泪满眼）我——我——只要见见我的萍儿。

周朴园　你想见他？

鲁侍萍　嗯，他在哪儿？

周朴园　他现在在楼上陪着他的母亲看病。我叫他，他就可以下来见你。不过是——

鲁侍萍　不过是什么？

周朴园　他很大了。

鲁侍萍　（追忆）他大概是二十八了吧？我记得他比大海只大一岁。

周朴园　并且他以为他母亲早就死了的。

鲁侍萍　哦，你以为我会哭哭啼啼地叫他认母亲么？我不会那样傻的。我难道不知道这样的母亲只给自己的儿子丢人么？我明白他的地位，他的教育，不容他承认这样的母亲。这些年我也学乖了，我只想看看他，他究竟是我生的孩子。你不要怕，我就是告诉他，白白地增加他的烦恼，他自己也不愿意认我的。

周朴园　那么，我们就这样解决了。我叫他下来，你看一看他，以后鲁家的人永远不许再到周家来。

鲁侍萍　好，我希望这一生不至于再见你。

周朴园　（由衣内取出皮夹的支票签好）很好，这是一张五千块钱的支票，你可以先拿去用。算是弥补我一点罪过。

鲁侍萍　（接过支票）谢谢你。（慢慢撕碎支票）

周朴园　侍萍。

鲁侍萍　我这些年的苦不是你拿钱算得清的。

周朴园　可是你——

　　　　〔外面争吵声。鲁大海的声音："放开我，我要进去。"三四男仆声："不成，不成，老爷睡觉呢。"门外有男仆等与鲁大海挣扎声。

周朴园　（走至中门）来人！（仆人由中门进）谁在吵？

仆　人　就是那个工人鲁大海！他不讲理，非见老爷不可。

周朴园　哦。（沉吟）那你就叫他进来吧。等一等，叫人到楼上请大少爷下来，我有话问他。

仆　人　是，老爷。

　　　　〔仆人由中门下。

周朴园　（向鲁妈）侍萍，你不要太固执。这一点钱你不收下，将来你会后悔的。

鲁侍萍　（望着他，一句话也不说）

　　　　〔仆人领鲁大海进，大海站在左边，三四仆人立一旁。

鲁大海　（见鲁妈）妈，您还在这儿？

周朴园　（打量鲁大海）你叫什么名字？

鲁大海　（大笑）董事长，您不要同我摆架子，您难道不知道我是谁么？

周朴园　你？我只知道你是罢工闹得最凶的工人代表。

鲁大海　对了，一点儿也不错，所以才来拜望拜望您。

周朴园　你有什么事吧？

鲁大海　董事长当然知道我是为什么来的。

周朴园　（摇头）我不知道。

鲁大海　我们老远从矿上来，今天我又在您府上大门房里从早上六点钟一直等到现在，我就是要

　　　　　　　　　问问董事长，对于我们工人的条件，究竟是允许不允许？

周朴园　哦，——那么，那三个代表呢？

鲁大海　我跟你说吧，他们现在正在联络旁的工会呢。

周朴园　哦，——他们没有告诉你旁的事情么？

鲁大海　告诉不告诉于你没有关系。——我问你，你的意思，忽而软，忽而硬，究竟是怎么回子事？
　　　　　〔周萍由饭厅上，见有人，即想退回。

周朴园　（看周萍）不要走，萍儿！（视鲁妈，鲁妈知周萍为其子，眼泪汪汪地望着他）

周　萍　是，爸爸。

周朴园　（指身侧）萍儿，你站在这儿。（向大海）你这么只凭意气是不能交涉事情的。

鲁大海　哼，你们的手段，我都明白。你们这样拖延时候，不过是想去花钱收买少数不要脸的败类，
　　　　暂时把我们骗在这儿。

周朴园　你的见地也不是没有道理。

鲁大海　可是你完全错了。我们这次罢工是有团结的，有组织的。我们代表这次来并不是来求你
　　　　们。你听清楚，不求你们。你们允许就允许；不允许，我们一直罢工到底，我们知道你们
　　　　不到两个月整个地就要关门的。

周朴园　你以为你们那些代表们，那些领袖们都可靠吗？

鲁大海　至少比你们只认识洋钱的结合要可靠得多。

周朴园　那么我给你一件东西看。
　　　　　〔朴园在桌上找电报，仆人递给他；此时周冲偷偷由左书房进，在旁谛听。

周朴园　（给大海电报）这是昨天从矿上来的电报。

鲁大海　（拿过去读）什么？他们又上工了。（放下电报）不会，不会。

周朴园　矿上的工人已经在昨天早上复工，你当代表的反而不知道么？

鲁大海　（惊，怒）怎么矿上警察开枪打死三十个工人就白打了么？（又看电报，忽然笑起来）哼，
　　　　这是假的。你们自己假作的电报来离间我们的。（笑）哼，你们这种卑鄙无赖的行为！

周　萍　（忍不住）你是谁？敢在这儿胡说？

周朴园　萍儿！没有你的话。（低声向大海）你就这样相信你那同来的几个代表么？

鲁大海　你不用多说，我明白你这些话的用意。

周朴园　好，那我把那复工的合同给你瞧瞧。

鲁大海　（笑）你不要骗小孩子，复工的合同没有我们代表的签字是不生效力的。

周朴园　哦，（向仆人）合同！（仆人由桌上拿合同递他）你看，这是他们三个人签字的合同。

鲁大海　（看合同）什么？（慢慢地，低声）他们三个人签了字。他们怎么会不告诉我，自己就签了
　　　　字呢？他们就这样把我不理啦。

周朴园　对了，傻小子，没有经验只会胡喊是不成的。

鲁大海　那三个代表呢？

周朴园　昨天晚车就回去了。

鲁大海　（如梦初醒）他们三个就骗了我了，这三个没有骨头的东西，他们就把矿上的工人们卖了。
　　　　哼，你们这些不要脸的董事长，你们的钱这次又灵了。

周　萍　（怒）你混账！

周朴园　不许多说话。(回头向大海)鲁大海，你现在没有资格跟我说话——矿上已经把你开除了。

鲁大海　开除了！？

周　冲　爸爸，这是不公平的。

周朴园　(向周冲)你少多嘴，出去！

〔周冲由中门气下。

鲁大海　哦，好，好，(切齿)你的手段我早就领教过，只要你能弄钱，你什么都做得出来。你叫警察杀了矿上许多工人，你还——

周朴园　你胡说！

鲁侍萍　(至大海前)别说了，走吧。

鲁大海　哼，你的来历我都知道，你从前在哈尔滨包修江桥，故意叫江堤出险，——

周朴园　(厉声)下去！

〔仆人等拉他，说"走！走！"

鲁大海　(对仆人)你们这些混账东西，放开我。我要说，你故意淹死了两千二百个小工，每一个小工的性命你扣三百块钱！姓周的，你发的是绝子绝孙的昧心财！你现在还——

周　萍　(忍不住气，走到大海面前，重重地打他两个嘴巴)你这种混账东西！

〔大海立刻要还手，但是被周宅的仆人们拉住。

周　萍　打他。

鲁大海　(向周萍高声)你，你！(正要骂，仆人一起打大海。大海头流血。鲁妈哭喊着护大海)

周朴园　(厉声)不要打人！

〔仆人们停止打大海，仍拉着大海的手。

鲁大海　放开我，你们这一群强盗！

周　萍　(向仆人们)把他拉下去。

鲁侍萍　(大哭起来)哦，这真是一群强盗！(走至周萍面前，抽咽)你是萍，——凭，——凭什么打我的儿子？

周　萍　你是谁？

鲁侍萍　我是你的——你打的这个人的妈。

鲁大海　妈，别理这东西，您小心吃了他们的亏。

鲁侍萍　(呆呆地看着周萍的脸，忽而又大哭起来)大海，走吧，我们走吧。(抱着大海受伤的头哭)

〔大海为仆人拥下，鲁妈亦下。台上只有朴园与周萍。

周　萍　(过意不去地)父亲。

周朴园　你太莽撞了。

周　萍　可是这个人不应该乱侮辱父亲的名誉啊。

〔半晌。

周朴园　克大夫给你母亲看过了么？

周　萍　看完了，没有什么。

周朴园　哦，(沉吟，忽然)来人！

〔仆人由中门上。

周朴园　你告诉太太，叫她把鲁贵跟四凤的工钱算清楚，我已经把他们辞了。

仆　人　是,老爷。

周　萍　怎么?他们两个怎么样了?

周朴园　你不知道刚才这个工人也姓鲁,他就是四凤的哥哥么?

周　萍　哦,这个人就是四凤的哥哥?不过,爸爸——

周朴园　(向下人)跟太太说,叫账房给鲁贵同四凤多算两个月的工钱,叫他们今天就去。去吧。

　　　　〔仆人由饭厅下。

周　萍　爸爸,不过四凤同鲁贵在家里都很好。很忠诚的。

周朴园　哦,(呵欠)我很累了。我预备到书房歇一下。你叫他们送一碗浓一点的普洱茶来。

周　萍　是,爸爸。

　　　　〔朴园由书房下。

周　萍　(叹一口气)嗨!(急向中门下,周冲适由中门上)

周　冲　(着急地)哥哥,四凤呢?

周　萍　我不知道。

周　冲　是父亲要辞退四凤么?

周　萍　嗯,还有鲁贵。

周　冲　即便是她的哥哥得罪了父亲,我们不是把人家打了么?为什么欺负这么一个女孩子干什么?

周　萍　你可问父亲去。

周　冲　这太不讲理了。

周　萍　我也这样想。

周　冲　父亲在哪儿?

周　萍　在书房里。

　　　　〔周冲至书房,周萍在屋里踱来踱去。四凤由中门走进,颜色苍白,泪还垂在眼角。

周　萍　(忙走至四凤前)四凤,我对不起你,我实在不认识他。

鲁四凤　(用手摇一摇,满腹说不出的话)

周　萍　可是你哥哥也不应该那样乱说话。

鲁四凤　不必提了,错得很。(即向饭厅去)

周　萍　你干什么去?

鲁四凤　我收拾我自己的东西去。再见吧,明天你走,我怕不能看你了。

周　萍　不,你不要去。(拦住她)

鲁四凤　不,不,你放开我。你不知道我们已经叫你们辞了么?

周　萍　(难过)凤,你——你饶恕我么?

鲁四凤　不,你不要这样。我并不怨你,我知道早晚是有这么一天的,不过,今天晚上你千万不要来找我。

周　萍　可是,以后呢?

鲁四凤　那——再说吧!

周　萍　不,四凤,我要见你,今天晚上,我一定要见你,我有许多话要同你说。四凤,你……

鲁四凤　不,无论如何,你不要来。

周　萍　那你想旁的法子来见我。

鲁四凤　没有旁的法子。你难道看不出这是什么情形么？

周　萍　要这样，我是一定要来的。

鲁四凤　不，不，你不要胡闹。你千万不……

〔蘩漪由饭厅上。

鲁四凤　哦，太太。

周蘩漪　你们在这儿啊！（向四凤）等一会儿，你的父亲叫电灯匠就回来。什么东西，我可以交给他带回去。也许我派人给你送去。——你家住在什么地方？

鲁四凤　杏花巷十号。

周蘩漪　你不要难过，没事可以常来找我。送给你的衣服，我回头叫人送到你那里去。是杏花巷十号吧？

鲁四凤　是，谢谢太太。

〔鲁妈在外面叫：四凤！四凤！

鲁四凤　妈，我在这儿。

〔鲁妈由中门上。

鲁侍萍　四凤，收拾收拾零碎的东西，我们先走吧。快下大雨了。

〔风声，雷声渐起。

鲁四凤　是，妈妈。

鲁侍萍　（向蘩漪）太太我们走了。（向四凤）四凤，你跟太太谢谢。

鲁四凤　（向太太请安）太太，谢谢！（含着眼泪看周萍，周萍缓缓地转过头去）

〔鲁妈与四凤由中门下，风雷声更大。

周蘩漪　萍，你刚才同四凤说的什么？

周　萍　你没有权利问。

周蘩漪　萍，你不要以为她会了解你。

周　萍　你这是什么意思？

周蘩漪　你不要再骗我，我问你，你说要到哪儿去？

周　萍　用不着你问。请你自己放尊重一点。

周蘩漪　你说，你今天晚上预备上哪儿去？

周　萍　我——（突然）我找她。你怎么样？

周蘩漪　（恫吓地）你知道她是谁，你是谁么？

周　萍　我不知道。我只知道我现在真喜欢她，她也喜欢我。过去这些日子，我知道你早明白得很，现在你既然愿意说破，我当然不必瞒你。

周蘩漪　你受过这样高等教育的人现在同这么一个底下人的女儿，这是一个下等女人——

周　萍　（暴烈）你胡说！你不配说她下等，你不配，她不像你，她——

周蘩漪　（冷笑）小心，小心！你不要把一个失望的女人逼得太狠了，她是什么事都做得出来的。

周　萍　我已经打算好了。

周蘩漪　好，你去吧！小心，现在（望窗外，自语，暗示着恶兆地）风暴就要起来了！

周　萍　（领悟地）谢谢你，我知道。

〔朴园由书房上。

周朴园　你们在这儿说什么？

周　萍　我正跟母亲说刚才的事情呢。

周朴园　他们走了么？

周繁漪　走了。

周朴园　繁漪，冲儿又叫我说哭了，你叫他出来，安慰安慰他。

周繁漪　（走到书房门口）冲儿。冲儿！（不听见里面答应的声音，便走进去）

〔外面风雷大作。

周朴园　（走到窗前望外面，风声甚烈，花盆落地打碎的声音）萍儿，花盆叫大风吹倒了，你叫下人快把这窗关上。大概是暴雨就要下来了。

周　萍　是，爸爸！（由中门下）

〔朴园在窗前，望着外面的闪电。

——幕落。

第　四　幕

景——周宅客厅内。半夜两点钟的光景。

〔开幕时，周朴园一人坐在沙发上，读文件；旁边燃着一个立灯，四周是黑暗的。

〔外面还隐隐滚着雷声，雨声淅沥可闻，窗前帷幕垂了下来，中间的门紧紧地掩了，由门上玻璃望出去，花园的景物都掩埋在黑暗里，除了偶尔天空闪过一片耀目的电光，蓝森森的看见树同电线杆，一瞬又是黑漆漆的。

周朴园　（放下文件，呵欠，疲倦地伸一伸腰）来人啦！（取眼镜，擦目，声略高）来人！（擦着眼镜，走到左边饭厅门口，又恢复平常的声调）这儿有人么？（外面闪电，停，走到右边柜前，按铃。无意中又望见侍萍的相片，拿起，戴上眼镜看）

〔仆人上。

仆　人　老爷！

周朴园　我叫了你半天。

仆　人　外面下雨，听不见。

周朴园　（指钟）钟怎么停了？

仆　人　（解释地）每次总是四凤上的，今天她走了，这件事就忘了。

周朴园　什么时候了？

仆　人　嗯，——大概有两点钟了。

周朴园　刚才我叫账房汇一笔钱到济南去，他们弄清楚了没有？

仆　人　您说寄给济南一个，一个姓鲁的，是么？

周朴园　嗯。

仆　人　预备好了。

〔外面闪电，朴园回头望花园。

周朴园　藤萝架那边的电线，太太叫人来修理了么？

仆　人　　叫了，电灯匠说下着大雨不好修理，明天再来。

周朴园　　那不危险么？

周朴园　　可不是么？刚才大少爷的狗走过那儿，碰着那根电线，就给电死了。现在那儿已经用绳子圈起来，没有人走那儿。

周朴园　　哦。——什么，现在几点了？

仆　人　　两点多了。老爷要睡觉么？

周朴园　　你请太太下来。

仆　人　　太太睡觉了。

周朴园　　（无意地）二少爷呢？

仆　人　　早睡了。

周朴园　　那么，你看看大少爷。

仆　人　　大少爷吃完饭出去，还没有回来。

　　　　　〔沉默半晌。

周朴园　　（走回沙发前坐下，寂寞地）怎么这屋子一个人也没有？

仆　人　　是，老爷，一个人也没有。

周朴园　　今天早上没有一个客来。

仆　人　　是，老爷。外面下着很大的雨，有家的都在家里呆着。

周朴园　　（呵欠，感到更深的空洞）家里的人也只有我一个人还在醒着。

仆　人　　是，差不多都睡了。

周朴园　　好，你去吧。

仆　人　　您不要什么东西么？

周朴园　　我不要什么。

　　　　　〔仆人由中门下。朴园站起来，在厅中来回沉闷地踱着，又停在右边柜前，拿起侍萍的相片。开了中间的灯。

　　　　　〔周冲由饭厅上。

周　冲　　（没想到父亲在这儿）爸！

周朴园　　（露喜色）你——你没有睡？

周　冲　　嗯。

周朴园　　找我么？

周　冲　　不，我以为母亲在这儿。

周朴园　　（失望）哦——你母亲在楼上。

周　冲　　没有吧，我在她的门上敲了半天，她的门锁着。——是的，那也许。——爸，我走了。

周朴园　　冲儿，（周冲立）不要走。

周　冲　　爸，您有事？

周朴园　　没有。（慈爱地）你现在怎么还不睡？

周　冲　　（服从地）是，爸，我睡晚了，我就睡。

周朴园　　你今天吃完饭把克大夫给的药吃了么？

周　冲　　吃了。

周朴园　打了球没有？

周　冲　嗯。

周朴园　快活么？

周　冲　嗯。

周朴园　（立起，拉起他的手）为什么，你怕我么？

周　冲　是，爸爸。

周朴园　（干涩地）你像是有点不满意我，是么？

周　冲　（窘迫）我，我说不出来，爸。

　　　　〔半晌。

　　　　〔朴园走回沙发，坐下叹一口气。招周冲来，周冲走近。

周朴园　（寂寞地）今天——呃，爸爸有一点觉得自己老了。（停）你知道么？

周　冲　（冷淡地）不，不知道，爸。

周朴园　（忽然）你怕你爸爸有一天死了，没有人照拂你，你不怕么？

周　冲　（无表情地）嗯，怕。

周朴园　（想自己的儿子亲近他，可亲地）你今天早上说要拿你的学费帮一个人，你说说看，我也许
　　　　答应你。

周　冲　（悔怨地）那是我糊涂，以后我不会这样说话了。

　　　　〔半晌。

周朴园　（恳求地）后天我们就搬新房子，你不喜欢么？

周　冲　嗯。

　　　　〔半晌。

周朴园　（责备地望着周冲）你对我说话很少。

周　冲　（无神地）嗯，我——我说不出，您平时总像不愿意见我们似的。（嗫嚅地）您今天有点奇怪，
　　　　我——我——

周朴园　（不愿他向下说）嗯，你去吧！

周　冲　是，爸爸。

　　　　〔周冲由饭厅下。

　　　　〔朴园失望地看着他儿子下去，立起，拿起侍萍的相片，寂寞地呆望着四周。关上立灯，面
　　　　向书房。

　　　　〔繁漪由中门上。不做声地走进来，雨衣上的水还在往下滴，发鬓有些湿。颜色是很惨
　　　　白，整个面部像石膏的塑像。高而白的鼻梁，薄而红的嘴唇死死地刻在脸上，如刻在一个
　　　　严峻的假面上，整个脸庞是无表情的，只有她的眼睛烧着心内的疯狂的火，然而也是冷酷
　　　　的，爱和恨烧尽了女人一切的仪态，她像是厌弃了一切，只有计算着如何报复的心念在心
　　　　中起伏。

　　　　〔她看见朴园，他惊愕地望着她。

周繁漪　（毫不奇怪地）还没有睡？（立在中门前，不动）

周朴园　你？（走近她，粗而低的声音）你上哪儿去了？（望着她，停）冲儿找你一晚上。

周繁漪　（平常地）我出去走走。

周朴园　这样大的雨，你出去走？

周繁漪　嗯，——（忽然报复地）我有神经病。

周朴园　我问你，你刚才在哪儿？

周繁漪　（厌恶地）你不用管。

周朴园　（打量她）你的衣服都湿了，还不脱了它？

周繁漪　（冷冷地，有意义地）我心里发热，我要在外面冰一冰。

周朴园　（不耐烦地）不要胡言乱语的，你刚才究竟上哪儿去了？

周繁漪　（无神地望着他，清楚地）在你的家里！

周朴园　（烦恶地）在我的家里？

周繁漪　（觉得报复的快感，微笑）嗯，在花园里赏雨。

周朴园　一夜晚？

周繁漪　（快意地）嗯，淋了一夜晚。

　　　　〔半晌，朴园惊疑地望着她，繁漪像一座石像地仍站在门前。

周朴园　繁漪，我看你上楼去歇一歇吧。

周繁漪　（冷冷地）不，不，（忽然）你拿的什么？（轻蔑地）哼，又是那个女人的相片！（伸手拿）

周朴园　你可以不看，萍儿的母亲的。

周繁漪　（抢过去了，前走了两步，就向灯下看）萍儿的母亲很好看。

　　　　〔朴园没有理她，在沙发上坐下。

周繁漪　我问你，是不是？

周朴园　嗯。

周繁漪　样子很温存的。

周朴园　（眼睛望着前面）

周繁漪　她很聪明。

周朴园　（冥想）嗯。

周繁漪　（高兴地）真年轻。

周朴园　（不自觉地）不，老了。

周繁漪　（想起）她不是早死了么？

周朴园　嗯，对了，她早死了。

周繁漪　（放下相片）奇怪，我像是在哪儿见过似的。

周朴园　（抬起头，疑惑地）不，不会吧。——你在哪儿见过她吗？

周繁漪　（忽然）她的名字很雅致，侍萍，侍萍，就是有点丫头气。

周朴园　好，我看你睡去吧。（立起，把相片拿起来）

周繁漪　拿这个做什么？

周朴园　后天搬家，我怕掉了。

周繁漪　不，不，（从他手中取过来）放在这儿一晚上，（怪样地笑）不会掉的，我替你守着她。（放在桌上）

周朴园　不要装疯！你现在有点胡闹！

周繁漪　我是疯了。请你不用管我。

周朴园　（愠怒）好，你上楼去吧，我要一个人在这儿歇一歇。

周繁漪　不，我要一个人在这儿歇一歇，我要你给我出去。

周朴园　（严肃地）繁漪，你走，我叫你上楼去！

周繁漪　（轻蔑地）不，我不愿意。我告诉你，（暴躁地）我不愿意！

　　　　〔半晌。

周朴园　（低声）你要注意这儿，（指头）记着克大夫的话，他要你静静地，少说话。明天克大夫还来，
　　　　我已经替你请好了。

周繁漪　谢谢你！（望着前面）明天？哼！

　　　　〔周萍低头由饭厅走出，神色忧郁，走向书房。

周朴园　萍儿。

周　萍　（抬头，惊讶）爸！您还没有睡。

周朴园　（责备地）怎么，现在才回来。

周　萍　不，爸，我早回来，我出去买东西去了。

周朴园　你现在做什么？

周　萍　我到书房，看看爸写的介绍信在那儿没有。

周朴园　你不是明天早车走么？

周　萍　我忽然想起今天夜晚两点半有一趟车，我预备现在就走。

周繁漪　（忽然）现在？

周　萍　嗯。

周繁漪　（有意义地）心里就这样急么？

周　萍　是，母亲。

周朴园　（慈爱地）外面下着大雨，半夜走不大方便吧？

周　萍　这时走，明天日初到，找人方便些。

周朴园　信就在书房桌上，你要现在走也好。

　　　　〔周萍点头，走向书房。

周朴园　你不用去！（向繁漪）你到书房把信替他拿来。

周繁漪　（看朴园，不信任地）嗯！

　　　　〔繁漪进书房。

周朴园　（望繁漪出，谨慎地）她不愿上楼，回头你先陪她到楼上去，叫底下人好好地伺候她睡觉。

周　萍　（无法地）是，爸爸。

周朴园　（更小心）你过来！（萍走近，低声）告诉底下人，叫他们小心点，（烦恶地）我看她的病更重，
　　　　刚才她忽然一个人出去了。

周　萍　出去了？

周朴园　嗯。（严重地）在外面淋了一夜晚的雨，说话也非常奇怪，我怕这不是好现象。——（觉
　　　　得恶兆来了似的）我老了，我愿意家里平平安安地……

周　萍　（不安地）我想爸爸只要把事不看得太严重了，事情就会过去的。

周朴园　（畏缩地）不，不，有些事简直是想不到的。天意很——有点古怪，今天一天叫我忽然悟到
　　　　为人太——太冒险，太——太荒唐，（疲倦地）我累得很。（如释重负）今天大概是过去了。

（自慰地）我想以后——不该,再有什么风波。（不寒而栗地）不,不该!

〔繁漪持信上。

周繁漪 （嫌恶地）信在这儿!

周朴园 （如梦初醒,向周萍）好,你走吧,我也想睡了。（振起喜色）嗯! 后天我们一定搬新房子,（向繁漪）你好好地休息两天。

周繁漪 （盼望他走）嗯,好。

〔朴园由书房下。

周繁漪 （见朴园走出,阴沉地）这么说你是一定要走了。

周　萍 （声略带愤）嗯。

周繁漪 （忽然急躁地）刚才你父亲对你说什么?

周　萍 （闪避地）他说要我陪你上楼去,请你睡觉。

周繁漪 （冷笑）他应当叫几个人把我拉上去,关起来。

周　萍 （故意装做不明白）你这是什么意思?

周繁漪 （迸发）你不用瞒我。我知道,我知道,（辛酸地）他说我是神经病,疯子,我知道他,要你这样看我,他要什么人都这样看我。

周　萍 （心悸）不,你不要这样想。

周繁漪 （奇怪的神色）你? 你也骗我?（低声,阴郁地）我从你们的眼神看出来,你们父子都愿我快成疯子!（刻毒地）你们——父亲同儿子——偷偷在我背后说冷话,说我,笑我,在我背后计算着我。

周　萍 （镇静自己）你不要神经过敏,我送你上楼去。

周繁漪 （突然地,高声）我不要你送,走开!（抑制着,恨恶地,低声）我还用不着你父亲偷偷地,背着我,叫你小心,送一个疯子上楼。

周　萍 （抑制着自己的烦嫌）那么,你把信给我,让我自己走吧。

周繁漪 （不明白地）你上哪儿?

周　萍 （不得已地）我要走,我要收拾收拾我的东西。

周繁漪 （忽然冷静地）我问你,你今天晚上上哪儿去了?

周　萍 （敌对地）你不用问,你自己知道。

周繁漪 （低声,恐吓地）到底你还是到她那儿去了。

〔半晌,繁漪望周萍,周萍低头。

周　萍 （断然,阴沉地）嗯,我去了,我去了,（挑战地）你要怎么样?

周繁漪 （软下来）不怎么样。（强笑）今天下午的话我说错了,你不要怪我。我只问你走了以后,你预备把她怎么样?

周　萍 以后?——（贸然地）我娶她!

周繁漪 （突如其来地）娶她?

周　萍 （决定地）嗯。

周繁漪 （刺心地）父亲呢?

周　萍 （淡然）以后再说。

周繁漪 （神秘地）萍,我现在给你一个机会。

周　萍　（不明白）什么？

周繁漪　（劝诱地）如果今天你不走，你父亲那儿我可以替你想法子。

周　萍　不必，这件事我认为光明正大，我可以跟任何人谈。——她——她不过就是穷点。

周繁漪　（愤然）你现在说话很像你的弟弟。——（忧郁地）萍！

周　萍　干什么？

周繁漪　（阴郁地）你知道你走了以后，我会怎么样？

周　萍　不知道。

周繁漪　（恐惧地）你看看你的父亲，你难道想象不出？

周　萍　我不明白你的话。

周繁漪　（指自己的头）就在这儿，你不知道么？

周　萍　（似懂非懂地）怎么讲？

周繁漪　（好像在叙述别人的事情）第一，那位专家，克大夫免不了会天天来的，要我吃药，逼着我吃药。吃药，吃药，吃药！渐渐伺候着我的人一定多，守着我，像看个怪物似的守着我。他们——

周　萍　（烦）我劝你，不要这样胡想，好不好？

周繁漪　（不顾地）他们渐渐学会了你父亲的话，"小心，小心点，她有点疯病！"到处都偷偷地在我背后低着声音说话，叽咕着。慢慢地无论谁都要小心点，不敢见我，最后铁链子锁着我，那我真就成了疯子了。

周　萍　（无办法）唉！（看表）不早了，给我信吧，我还要收拾东西呢。

周繁漪　（恳求地）萍，这不是不可能的。（乞怜地）萍，你想一想，你就一点——就一点无动于衷么？

周　萍　你——（故意恶狠地）你自己要走这一条路，我有什么办法？

周繁漪　（愤怒地）什么，你忘记你自己的母亲也是被你父亲气死的么？

周　萍　（一了百了，更狠毒地激惹她）我母亲不像你，她懂得爱！她爱她自己的儿子，她没有对不起我父亲。

周繁漪　（爆发，眼睛射出疯狂的火）你有权利说这种话么？你忘了就在这屋子，三年前的你么？你忘了你自己才是个罪人；你忘了，我们——（突然，压制自己，冷笑）哦，这是过去的事，我不提了。（周萍低头，身发颤，坐沙发上，悔恨抓着他的心，面上筋肉成不自然的拘挛。她转向他，哭声，失望地说着）哦，萍，好了。这一次我求你，最后一次求你。我从来不肯对人这样低声下气说话，现在我求你可怜可怜我，这家我再也忍受不住了。（哀婉地诉出）今天这一天我受的罪过你都看见了，这样子以后不是一天，是整月，整年地，以至到我死，才算完。他厌恶我，你的父亲；他知道我明白他的底细，他怕我。他愿意人人看我是怪物，是疯子，萍！——

周　萍　（心乱）你，你别说了。

周繁漪　（急迫地）萍，我没有亲戚，没有朋友，没有一个可信的人，我现在求你，你先不要走——

周　萍　（躲闪地）不，不成。

周繁漪　（恳求地）即使你要走，你带我也离开这儿——

周　萍　（恐惧地）什么。你简直胡说！

周繁漪　（恳求地）不，不，你带我走，——带我离开这儿，（不顾一切地）日后，甚至于你要把四凤接来———一块儿住，我都可以，只要，（热烈地）只要你不离开我。

周　萍　（惊惧地望着她，退后，半晌，颤声）我——我怕你真疯了！

周繁漪　（安慰地）不，你不要这样说话。只有我明白你，我知道你的弱点，你也知道我的。你什么我都清楚。（诱惑地笑，向周萍奇怪地招着手，更诱惑地笑）你过来，你——你怕什么？

周　萍　（望着她，忍不住地狂喊出来）哦，我不要你这样笑！（更重）不要你这样对我笑！（苦恼地打着自己的头）哦，我恨我自己，我恨，我恨我为什么要活着。

周繁漪　（酸楚地）我这样累你么？然而你知道我活不到几年了。

周　萍　（痛苦地）你难道不知道这种关系谁听着都厌恶么？你明白我每天喝酒胡闹就因为自己恨，——恨我自己么？

周繁漪　（冷冷地）我跟你说过多少遍，我不这样看，我的良心不是这样做的。（郑重地）萍，今天我做错了，如果你现在听我的话，不离开家，我可以再叫四凤回来的。

周　萍　什么？

周繁漪　（清清楚楚地）叫她回来还来得及。

周　萍　（走到她面前，声沉重，慢说）你跟我滚开！

周繁漪　（顿，又缓缓地）什么？

周　萍　你现在不像明白人，你上楼睡觉去吧。

周繁漪　（明白自己的命运）那么，完了。

周　萍　（疲倦地）嗯，你去吧。

周繁漪　（绝望，沉郁地）刚才我在鲁家看见你同四凤。

周　萍　（惊）什么，你刚才是到鲁家去了？

周繁漪　（坐下）嗯，我在他们家附近站了半天。

周　萍　（悔惧）什么时候你在那里？

周繁漪　（低头）我看着你从窗户进去。

周　萍　（急切）你呢？

周繁漪　（无神地望着前面）就走到窗户前面站着。

周　萍　那么有一个女人叹气的声音是你么？

周繁漪　嗯。

周　萍　后来，你又在那里站多半天？

周繁漪　（慢而清朗地）大概是直等到你走。

周　萍　哦！（走到她身旁，低声）那窗户是你关上的，是么？

周繁漪　（更低的声音，阴沉地）嗯，我。

周　萍　（恨极，恶毒地）你是我想不到的一个怪物！

周繁漪　（抬起头）什么？

周　萍　（暴烈地）你真是一个疯子！

周繁漪　（无表情地望着他）你要怎么样？

周　萍　（狠恶地）我要你死！再见吧！

　　　　〔周萍由饭厅急走下，门猝然地关上。

周繁漪　（呆滞地坐了一下，望着饭厅的门。瞥见侍萍的相片，拿在手上，低声，阴郁地）这是你的

　　　　孩子！（缓缓扯下硬卡片贴的相纸，一片一片地撕碎。沉静地立起来，走了两步）奇怪，心
　　　　里静的很！
　　　〔中门轻轻推开，繁漪回头，鲁贵缓缓地走进来。他的狡黠的眼睛，望着她笑着。

鲁　贵　（鞠躬，身略弯）太太，您好。
周繁漪　（略惊）你来做什么？
鲁　贵　（假笑）给您请安来了。我在门口等了半天。
周繁漪　（镇静）哦，你刚才在门口？
鲁　贵　（低声）对了。（更神秘地）我看见大少爷正跟您打架，我——（假笑）我就没敢进来。
周繁漪　（沉静地，不为所迫）你原来要做什么？
鲁　贵　（有把握地）原来我倒是想报告给太太，说大少爷今天晚上喝醉了，跑到我们家里去。现
　　　　在太太既然是也去了，那我就不必多说了。
周繁漪　（嫌恶地）你现在想怎么样？
鲁　贵　（倨傲地）我想见见老爷。
周繁漪　老爷睡觉了，你要见他什么事？
鲁　贵　没有什么事，要是太太愿意办，不找老爷也可以。——（着重，有意义地）都看太太要怎
　　　　么样。
周繁漪　（半晌，忍下来）你说吧，我也可以帮你的忙。
鲁　贵　（重复一遍，狡黠地）要是太太愿意做主，不叫我见老爷，多麻烦。（假笑）那就大家都省
　　　　事了。
周繁漪　（仍不露声色）什么，你说吧。
鲁　贵　（谄媚地）太太做了主，那就是您积德了。——我们只是求太太还赏饭吃。
周繁漪　（不高兴地）你，你以为我——（转缓和）好，那也没有什么。
鲁　贵　（得意地）谢谢太太。（伶俐地）那么就请太太赏个准日子吧。
周繁漪　（爽快地）你们在搬了新房子后一天来吧。
鲁　贵　（行礼）谢谢太太恩典！（忽然）我忘了，太太，你没见着二少爷么？
周繁漪　没有。
鲁　贵　您刚才不是叫二少爷赏给我们一百块钱么？
周繁漪　（烦厌地）嗯？
鲁　贵　（婉转地）可是，可是都叫我们少爷回了。
周繁漪　你们少爷？
鲁　贵　（解释地）就是大海——我那个狗食的儿子。
周繁漪　怎么样？
鲁　贵　（很文雅地）我们的侍萍，实在还不知道呢。
周繁漪　（惊，低声）侍萍？（沉下脸）谁是侍萍？
鲁　贵　（以为自己被轻视了，侮慢地）侍萍就是侍萍，我的家里的——，就是鲁妈。
周繁漪　你说鲁妈，她叫侍萍？
鲁　贵　（自夸地）她也念过书。名字是很雅气的。
周繁漪　"侍萍"，那两个字怎么写，你知道么？

鲁　贵　我，我，(为难，勉强笑出来)我记不得了。反正那个萍字是跟大少爷名字的萍我记得是一样的。

周繁漪　哦！(忽然把地上撕破的相片碎片拿起来对上，给他看)你看看，这个人你认识不认识？

鲁　贵　(看了一会，抬起头)不认识，太太。

周繁漪　(急切地)你认识的人没有一个像她的么？(略停)你想想看，往近处想。

鲁　贵　(抬头)没有一个，太太，没有一个。(突然疑惧地)太太，您怎么？

周繁漪　(回思，自己疑惑)多半我是胡思乱想。(坐下)

鲁　贵　(贪婪地)啊，太太，您刚才不是赏我们一百块么？可是我们大海又把钱回了，您想，——
　　　　〔中门渐渐推开。

鲁　贵　(回头)谁？
　　　　〔大海由中门进，衣服俱湿，脸色阴沉，眼不安地向四面望，疲倦，憎恨在他举动里显明地露出来。繁漪惊讶地望着他。

鲁大海　(向鲁贵)你在这儿！

鲁　贵　(讨厌他的儿子)嗯，你怎么进来的？

鲁大海　(冰冷地)铁门关着，叫不开，我爬墙进来的。

鲁　贵　你现在来这儿干什么？你为什么不看看你妈，找四凤怎么样了？

鲁大海　(用一块湿手巾擦着脸上的雨水)四凤没找着，妈在门外等着呢。(沉重地)你看见四凤了么？

鲁　贵　(轻蔑)没有，我没有看见。(觉得大海小题大做，烦恶地皱着眉毛)不要管她，她一会儿就会回家。(走近大海)你跟我回去。周家的事情也妥了，都完了，走吧！

鲁大海　我不走。

鲁　贵　你要干什么？

鲁大海　你也别走，——你先给我把这儿大少爷叫出来，我找不着他。

鲁　贵　(疑惧地，摸着自己的下巴)你要怎么样？我刚弄好，你是又要惹祸？

鲁大海　(冷静地)没有什么，我只想跟他谈谈。

鲁　贵　(不信地)我看你不对，你大概又要——

鲁大海　(暴躁地，抓着鲁贵的领口)你找不找？

鲁　贵　(怯弱地)我找，我找，你先放下我。

鲁大海　好，(放开他)你去吧。

鲁　贵　大海，你，你得答应我，你可是就跟大少爷说两句话，你不会——

鲁大海　嗯，我告诉你，我不是打架来的。

鲁　贵　真的？

鲁大海　(可怕地走到鲁贵的面前，低声)你去不去？

鲁　贵　我，我，大海，你，你——

周繁漪　(镇静地)鲁贵，你去叫他出来，我在这儿，不要紧的。

鲁　贵　也好，(向大海)可是我请完大少爷，我就从那门走了，我，(笑)我有点事。

鲁大海　(命令地)你叫他们把门开开，让妈进来，领她在房里避一避雨。

鲁　贵　好，好，(向饭厅下)完了，我可有事。我就走了。

鲁大海　　站住！（走前一步，低声）你进去，要是不找他出来就一人跑了，你可小心我回头在家
　　　　　里，——哼！

鲁　贵　　（生气）你，你，你，——（低声，自语）这个小王八蛋！（没法子，走进饭厅下）

周繁漪　　（立起）你是谁？

鲁大海　　（粗鲁地）四凤的哥哥。

周繁漪　　（柔声）你是到这儿来找她么？你要见我们大少爷么？

鲁大海　　嗯。

周繁漪　　（眼色阴沉地）我怕他会不见你。

鲁大海　　（冷静地）那倒许。

周繁漪　　（缓缓地）听说他现在就要上车。

鲁大海　　（回头）什么！

周繁漪　　（阴沉地暗示）他现在就要走。

鲁大海　　（愤怒地）他要跑了，他——

周繁漪　　嗯，他——

　　　　　〔周萍由饭厅上，脸上有些慌，他看见大海，勉强地点一点头，声音略有点颤，他极力在镇
　　　　　静自己。

周　萍　　（向大海）哦！

鲁大海　　好。你还在这儿。（回头）你叫这位太太走开，我有话要跟你一个人说。

周　萍　　（望着繁漪，她不动，再走到她的面前）请您上楼去吧。

周繁漪　　好！（昂首由饭厅下）

　　　　　〔半晌。二人都紧紧地握着拳，大海愤愤地望着他，二人不动。

周　萍　　（耐不住，声略颤）没想到你现在到这儿来。

鲁大海　　（阴沉沉）听说你要走。

周　萍　　（惊，略镇静，强笑）不过现在也赶得上，你来得还是时候，你预备怎么样？我已经准备
　　　　　好了。

鲁大海　　（狠恶地笑一笑）你准备好了？

周　萍　　（沉郁地望着他）嗯。

鲁大海　　（走到他面前）你！（用力地击着周萍的脸，方才的创伤又破，血向下流）

周　萍　　（握着拳抑制自己）你，你，——（忍下去，由袋内抽出白绸手绢擦脸上的血）

鲁大海　　（切齿地）哼？现在你要跑了！

　　　　　〔半晌。

周　萍　　（压下自己的怒气，辩白地，故意用低沉的声音）我早有这个计划。

鲁大海　　（恶狠地笑）早有这个计划？

周　萍　　（平静下来）我以为我们中间误会太多。

鲁大海　　误会？（看自己手上的血，擦在身上）我对你没有误会，我知道你是没有血性，只顾自己的
　　　　　一个十足的混蛋。

周　萍　　（柔和地）我们两次见面，都是我性子最坏的时候，叫你得着一个最坏的印象。

鲁大海　　（轻蔑地）不用推托，你是个少爷，你心地混账！你们都是吃饭太容易，有劲儿不知道怎样

使，就拿着穷人家的女儿开开心，完了事可以不负一点儿责任。

周　萍　（看出大海的神气，失望地）现在我想辩白是没有用的。我知道你是有目的而来的。（平
　　　　静地）你把你的枪或者刀拿出来吧。我愿意任你收拾我。

鲁大海　（侮蔑地）你会这样大方，——在你家里，你很聪明！哼，可是你不值得我这样，我现在还
　　　　不愿意拿我这条有用的命换你这半死的东西。

周　萍　（直视大海，有勇气地）我想你以为我现在是怕你。你错了，与其说我怕你，不如说我怕我
　　　　自己；我现在做错了一件事，我不愿做错第二件事。

鲁大海　（嘲笑地）我看像你这种人，活着就错了。刚才要不是我的母亲，我当时就宰了你！（恐吓
　　　　地）现在你的命还在我的手心里。

周　萍　我死了，那是我的福气。（辛酸地）你以为我怕死，我不，我不，我恨活着，我欢迎你来。我
　　　　够了，我是活厌了的人。

鲁大海　（厌恨地）哦，你——活厌了，可是你还拉着我年轻的糊涂妹妹陪着你，陪着你。

周　萍　（无法，强笑）你说我自私么？你以为我是真没有心肝，跟她开开心就完了么？你问问你
　　　　的妹妹，她知道我是真爱她。她现在就是我能活着的一点生机。

鲁大海　你倒说得很好！（突然）那你为什么——为什么不娶她？

周　萍　（略顿）那就是我最恨的事情。我的环境太坏。你想想我这样的家庭怎么允许有这样的事。

鲁大海　（辛辣地）哦，所以你就可以一面表示你是真心爱她，跟她做出什么不要脸的事都可以，一
　　　　面你还得想着你的家庭，你的董事长爸爸。他们叫你随便就丢掉她，再娶一个门当户对
　　　　的阔小姐来配你，对不对？

周　萍　（忍耐不下）我要你问问四凤，她知道我这次出去，是离开了家庭，设法脱离了父亲，有机
　　　　会好跟她结婚的。

鲁大海　（嘲弄）你推得很好。那么像你深更半夜的，刚才跑到我家里，你怎样推托呢？

周　萍　（迸发，激烈地）我所说的话不是推托，我也用不着跟你推托，我现在看你是四凤的哥哥，
　　　　我才这样说。我爱四凤，她也爱我，我们都年轻，我们都是人，两个人天天在一起，结果免
　　　　不了有点荒唐。然而我相信我以后会对得起她，我会娶她做我的太太，我没有一点亏心
　　　　的地方。

鲁大海　这么，你反而很有理了。可是，董事长大少爷，谁相信你会爱上一个工人的妹妹，一个当
　　　　老妈子的穷女儿？

周　萍　（略顿，嗫嚅）那，那——那我也可以告诉你。有一个女人逼着我，激成我这样的。

鲁大海　（紧张地，低声）什么，还有一个女人？

周　萍　嗯，就是你刚才见过的那位太太。

鲁大海　她？

周　萍　（苦恼地）她是我的后母！——哦，我压在心里多少年，我当谁也不敢说——她念过书，她
　　　　受了很好的教育，她，她，——她看见我就跟我发生感情，她要我——（突停）那自然我也
　　　　要负一部分责任。

鲁大海　四凤知道么？

周　萍　她知道，我知道她知道。（含着苦痛的眼泪，苦闷地）那时我太糊涂，以后我越过越怕，越
　　　　恨，越厌恶。我恨这种不自然的关系，你懂么？我要离开她，然而她不放松我。她拉着我，

不放我，她是个鬼，她什么都不顾忌。我真活厌了，你明白么？我喝酒，胡闹，我只要离开
她，我死都愿意。她叫我恨一切受过好教育，外面都装得正经的女人。过后我见着四凤，
四凤叫我明白，叫我又活了一年。

鲁大海　（不觉吐出一口气）哦！

周　萍　这些话多少年我对谁也说不出的，然而——（缓慢地）奇怪，我忽然跟你说了。

鲁大海　（阴沉地）那大概是你父亲的报应。

周　萍　（没想到，厌恶地）你，你胡说！（觉得方才太冲动，对一个这么不相识的人说出心中的话。
半晌，镇静下，自己想方才脱口说出的原因，忽然，慢慢地）我告诉你，因为我认你是四凤
的哥哥，我要你相信我的诚心，我没有一点骗她。

鲁大海　（略露善意）那么你真预备要四凤么？你知道四凤是个傻孩子，她不会再嫁第二个人。

周　萍　（诚恳地）嗯，我今天走了，过了一二个月，我就来接她。

鲁大海　可是董事长少爷，这样的话叫人相信么？

周　萍　（由衣袋取出一封信）你可以看这封信，这是我刚才写给她的，就说的这件事。

鲁大海　（故意闪避地）用不着给我看，我——没有工夫！

周　萍　（半晌，抬头）那我现在再没有什么旁的保证，你口袋里那件杀人的家伙是我的担保。你
再不相信我，我现在人还是在你手里。

鲁大海　（辛酸地）周大少爷，你想想这样我就完了么？（恶狠地）你觉得我真愿意我的妹妹嫁给你
这种东西么？（忽然拿出自己的手枪来）

周　萍　（惊慌）你要怎么样？

鲁大海　（恨恶地）我要杀了你，你父亲虽坏，看着还顺眼。你真是世界上最用不着，最没有劲的东西。

周　萍　哦。好，你来吧！（骇惧地闭上目）

鲁大海　可是——（叹一口气，递手枪与周萍）你还是拿去吧。这是你们矿上的东西。

周　萍　（莫名其妙地）怎么？（接下枪）

鲁大海　（苦闷地）没有什么。老太太们最糊涂。我知道我的妈。我妹妹是她的命，只要你能够多
叫四凤好好地活着，我只好不提什么了。

　　　　〔萍还想说话，大海挥手，叫他不必再说，周萍沉郁地到桌前把枪放好。

鲁大海　（命令地）那么请你把我的妹妹叫出来吧。

周　萍　（奇怪）什么？

鲁大海　四凤啊——她自然在你这儿。

周　萍　没有，没有。我以为她在你们家里呢。

鲁大海　（疑惑地）那奇怪，我同我妈在雨里找了她两个钟头，不见她。我想自然在这儿。

周　萍　（担心）她在雨里走了两个钟头，她——她没有到旁的地方去么？

鲁大海　（肯定地）半夜里她会到哪儿去？

周　萍　（突然恐惧）啊，她不会——（坐下呆望）

鲁大海　（明白）你以为——不，她不会，（轻蔑地）不，我想她没有这个胆量。

周　萍　（颤抖地）不，她会的。你不知道她。她爱脸，她性子强，她——不过她应当先见我，她（仿
佛已经看见她溺在河里）不该这样冒失。

　　　　〔半晌。

鲁大海　（忽然）哼，你装得好，你想骗过我，你？——她在你这儿！她在你这儿！

　　　　〔外面远处口哨声。

周　萍　（以手止之）不，你不要嚷。（哨声近，喜色）她，她来了！我听见她！

鲁大海　什么？

周　萍　这是她的声音，我们每次见面，是这样的。

鲁大海　她在哪儿？

周　萍　大概就在花园里？

　　　　〔周萍开窗吹哨，应声更近。

周　萍　（回头，眼含着眼泪，笑）她来了！

　　　　〔中门敲门声。

周　萍　（向大海）你先暂时在旁边屋子躲一躲，她没想到你在这儿。我想她再受不得惊了。

　　　　〔忙引大海至饭厅门，大海下。

　　　　〔外面的声音：（低）萍！

周　萍　（忙跑至中门）凤儿！（开门）进来！

　　　　〔四凤由中门进，头发散乱，衣服湿透，眼泪同雨水流在脸上，眼角粘着淋漓的鬓发，衣裳
　　　　贴着皮肤，雨后的寒冷逼着她发抖，她的牙齿上下地震战着。她见周萍如同失路的孩子
　　　　再见着母亲，呆呆地望着他。

鲁四凤　萍！

周　萍　（感动地）凤。

鲁四凤　（胆怯地）没有人吧。

周　萍　（难过，怜悯地）没有。（拉着她的手）

鲁四凤　（放开胆）哦！萍！（抱着周萍抽咽）

周　萍　（如许久未见她）你怎么，你怎么会这样？你怎么会找着我？（止不住地）你怎样进来的？

鲁四凤　我从小门偷进来的。

周　萍　凤，你的手冰凉，你先换一换衣服。

鲁四凤　不，萍，（抽咽）让我先看看你。

周　萍　（引她到沙发，坐在自己一旁，热烈地）你，你上哪儿去了，凤？

鲁四凤　（看着他，含着眼泪微笑）萍，你还在这儿，我好像隔了多年一样。

周　萍　（顺手拿起沙发上的一床紫线毯给她围上）我可怜的凤儿，你怎么这样傻，你上哪儿去
　　　　了？我的傻孩子！

鲁四凤　（擦着眼泪，拉着周萍的手，周萍蹲在旁边）我一个人在雨里跑，不知道自己在哪儿。天
　　　　上打着雷，前面我只看见模模糊糊的一片；我什么都忘了，我像是听见妈在喊我，可是我
　　　　怕，我拼命地跑，我想找着我们门口那一条河跳。

周　萍　（紧握着四凤的手）凤！

鲁四凤　——可是不知怎么绕来绕去我总找不着。

周　萍　哦，凤，我对不起你，原谅我，是我叫你这样，你原谅我，你不要怨我。

鲁四凤　萍，我怎么也不会怨你的。我糊糊涂涂又碰到这儿，走到花园那电线杆底下，我忽然想死
　　　　了。我知道一碰那根电线，我就可以什么都忘了。我爱我的母亲，我怕我刚才对她起的誓，

我怕她说我这么一声坏女儿,我情愿不活着。可是,我刚要碰那根电线,我忽然看见你窗
户的灯,我想到你在屋子里。哦,萍,我突然觉得,我不能这样就死,我不能一个人死,我
丢不了你。我想起来,世界大得很,我们可以走,我们只要一块儿离开这儿。萍啊,你——

周　萍　（沉重地）我们一块儿离开这儿?

鲁四凤　（急切地）就是这一条路,萍,我现在已经没有家,（辛酸地）哥哥恨死我,母亲我是没有脸
　　　　见的。我现在什么都没有,我没有亲戚,没有朋友,我只有你,萍,（哀告地）你明天带我
　　　　去吧。

〔半晌。

周　萍　（沉重地摇着头）不,不——

鲁四凤　（失望地）萍。

周　萍　（望着她,沉重地）不,不——我们现在就走。

鲁四凤　（不相信地）现在就走?

周　萍　（怜惜地）嗯,我原来打算一个人现在走,以后再来接你,不过现在不必了。

鲁四凤　（不信地）真的,一块儿走么?

周　萍　嗯,真的。

鲁四凤　（狂喜地,扔下线毯,立起,亲周萍的手,一面擦着眼泪）真的,真的,真的,萍,你是我的救
　　　　星,你是天底下顶好的人,你是我——哦,我爱你!（在他身下流泪）

周　萍　（感动地,用手绢擦着眼泪）凤,以后我们永远在一块儿了,不分开了。

鲁四凤　（自慰地,在周萍的怀里）嗯,我们离开这儿了,不分开了。

周　萍　（约束自己）好,凤,走以前我们先见见一个人。见完他我们就走。

鲁四凤　一个人?

周　萍　你哥哥。

鲁四凤　哥哥?

周　萍　他找你,他就在饭厅里头。

鲁四凤　（恐惧地）不,不,你不要见他,他恨你,他会害你的。走吧,我们就走吧。

周　萍　（安慰地）我已经见过他。——我们现在一定要见他一面,（不可挽回地）不然我们也走不
　　　　了的。

鲁四凤　（胆怯）可是,萍,你——

〔周萍走到饭厅门口,开门。

周　萍　（叫）鲁大海!鲁大海!——咦,他不在这儿,奇怪,也许他从饭厅的门出去了。（望着四凤）

鲁四凤　（走到周萍面前,哀告地）萍,不要管他,我们走吧。（拉他向中门走）我们就这样走吧。

〔四凤拉周萍至中门,中门开,鲁妈与大海进。

〔两点钟内鲁妈的样子另变了一个人。声音因为在雨里叫喊哭号已经喑哑,眼皮失望地
向下垂,前额的皱纹很深地刻在上面,过度的刺激使着她变成了呆滞,整个激成刻板的痛
苦的模型。她的衣服像是已烘干了一部分,头发还有些湿,鬓角凌乱地贴着湿的头发。
她的手在颤,很小心地走进来。

鲁四凤　（惊惧）妈!（畏缩）

〔略顿,鲁妈哀怜地望着四凤。

鲁侍萍　（伸出手向四凤，哀痛地）凤儿，来！

〔四凤跑至母亲面前，跪下。

鲁四凤　妈！（抱着母亲的膝）

鲁侍萍　（抚摸四凤的头顶，痛惜地）孩子，我的可怜的孩子。

鲁四凤　（泣不成声地）妈，饶了我吧，饶了我吧，我忘了您的话了。

鲁侍萍　（扶起四凤）你为什么早不告诉我？

鲁四凤　（低头）我疼您，妈，我怕，我不愿意有一点叫您不喜欢我，看不起我，我不敢告诉您。

鲁侍萍　（沉痛地）这还是你的妈太糊涂了，我早该想到的。（酸苦地）然而天，这谁又料得到，天底下会有这种事，偏偏又叫我的孩子们遇着呢？哦，你们妈的命太苦，我们的命也太苦了。

鲁大海　（冷淡地）妈，我们走吧，四凤先跟我们回去。——我已经跟他（指周萍）商量好了，他先走，以后他再接四凤。

鲁侍萍　（迷惑地）谁说的？谁说的？

鲁大海　（冷冷地望着鲁妈）妈，我知道您的意思，自然只有这么办。所以，周家的事我以后也不提了，让他们去吧。

鲁侍萍　（迷惑，坐下）什么？让他们去？

周　萍　（嗫嚅）鲁奶奶，请您相信我，我一定好好地待她，我们现在决定就走。

鲁侍萍　（拉着四凤的手，颤抖地）凤，你，你要跟他走？

鲁四凤　（低头，不得已紧握着鲁妈的手）妈，我只好先离开您了。

鲁侍萍　（忍不住）你们不能够在一块儿！

鲁大海　（奇怪地）妈，您怎么？

鲁侍萍　（站起）不，不成！

鲁四凤　（着急）妈！

鲁侍萍　（不顾她，拉着她的手）我们走吧。（向大海）你出去叫一辆洋车，四凤大概走不动了。我们走，赶快走。

鲁四凤　（死命地退缩）妈，您不能这样做。

鲁侍萍　不，不成！（呆滞地，单调地）走，走。

鲁四凤　（哀求）妈，您愿您的女儿急得要死在您的眼前么？

周　萍　（走向鲁妈前）鲁奶奶，我知道我对不起你。不过我能尽我的力量补我的错，现在事情已经做到这一步，您——

鲁大海　妈，（不懂地）您这一次，我可不明白了！

鲁侍萍　（不得已，严厉地）你先去雇车去！（向四凤）凤儿，你听着，我情愿你没有，我不能叫你跟他在一块儿。——走吧！

〔大海刚至门口，四凤喊一声。

鲁四凤　（喊）啊，妈，妈！（晕倒在母亲怀里）

鲁侍萍　（抱着四凤）我的孩子，你——

周　萍　（急）她晕过去了。

〔鲁妈按着她的前额，低声唤"四凤"，忍不住地泣下。

〔周萍向饭厅跑。

鲁大海　不用去——不要紧，一点凉水就好。她小时就这样。

〔周萍拿凉水洒在她面上，四凤渐醒，面呈死白色。

鲁侍萍　（拿凉水灌四凤）凤儿，好孩子。你回来，你回来。——我的苦命的孩子。

鲁四凤　（口渐张，眼睁开，喘出一口气）啊，妈！

鲁侍萍　（安慰地）孩子，你不要怪妈心狠，妈的苦说不出。

鲁四凤　（叹出一口气）妈！

鲁侍萍　什么？凤儿。

鲁四凤　我，我不能不告诉你，萍！

周　萍　凤，你好点了没有？

鲁四凤　萍，我，总是瞒着你；也不肯告诉您（乞怜地望着鲁妈）妈，您——

鲁侍萍　什么，孩子，快说。

鲁四凤　（抽咽）我，我——（放胆）我跟他现在已经有……（大哭）

鲁侍萍　（切迫地）怎么，你说你有——（过受打击，不动）

周　萍　（拉起四凤的手）四凤！怎么，真的，你——

鲁四凤　（哭）嗯。

周　萍　（悲喜交集）什么时候？什么时候？

鲁四凤　（低头）大概已经三个月。

周　萍　（快慰地）哦，四凤，你为什么不告诉我，我，我的——

鲁侍萍　（低声）天哪！

周　萍　（走向鲁）鲁奶奶，你无论如何不要再固执哪，都是我错了：我求您！（跪下）我求您放了她吧。我敢保我以后对得起她，对得起您。

鲁四凤　（立起，走到鲁妈面前跪下）妈，您可怜可怜我们，答应我们，让我们走吧。

鲁侍萍　（不做声，坐着，发痴）我是在做梦。我的儿女，我自己生的儿女，三十年工夫——哦，天哪，（掩面哭，挥手）你们走吧，我不认得你们。（转过头去）

周　萍　谢谢您！（立起）我们走吧。凤！（四凤起）

鲁侍萍　（回头，不自主地）不，不能够！

〔四凤又跪下。

鲁四凤　（哀求）妈，您，您是怎么？我的心定了。不管他是富，是穷，不管他是谁，我是他的了。我心里第一个许了他，我看得见的只有他，妈，我现在到了这一步：他到哪儿我也到哪儿；他是什么，我也跟他是什么。妈，您难道不明白，我——

鲁侍萍　（指手令她不要向下说，苦痛地）孩子。

鲁大海　妈，妹妹既然是闹到这样，让她去了也好。

周　萍　（阴沉地）鲁奶奶，您心里要是一定不放她，我们只好不顺从您的话，自己走了。凤！

鲁四凤　（摇头）萍！（还望着鲁妈）妈！

鲁侍萍　（沉重的悲伤，低声）啊，天知道谁犯了罪，谁造的这种孽！——他们都是可怜的孩子，不知道自己做的是什么。天哪，如果要罚，也罚在我一个人身上；我一个人有罪，我先走错了一步。（伤心地）如今我明白了，我明白了，事情已经做了的，不必再怨这不公平的天；人犯了一次罪过，第二次也就自然地跟着来。——（摸着四凤的头）他们是我的干净孩子，他们应当好好地活着，享着福。冤孽是在我心里头，苦也应当我一个人尝。他们快活，谁晓得就是罪过？他们年轻，他们自己并没有成心做了什么错。（立起，望着天）今天晚上，是我让他们一块儿走，这罪过我知道，可是罪过我现在替他们犯了；所有的罪孽都是我一个人惹的，我的儿女们都是好孩子，心地干净的，那么，天，真有了什么，也就让我一个人担待吧。（回过头）凤儿，——

鲁四凤 （不安地）妈，您心里难过，——我不明白您说的什么。

鲁侍萍 （回转头。和蔼地）没有什么。（微笑）你起来，凤儿，你们一块儿走吧。

鲁四凤 （立起，感动地，抱着她的母亲）妈！

周　萍 去，（看表）不早了，还只有二十五分钟，叫他们把汽车开出来，走吧。

鲁侍萍 （沉静地）不，你们这次走，是在黑地里走，不要惊动旁人。（向大海）大海，你出去叫车去，我要回去，你送他们到车站。

鲁大海 嗯。

〔大海由中门下。

鲁侍萍 （向四凤哀婉地）过来，我的孩子，让我好好地亲一亲。（四凤过来抱母；鲁妈向周萍）你也来，让我也看你一下。（周萍至前，低头，鲁妈望他擦眼泪）好，你们走吧——我要你们两个在未走以前答应我一件事。

周　萍 您说吧。

鲁侍萍 你们不答应，我还是不要四凤走的。

鲁四凤 妈，您说吧，我答应。

鲁侍萍 （看他们两人）你们这次走，最好越走越远，不要回头。今天离开，你们无论生死，永远也不许见我。

鲁四凤 （难过）妈，那不——

周　萍 （眼色，低声）她现在很难过，才说这样的话，过后，她就会好了的。

鲁四凤 嗯，也好，——妈，那我们走吧。

〔四凤跪下，向鲁妈叩头，四凤落泪，鲁妈竭力忍着。

鲁侍萍 （挥手）走吧！

周　萍 我们从饭厅里出去吧，饭厅里还放着我几件东西。

〔三人——周萍，四凤，鲁妈——走到饭厅门口，饭厅门开。蘩漪走出，三人俱惊视。

鲁四凤 （失声）太太！

周蘩漪 （沉稳地）咦，你们到哪儿去？外面还打着雷呢！

周　萍 （向蘩漪）怎么你一个人在外面偷听！

周蘩漪 嗯，不只我，还有人呢。（向饭厅上）出来呀，你！

〔周冲由饭厅上，畏缩地。

鲁四凤 （惊愕）二少爷！

周　冲 （不安地）四凤！

周　萍 （不高兴，向弟）弟弟，你怎么这样不懂事？

周　冲 （莫名其妙地）妈叫我来的，我不知道你们这是干什么。

周蘩漪 （冷冷地）现在你就明白了。

周　　萍　（焦躁，向蘩漪）你这是干什么？

周蘩漪　（嘲弄地）我叫你弟弟来给你们送行。

周　　萍　（气愤）你真卑——

周　　冲　哥哥！

周　　萍　弟弟，我对不起你！——（突向蘩漪）不过世界上没有像你这样的母亲！

周　　冲　（迷惑地）妈，这是怎么回事？

周蘩漪　你看哪！（向四凤）四凤，你预备上哪儿去？

鲁四凤　（嗫嚅）我……我？……

周　　萍　不要说一句瞎话。告诉他们，挺起胸来告诉他们，说我们预备一块儿走。

周　　冲　（明白）什么，四凤，你预备跟他一块儿走？

鲁四凤　嗯，二少爷，我，我是——

周　　冲　（半质问地）你为什么早不告诉我？

鲁四凤　我不是不告诉你；我跟你说过，叫你不要找我，因为我——我已经不是个好女人。

周　　萍　（向四凤）不，你为什么说自己不好？你告诉他们！（指蘩漪）告诉他们，说你就要嫁我！

周　　冲　（略惊）四凤，你——

周蘩漪　（向周冲）现在你明白了。（周冲低头）

周　　萍　（突向蘩漪，刻毒地）你真没有一点心肝！你以为你的儿子会替——会破坏么？弟弟，你说，你现在有什么意思，你说，你预备对我怎么样？说！哥哥都会原谅你。
　　　　　〔周冲望蘩漪，又望四凤，自己低头。

周蘩漪　冲儿，说呀！（半响，急促）冲儿，你为什么不说话？你为什么不抓着四凤问？你为什么不抓着你哥哥说话呀？（又顿。众人俱看周冲，周冲不语）冲儿你说呀，你怎么，你难道是个死人？哑巴？是个糊涂孩子？你难道见着自己心上喜欢的人叫人抢去，一点儿都不动气么？

周　　冲　（抬头，羊羔似的）不，不，妈！（又望四凤，低头）只要四凤愿意，我没有一句话可说。

周　　萍　（走到周冲面前，拉着他的手）哦，我的好弟弟，我的明白弟弟！

周　　冲　（疑惑地，思考地）不，不，我忽然发现……我觉得……我好像我并不是真爱四凤；（渺渺茫茫地）以前——我，我，我——大概是胡闹！

周　　萍　（感激地）不过，弟弟——

周　　冲　（望着周萍热烈的神色，退缩地）不，你把她带走吧，只要你好好地待她！

周蘩漪　（整个幻灭，失望）哦，你呀！（忽然，气愤）你不是我的儿子；你不像我，你——你简直是条死猪！

周　　冲　（受侮地）妈！

周　　萍　（惊）你是怎么回事！

周蘩漪　（昏乱地）你真没有点男子气，我要是你，我就打了她，烧了她，杀了她。你真是糊涂虫，没有一点生气的。你还是你父亲养的，你父亲的小绵羊。我看错了你——你不是我的，你不是我的儿子。

周　　萍　（不平地）你是冲弟弟的母亲么？你这样说话。

周蘩漪　（痛苦地）萍，你说，你说出来；我不怕，你告诉他，我现在已经不是他的母亲！

周　　冲　（难过地）妈，您怎么？

周蘩漪　（丢弃了拘束）我叫他来的时候，我早已忘了我自己。（向周冲，半疯狂地）你不要以为我是你的母亲，（高声）你的母亲早死了，早叫你父亲压死了，闷死了。现在我不是你的母亲。她是见着周萍又活了的女人，（不顾一切地）她也是要一个男人真爱她，要真真活着的女人！

周　　冲　（心痛地）哦，妈。

周　　萍　（眼色向周冲）她病了。（向蘩漪）你跟我上楼去吧！你大概是该歇一歇。

周蘩漪　胡说！我没有病，我没有病，我神经上没有一点病。你们不要以为我说胡话。（揩眼泪，哀痛地）我忍了多少年了，我在这个死地方，监狱似的周公馆，陪着一个阎王十八年了，我的心并没有死；你的父亲只叫我生了冲儿，然而我的心，我这个人还是我的。（指周萍）就只有他才要了我整个的人，可是他现在不要我，又不要我了。

周　　冲　（痛极）妈，我最爱的妈，您这是怎么回事？

周　　萍　你先不要管她，她在发疯！

周蘩漪　（激烈地）不要学你的父亲。没有疯——我这是没有疯！我要你说，我要你告诉他们——这是我最后的一口气！

周　　萍　（狼狈地）你叫我说什么？我看你上楼睡去吧。

周蘩漪　（冷笑）你不要装！你告诉他们，我并不是你的后母。

　　　　〔大家俱惊，略顿。

周　　冲　（无可奈何地）妈！

周蘩漪　（不顾地）告诉他们，告诉四凤，告诉她！

鲁四凤　（忍不住）妈呀！（投入鲁妈怀）

周　　萍　（望着弟弟，转向蘩漪）你这是何苦！过去的事你何必说呢！叫弟弟一生不快活。

周蘩漪　（失了母性，喊着）我没有孩子，我没有丈夫，我没有家，我什么都没有，我只要你说：我——我是你的。

周　　萍　（苦恼）哦，弟弟！你看弟弟可怜的样子，你要是有一点母亲的心——

周蘩漪　（报复地）你现在也学会你的父亲了，你这虚伪的东西，你记着，是你才欺骗了你的弟弟，是你欺骗我，是你才欺骗了你的父亲！

周　　萍　（愤怒）你胡说，我没有，我没有欺骗他！父亲是个好人，父亲一生是有道德的，（蘩漪冷笑）——（向四凤）不要理她，她疯了，我们走吧。

周蘩漪　不用走，大门锁了。你父亲就下来，我派人叫他来的。

鲁侍萍　哦，太太！

周　　萍　你这是干什么？

周蘩漪　（冷冷地）我要你父亲见见他将来的好媳妇你们再走。（喊）朴园，朴园！……

周　　冲　妈，您不要！

周　　萍　（走到蘩漪面前）疯子，你敢再喊！

　　　　〔蘩漪跑到书房门口，喊。

鲁侍萍　（慌）四凤，我们出去。

周蘩漪　不，他来了！

〔朴园由书房进,大家俱不动,静寂若死。

周朴园　（在门口）你叫什么？你还不上楼去睡？

周蘩漪　（倨傲地）我请你见见你的好亲戚。

周朴园　（见鲁妈,四凤在一起,惊）啊,你,你——你们这是做什么？

周蘩漪　（拉四凤向朴园）这是你的媳妇,你见见。（指着朴园向四凤）叫他爸爸！（指着鲁妈向朴园）你也认识认识这位老太太。

鲁侍萍　太太！

周蘩漪　萍,过来！当着你的父亲,过来,给这个妈叩头。

周　萍　（难堪）爸爸,我,我——

周朴园　（明白地）怎么——（向鲁妈）侍萍,你到底还是回来了。

周蘩漪　（惊）什么？

鲁侍萍　（慌）不,不,您弄错了。

周朴园　（悔恨地）侍萍,我想你也会回来的。

鲁侍萍　不,不！（低头）啊！天！

周蘩漪　（惊愕地）侍萍？什么,她是侍萍？

周朴园　嗯。（烦厌地）蘩,你不必再故意地问我,她就是萍儿的母亲,三十年前死了的。

周蘩漪　天哪！

〔半晌。四凤苦闷地叫了一声,看着她的母亲,鲁妈苦痛地低着头。周萍脑筋昏乱,迷惑地望着父亲,同鲁妈。这时蘩漪渐渐移到周冲身边,现在她突然发现一个更悲惨的命运,逐渐地使她同情周萍,她觉出自己方才的疯狂,这使她很快地恢复原来平常母亲的情感。她不自主地愧恨地望着自己的冲儿。

周朴园　（沉痛地）萍儿,你过来。你的生母并没有死,她还在世上。

周　萍　（半狂地）不是她！爸,您告诉我,不是她！

周朴园　（严厉地）混账！萍儿,不许胡说。她没有什么好身世,也是你的母亲。

周　萍　（痛苦万分）哦,爸！

周朴园　（尊重地）不要以为你跟四凤同母,觉得脸上不好看,你就忘了人伦天性。

鲁四凤　（向母痛苦地）哦,妈！

周朴园　（沉重地）萍儿,你原谅我。我一生就做错了这一件事。我万没有想到她今天还在,今天找到这儿。我想这只能说是天命。（向鲁妈叹口气）我老了,刚才我叫你走,我很后悔,我预备寄给你两万块钱。现在你既然来了,我想萍儿是个孝顺孩子,他会好好地侍奉你。我对不起你的地方,他会补上的。

周　萍　（向鲁妈）您——您是我的——

鲁侍萍　（不自主地）萍——（回头抽咽）

周朴园　跪下,萍儿！不要以为自己是在做梦,这是你的生母。

鲁四凤　（昏乱地）妈,这不会是真的。

鲁侍萍　（不语,抽咽）

周蘩漪　（笑向周萍,悔恨地）萍,我,我万想不到是——是这样,萍——

周　萍　（怪笑,向朴园）父亲！（怪笑,向鲁妈）母亲！（看四凤,指她）你——

鲁四凤　（与周萍互视怪笑，忽然忍不住）啊，天！（由中门跑下）

　　　　〔周萍扑在沙发上，鲁妈死气沉沉地立着。

周繁漪　（急喊）四凤！四凤！（转向周冲）冲儿，她的样子不大对，你赶快出去看她。

　　　　〔周冲由中门跑下，喊四凤。

周朴园　（至周萍前）萍儿，这是怎么回事？

周　萍　（突然）爸，您不该生我！（跑，由饭厅下）

　　　　〔远处听见四凤的惨叫声，周冲狂呼四凤，过后周冲也发出惨叫。

鲁侍萍　　　　　四凤，你怎么啦！
　　　　（同时叫）
周繁漪　　　　　我的孩子，我的冲儿！

　　　　〔二人同由中门跑出。

周朴园　（急走至窗前拉开窗幕，颤声）怎么？怎么？

　　　　〔仆人由中门跑上。

仆　人　（喘）老爷！

周朴园　快说，怎么啦？

仆　人　（急不成声）四凤……死了……

周朴园　（急）二少爷呢？

仆　人　也……也死了。

周朴园　（颤声）不，不，怎……么？

仆　人　四凤碰着那条走电的电线。二少爷不知道，赶紧拉了一把，两个人一块儿中电死了。

周朴园　（几晕）这不会。这，这——这不能够，不能够！

　　　　〔朴园与仆人跑下。

　　　　〔周萍由饭厅出，颜色惨白，但是神气沉静地。他走到那张放大海的手枪的桌前，抽开抽屉，取出手枪，手微颤，慢慢走进右边书房。

　　　　〔外面人声嘈乱，哭声，叫声，吵声，混成一片。鲁妈由中门上，脸更呆滞，如石膏人像。老年仆人跟在后面，拿着电筒。

　　　　〔鲁妈一声不响地立在台中。

老　仆　（安慰地）老太太，您别发呆！这不成，您得哭，您得好好哭一场。

鲁侍萍　（无神地）我哭不出来！

老　仆　这是天意，没有法子。——可是您自己得哭。

鲁侍萍　不，我想静一静。（呆立）

　　　　〔中门大开，许多仆人围着繁漪，繁漪不知是在哭在笑。

仆　人　（在外面）进去吧，太太，别看哪。

周繁漪　（为人拥至中门，倚门怪笑）冲儿，你这么张着嘴？你的样子怎么直对我笑？——冲儿，你这个糊涂孩子。

周朴园　（走在中门中，眼泪在面上）繁漪，进来！我的手发木，你也别看了。

老　仆　太太，进来吧。人已经叫电火烧焦了，没有法子办了。

周繁漪　（进来，干哭）冲儿，我的好孩子。刚才还是好好的，你怎么会死，你怎么会死得这样惨？
　　　　（呆立）

周朴园　（已进来）你要静一静。（擦眼泪）

周蘩漪　（狂笑）冲儿，你该死，该死！你有了这样的母亲，你该死！

　　　　〔外面仆人与大海打架声。

周朴园　这是谁？谁在这时候打架。

　　　　〔老仆下问，立时另一仆人上。

周朴园　外面是怎么回事？

仆　人　今天早上那个鲁大海，他这时又来了，跟我们打架。

周朴园　叫他进来！

仆　人　老爷，他连踢带打地伤了我们好几个，他已经从小门跑了。

周朴园　跑了？

仆　人　是，老爷。

周朴园　（略顿，忽然）追他去，跟我追他去。

仆　人　是，老爷。

　　　　〔仆人一齐下。屋中只有朴园，鲁妈，蘩漪三人。

周朴园　（哀伤地）我丢了一个儿子，不能再丢第二个了。

　　　　〔三人都坐下来。

鲁侍萍　都去吧！让他去了也好，我知道这孩子。他恨你，我知道他不会回来见你的。

周朴园　（寂静，自己觉得奇怪）年轻的反而走我们前头了，现在就剩下我们这些老——（忽然）萍儿呢？大少爷呢？萍儿，萍儿！（无人应）来人呀！来人！（无人应）你们给我找呀，我的大儿子呢？

　　　　〔书房枪声，屋内死一般的静默。

周蘩漪　（忽然）啊！（跑下书房，朴园呆立不动，立时蘩漪狂喊跑出）他……他……

周朴园　他……他……

　　　　〔朴园与蘩漪一同跑下，进书房。

　　　　〔鲁妈立起，向书房颤颤了两步，至台中，渐向下倒，跪在地上，如序幕结尾老妇人倒下的样子。

　　　　〔舞台渐暗，奏序幕之音乐（High Mass-Bach）若在远处奏起，至完全黑暗时最响，与序幕末尾音乐声同。幕落，即开，接尾声。

（选自《文学季刊》1934 年第 1 卷第 3 期）

北京人（选幕）

第 三 幕

第 一 景

在北平阴历九月梢尾的早晚，人们已经需要加上棉绒的寒衣。深秋的天空异常肃穆而爽朗。近黄昏时，古旧一点的庭园，就有成群成阵像一片片墨点子似的乌鸦，在老态龙钟的榆钱树的树巅上来回盘旋，此呼彼和，噪个不休。再晚些，暮色更深，乌鸦也飞进了自己的巢。在苍茫的尘雾里传来城墙上还未归营的号手吹着的号声。这来自遥远，孤独的角声，打在人的心坎上说不出的熨帖而又凄凉，像一个多情的幽灵独自追念着那不可唤回的渺若烟云的以往，又是惋惜，又是哀伤，那样充满了怨望和依恋，在薄寒的空气中不住地振抖。

天渐渐地开始短了，不到六点钟，石牌楼后面的夕阳在西方一抹淡紫的山气中隐没下去。到了夜半，就唰唰地刮起西风，园里半枯的树木飒飒地乱抖。赶到第二天一清早，阳光又射在屋顶辉煌的琉璃瓦上，天朗气清，地面上罩一层白霜，院子里，大街的人行道上都铺满了头夜的西风刮下来的黄叶。气候着实地凉了，大清早出来，人们的呼吸在寒冷的空气里凝成乳白色的热气，由菜市买来的菜蔬碰巧就结上一层薄薄的冰凌，在屋子里坐久了不动就觉得有些冻脚，窗纸上的苍蝇拖着迟重的身子飞飞就无力地落在窗台上。在往日到了这种天气，比较富贵的世家，如同曾家这样的门第，家里早举起了炕火，屋内暖洋洋的，绕着大厅的花隔扇与宽大的玻璃窗前放着许多盆盛开的菊花，有绿的，白的，黄的，宽瓣的，细瓣的，都是名种，它们有的放在花架上，有的放在地上，还有在糊着蓝纱的隔扇前的紫檀花架上的紫色千头菊悬崖一般地倒吊下来，这些都绚烂夺目地在眼前罗列着。主人高兴时就在花前饮酒赏菊，邀几位知己的戚友，吃着热气腾腾的羊肉火锅，或猜拳，或赋诗，酒酣耳热，顾盼自豪。真是无上的气概，无限的享受。

像往日那般欢乐和气概于今在曾家这间屋子里已找不出半点痕迹，惨淡的情况代替了当年的盛景。现在这深秋的傍晚——离第二幕有一个多月——更是处处显得零落衰败的样子，隔扇上的蓝纱都褪了色，有一两扇已经撕去了换上普通糊窗子用的高丽纸，但也泛黄了。隔扇前地上放着一盆白菊花，枯黄的叶子，花也干的垂了头。靠墙的一张旧红木半圆桌上放着一个深蓝色大花瓶，里面也插了三四朵快开败的黄菊。花瓣儿落在桌子上，这败了的垂了头的菊花在这衰落的旧家算是应应节令。许多零碎的摆饰都收了起来，墙上也只挂着一幅不知什么人画的山水，裱的绫子已成灰暗色，下面的轴子，只剩了一个。墙壁的纸已开始剥落。墙角倒悬那张七弦琴，琴上的套子不知拿去作了什么，橙黄的穗子仍旧沉沉地垂下来，但颜色已不十分鲜明，蜘蛛在上面织了网又从那儿斜斜地织到屋顶。书斋的窗纸有些破了，补上，补上又破的。两张方凳随便地放在墙边，一张空着，一张放着一个做针线的笸箩。那扇八角窗的玻璃也许久没擦磨过，灰尘尘的。窗前八仙桌上放一个茶壶两个茶杯，桌边有一把靠椅。

一片淡淡的夕阳透过窗子微弱地洒在落在桌子上的菊花瓣上，同织满了蛛网的七弦琴的穗子上，暗淡淡的，忽然又像回光返照一般地明亮起来，但接着又暗了下去。外面一阵阵地噪着老鸦。独轮水车的轮声又在单调地"孜妞妞孜妞妞"地滚过去。太阳下了山，屋内渐渐地昏暗。

〔开幕时,姑奶奶坐在靠椅上织着毛线坎肩。她穿着一件旧黑洋绉的驼绒袍子,黑绒鞋。面
色焦灼,手不时地停下来,似乎在默默地等待着什么。离她远远地在一张旧沙发上歪歪地靠
着江泰,他正在拿着一本《麻衣神相》,十分入神地读,左手还拿了一面用红头绳缠扰的破镜
子,翻翻书又照照自己的脸,放下镜子又仔细研究那本线装书。
〔他也穿着件旧洋绉驼绒袍子,灰里泛黄的颜色。袖子上有被纸烟烧破的洞,非常短而又宽
大得不适体,棕色的西装裤子,裤脚拖在脚背上,拖一双旧千层底鞋。
〔半晌。
〔陈奶妈拿着纳了一半的鞋底子打开书斋的门走进来。她的头发更斑白,脸上仿佛又多了些
皱纹。因为年纪大了怕冷,她已经穿上一件灰布的薄棉袄,青洋缎带扎着腿。看见她来,文彩
立刻放下手里的毛线活计站起来。

曾文彩　（非常关心地,低声问）怎么样啦?

陈奶妈　（听见了话又止了步,回头向窗外谛听。文彩满蓄忧愁的眼睛望着她,等她的回话。陈奶
　　　　妈无可奈何地摇摇头）没有走,人家还是不肯走。

曾文彩　（失望地叹息了一声,又坐下拿起毛线坎肩,低头缓缓地织着）
　　　　〔江泰略回头,看了这两个妇人一眼,显着厌恶的神气,又转过身读他的《麻衣神相》。

陈奶妈　（长长地嘘出一口气,四面望了望,提起袖口擦抹一下眼角,走到方凳子前坐下,迎着黄昏
　　　　的一点微光,默默地纳起鞋底）

江　泰　（忽然搓顿着两只脚,浑身寒瑟瑟的）

曾文彩　（抬起头望江泰）脚冷吗?

江　泰　（心烦）唔?（又翻他的相书,文彩又低下头织毛线）
　　　　〔半晌。

曾文彩　（斜觑江泰一下,再低下头织了两针,实在忍不住了）泰!

江　泰　（若有所闻,但仍然看他的书）

曾文彩　（又温和地）泰,你在干什么?

江　泰　（不理她）
　　　　〔陈奶妈看江泰一眼,不满意地转过头去。

曾文彩　（放下毛线）泰,几点了,现在?

江　泰　（拿起镜子照着,头也不回）不知道。

曾文彩　（只好看看外边的天色）有六点了吧?

江　泰　（放下镜子,回过头,用手指了一下,冷冷地）看钟!

曾文彩　钟坏了。

江　泰　（翻翻白眼）坏了拿去修!（又拿起镜子）

曾文彩　（怯弱地）泰,你再到客厅看看他们现在怎么样啦,好么?

江　泰　（烦躁地）我不管,我管不着,我也管不了,你们曾家的事也太复杂,我没法管。

曾文彩　（恳求）你再去看一下,好不好?看看他们杜家人究竟想怎么样?

江　泰　怎么样?人家到期要曾家还,没有钱要你们府上的房子,没有房子要曾老太爷的寿木,那
　　　　漆了几十年的楠木棺材。

曾文彩　（无力地）可这寿木是爹的命,爹的命!

江　泰　　你既然知道这件事这么难办，你要我去干什么？

陈奶妈　（早已停下针在听，插进嘴）算了吧，反正钱是没有，房子要住——

江　泰　　那棺材——

曾文彩　爹舍不得！

江　泰　　（瞪瞪文彩）明白啦？（又拿起镜子）

曾文彩　（低头叹息，拿出手帕抹眼泪）

〔半晌。外面乌鸦噪声，水车"孜妞妞孜妞妞"滚过声。

陈奶妈　（纳着鞋底，时而把针放在斑白的头发上擦两下，又使劲把针扎进鞋底。这时她停下针，抬起头叹气）我走喽，走喽！明天我也走喽，可怜今天老爷子过的是什么丧气生日！唉，像这样活下去倒不如那天晚上……（忽然）要是往年祖老太爷做寿的时候，家里请客唱戏，院子里，客厅里摆满了菊花，上上下下都开着酒席，哪儿哪儿都是拜寿的客人，几里旮旯儿儿（"角落"）满世界都是寿桃，寿面，红寿帐子，哪像现在——

曾文彩　（一直在沉思着眼前的苦难，呆望着江泰，几乎没听见陈奶妈的话，此时打起精神对江泰，又温和地提起话头）泰，你在干什么？

江　泰　　（翻翻眼）你看我在干什么？

曾文彩　（勉强地微笑）我说你一个人照什么？

江　泰　　（早已不耐烦，立起来）我在照我的鼻子！你听清楚，我在照我的鼻子！鼻子！鼻子！鼻子！（拿起镜子和书走到一个更远的椅子上坐下）

曾文彩　你不要再叫了吧，爹这次的性命是捡来的。

江　泰　　（总觉文彩故意跟他为难，心里又似恼怒，却又似毫无办法的样子，连连指着她）你看你！你看你！你看你！每次说话的口气，言外之意总像是我那天把你父亲气病了似的。你问问现在谁不知道是你那位令兄，令嫂——

曾文彩　（只好极力辩解）谁这么疑心哪？（又低首下心，温婉地）我说，爹今天刚从医院回来，你就当着给他老人家拜寿，到上屋看看他，好吧？

江　泰　　（还是气鼓鼓地）我不懂，他既然不愿意见我，你为什么非要我见他不可？就算那天我喝醉啦，说错了话，得罪了他，上个月到医院也望了他一趟，他都不见我，不见我——

曾文彩　（解释）唉，他老人家现在心绪不好！

江　泰　　那我心绪就好？

曾文彩　（困难地）可现在爹回了家，你难道就一辈子不见他？就当作客人吧，主人回来了，我们也应该问声好，何况你——

江　泰　　（理屈却气壮，走到她的面前又指又点）你，你，你的嘴怎么现在学得这么刁？这么刁？我，我躲开你！好不好？

〔江泰赌气拿着镜子由书斋小门走出去。

曾文彩　（难过地）江泰！

陈奶妈　唉，随他——

〔江泰又匆匆进来在原处乱找。

江　泰　　我的《麻衣神相》呢？（找着）哦，这儿。

〔江泰又走出。

曾文彩　江泰!

陈奶妈　(十分同情)唉,随他去吧,不见面也好。看见姑老爷,老爷子说不定又想起清少爷,心里更不舒服了。

曾文彩　(无可奈何,只得叹了口气)您的鞋底纳好了吧?

陈奶妈　(微笑)也就差一两针了。(放下鞋底,把她的铜边的老花镜取下来,揉揉眼睛)鞋倒是做好了,人又不在了。

曾文彩　(勉强挣出一句希望的话)人总是要回来的。

陈奶妈　(顿了一下,两手提起衣角擦泪水,伤心地)嗯,但——愿!

曾文彩　(凄凉地)奶妈,您明天别走吧,再过些日子,哥哥会回来的。

陈奶妈　(一月来的烦忧使她的面色失了来时的红润。她颤巍巍摇着头,干巴巴的瘪嘴激动得一抽一抽的。她心里实在舍不得,而口里却固执地说)不,不,我要走,我要走的。(立起把身边的针线什物往笸箩里收,一面揉揉她的红鼻子)说等吧,也等了一个多月了,愿也许了,香也烧了,还是没音没信,可怜我的清少爷跑出去,就穿了一件薄夹袍——(向外喊)小柱儿!小柱儿!

曾文彩　小柱儿大概帮袁先生捆行李呢。

陈奶妈　(从笸箩里取出一块小包袱皮,包着那双还未完全做好的棉鞋)要,要是有一天他回来了,就赶紧带个话给我,我好从乡下跑来看他。(又不觉眼泪汪汪地)打,打听出个下落呢,姑小姐就把这双棉鞋绷好给他寄去——(回头又喊)小柱儿! ——(对文彩)就说大奶妈给他做的,叫他给奶妈捎一个信。(闪出一丝笑容)那天,只要我没死,多远也要去看他去。(忍不住又抽咽起来)

曾文彩　(走过来抚慰着老奶妈)别,别这么难过!他在外面不会怎么样,(勉强地苦笑)三十六七快抱孙子的人,哪会——

陈奶妈　(泪眼婆娑)多大我也看他是个小孩子,从来也没出过门,连自己吃的穿的都不会料理的人——(一面喊,一面走向通大客厅的门)小柱儿,小柱儿!

　　　　〔小柱儿的声音:唉,奶奶!

陈奶妈　你在干什么哪?你还不收拾收拾睡觉,明儿个好赶路。

　　　　〔小柱儿的声音:懔小姐叫我帮她喂鸽子呢。

陈奶妈　(一面向大客厅走,一面唠叨)唉,懔小姐也是孤零零的可怜!可也白糟蹋粮食,这时候这鸽子还喂个什么劲儿!

　　　　〔陈奶妈由大客厅门走出。

曾文彩　(一半对着陈奶妈说,一半是自语,喟然)喂也是看在那爱鸽子的人!

　　　　〔外面又一阵乌鸦噪,她打了一个寒战,正拿起她的织物,——

　　　　〔江泰嗒然由书斋小门上。

江　泰　(忘记了方才的气焰,像在黄霉天,背上沾湿了雨一般,说不出的又是丧气,又是恼怒,又是悲哀的神色,连连地摇着头)没办法!没办法!真是没办法!这么大的一所房子,走东到西,没有一块暖和的地方。到今儿个还不生火,脚冻得要死。你那位令嫂就懂得弄钱,你的父亲就知道他的棺材。我真不明白这样活着有什么意义,有什么意义?

曾文彩　别埋怨了,怎么样日子总是要过的。

江　泰　　闷极了我也要革命！（从似乎是开玩笑又似乎是发脾气的口气而逐渐激愤地喊起来）我也反抗，我也打倒，我也要学瑞贞那孩子交些革命党朋友，反抗，打倒，打倒，反抗！都滚他妈的蛋，革他妈的命！把一切都给他一个推翻！而，而，而——（突然摸着了自己的口袋，不觉挖苦挖苦自己，惨笑出来）我这口袋里就剩下一块钱——（摸摸又眨眨眼）不，连一块钱也没有，——（翻眼想想，低声）看了相！

曾文彩　　江泰，你这——

江　泰　　（忽然悲伤，"如丧考妣"的样子，长叹一声）要是我能发明一种像"万金油"似的药多好啊！多好啊！

曾文彩　　（哀切地）泰，不要再这样胡思乱想，顺嘴里扯，你这样会弄成神经病的。

江　泰　　（像没听见她的话，蓦地又提起神）文彩，我告诉你，今天早上我逛市场，又看了一个相，那个看相的也说我现在正交鼻运，要发财，连夸我的鼻子生得好，饱满，藏财。（十分认真地）我刚才照照我的鼻子，倒是生得不错！（直怕文彩驳斥）看相大概是有点道理，不然怎么我从前的事都说的挺灵呢？

曾文彩　　那你也该出去找朋友啊！

江　泰　　（有些自信）嗯！我一定要找，我要找我那些阔同学。（仿佛用话来唤起自己的行动的勇气）我就要找，一会儿我就去找！我大概是要走运了。

曾文彩　　（鼓励地）江泰，只要你肯动一动你的腿，你不会不发达的。

江　泰　　（不觉高兴起来）真的吗？（突然）文彩，我刚才到上房看你爹去了。

曾文彩　　（也提起高兴）他，他老人家跟你说什么？

江　泰　　（黠巧地）这可不怪我，他不在屋。

曾文彩　　他又出屋了？

江　泰　　嗯，不知道他——

　　　　　　〔陈奶妈由书斋小门上。

陈奶妈　　（有些惶惶）姑小姐，你去看看去吧。

曾文彩　　怎么？

陈奶妈　　唉！老爷子一个人拄着个棍儿又到厢房看他的寿木去了。

曾文彩　　哦——

陈奶妈　　（哀痛地）老爷子一个人站在那儿，直对着那棺材流眼泪……

江　泰　　愫小姐呢？

陈奶妈　　大概给大奶奶在厨房蒸什么汤呢。——姑小姐，那棺材再也给不得杜家，您先去劝劝老爷子去吧。

曾文彩　　（怃然）可怜爹，我，我去——（向书房走）

江　泰　　（讥诮地）别，文彩，你先去劝劝你那好嫂子吧。

曾文彩　　（一本正经）她正在跟杜家人商量着推呢。

江　泰　　哼，她正在跟杜家商量着送呢。你叫她发点良心，别尽想把押给杜家的房子留下来，等她一个人日后卖好价钱，你父亲的棺材就送不出去了。记着，你父亲今天出院的医药费都是人家愫小姐拿出来的钱。你嫂子一个人躲在屋子里吃鸡，当着人装穷，就知道卖嘴，你忘了你爹那天进医院以前她咬你爹那一口啦，哼，你们这位令嫂啊，——

〔思懿由书斋小门上。

陈奶妈　（听见足步声,回头一望,不觉低声）大奶奶来了。

江　泰　（默然,走在一旁）

〔思懿面色阴暗,蹙着眉头,故意显得十分为难又十分哀痛的样子。她穿件咖啡色起黑花的长袖绒旗袍,靠胳臂肘的地方有些磨光了,领子上的钮扣没扣,青礼服呢鞋。

曾文彩　（怯弱地）怎么样,大嫂?

曾思懿　（默默地走向沙发那边去）

〔半晌。

陈奶妈　（关切又胆怯地）杜家人到底肯不肯?

曾思懿　（仍默然坐在沙发上）

曾文彩　大嫂,杜家人——

曾思懿　（猛然扑在沙发的扶手上,有声有调地哭起来）文清,你跑到哪儿去了? 文清,你跑了,扔下这一大家子,叫我一个人撑,我怎么办得了啊? 你在家,我还有个商量,你不在家,碰见这种难人的事,我一个妇道还有什么主意哟!

〔江泰冷冷地站在一旁望着她。

陈奶妈　（受了感动）大奶奶,您说人家究竟肯不肯缓期呀?

曾思懿　（鼻涕眼泪抹着,抽咽着,数落着）你们想,人家杜家开纱厂的! 鬼灵精! 到了我们家这个时候,"墙倒众人推",还会肯吗? 他们看透了这家里没有一个男人,（江泰鼻孔哼了一声）老的老,小的小,他们不趁火打劫,逼得你非答应不可,怎么会死心啊?

曾文彩　（绝望地）这么说,他们还是非要爹的寿木不可?

曾思懿　（直拿手帕擦着红肿的眼,依然抽动着肩膀）你叫我有什么法子? 钱,钱我们拿不出;房子,房子我们要住;一大家子的人张着嘴要吃。那寿木,杜家老太爷想了多少年,如今非要不可,非要——

江　泰　（靠着自己卧室的门框,冷言冷语地）那就送给他们得啦。

陈奶妈　（惊愕）啊,送给他们?

曾思懿　（不理江泰）并且人家今天就要——

曾文彩　（倒吸一口气）今天?

曾思懿　嗯,他们说杜家老太爷病得眼看着就要断气,立了遗嘱,点明——

江　泰　（替她说）要曾家老太爷的棺材!

曾文彩　（立刻）那爹怎么会肯?

陈奶妈　（插嘴）就是肯,谁能去跟老爷子说?

曾文彩　（紧接）并且爹刚从医院回来。

陈奶妈　（插进）今天又是老爷子的生日,——

曾思懿　（突然又嚎起来）我,我就是说啊! 文清,你跑到哪儿去了? 到了这个时候,叫我怎么办啊? 我这公公也要顾,家里的生活也要管,我现在是"忠孝不能两全"。文清,你叫我怎么办哪!

〔在大奶奶的哭嚎声中,书斋的小门打开。曾皓拄着拐杖,巍巍然地走进来。他穿着藏青"线春"的丝绵袍子,上面罩件黑呢马褂,黑毡鞋。面色黄枯,形容惨怆,但从他走路的样子看来，似乎已经恢复了健康。他尽量保持自己仅余那点尊严，从眼里看得出他在绝望中再做最后一次挣扎，然而他又多么厌恶眼前这一帮人。

〔大家回过头都立起来。江泰一看见，就偷偷沿墙溜进自己的屋里。

曾文彩　爹！（跑过去扶他）

曾　皓　（以手挥开，极力提起虚弱的嗓音）不要扶，让我自己走。（走向沙发）

曾思懿　（殷殷勤勤）爹，我还是扶您回屋躺着吧。

曾　皓　（坐在沙发上，对大家）坐下吧，都不要客气了。（四面望望）江泰呢？

曾文彩　他，——（忽然想起）他在屋里，（惭愧地）等着爹，给爹赔不是呢。

曾　皓　老大还没有信息么？

曾思懿　（惨凄凄地）有人说在济南街上碰见他，又有人说在天津一个小客栈看见他——

曾文彩　哪里都找到了，也找不到一点影子。

曾　皓　那就不要找了吧。

曾文彩　（打起精神，安慰老人家）哥哥这次实在是后悔啦，所以这次在外面一定要创一番事业才——

曾　皓　（摇首）"知子莫若父"，他没有志气，早晚他还是会——（似乎不愿再提起他，忽然对文彩）你叫江泰进来吧。

曾文彩　（走了一步，心中愧怍，不觉转身又向着父亲）爹，我，我们真没脸见爹，真是没——

曾　皓　唉，去叫他，不用说这些了。（对思懿）你也把霆儿跟瑞贞叫进来。

〔文彩至卧室前叫唤。思懿由书斋门走下。

曾文彩　江泰！江——

〔江泰立刻悄悄溜出来。

江　泰　（出门就看见曾皓正在望着他，不觉有些惭愧）爹，您，您——

曾　皓　（挥挥手）坐下，坐下吧，（江泰坐，曾皓对奶妈关心地）你告诉愫小姐，刚从医院回来，别去厨房再辛苦啦，歇一会会去吧。

〔陈奶妈由通大客厅的门下。

曾文彩　（一直在望着江泰示意，一等陈奶妈转了身，低声）你还不站起来给爹赔个罪！

江　泰　（似立非立）我，我——

曾　皓　（摇手）过去的事不提了，不提了。

〔江泰又坐下。静默中，思懿领着霆儿与瑞贞由书斋小门上。瑞贞穿着一件灰底子小红花的布夹袍，霆儿的袍子上罩一件蓝布大褂。

曾　皓　（指指椅子，他们都依次坐下，除了瑞贞立在文彩的背后。曾皓哀伤地望了望）现在座中大概就缺少老大，我们曾家的人都在这儿了。（望望屋子，微微咳了一下）这房子是从你们的太爷爷敬德公传下来的，我们累代是书香门第，父慈子孝，没有叫人说过一句闲话。现在我们家里出了我这种不孝的子孙——

曾思懿　（有些难过）爹！——

〔大家肃然相望，又低下头。

曾　皓　败坏了曾家的门庭，教出一群不明事理，不肯上进，不知孝顺，连守成都做不到的儿女——

江　泰　（开始有些烦恶）

曾文彩　（抬起头来惭愧地）爹，爹，您——

曾　皓　这是我对不起我的祖宗，我没有面目再见我们的祖先敬德公！（咳嗽，瑞贞走过来捶背）

江　泰　（不耐，转身连连摇头，又唉声叹息起来，嘟哝着）哎，哎，真是这时候还演什么戏！演什么戏！

曾文彩　（低声）你又发疯了！

曾　皓　（徐徐推开瑞贞）不要管我。（转对大家）我不责备你们，责也无益。（满面绝望可怜的神色，而声调是恨恨的）都是一群废物，一群能说会道的废物。（忽然来了一阵勇气）江泰，你，你也是！——

〔江泰似乎略有表示。

曾文彩　（怕他发作）泰！

〔江泰默然，又不做声。

曾　皓　（一半是责备，一半是发牢骚）成天地想发财，成天地做梦，不懂得一点人情世故，同老大一样，白读书，不知什么害了你们，都是一对——（不觉大咳，自己捶了两下）

曾文彩　唉，唉！

江　泰　（只好无奈何地连连出声）这又何必呢，这又何必呢！

曾　皓　思懿，你是有儿女的人，已经做了两年的婆婆，并且都要当祖母啦，（强压自己的愤怒）我不说你。错误也是我种的根，错也不自今日始。（自己愈说愈凄惨）将来房子卖了以后，你们尽管把我当作死了一样，这家里没有我这个人，我，我——（泫然欲泣）

曾文彩　（忍不住大哭）爹，爹——

曾思懿　（早已变了颜色）爹，我不明白爹的话。

曾　皓　（没有想到）你，你，——

曾文彩　（愤极）大嫂，你太欺侮爹了。

曾思懿　（反问）谁欺侮了爹？

曾文彩　（老实人也逼得出了声）一个人不能这么没良心。

曾思懿　谁没良心？谁没良心？天上有雷，眼前有爹！妹妹，我问你，谁？谁？

曾　霆　（同时苦痛地）妈！

曾文彩　（被她的气势所夺，气得发抖）你，你逼得爹没有一点路可走了。

江　泰　（无可奈何地）不要吵了，小姑子，嫂嫂们。

曾文彩　你逼得爹连他老人家的寿木都要抢去卖，你逼得爹——

曾　皓　（止住她）文彩！

曾思懿　（讥诮地）对了，是我逼他老人家，吃他老人家，（说说立起来）喝他老人家，成天在他老人家家里吃闲饭，一住就是四年，还带着自己的姑爷——

曾　霆　（在旁一直随身劝阻，异常着急）妈，您别，——妈，您——妈——

江　泰　（也突然冒了火）你放屁！我给了钱！

曾　皓　（急喘，镇止他们）不要喊了！

曾思懿　（同时）你给了钱？哼，你才——

曾　皓　（在一片吵声中，顿足怒喊）思懿，别再吵！（突然一变几乎是哀号）我，我就要死了！

〔大家顿时安静，只听见思懿哀哀低泣。

〔天开始暗下来，在肃静的空气中，愫方由大客厅门上。她穿着深米色的哔叽夹袍，面庞较一个月前略瘦，因而她的眼睛更显得大而有光彩，我们可以看得出在那里面含着无限镇静，和平与坚定的神色。她右手持一盏洋油灯，左臂抱着两轴画。看见她进来，瑞贞连忙走近，替她接下手里的灯，同时低声仿佛在她耳旁微微说了一句话。愫方默默颔首，不觉悲哀地望望眼前那几张沉肃的脸，就把两轴画放进那只磁缸里，又回身匆忙地由书斋门下。瑞贞一直望着她。

曾　皓　（叹息）你们这一群废物啊！到现在还有什么可吵的？

曾瑞贞　爷爷，回屋歇歇吧？

曾　皓　（感动地）看看瑞贞同霆儿还有什么脸吵？（慨然）别再说啦，住在一起也没有几天了。思懿，你，你去跟杜家的管事说，说叫，——（有些困难）叫他们把那寿木抬走，先，先（凄惨地）留下我们这所房子吧。

曾文彩　爹！

曾　皓　杜家的意思刚才愫方都跟我说了！

曾文彩　哪个叫愫表妹对您说的？

曾思懿　（挺起来）我！

曾　皓　不要再计较这些事情啦！

江　泰　（迟疑）那么您，还是送给他们？

曾　皓　（点头）

曾思懿　（不好开口，却终于说出）可杜家人说今天就要。

曾　浩　好，好，随他们，让它给有福气的人睡去吧。（思懿就想出去说，不料曾皓回首对江泰）江泰，你叫他们赶快抬，现在就抬！（无限的哀痛）我，我不想明天再看见这晦气的东西！

〔曾皓低头不语，思懿只好停住脚。

江　泰　（怜悯之心油然而生）爹！（走了两步又停住）

曾　皓　去吧，去说去吧！

江　泰　（蓦然回头，走到曾皓的面前，非常善意地）爹，这有什么可难过的呢？人死就死了，睡个漆了几百道的棺材又怎么样呢？（原是语调里带着同情而又安慰的口气，但逐渐忘形，改了腔调，又按他一向的习惯，对着曾皓滔滔不绝地说起来）这种事您就没有看通，譬如说，您今天死啦，睡了就漆一道的棺材，又有什么关系呢？

曾文彩　（知道他的话又来了）江泰！

江　泰　（回头对文彩，嫌厌地）你别吵！（又转脸对曾皓，和颜悦色，十分认真地劝解）那么您死啦，没有棺材睡又有什么关系呢？（指着点着）这都是一种习惯！一种看法！（说得逐渐高兴，渐次忘记了原来同情与安慰的善意，手舞足蹈地对着曾皓开了讲）譬如说，（坐在沙发上）我这么坐着好看，（灵机一动）那么，这么（忽然把条腿翘在椅背上）坐着，就不好看么？（对思懿）那么，大嫂，（陶醉在自己的言词里，像喝得微醺之后，几乎忘记方才的龃龉）我这是比方啊！（指着）你穿衣服好看，你不穿衣服，就不好看么？

曾思懿　姑老爷！

江　泰　（继续不断）这都未见得，未见得！这不过是一种看法！一种习惯！

曾　皓　（插嘴）江泰！

江　泰　（不容人插嘴，流水似的接下去）那么譬如我吧，（坐下）我死了，（回头对文彩，不知他是玩笑，还是认真）你就给我火葬，烧完啦，连骨头末都要扔在海里，再给它一个水葬！痛痛快快来一个死无葬身之地！（仿佛在堂上讲课一般）这不过也是一种看法，这也可以成为一种习惯！那么，爹，您今天——

曾　皓　（再也忍不住，高声拦住他）江泰！你自己愿意怎么死，怎么葬，都任凭尊便。（苦涩地）我大病刚好，今天也还算是过生日，这些话现在大可不必——

江　泰　（依然和平地，并不以为忤）好，好，好，您不赞成！无所谓，无所谓！人各有志！——其实我早知道我的话多余，我刚才说着的时候，心里就念叨着，"别说啊！别说啊！"（抱歉地）可我的嘴总不由得——

曾思懿　（一直似乎在悲戚着）那姑老爷，就此打住吧。（立起）那么爹，我，我（不忍说出的样子，擦擦自己的眼角）就照您的吩咐跟杜家人说吧？

曾　皓　（绝望）好，也只有这一条路了。

曾思懿　唉！（走了两步）

曾文彩　（痛心）爹呀！

江　泰　（忽然立起）别，你们等等，一定等等。

　　　　〔江泰三脚两步跑进自己的卧室。思懿也停住了脚。

曾　皓　（莫名其妙）这又是怎么？

　　　　〔张顺由通大客厅大门上。

张　顺　杜家又来人说，阴阳生看好那寿木要在今天下半夜寅时以前，抬进杜公馆，他们问大奶奶……

曾文彩　你——

　　　　〔江泰拿着一顶破呢帽，提着手杖，匆匆地走出来。

江　泰　（对张顺，兴高采烈）你叫他们杜家那一批混账王八蛋，再在客厅等一下，你就说钱就来，我们老太爷的寿木要留在家里当劈柴烧呢！

曾文彩　你怎么——

江　泰　（对曾皓，热烈地）爹，您等一下，我找一个朋友去。（对文彩）常鼎斋现在当了公安局长，找他一定有办法。（对曾皓，非常有把握地）这个老朋友跟我最好，这点小事一定不成问题。（有条有理）第一，他可以立刻找杜家交涉，叫他们以后不准再在此地无理取闹。第二，万一杜家不听调度，临时跟他通融（轻蔑的口气）这几个大钱也决无问题，决无问题。

曾文彩　（几乎不相信自己的耳朵）泰，真的可以？

江　泰　（敲敲手杖）自然自然，那么，爹，我走啦。（对思懿，扬扬手）大嫂，说在头里，我担保，准成！（提步就走）

曾思懿　（一阵风暴使她也有些昏眩）那么爹，这件事……

曾文彩　（欣喜）爹……

　　　　〔江泰跨进通大客厅的门槛一步，又匆匆回来。

江　泰　（对文彩，匆忙地把手一伸）我身上没钱。

曾文彩　（连忙由衣袋里拿出一小卷钞票）这里！

江　泰 （一看）三十！

〔江泰由通大客厅的门走出。

曾　皓 （被他撩得头昏眼花，现在才喘出一口气）江泰这个东西是怎么回事？

曾文彩 （一直是崇拜着丈夫的，现在惟恐人不相信，于是极力对曾皓）爹，您放心吧，他平时不怎么乱说话的。他现在说有办法，就一定有办法。

曾　皓 （将信将疑）哦！

曾思懿 （管不住）哼，我看他……（忽然又制止了自己，转对曾皓，不自然地笑着）那么也好，爹，这棺木的事……

曾　皓 （像是得了一点希望的安慰似的，那样叹息一声）也好吧，"死马当做活马医"，就照他的意思办吧。

张　顺 （不觉也有些喜色）那么，大奶奶，我就对他们……

曾思懿 （半天在抑压着自己的愠怒，现在不免颜色难看，恶声恶气地）去！要你去干什么！

〔思懿有些气汹汹地向大客厅快步走去。

曾　皓 （追说）思懿，还是要和和气气对杜家人说话，请他们无论如何，等一等。

曾思懿 嗯！

〔思懿由通大客厅的门下，张顺随着出去。

曾文彩 （满脸欣喜的笑容）瑞贞，你看你姑父有点疯魔吧，他到了这个时候才……

曾瑞贞 （心里有事，随声应）嗯，姑姑。

曾　皓 （又燃起希望，紧接着文彩的话）唉！只要把那寿木留下来就好了！（不觉回顾）霆儿，你看这件事有望么？

曾　霆 （也随声答应）有，爷爷。

曾　皓 （点头）但愿家运从此就转一转，——嗯，都说不定的哟！（想立起，瑞贞过来扶）你现在身体好吧？

曾瑞贞 好，爷爷。

曾　皓 （立起，望瑞贞，感慨地）你也是快当母亲的人喽！

〔文彩示意，叫霆儿也过来扶祖父，曾霆默默过来。

曾　皓 （望着孙儿和孙儿媳妇，忽然抱起无穷的希望）我瞧你们这一对小夫妻总算相得的，将来看你们两个撑起这个门户吧。

曾文彩 （对曾霆示意，叫他应声）霆儿！

曾　霆 （又应声，望望瑞贞）是，爷爷。

曾　皓 （对着曾家第三代人，期望的口气）这次棺木保住了，房子也不要卖，明年开了春，我为你们再出门跑跑看，为着你们的儿女我再当一次牛马！（用手帕擦着眼角）唉！只要祖先保佑我身体好，你们诚心诚意地为我祷告吧！（向书斋走）

曾文彩 （过来扶着曾皓，助着兴会）是啊，明年开了春，爹身体也好了，瑞贞也把重孙子给您生下来，哥哥也……

〔书斋小门打开，门前现出愫方。她像是刚刚插完了花，水淋淋的手还拿着两朵插剩下的菊花。

愫　方 （一只手轻轻掠开掉在脸前的头发，温和地）回屋歇歇吧，姨父，您的房间收拾好啦。

曾　皓　（快慰地）好，好！（一面对文彩点头应声，一面向外走）是啊，等明年开了春吧！——瑞贞，
　　　　明年开了春，明年——

　　　　〔瑞贞扶着他到书斋门口，望着愫方，回头暗暗地指了指这间屋子。愫方会意，点点头，接
　　　　过曾皓的手臂，扶着他出去，后面随着文彩。

　　　　〔霆儿立在屋中未动。瑞贞望望他，又从书斋门口默默走回来。

曾瑞贞　（低声）霆！

曾　霆　（几乎不敢望她的眼睛，悲戚地）你明天一早就走么？

曾瑞贞　（也不敢望他，低沉的声音，迟缓而坚定地）嗯。

曾　霆　是跟袁家的人一路？

曾瑞贞　嗯，一同走。

曾　霆　（四面望望，在口袋里掏着什么）那张字据我已经写好了。

曾瑞贞　（凝视曾霆）哦。

曾　霆　（掏出一张纸，不觉又四面看一下，低声读着）"离婚人谢瑞贞、曾霆，我们幼年结婚，意见
　　　　不合，实难继续同居，今后二人自愿脱离夫妻——"

曾瑞贞　（心酸）不要再念下去了。

曾　霆　（迟疑一下，想着仿佛是应该办的手续，嗫嚅）那么签字，盖章，……

曾瑞贞　回头在屋里办吧。

曾　霆　也，也好。

曾瑞贞　（衷心哀痛）霆，真对不起你，要你写这样的字据。

曾　霆　（说不出话，从来没有像今天对她这般依恋）不，这两年你在我们家也吃够了苦。（忽然）
　　　　那个孩子不要了，你告诉过愫姨了吧？

曾瑞贞　（不愿提起的回忆）嗯，她给孩子做的衣服，我都想还给她了。怎么？

曾　霆　我想家里有一个人知道也好。

曾瑞贞　（关切地）霆，我走了以后，你，你干什么呢？

曾　霆　（摇头）不知道。（寂寞地）学校现在不能上了。

曾瑞贞　（同情万分）你不要失望啊。

曾　霆　不。

曾瑞贞　（安慰）以后我们可以常通信的。

曾　霆　好。（泪流下来）

　　　　〔外面圆儿嚷着：瑞贞！

曾瑞贞　（酸苦）不要难过，多少事情是要拿出许多痛苦才能买出一个"明白"呀。

曾　霆　这"明白"是真难哪！

　　　　〔圆儿吹着口哨，非常高兴的样子由通大客厅的门走进。她穿着灰、蓝、白三种颜色混在
　　　　一起的毛织品的裙子，长短正到膝盖，上身是一件从头上套着穿的印度红的薄薄的短毛
　　　　衫，两只腿仍旧是光着的，脚上穿着一双白帆布运动鞋。她像是刚在忙着收拾东西，头发
　　　　有些乱，两腮也红红的，依然是那样活泼可喜。她一手举着一只鸟笼，里面关着那只鸽子
　　　　"孤独"，一手提着那个大金鱼风筝，许多地方都撕破了，臂下还夹着用马粪纸铰好的二尺
　　　　来长的"北京人"的剪影。

袁　圆　（大声）瑞贞,我父亲找了你好半天啦,他问你的行李——

曾瑞贞　（忙止住她,微笑）请你声音小点,好吧?

袁　圆　（只顾高兴,这时才忽然想起来,两面望一下,伸伸舌头,立刻憋住喉咙,满脸顽皮相,全用气音嘶出,一顿一顿地）我父亲——问你——同你的朋友们——行李——收拾好了没有?

曾瑞贞　（被她这种神气惹得也笑起来）收拾好了。

袁　圆　（还是嘶着喉咙）他说——只能——送你们一半路,——还问——（嘘出一口气,恢复原来的声音）可别扭死我了。还是跟我来吧,我父亲还要问你一大堆话呢。

曾瑞贞　（爽快地）好,走吧。

袁　圆　（并不走,却抱着东西走向曾霆,煞有介事的样子）曾霆,你爹不在家,（举起那只破旧的"金鱼"纸鸢）这个破风筝还给你妈!（纸鸢靠在桌边,又举起那鸽笼）这鸽子交给愫小姐!（鸽笼放在桌上,这才举起那"北京人"的剪影,笑嘻嘻地）这个"北京人"我送你做纪念,你要不要?

曾　霆　（似乎早已忘记了一个多月前对圆儿的情感,点点头）好。

袁　圆　（眨眨眼,像是心里又在转什么顽皮的念头）明天天亮我们走了,就给你搁在（指着通大客厅的门）这个门背后。（对瑞贞）走吧,瑞贞!

　　　　〔圆儿一手持着那剪影,一手推着瑞贞的背,向通大客厅的门走出。

　　　　〔这时思懿也由那门走进,正撞见她们。瑞贞望着婆婆愣了一下,就被圆儿一声"走",推出去。

　　　　〔曾霆望她们出了门,微微叹了一声。

曾思懿　（斜着眼睛回望一下,走近曾霆）瑞贞这些日子常不在家,总是找朋友,你知道她在干些什么?

曾　霆　（望望她,又摇摇头）不知道。

曾思懿　（嫌她自己的儿子太不精明,但也毫无办法,抱怨地叹口气）哎,媳妇是你的呀,孩子! 我也生不了这许多气了。（忽然）他们呢?

曾　霆　到上房去了。

曾思懿　（诉说,委屈地）霆儿,你刚才看见妈怎么受他们的气了。

曾　霆　（望望他的母亲,又低下头）

曾思懿　（掏出手帕）妈是命苦,你爹摔开我们跑了,你妈成天受这种气,都是为了你们哪!（擦擦泪润湿了的眼）

曾　霆　妈,别哭了。

曾思懿　（抚着曾霆）以后什么事都要告诉妈!（埋怨地）瑞贞有肚子要不是妈上个月看出来,你们还是不告诉我的。（指着）你们两个是存的什么心哪!（关切地）我叫瑞贞喝的那服安胎的药,她喝了没有?

曾　霆　没有。

曾思懿　不,我说的前天我从罗太医那里取来的那方子。

曾　霆　（心里难过,有些不耐）没有喝呀!

曾思懿　（勃然变色）为什么不喝呢?（厉声）叫她喝,要她喝! 她再不听话,你告诉我,看我怎么灌她喝! 她要觉得她自己不是曾家的人,她肚子里那块肉可是曾家的。现在为她肚子里

那孩子,什么都由着她,她倒越说越来了。(忽然又低声)霆儿,你别糊涂,我看瑞贞这些
日子是有点邪,鬼鬼祟祟,交些乱朋友,——(更低声)我怕她拿东西出去,夜晚前后门我
都下了锁,你要当心啊,我怕——

　　　　　〔愫方端着一个药罐由通书斋小门进。

愫　方　　(温婉地)罗太医那方子的药煎好了。

曾思懿　　(望望她)

愫　方　　(看她不说话,于是又——)就在这儿吃么?

曾思懿　　(冷冷地)先搁在我屋里的小炭炉上温着吧!

　　　　　〔愫方端着药由霆儿面前走过,进了思懿的屋子。

曾　霆　　(望望那药罐里的药汤,诧异而又不大明白的神色)妈,怎么罗太医那个方子,您,您也
　　　　　在吃?

曾思懿　　(脸色略变,有些尴尬,但立刻又镇静下来,含含糊糊地)妈,妈现在身体也不大好。(找话
　　　　　说)这几天倒是亏了你愫姨照护着,——(立时又改了口气,咳了一声)不过孩子,(脸上
　　　　　又是一阵暗云,狠恶地)你愫姨这个人哪,(摇头)她呀,她才是——

　　　　　〔愫方由卧室出。

愫　方　　表嫂,姨父正叫着你呢!

曾思懿　　(似理非理,点了点头。回头对霆)霆儿,跟我来。

　　　　　〔霆儿随着思懿由书斋小门下。

　　　　　〔天更暗了。外面一两声雁叫,凄凉而寂寞地掠过这深秋渐晚的天空。

愫　方　　(轻轻叹息了一声,显出一点疲乏的样子。忽然看见桌上那只鸽笼,不觉伸手把它举起,
　　　　　凝望着那里面的白鸽——那个名叫"孤独"的鸽子——眼前似乎浮起一层湿润的忧愁,却
　　　　　又爱抚地对那鸽子微微露出一丝凄然的笑容——)

　　　　　〔这时瑞贞提着一只装满婴儿衣服的小藤箱,把藤箱轻轻放在另外一张小桌上,又悄悄地
　　　　　走到愫方的身旁。

曾瑞贞　　(低声)愫姨!

愫　方　　(略惊,转身)你来了!(放下鸽笼)

曾瑞贞　　你看见我搁在你屋里那封长信了么?

愫　方　　(点头)嗯。

曾瑞贞　　你不怪我?

愫　方　　(悲哀而慈爱地笑着)不,——(忽然)真地要走了么?

曾瑞贞　　(依依地)嗯。

愫　方　　(叹一口气,并非劝止,只是舍不得)别走吧!

曾瑞贞　　(顿时激愤起来)愫姨,你还劝我忍下去?

愫　方　　(仿佛在回忆着什么,脸上浮起一片光彩,缓慢而坚决地)我知道,人总该有忍不下去的
　　　　　时候。

曾瑞贞　　(眼里闪着期待的神色,热烈地握着她的苍白的手指)那么,你呢?

愫　方　　(焕发的神采又收敛下去,凄凄望着瑞贞,哀静地)瑞贞,不谈吧,你走了,我会更寂寞的。
　　　　　以后我也许用不着说什么话,我会更——

曾瑞贞　（更紧紧握着她的手，慢慢推她坐下）不，不，愫姨，你不能这样，你不能一辈子这样！（迫切地恳求）愫姨，我就要走了，你为什么不跟我说几句痛快话？你为什么不说你的——（暧昧的暮色里，瞥见愫方含着泪光的大眼睛，她突然抑止住自己）

愫　方　（缓缓地）你要我怎么说呢？

曾瑞贞　（不觉嗳嚅）譬如你自己，你，你，——（忽然）你为什么不走呢？

愫　方　（落寞地）我上哪里去呢？

曾瑞贞　（兴奋地）可去的地方多得很。第一你就可以跟我们走。

愫　方　（摇头）不，我不。

曾瑞贞　（坐近她的身旁，亲密地）你看完了我给你的书了么？

愫　方　看了。

曾瑞贞　说的对不对？

愫　方　对的。

曾瑞贞　（笑起来）那你为什么不跟我们一道走呢？

愫　方　（声调低徐，却说得斩截）我不！

曾瑞贞　为什么？

愫　方　（凄然望望她）不！

曾瑞贞　（急切）可为什么呢？

愫　方　（想说，但又——这次只静静地摇摇头）

曾瑞贞　你总该说出个理由啊，你！

愫　方　（异常困难地）我觉得我，我在此地的事还没有了。
　　　　　（"了"字此处作"完结"讲）

曾瑞贞　我不懂。

愫　方　（微笑，立起）不要懂吧，说不明白的呀。

曾瑞贞　（追上去，索性——）那么你为什么不去找他？

愫　方　（有一丝惶惑）你说——

曾瑞贞　（爽朗）找他！找他去！

愫　方　（又镇定下来，一半像在沉思，一半像在追省，呆呆望着前面）为什么要找呢？

曾瑞贞　你不爱他吗？

愫　方　（低下头）

曾瑞贞　（一句比一句紧）那么为什么不想找他？你为什么不想？（爽朗地）愫姨，我现在不像从前那样呆了。这些话一个月前我决不肯问的。你大概也知道我晓得。（沉重）我要走了，此地再没有第三个人，这屋子就是你同我。愫姨，告诉我，你为什么不找他？为什么不？

愫　方　（叹一口气）见到了就快乐么？

曾瑞贞　（反问）那么你在这儿就快乐？

愫　方　我，我可以替他——（忽然觉得涩涩地说不出口，就这样顿住）

曾瑞贞　（急切）你说呀，我的愫姨，你说过你要跟我好好谈一次的。

愫　方　我，我说——（脸上逐渐闪耀着美丽的光彩，苍白的面颊泛起一层红晕。话逐渐由暗涩而畅适，衷心的感动使得她的声音都有些颤抖）——他走了，他的父亲我可以替他伺候，

　　　　　他的孩子我可以替他照料,他爱的字画我管,他爱的鸽子我喂。连他所不喜欢的人我都
　　　　　觉得该体贴,该喜欢,该爱,为着——

曾瑞贞　（插进逼问,但语气并未停止）为着?

愫　方　（颤动地）为着他所不爱的也都还是亲近过他的!（一气说完,充满了喜悦,连自己也惊讶
　　　　　这许久关在心里如今才形诸语言的情绪,原是这般难于置信的）

曾瑞贞　（倒吸一口气）所以你连霆的母亲,我那婆婆,你都拼出你的性命来照料,保护。

愫　方　（苦笑）你爹走了,她不也怪可怜的吗?

曾瑞贞　（笑着但几乎流下泪）真的愫姨,你就忘了她从前,现在,待你那种——

愫　方　（哀矜地）为什么要记得那些不快活的事呢,如果为着他,为着一个人,为着他——

曾瑞贞　（忍不住插嘴）哦,我的愫姨,这么一个苦心肠,你为什么不放在大一点的事情上去?你为
　　　　　什么处处忘不掉他? 把你的心偏偏放在这么一个废人身上,这么一个无用的废——

愫　方　（如同刺着她的心一样,哀恳地）不要这么说你的爹呀。

曾瑞贞　（分辩）爷爷不也是这么说他?

愫　方　（心痛）不,不要这么说,没有人明白过他啊。

曾瑞贞　（喘一口气,哀痛地）那么你就这样预备一辈子不跟他见面啦?

愫　方　（突然慢慢低下头去）

曾瑞贞　（沉挚地）说呀,愫姨!

愫　方　（低到几乎听不见）嗯。

曾瑞贞　那当初你为什么让他走呢?

愫　方　（似乎在回忆,声调里充满了同情）我,我看他在家里苦,我替他难过呀。

曾瑞贞　（不觉反问）那么他离开了,你快乐?

愫　方　（低微）嗯。

曾瑞贞　（叹息）唉,两个人这样活下去是为什么呢?

愫　方　（哀痛的脸上掠过一丝笑的波纹）看见人家快乐,你不也快乐么?

曾瑞贞　（深刻地关心,缓缓地）你在家里就不惦着他?

愫　方　（低下头）

曾瑞贞　他在外面就不想着你?

愫　方　（眼泪默默流在苍白的面颊上）

曾瑞贞　就一生,一生这样孤独下去——两个人这样苦下去?

愫　方　（凝神）苦,苦也许;但是并不孤独的。

曾瑞贞　（深切感动）可怜的愫姨,我懂,我懂,我懂啊! 不过我怕,我怕爹也许有一天会回来。
　　　　　他回来了,什么又跟从前一样,大家还是守着,苦着,看着,望着,谁也喘不出一口气,
　　　　　谁也——

愫　方　（打了一个寒战,蓦然坚决地摇着头）不,他不会回来的。

曾瑞贞　（固执）可万一他——

愫　方　（轻轻擦去眼角上的泪痕）他不会,他死也不会回来的。（低头望着那块湿了的手帕,低声
　　　　　缓缓地）他已经回来见过我!

曾瑞贞　（吃了一惊）爹走后又偷偷回来过?

愫　方　嗯。

曾瑞贞　（诧异起来）哪一天？

愫　方　他走后第二天。

曾瑞贞　（未想到，嘘一口气）哦！

愫　方　（怜悯地）可怜，他身上一个钱也没有。

曾瑞贞　（猜想到）你就把你所有的钱都给他了？

愫　方　不，我身边的钱都给他了。

曾瑞贞　（略略有点轻蔑）他收下了。

愫　方　（温柔地）我要他收下了。（回忆）他说他要成一个人，死也不再回来。（感动得不能自止地说下去）他说他对不起他的父亲，他的儿子，连你他都提了又提。他要我照护你们，看守他的家，他的字画，他的鸽子，他说着说着就哭起来，他还说他最放心不下的是——（泪珠早已落下，却又忍不住笑起来）瑞贞，他还像个孩子，哪像个连儿媳妇都有的人哪！

曾瑞贞　（严肃地）那么从今以后你决心为他看守这个家？（以下的问答几乎是没有停顿，一气接下去）

愫　方　（又沉静下来）嗯。

曾瑞贞　（逼问）成天陪着快死的爷爷？

愫　方　（默默点着头）嗯。

曾瑞贞　（逼望着她）送他的终？

愫　方　（躲开瑞贞的眼睛）嗯。

曾瑞贞　（故意这样问）再照护他的儿子？

愫　方　（望瑞贞，微微皱眉）嗯。

曾瑞贞　侍候这一家子老小？

愫　方　（固执地）嗯。

曾瑞贞　（几乎是生了气）还整天看我这位婆婆的脸子？

愫　方　（不由得轻轻地打了一个寒战）喔！——嗯。

曾瑞贞　（反激）一辈子不出门？

愫　方　（又镇定下来）嗯。

曾瑞贞　不嫁人？

愫　方　嗯。

曾瑞贞　（追问）吃苦？

愫　方　（低沉）嗯。

曾瑞贞　（逼近）受气？

愫　方　（凝视）嗯。

曾瑞贞　（狠而重）到死？

愫　方　（低头，用手摸着前额，缓缓地）到——死！

曾瑞贞　（爆发，哀痛地）可我的好愫姨，你这是为什么呀？

愫　方　（抬起头）为着——

曾瑞贞　（质问的神色）嗯，为着——

愫　方　（困难地）为着，我不知道该怎么说，——（忽然脸上显出异样美丽的笑容）为着，这才是活着呀！

曾瑞贞　（逼出一句话来）你真地相信爹就不会回来么？

愫　方　（微笑）天会塌么？

曾瑞贞　你真准备一生不离开曾家的门，这个牢！就为着这么一个梦，一个理想，一个人——

愫　方　（悠悠地）也许有一天我会离开——

曾瑞贞　（迫待）什么时候？

愫　方　（笑着）那一天，天真的能塌，哑巴都急得说了话！

曾瑞贞　（无限的悯切）愫姨，把自己的快乐完全放在一个人的身上是危险的，也是不应该的。（感慨）过去我是个傻子，愫姨，你现在还——

〔室内一切渐渐隐入在昏暗的暮色里，乌鸦在窗外屋檐上叫两声又飞走了。在瑞贞说话的当儿，由远远城墙上断续送来未归营的号手吹着的号声，在凄凉的空气中寂寞地荡漾，一直到闭幕。

愫　方　不说吧，瑞贞。（忽然扬头，望着外面）你听，这远远吹的是什么？

曾瑞贞　（看出她不肯再谈下去）城墙边上吹的号。

愫　方　（谛听）凄凉得很哪！

曾瑞贞　（点头）嗯，天黑了，过去我一个人坐在屋里就怕听这个，听着就好像活着总是灰惨惨的。

愫　方　（眼里涌出了泪光）是啊，听着是凄凉啊！（猛然热烈地抓着瑞贞的手，低声）可瑞贞，我现在突然觉得真快乐呀！（抚摸自己的胸）这心好暖哪！真好像春天来了一样。（兴奋地）活着不就是这个调子么？我们活着就是这么一大段又凄凉又甜蜜的日子啊！（感动地流下泪）叫你想想忍不住要哭，想想又忍不住要笑啊！

曾瑞贞　（拿手帕替她擦泪，连连低声喊）愫姨，你怎么真地又哭了？愫姨，你——

愫　方　（倾听远远的号声）不要管我，你让我哭哭吧！（泪光中又强自温静地笑出来）可，我是在笑啊！瑞贞，——（瑞贞不由得凄然地低下头，用手帕抵住鼻端。愫方又笑着想扶起瑞贞的头）——瑞贞，你不要为我哭啊！（温柔地）这心里头虽然是酸酸的，我的眼泪明明是因为我太高兴啦！——（瑞贞抬头望她一下，忍不住更抽咽起来。愫方抚摸瑞贞的手，又像是快乐，又像是伤心地那样低低地安慰着，申诉着）——别哭了，瑞贞，多少年我没说过这么多话了，今天我的心好像忽然打开了，又叫太阳照暖和了似的。瑞贞，你真好！不是你，我不会这么快活；不是你，我不会谈起了他，谈得这么多，又谈得这么好！（忽然更兴奋地）瑞贞，只要你觉得外边快活，你就出去吧，出去吧！我在这儿也是一样快活的。别哭了，瑞贞，你说这是牢吗？这不是呀，这不是呀，——

曾瑞贞　（抽咽着）不，不，愫姨，我真替你难过！我怕呀！你不要这么高兴，你的脸又在发烧，我怕——

愫　方　（恳求似的）瑞贞，不要管吧！我第一次这么高兴哪！（走近瑞贞放着小箱子的桌旁）瑞贞，这一箱小孩儿的衣服你还是带出去。（哀悯地）在外面还是尽量帮助人吧！把好的送给人家，坏的留给自己。什么可怜的人我们都要帮助，我们不是单靠吃米活着的啊！（打开那箱子）这些小衣服你用不着，就送给那些没有衣服的小孩子们穿吧。（忽然由里面抖出一件雪白的小毛线斗篷）你看这件斗篷好看吧？

曾瑞贞　好，真好看。

愫　方　（得意地又取出一顶小白帽子）这个好玩吧？

曾瑞贞　嗯，真好玩！

愫　方　（欣喜地又取出一件黄绸子小衣服）这件呢？

曾瑞贞　（也高起兴来，不觉拍手）这才真美哪！

愫　方　（更快乐起来，她的脸因而更显出美丽而温和的光彩）不，这不算好的，还有一件（忍不住笑，低头朝箱子里——）

　　〔凄凉的号声，仍不断地传来，这时通大客厅的门缓缓推开，暮色昏暗里显出曾文清。他更苍白瘦弱，穿一件旧的夹袍，臂里挟着那轴画，神色惨沮疲惫，低着头踽踽地踱进来。

　　〔愫方背向他，正高兴地低头取东西。瑞贞面朝着那扇门——

曾瑞贞　（一眼看见，像中了梦魇似的，喊不出声来）啊，这——

愫　方　（压不下的欢喜，两手举出一个非常美丽的大洋娃娃，金黄色的头发，穿着粉红色的纱衣服，她满脸是笑，期待地望着瑞贞）你看！（突然看见瑞贞的苍白紧张的脸，颤抖地）谁？

曾瑞贞　（呆望，低声）我看，天，天塌了。（突然回身，盖上自己的脸）

愫　方　（回头望见文清，文清正停顿着，仿佛看不大清楚似地向她们这边望）啊！

　　〔文清当时低下头，默默走进了自己的屋里。

　　〔他进去后，思懿就由书斋小门跑进。

曾思懿　（惊喜）是文清回来了么？

愫　方　（喑哑）回来了！

　　〔思懿立刻跑进自己的屋里。

　　〔愫方呆呆地愣在那里。

　　〔远远的号声随着风在空中寂寞的振抖。

——幕徐落

（落后即启，表示到第二景经过相当的时间）

第　二　景

　　〔离第三幕第一景有十个钟头的光景，是黎明以前那段最黑暗的时候，一盏洋油灯扭得很大，照着屋子里十分明亮。那破金鱼纸鸢早不知扔在什么地方了。但那只鸽笼还孤零零地放在桌子上，里面的白鸽子动也不动，把头偎在自己的毛羽里，似乎早已入了睡。屋里的空气十分冷，半夜坐着，人要穿上很厚的衣服才耐得住这秋尽冬来的寒气。外面西风正紧，院子里的白杨树响得像一阵阵的急雨，使人压不下一种悲凉凄苦的感觉。破的窗纸也被吹得抖个不休。远远偶尔有更锣声，在西风的呼啸中，间或传来远处深巷里卖"硬面饽饽"的老人叫卖声，被那忽急忽缓的风，荡漾得时而清楚，时而模糊。

　　〔这一夜曾家的人多半没有上床，在曾家的历史中，这是一个最惨痛的夜晚。曾老太爷整夜都未合上眼，想着那漆了又漆，朝夕相处，有多少年的好寿木，再隔不到几个时辰就要拱手让给别人，心里真比在火边炙烤还要难忍。

　　〔杜家人说好要在"寅时"未尽——就是五点钟——以前"迎材"，把寿木抬到杜府。因此杜家管事只肯等到五点以前,而江泰从头晚五点跑出去交涉借款到现在还未归来。曾文彩一面焦急着丈夫的下落,同时又要到上房劝慰父亲,一夜晚随时出来,一问再问,到处去打电话,派人找,而江泰依然是毫无踪影。其余的人看到老太爷这般焦灼,也觉得不好不陪,自然有的人是诚心诚意望着江泰把钱借来,好把杜家这群狼虎一般的管事赶走。有的呢,只不过是嘴上孝顺,倒是怕江泰归来,万一借着了钱,把一笔生意打空了。同时在这夜晚,曾家也有的人,暗地在房里忙着收拾自己的行李,流着眼泪又怀着喜悦,抱着哀痛的心肠或光明的希望,追惜着过去,憧憬未来,这又是属于明日的"北京人"的事,和在棺木里打滚的人们不相干的。

〔在这间被凄凉与寒冷笼住了的屋子里,文清痴子一般地坐在沙发上,一动也不动。他换了一件深灰色杭绸旧棉袍,两手插在袖管里不做声。倦怠和绝望交替着在眼神里,眉峰间,嘴角边浮移,终于沉闷地听着远处的更锣声,风声,树叶声,和偶尔才肯留心到的,身旁思懿无尽无休的言语。

〔思懿换了一件蓝毛噶的薄棉袍,大概不知已经说了多少话,现在似乎说累了,正期待地望着文清答话。她一手拿着一碗药,一手拿着一只空碗,两只碗互相倒过来倒过去,等着这碗热药凉了好喝,最后一口把药喝光,就拿起另一杯清水漱了漱口。

曾思懿　(放下碗,又开始——)好了,你也算回来了。我也算对得起曾家的人了。(冷笑)总算没叫我们那姑奶奶猜中,没叫我把她哥哥逼走了不回来。

〔文清厌倦地抬头来望望她。

曾思懿　(斜眼看着文清,似乎十分认真地)怎么样? 这件事? ——我可就这么说定了。(仿佛是不了解的神色)咦,你怎么又不说话呀? 这我可没逼你老人家啊!

曾文清　(叹息,无可奈何地)你,你究竟又打算干什么吧?

曾思懿　(睁大了眼,像是又遭受不白之冤的样子)奇怪,顺你老人家的意思这又不对了。(做出那"把心一横"的神气)我呀,做人就做到家,今天我们那位姑奶奶当着爹,当着我的儿女,对我发脾气,我现在都为着你忍下去! 刚才我也找她,低声下气地先跟她说了话,请她过来商量,大家一块儿来商量商量——

曾文清　(忍不住,抬头)商量什么?

曾思懿　咦,商量我们说的这件事啊? (认定自己看穿了文清的心思,讥刺地)这可不是小孩子见糖,心里想,嘴里说不要。我这个人顶喜欢痛痛快快的,心里想要什么,嘴里就说什么。我可不爱要吃羊肉又怕膻气的男人。

曾文清　(厌烦)天快亮了,你睡去吧。

曾思懿　(当做没听见,接着自己的语气)我刚才就爽爽快快跟我们姑奶奶讲,——

曾文清　(惊愕)啊! 你跟妹妹都说了——

曾思懿　(咧咧嘴)怎么? 这不能说?

〔文彩由书斋小门上。她仍旧穿着那件驼绒袍子,不过加上了一件咖啡色毛衣。一夜没睡,形容更显憔悴,头发微微有些蓬乱。

曾文彩　(理着头发)怎么,哥哥,快五点了,你现在还不回屋睡去?

曾文清　(苦笑)不。

曾文彩　(转对思懿,焦急地)江泰回来了没有?

曾思懿　没有。

曾文彩　刚才我仿佛听见前边下锁开门。

曾思懿　（冷冷地）那是杜家派的杠夫抬寿木来啦。

曾文彩　唉！（心里逐渐袭来失望的寒冷，她打了一个寒战，蜷缩地坐在那张旧沙发里）哦，好冷！

曾思懿　（谛听，忍不住故意的）你听，现在又上了锁了！（提出那问题）怎么样？（虽然称呼得有些硬涩，但脸上却堆满了笑容）妹妹，刚才我提的那件事，——

曾文彩　（心里像生了乱草，——茫然）什么？

曾思懿　（谄媚地笑着瞟了文清一眼）我说把愫小姐娶过来的事！

曾文彩　（想起来，却又不知思懿肚子里又在弄什么把戏，只好苦涩地笑了笑）这不大合适吧。

曾思懿　（非常豪爽地）这有什么不合适的呢？（亲热地）妹妹，您可别把我这个做嫂子的心看得（举起小手指一比）这么"不丁点儿"大，我可不是那种成天要守着男人，才能过日子的人。"贤慧"这两个字今生我也做不到，这一点点度量我还有。（又谦虚地）按说呢，这并谈不上什么度量不度量，表妹嫁表哥，亲上加亲，这也是天公地道，到处都有的事。

曾文彩　（老老实实）不，我说也该问问愫表妹的意思吧。

曾思懿　（尖刻地笑出声来）嗤，这还用的着问？她还有什么不肯的？我可是个老实人，爱说个痛快话，愫表妹这番心思，也不是我一个人看得出来。表妹道道地地是个好人，我不喜欢说亏心话。那么（对文清，似乎非常恳切的样子）"表哥"，你现在也该说句老实话了吧？亲姑奶奶也在这儿，你至少也该在妹妹面前，对我讲一句明白话吧。

曾文清　（望望文彩，仍低头不语）

曾思懿　（追问）你说明白了，我好替你办事啊！

曾文彩　（仿佛猜得出哥哥的心思，替他说）我看这还是不大好吧。

曾思懿　（眼珠一转）这又有什么不大好的？妹妹，你放心，我决不会委屈愫表妹，只有比从前亲，不会比从前远！（益发表现自己的慷慨）我这个人最爽快不过，半夜里，我就把从前带到曾家的首饰翻了翻，也巧，一翻就把我那副最好的珠子翻出来，这就算是我替文清给愫表妹下的定。（说着由小桌上拿起一对从古老的簪子上拆下来的珠子，递到文彩面前）妹妹，你看这怎么样？

曾文彩　（只好接下来看，随口称赞）倒是不错。

曾思懿　（逐渐说得高兴）我可急性子，连新房我都替文清看定了，一会袁家人上火车一走，空下屋子，我就叫裱糊匠赶紧糊。大家凑个热闹，帮我个忙，到不了两三天，妹妹也就可以吃喜酒啦。我呀，什么事都想到啦，——（望着文清似乎是嘲弄，却又像是赞美的神气）我们文清心眼儿最好，他就怕亏待了他的愫表妹，我早就想过，以后啊，（索性说个畅快）哎，说句不好听的话吧，以后在家里就是"两头大"，（粗鄙地大笑起来）我们谁也不委屈谁！

曾文彩　（心里焦烦，但又不得不随着笑两声）是啊，不过我怕总该也问一问爹吧？

〔张顺由书斋小门上，似乎刚从床上被人叫起来，睡眼矇眬的，衣服都没穿整齐。

张　顺　（进门就叫）大奶奶！

曾思懿　（不理张顺，装做没听清楚文彩的话）啊？

曾文彩　我说该问问爹吧。

曾思懿　（更有把握地）嗤，这件事爹还用着问？有了这么个好儿媳妇，（话里有话）伺候他老人家不更"名正言顺"啦吗？（忽然）不过就是一样，在家里爱怎么称呼她，就怎么称呼。出门在外,她还是称呼她的"愫小姐"好,不能也"奶奶、太太"地叫人听着笑话。——(又一转,瞥了文清一眼)其实是我倒无所谓,这也是文清的意思,文清的意思!(文清刚要说话,她立刻转过头来问张顺)张顺,什么事?

张　顺　老太爷请您。

曾思懿　老太爷还没有睡?

张　顺　是,——

曾思懿　(对张顺)走吧!唉!

　　　　〔思懿急匆匆由书斋小门下,后面随着张顺。

曾文彩　(望着思懿走出去,才站起来,走到文清面前,非常同情的声调,缓缓地)哥哥,你还没有吃东西吧?

曾文清　(望着她,摇摇头,又失望地出神)

曾文彩　我给你拿点枣泥酥来。

曾文清　(连忙摇手,烦躁地)不,不,不,(又倦怠地)我吃不下。

曾文彩　那么哥哥,你到我屋里洗洗脸,睡一会好不好?

曾文清　(失神地)不,我不想睡。

曾文彩　(想问又不好问,但终于——)她,她这一夜晚为什么不让你到屋子里去?

曾文清　(惨笑)哼,她要我对她赔不是。

曾文彩　你呢?

曾文清　(绝望但又非常坚决的神色)当然不!(就合上眼)

曾文彩　(十分同情,却又毫无办法的口气)唉,天下哪有这种事,丈夫刚回来一会儿,好不到两分钟,又这样没完没了地——

　　　　〔外面西风呼呼地吹着,陈奶妈由书斋小门上,她的面色也因为一夜的疲倦而显得苍白,眼睛也有些凹陷。她披着一件大棉袄,打着呵欠走进来。

陈奶妈　(看着文清低头闭上眼靠着,以为他睡着了,对着文彩,低声)怎么清少爷睡着了?

曾文彩　(低声)不会吧。

陈奶妈　(走近文清,文清依然合着眼,不想做声。陈奶妈看着他,怜悯地摇摇头,十分疼爱地,压住嗓子回头对文彩)大概是睡着啦。(轻轻叹一口气,就把身上披的棉袄盖在他的身上)

曾文彩　(声音低而急)别,别,您会冻着的,我去拿,(向自己的卧室走)——

陈奶妈　(以手止住文彩,嘶着声音,匆促地)我不要紧。得啦,姑小姐,您还是到上屋看看老爷子去吧!

曾文彩　(焦灼地)怎么啦?

陈奶妈　(心痛地)叫他躺下他都不肯,就在屋里坐着又站起来,站起来又坐下,直问姑老爷回来了没有? 姑老爷回来了没有?

曾文彩　(没有了主意)那怎么办? 怎么办呢? 江泰到现在一夜晚没有个影,不知道他跑到——

陈奶妈　(指头)唉,真造孽!(把文彩拉到一个离文清较远的地方,怕吵醒他)说起可怜! 白天说,说把寿木送给人家容易;到半夜一想,这守了几十年的东西一会就要让人拿去,——您想,他怎么会不急! 怎么会不——

　　　　〔张顺由书斋小门上。

张　顺　姑奶奶！

陈奶妈　（忙指着似乎在沉睡着的文清，连连摇手）

张　顺　（立刻把声音放低）老太爷请。

曾文彩　唉！（走到两步，回头）愫小姐呢？

陈奶妈　刚给老爷子捶完腿。——大概在屋里收拾什么呢。

曾文彩　唉。

〔文彩随着张顺由书斋小门下。

〔外面风声稍缓，树叶落在院子里，打着滚，发出沙沙的声音，更锣声渐渐地远了，远到听不见。隔巷又传来卖"硬面饽饽"苍凉单沉的叫卖声。

〔陈奶妈打着呵欠，走到文清身边。

陈奶妈　（低头向文清，看他还是闭着眼，不觉微微叫出，十分疼爱地）可怜的清少爷！

〔文清睁开了眼，依然是绝望而厌倦的目光，用手撑起身子，——

陈奶妈　（惊愕）清少爷，你醒啦？

曾文清　（仿佛由恹恹的昏迷中唤醒，缓缓抬起头）是您呀，奶妈！

陈奶妈　（望着文清，不觉擦着眼角）是我呀，我的清少爷！（摇头望着他，疼惜地）可怜，真瘦多了，你怎么在这儿睡着了？

曾文清　（含含糊糊地）嗯，奶妈。

陈奶妈　唉，我的清少爷，这些天在外面真苦坏啦！（擦着泪）愫小姐跟我没有一天不惦记着你呀。可怜，愫小姐——

曾文清　（忽然抓着陈奶妈的手）奶妈，我的奶妈！

陈奶妈　（忍不住心酸）我的清少爷，我的肉，我的心疼的清少爷！你，你回来了还没见着愫小姐吧？

曾文清　（说不出口，只紧紧地握住陈奶妈干巴巴的手）奶妈！奶妈！

陈奶妈　（体贴到他的心肠，怜爱地）我已经给你找她来了。

曾文清　（惊骇，非常激动地）不，不，奶妈！

陈奶妈　造孽哟，我的清少爷，你哪像个要抱孙子的人哪，清少爷！

曾文清　（惶惑）不，不，别叫她，您为什么要——

陈奶妈　（看见书斋小门开启）别，别，大概是她来了！

〔愫方由书斋小门上。

〔她换了一件黑毛巾布的旗袍，长长的黑发，苍白的面容，冷静的神色，大的眼睛里稍稍露出难过而又疲倦的样子，像一个美丽的幽灵轻轻地走进房来。

〔文清立刻十分激动地站起来。

愫　方　陈奶妈！

陈奶妈　（故意做出随随便便的样子）愫小姐还没睡呀？

愫　方　嗯，（想不出话来）我，我来看看鸽子来啦。（就向搁着鸽笼的桌子走）

陈奶妈　（顺口）对了，看吧！（忽然想起）我也去瞅瞅孙少爷孙少奶奶起来没有？大奶奶还叫他们小夫妻俩给袁家人送行呢。（说着就向外面走）

曾文清　（举起她的棉袄，低低的声音）您的棉袄，奶妈！

陈奶妈　哦！棉袄，（笑对他们）你们瞧我这记性！

　　〔陈奶妈拿着棉袄,搭讪着由书斋小门下。
　　〔天未亮之前,风又渐渐地刮大起来,白杨树又像急雨一般地响着,远处已经听见第一遍
　　　鸡叫随着风在空中缭绕。
　　〔二人默对半天说不出话,文清愧恨地低下头,缓缓朝卧室走。
愫　方　(眼睛才从那鸽笼移开)文清!
曾文清　(停步,依然不敢回头)
愫　方　奶妈说你在找——
曾文清　(转身,慢慢抬头望愫方)
愫　方　(又低下头去)
曾文清　愫方!
愫　方　(不觉又痛苦地望着笼里的鸽子)
曾文清　(没有话说,凄凉地)这,这只鸽子还在家里。
愫　方　(点头,沉痛地)嗯,因为它已经不会飞了!
曾文清　(愣一愣)我——(忽然明白,掩面抽咽)
愫　方　(声音颤抖地)不,不——
曾文清　(依然在哀泣)
愫　方　(略近前一步,一半是安慰,一半是难过的口气)不,不这样,为什么要哭呢?
曾文清　(大恸,扑在沙发上)我为什么回来呀!我为什么回来呀!明明晓得绝不该回来的,我为
　　　　什么又回来呀!
愫　方　(哀伤地)飞不动,就回来吧!
曾文清　(抽咽,诉说)不,你不知道啊,——在外面——在外面的风浪——
愫　方　文清,你(取出一把钥匙递给文清)——
曾文清　啊!
愫　方　这是那箱子的钥匙。
曾文清　(不明白)怎么?
愫　方　(冷静地)你的字画都放在那箱子里。(慢慢将钥匙放在桌子上)
曾文清　(惊惶)你要怎么样啊,愫方——
　　　　〔半晌。外面风声,树叶声,——
愫　方　你听!
曾文清　啊?
愫　方　外面的风吹得好大啊!
　　　　〔风声中外面仿佛有人在喊着:愫姨! 愫姨!
愫　方　(谛听)外面谁在叫我啊?
曾文清　(也听,听不清)没,没有吧?
愫　方　(肯定,哀徐地)有,有!
　　　　〔思懿由书斋小门上。
曾思懿　(对愫方,似乎在讥讽,又似乎是一句无心的话)啊,我一猜你就到这儿来啦!(亲热地)
　　　　愫表妹,我的腰又痛起来啦,回头你再给我推一推,好吧?嗐,刚才我还忘了告诉你,你表

哥回来了，倒给你带了一样好东西来了。

曾文清　（窘极）你——

曾思懿　（不由分说，拿起桌上那副珠子，送到愫方面前）你看这副珠子多大呀，多圆哪！

曾文清　（警惕）思懿！

　　　　〔张顺由通书斋小门上，在门口望见主人正在说话，就停住了脚。

曾思懿　（同时——不顾文清的脸色，笑着）你表哥说，这是表哥送给表妹做——

曾文清　（激动地发抖，突然爆发，愤怒地）你这种人是什么心肠呕！

　　　　〔文清说完，立刻跑进自己的卧室。

曾思懿　文清！

　　　　〔卧室门砰地关上。

曾思懿　（脸子一沉，冷冷地）哎，我真不知道我这个当太太的还该怎么做啦！

张　顺　（这时走上前，低声）大奶奶，杜家管事说寅时都要过啦，现在非要抬棺材不可了。

曾思懿　好，我就去。

　　　　〔张顺由通大客厅的门下。

曾思懿　（突然）好，愫表妹，我们回头说吧。（向通书斋的小门走了两步，又回转身，亲热地笑着）愫表妹，我怕我的胃气又要犯，你到厨房给我炒把热盐熰熰吧。

愫　方　（低下头）

　　　　〔思懿由书斋小门下。

愫　方　（呆立在那里，望着鸽笼）

　　　　〔外面风声。

　　　　〔瑞贞由通大客厅的门上。

曾瑞贞　愫姨！

愫　方　（不动）嗯。

曾瑞贞　（急切）愫姨！

愫　方　（缓缓回头，对瑞贞，哀伤地惋惜）快乐真是不常的呀，连一个快乐的梦都这样短！

曾瑞贞　（同情的声调）不早了，愫姨，走吧！

愫　方　（低沉）门还是锁着的，钥匙在——

曾瑞贞　（自信地）不要紧！"北京人"会帮我们的忙。

愫　方　（不大懂）北京人——？

　　　　〔外面的思懿在喊。

　　　　〔思懿的声音：愫表妹！愫表妹！

曾瑞贞　（推开通大客厅的门，指着门内——）就是他！

　　　　〔门后屹然立着那小山一般的"北京人"，他现在穿着一件染满机器上油泥的帆布工服，铁黑的脸，钢轴似的胳膊，宽大的手里握着一个钢钳子，粗重的眉毛下，目光炯炯，肃然可畏，但仔细看来，却带着和穆坦挚的微笑的神色，又叫人觉得蔼然可亲。

　　　　〔思懿的声音：（更近）愫表妹！愫表妹！

曾瑞贞　她来了！

　　　　〔瑞贞走到通大客厅的门背后躲起。"北京人"巍然站在门前。

〔思懿立刻由书斋小门上。

曾思懿　哦,你一个人还在这儿! 爹要喝参汤,走吧。

愫　方　(点头,就要走)

曾思懿　(忽然亲热地)哦,愫表妹,我想起来了,我看,我就现在对你说了吧?(说着走到桌旁,把放在桌上的那副珠子拿起来。忽然瞥见了"北京人",吃了一惊,对他)咦! 你在这儿干什么?

"北京人"　(森然望着她)

曾思懿　(惊疑)问你! 你在这儿干什么?

"北京人"　(又仿佛嘲讽而轻蔑地在嘴上露出个笑容)

愫　方　(沉静地)他是个哑巴。

曾思懿　(没办法,厌恶地盯了"北京人"一眼,对愫方)我们在外面说去吧。

〔思懿拉着愫方由书斋小门下。

〔瑞贞听见人走了,立刻又由通大客厅的门上。

曾瑞贞　走了?(望望,转对"北京人",指着外面,一边说,一边以手做势)门,大门,——锁着,——没有钥匙!

"北京人"　(徐徐举起拳头,出人意外,一字一字,粗重而有力地)我——们——打——开!

曾瑞贞　(吃一惊)你,你——

"北京人"　(坦挚可亲地笑着)跟——我——来!(立刻举步就向前走)

曾瑞贞　(大喜)愫姨! 愫姨!(忽又转身对"北京人",亲切地)你在前面走,我们跟着来!

"北京人"　(点首)

〔"北京人"像一个伟大的巨灵,引导似的由通大客厅门走出。

〔同时愫方由书斋小门上,脸色非常惨白。

曾瑞贞　(高兴地跑过来)愫姨! 愫姨! 我告——(忽然发现愫方惨白的脸)你怎么脸发了青? 怎么? 她对你说了什么?

愫　方　(微微摇摇头)

曾瑞贞　(止不住那高兴)愫姨,我告诉你一件奇怪的事! 哑巴真地说了话了!

愫　方　(沉重地)嗯,我也应该走了。

〔外面忽然传来一阵非常热闹的吹吹打打的锣鼓唢呐响,掩住了风声。

曾瑞贞　(惊愕,回头)这是干什么?

愫　方　大概杜家那边预备迎棺材呢?

曾瑞贞　(又笑着问)你的东西呢?

愫　方　在厢房里。

曾瑞贞　拿走吧?

愫　方　(点首)嗯。

曾瑞贞　愫姨,你——

愫　方　(凄然)不,你先走!

曾瑞贞　(惊异)怎么,你又——

愫　方　(摇头)不,我就来,我只想再见他一面!

曾瑞贞 （以为是——不觉气愤）谁？

愫　方 （恻然）可怜的姨父！

曾瑞贞 （才明白了）哦！（也有些难过）好吧，那我先走，我们回头在车站上见。

　　　　〔外面文彩喊着：江泰！江泰！

　　　　〔瑞贞立刻由通大客厅的门下。

　　　　〔愫方刚向书斋小门走了两步，文彩忙由书斋小门上，满脸的泪痕。

曾文彩 （焦急地）江泰还没有回来？

愫　方 没有。

曾文彩 他怎么还不回来？（说着就跌坐在沙发上呜咽起来）我的爹呀，我的可怜的爹呀！

愫　方 （急切地）怎么啦？

曾文彩 （一边用手帕擦泪，一边诉说着）杜家的人现在非要抬棺材，爹一死儿不许！可怜，可怜他老人家像个小孩子似地抱着那棺材，死也不肯放。（又抽咽）我真不敢看爹那个可怜的样子！（抬头望着满眼露出哀怜神色的愫方）表妹，你去劝爹进来吧，别再在棺材旁边看啦！

愫　方 （凄然向书斋小门走）

　　　　〔愫方由书斋小门下。

曾文彩 （同时独自——）爹，爹，你要我们这种儿女干什么哟！（立起，不由得）哥哥！哥哥！（向文清卧室走）我们这种人有什么用，有什么用啊！

　　　　〔忽然外面爆竹声大作。

曾文彩 （不觉停住脚回头望）

　　　　〔张顺由书斋小门上，眼睛也红红的。

曾文彩 这是什么？

张　顺 （又是气又是难过）杜家那边放鞭迎寿材呢！我们后门也打开啦，棺材已经抬起来了。

　　　　〔在爆竹声中，听见了许多杠夫抬着棺木，整齐的脚步声，和低沉的"唉喝，唉喝"的声音，同时还掺杂着杜家的管事们督促着照料着的叫喊声。书斋窗户里望见许多灯笼匆匆地随着人来回移动。

　　　　〔这时陈奶妈和愫方扶着曾皓由书斋小门走进。曾皓面色白得像纸，眼睛里布满了红丝。在极度的紧张中，他几乎像颠狂了一般，说什么也不肯进来。陈奶妈一边擦着眼泪，一边不住地劝慰，拉着，推着。愫方悲痛地望着曾皓的脸。他们后面跟着思懿。她也拿了手帕在擦着眼角，不知是在擦沙，还是擦泪水。

陈奶妈 （连连地）进来吧，老爷子！别看了！进来吧，——

曾　皓 （回头呼唤，声音喑哑）等等！叫他们再等等！等等！（颤巍巍转对思懿，言语失了伦次）你再告诉他们，说钱就来，人就来，钱就拿人来！等等！叫他们再等等！

愫　方 姨父！你——

　　　　〔愫方把曾皓扶在一个地方倚着，看见老人这般激动地喘息，忽然想起要为他拿什么东西，立刻匆匆由书斋小门下。

陈奶妈 （不住地劝解）老爷子，让他们去吧，（恨恨地）让他们拿去挺尸去吧！

曾　皓 （几乎是乞怜）你去呀，思懿！

曾思懿 （这时她也不免有些难过，无奈何地只得用仿佛在哄骗着小孩子的口气）爹！有了钱我们再买副好的。

曾　皓　（愤极）文彩，你去！你去！（顿足）江泰究竟来不来？他来不来？

曾文彩　（一直在伤痛着——连声应）他来，他来呀，我的爹！

　　　　〔外面爆竹声更响，抬棺木的脚步声仿佛越走越近，就要从眼前过似的。

曾　皓　（不觉喊起来）江泰！江泰！（又像是对着文彩，又像是对着自己）他到哪儿去啦？他到哪
　　　　儿去啦？

　　　　〔这时通大客厅的门忽然推开，江泰满脸通红，头发散乱，衣服上一身的皱褶，摇摇晃晃地
　　　　走进来。

　　　　〔爆竹声渐停。

曾　皓　（几乎不相信自己的眼睛）江泰，你来了！

江　泰　（小丑似的，似笑非笑，似哭非哭，不知是得意还是懊丧的神气，含糊地对着他点了点头）
　　　　我——来——了！

曾　皓　（忘其所以）好，来得好！张顺，叫他们等着！给他们钱，让他们滚！去，张顺。

　　　　〔张顺立刻由书斋小门下。

曾文彩　（同时走到江泰面前）借，借的钱呢！（伸出手）

江　泰　（手一拍，兴高采烈）在这儿！（由口袋里掏出一卷"手纸"，"拍"一声掷在她的手掌里）在
　　　　这儿！

曾文彩　你，你又——

江　泰　（同时回头望门口）进来！滚进来！

　　　　〔果然由通大客厅的门口走进一个警察，后面随着曾霆，非常惭愧的颜色，手里替他拿着
　　　　半瓶"白兰地"。

江　泰　（手脚不稳，而理直气壮）就是他！（又指点着，清清楚楚地）就——是——他！（转身对曾
　　　　家的人们申辩）我在北京饭店开了一个房间，住了一天，可今天他偏说我拿了东西，拿了
　　　　他们的东西——

曾　皓　这——

警　察　（非常懂事地）对不起，昨儿晚上委屈这位先生在我们的派出所——

江　泰　你放屁！北京饭店！

警　察　（依然非常有礼貌地）派出所。

江　泰　（大怒）北京饭店！（指着警察）你们的局长我认识！（说着走着，一刹时怒气抛到九霄云
　　　　外）你看，这是我的家，我的老婆！（莫明其妙地顿时忘记了方才的冲突，得意地）我的岳
　　　　父曾皓先生！（忽然抬头，笑起来）你看哪！（指屋）我的房子！（一面笑着望着警察，一面
　　　　含含糊糊地指着点着，仿佛在引导人家参观）我的桌子！（到自己卧室门前）我的门！（于
　　　　是就糊里糊涂走进去，嘴里还在说道）我的——（忽然不很重的"扑通"一声——）

曾文彩　泰，你——（跑进自己的卧室）

警　察　诸位现在都看见了，我也跟这位少爷交待明白啦。（随随便便举起手行个礼）

　　　　〔警察由通大客厅的门下。

　　　　〔外面的人：（高兴地）抬罢！（接着哄然一笑，立刻又响起沉重的脚步声）

曾　皓　（突又转身）

陈奶妈　　您干什么？

曾　皓　　我看，——看，——

陈奶妈　　得啦，老爷子，——

　　　　　〔曾皓走在前面，陈奶妈赶紧去扶，思懿也过去扶着。陈奶妈与曾皓由书斋小门下。

　　　　　〔外面的喧嚣声，脚步声，随着转弯抹角，渐行渐远。

曾思懿　　（将曾皓扶到门口，又走回来，好奇地）霆儿，那警察说什么？

曾　霆　　他说姑爹昨天晚上醉醺醺地到洋铺子买东西，顺手就拿了人家一瓶酒。

曾思懿　　叫人当面逮着啦？

曾　霆　　嗯，不知怎么，姑爹一晚上在派出所还喝了一半，又不知怎么，姑爹又把自己给说出来了，
　　　　　这（举起那半瓶酒）这是剩下那半瓶"白兰地"！（把酒放在桌子上，就苦痛地坐在沙发上）

曾思懿　　（幸灾乐祸）这倒好，你姑爹现在又学会一手啦。（向卧室门走）文清，（近门口）文清，刚
　　　　　才我已经跟你的懔表妹说了，看她样子倒也挺高兴。以后好啦，你也舒服，我也舒服。你
　　　　　呢，有你的懔表妹陪你；我呢，坐月子的时候，也有个人伺候！

曾　霆　　（母亲的末一句话，像一根钢针戳入他的耳朵里，触电一般蓦然抬起头）妈，您说什么？

曾思懿　　（不大懂）怎么——

曾　霆　　（徐徐立起）您说您也要——呃——

曾思懿　　（有些惭色）嗯——

曾　霆　　（恐惧地）生？

曾思懿　　（脸上表现出那件事实）怎么？

曾　霆　　（对他母亲绝望地看了一眼，半晌，狠而重地）唉，生吧！

　　　　　〔曾霆突然由通大客厅的门跑下。

曾思懿　　霆儿！（追了两步）霆儿！（痛苦地）我的霆儿！

　　　　　〔文彩由卧室匆匆地出来。

曾文彩　　爹呢？

曾思懿　　（呆立）送寿木呢！

　　　　　〔文彩刚要向书斋小门走去，陈奶妈扶着曾皓由书斋小门上。曾皓在门口不肯走，向外望
　　　　　着喊着。文彩立刻追到门前。外面的灯笼稀少了，那些杠夫们已经走得很远。

曾　皓　　（脸向着门外，遥遥地喊）不成，那不成！不是这样抬法！

陈奶妈　　（同时）得啦，老爷子，得啦！

曾文彩　　（不住地）爹！爹！

曾　皓　　（依依瞭望着那正在抬行的棺木，叫着，指着）不成！那碰不得呀！（对陈奶妈）叫他别，
　　　　　别碰着那土墙，那寿木盖子是四川漆！不能碰！碰不得！

曾思懿　　别管啦，爹，碰坏了也是人家的。

曾　皓　　（被她提醒，静下来发愣，半晌，忽然大恸）亡妻呀！我的亡妻呀！你死得好，死得早，没
　　　　　有死的，连，连自己的棺木都——（顿足）活着要儿孙干什么哟，要这群像耗子似的儿孙
　　　　　干什么哟！（哀痛地跌坐在沙发上）

　　　　　〔訇然一片土墙倒塌声。

　　　　　〔大家沉默。

曾文彩　（低声）土墙塌了。

〔静默中，江泰由自己的卧室摇摇晃晃地又走出来。

江　泰　（和颜悦色，抱着绝大的善意，对着思懿）我告诉过你，八月节我就告诉过你，要塌！要
　　　　塌！现在，你看，可不是——

〔思懿厌恶地看他一眼，突然转身由书斋小门走下。

江　泰　（摇头）哎，没有人肯听我的话！没有人理我的哟！没有人理我的哟！

〔江泰一边说着，一边顺手又把桌上那半瓶"白兰地"拿起来，又进了屋。

曾文彩　（着急）江泰！（跟着进去）

〔远远鸡犬又在叫。

陈奶妈　唉！

〔这时仿佛隔壁忽然传来一片女人的哭声。愫方套上一件灰羊毛坎肩，手腕上搭着自己
　　　　要带走的一条毯子，一手端了碗参汤，由书斋小门进。

曾　皓　（抬头）谁在哭？

陈奶妈　大概杜家老太爷已经断了气了，我瞧瞧去。

〔曾皓又低下头。

〔陈奶妈匆匆由书斋小门下。

〔鸡叫。

愫　方　（走近曾皓，静静地）姨父。

曾　皓　（抬头）啊？

愫　方　（温柔地）您要的参汤。（递过去）

曾　皓　我要了么？

愫　方　嗯。（搁在曾皓的手里）

〔圆儿突然由通大客厅的门悄悄上，她仍然穿着那身衣服，只是上身又加了一件跟裙子一样
　　　　颜色的短大衣，领子上松松地系着一块黑底子白点子的绸巾，手里拿着那"北京人"的剪影。

袁　圆　（站在门口，低声，急促地）天就亮了，快走吧！

愫　方　（点点头）

〔袁圆笑嘻嘻的，立刻拿着那剪影缩回去，关上门。

曾　皓　（喝了一口，就把参汤放在沙发旁边的桌上，微弱地长嘘了一声）唉！（低头合上眼）

愫　方　（关心地）您好点吧？

曾　皓　（含糊地）嗯，嗯——

愫　方　（哀怜地）我走了，姨父。

曾　皓　（点头）你去歇一会儿吧。

愫　方　嗯，（缓缓地）我去了。

曾　皓　（疲惫到极点，像要睡的样子，轻微地）好。

〔愫方转身走了两步，回头望望那衰弱的老人的可怜的样子，忍不住又回来把自己要带走
　　　　的毯子轻轻地给他盖上。

曾　皓　（忽然又含糊地）回头就来呀。

愫　方　（满眼的泪光）就来。

曾　皓　（闭着眼）再来给我捶捶。

愫　方　（边退边说，泪止不住地流下来）嗯，再来给您捶，再来给您捶，再——来——（似乎听见又
　　　　有什么人要进来，立刻转身向通大客厅的门走）

　　　　〔愫方刚一走出，文彩由卧室进。

曾文彩　（看见曾皓在打瞌睡，轻轻地）爹，把参汤喝了吧，凉了。

曾　皓　不，我不想喝。

曾文彩　（悲哀地安慰着）爹，别难过了！怎么样的日子都是要过的。（流下泪来）等吧，爹，等到
　　　　明年开了春，爹的身体也好了，重孙子也抱着了，江泰的脾气也改过来了，哥哥也回来找
　　　　着好事了，——

　　　　〔文清卧室内忽然仿佛有人"哼"了一声，从床上掉下的声音。

曾文彩　（失声）啊！（转对曾皓）爹，我去看看去。

　　　　〔文彩立刻跑进文清的卧室。

　　　　〔陈奶妈由书斋小门上。

曾　皓　（虚弱地）杜家——死了？

陈奶妈　死了，完啦。

曾　皓　眼睛好痛啊！给我把灯捻小了吧。

　　　　〔陈奶妈把洋油灯捻小，屋内暗下来，通大厅的纸隔扇上逐渐显出那猿人模样的"北京
　　　　人"的巨影，和在第二幕时一样。

陈奶妈　（抬头看着，自语）这个皮猴袁小姐，临走临走还——

　　　　〔文彩慌张跑出。

曾文彩　（低声，急促地）陈奶妈，陈奶妈！

陈奶妈　啊！

曾文彩　（惧极，压住喉咙）您先不要叫，快告诉大奶奶！哥哥吞了鸦片烟，脉都停了！——

陈奶妈　（惊恐）啊！（要哭，——）

曾文彩　（推着她）别哭，奶妈，快去！

　　　　〔陈奶妈由书斋小门跑下。

曾文彩　（强自镇定，走向曾皓）爹，天就要亮了，我扶着您睡去吧。

曾　皓　（立起，走了两步）刚才那屋里是什么？

曾文彩　（哀痛地）耗子，闹耗子。

曾　皓　哦。

　　　　〔文彩扶着曾皓，向通书斋小门缓缓地走，门外面鸡又叫，天开始亮了，隔巷有辘车慢慢地
　　　　滚过去，远远传来两声尖锐的火车汽笛声。

——幕徐落

（选自《北京人》，人民文学出版社 2000 年版）

曹禺戏剧
拓展研读资料

夏　衍

上海屋檐下（选幕）

第 二 幕

同日下午。

客堂间，——杨彩玉伏在桌上啜泣，匡复反背着手，垂着头，无目的地踱着，二人沉默。

客堂楼上，——小天津躺在施小宝的床上，脸上浮着不怀好意的微笑，抽着烟。施小宝哭丧着脸，在梳妆台前打扮，沉默。

亭子间，——夹在小孩哭声里面，黄家楣大声地在和他父亲谈话，言语不很清楚。不一刻，桂芬带着紧张的表情，拿了热水瓶慢慢地下楼来，她耸着耳朵在听他们父子间的谈话，开后门出去。

灶披间，——赵妻在缝衣服，无言。

一分钟之后。

太阳一闪，灿然的阳光斜斜地射进了这浸透了水汽的屋子，赵妻很快地站起身来，把湿透了的洋伞拿出来撑开，再将一竹竿的衣服拿出来晒。

黄　父　（声）瞧，不是出太阳了吗？（一手推开窗）

黄家楣　（声）爸，再住几天，晚上天晴了去看《火烧红莲寺》……（咳嗽）

黄　父　（声）下了半个月的雨，低的几亩田，怕已经氽掉啦，不回去补种，今年吃什么？
　　　　　（赵妻好容易将衣服晒好，回到室内坐定，拿起针线，太阳一暗，又是一阵大点子的骤雨，连忙站起来，收进。）

赵　妻　（怨恨之声）唧！

匡　复　（踱到彩玉面前站定）那么你说……你跟志成的同居……

杨彩玉　（无语）……

匡　复　（独白似的）你跟他的同居，单是为着生活，而并不是感情上的……

杨彩玉　（无言，不抬起头来，右手习惯地摸索了一下手帕。）……（匡复从地上拾起手帕，无言地交给她，沉默。门外卖物声，阿香悄悄地从后门推门进来，好像耽心着踏湿了的鞋子似的，不敢进来。）

匡　复　唔，生活，为了生活！（点头，颓然地坐下。一刻，又像讥讽，又像在透漏他蕴积了许久的感慨。）短短的十年，使我们全变啦，十年之前，为着恋爱而抛弃了家庭，十年之前，为着恋爱而不怕危险地嫁了我这样一个穷光蛋。可是，十年之后……大胆的恋爱至上主义者，变成了小心的家庭主妇了！

杨彩玉　（无言，揩了一下眼泪，望着他。）……

匡　复　彩玉！怕谁也想不到吧，你能这样的……（不讲下去）

杨彩玉　（低声）你，还在恨我吗？

匡　复　不，我谁也不恨！

杨彩玉　那么，你一定在冷笑，……一定在看不起我吧。当自己爱着的丈夫在监牢里受罪的时候，将结婚当做职业，将同情当做爱情，小心谨慎地替人管着家。……

匡　复　彩玉！

杨彩玉　（提高一些声调）但是，在责备我之前，你得想象一下，这十年来的生活！我跟你结婚之后，就不曾过过一日平安的生活，贫穷，逃避，隔绝了一切朋友和亲戚。那时候，可以说，为着你的理想，为着大多数人的将来，我只是忍耐，忍耐，……可是你进去之后，你的朋友，谁也找不到，即使找到了，尽管嘴里不说，态度上一看就知道，只怕我连累他们。好啦，我是匡复的妻子，我得自个儿活下去，我打定了主意，找职业吧，可是葆珍缠在身边。那时候她才五岁，什么门路都走遍，什么方法都想尽啦，你想，有人肯花钱用一个带小孩的女人吗？在柏油路粘脚底的热天，葆珍跟着我在街上走，起初，走了不多的路就喊脚痛，可是，日子久了，当我问她，"葆珍，还能走吗"的时候，她会笑着跟我说："妈！我走惯啦，一点也不累。"……（禁不住哭了）这是——生活！

匡　复　（痛苦地走过去抚着她的肩膀）彩玉，我一点也没有责备你的意思，我只是说……

杨彩玉　你说，这世界上有我们女人做事的机会吗？冷笑，轻视，排挤，轻薄，用一切的方法逼着，逼着你嫁人！逼着你乖乖的做一个家庭里的主妇！……

匡　复　彩玉！过去的事，不用讲啦，反正讲了也是没有法子可以挽回来，你得冷静一下，我们倒不妨谈谈别的问题。

杨彩玉　……（一刻）别的问题？（回转身来）

匡　复　唔……（沉默，踱着。）

　　　　（桂芬泡了开水回来，手里托着几个烧饼。阿香艳羡地跟着进来，桂芬上楼去。一刻，黄家楣与桂芬出来，站在楼梯上，黄家楣带怒地。）

黄家楣　方才我出去的时候，你跟爸爸说了些什么？

桂　芬　（摇头）

黄家楣　没有说？那为什么上半天还是高高兴兴的，一会儿就会要回去呢？他说今晚上要回去了！

桂　芬　今晚上？（吃惊）不是讲过了去看戏吗？

黄家楣　（恨恨地）已经自个儿在收拾行李啦，还装不知道。

桂　芬　装不知道？你说什么？

黄家楣　我说你赶他走的！

桂　芬　我……赶……他……走！家楣！你讲话不能太任性，我为什么要赶走他？我用什么赶走他？

黄家楣　（冷冷地）为什么，为着我当了你的衣服；用什么，用你的眼泪，用你那副整天皱着眉头的神气。他聋了耳朵，但是他的眼睛没有瞎，你故意的愁穷叹苦，使他……使他不能住下去！……

桂　芬　我故意的？……

黄家楣　我爸爸老啦，你，你，你……

桂　芬　（被激起了的反驳）你不能这样不讲理！你别看了别人的样，将我当作你的出气洞。你希望你爸爸多住几天，我懂得，这是人情，可是我问你，这样多住了几天，对他，对你，

　　　　有什么好处？你这样只是逼死大家，大家死在一起，……我，（带哭声）我为什么要赶
　　　　走……他……

黄家楣　……（无言，以手猛抓自己的头发。）

桂　芬　（委婉地）家楣！你自己的身体……

　　　　（亭子间小儿哭声）

黄　父　噢，别哭别哭，我来抱，好，好……

　　　　（桂芬用衣袖揩了一下眼泪，黄家楣很快地拿自己的手帕替她揩干，让桂芬回房间去。黄
　　　　家楣垂着头，跟在后面。）

匡　复　（听完了他们的话）那么——你们现在的生活……

杨彩玉　（苦笑）你看！

匡　复　我看，志成也很苍老了。也许，我今天来得太意外，方才看见他的时候，觉得在他从小就
　　　　有的忧郁症之外，现在又加了焦躁病啦。……

杨彩玉　……

匡　复　他在厂里的境遇？

杨彩玉　（摇头）……

匡　复　依旧是不结人缘？

杨彩玉　（点头，一刻。）你看，我呢？我老了吧！

匡　复　（有点难以置答）唔……

杨彩玉　老啦？

匡　复　（望着她）

杨彩玉　你说啊，我——

匡　复　……

杨彩玉　（佯笑）不说，唔，已经不是十年前的彩玉啦！

匡　复　（仓皇）不，不，我在想……

　　　　（沉默。）

杨彩玉　想？唔，那么你看，我幸福吗？

匡　复　我希望！

杨彩玉　你讲真话！你看，他能使我幸福吗？

匡　复　我希望，他能够。

杨彩玉　（冷笑，避开他的视线）你说我变了，我看，你也变啦，你已经没有以前的天真，没有以前
　　　　的爽快啦。

匡　复　什么？你说……

杨彩玉　（很快地接上去）假使我现在告诉你，志成不能使我幸福，我现在很苦痛，葆珍跟我一样的
　　　　也是受着别人的欺负，那你打算……（凝视着他）

匡　复　……

杨彩玉　他在厂里不结人缘，受人欺负，被人当作开玩笑的对象，他的后辈一个个地做了他的上
　　　　司，整天地耽忧着饭碗会被打破，回到家里来，把外面受来的气加倍地发泄在我的身上，
　　　　一点儿不对，嘟着嘴不讲话，三天五天地做哑巴，……复生！你以为这样的生活，——可

以算幸福吗？

匡　复　（痛苦地）彩玉，我对不住你……

（后门推开，葆珍很性急地回来，赵妻看见她，很快地对她招手，好像要报告她一些什么消息；可是葆珍好像全不注意，大踏步地闯进客堂间里，二人的谈话中断，匡复反射地站起身来。）

杨彩玉　葆珍，过来，这是……（碍口）

匡　复　（抢着）是葆珍吗？（以充满了情爱的眼光望着）

葆　珍　（吃惊）认识我？先生尊姓？

杨彩玉　葆珍！……（语阻）

匡　复　（笑着）我姓匡……

葆　珍　（很快）Kuang？怎么写？（天真烂漫）

匡　复　（用手指在桌上写着）这样一个匚里面，一个王字。

葆　珍　匡？（做着夸大的吃惊的表情）有这样奇怪的姓吗？这个字作什么解释？

匡　复　（给她一问便问住了）那倒——

葆　珍　（很快地跑到桌子边去找出一本小小的字典，翻着）匚部，一、二、三、四，……有啦，喔，Kuang，匡正，改正的意思，可是匡先生，这样的字，现在还有人用吗？

匡　复　（始终以惊奇而爱惜的眼光望着她）唔，用是用，可是已经很少啦。

葆　珍　没有用的字，先生说，就要废掉，对吗？

杨彩玉　葆珍！

匡　复　唔！你很对！（笑着）我今后就废掉它。

葆　珍　那好极啦，妈，为什么老望着我？快，给我一点儿点心，我要去上课啦。

匡　复　为什么，不是才下课吗？

葆　珍　不，（骄傲地）方才先生教我，此刻我去教人，我是"小先生"，教人唱歌，识字。

匡　复　"小先生？"

（彩玉拿了几块饼干给她，她接着边吃边说。）

葆　珍　"小先生"，不懂吗？小先生的精神，就是"即知即传人"，自己知道了，就讲给别人听……啊，时候不早啦，再会！（跳跑而去，至门口，嘴里唱着）"走私货，真便宜！"

赵　妻　（低声而有力地）葆珍！……

（葆珍不理而去）

匡　复　（不自觉地，跟了一两步，望她出去之后才回头来）唔，日子真快！

杨彩玉　（怀旧之感）你看，她的脾气，不是跟你年青的时候完全一样吗？你做学生的时候，不是为了一门代数，几晚上不睡觉，后来弄出了一场病吗？她也是一样，什么事，都要寻根究底的！

匡　复　可是现在我已经没有这种精神了。……（沉吟了一下，想起似的。）彩玉！我此刻倒觉得安心了。当我在里面脚气病厉害的时候，我已经绝望，在这一世，怕总不能再和你们见面啦，可是现在，我亲眼看见了葆珍，居然跟我年青的时候一样……

杨彩玉　你安心啦？你以为葆珍很幸福吗？

匡　复　不，我不是这意思……

杨彩玉　（忧郁地）在她洁白的记忆里面，也已经留下了一点洗刷不掉的黑点了，别的小孩们叫她……（望着匡复）

匡　复　什么？连她也有——

（这时候后门口小孩子争吵之声，赵妻望着门外。）

阿　牛　（声）拿出来！拿出来！

阿　香　（声）这是我的！姆妈！（大声地叫）

赵振宇　（从学校里回来的模样，两手拦着两个孩子进来）到里面去！到里面去！（见阿牛和阿香扭在一起）哈哈……

阿　牛　拿出来！（回头对他爸爸）这是我的"劳作"，她把我弄掉了，拿出来！

阿　香　妈给我玩的！是我的！

（二人扭打，赵振宇始终不加干涉，带笑地望着。赵妻连忙放下了针线出来。）

赵　妻　阿牛！（看见赵振宇的那副神气，虎虎地）尽看！打死了人也不管！（去扯阿牛）

赵振宇　（神色自若）不会不会，黄梅天，让他们运动运动也好！

赵　妻　不许打，阿牛你这死东西！（阿牛一拳将阿香打哭了）

赵振宇　哈哈哈……

赵　妻　（死命地将阿牛扯开）你还笑！（赵振宇机械地，有点儿做作，忍住了笑，这时候阿牛猛扑过去，从阿香手里夺回了一张纸板细工）什么，你抢，抢，……（扯着阿牛进房去）

赵振宇　（蹲下来，拿出手帕来替阿香揩眼泪，一边用教员特有的口吻）别哭啦，我跟你讲过的，打胜了不要笑，打败了不许哭，哭的就是脓包！（顾虑着他妻子听见，低声地）明天再来过！（带着阿香进房间去）我跟你哥哥讲的故事你也听过的，拿破仑充军到爱尔伐岛去的时候，他怎么说？唔，唔……啊，你瞧！阿牛已经在笑啦。（大声地）哈哈哈……（前楼，——施小宝已经打扮好了，听见赵振宇的笑声，想起了什么似的往楼下走。）

小天津　（狠狠地）哪儿去？

施小宝　（举起她穿着拖鞋的脚）我又不会逃，急什么？（下楼，走到灶披间门口，对赵振宇悄悄地招手）赵先生！

赵振宇　喔，你在家？（走过去，赵妻怒目而视，望着。）

施小宝　（低声地）请你替我查一查这几天报……

赵振宇　什么事？（赵妻起身站在灶披间门口）

施小宝　请你替我查一查，Johnie——那死坏的船什么时候回到上海来？

赵振宇　喔喔，（回身去拿报，又想起了似的。）那船叫什么名字啊？

施小宝　那倒……唔，有个丸字的。

赵振宇　哈哈……有个丸字的船可多得很呐，譬如说……

施小宝　那么——

赵　妻　（故意使她听见）不要脸的！

赵振宇　你们先生快回来啦？

施小宝　（回身，忧郁地）能回来倒好啦！（上楼去，一想，又回下来，走向客堂间，看见有客，踌躇）喔，对不住，林先生不在家？

杨彩玉　嗳，有什么事吗？

施小宝 （难以启口）林师母！我跟你讲一句话。

杨彩玉 （走到门边）什么？

施小宝 林先生就回来吗？

杨彩玉 有什么事吗？……可以跟我说。

施小宝 （迟疑了一下，决然，但是低声地）您可以替我把我房间里的那流氓赶走吗？

杨彩玉 什么？流氓？（匡复站起来）

施小宝 他，他要我，……我不高兴去，过一天我那死坏回来了会麻烦……

杨彩玉 我不懂啊，那一位是你的……

小天津 （有点怀疑，站起来，走到楼梯口）小宝！

施小宝 （吃惊，很快地）他是白相人，他逼着我到——

小天津 （大声）小宝！

施小宝 （回身，上楼去，哀求似的）假使林先生回来啦，请他……（上去）

匡　复 （看她走了之后）什么事？

杨彩玉 我也不知道啊！（二人仰望着楼上）

施小宝 急什么，又不去报死！

小天津 人家等着，走啦！

施小宝 （勉强地坐下，穿高跟鞋）烟卷儿。

小天津 （摸出烟盒，已经空了，随手将自己吸着的一支递给她。）

施小宝 （接过来深深地吸了一口，就将它丢了，故示悠闲地）你可知道，Johnie 明天要回来啦。

小天津 （若无其事）

施小宝 你不怕他找麻烦？

小天津 （不理会，突的站起来）走！

施小宝 （做个媚眼）可是，这也要把话讲明白了再走啊！（接近他，做个媚态）

小天津 你要我动手吗？（虎虎地将她拉开）

施小宝 （掩饰内心的狼狈）那么我明天会一五一十地告诉他，反正你是有种的。（起身，被小天津威胁着下楼。）

小天津 （在楼梯上）告诉你，Johnie 此刻在花旗，懂吗？

　　　 （施小宝不语，二人出去。赵妻怒目送之，回头来要发话，但是没有对手，只能罢了。）

　　　 （门外卖物声，天骤然阴暗。桂芬走到平台上，叫。）

桂　芬 林师母！请您把电灯的总门开一开！

　　　 （彩玉无言地去开了电灯总门，亭子间骤然明亮。远远的雷声。以下在匡复与彩玉讲话间，亭子间与灶披间的住户们开始作晚餐的准备。）

杨彩玉 你还没有回答我方才的话啊，你看，我们现在的生活，过得很幸福吗？

匡　复 ……

杨彩玉 假使，你真心说，假使你以为我跟葆珍的生活都很不幸，那么……

匡　复 ……

杨彩玉 你能安心吗？

匡　复 （痛苦无言）……

杨彩玉　（走近一步）你为什么不讲话呀？你当初不是跟我说，你要用你一切的力量使我幸福吗？——

匡　复　（痛苦地）彩玉，你别催逼我！我的头脑混乱了，我不知应该怎么办，我，我……（站起来无目的地踱着）

杨彩玉　（沉默了片刻之后）唔，复生！你记得黛莎的事吗？

匡　复　（站住）黛莎？

杨彩玉　唔，我们在小沙渡路的时候，我害了伤寒，你坐在我床边跟我讲的一个故事，小说里的那女人不是叫黛莎吗？

匡　复　啊啊，……

杨彩玉　那时候你嫌我软弱，讲到黛莎的时候，你总说，彩玉，要学黛莎，黛莎多勇敢啊！那叫什么书？我记不起啦！

匡　复　唔，那是，……那书的名字是叫做《水门汀》吧。

杨彩玉　对啦，《水门汀》，你现在觉得黛莎那样的女人怎么样？

匡　复　（不语）

杨彩玉　你跟我讲的许多故事里面，不知怎么的，我老也忘不了黛莎，也许——

匡　复　（拦住她）彩玉，你别说啦，我懂得你的意思，可是……

杨彩玉　我当然不能比黛莎，可是你不是说，永远永远地要使我幸福吗？只要你活着。

匡　复　……

杨彩玉　（进一步地）你说，我不能学黛莎吗？像那小说里面一样，当她丈夫回来的时候，……

匡　复　（惨然）可是，你可以做黛莎，而我早已经不是格莱普啦。黛莎再遇见她丈夫的时候，她丈夫是一个战胜归来的勇士，可是我（很低地）已经只是一个人生战场的残兵败卒啦。

杨彩玉　复生！

匡　复　方才你说，我也变啦，对，这连我自己也知道，我也变啦，当初我将世上的事情件件看得很简单，什么人都跟我一样，只要有决心，什么事情都可以成就，可是，这几年我看到太多，人事并不这样简单，卑鄙，奸诈，损人利己，像受伤了的野兽一样的无目的地伤害他人，这全是人做的事！……（突然想起似的）喔，可是你别误会，这，我绝不是说志成，他跟我一样，他也是弱者里面的一个！

杨彩玉　（感到异样）复生，这是你讲的话吗？弱者，你现在已经承认是一个弱者了吗？你当初不是几次几次地说……

匡　复　所以，我坦白地承认我已经变啦，你瞧我的身体，这几年的生活，毁坏了我的健康，沮丧了我的勇气，对于生活，我已经失掉了自信。……你看，像我这样的一个残兵败卒，还有使人幸福的资格吗？

杨彩玉　那么你说……我们之间的……

匡　复　（绝望地）我方才跟志成说，我反悔不该来看你们，我简直是多此一举啦。

杨彩玉　复生！这是你的真心话吗？以前，你是从来也不说谎话的！

匡　复　……

杨彩玉　（含着怒意）那么，你太自私，你欺骗我！从你和我结婚的那时候起。

匡　复　什么？（走近一步）

杨彩玉　　问你自己！

匡　复　　彩玉！我没有这意思，我只是说对于生活，我已经失掉了自信，我没有把握，可以使你和
　　　　　葆珍比现在更……

杨彩玉　　那么我问你，很简单，假定，这八年半里面，你没有志成这么一个朋友，我跟他也没有现在
　　　　　一样的关系，那么很自然，假定我跟葆珍现在已经沦落在街头，也许，两个里面已经死了
　　　　　一个，假定，在那样的情形之下，你找到了我，我要求你帮助，那时候，你也能跟方才一样
　　　　　地说："我已经没有使你们幸福的自信，我只能让你们饿死在街上"吗？

匡　复　　（一句话被问住了，混乱）那……那……

杨彩玉　　那么我只能说，要不是你太残酷，那就是你在嫉妒！

匡　复　　（茫然自失）彩玉！

杨彩玉　　要是在别的情形之下，你一定会对我说，彩玉，我回来啦，别怕，我们重新再来过，可是现
　　　　　在，——你，你已经厌弃我了！——为着我要生活……

匡　复　　彩玉，别这么说，我，我应该怎么办呢？我简直不能再想啦！（焦躁苦痛）
　　　　　（弄内性急地叫喊着的《大晚夜报》的呼声，赵振宇急忙忙地买报。）

杨彩玉　　（央求地）复生！你不能再离开我，不能再离开那被人看作没有父亲的葆珍，为着葆珍，为
　　　　　着我们唯一的……

匡　复　　（吟沉了一下）这，这不使志成……不使志成更苦痛吗？

杨彩玉　　（沉默了一下）可是，我早就跟你说，这只是为着生活……

匡　复　　（垂头，无力地）彩玉！……

杨彩玉　　（捏着他的手）打起勇气来，……从前你跟我讲的话，现在轮着我对你讲啦。（笑，扶起他
　　　　　的头）你还年青呐，（摸着他的下巴）好啦，把胡子剃一剃！……（一边说，一边从抽斗里
　　　　　找出林志成的安全剃刀等等。）复生！别多想啦，今天是应该快活的，对吗？

匡　复　　（充满了蕴积着的爱情，爆发般的）彩玉！（将头埋在她的胸口）

杨彩玉　　（抚着他的头发）复生！你，你……（感极而泣，二人依偎着）
　　　　　（天色渐暗，沙嗓子的老枪没气力地喊着《大晚夜报》《新闻夜报》《无线电节目》……从
　　　　　前门外经过，尖喉咙的女人喊着《夜报》等等。）
　　　　　（灶披间点了电灯。）
　　　　　（突然，前门猛烈地敲门声，匡复和彩玉反射地分开。）

杨彩玉　　谁？（一边去开门）
　　　　　（厂里的一个青年职员，带着一个工头模样的人进来，满头大汗。）

青　年　　快，叫林先生快去！

杨彩玉　　他没有回来啊。

青　年　　（差不多要闯进来搜寻似的姿势）林师母，您帮帮忙，工务课长已经在发脾气啦，这不干我
　　　　　的事啊。（大声地）林先生！

杨彩玉　　（惊奇）真的他没有回来啊，上半天出去了，就没有回来过！有什么事吗？

青　年　　（焦躁地）事可多呐，……林师母当真……那么您知道他到哪儿去吗？

杨彩玉　　（着急）我怎么知道，……他什么时候走的？有什么事吗？……

青　年　　（不回答她，回头对工头）那您赶快到二厂去看一看。（工头将匡复上下地望了一下，下

场。）林师母，事情很要紧，要是他不去，……（揩一揩额上的汗）好啦，他回来，立刻请他来，大老板也在等他。（匆匆而下）

杨彩玉　喂喂，……（看见他走了，关了门，担忧地望着匡复。）

匡　复　（紧张地）什么事？

杨彩玉　近来厂里常常不安静，可是……

匡　复　他到哪儿去啦？……（不安地）他不会做出……

杨彩玉　（低头）不会吧，可是……（也感到不安）

　　　　（后门外一阵笑声，骂声，门推开，李陵碑喝醉了酒，带跌带撞地进来，嘴里哼着。后门好像跟了一大群看热闹的小孩和妇女，阿香夹在里面，匡复耸耳听；但是杨彩玉却早知道这是李陵碑的日常功课了，看了一看方才拿出了的安全剃刀，去替他倒水。）

李陵碑　（醉了的声音）要我唱，我就唱，这有什么……（唱）"金乌坠，玉兔升，黄昏时候……盼娇儿，不由人，珠泪双流……"

门外人声一　好！马连良老板差不多！

门外人声二　再来一个！

门外人声三　李陵碑你的娇儿死啦！死啦！

李陵碑　（突然旋转身来）妈的，谁说，谁说，咱们阿清在当司令，也许是师长，督办，也许，……也许……

门外人声一　也许已经是炮灰！

门外人声二　别打岔，让他唱下去！

李陵碑　（用拳头威胁门旁的小孩）妈的，你们也敢欺负我！（小孩们一哄而走，笑声，但是一下又重新集合起来。）阿清当了司令回来，我就是……（舌头不大灵便）老太爷啦，妈的……（走近赵振宇身边，不客气地将他在看的报纸夺来，指着）赵……赵……赵先生，报上有李司令，李阿清司令到上海来的消息吗？（赵振宇带笑地望着他）登出来的时候，你……你告诉我，我，我请你喝酒！（将报纸还给他）妈的，有朝一日，阿清回来……（跌跌撞撞地上楼去，苍凉地唱）"含悲泪，进大营，双眉愁绉，腹内饥，身又冷，遍体飕飕……"

赵振宇　（起身来将闲人遣走）没有什么好看！……（回头来见阿香，一把抓住）你也看，我跟你说过，李陵碑来的时候，不准笑，你……你，（不管阿香懂不懂地）你简直是幸灾乐祸啦，这，这……

　　　　（天色愈暗，杨彩玉开电灯，给匡复倒了洗脸水，望着他。）

匡　复　怎么回事？

杨彩玉　阁楼上的房客，怪人，他有一个单生子，在"一·二八"打仗的时候去投军，打死啦，找不到尸首，可是他一定说，儿子还活着，在当司令，有点儿神经病啦。

匡　复　唔……（感慨系之，剃须。）

李陵碑　（声）（苍凉的歌声）"……不由人，珠泪双流……"

　　　　（黄父抱了小孩下来。远雷。）

桂　芬　（从亭子间门口）爸爸，晚啦，别抱他出去！

黄　父　（根本不曾听见，看见赵振宇殷勤地和他招呼。）

赵振宇　老先生！天要下雨啦！

黄　父　（依旧是答非所问）今晚上要回去啦，多抱一抱，哈哈……（多少的在态度上已经有一点忧郁了。）

赵振宇　什么，回乡下去？不是说，（回头问他妻子）今晚上去看戏吗？（家楣从窗口探出头来）

黄　父　今年雨水太多，低的田春苗要补种了……

赵振宇　多玩几天呐，上海好玩的地方还多呐。

黄　父　（哄着小孩，自言自语地）好，好，外面去买东西给你吃。……（正要出门的时候，电光一闪，一个响雷，他只能回转，望了望天，对赵振宇）所以说，这个世界是变啦，咱们年纪轻的时候，天上打闪，总有雷的声音的，可是变了民国，打闪也没有声音啦，对吗？有人说：雷公敲的鼓破啦。

赵振宇　什么，方才不是……（一想就明白了）哈哈！……（大声地）老先生！雷公的鼓没有破，还是很响的，你老先生的耳朵不便啦，所以听不见啊，哈哈哈……

黄　父　什么，我说，不打雷，地上的春花就要……

赵振宇　（好容易制止了笑，对他妻子）你听见吗？他说变了民国，天就不打雷啦，哈哈哈——（又诚恳地对黄父）天上的雷，是电气，换了朝代也要响的……（又听见远雷声）诺诺，又响啦。

黄　父　（摸不着头脑）什么？天上……

赵振宇　（大声）天上的雷，不是菩萨，是电气，（对他耳朵）电气……

黄　父　（还是不懂）生气？我……我不生气。

赵振宇　（大声）电气，电灯的……

赵　妻　酱油没有了，去买！

赵振宇　（大声地）天上的云里面，有一种电气，电……

赵　妻　（将酱油瓶拿到他的鼻子前面）去买酱油！

赵振宇　（忘其所以，用更大的声音对他妻子）叫阿牛去买！

赵　妻　（一惊，狠狠地）我又不聋！

　　　　（始终忧郁着的黄家楣，这时候也不禁破颜一笑。）

赵振宇　（省悟）啊，对啦，（低声）叫阿牛去买吧！（又回头对黄父，同样低声地）天上有一种电气，……

赵　妻　（狠狠地）阿牛在念书。（把酱油瓶塞在他手里）

赵振宇　（无法可想，对黄父大声地）等一等，我就来。（出去）

黄　父　（莫名其妙，对赵妻）他说什么？唔，耳朵不方便……（回身上楼去）

桂　芬　（正拿了铅桶下来，在楼梯上）爸爸，当心。（开了楼梯上的电灯）

黄　父　（一怔）唔，……（望着电灯，上楼去）

赵　妻　（看见桂芬下来）喂，为什么老先生今晚上要回去了？

桂　芬　（点头无言）

赵　妻　有了什么要紧的事？家里……

桂　芬　老年人多有点儿怪！说起要走，今晚上就要走啦。

赵　妻　（鬼鬼祟祟）你知道，（指着客堂间低声）林师母从前的男人……

赵振宇　（回来，看见那种神气）改不好的脾气，我跟你说，人家的事，不要管，人家的丈夫也好……

赵　妻　（狠狠地制止了他）嘘，（低声地）那你为什么要来管我呐？

赵振宇　（搔着头进去,忽然想起）啊,楼上的老先生呢? 方才的话没有讲完呐。

赵　妻　（依旧鬼鬼祟祟地对桂芬）方才我听见姓林的跟他说,葆珍怎么怎么样……（见阿香走过来听,狠狠地）听什么? 小鬼!（继续对桂芬）姓林的跑走啦,方才我听见女的在哭,啊哟,这事情真糟糕吗! 那男的你看见过没有?

桂　芬　（摇头）还在吗?

赵　妻　（点头）唔,穿得破破烂烂的,像戏里做出来的薛平贵……

　　　　　（正要讲下去的时候,林志成带着兴奋的表情,从后门进来。她很快地将要讲的话咽下,若无其事。）

　　　　　（林志成手里拿了一瓶酒和一些熟食之类的东西,照旧谁也不理会地往里面走。）

赵振宇　（看见他）噢,林先生!（站起来,用手指着晚报上的记事）你们厂里今天——（林好像不听见似的走过,赵振宇只能重新坐下,赵妻兴奋地望着林志成的背影。）

杨彩玉　（望着修好了面的匡复）瞧,不是年青了很多吗?

　　　　　（林志成无言地进去,杨彩玉和匡复离开了一步,匡复多少的觉得有点狼狈。）

杨彩玉　方才厂里的小陈来过啦,说要你——

林志成　（沉重地）我知道。（将酒瓶和熟食交给杨彩玉）

杨彩玉　厂里有什么事吗? 说要你立刻就去……

林志成　我知道,家里没有什么菜,到弄口的小馆子里去叫几样。（对匡复）今晚上喝一点儿酒吧。

匡　复　志成,您——

林志成　（强自振作,态度很不自然）复生! 咱们已经很久不在一块儿吃饭啦,你不喝酒,可是今晚上也得喝一杯,我也很久不喝啦,我今天很愉快,你要替我欢喜,我解放啦。

匡　复　（苦痛）志成,你别这么说……

林志成　不,不,今天真痛快,我从一方面受人欺负,一方面又得欺负人的那种生活里面解放出来啦。（大声）我打破了饭碗。可是从今以后,我可以不必对不住自己良心地去欺负别人啦。

匡　复
杨彩玉　（差不多同时地）什么,你……

林志成　笑话,要我去收买流氓,打人,哼,我为什么要这样下流,我可以不干! 哼,真痛快,什么工务课长,平常那么威风,（渐渐兴奋)今天又给我看到了!（对杨彩玉）你去预备饭吧。

匡　复　（关心地）志成,你休息一下,我看你很倦了!

林志成　不,不,我很高兴,压在心上的一块大石头,今天才拿掉啦! 复生! 这不是很奇怪吗? 以前,我尽是害怕着丢饭碗,厂里闹着裁人的时候,每天进厂,都要看一看厂务主任的脸色;主任差人来叫的时候,全身的血,会奔到脸上来。可是今天,当他气青了脸,拍着桌子说"你给我滚蛋"的时候,我一点也不怕,我很镇静,这差不多连我自己也不相信。……

杨彩玉　（端了一盆水给他）你……

林志成　（兴奋未退）工场管理本来不是人做的,上面的将你看成一条牛,下面的将你看做一条狗。从朝到晚,上上下下没有一个肯给你看一点好脸色,可是现在,我可以不必代人受过,可以不必被人看做狗啦,（歇斯底里地）哈哈哈!

匡　复　志成,你别太兴奋! ……

林志成　可是,第一,你得先替我高兴啊,我从这样的生活里面逃出来……

杨彩玉　（不自禁地）那么你今后……

林志成　今后,唔。(不语,洗脸)

　　　　（这时候赵妻偷一个空,又来窥探,一方面阿香看见母亲不在,便一溜烟地往门外跑出。）

赵振宇　阿香,阿香！(赵妻回头看了一眼)

　　　　（送包饭的拿了饭篮从后门进来,一径往楼上走,到前楼门外叩门,不应,偷偷地从门缝里张了一下,将饭篮放在门口,下。）

林志成　（洗了脸,彩玉去预备夜饭。林志成走到匡复面前,欲言又止）唔,复生！

匡　复　什么？

林志成　我们还能跟从前一样的……做朋友吗？

匡　复　那当然……可是,这事情,我还得跟你……不,嗳,我不知怎么说才好！……

　　　　（林志成颓然地坐下。赵妻回来,看见阿香不在,跑到门口。）

赵　妻　阿香,阿香！(出门去,一会儿就扯着阿香进来)死东西！整天的野在外面,你不要吃饭吗？

　　　　（桂芬在平台上用打气炉烧饭。杨彩玉拿了钱出去买菜。）

林志成　（习惯地）什么,葆珍还没有回来吗？彩玉,去找一找葆珍！

　　　　（门外卖物声,静静地。）

——幕——

（选自《夏衍剧作集》第一卷,中国戏剧出版社 1984 年版）

夏衍戏剧
拓展研读资料

郭沫若

屈原（选场）

第　五　幕

第　二　场

　　东皇太一庙之正殿。与第二幕明堂相似,四柱三间,唯无帘幕。三间靠壁均有神像。中室正中东皇太一与云中君并坐,其前左右二侧山鬼与国殇立侍,右首东君骑黄马,左首河伯乘龙,均斜向。马首向左,龙首向右。左室为一龙船,船首向右,湘君坐船中吹笙,湘夫人立船尾摇橹。右室一片云彩之上现大司命与少司命。左右二室后壁靠外侧均有门,左者开放,右者掩闭。各室均有灯,光甚昏暗,室外雷电交加,时有大风咆哮。

　　　　靳尚带卫士二人,各蒙面,诡谲地由右侧登场。

靳　尚　（命卫士乙）你去叫太卜郑詹尹来见我。

卫士乙　是。（向湘夫人神像左侧门走入。）

　　　　　　俄顷,一瘦削而阴沉的老人,左手提灯,随卫士乙由左侧门入场。靳尚除去面罩,向
　　　　郑詹尹走去。

靳　尚　刚才我叫人送了一通南后的密令来,你收到了吗?

郑詹尹　（鞠躬）收到了。上官大夫,我正想来见你啦。

靳　尚　罪人怎样处置了?

郑詹尹　还锁在这神殿后院的一间小屋子里面。

靳　尚　你打算什么时候动手?

郑詹尹　（迟疑地）上官大夫,我觉得有点为难。

靳　尚　（惊异）什么?

郑詹尹　屈原是有些名望的人,毒死了他,不会惹出乱子吗?

靳　尚　哼,正是为了这样,所以非赶快毒死他不可啦!那家伙惯会收揽人心,把他囚在这里,都
　　　　城里的人很多愤愤不平。再缓三两日,消息一传开了,会引起更大规模的骚动。待消息
　　　　传到国外,还会引起关东诸国的非难。到那时你不放他吧,非难是难以平息的。你放他吧,
　　　　增长了他的威风,更有损秦、楚两国的交谊。秦国已经允许割让的商於之地六百里,不用
　　　　说,就永远得不到了。因此,非得在今晚趁早下手不可。你须得用毒酒毒死了他,然后放
　　　　火焚烧大庙。今晚有大雷电,正好造个口实,说是着了雷火。这样,老百姓便只以为他是
　　　　遭了天灾,一场大祸就可以消灭于无形了。

郑詹尹　上官大夫,屈原不是不喝酒的吗?

靳　尚　你可以想出方法来劝他。你要做出很宽大,很同情他的样子。不要老是把他锁在小屋子
　　　　里。你可让他出来,走动走动。他戴着脚镣手铐,逃不了的。

郑詹尹　（迟疑地）你们是不是有点小题大做呢?

靳　尚　（含怒）你这是什么话?

郑詹尹　我觉得你们把屈原又未免估计得过高。他其实只会做几首谈情说爱的山歌,时而说些哗
　　　　众取宠的大话罢了,并没有什么大本领。只要你们不杀他,老百姓就不会闹乱子。何苦
　　　　为了一个夸大的诗人,要烧毁这样一座庄严的东皇太一庙?我实在有点不了解。

靳　尚　哈哈,你原来是在心疼你的这座破庙吗?这烧了有什么可惜?国王会给你重新造一座真
　　　　正庄严的庙宇。好了,我不再和你多说了。你烧掉它,这是南后的旨意。你毒死他,这是
　　　　南后的旨意。要快,就在今晚,不能再迟延。南后的脾气,你是知道的。你尽管是她的父
　　　　亲,但如果不照着她的旨意办事,她可以大义灭亲,明天便把你一齐处死。（把面巾蒙上,
　　　　向卫士）走!我们从小路赶回城去!

　　　　　　靳尚与二卫士由左首下场。

　　　　　　郑詹尹立在神殿中,沉默有间,最后下出了决心,向东君神像右侧门走入。俄顷,将
　　　　屈原带出。

郑詹尹　三闾大夫,请你在这神殿上走动走动,舒散一下筋骨吧。这儿的壁画,是你平常所喜欢的
　　　　啦。我不奉陪了。

屈原略略点头，郑詹尹走入左侧门。

屈原手足已戴刑具，颈上并系有长链，仍着其白日所着之玄衣，披发，在殿中徘徊。因有脚镣行步甚有限制，时而伫立睥睨，目中含有怒火。手有举动时，必两手同时举出。如无举动时，则拳曲于胸前。

屈　原　（向风及雷电）风！你咆哮吧！咆哮吧！尽力地咆哮吧！在这暗无天日的时候，一切都睡着了，都沉在梦里，都死了的时候，正是应该你咆哮的时候，应该你尽力咆哮的时候！

尽管你是怎样的咆哮，你也不能把他们从梦中叫醒，不能把死了的吹活转来，不能吹掉这比铁还沉重的眼前的黑暗，但你至少可以吹走一些灰尘，吹走一些砂石，至少可以吹动一些花草树木。你可以使那洞庭湖，使那长江，使那东海，为你翻波涌浪，和你一同地大声咆哮呵！

啊，我思念那洞庭湖，我思念那长江，我思念那东海，那浩浩荡荡的无边无际的波澜呀！那浩浩荡荡的无边无际的伟大的力呀！那是自由，是跳舞，是音乐，是诗！

啊，这宇宙中的伟大的诗！你们风，你们雷，你们电，你们在这黑暗中咆哮着的，闪耀着的一切的一切，你们都是诗，都是音乐，都是跳舞。你们宇宙中伟大的艺人们呀，尽量发挥你们的力量吧。发泄出无边无际的怒火把这黑暗的宇宙，阴惨的宇宙，爆炸了吧！爆炸了吧！

雷！你那轰隆隆的，是你车轮子滚动的声音？你把我载着拖到洞庭湖的边上去，拖到长江的边上去，拖到东海的边上去呀！我要看那滚滚的波涛，我要听那鞳鞳鞳鞳的咆哮，我要飘流到那没有阴谋、没有污秽、没有自私自利的没有人的小岛上去呀！我要和着你，和着你的声音，和着那茫茫的大海，一同跳进那没有边际的没有限制的自由里去！

啊，电！你这宇宙中最犀利的剑呀！我的长剑是被人拔去了，但是你，你能拔去我有形的长剑，你不能拔去我无形的长剑呀！电，你这宇宙中的剑，也正是，我心中的剑。你劈吧，劈吧，劈吧！把这比铁还坚固的黑暗，劈开，劈开，劈开！虽然你劈它如同劈水一样，你抽掉了，它又合拢了来，但至少你能使那光明得到暂时间的一瞬的显现，哦，那多么灿烂的、多么眩目的光明呀！

光明呀，我景仰你，我景仰你，我要向你拜手，我要向你稽首。我知道，你的本身就是火，你，你这宇宙中的最伟大者呀，火！你在天边，你在眼前，你在我的四面，我知道你就是宇宙的生命，你就是我的生命，你就是我呀！我这熊熊地燃烧着的生命，我这快要使我全身炸裂的怒火，难道就不能迸射出光明了吗？

炸裂呀，我的身体！炸裂呀，宇宙！让那赤条条的火滚动起来，象这风一样，象那海一样，滚动起来，把一切的有形，一切的污秽，烧毁了吧，烧毁了吧！把这包含着一切罪恶的黑暗烧毁了吧！

把你这东皇太一烧毁了吧！把你这云中君烧毁了吧！你们这些土偶木梗，你们高坐在神位上有什么德能？你们只是产生黑暗的父亲和母亲！

你，你东君，你是什么个东君？别人说你是太阳神，你，你坐在那马上丝毫也不能驰骋。你，你红着一个面孔，你也害羞吗？啊，你，你完全是一片假！你，你这土偶木梗，你这没心肝的，没灵魂的，我要把你烧毁，烧毁，烧毁你的一切，特别要烧毁你那匹马！你假如是有本领，就下来走走吧！

什么个大司命,什么个少司命,你们的天大的本领就只有晓得播弄人!什么个湘君,什么个湘夫人,你们的天大的本领也就只晓得痛哭几声!哭,哭有什么用?眼泪,眼泪有什么用?顶多让你们哭出几笼湘妃竹吧!但那湘妃竹不是主人们用来打奴隶的刑具么?你们滚下船来,你们滚下云头来,我都要把你们烧毁!烧毁!烧毁!

哼,还有你这河伯……哦,你河伯!你,你是我最初的一个安慰者!我是看得很清楚的呀!当我被人们押着,押上了一个高坡,卫士们要息脚,我也就站立在高坡上,回头望着龙门。我是看得很清楚,很清楚的呀!我看见婵娟被人虐待,我看见你挺身而出,指天画地有所争论。结果,你是被人押进了龙门,婵娟她也被人押进了龙门。

但是我,我没有眼泪。宇宙,宇宙也没有眼泪呀!眼泪有什么用啊?我们只有雷霆,只有闪电,只有风暴,我们没有拖泥带水的雨!这是我的意志,宇宙的意志。鼓动吧,风!咆哮吧,雷!闪耀吧,电!把一切沉睡在黑暗怀里的东西,毁灭,毁灭,毁灭呀!

　　　　郑詹尹左手提灯,右手执爵,由湘夫人神像左侧之门入场。

郑詹尹　三间大夫,你又在做诗了吗?你的声音比风还要宏大,比雷霆还要有威势啦。啊,象这样雷电交加的深夜,实在可怕。我连庙门都不敢去关了。你怎么老是不去睡呢?是的,我看你好象朗诵了好长的一首诗啦。你怕口渴吧。我给你备了一杯甜酒来,虽然没有下酒的东西,请你润润喉,也好啦。

屈　原　多谢你,请你放在那神案上,手足不方便,对你不住。

郑詹尹　唉,真是不知道要闹成个什么世界了。本来是“刑不上大夫,礼不下庶人”的,这个体统也弄得来扫地无存了。连我们的三间大夫,也要让他带脚镣手铐。三间大夫,这脚镣手铐假如是有钥匙,我一定要替你打开的啦。可恨的是他们把钥匙都带走了啊。

屈　原　多谢你,这脚镣手铐我倒并不感觉痛苦,有这些东西在身上,倒反而增加了我的力量,不过行动不方便些罢了。

郑詹尹　我看你的喉嗓一定渴得很厉害的,这酒我捧着让你喝。还要睡一睡才能天亮呢。

屈　原　多谢你,我现在口不渴。我本来也是不喜欢喝酒的人。回头我口渴了,一定领你的盛情好了。请你不要关照。

郑詹尹　(将爵放在神案上)慢慢喝也好。其实酒倒也并不是坏东西。只要喝得少一点,有个节制,倒也是很好的东西啦。

屈　原　是的,我也明白。我的吃亏处,便是大家都醉而我偏不醉,马马虎虎的事我做不来。

郑詹尹　真的,这些地方正是好人们吃亏的地方啦。说起你吃亏的事情上来,我倒感觉着对你不住呢!

屈　原　怎么的?

郑詹尹　三间大夫,你忘记了吧,郑袖是我的女儿啦。

屈　原　哦,是的,可是差不多一般的人都把这事情忘记了。

郑詹尹　也是应该的喽。她母亲早死,我又干着这占筮卜卦的事体,对于她的教育没有做好。后来她进了宫廷,我更和她断绝了父女的关系。她近来简直是愈闹愈不成个体统,她把你这样忠心耿耿的人都陷害成这个样子了。

屈　原　太卜,请你相信我,我现在只恨张仪,对于南后倒并不怨恨。南后她平常很喜欢我的诗,在国王面前也很帮助过我。今天的事情我起初不大明白,后来才知道那是张仪在作怪啦。

一般的人也使我很不高兴，成了张仪的应声虫。张仪说我是疯子，大家也就说我是疯子。这简直是把凤凰当成鸡，把麒麟当成羊子啦。这叫我怎么能够忍受？所以别人愈要同情我，我便愈觉得恶心。我要那无价值的同情来做什么？

郑詹尹　真的啦，一般的老百姓真是太厚道了。

屈　原　不过我的心境也很复杂，我虽然不高兴他们的厚道，但我又爱他们的厚道。又如南后的聪明吧，我虽然能够佩服，但我却不喜欢。这矛盾怕是不可以调和的吧？我想要的是又聪明又厚道，又素朴又绚烂，亦圣亦狂，即狂即圣，个个老百姓都成为绝顶聪明，你看我这个见解是不是可以成立的呢？

郑詹尹　这是所谓"大智若愚，大巧若拙"的话啦。

屈　原　不，不是那样。我不是要人装傻，而是要人一片天真。人人都有好脾胃，人人都有好性情，人人都有好本领。可是我自己就办不到！我的性情太激烈了，我自己也觉得有点偏，要想矫正却不能够。你看我怎样的好呢？我去学农夫吧？我又拿不来锄头。我跑到外国去吧？我又舍不得丢掉楚国。我去向南后求情，请她容恕我吧？她能够和张仪合作，我却万万不能够和张仪合作。你看我怎样办的好呢？

郑詹尹　三闾大夫，对你不住。你把这些话来问我，我拿着也没有办法。其实卜卦的事老早就不灵了。不怕我是在做太卜的官，恐怕也是我在做太卜的官，所以才愈见晓得它的不灵吧。古时候似乎灵验过来，现在是完全不行了。认真说：我就是在这儿骗人啦。但是对于你，我是不好骗得的。三闾大夫，象我这样骗人的生活，假使你能够办得到，恐怕也是好的吧。我们确实是做到了"大愚若智，大拙若巧"的地步，呵哈哈哈哈……风似乎稍微止息了一点，你还是请进里面去休息一下吧，怎么样呢？

屈　原　不，多谢你，我也不想睡，请你自己方便吧。

郑詹尹　把酒喝一点怎么样呢？

屈　原　我回头一定领情的啦，太卜。

郑詹尹　你该不会疑心这酒里有毒的吧？

屈　原　果真有毒，倒是我现在所欢迎的。唉，我们的祖国被人出卖了，我真不忍心活着看见它会遭遇到的悲惨的前途呵。

郑詹尹　真的啦，象这样难过的日子，连我们上了年纪的人，都不想再混了。

屈　原　大家都不想活的时候，生命的力量是会爆发的。

郑詹尹　好的，你慢慢喝也好，我还想去躺一会儿。

屈　原　请你方便，怕还有一会天才能亮呢。

　　　　郑詹尹复提着灯笼由原道下场。

　　　　大风渐息，雷电亦止，月光复出，斜照殿上。

屈　原　啊，宇宙你也恬淡起来了。真也奇怪，我现在的心境又起了一个不可思议的变换。我想，毕竟还是人是最可亲爱的呵。不怕就是你所不高兴的人，在你极端孤寂的时候和他说了几句话，似乎也是镇定精神的良药啦。（复在殿中徘徊）啊，河伯！（徘徊有间之后，在河伯前伫立）请让我还是把你当成朋友，让我再和你谈谈心吧。你知道么？现在我所最担心的是我的婵娟呀！她明明是被人家抓去了的。她是很尊敬我的一个人，她把我当成了她的父亲、她的师长，她把我看待得比她自己的性命还要贵重。（稍停）她最能够安慰我。

我也把她当成了我自己的女儿,当成了我自己最珍爱的弟子。唉,我今天实在不应该抛撇了她,跑了出来。她虽然在后园子里面看着那些人胡闹,她虽然把我的衣裳拿了一件出去,但我相信那一定是宋玉要她做的,宋玉那孩子,他是太阴柔了。(将神案上的酒爵拿起将饮,复搁置)唉,这酒的气味,我终竟是不高兴。河伯,你是不是喜欢喝酒的呢?你现在的情形又是怎样?我也明明看见,别人也把你抓去了。你明明是为我而受难,为正义而受难呀。啊,我真不知道该怎样报答你的好呵!(复在神殿中徘徊。)

  此时卫士甲与婵娟由右首出场。屈原瞥见人影,顿吃一惊。

屈　原　是谁?

婵　娟　啊,先生在这儿啦,我婵娟啦!(用尽全力,踉跄奔上神殿,跪于屈原前,拥抱其膝,仰头望之,似笑,又似干哭。)

屈　原　(呈极凄绝之态)啊,婵娟,你怎么来的?你脸上怎么有伤呀?你怎么这样的装束?

婵　娟　(断续地)先生,我高兴得很。……你请……不要问我。……我……我是什么话都不想说。我只想……就这样……就这样抱着先生的脚,……抱着先生的脚,……就这样……死了去吧。

  屈原不禁潸然,两手抚摩着婵娟的头,昂头望着天。如此有间。婵娟始终仰望屈原,喘息甚烈。

屈　原　(俯首安慰)婵娟,我没有想到还能够看见你,你一定是逃走出来的,你是超过了死线了。你知道宋玉是怎样吗?

婵　娟　(仍喘息)他……他跟着公子子兰……搬进宫里去了。

屈　原　那也由他去吧。谁能够不怕艰险,谁才可以登上高山。正义的路是崎岖的路,它只欢迎勇敢的人。……那位钓鱼的人呢?

婵　娟　听说丢进监里去了。

屈　原　(沉默一忽之后)婵娟,你口渴吧?

  婵娟点头。

屈　原　(两手移去,将案上酒爵取来)这儿有杯甜酒,你喝了它吧。

  婵娟就爵,一饮而尽,饮之甚甘,自己仍跪于地,紧紧拥抱着屈原的两膝,昂首望之。屈原以两手置爵于神案上之后,仍抚摩其头。俄而,婵娟脸色渐变,全身痉挛。

屈　原　(屈膝俯身,以两手套其颈,拥之于怀)啊,婵娟,你怎样?你怎样?

婵　娟　(凝目摇头)先生,……那酒……那酒……有毒。可我……我真高兴……我……真高兴!(振作起来)我能够代替先生,保全了你的生命,我是多么地幸运呵!……先生,我是一个普通人家的女儿,我受了你的感化,知道了做人的责任。我始终诚心诚意地服侍着你,因为你就是我们楚国的柱石。……我爱楚国,我就不能不爱先生。……先生,我经常想照着你的指示,把我的生命献给祖国。可我没有想到,我今天是果然作到了。(渐渐衰弱)我把我这微弱的生命,代替了你这样可宝贵的存在。先生,我真是多么地幸运呵!……啊,我……我真高兴!……真高兴!

屈　原　(紧紧拥抱着婵娟)婵娟!你要活下去呵!活下去呵!婵娟!婵娟!……

婵　娟　(更衰弱)……啊,我……真高兴!……(喘息与痉挛愈烈。终竟作最大痉挛一次,死于屈原怀中,殿上灯火全体熄灭,只余月光。)

屈原无言，拥着婵娟尸体，昂首望天，眼中复燃起怒火。

卫士甲在前直静立于殿下，至此始上殿至屈原之前。

卫士甲　三闾大夫，请你告诉我，那酒是谁个送给你的？

屈　原　（回顾，含怒而平淡地）是这儿的太卜郑詹尹。（说罢复其原有姿态。）

卫士甲　哼，就是那南后的父亲吗？我是认识他的。（急骤地向左侧房屋走入。）

屈原仍如塑像一般，寂立不动。

少顷，卫士甲复急骤而出。

卫士甲　三闾大夫，请你容恕我，我把那恶人郑詹尹刺杀了。在他的身上还搜出了一通密令，我念给你听。"太卜执事：比奉南后意旨，望执事于今夜将狂人毒死，放火焚庙，以灭其迹。上官大夫靳尚再拜。"密令是这样，因此我也就照着南后的意旨，在郑詹尹的床上放了一把火。这罪恶的神庙看看也就要和那罪恶的尸体一道消灭了。

屈　原　那很好。我还希望你帮助我，把婵娟安放在神案上，我们应该为她举行一个庄严的火葬。

卫士甲　待我先解除先生的刑具。（解除其刑具）婵娟姑娘穿的还是更夫的衣裳，应该给她脱掉啦。

屈　原　（起立先解婵娟之衣）哦，戴得有这样的花环。（更进行其它动作。）

卫士甲　（一面帮助，一面诉说）先生，这还是你编的花环呢。在东门外被南后给你要去了，后来南后又给了婵娟姑娘。她一身都是挨了鞭打的，你看这手上都有伤，脸上都有伤，鞭打得很厉害。南后更打算明天便处死她，把她装在囚槛里，由我看守。……夜半将近的时分，你的两位弟子宋玉和公子子兰走来劝婵娟，要她听从公子子兰的要求，做他的侍女，他们便搭救她。但是婵娟始终不肯。……她所说的话和她的精神太使我感动了，因此我就决心救她。从宋玉口中听说先生今晚上也有生命的危险，所以我也就决心陪着她来救你。……我们是从宫中逃出来的，就是用了一点诡计把一个更夫来顶替了婵娟。在我替她换上更夫装束的时候，婵娟姑娘她还坚决地不肯把你这花环丢掉呢！

二人已经将婵娟妥置于神案，头在左侧。

屈　原　（整理婵娟胸部，自其怀中取出帛书一卷，展视之）哦，这是我清早写的《橘颂》啦。我是写给宋玉的，是宋玉又给了你吧！婵娟，你倒是受之而无愧的。唉，我真没有想出，我这《橘颂》才完全是为你写出的哀辞呀。

卫士甲　先生，那么，你好不就拿给我念，我们来向婵娟姑娘致祭。

屈　原　好的，你就请从这后半读起。（授书并指示）一首一尾你要加些什么话，也由你斟酌好了。

屈原移至婵娟脚次，垂拱而立，左翼已有火光及烟雾冒出。

卫士甲　（立于屈原之右，在神案右后隅，展读哀辞）维楚大夫屈原率其仆夫致祭于婵娟之前而颂曰：

呵，年青的人，你与众不同。

你志趣坚定，竟与橘树同风。

你心胸开阔，气度那么从容！

你不随波逐流，也不故步自封。

你谨慎存心，决不胡思乱想。

你至诚一片，期与日月同光。

我愿和你永做个忘年的朋友。

不挠不屈，为真理斗到尽头！

你年纪虽小,可以为世楷模。

足比古代的伯夷,永垂万古! ——哀哉尚飨。

　　　　　屈原再拜,卫士甲亦移至其后再拜。礼毕,卫士甲将帛书卷好,奉还屈原。

屈　原　现在一切都完毕了,请问你叫什么名字?

卫士甲　先生,你不必问我的姓名,我要永远做你的仆人,你就叫我"仆夫"吧。

屈　原　你今后打算要我怎样?

卫士甲　先生,你怎么这样问我呢?

屈　原　因为我现在的生命是你和婵娟给我的,婵娟她已经死了,我也就只好问你了。

卫士甲　先生,我们楚国需要你,我们中国也需要你,这儿太危险了,你是不能久呆的。我是汉北的人,假使先生高兴,我要把先生引到汉北去。我们汉北人都敬仰先生,受了先生的感召,我们知道爱真理,爱正义,抵御强暴,保卫楚国。先生,我们汉北人一定会保护你的。

屈　原　好的,我遵从你的意思。我决心去和汉北人民一道,就做一个耕田种地的农夫吧。你赶快把服装换掉啦。那儿有现成的衣帽。(指示更夫衣帽。)

卫士甲　哦,我真糊涂,简直没有想到,幸好有这一套啦。(换衣。)

　　　　　火光烟雾愈燃愈烈。

屈　原　(高举手中帛书)啊,婵娟,我的女儿! 婵娟,我的弟子! 婵娟,我的恩人呀! 你已经发了火,你把黑暗征服了。你是永远永远的光明的使者呀!(执帛书之一端向婵娟抛去,帛书展布于尸上。)

　　　　　　　　　　　　　　　　　　　　　　　　　　　　　　　　——幕徐徐下

　　　幕后唱《礼魂》之歌:

　　　　　唱着歌,打着鼓,

　　　　　手拿着花枝齐跳舞。

　　　　　我把花给你,你把花给我,

　　　　　心爱的人儿,歌舞两婆娑。

　　　　　春天有兰花,秋天有菊花,

　　　　　馨香百代,敬礼无涯。

　　　　　　　　　　　　　　　　　　　　　　　　　　　　1942 年 1 月 11 日夜

　　　　　　　　　　(选自《郭沫若全集·文学编》第 6 卷,人民文学出版社 1986 年版)

郭沫若戏剧
拓展研读资料

延安鲁迅艺术学院集体创作　　贺敬之、丁毅执笔

白毛女（选场）

第 三 幕

第 一 场

　　时　距第二幕七个月。

　　地　黄母房中。

　　黄世仁，穆仁智拿喜帖上，大升提茶壶随上，打手着马弁装随上，张二婶子从里间抱彩色绸缎上，黄母端茶盅品茶跟上。

　　一团热闹欢乐的空气

黄　（唱）九月里桂花

众　（合）满院香，

黄　（唱）筹办喜事

众　（合）全家忙，

穆　（插白）我们少东家当了团总又娶亲，真是双喜临门。

黄母（唱）上房里忙来

众　（合）下房里忙，

　　　　　个个忙的喜洋洋！

穆　（插白）你看为了给少东家筹办喜事，全家上上下下大大小小，那一个不高兴！？

母　（唱）新衣裳新被子要缝的快，

　　　　张与升把绸缎撕开。黄，母，穆，愉快地。

众　（合）红绸绿缎万花开！

母　（唱）快快量来快快裁——

众　（合）身上有穿有戴，

　　　　床上有铺有盖，

　　　　穿的戴的，

　　　　铺的盖的，

　　　　快快做起来！

母　（唱）赶快给亲朋送喜帖，

穆　（唱）我这里提笔快快写。

黄　（插白）县党部孙书记长，刘县长，李团总……

母　（插白）耿家楼他七表姨家，他舅舅家……

穆　（唱）写了一张又一张，

众　（合）到时候客人来了，

　　　　　有男有女有老有少，

　　　　　满堂笑嚷嚷。

母　（白）张二家的，你去看看下房里衣裳做得怎么样啦！

张　是，老太太。

母　大升，看看酒席预备得怎么样啦！

升　是，老太太。

母　老穆，上上下下勤催着点儿！

穆　是，老太太。

众　（齐唱）九月里桂花满院香，

　　　　　筹办喜事全家忙，

　　　　　单等那好日子到眼前，

　　　　　单等着吹吹打打吹吹打打迎新娘。（第五十曲）

　　穆，张，升三人下。

母　（悄声）世仁，城里那个人贩子来了没有？

黄　没有呢，我急得要命，昨儿又派人去找去了！

母　可也要快一点，眼看她肚子一天比一天显啦，喜日子也快到啦，这个事要不快办了，以后闹出

　　去，咱黄家的门风可就要败坏在她身上啦。

黄　娘，我看这么着吧，这两天先叫老穆把她看起来，不要叫她到处乱跑，等个两天找个僻静地方

　　把她锁起来。

母　（赞同地）好！

　　两人下。

　　穆仁智上。

穆　（取喜帖欲下，一看）哈，红喜来了，少东家还叫我看着她呢，我看她做什么。……

　　躲到套间内。

　　喜提木桶上，怀孕已经七个月，行动不便，形容憔悴。

喜　（唱）自那以后七个月啊，

　　　　　压折的树枝石头底下活啊，

　　　　　忍辱怕羞眼含泪啊，

　　　　　身子难受不能说啊，

　　　　　事到如今无路走啊，

　　　　　哎，没法，只有指望他，低头过日月啊。……

　　（第五十一曲）

　　进门看见桌上的红绸，再看喜帖。

喜　啊？是要办喜事啦。……少东家……他……（穆在内咳嗽一声，喜躲开）

穆　（上）唔，红喜，干什么来着？

喜　给老太太送热水。

穆　瞧你高兴的！你知道我干什么来着？

喜　谁知道你！

穆　唔，你瞧这（举起喜帖）这是什么？

喜　什么？

穆　喜帖，办喜事啦嘛！哎，从这几天起上上下下都忙着预备，你还不知道，这下子你呀……你可该乐了吧？该高兴了吧？该喜欢了吧？唔，老太太说了，这几天可不许乱跑……你等着吧！
　　（下）

喜　怎么？穆仁智说我……（黄世仁上）

喜　（见黄）唔，是你！

黄　红喜呀！（回身欲走）

喜　（挡住他）你……你等一下，我问你几句话，……

黄　哎，哎，我有事，红喜……

喜　我问你……

黄　好。（去拿了一张喜帖，敷衍地听着）

喜　我身子一天天大啦，你叫我怎么办嘛，人家都笑我，骂我，我想死也死不了，我活着你叫我怎么活呀？……

黄　唔。（抽空欲走）

喜　（挡住）少东家，你……（哭）

黄　咳，红喜，你怎么哭起来了！咳，红喜，你也不是不知道，你看这日子眼看就要到了，红喜，你先稳稳心在家里待着不要乱跑，我还忙着筹办去呢。
　　急下。

喜　（愣住似的）（张二婶拿衣料上）
　　二婶子……

张　红喜你在这里。

喜　二婶子你拿的那是什么？

张　我给新媳妇缝几件衣裳。

喜　唔……二婶子是要办喜事啦？

张　红喜，二婶子也正要给你说呢！走，回咱们屋里说去。……
　　领喜出老太太门到自己屋。二道幕关。

喜　二婶子！

张　红喜，你也知道那个日子眼前就到了。……

喜　我知道。

张　你也该明白……

喜　我明白，二婶子！身子已有七个月啦，有什么法子，这回也总算是……

张　（惊疑地）红喜，你说什么？

喜　刚才黄世仁说他要娶我……

张　啊！红喜，你是说梦话呀！孩子，你想错啦！

喜　（大惊）二婶子，你说什么？

张　（唱）叫声红喜傻孩子，

　　　　人家娶的不是你!
　　　　城里赵家的大闺女,
　　　　门当户对有钱又有势……
　　　　孩子啊!……(第五十二曲)

张　红喜,你想想人家眼里,怎么会有咱们这些使唤的丫头啊!

喜　二婶,不用说了,那是我一时糊涂,黄世仁他是我的仇人,就是他娶我我还不是要受苦受罪!咳,还不是因为身子一天一天大了没法子,我才……

张　咳,我原打算等孩子生下来了给我,我给你养活着,等有一天出了他黄家,自己找个人家过日子去,人家娶亲这事,我没有早跟你说,谁知道你,红喜……

喜　二婶子,我明白了,到这会他办喜事啦,他还骗我,他安的什么心哪!我也不是个孩子啦,他黄家把我害成这个样子,叫我见不得人,哼!我可不像我爹一样,杀鸡鸡还蹭打他两下子,二婶子,我还是个人呀,就是死了,我也出这口气!

张　(流泪)好孩子,你二婶子也没把你当成孩子看,你有这个志气,二婶子就疼你……

喜　二婶子!(感动得说不下去,倒在张怀里)
　　　后台声:"二婶子,老太太叫你!"

张　他们叫我啦,红喜你歇一会,我一会就来。(出门,回身)可别再出去啦。(带门下)

喜　(看张下,怒火烧心,坐立不宁,最后冲出门外)(迎面,见黄世仁上)

喜　(恨恨地)少东家!

黄　(一惊)红喜,你怎么跑到这里来了?

喜　(逼近)少东家,你……

黄　哎,红喜,快回去吧,这在院子里叫人看见了不好看!

喜　(大声地)黄世仁!

黄　怎么啦?(惊)你是……

喜　三十晚上逼死了我爹,大年初一就把我拉到你家,自进了你们家,你们把我不当人看,把我踩到脚底下,你娘打骂,(更逼近)你你,还把我糟蹋!

黄　你,你怎么说起这个来?!

喜　(又上前)我身子都有七个月了,到这会儿你办喜事啦,你还骗我,我问你,你安的什么心?……(撕咬他)

黄　(推倒喜)你这死家伙,疯了,你!(挣脱跑下)

喜　(从地上爬起)我跟你们拼了!我跟你们拼了!(追下)

　　　　　　　　　　　　　　　　　　　　　　　　　　　(三幕一场完)

第 二 场

　　　黄母房内,黄急上。

黄　娘,娘!……

母　(放下大烟枪)怎么啦?世仁。

黄　娘,怪我不好,我没有看住红喜,到这会儿她闹出来啦!

母　（从床上坐起）怎么闹出来啦！

黄　她在后边追着我来啦，娘你看，到这会儿啦，客人们也快来了，要闹出去那就糟啦！

母　死丫头，疯啦！哼，你闪开，去叫老穆来！（黄下）

　　母拿出鸡毛帚，怒目而立。

　　喜跑上。

喜　我跟你们拼了！……（进门）

母　死丫头，疯啦！给我跪下！

喜　你！（不跪）

母　（声色俱厉）跪下！

　　喜怒目而视，恨得发抖

母　死丫头，你知罪不知罪！我问你，你的肚子那儿来的？

喜　啊？……

母　死丫头！你偷人养汉，败坏我黄家的门风！说！你偷的汉子是谁？说，是谁？（穆仁智上，到喜身后）

喜　（大声）是你儿子！（张二婶子在窥听，黄在另一角窥听）

母　（大怒）什么！你血口喷人，诬赖我儿子，你想死啦！（去打喜）

喜　（冲上去，但被穆扑住，狂叫般地）是你儿子！是你儿子！你们害了我一家，你们黄家没有好人！你们男男女女没有一个是好人，你们偷人养汉！……

母　老穆，老穆，快把她的嘴堵上！

　　穆拿手巾塞喜嘴。

母　快给关到里边套间去，给我打！（穆拖喜进套间，打喜，传出鞭打及模糊的惨叫）

母　（听着打的声音）好，好，哼！今天非把她好好收拾收拾不行！

张　（在门外心如刀割，痛苦万状）……

　　少顷。

母　（取出锁头）老穆，把门给我锁上！

　　穆锁门。黄世仁急急进门，张一躲，后又在门外窥听。

黄　娘，到这会了，我看想个办法把她送走吧，客人都快来了，要是闹出去外人知道了，那可糟了！

母　世仁说的对，新媳妇就要来了，要是闹出去叫人家娘家知道了，那可不好办。……老穆，看看门外头有人没有！

穆　（出门看，张躲开，穆进门带门，张又窥听）没有人。

母　好，说办就办，今儿晚上等人们都睡了，老穆备个牲口连夜把她送走。

黄　对，老穆，你到城里就找那个人贩子，把人交给他，快把她送走，千万不能叫旁人知道。

穆　好，少东家，这事交给我没错。（下）

黄　娘，你老人家也别生气了，到新房里看他们拾掇得怎样了。（搀母出门，张躲开，黄与母下）（张急进门）

张　（去开套间门，门上有锁）钥匙？（到老太太床边偷钥匙，把钥匙拿在手，去开门）

　　后台声："张二婶！"大升上，张藏起钥匙，故作无事，收拾茶几。

升　张二婶！（进门）唔，张二婶！你在这里，老太太叫你快去看那几件新衣裳样子裁得怎么样了！

张　唔，我就去！（升下）（张二婶焦虑万状，无奈，只好走下）

　　　后台声：——

穆　老高，看你喝成这个样子！

高　少东家办喜事嘛，喝两盅怕什么。

穆　快给我备个牲口去，快！

高　天到这时候备牲口干吗？

穆　你管他！快备去！

高　是！……

　　　张二婶拿一包馍馍急上，关门。

张　（把馍包置桌上，开里边套间门）红喜！红喜！

　　　把喜扶出，又锁上门，把钥匙放还原处。

张　红喜！（给喜解臂上的绳子）红喜！红喜！（把她嘴里塞的东西取出来）红喜！你醒醒！红喜！

喜　（醒过来）你……你是谁？

张　（压低了声音）我是你二婶子！

喜　啊！二婶子！……（倒在张怀中）

张　红喜！红喜，我都知道了！（扶起喜）你要快走啊！他们要害你啦！

喜　啊？

张　他们杀人不见血呀，他们把你卖了，一会就来捆你走，你要快走！落到他们手里，一辈子也翻不了身啦！

喜　二婶子，他们……他们！（欲冲出）

张　（拉住喜）红喜！别糊涂啦，你闹不过他们，快走！快出去逃命去。

喜　……

张　出后门，顺后山沟走，我给你把门开开啦，快！（两人欲走）

　　　后台声："张二婶！张二婶！"

　　　两人大惊，一躲，听见叫声远去。

张　（更紧张地）红喜！这回出去啦，可没有你二婶子啦，主意要自己拿，我不能送你了，他们叫我。

喜　二婶子！

张　（从桌上拿起馍包给喜）这里有几个馍馍，带在路上好吃，喝水要喝长流水，这回出去了，不管怎么受苦受罪，也要活下去。记住他们怎么害了你一家的，早晚有一天好给你杨家报仇！

喜　二婶子，我记住了。

张　（拿钱给喜）这是我"攒"下的几个钱，带到路上好花，早晚我也要离开他们家，总有一天咱们娘儿俩还会再见面的！

喜　（收钱，向张跪下）二婶子！

张　唉，红喜，起来，快快走！（开门，领喜跑下）

　　　后台声："张二婶，张二婶！"

少顷，张从原路回来，安详地走下。

更声响三下。

黄世仁与穆仁智上。

黄　（从母床上摸钥匙，开套间的门，进去发现人已走，一惊）怎么？红喜哪？红喜不见啦！

穆　怎么？

黄　老穆，红喜逃跑啦，后窗户打开啦，她从后窗户跑啦！老穆，快去追，追上去用绳子把她勒死撩到大河里去，省得以后闹出祸来！（两人出门）

穆　少东家！她不敢从前门走，咱们从后门追出去！

两人追下。

（三幕二场完）

第　三　场

喜从后门逃出。天上有星光。

喜　（跌倒又爬起）

（唱）他们要杀我，他们要害我，

我逃出虎口，我逃出狼窝。

娘生我，爹养我，

生我养我我要活，我要活！（第五十三曲）

跑下。

黄世仁、穆仁智拿绳子追上。

黄　老穆，快追！

穆　唔！

黄　顺着这条路追下去，前边是一条大河，她跑不了！

两人追下。大山高耸，河水汹涌，河边有苇地。喜跑上。

喜　（唱）向前走，不回头，

我有冤哪我有仇。

他们害死了我的爹又害我，

烂了骨头我也要记住这冤仇！（第五十四曲）

前面河水声。

耳听见流水呼啦啦的响，

前面一道大河闪星光，

大河流水向东去，

看不见路，我走向那里？（第五十五曲）

（惶恐焦急）（忽听见背后有人在追）哎呀！后边有人追来啦！（一退，一脚陷到河边泥里，拔出脚来，鞋子陷脱，追的人已近，来不及拾鞋）那边有个苇子地，我快藏起来！（爬进苇地）

黄与穆追上。

黄　老穆！看见没有？

穆　　没有!（两人搜寻）

黄　　前边就是大河,她跑到那儿去?

穆　　两边山陡,没有路呀!

黄　　一个丫头!又有了身子,她跑到那里去?

穆　　她跑不了!少东家!

　　　　两人又搜寻着。

穆　　（忽然发现一双鞋子）哎,少东家,这是红喜的鞋子吧?

黄　　（接过一看）对,就是她的鞋!

穆　　那她是跳河死啦?!

黄　　唔,跳河死啦,这是她自己找的,哼,倒省了咱们的事啦。老穆,咱们回去吧,以后有人问就说
　　　　她偷了咱家东西跑了,这事谁也不叫知道!

穆　　对!

　　　　两人从原路走下。

　　　　喜从苇地里出来。

喜　　（唱）想要逼死我,瞎了你的眼窝!

　　　　　　舀不干的水,扑不灭的火,

　　　　　　我不死,我要活!

　　　　　　我要报仇,我要活!（第五十六曲）

　　　　向万山丛中,急急跑下。

　　　　幕急下。

　　　　　　　　　　　　　　　　　　　　　　　　　　　　　　　（第三幕完）

第 四 幕

第 一 场

　　　　三年后——一九三七年的秋天。

　　　　在山丛中,大河边,距奶奶庙不远。

　　　　黄昏。夕阳。

　　　　秋风飒飒,吹着荒草,败叶。

　　　　赵大叔持放羊鞭子,赶着羊群上。

赵　　（唱）过了一年又一年,——

　　　　　　荒草长在大道边,

　　　　　　墙倒屋塌不见人,

　　　　　　死的死来散的散,

　　　　　　……秋风刮来人落泪呵,

　　　　　　河水东流不回还……（第五十七曲）

（在河边站住,眼望着东流的河水,无限感慨地）唉!日子过的好快呵……喜儿这孩子跳河死
了也有三年啦……

（在一块石头上坐下来）

李拴携带着烧香的物品从一边走上。

拴　（看见赵）唔，赵大叔，放羊啊？

赵　唔，李拴，干什么去啊？

拴　给白毛仙姑烧香去。

赵　给白毛仙姑烧香？……唔，今儿又是十五啦……

拴　（在赵旁边坐下来）……唉，自打咱这片儿闹出了白毛仙姑，日子也不算短啦……

赵　哼，等着看吧，这世道该有个"讲究"啦！……

　　　　少顷，若有响动。

拴　（忽立起）赵大叔，你听——

赵　（稍待）唉！是旋风刮的草叶响。

拴　（平静下来，轻声地）唉，大叔，你没见过吧？

赵　见过什么？

拴　白毛仙姑呵。大叔，那回刘老头在杨大伯坟地里碰见过，张四在北山套里打柴也见过，说是一身白，也像妇道的样子，一晃就过去啦。……（不寒而慄）

　　　　半晌。

赵　（回忆，感慨地）咳！白毛仙姑要真有灵，喜儿这一家人的冤仇也该报啦。

拴　仙姑保佑吧。……（稍待）咳！大叔，不是说那年秋天喜儿叫张……

赵　（急止之。四顾无人）

拴　（放低声音）不是说张二婶放走啦？

赵　咳！一个孩子家跑出来又能怎么样？唉！跳了河啦。……

拴　咳，（稍停，看天色）大叔，我该去烧香去啦，一会怕要变天呢。（向奶奶庙方向走下）

赵　（悲愤，感慨地）唉！

　　（唱）没头的案子

　　　　　哪有清官断？

　　　　　这一笔糊涂账

　　　　　写也写不完！

　　　　　……白毛仙姑要有灵验——

　　　　　屈死的鬼魂要伸冤！

　　　　　……（第五十八曲）

　　　　张二婶搀扶着王大婶从奶奶庙方向走上。

张　他赵大叔……

赵　唔！他张二婶，他王大婶子！怎么这么远，你们也来烧香啦？

张　咳，他大婶子一定要我陪她来。唉，人心里一有事呵，就怎么也放不下……

婶　（哭泣着）他大叔呵……我也不求别的，仙姑有灵，你可叫我那孩子回来呀？……一辈子没办过造孽的事呀，你怎么叫我落到这步田地，……他大叔，你说这有几年啦，见天见我一合眼，就看见一边站着喜儿，一边站着大春。我说孩子呵，你怎么再也不想娘啦嘛？……可怜的孩子一个跳了河，一个跑……（泣不成声）

张　　他大婶,你怎么又哭起来啦,(劝慰地)别难过,他大婶……

赵　　这人死了,想也想不回来啦。再说,光哭又有什么用?……哼,喜儿这孩子死了,可死的也算
　　　　有骨气。……大春呵,虽说自打出去到这会没有讯儿,可总有一天要回来的。……

张　　是呵,自打我离开他们黄家,就见天见劝他大婶,我说他大婶等着吧,喜儿虽说死了,大春可
　　　　一定会回来的,别怨命苦,咱老姐妹俩是一样的命,你相帮我,我相帮你,苦撑苦熬咱还是得
　　　　过下去。

赵　　(点头,感慨地)过下去,过下去。老天爷总有一天要睁眼的!

　　　　李拴忽惊上,风声随起。

拴　　(失色)赵大叔!赵大叔!……

赵　　怎么啦?

拴　　来了,来了……

二人　什么呀?

拴　　在庙后头,白——白———身白……白毛仙姑……

三人　(大惊)啊,真的呀?快,快回去……

　　　　三人急下,赵赶羊群随下。

　　　　天忽顿黑,雷声隆隆,风雨骤至。

　　　　后台合唱起:

　　　　　　雷暴雨来了,

　　　　　　雷暴雨来了,

　　　　　　雷——暴——雨——来了——!

　　　　　　天昏地又暗,

　　　　　　响雷又打闪;

　　　　　　天昏地又暗,

　　　　　　响雷又打闪……

　　　　　　老天爷呀发了昏,

　　　　　　世道大荒乱!

　　　　　　狂风遍地起,

　　　　　　白毛仙姑下了山!(第五十九曲)

　　　　大雷大闪。

　　　　"白毛仙姑"——喜儿,灰白的头发披散着,在暴风雨中奔上。

喜　　(唱)下山收些瓜和果,

　　　　　　　忽然起了雷暴雨,

　　　　　　　山高路滑回不了洞,

　　　　　　　奶奶庙里躲一躲……(第六十曲)

　　　　(突然滑倒在地,手里的瓜果落下,急忙捡起)……不见太阳的日子苦熬了三年多了……今
　　　　儿出洞找些玉茭子、山药蛋,再到奶奶庙里偷供献,"攒"起来好过冬……

　　　　又一阵急雷大雨。

　　　　　　闪电哪!照得我眼难开,

响雷呀！打得我头难抬，

阵阵狂风扑在身，

哗啦啦的大雨奔我来！

蒺藜格针刺破了手，

跌倒在地又爬起来。

咳！不管你打雷打闪，

大风大雨，

我咬紧牙关

一步一步

向前走——

奶奶庙不远在前头……（第六十一曲）

向奶奶庙方向走下。

穆仁智携灯、雨伞在雨中奔上。

穆　（唱）又打雷来又打闪，

转眼只见变了天，

少东家有事进城去，

为什么到这会还不回还?！（第六十二曲）

（一声响雷。躲）……唉！这天气呀……真是该着世道要变啦。前些日子，听说日本鬼子打过了卢沟桥不几天就占了保定，说不定几天就打到这儿来……唉！少东家就为这事到城里打听讯去，怎么到这会还不回来？……（焦急不安地。又一阵急雷。向前探望，不知所措）……唉，这几年庄子上又闹什么"白毛仙姑"，一到晚上三更多天，就鬼哭神嚎。唉呀！这可怎么办?！……（不寒而栗）

（忽见左方有人影，一惊）谁呀？

半晌，在暗中，黄世仁声："唔——是老穆呀？"

（放下心来）少东家，你可回来啦？

黄世仁在风雨中打伞奔上，大升随后。

穆　少东家，怎么样呀？

黄　老穆！不好啦！（唱）

前天我起身去县城，

才到了镇上就听见坏风声，

日本鬼他把县城占，

今天我急急忙忙

急急忙忙回家中！（第六十三曲）

穆　（惊住）啊！是真的呵？

升　真的呵。

黄　唉，别提啦，日本鬼子又杀人，又放火，我丈人家一家人都落到日本鬼子手里去啦！

穆　（更惊慌）哎呀！少东家，那咱们可怎么办呀？

黄　（劝慰地）老穆，先不要怕！不管他世道怎么变，咱们总得想办法过。走，先回去吧。

雷声。大雨更紧。

穆　少东家！你看这雷暴雨越下越大啦,咱们先到奶奶庙躲躲再说吧！

　　三人挣扎着,走向奶奶庙方向。

　　喜儿往奶奶庙方向走上。双方相遇。

　　一道闪光,照出了"白毛仙姑"的影像。

黄　（大惊失色）啊?! ——

　　又一道闪光,喜儿看出是黄世仁。

黄　（大呼）鬼！鬼呀！

　　三人惊呼急躲。

喜　（怒火突起,直扑黄等,并以手中所拿供献香果向黄等掷去,如长嗥般地）啊——！

黄穆（一边奔跑逃命,一边惊呼不止）……救命啊！救命……鬼！鬼呀！

　　狼狈奔下,大升跟随跑下。

　　稍顷。

喜　（停住,也半惊半疑地）……鬼？鬼？（四处察看,半晌）啊！你们说我是鬼？……（看看自己的头发和身体）唔,我这个样子是不像个人样子啦！（悲愤交集,痛哭失声）这都是黄世仁——你！你把我害成这个样子的啊！你还说我是鬼?! ……

（唱）（风雨雷电交加）

　　　　我是叫你们糟蹋的喜儿,

　　　　我——是——人！

　　雷声更响更紧。

　　　　……自进了山洞三年多,

　　　　受苦受罪咬牙过。

　　　　白天不敢出来怕见人,

　　　　黑夜出来虎狼多。

　　　　穿的是破布烂草不遮身,

　　　　吃的是庙里供献山上野果,

　　　　我,我,我身上发了白呀——……

　　控诉般地。

　　　　我也是人生父母养,

　　　　如今变成了这模样。

　　　　这……这都是你,黄世仁你害的我呀！你还说是鬼？好！——

　　　　我说是鬼！

　　　　我是屈死的鬼！

　　　　我是冤死的鬼！

　　　　我要掐你们！我要撕你们！

　　　　我要咬你们哪！

　　　　啊——！……（第六十四曲）

　　疯狂般地向暴雨奔去。

大雷大雨。

"雷暴雨"合唱继起。渐渐远去。（第六十五曲）

（四幕一场完）

（1943年5月30日在延安公演。选自《白毛女》，华东新华书店1949年版）